스완네 쪽으로

《잃어버린 시간을 찾아서》 제1편

Du côté de chez Swann :
À la Recherche du Temps perdu
Marcel Proust

스완네 쪽으로

《잃어버린 시간을 찾아서》 제1편

마르셀 프루스트 | 김인환 옮김

문예출판사

차 례

1부 콩브레_ 9

2부 스완의 사랑_ 273

3부 고장의 이름들_ 553

작가와 작품 해설_ 618

마르셀 프루스트 연보_ 631

일러두기

1. 본문 내용 중 지문에서는 모두 표준말로 고쳤으며, 사투리·은어·속어는 부득이한 경우 대화 속에서만 썼습니다.
2. 옮긴이 주는 〔 〕로 표시했습니다.

가스통 칼메트 씨에게
깊은 감사의 마음을 표하며
– 마르셀 프루스트

콩브레

1

오래전부터 나는 일찍 잠자리에 들어왔다. 때로는 촛불을 끄자마자 두 눈이 금세 감겨서, '지금 잠이 드나 보다' 하고 생각할 겨를조차 없을 때도 있었다. 그러다가 30분쯤 지나 이제 잠을 청해야 할 시간이라는 생각에 다시 잠에서 깨어나곤 했다. 나는 여전히 손에 들고 있다고 생각한 책을 내려놓으려 하고, 촛불을 불어서 끄려고 한다. 나는 자면서도 방금 내가 읽었던 것에 대해 계속 생각했는데, 그 생각에는 약간 특이한 점이 있었다. 내게는 그 작품이 말하는 내용들, 즉 교회라든가 사중주곡, 또는 프랑수아 1세〔프랑스의 국왕. 이탈리아 전쟁과 합스부르크 가와의 항쟁으로 세월을 보내면서도 예술을 보호·장려했음〕와 샤를 5세〔발루아 왕조 3대의 프랑스 국왕. 백년 전쟁 중에 영국과 화해했음〕 간의 대립 관계 등이 바로 나 자신의 일처럼 느껴졌다. 그러한 느낌은 잠이 든 얼마 뒤까지도 계속됐는데, 그것은 나의 이성에 충격을 주지는 않았지만 마치 눈에 낀 눈곱처럼 짙게 내려앉아서는, 이미 촛불이 꺼진 사실조차 깨닫지 못하게 했다. 그런 다음, 상기된 그 느낌은 마치 윤회 뒤에 생각해보는 전생처럼 점점 이해할 수 없는 것이 되어버렸다. 그리하여 그 책의 내용은 내게서 점점 멀어져버려, 나는 나 자신이 그 사실과 연관되든 안 되든 좋을 정도로 자유롭게 되었다. 그러자 이윽고 시력을 회복하게 된 나는 주위가 어둡다는 사실에 깜짝 놀랐다. 그 어둠은 내 시각뿐만 아니라 내 영혼에 더욱 큰 감미로움과 휴식을 안겨주었는데, 그것은 이유도 없고 이해할 수도 없는, 참으로 모호한 그 무엇으로 나타났다. 나는 몇 시쯤 되었을까 하고 자문해보았다. 그때 꽤 먼 곳에서, 숲속에서 들리는 새소리처럼 거리감을 느끼게 하는 기적 소리가 들려왔다. 그 기적 소리는 어떤 나그네가 가까운 역을 향해 서둘러 가는 황량한 들판을 연상케 해주었다. 그 나그네가 가는 오솔길은 새로운 고장과 낯선 행위, 밤의 침묵 속에 늘 그를 따라다니는 낯선 램프 아래 최근에 나누었던 잡담과 고별인사, 그리고 귀향에서 느끼게 될 따뜻한 안락감에서 생기는 흥분 때문에 그의 추억 속에 아로새겨질 것이다.

나는 어린아이의 뺨처럼 팽팽하고 싱그러운 예쁜 베개 껍질에 내 뺨을 다정스럽게 갖다 댔다. 나는 시계를 보려고 성냥을 그었다. 곧 자정이다. 그 시간은, 이를테면 환자인데 여행을 떠나야만 했던 사람이 낯선 호텔에 묵다가 발작을 일으켜 잠에서 깨어났을 때, 문틈으로 스며들어오는 한줄기 불빛을 보고는 기뻐하는 그런 순간이다. 벌써 아침이니 얼마나 다행인가! 조금만 있으면 하인들이 일어날 테고, 그렇게 되면 사람을 부를 수도 있을 것이며, 따라서 그를 구해줄 사람들도 올 것이다. 곧 아픔을 덜 수 있으리라는 희망이 환자에게 현재의 아픔을 견딜 용기를 안겨준다. 때마침 그는 발소리를 들은 듯한 생각이 든다. 그 소리는 가까이 다가오더니 곧 멀어져간다. 그러자 문 밑으로 새어들던 한줄기 불빛마저 사라져버렸다. 자정이다. 방금 가스등도 꺼졌다. 마침내 마지막 남아 있던 하인도 가버리고, 이제 그는 밤새도록 혼자서 약도 없이 고통에 시달려야만 한다.

나는 다시 잠이 들었다. 그러나 이따금 순간적으로 잠깐씩 깨곤 했다. 그 순간 나는 나무 판자가 삐걱거리는 소리를 듣거나, 어둠 속의 변화를 응시하려고 눈을 뜨거나, 아니면 순간적인 한 가닥 의식 덕분에 짧은 수면을 맛보기도 했다. 그럴 때 가구와 침실 등 그 모든 것은 수면 속에 빠져 있었고, 단지 그것들의 작은 일부분에 불과했던 나는 재빨리 다시 잠 속으로 빠져들곤 했다. 그렇잖으면 자면서도 나는 이제는 영원히 돌아갈 수 없는 유년 시절로 쉽게 되돌아가서는, 작은할아버지가 내 고수머리를 잡아당겨 잘라주던 날— 그날은 내가 새로운 시대를 맞이한 날이었다— 이후로 내게서 사라졌던 유년 시절의 공포와 흡사한 공포를 또다시 느꼈다. 잠자는 동안에는 그런 사실을 잊었지만 내가 작은할아버지 손에서 빠져나오려고 애쓰다 잠을 깨는 순간, 그 즉시 그것에 대한 기억이 되살아났다. 그래서 나는 신중을 기하려고, 꿈속으로 되돌아가기 전에 머리를 베개 속에 완전히 파묻었다.

아담의 갈비뼈에서 이브가 탄생했듯이, 이따금 내 꿈속에서도 외설스럽게 벌어진 내 넓적다리에서 한 여자가 태어나기도 했다. 그녀는 쾌락을 맛보고 싶어 한 내 생각의 산물이었기에 그녀야말로 내게 쾌락을 안겨줄 것이라고 나는 상상했다. 그녀의 육체 속에서 내 육체는 나 자신의 열정을 느끼고, 또다시 그녀의 몸속으로 빠져들어가려고 애쓰다 잠에서 깨어나곤 했다. 방금 헤어진 그녀에 비하면, 다른 사람들은 내게서 너무도 멀리 떨어져 있는 것 같았다. 내 뺨은 그녀의 입맞춤으로 아직도 뜨거웠고, 내 육체는 그녀의 몸무게 때문에 기진맥진해 있었다. 이따금씩 있는 일이지만, 그녀가 내가 실제로 아는 현실의 여자와 같은 모습을 하고 있을 때면, 나는 그녀를 다시 찾아내려고 온 힘을 기울였다. 마치 꿈꾸던 도시를 직접 눈으로 보려고 여행을 떠나는 나그네나, 혹은 현실 속에서도 꿈속의 매력을 맛볼 수 있다고 생각하는 사람들처럼. 그러다가 그녀에 대한 기억은 점차 사라져갔고, 나는 꿈속의 그녀를 잊어버렸다.

잠자는 사람은 자기 주위에 세월과 세상의 질서인 시간이라는 실타래를 감고 있다. 그는 잠에서 깨면서 본능적으로 시간을 염두에 두기에, 자신이 현재 위치한 장소와 자기가 깨어날 때까지 흘러가버린 시간을 금세 읽을 수가 있다. 그러나 시간의 순서란 뒤섞일 수도 있고, 끊어질 수도 있다. 잠을 못 이뤄 밤을 지새운 뒤 맞이한 새벽녘, 만일 평상시 자던 자세와는 아주 다른 자세로, 말하자면 독서를 하는 듯한 자세로 잠을 자는 경우라면, 팔을 약간 들어 올리는 것만으로도 태양을 멈추게 하고 과거로 되돌아가게 할 수 있다. 그리하여 그가 잠에서 깨는 첫 순간, 그는 시간을 알 수 없기에 자기가 조금 전에 잠들었던 거라고 생각하게 된다. 만일 그가 평상시와는 다른 완전히 상반된 자세로—예를 들어 저녁 식사 후 안락의자에 앉아서—조는 경우라면, 이때의 혼동은 더욱더 심각하여, 그 마법의 안락의자는 그를 시간과 공간 속을 전속력으로 떠돌게 할 것이다. 그래서 그는 눈을 뜨는 순간, 자기가 다른 세계에서 몇 달 동안이나 잠들어 있었다고 믿게 될 것이다. 그러나 나는 내 침대에서도 깊은 잠을 자기에 충분했고, 또 내 정신의 긴장을 푸는 데도 충분했다. 그처럼 침대에서 잠을 잘 때는 내 정신은 내가 어디서 잠들었는지를 잊어버렸고, 또 한밤중에 잠이 깼을 때는, 내 자신이 어디에 있는 건지 모르듯이 처음엔 내가 누구인지조차도 모를 지경이었다. 그리고 잠이 깬 첫 순간의 몽롱한 상태에서 느꼈던 것은 단지 동물의 내부에서 꿈틀거리는 듯한 생존에 대한 감각뿐이었다. 그리하여 나는 동굴 속에 사는 원시인보다도 더 빈약한 존재가 되어버렸다. 그러나 그럴 때면, 어떤 기억—지금 내가 있는 장소에서 오는 것이 아니라, 옛날 내가 살았거나 아니면 살았을는지도 모를 장소에서 오는 기억—이 마치 천국에서 내리는 구원처럼 내게로 다가와서는, 나 혼자서는 도저히 빠져나올 수 없는 깊은 허무 속에서 나를 끌어내주었다. 그러면 나는 곧장 몇 세기의 문명을 뛰어넘었고, 이어서 석유램프와 깃이 접힌 와이셔츠의 희미한 영상이 차츰 나 자신의 본래 모습을 다시 꾸며놓았다.

아마도 우리 주위의 사물에 대한 부동성은, 그것은 이런 것이지 다른 것이 아니다라는 우리의 확신에 의해, 즉 그 사물들을 마주하게 될 때 우리의 생각이 변하지 않음으로써 이루어지는지도 모른다. 이처럼 늘 잠에서 깨어나는 순간, 영혼은 내가 어디에 있는지를 알려고 필사적으로 움직이지만 결국 알지 못한 채, 사물과 고장과 세월 등등 모든 것은 어둠 속에서 내 주위를 빙빙 돌았다. 움직이기엔 너무나 무력해진 내 육체는 피곤한 모습으로 사지의 위치를 알아내선 팔다리를 통해 벽의 방향과 가구의 위치를 추측해내고, 현재 그것이 위치한 장소를 재구성하여 그것에 이름을 붙여보려고 애를 쓴다. 내 육체의 기억, 즉 갈비뼈, 무릎, 어깨의 기억력이 그것이 전에 잔 적이 있는 방들을 차례로 보여주었고, 한편으로 내 육체 주위에서는 눈에 보이지 않는 벽들이 상상으로 나타나는 방의 형태에 따라 위치가 달라지면서, 어둠 속을 맴돌았다. 그러다가 그 방에 언제 머물렀는지, 그 방이 어떤 형태였는지 아리송해하는 나의 사고가 그 방의 분위기에 접근해서 그 방을 채 확인하기도 전에, 그것이—즉 나의 육체가—먼저 그 방을 기억해냈다. 즉 나의 육체는 침대의 종류라든가 문들의 위치, 창문의 채광, 그리고 복도의 유무(有無)를 기억해냈고, 내가 그 방에서 잠이 들면서 했던 생각, 또한 잠에서 깨어나면서 다시 떠올렸던 생각까지도 기억해냈다. 마비된 내 옆구리는 어느 쪽을 향해 있는지를 알아보려고 애쓰다가, 예컨대 내가 지붕 모양 캐노피[침대 위에 지붕처럼 늘어뜨린 덮개]가 달린 큰 침대에서 벽을 향해 누운 모습이 떠올랐다. 그 즉시 나는 '저런, 어머니가 저녁 인사를 하러 오시지도 않았는데 내가 깜빡 잠이 들었구나' 하고 속으로 중얼거렸고, 또한 나는 이미 몇 년 전에 작고하신 시골 할아버지 댁에 가 있는 나 자신을 그려보았다. 그리고 내가 절대로 잊어서는 안 될 과거지사를 충실히 기억해주는 보호자인 나의 육체와 깔고 누워 휴식을 취하던 내 옆구리는, 천장에 작은 사슬로 드리워져 있던 항아리 모양의 보헤미아산 유리로 된 야등(夜燈) 불꽃과, 콩브레의 조부모님 댁에서 내가 쓰던 침실의 시에나[이탈리아 동부에 있는 도시. 유명한 옛날 건축물이 있음]산 대리석 벽난로를 기억나게 해주었다. 이러한 먼 옛날 일들을 정확하게 그려볼 수는 없었지만, 그래도 나는 그 순간만큼은 현실의 일로 상상할 수 있었고, 또 완전히 잠에서 깨어나면 더욱 잘 볼 수 있었을 것이다.

이어서 내가 다른 자세를 취하면 새로운 기억이 되살아났다. 이번에는 벽들도 다른 방향으로 옮겨졌다. 그때 나는 시골, 드 생루 부인 댁의 내가 쓰던 방 안에 와 있었다. 이를 어쩌나! 적어도 10시는 되었을 텐데. 저녁 식사는 이미 끝났을 거야! 저녁마다 드 생루 부인과 함께 산책에서 돌아오면 옷도 갈아입지 않고 자던 낮잠을 너무 오래 잤던 것이다. 내 기억이 분명치 않은 것은 콩브레를 떠나온 후 너무도 많은 세월이 흘렀기 때문이리라. 그곳에서는 우리가 저녁 늦게 귀가할 때면, 내 방 창문에 저녁놀이 붉게 물든 것을 보곤 했다. 탕송빌에 있는 드 생루 부인 집에서 보냈던 생활은 또 다른 종류의 삶이었다. 그곳에선 밤에만 외출해서는 그 옛날 햇빛 속에서 놀던 길을 달빛을 받으며 거니는 또 다른 즐거움이 있었다. 그런데 내가 만찬 옷차림으로 갈아입지도 않은 채 잠이 들어버린 그 방은, 우리가 늦게 귀가하면서 바라보노라면, 밤의 외로운 등대인 램프불이 밝혀져 있었다.

소용돌이처럼 혼란스럽게 떠오르는 이런 기억들은 오직 순간적인 것들이었다. 자주, 내가 있었던 장소에 대해 갖게 되는 순간적인 불확실성 때문에 그것이 이루어지게 만든 여러 가지 원인들을 일일이 더 잘 구별하질 못했다. 마치 말이 달리는 것을 보면서, 영사기가 보여주는 말의 연속적인 동작들을 판별할 수 없는 것처럼 말이다. 그러나 나는 지금까지 내가 거처했던 방들을 하나하나 상기해냈고, 마침내 잠이 깬 뒤에도 계속된 오랜 몽상을 통해 모든 방들을 다 기억해낼 수 있었다. 겨울의 방, 몹시 잡다한 물건들, 즉 베개 모서리, 이불의 윗부분, 숄 끄트머리, 침대 가장자리, 또 《데바 로즈》 신문 한 부 등으로 뒤범벅이 된 둥지 속에, 마치 새들이 끝없이 서로의 몸을 의지하듯이 내가 머리를 파묻고 자던 방이 떠올랐다. 그리고 몹시 추운 날이면 그 방에서(마치 바다제비가 지하 깊숙이 지열의 따뜻함 속에 보금자리를 마련하듯이) 차가운 바깥세상과는 분리되어 있다는 것을 느낌으로써 기쁨을 맛보았었다. 또한 그 방 안에는 밤새도록 난롯불이 타올랐다. 그래서 꺼져들어가는 깜부기불에 다시 불기가 일어 연기가 몽롱하게 솟아오르는 커다란 공기 외투 속에서 잠이 들곤 했다. 그리고 그 깜부기불은 방 한가운데 움푹 팬 동굴과 같은 일종의 작은 알코브[벽면을 움푹하게 만들어서 침대를 들여놓은 곳]까지도 후끈할 정도로 타올랐다. 그러나 알코브가 있는 곳은 따뜻할 때도 있지만, 통풍이 잘되는 방은 주위 열에 불안정했기에, 창에선 가깝고 난로에서는 먼 구석에서는 바람이 얼굴을 서늘하게 하며 방을 냉각시켰다. 여름의 방, 우리가 후덥지근한 밤 시간과 밀착되고 싶어 했던 그 방도 떠올랐다. 그 방 안에는 반쯤 열린 덧문에 걸린 달빛이 침대 발치까지 그림자의 매혹적인 사닥다리를 내렸다. 그곳에서 우리는 강한 빛을 받으며 미풍에 흔들리는 박새처럼 거의 한데서 잠을 잤다. 이따금 너무 쾌적하여 그 방에서 보낸 첫 밤도 전혀 불편하지 않았던 루이 16세풍의 방도 기억났다. 그 방의 기둥들은 천장을 가볍게 떠받치고 아주 우아하게 서로 떨어져서, 침대가 놓일 수 있도록 자리를 남겨두었다. 한편 그와는 반대로, 작지만 천장이 매우 높고, 부분적으로는 마호가니가 덮인 이층 높이의 피라미드 형태로 움푹 팬 방도 생각났다. 그 방에 첫발을 딛는 순간부터 나는 이상한 쇠풀 냄새 때문에 정신이 몽롱해졌고, 보라색 커튼을 보곤 적대감을 느꼈으며, 내 존재 따위는 무시하는 듯이 요란하게 울려대던 추시계에서는 오만한 무관심마저 느꼈다. 그리고 그 방에는 사각형 다리가 달린 괴상하고 냉혹하게 생긴 거울이 방 한구석을 비스듬히 막고 있었는데, 그것은 언제나 감미로운 충만감에만 익숙해 있던 내 시야에 예기치 못한 곳이라는 인상을 깊게 심어주었다. 바로 그 방에서, 내가 침대에 길게 누워, 눈을 치뜨고, 조심스럽게 귀를 기울이고, 콧구멍을 벌름거리며 뛰는 가슴을 달래는 동안, 내 사고는 몇 시간 동안 분해되어 정확하게 그 방의 형태로 되어 뻗어나가서는, 그 피라미드형 방의 거대한 천장 꼭대기까지 가득 채우려고 애쓰면서 며칠 밤을 괴로워했다. 그 결과, 습관이란 것이 서서히 커튼 색깔을 변화시켰고, 추시계 소리를 조용하게 만들었으며, 잔인하게 생긴 비스듬한 거울에 연민의 정을 느끼게 했고, 쇠풀 냄새를 완전히 없애진 못해도 감소시켜주었으며, 천장 높이도 현저하게 낮아 보이게 해주었다. 습관! 그것은 능숙하면서도 아주 느린 지배인과도 같아서, 일시적으로 머무는 장소에서는 우리의 정신을 처음 몇 주일 동안은 고통스럽게 한다. 그러나 어쨌든 습관을 들인다는 것은 무엇보다도 행복한 일이다. 왜냐하면 습관이 없이 자신만의 수단에 의존해야 한다면, 거주할 만하다고 여겨지는 집을 갖는 건 불가능한 일이기 때문이다.

확실히 나는 이제 완전히 깨어나 있었다. 나는 마지막으로 몸을 뒤척였고, 확신이라는 선한 천사가 내 주위 모든 것들을 정지시켰고, 나를 내 방 이불 속에 누워 있게 했다. 그리고 그것은 내 옷장, 책상, 난로, 길 쪽으로 난 창문, 두 개의 문 등을 어둠 속에서 대강 제자리에 놓이게 만들었다. 그러나 잠에서 깨어났을 때의 희미한 의식이 순간 아주 분명한 영상을 보여주진 못했지만 적어도 그런 방들이 있었다는 가능성은 생각나게 해주었고, 그때의 흥분이 아직도 내 기억 속에 남아 있기에 나는 지금 내가 잠깐씩 머물렀던 방에 누워 있지 않다는 것을 인식해봐야 아무 소용이 없었다. 나는 곧바로 다시 잠들려 하지 않았던 것이다. 나는 대고모 댁이 있던 콩브레에서, 발베크에서, 파리에서, 동시에르에서, 베네치아에서 또 그 밖의 여러 고장에서 보낸 옛날 우리 가족들의 생활과 또한 내가 잘 아는 고장과 거기서 사귄 사람들, 그리고 내가 그들에 대해 보고 들은 사실들을 기억해내면서 대부분의 밤 시간을 지새웠다.

콩브레에서 내가 어머니와 할머니 곁에서 떨어져 매일 오후 늦게까지 오랜 시간 동안 잠을 이루지 못한 채 자리에 누워 있어야만 했을 때는 내 침실은 그야말로 계속되는 불안 때문에 고통스러운 장소였다. 그러한 매일 저녁, 나의 불행한 표정을 본 가족들은 기분전환을 시켜주려고 내게 환등(幻燈)을 하나 선사할 것을 생각해냈다. 그래서 그들은 저녁 시간을 기다려 내 램프에 환등을 달아주었다. 고딕 시대의 일류 건축가와 스테인드글라스 대가들의 솜씨를 본떠서 만든 그 환등은 어두운 벽을 감지할 수 없는 '무지갯빛', 다시 말하면 여러 가지 빛깔로 아롱진 초자연적인 모습으로 바꾸어주었는데,

거기에는 순간순간 불빛이 너울거리는 스테인드글라스처럼 여러 가지 전설이 그려져 있었다. 그렇지만 나의 슬픔은 점점 더 커질 뿐이었다. 왜냐하면 잠자리에 들 때 고통을 겪는 일을 제외한다면, 그 방에서 얻은 습관이 이미 몸에 배어 내게는 그래도 그 방이 견딜 만하게 여겨졌는데, 환등에 의한 조명의 변화로 그 습관이 파괴되어버렸기 때문이다. 그래서 지금은 그 방이 낯선 방으로 여겨지고, 마치 나는 기차에서 내려 처음으로 도착한 어느 호텔 방이나 '산장' 같은 곳에 와 있는 것처럼 불안해했다.

말고삐를 급히 몰며 가슴엔 음흉한 음모를 가득 안은 '골로'〔중세 전설 속의 한 인물〕가 경사진 언덕을 짙푸른 색으로 부드럽게 덮은 삼각형 작은 숲속에서 나와서, 불쌍한 제네비에브 드 브라방〔중세 전설에 나오는 여주인공〕이 사는 성을 향해 획획 날듯이 달려갔다. 그 성은 어떤 곡선에 의해 잘려 있었는데, 그 곡선은 환등 장치 사이에 끼워 놓은 틀 안에 설치된 타원형 유리판의 한계선일 뿐이었다. 성은 일부만이 보였는데 그 앞으로는 광야가 펼쳐져 있고, 거기서 제네비에브가 몽상에 잠겨 있었다. 성과 광야는 노란색이었는데, 나는 그것들을 보지 않고도 색깔을 알 수 있었다. 왜냐하면 유리판을 틀에 끼우기 전에, 브라방(Brabant)이라는 이름이 주는 금갈색 울림이 분명하게 그 색깔을 보여주었기 때문이다. '골로'는 잠시 발걸음을 멈추어 대고모가 큰 소리로 읊는 사설을 우울하게 듣고는, 완전히 그 뜻을 이해한 듯한 표정을 지으며 각본의 지시에 따라 엄숙하면서도 온순한 태도를 취했다. 그러곤 다시 말을 다급히 몰며 멀리 사라졌다. 하지만 그 무엇도 그가 유유히 말을 달리는 것을 멈추게 할 순 없었다. 환등을 계속 돌리자, 나는 '골로'의 말이 창문 커튼을 통해서 커튼 주름이 있는 곳에서는 불쑥 올라왔다가, 홈이 팬 곳에선 쑥 내려가면서 계속 달리는 것을 알아볼 수 있었다. 골로의 육체 자체는 그가 탄 말만큼이나 초자연적이어서, 그는 앞을 가로막는 모든 방해물을 정리해가면서 앞으로 나아갔다. 그는 자기 앞길을 방해하는 모든 대상물을 마치 제 뼈처럼 취급하며 자신의 내부로 삼켜버리곤 했는데, 설사 그 방해물이 문의 손잡이라 할지라도 즉시 거기에 자신을 적응시켜, 자신의 붉은 옷과 항상 창백하면서도 품위를 잃지 않는, 약간 슬픈 듯한 얼굴을 드러냈다. 그러나 전신이 휘어진 데 대해서는 전혀 고통의 빛을 나타내지 않았다.

참으로 나는 메로빙거 왕조의 과거부터 내려와서 내 곁에 아주 오래된 역사를 반영해주는 그 훌륭한 환등에 매력을 느꼈다. 그러나 나 자신이 아닌 그 환등에는 더는 신경을 쓰지 않을 만큼 온통 내 존재로 가득 찬 그 방에서, 그 신비롭고 아름다운 환등의 개입은 나에게 얼마나 많은 불편함을 주었는지 모른다. 습관이라는 마취제의 힘이 사라지면서, 나는 매우 괴로운 일들을 다시 생각하고 느꼈다. 내 방문의 고리, 그것은 나에게는 이 세상 모든 문고리와는 완전히 다르게 느껴져서, 돌릴 필요도 없이 저절로 열리는 듯이 생각됐다. 그만큼 방문을 여는 행위는 나에게는 무의식적인 것이 되어버렸다. 그런데 바로 그 문고리가 이제는 '골로'의 영체(靈體)로 쓰였다. 나는 저녁 식사를 알리는 종소리가 울리자마자, '골로'라든가 '바르브-블뢰'〔전설의 주인공. '푸른 수염'이라는 뜻을 가진 이름인데, 여섯 아내를 죽여 숨겨뒀다가 일곱 번째 아내 파티마에게 발각되어 살해됨〕에 대해서는 아는 바가 없다는 듯, 부모님과 쇠고기 스튜를 알아볼 수 있도록 천장에 달린 램프가 매일 저녁 빛을 발하는 식당으로 황급히 내려가 엄마의 품에 덥석 안겼다. 그러고 나면 제네비에브의 불행이 더욱더 귀중하게 느껴지면서, 한편으로는 '골로'의 죄악이나 자신의 양심을 더욱 세밀하게 반성하도록 만들었다.

저녁 식사가 끝나면 슬프게도 나는 곧 엄마 곁을 떠나야만 했다. 엄마는 날씨가 좋으면 정원에서, 나쁠 때면 가족이 모두 모인 작은 응접실에 남아 대화를 나누시기 때문이었다. "시골에 계속 갇혀 있다는 건 딱한 일이야"라고 말씀하시는 할머니만 제외하고는 모두들 거기에 남아 있었다. 그래서 할머니는 비가 몹시 쏟아지는 날이면, 나에게 밖에 나가지 말고 방에서 책이나 읽으라고 하던 아버지와 계속 다투시곤 했다. "그런 식으로 키워서는 그 아이가 건강하고 씩씩하게 자랄 수가 없어. 더욱이 그 애는 힘과 의지력이 부족한데 말이야"라고 할머니는 언짢은 어조로 말씀하셨다. 그럴 때면 아버지는 어깨를 으쓱해 보이며, 청우계를 살펴보았다. 아버지는 기상학에 관심이 많으셨다. 그동안 어머니는 아버지께 방해가 되지 않도록 숨소리까지 죽여가며 존경 어린 눈길로 그를 쳐다보고 계셨다. 그러나 그의 여러 가지 탁월한 마음의 신비성까지 간파할 수 있을 정도로 집요하지는 못했다. 그러나 할머니는 날씨에 관계없이, 프랑수아즈가 억수로 쏟아지는 빗속으로 뛰어나가선 버들가지로 만든 값비싼 안락의자가 젖을세라 황급히 들고 들어올 때조차도, 소나기가 쏟아지는 텅 빈 정원에서, 더 건강해지도록 얼굴에 비바람을 받느라 헝클어진 반백의 머리칼을 들어 올리고 계셨다. 할머니는 "이제는 숨통이 트이는군!" 하시며 빗물에 잠긴 화단 통로—자연에 대한 감각이 결여된 새로 온 정원사는 자기 취향대로 화단 통로를 너무 대칭형으로 줄을 만들어놓았다. 아버지는 아침부터 그 정원사에게 날씨가 개겠느냐고 물어보셨다—를 따라 정열적이면서도 급격하고 규칙적인 걸음으로 왔다 갔다 하셨다. 할머니의 몸짓은 자줏빛 치마에 흙탕물이 튀는 것쯤은 아랑곳하지 않았다기보다는, 소나기에 대한 도취와 건강에 좋다는 확신, 나의 교육에 대한 아연실색과 정원의 지나치게 대칭적인 꾸밈에 대한 흥분 때문에 변화무쌍했다. 그래서 할머니 치마에는 한 자 높이까지 흙탕물이 튀었고, 할머니 시중을 드는 하녀에게는 그것이 늘 실망을 주는 두통거리였다.

 저녁 식사 후, 이렇게 정원을 배회하시는 할머니를 집 안으로 불러들일 방법은 오직 한 가지밖에 없었다. 그것은—할머니가 빙빙 돌며 산책하다가 게임용 테이블 위에 술병이 놓인 거실 불빛 앞으로 한 마리 불나방처럼 주기적으로 다가오는 어느 한순간—대고모가 "바틸드, 오라버니가 코냑을 마시려 하니 빨리 들어와서 말리세요!"라고 소리치는 것뿐이었다. 할머니를 곯려주려고(할머니가 우리 집 안에 매우 다른 풍조를 옮겨왔다며, 모두들 할머니를 놀렸다) 사실 술이 금지돼 있는 할아버지께 대고모가 몇 모금 마시도록 부추겼다. 가엾은 할머니는 그것도 모르고 들어오셔서, 제발 코냑을 마시지 말라고 할아버지께 애원하셨다. 그래도 할아버지는 화를 내시며 한 모금을 들이켰다. 그러자 할머니는 슬프고 실망이 됐지만 그래도 웃으며 다시 정원으로 나가셨다. 할머니는 마음이 너무도 겸손하고 따뜻해서, 남들에 대한 애정과, 자신의 의견과 고통을 무시해버리는 인간성이 그녀의 시선 속에 그와 같은 웃음을 담게 해주었다. 할머니의 웃음 띤 눈길 속에는 흔히 우리가 보통 사람들에게서 보는 것과는 대조적으로, 자기 자신에 대한 것만 빼고는 어떤 비웃음도 담고 있질 않았다. 그리고 그 웃음 속에는 열정적인 눈길로 애무하지 않고서는 자기가 사랑하는 사람들을 쳐다볼 수 없는 시선, 그런 시선의 키스가 담겨 있었다. 대고모가 할머니에게 입힌 고통, 즉 할머니가 헛되이 애원하면서 자신의 약함을 드러내고 할아버지에게서 술병을 빼앗으려다가 미리 스스로 단념해버린 그 장면은, 시간이 지나면서 점점 그것에 익숙해지자 모두들 웃으면서 생각할 일이 되었고, 더 나아가서는 모두가 할머니를 괴롭히는 존재였지만, 아주 단호하고 즐겁게 박해자 편에 서서, 모두들 그 일은 할머니를 괴롭히는 것이 아니라고 믿게까지 되었다. 그런 일들이 내게는 너무 끔찍하게 여겨져서 나는 대고모를 때려주고 싶은 마음이 일 정도였다. 그러나 "바틸드, 오라버니가 코냑을 마시려 하니 빨리 들어와서 말리세요!"라는 소리를 듣게 되면, 비겁함에 있어서는 벌써 어른이 다 되어버린 나는 일단 크기만 하면 누구나가 고통과 불의를 눈앞에 보게 될 때 행하는 것들을 모르는 척 그대로 내버려두었다. 나는 그런 일들을 보고 싶지가 않았다. 그래서 나는 공부방 옆에 있는, 집에서 제일 높은 지붕 밑 작은 방으로 올라가서 흐느껴 울었다. 분꽃 냄새가 풍기던 그 방은, 벽들의 돌 틈에서 뻗어 나와 반쯤 열린 창문으로 꽃가지를 들이밀던 까치밥나무가 향기를 풍기던 곳이기도 했다. 사실 그보다 더 특별하고 더 저속한 용도로 쓰이던 그 방은, 낮에는 루생빌 르 팽에 있는 작은 탑까지도 보여주었고, 오랫동안 나의 휴식처로 쓰이기도 했다. 그것은 아마 그 방이 내가 열쇠로 잠글 수 있도록 허락받은 유일한 곳이었기 때문일 것이다. 그래서 그 방은 독서나 몽상, 혹은 눈물이나 관능적인 쾌락 같은 절대적인 고독을 요하는 순간마다 나의 휴식처가 되어주었다. 아, 슬프다! 그 당시 나는 할머니가 오후와 저녁나절 내내 끊임없이 산책을 하시면서, 그분의 남편이 금주령을 어겼다는 사실보다, 오히려 나의 부족한 의지력과 허약한 건강 같은 것들이 내 장래에 해를 끼칠지도 모른다는 불안 때문에 더 슬퍼하고 계셨다는 사실을 전혀 알지 못했으니! 할머니가 하늘을 향해 비스듬히 그 고운 얼굴을 쳐들고 왔다 갔다 하시던 모습 속에서, 우리는 골을 낸 가을 경작지처럼 붉은 보랏빛 인생으로 접어드신 할머니의 주름진 다갈색 뺨을 엿볼 수 있었다. 그 두 뺨은 할머니가 외출을 하실 때면, 반쯤 걷어 올린 베일로 가려져 있었다. 그러나 추위 때문인지 여러 가지 슬픈 생각 때문인지, 자기도 모르게 흐르는 눈물로 할머니 뺨은 마를 날이 없었다.

  방으로 자러 올라가면서 내가 갖는 유일한 위안은, 내가 자리에 누워 있을 때 엄마가 오셔서 내게 키스해주는 것이었다. 그러나 그 저녁 인사는 너무도 짧았고 엄마는 너무 빨리 내려가버렸기에, 엄마가 올라오는 소리를 듣는 순간, 그리고 이중문으로 된 복도에서 하늘색 모슬린으로 된 엄마의 정원용 드레스—그 옷에는 밀짚을 엮어 짠 작은 술이 달려 있었다—가 끌리는 가벼운 소리가 들리는 때가 내게는 실로 고통스런 순간이었다. 그 소리는 이어서 닥칠 일, 즉 엄마가 내 곁을 떠나 곧 다시 내려갈 것이라는 사실을 예고하기 때문이었다. 나는 엄마의 이런 저녁 인사를 무척 좋아했기에 가능한 한 그 시간이 더 늦게 와서, 엄마가 아직 오지 않는 유예 시간이 더 연장되기를 바랐다. 이따금 엄마가 내게 저녁 키스를 하고 나서 나가려고 방문을 열려는 순간, 나는 엄마를 다시 불러 '한 번만 더 안아주세요'라고 말하고 싶었다. 그러나 나는 그렇게 하면 엄마가 곧 화난 얼굴을 하시리란 걸 알았다. 왜냐하면 엄마가 올라와서 나를 안으며 내게 해주던 편안한 키스, 즉 나의 슬픔과 내 마음속 동요 때문에 엄마가 감수하시던 이 양보 행위는 상식을 벗어난 습관이라고 생각하고 계신 아버지의 신경을 건드렸고, 엄마도 이 버릇을 되도록이면 빨리 고쳐보려고 애쓰고 계셨기 때문이다. 따라서 이미 문 가까이 가 계신 엄마에게 다시 한번 안아달라고 요구한다는 것은 너무나도 무의미한 일이었다. 그리고 내가 엄마의 화난 얼굴을 본다는 것은, 조금 전에 엄마가 다가와서 내 침대 위로 몸을 기울여, 마치 평화를 전하러 온 사자처럼 애정 어린 얼굴을 내게 내밀었을 때, 그때 나의 입술이 엄마의 실존을 느끼면서 얻은 모든 평온함과 잠들 힘을 나에게서 파괴했다. 하지만 이처럼 엄마가 내 방에 머문 시간이 아주 짧았던 날들도, 저녁 식사에 손님들이 너무 많이 와서 엄마가 그들과 얘기를 나누느라 저녁 인사를 해주러 올라오시지 못하는 날에 비하면 오히려 행복한 날이었다. 손님들이란, 우연히 지나가다 들르는 몇몇 낯선 이들을 제외하면, 주로 스완 씨였다. 그분은 콩브레의 우리 집에 드나들던 거의 유일한 사람이었는데, 그는 이따금 이웃으로서 저녁 식사를 하러 오기도 했고, 때로는 저녁 식사를 하고 나서 예고 없이 들르기도 했다. 그런데 그가 불행한 결혼을 하면서부터, 나의 부모님은 그의 아내가 오는 것을 별로 좋아하지 않았기에 점점 발길이 멀어졌다. 저녁에, 우리 가족들이 집 앞 큰 마로니에 나무 밑에 놓인 철제 테이블에 둘러앉아 있을 때면, 정원 저쪽에서 방울 소리가 들렸다. 그것은, 쉴 새 없이 날카로운 쇳소리를 울려대어 지나는 사람들을 얼빠지게 하기에 집 식구들이 집에 들어올 때면 '소리를 내지 않고' 들어오려고 걸쇠를 벗기는 시끌시끌한 방울종이 아니라 외부 손님을 위한 금빛 나는 작은 타원형 종으로, 그것이 수줍은 듯 두어 번 울리면, 즉시 우리는 "손님이 오셨군. 누굴까?" 하며 서로 물어보는 것이었으나, 그것이 스완 씨라는 것은 모두 잘 알았다. 그때 대고모는 모범을 보이려는 듯이 자연스런 투로, 큰 소리를 내어 그렇게 쑥덕거리는 것이 아니라고 말씀하셨다. 그것은 찾아온 손님에게 불쾌감을 주는 일이며, 마치 그 손님이 들어서는 안 될 얘기라도 하는 것 같은 인상을 준다고 말씀하셨다. 그리고 우리는 누군지를 알아보도록 할머니를 내보냈는데, 그것은 할머니가 정원을 한 바퀴 더 돌 구실을 갖게 되는 것을 늘 좋아하셨기 때문이었다. 할머니는 그때를 이용하여, 장미꽃을 조금이라도 더 자연스럽게 보이도록 하려고, 지나가면서 장미나무의 버팀 막대들을 슬그머니 뽑아버리시곤 했다. 마치 이발사가 너무도 납작하게 만들어놓은 아들의 머리를 어머니가 손을 넣어 부풀려놓듯이.

우리는 마치 수많은 공격자들 사이에서 망설이고 있기라도 한 듯이, 할머니가 가져올 적군의 소식을 목 빠지게 기다렸다. 이윽고 할아버지가 "스완의 목소리로군" 하고 말씀하셨다. 사실, 우리는 그의 목소리만으로도 그라는 것을 알 수 있었다. 모기가 꾀는 것을 방지하려고 정원을 가능한 한 어둡게 해놓고 있어서 거의 붉은색이 도는 그의 금발 머리와, 브레상[19세기 중엽의 연극배우] 스타일 모자를 쓴 넓은 이마, 그리고 매부리코와 푸른 눈을 한 그의 얼굴을 잘 알아볼 수 없었다. 나는 시럽을 가져오라고 일러주러 살며시 자리를 떴다. 할머니는 그렇게 하는 것을 더 마음에 들어 하셨고, 손님이 있을 때만 유별나게 굴지 않는 게 중요하다고 여기셨다. 스완 씨는 우리 할아버지보다 훨씬 젊었지만, 두 사람은 아주 절친한 사이였다. 우리 할아버지는 스완 씨 아버지의 가장 친한 친구였다. 스완 씨 아버지는 훌륭하면서도 좀 별난 분이어서, 이따금 아무것도 아닌 일로 마음의 도약이 중단되거나 사고의 흐름이 잘 바뀌는 분인 듯싶었다. 스완 씨 아버지가 밤낮으로 간호하던 아내를 잃었을 때 어떠한 태도를 보였는지, 그 일화를 나는 일 년에도 몇 번씩이나 식탁에서 할아버지의 입을 통해 되풀이해 들어왔다. 그 당시 오랫동안 그를 만나지 못했던 할아버지는 부음을 듣고는 곧 콩브레 근교에 있는 스완네로 달려가서, 눈물투성이가 된 그분이 입관(入棺)에 입회하지 못하도록 잠시 빈소 밖으로 데리고 나왔다. 두 사람이 햇살이 약간 비치는 정원을 몇 발짝 거닐었을 때, 별안간 스완 씨 아버지가 우리 할아버지

팔을 잡으며 소리쳤다. "아! 여보게! 이런 좋은 날씨에 우리 서로 산책을 하니 얼마나 기분 좋은 일인가! 이 모든 나무들, 이 산사나무들, 그리고 자네의 칭찬을 한 번도 받아본 적이 없는 내 연못이 아름답다고 생각되지 않는가? 자넨 침통한 표정을 짓고 있구먼. 이 산들바람을 못 느끼겠나? 암, 그렇고말고. 누가 뭐래도 살고 볼 일이야, 안 그런가, 여보게, 아메데!" 그러다 별안간 죽은 아내의 추억이 머리에 다시 떠오르자, 어떻게 이런 순간에 그렇게 명랑한 기분에 빠지게 되었는지 알다가도 모를 일이라고 생각한 듯, 결국 어려운 문제가 머리에 떠오를 때마다 하는 버릇처럼 한쪽 손을 이마 위로 가져가, 눈과 코안경의 유리알을 닦는 행동으로 얼버무렸다. 그렇지만 아내를 잃은 슬픔은 위로받을 수 없었다. 그러나 그 후 그가 살아 있던 두 해 동안, 그는 우리 할아버지에게 이렇게 말하곤 했다. "이상하지. 난 죽은 아내를 매우 자주 생각하긴 하는데, 웬일인지 한 번에 많이 생각할 수는 없단 말이야." 그때부터 '그 가련한 스완 씨 아버지처럼, 자주는 하되, 한 번에 조금씩'이라는 말이 우리 할아버지가 애용하는 문구가 되었으며, 할아버지는 뜻이 아주 다른 일에도 그 문구를 적절히 사용하셨다. 그리하여 내가 가장 탁월한 재판관으로 모셨고 그분의 판결이 나에겐 곧 법규가 되었으며, 그 후에 내 기분이 비난 쪽으로 기울어지기 쉬웠던 남의 과오를 용서해주는 데 도움을 주신 할아버지께서 "뭐라고? 그는 황금 같은 마음씨를 지녔어!"라고 되풀이해서 말씀하시지 않았다면, 나는 그 스완 씨 아버지를 괴물로 여겼을지도 모른다.

아들 스완 씨는 여러 해 동안, 특히 그가 결혼하기 이전에는 우리 대고모와 조부모님을 뵈러 콩브레에 왔다. 대고모와 조부모님은 스완 씨가 예전에 그의 집안사람들이 출입하던 사회에서는 더는 생활하지 않는다는 것을 전혀 몰랐으며, 또 이 스완이라는 이름은 그가 우리 집에서 쓰던 일종의 익명으로— 유명한 강도를 강도인 줄도 모르고 유숙시키는 순진하기 짝이 없는 정직한 여관 주인들처럼— 실은 자키 클럽〔19세기 초기에 조직된 프랑스 귀족들의 사교 클럽으로 승마와 경마를 즐겼음〕의 가장 멋있는 회원의 한 사람이자, 파리〔Louis Philippe Albert d'Orléans : 루이 필립 2세의 손자〕 백작과 황태자 갈〔Galles : 영국 황태자로 후에 에드워드 7세가 됨〕의 총애를 받는 회원이며, 성 밖 생제르맹의 상류 사회에서 가장 사랑받는 남아를 머물게 하고 있다는 사실을 전혀 몰랐다.

스완이 누리는 그런 화려한 사교 생활을 우리가 알지 못한 것은 물론 어느 정도는 그의 성격이 조심스럽고 겸손한 때문이기도 했지만, 한편으론 그 당시 부르주아 계급 사람들이 사회에 가지고 있던 다소 힌두교도적인 개념 때문이기도 했다. 즉 그들은 사회란, 폐쇄적인 계급들로 구성되어, 개개인은 태어나면서부터 부모가 속한 계급에 속하고, 예외적인 경력이나 뜻하지 않은 결혼 같은 요행을 얻지 않는 한, 자기 계급에서 벗어난 윗 계급으로 올라갈 수는 없다고 생각하기 때문이었다. 스완 씨 아버지는 증권거래소 중개인이었다. 따라서 '아들 스완'은 납세자 목록에서와 마찬가지로, 소득에 따라 재산이 변동되는 한 계급에 평생 동안 속해 있었다. 사람들은 그의 부친이 자주 출입하던 곳이 어떤 곳인지, 그리고 그의 가족들이 드나들던 곳이 어떤 곳인지 알았고, 따라서 그가 어떤 사람들과 교제하는 '신분'인지도 알았다. 그가 그 밖의 여러 사람들과 알고 지낸다 해도 그것은 젊은이들 간의 교제였고, 우리 부모님과 같은 그 집안의 옛 친지들은 그런 교제에도 더욱 호의적으로 눈감아주었는데, 그것은 그가 부모를 여읜 뒤로도 계속 변함없이 우리를 만나러 온다는 그 정표 때문이었다. 그러나 우리가 알지 못하는 곳에서 그가 만나는 사람들은, 우리와 함께 있을 때 그들을 만난다면 인사조차 하지 못할 사람들임에 틀림없었다. 만일 우리가 억지로라도 그의 부모님과 동등한 위치에 있는 증권 중개인의 다른 아들들과 스완을 비교하여 그의 개인적인 사회적 계수(係數)를 매겨본다면, 아마도 그가 좀 낮을 것이다. 왜냐하면 매우 소박하게 행동하며 늘 골동품과 그림에 '심취'해온 스완은, 지금은 어느 고풍스러운 집에 살면서 거기에 그의 수집품들을 모아놓는 생활을 하는데— 그래서 우리 할머니는 그곳을 한번 방문하고 싶어 하셨다— 불행히도 그 집은, 대고모가 그런 곳에 산다는 것은 창피한 일이라고 여기는 구역인 오를레앙 부두에 위치해 있었기 때문이다. 대고모는 스완에게 이렇게 말했다. "당신이 골동품 감정을 좀 하시나요? 이건 당신을 위해서 하는 말이에요. 장사꾼들이 당신에게 엉터리 그림들을 팔아넘기는 게 틀림없어요." 대고모는 사실 스완 씨를 아무 능력도 없는 사람으로 생각했고, 지적인 면에서조차 높이 평가하질 않았다. 그것은 그가 대화를 나눌 때면 진지한 화제를 피했기 때문이며, 요리법에 대해선 사소한 것까지 상세하게 늘어놓을 뿐만 아니라 할머니의 여동생들이 미술에 관해 이야기할 때도 지극히 평범한 정확성밖에 보여주지 않았기 때문이었다. 할머니들이 어떤 그림에 대해 그의 의견을 묻는다든가 그가 감탄하는 이유를 설명해달라고 부추기면, 그는 거의 어색할 정도로 침묵을 지키다가는, 그 대신 그 그림이 소장되어 있는 미술관 이름이나 그것이 그려진 연대 따위의 물리적 지식만을 피력했다. 그러나 보통 스완은 우리 집에 올 때마다 우리가 아는 사람들, 예를 들면 콩브레의 약사나 우리 집 식모, 혹은 우리 집 마부 같은 사람들 중에서 한 사람을 골라 그와 자기 사이에 있었던 새로운 이야기를 들려줌으로써 우리를 즐겁게 해주는 것으로 만족해했다. 물론 그런 이야기들은 대고모를 웃게 만들었다. 그러나 그 웃음이 그 얘기 속에 처하게 된 우스꽝스런 스완의 처지 때문인지, 아니면 "스완 씨 당신은 정말 별난 인물이군요!"라고 사람들이 감탄할 정도로 그가 재치 있게 이야기하기 때문인지는 잘 구별할 수 없었다. 대고모는 우리 집안에서는 좀 속된 분이었기에 스완에 대한 이야기가 나올 때면, 스완은 자신이 원하기만 한다면 오스만 거리나 로페라 가에서 살 수 있는 사람인데, 부친 스완 씨에게서 4백만 내지 5백만 프랑을 유산으로 물려받은 그가 그런 곳에 사는 것은 단지 그의 독특한 취향 때문이라고 남들에게 애써 강조했다. 이러한 스완의 생활이 다른 사람들의 흥밋거리가 될 것이라고 믿는 대고모는, 정월 초하룻날, 스완 씨가 대고모에게 드리려고 설탕에 절인 밤과자 상자를 들고 왔을 때, 주위에 손님이라도 있으면 그에게 잊지 않고 꼭 이렇게 말했다. "이봐요, 스완 씨! 리옹행 열차를 놓칠까 봐 여전히 '주류 전매소' 부근에 사시나요?" 그러고 나서 대고모는 코안경 너머로 다른 손님들의 표정을 흘깃 살폈다.

그러나 이 아들 스완이 모든 '훌륭한 부르주아'와 파리의 가장 신용 있는 공증인들이나 소송 대리인들의 인정을 받기에 충분한 '자격을 갖춘'(그로서는 그것을 여자 손아귀에 넘겨준다 해도 섭섭하지 않을 것이지만) 사람이며, 그가 남몰래 전혀 다른 생활을 하고 있고, 그가 돌아가서 자야겠다고 말하고는, 파리에 있는 우리 집을 나와 거리를 돌아서자마자 다시 되돌아와서, 증권 중개인이나 조합원들의 눈에 절대로 띄지 않게 살롱으로 들어간다는 사실을 누군가가 대고모에게 말해준다면, 이 말이 대고모에게는 매우 이상하게 들렸을 것이다. 그것은 아마 어떤 매우 교양 있는 부인이 자기는 아리스타이오스[그리스 신화에 나오는 아폴론과 키레네 사이에서 태어난 아들]와 개인적으로 친밀한 사이라는 것, 게다가 아리스타이오스는 그녀와 이야기를 나눈 다음 테티스[그리스 신화에 나오는 바다의 여신]의 왕국 한가운데로 빠져 들어가, 산 사람의 눈에는 보이지 않는 그 물의 왕국, 베르길리우스[Vergilius M. Publius : 로마 최대의 시인]가 묘사한 그 왕국에서 굉장한 환영을 받았을 것이라고 생각하는 것만큼이나 괴상하게 여겨졌을 것이다. 아니면 대고모가 느낄 그 괴상함을 그녀의 머리에 가장 잘 떠오르기 쉬운 이미지로 비유해본다면, 콩브레 집의 과자 접시에 그려져 있어 대고모도 저녁 식사 때 볼 수 있었던, 혼자 있을 때면 아무도 상상할 수 없는 보물들로 가득 찬 눈부신 동굴로 가는 알리바바를 드는 것이 좋을 것 같다.

어느 날 저녁 식사 후, 스완 씨가 파리에 있는 우리 집을 방문했을 때 그는 자신이 야외복 차림인 것에 사과를 했다. 그가 돌아가자, 프랑수아즈는 마부에게서 들었다며 스완 씨가 '어느 공주님 댁에서' 저녁 식사를 했다는 얘기를 전했는데, 대고모는 "응, 어느 화류계 공주님 댁에서겠지!" 하고 어깨를 으쓱하면서, 하던 뜨개질에서 눈도 떼지 않고 냉정하게 비웃었다.

이처럼 대고모는 스완 씨를 무례하게 대했다. 대고모는 우리가 그를 초대하는 것이 그를 기쁘게 해주는 것이라고 믿었기에, 여름철에 그가 찾아올 때면 그 집 정원에서 딴 복숭아나 산딸기를 한 바구니 손에 들고 온다든가, 그가 이탈리아를 여행하고 돌아올 때마다 매번 나에게 명작 사진들을 가져다주는 것을 극히 당연한 것으로 받아들였다.

우리는 그를 초대하지 않은 만찬을 준비하고 있다가도, 우리 집에 처음 오는 낯선 손님을 대접하기에는 음식이 좀 변변치 않아 위신이 서지 않는다고 생각될 때면, 그리비슈 소스나 파인애플 샐러드를 만드는 요리법을 물으러 그를 부르러 보낼 정도로, 그에 대해서는 체면을 차리지 않았다. 어쩌다 우연히 프랑스 왕실의 공자들에게로 대화가 옮겨지면, 대고모는 "당신이나 나나, 우리와는 거리가 먼 사람들이죠, 안 그래요?"라고 스완에게 말했는데, 사실 어쩌면 이때 스완 씨의 주머니 속에는 트위크넘〔영국 템스 강가에 있는 별장지. 파리 백작도 이곳에 망명해 있었으며 편지는 그에게서 온 것임〕에서 온 편지 한 통이 들어 있었는지도 모른다. 또 할머니의 여동생이 노래를 부르는 저녁이면, 대고모는 스완에게 피아노를 치게 하고 악보를 넘기게 했는데, 그녀는 다른 장소에서는 그처럼 인기 있는 이 인물을, 마치 귀한 골동 수집품을 값싼 물건같이 조심성 없이 갖고 노는 순진한 어린아이처럼 버릇없이 대했다. 물론 그 당시, 많은 클럽의 인사들에게 알려진 스완이라는 인물과 우리 대고모가 멋대로 생각하던 스완과는 큰 차이가 있었던 것이다. 대고모가 알고 있던 스완은, 저녁마다 콩브레 집의 작은 정원에 방울종이 망설이듯이 두 번 울리면, 마중 나간 할머니 뒤를 따라 짙은 어둠 속에 나타나 서서히 분리되면서, 목소리로 겨우 알아볼 수 있는 막연하고 불확실한 인물이었다. 대고모는 그 인물에다 자기가 스완네 집안에 대해 알았던 모든 고정관념들을 주입해 생기를 불어넣었다. 그러나 생(生)의 가장 하찮은 견지에서 보더라도, 우리 인간은 누구나 똑같은, 물질적으로 구성된 총체, 개개인이 입찰 안내서나 유서를 보듯이 대하는 그런 간단한 조직체는 아니다. 우리의 사회적인 인격은 타인의 사고(思考)가 만들어낸다. 아주 간단한 행동을 할 때조차도 '우리가 아는 어떤 사람을 보아라'라고 말하는 것은, 지적인 행위의 일부인 것이다. 우리는 우리가 보는 인간의 외모를 우리가 그 사람에 대해 가진 모든 관념으로 채

운다. 그래서 우리가 그려보는 전체 모습은, 확실히 대부분이 그런 관념들로 이루어져 있다. 결국 그러한 관념들이, 그처럼 완벽하게 두 뺨을 부풀게 하고 그처럼 정확하게 콧날을 그려내며, 성대의 울림을 마치 투명한 피막처럼 매우 미묘한 뉘앙스로 혼합시킴으로써, 우리가 그 얼굴을 보거나 그 음성을 들을 때마다 정작 우리가 보고 듣는 것은 바로 그 관념들에 지나지 않는다. 확실히, 우리 부모님이 구성하고 있던 스완에 대한 관념들 속에는 그들이 몰랐기 때문이겠지만, 그의 사교 생활에서의 여러 가지 특징들이 빠져 있었다. 다른 사람들 같으면, 그를 대했을 때, 우아함이 그의 얼굴을 감싸며, 그것이 마치 자연스러운 경계선처럼 그의 매부리코에서 멈추고 있음을 보았겠지만, 우리 부모님은 그의 위엄을 떨어뜨리는 공허하고도 넓은 그의 얼굴 속에서, 또한 그의 가치를 떨어뜨리는 그의 눈 속에서, 매주 저녁 식사 뒤 게임용 테이블 둘레나 혹은 정원에서 함께 보낸 한가한 시간들의 아련하고 달콤한ー 알쏭달쏭한ー 기억의 찌꺼기, 시골의 따뜻한 이웃으로 우리와 함께 지낸 기억의 찌꺼기를 떠올릴 수 있었던 것이다. 이처럼 우리의 친구인 그의 육체적 피막은, 그의 부모님과 관련된 몇 가지 추억으로 너무도 꽉 차 있어서, 그런 스완 쪽이 오히려 더 안전하고 실감나는 존재가 되어버렸다. 그리하여 내가 그 후에 정확히 알게 된 스완 쪽에서 기억을 더듬으며 최초의 스완 쪽으로 옮겨갈 때면, 마치 한 인물과 헤어지고 판이하게 다른 한 인물에게로 옮겨가는 듯한 느낌이 들었다. 이 처음의 스완, 그 사람에게서 나는 내 어린 시절의 즐거운 과오들을 다시 찾아낼 수 있었다. 게다가 그 처음의 스완은 뒤에 내가 알게 된 또 하나의 스완보다는 오히려 그 당시 내가 알고 있던 다른 사람들을 더 많이 닮았다는 느낌을 주었다. 마치 우리의 삶이, 같은 시대의 모든 초상화들이 똑같은 색조로, 한 가족 같은 분위기로 걸려 있는 미술관이기라도 한 것처럼. 이 처음의 스완은 한가롭게 시간을 보냈고, 커다란 마로니에와 바구니에 들어 있는 산딸기와 갓 캐온 쑥 향내를 물씬 풍겼다.

그런데 어느 날, 할머니는 성심 수도원 여학교 시절에 알고 지냈던 귀부인인, 유명한 부이옹 가문의 드 빌파리지 후작 부인에게 부탁이 있어 그녀를 만나러 갔는데, 이 부인과는 서로 좋아하는 사이였지만 우리의 계급관념 때문에, 할머니는 그녀와 계속 교제하기를 꺼려했다. 그 부인이 할머니에게 이런 말을 했다. "난 당신이 스완 씨와 매우 친하게 지낸다는 것을 알고 있어요. 그분은 롬 가문의 우리 조카들과 퍽 절친한 친구지요." 할머니는 드 빌파리지 부인에게서 그 집의 정원 쪽으로 면한 집에 세를 들라고 권유받은 데다, 또 계단에서 찢긴 치맛자락을 한 바늘 꿰매어달라고 들어갔던, 그 집 안마당에 가게를 낸 조끼 양재사 부녀의 일로 매우 흥분되어 돌아오셨다. 할머니는 그 부녀가 나무랄 데 없는 사람들이라고 하시면서, 그 딸은 진주알같이 고왔으며 그녀의 아버지는 지금까지 그녀가 본 조끼 양재사들 중에서 제일 품위 있는 남자였다고 단언하셨다. 그럴 것이 할머니에게 있어서 품위란 사회적 지위와는 전혀 관계가 없었기 때문이다. 할머니는 양재사가 자기에게 했던 대답에 경탄하며, 우리 어머니에게 말씀하셨다. "세비녜 부인인들 그처럼 훌륭하게 말할 수 있었겠니!" 또 할머니는 그날 드 빌파리지 부인 댁에서 만났던 부인의 조카에 대해서는 정반대로 말씀하셨다. "아, 어멈아, 그 사람 정말 품위가 없더구나!"

그런데 스완과 관계된 그 이야기는 대고모의 머릿속에서 스완을 높이기는커녕, 오히려 드 빌파리지 부인까지 낮추는 결과를 초래했다. 할머니에 대한 믿음 때문에 우리가 지금까지 드 빌파리지 부인에게 품어온 존경심은, 우리의 존경심에 합당하지 않은 어떤 행위도 절대 해서는 안 된다는 의무감을 그녀에게 부여했는데, 바로 그런 부인이 스완의 생활을 알고 있으면서도 그녀의 조카가 그와 교제하는 것을 내버려둔다는 사실이 어쩐지 우리에게는 그 의무를 저버렸다는 느낌을 주었던 것이다. "뭐라고요! 스완을 알더라고요? 소위 막마옹〔Marie E. P. M. de MacMahon : 프랑스 제3공화국의 대통령을 역임한 프랑스 원수〕 원수와 친척이라는 그분이 말이에요!"

스완의 교제에 관한 우리 집안사람들의 이러한 의견은, 그 후 그가 아주 형편없는 하류계급의 여자, 거의 창녀나 다름없는 여자와 결혼을 한 데서 더 단단히 굳어진 것 같았다. 게다가 스완은 그 여자를 남들에게 소개하지 않으려고 했고 우리 집에도 계속 혼자 왔으며, 그것도 점점 뜸해졌기에, 우리 집안사람들은—그가 택한 여자로 미루어—스완이 자주 드나들던 사회는 우리가 알지 못하는 그렇고 그런 장소였음을 판단할 수 있다고 믿었다.

그런데 한번은 우리 할아버지가 어느 신문에서, 스완 씨가 모 공작 댁의 일요일 오찬에 빠짐없이 참석하는 인사들 가운데 한 사람이라는 기사를 읽은 적이 있었다. 모 공작의 아버지와 삼촌은 루이 필리프〔Louis-Philippe : 프랑스 국왕. 자유주의자로서 대혁명 초기부터 자코뱅파에 딸려 활약했으며, 7월 혁명 후 왕위에 추대되어 '시민 왕'이라 일컬어짐〕 통치 하에서 가장 저명했던 정치가들이었다. 그런데 할아버지는 몰레〔Mathieu Molé : 프랑스의 법학자, 정치가〕나 파스키에〔Audiffret-Pasquier : 프랑스의 정치가. 프랑스 국민의회 회장 역임〕 공작이나, 브로글리 공작 같은 인물들의 사생활을 이해하는 데 도움이 될 만한 온갖 사소한 일에 호기심이 많으셨다. 그래서 할아버지는 스완 씨가 그런 인물들과 교제하며 가까이 지낸다는 사실을 알고 기뻐하셨다. 그와는 반대로 대고모는 그 기사를 오히려 스완에게 불리한 의미로 해석했다. 대고모의 눈에는 자기가 태어난 계급과 자기가 소속된 사회적 '등급'에서 벗어난 교제를 선택하는 사람은 결국 자기 사회에서 유감스런 제명을 당한 것처럼 보였다. 그것이 대고모에게는, 선견지명이 있는 부모님들이 자손들을 위해 명예스럽게 보유하고 간직해온, 사려 깊은 사람들과의 훌륭한 교제의 열매를 단번에 던져버리고 마는 것과 같은 행위로 보였던 것이다. 대고모는, 우리 집안사람들과 아주 가까이 지내는 어느 공증인의 아들과 절교까지 했었다. 왜냐하면 그 아들은 어느 왕녀와 결혼을 했는데, 그 결과 그가 그 왕녀 때문에 공증인의 아들이라는 존경받던 지위에서 일종의 연애 대장의 지위로, 이를테면 왕비들이 이따금씩 호의를 베푼다는 소문이 나도는 옛 종들이나 외양간의 시종 같은 지위로 떨어져버렸다는 이유에서였다. 대고모는 다음 날 저녁 스완이 저녁 식사에 오면 우리가 알고 싶어 하는 그런 인물들에 대해 물어보겠다는 할아버지의 계획을 비난했다. 한편 기품은 고귀하지만 전혀 재치가 없는 노처녀들인 할머니의 두 여동생은, 형부가 그처럼 하찮은 일들에 그렇게 기뻐하며 말할 수 있는 점을 이해할 수 없다고 잘라 말했다. 이 두 분은 높은 동경 속에서 사는 여인들로, 비록 역사적인 흥미를 끄는 일일지라도, 소위 잡담이라고 불리는 일에는 관심이 없었고, 또 일반적으로, 심미적이거나 도덕적인 대상과 직접적으로 관련되지 않은 사실에도 전혀 흥미를 갖지 않았다. 그 두 분은 직접적이건 간접적이건, 사교 생활에 관련된 것 같은 모든 것에 어느 정도로 무관심한가 하면 식사 때의 대화가 경박한 어조나 다소 저속한 음조를 띠고, 두 분이 좋아하는 체제로 화제를 끌어올릴 수 없을 정도가 되어, 잠시 동안 들을 필요가 없다고 간주되면 당장 두 분의 청취 기능을 쉬게 하여, 그 기능을 완전히 위축시킬 정도였다. 그때 처제들의 주의를 끌 필요가 있다고 생각되면, 할아버지는 정신과 의사가 몇몇 넋을 잃은 환자에게 사용하는 물리적 경고에 도움을 청해야만 했다. 예를 들면 여러 번 반복해서 칼날로 컵을 두드리는 동시에, 목소리와 시선으로 갑작스레 질문을 던지는 방법이었는데, 이것은 정신과 의사들이 그들의 직업적인 습관에서인지, 아니면 모든 인간이 다소 미치광이 기질이 있다고 생각해서인지, 건강한 사람들과 나누는 일상적인 대화 중에도 자주 애용하는 그런 난폭한 방법이었다.

할아버지의 두 처제가 더욱더 큰 관심을 표명했던 것은, 스완이 저녁 식사를 하러 오기로 한 전날 저녁에 그가 두 분에게 개인적으로 아스티산 포도주 한 상자를 보내왔을 때였다. 그때 대고모가 '코로〔Jean B. C. Corot : 프랑스의 화가. 인상파에 큰 영향을 끼침〕 전시회'에 출품된 어느 그림 옆에 '샤를 스완 씨 소장'이라는 글이 실린 《르 피가로》지를 손에 들고 우리에게 물었다. "스완이 《르 피가로》지에 오르는 영광을 가진 기사를 읽어보았나요?" — 그러자 할머니가 말했다. "내가 늘 말했잖아요, 스완은 고상한 취미가 많은 사람이라고." — "그렇죠. 우리와 늘 의견이 다르니까" 하고 대고모가 그 말을 받아넘겼다. 할머니가 좀처럼 자기와 의견을 같이하지 않는다는 것을 알고 있던 대고모, 물론 모든 집안사람들의 의견 역시 늘 자기편이라고는 기대하지 않던 대고모는, 할머니의 의견과 대립된 자기의 의견과 우리 사이에 억지로 연대의식을 갖게 하려고 애쓰며, 할머니의 의견을 무조건 나쁘다고 비난하며 우리를 그녀에게서 격리시키려 했다. 그래도 우리는 잠자코 있었다. 할머니의 두 여동생이 《르 피가로》에 난 기사를 스완에게 얘기해주겠다는 의사를 표명하자, 대고모는 그것을 말렸다. 대고모는 다른 사람에게서 자기보다 우수한 점이 있는 것을 볼 때마다, 별게 아닌데도, 그것을 장점이 아니라 단점인 양 단정해버렸고, 그런 것 따위는 부러워하지 않는 것처럼 보이려고 그 점을 헐뜯곤 했다. "그 얘기를 해줘도 그를 기쁘게 하진 못할 거야. 나 같으면, 신문에 이처럼 생생하게 내 이름이 인쇄된 것을 본다면 불쾌하기 짝이 없을 테니, 남들이 그런 인사를 내게 한들 기분 좋을 리는 없을 거야." 그렇지만 대고모는 할머니의 여동생들을 설복시키려고 고집하진 않았다. 왜냐하면 할머니의 여동생들은 속된 것을 끔찍이 싫어한 나머지, 묘하게 둘러대는 완곡한 표현 속에 개인적인 암시를 삽입하는 재주를 너무 심하게 부려, 정작 그런 말을 듣는 당사자조차도 알아듣지 못할 때가 있었기 때문이다. 우리 어머니로 말할 것 같으면, 어머니는 스완의 부인에 대해서가 아니라 스완이 애지중지하는 딸, 들리는 말로는 그 딸 때문에 스완이 그녀와 결혼하고 말았다는 그 딸에 대해서, 아버지가 스완에게 한마디 건네보겠노라는 승낙을 어떻게 얻어낼까 하는 생각밖에는 하지 않았다. "그분에게, 요즘 따님은 잘 지내느냐고, 꼭 한마디만 하면 되잖아요. 아픈 데를 찔리는 격이 될 거예요." 그러나 아버지는 화를 내셨다. "그건 안 돼! 당신 엉뚱한 생각을 하는군. 망신만 당할 거요."

그런데 우리 가족 중에서 오직 한 사람, 스완의 방문이 불안스럽고 고통스러운 사람은 바로 나였다. 왜냐하면 낯선 손님들이 와 있거나, 아니면 스완 씨 혼자만이라도 와 있는 저녁이면, 어머니가 내 방으로 올라와주지를 않기 때문이었다. 나는 남들보다 먼저 식사를 마치고, 그 다음에는 다른 가족들의 식탁에 가서 여덟 시까지 앉아 있었다. 여덟 시는 내가 올라가 자기로 정해져 있는 시간이었다. 여느 때는 내가 잠들 때에 침상에서 해주시던 소중하고도 깨지기 쉬운 어머니의 입맞춤을, 그런 날에는 식당에서 받아 내 침실로 날라, 옷을 갈아입는 동안에도 그 감미로움이 깨지지 않도록, 그 휘발성 효능이 발산해버리거나 증발돼버리지 않도록 조심스레 간직해야만 했다. 또 바로 그런 저녁이야말로 입맞춤을 더욱 조심스럽게 받아야 할 필요가 있었는데도, 나는 그것을 빼앗듯이, 그리고 갑작스럽고 공공연하게 훔치듯이 슬쩍 받아야만 했다. 그럴 때면 나에게는 편집증 환자들의 주의력, 다시 말해 병적인 불안이 그들에게 되살아날 때면 그들이 문을 닫는 순간의 기억을 그 불안에 의기양양하게 대치시킬 수 있기에, 문을 닫는 동안에는 다른 어떤 일도 생각하지 않으려고 애쓰는 그런 주의력을 내가 받았던 입맞춤에 간직할 만한 정신적인 여유도 시간적인 여유도 없었다. 우리 가족들이 모두 정원에 나와 있을 때, 방울종이 두 번 망설이듯이 울렸다. 모두들 스완이 왔다는 걸 알았지만, 모두들 서로 묻는 투로 서로를 쳐다보며, 할머니를 정찰자로 나가보시게 했다. 할아버지가 두 처제에게 충고하셨다. "포도주 고마웠다는 인사를 깍듯이 해요. 맛있는 술이고 상자도 크니까." "숙덕거리지 말아요. 가족들이 모여 나직나직 얘기하는 집에 들어온다는 것이 얼마나 기분 좋은 일이겠어요?"라고 대고모가 말했다. ㅡ"어허! 스완이 왔구먼. 내일은 날씨가 어떨지 좀 물어봐야겠군" 하고 아버지가 말했다. 우리 어머니는 스완이 결혼하면서부터 우리 집안사람들이 스완에게 주었을지도 모르는 모든 불편을 자신의 말 한마디로써 완전히 씻어버릴 수는 없을까 궁리했다. 어머니는 용케도 스완을 약간 외진 곳으로 데려갔다. 그때 나도 그 뒤를 따라갔다. 여느 날 저녁처럼 어머니가 내 방으로 올라와 키스해주는 위안도 없이, 어머니를 식당에 남겨둔 채 곧 내 방으로 올라가지 않으면 안 된다는 생각을 하니, 나는 한 발짝도 어머니 곁을 떠나고 싶지 않았다. "저, 스완 씨, 따님 얘기 좀 해주세요. 틀림없이 따님도 아빠를 닮아서, 훌륭한 예술 작품에 취미가 있겠지요" 하고 어머니가 말했다.—그때 "자아, 모두 함께 베란다 밑에 가서 앉읍시다" 하고 할아버지가 다가오며 말했다. 그래서 어머니는 얘기를 중단할 수밖에 없었는데, 그 방해에서 어머니는 마치 운(韻)의 구속에서 도리어 최대의 아름다움을 찾아내는 훌륭한 시인처럼, 오히려 더욱 미묘한 생각을 해냈다. "언제 단둘이 있을 때, 따님에 대해 얘기하기로 해요. 아이들을 이해해주는 사람은 뭐니 뭐니 해도 엄마밖에 없으니까요. 따님의 엄마도 내 생각과 같으리라 믿어요"라고 어머니는 작은 목소리로 스완에게 말했다.

우리는 모두 철제 테이블 주위에 둘러앉았다. 나는 오늘 저녁, 잠을 이루지 못하고 내 방에서 홀로 보내야 할 그 괴로운 시간에 대해 더는 생각하고 싶지 않았다. 그래서 내일 아침이면 잊어버리게 될 테니까 신경 쓰지 말자고 스스로를 설득시키려고 애쓰면서, 지금 가까이에서 나를 괴롭히는 이 심연을 뛰어넘을, 저편 다리 위로 나를 데려다줄 미래에 대한 생각에 집착했다. 그러나 불안 때문에 긴장된 내 영혼, 어머니를 뚫어지게 바라보는 내 눈처럼 볼록하게 튀어나온 내 영혼은, 어머니 이외의 그 어떤 생각도 거부했다. 여러 생각이 내 영혼에 떠오르기는 했지만, 나를 감동시켜줄 미적 요소나 기분전환이 될 간단한 익살적인 요소마저도 모조리 제외된 상태로였다. 마치 환자가 마취제 덕분에 또렷한 정신으로 누군가 그에게 행하는 수술에 임하듯이, 나는 아무런 느낌 없이 내가 좋아하는 시구를 마음속으로 암송할 수 있었고 또 파스키에 공작에 대해 스완에게 말씀하시고 싶어 하던 할아버지의 노력을 관찰할 수도 있었지만, 그 시구는 나에게 아무런 감동도 주질 않았고 할아버지의 모습 또한 전혀 즐겁지 않았다. 그런데 할아버지의 노력은 헛수고였다. 할아버지가 스완에게 그 웅변가에 관한 질문을 던지자마자, 할머니의 여동생 중 한 분 — 이분의 귀에는, 마치 어떤 침묵이 너무 길고 때에 맞지 않을 때면 깨뜨리는 것이 상책인 것처럼, 그 질문도 중지시키는 것이 올바른 일이라 여겨졌다 — 이 또 한 분의 여동생에게 말을 걸었다. "이봐, 셀린, 난 스웨덴 태생의 젊은 여선생을 알게 됐는데, 그분은 내게 스칸디나비아 반도에 있는 여러 나라의 협동조합에 관해 상세하게 알려주었지. 매우 흥미롭더군. 언제 한번 저녁 식사에 그분을 초대해야겠어. 그래, 그게 좋겠어. 하지만 나도 멍하니 시간을 보내진 않았어. 난 말이야, 뱅퇴유 씨 댁에서 어느 노학자를 만났는데, 그분은 배우 모방(Maubant : 프랑세즈 극장의 배우)과 절친한 사이였어. 그래서 모방은 그분에게 자기가 맡은 역할을 소화하려고 자기가 어떻게 처신하는가에 관해 퍽 세밀하게 설명해주었대. 얼마나 재미있는 얘기였는지 몰라. 그분은 뱅퇴유 씨의 이웃이라는데, 난 그 사실을 전혀 몰랐지 뭐야. 아주 친절한 분이시던데" 하고 플로라 할머니가 말했다. — "친절한 이웃을 가진 사람이 뱅퇴유 씨뿐인가 뭐" 하고 셀린 할머니기 말했는데, 그 목소리는 수줍어했기에 도리어 더 컸고 심사숙고한 탓에 오히려 더 부자연스러웠다. 그러면서 그녀는 자기가 말하는 것에 관해 의미 있는 눈길을 연방 스완 쪽으로 보냈다. 그와 동시에 플로라 할머니도 그 말이 아스티산 포도주에 대한 셀린 할머니의 인사말이란 것을 알아차리고는, 축하와 야유가 섞인 표정을 지으며 역시 스완을 쳐다보았다. 그것은 단지 언니의 재치를 강조하기 위해서이기도 했고, 그런 재치를 불러일으킨 스완이 부럽기 때문이기도 했고, 또 이제 스완이 심문 공세를 받을 것이라 생각하니 그를 비웃지 않을 수 없기 때문이기도 했다. 플로라 할머니가 말을 이었다. "나는 그분을 저녁 식사에 초대할 수 있으리라 믿어.

그분에게 배우 모방이나 가수 마테르나 부인에 관한 이야기를 시키면, 몇 시간이건 끊임없이 얘기할 테니까." — "즐거운 자리가 되겠군" 하고 할아버지는 한숨을 쉬었다. 불행히도 할아버지는 그의 기질 때문에, 그의 마음속에 스웨덴의 협동조합이나 배우 모방의 배역 소화에 대해 열심히 관심을 보일 만한 가능성을 완전히 배제했으며, 또한 기질이란 것에 의해 할머니의 여동생들은, 몰레나 파리 백작의 사생활 이야기에서 어떤 묘미를 맛보려면 그들 스스로가 마음속에 가미해야만 할 극소량의 소금을 치는 일을 잊어버렸다. "그런데 말입니다" 하고 스완이 할아버지에게 말했다. "제가 말씀드리려고 하는 것은, 노인장께서 조금 전에 제게 물어보신 것과 의외로 관련이 많은 일입니다. 왜냐하면 어떤 면에 있어서, 사물이란 이전과 크게 변하지 않았기 때문입니다. 오늘 아침 나는 생시몽〔Louis Saint-Simon : 프랑스의 작가, 정치가〕의 글에서 노인장께서 재미있게 생각하실 것 같은 구절을 읽었습니다. 다름이 아니라, 생시몽이 스페인 대사로 재직하고 있을 때의 일들을 기록한 책 속에 수록된 글인데요, 그의 명문 중에 속하는 것은 아니고 그저 일기같이 쓴 글인데, 매우 잘 쓴 일기였습니다. 그 점이 우리가 아침저녁으로 읽지 않으면 안 된다고 생각하는 지루한 신문들과의 첫 번째 차이점이지요." — "나는 그렇게 생각하지 않아요. 신문을 읽는 것이 매우 즐거운 날도 있으니까……"라고 플로라 할머니가 그의 말을 가로막았다. 그것은 그녀가 《르 피가로》지에서, 스완 씨가 소장한 코로의 작품에 대한 글을 읽었다는 것을 표시하기 위해서였다. "우리와 관련 있는 사물이나 사람들에 관한 기사가 신문에 실려 있을 때 말예요" 하고 셀린 할머니가 한 술 더 떴다. "제가 그렇지 않다고 말하는 건 아닙니다" 하고 스완이 깜짝 놀라 대답했다. "제가 신문을 비난하는 건, 매일같이 하찮은 일에 우리가 주의를 기울이도록 만들기 때문이죠. 그와는 반대로 우리는, 본질적인 문제를 다룬 서적은 평생 동안 서너 번밖에 읽지 않습니다. 매일 아침 우리가 열에 들떠서 신문을 두른 종이 띠를 찢으려면, 신문의 주제들을 바꾸어 실어야만 할 것입니다. 저도 잘 모르긴 하지만……, 파스칼[Blaise Pascal : 프랑스의 과학자, 철학자. 현대의 실존적 가톨리시즘의 선구를 이룸]의 《팡세》 정도는 실어야 하지 않을까요!"(유식한 체하는 태도를 보이지 않으려고 그는 일부러 과장되고 비꼬는 듯한 어투로 말했다.) 그리고 스완은 몇몇 사교계 인사가 그 사교계에 품는 경멸의 표정을 지으며, 다음과 같이 덧붙였다. "우리가 십 년에 한 번 정도밖에 펴보지 않는 금박 입힌 책자에서나, 그리스의 여왕께서 칸에 행차하셨다든가 레오 공주께서 가장 무도회를 개최하셨다는 따위를 읽게 될 뿐입니다. 이 정도면 정확한 비교가 될 것입니다." 그러나 그는 진지한 일을 경솔하게 입 밖으로 내뱉은 것을 후회하면서 비꼬는 투로 말했다. "이거, 아주 굉장한 얘기가 되어 버렸군요. 어쩌다가 이런 '절정'에까지 이르렀는지 모르겠군요." 그러고 나서는 할아버지 쪽으로 몸을 돌리며, "그러니까, 생시몽은 몰레브리에[당시의 스페인 주재 프랑스 대사]가 자기의 아들들과 악수를 하려고 했던 대담성에 대해 이야기하고 있답니다. 아시다시피 그 몰레브리에에 대해 생시몽은 이렇게 말하고 있어요. '이 볼썽사나운 「병」 속에서 내가 본 것이라고는 울화와 상스러움과 어리석음뿐이었노라'고 말이죠."—"볼썽사나운지 아닌지는 모르겠지만, 나는 내용물이 완전히 다른 병들도 알고 있어요" 하고 플로라 할머니가 생기 있게 말했다. 그녀는 이렇게 말함으로써, 스완에게 치사를 한 셈으로 여겼다. 왜냐하면 아스티산 포도주 선물은 그들 두 자매에게 보내온 것이었기 때문이다. 셀린 할머니가 까르르 웃음을 터뜨렸다.

스완은 당황해하며 말을 계속했다. '나는 그것이 무지였는지 아니면 함정이었는지는 잘 모르지만, 그는 우리 아이들에게 손을 내밀고 싶어 했고, 그것을 재빨리 눈치챈 나는 그것을 막았다'라고 생시몽은 쓰고 있어요." 우리 할아버지는 '무지였는지 아니면 함정이었는지'라는 말에 벌써 경탄해 마지않았다. 그러나 셀린 양은 생시몽이라는 문필가의 이름만으로 청각 기능이 완전히 마취되는 것을 억제하면서 벌써 분개했다. "뭐라고요? 그런 말에 감탄하실 수 있어요? 글쎄요! 재미있는 일이로군요! 그런데 도대체 그건 뭘 말하자는 거예요? 한 인간이 또 다른 인간보다 열등하다는 뜻인가요? 머리와 마음을 가진 사람이라면 그가 공작이건 마부건 그게 무슨 상관이란 말입니까? 당신이 말하는 그 생시몽이라는 사람, 자식을 키우는 훌륭한 방법을 갖고 있군요. 누구든 신사에게만 손을 내밀라고 자식에게 가르치지 않았다면 말예요. 아무튼 치사해요. 그런데 당신이 감히 그런 예를 인용하실 수 있나요?" 그러자 몹시 마음이 상한 할아버지는 이런 장애에 부딪힌 이상, 스완에게 자기를 재미있게 해줄 이야기를 해달라고 부탁하는 것이 불가능하다는 걸 느끼고는 어머니에게 낮은 목소리로 말했다. "애야, 뭐라고 했지, 아가가 내게 가르쳐준 그 시구 말야, 이럴 때 내 마음을 가라앉혀주는 구절이었는데. 아! 그래. '주여, 당신은 우리로 하여금 너무 많은 미덕을 싫어하도록 만드셨습니다!' 아! 참 좋은 말이로구나!"

나는 어머니에게서 눈을 떼지 않았다. 나는 오래지 않아 모두들 식탁에 앉으면, 저녁 식사가 계속되는 동안 나를 그대로 남아 있게 하진 않을 것이고, 아버지의 뜻을 어기지 않으려고, 엄마는 사람들이 보는 앞에서는 내 방에서처럼 여러 번 키스하도록 내버려두지 않을 것임을 알았다. 그래서 나는 식당에서 사람들이 저녁 식사를 시작하면 그 시각이 다가옴을 느끼게 될 터이므로, 그 짧은 시간을 이용하여 그토록 짧고 은밀한 키스에 대비하기로 결심했다. 나 혼자 할 수 있는 모든 것을 미리 준비하여, 내가 입 맞추고 싶은 뺨의 위치를 내 눈으로 골라두고, 입맞춤의 정신적인 시작의 힘을 빌려, 엄마가 막상 나에게 입 맞추도록 해줄 때는 그 주어진 순간을 조금도 헛되이 보냄 없이 엄마의 뺨을 나의 입술에 느낄 수 있도록 만반의 태세를 갖추어두기로 결심했다. 마치 모델의 포즈를 잠깐밖에는 요구할 수 없는 화가가, 부득이한 경우에는 모델이 없이도 후에 그 모든 것을 그려낼 수 있도록, 팔레트 준비를 게을리하지 않고 미리 모든 것을 머릿속으로 그려놓는 것처럼. 그런데 저녁 식사를 알리는 종소리가 나기도 전에, 할아버지는 그것이 잔혹한 일인지도 모르고 이렇게 말씀하셨다. "아기가 피곤해 보이는구나. 올라가 재워야겠다. 게다가 오늘은 저녁 식사가 늦는구나." 그러자 집안 규칙을 할머니와 어머니만큼은 세밀히 지키지 않으시던 아버지도 "그렇군요. 자, 어서 가서 자거라" 하고 말씀하셨다. 내가 엄마에게 키스하려고 하자 그 순간 식사를 알리는 종소리가 들렸다. "그만해두어라. 엄마를 놓아라. 저녁 인사는 이것으로 충분해. 이런 모습을 남이 보면 웃겠구나. 어서, 방으로 올라가거라!" 그래서 나는 종부성사도 받지 못하고 떠나야만 했다. 어머니가 나에게 키스해주면서 나를 따라가라고 내 마음을 달래서 보내지 않았기에 내 마음은 어머니 곁으로 되돌아가고 싶었지만, 나는 내 마음과는 반대로, 속된 표현으로 말하자면 '마지못해' 계단을 하나둘 올라가야만 했다. 언제나 슬픈 마음으로 내가 발을 딛곤 했던 그 계단에서는 일종의 니스 냄새 같은 것이 발산됐다. 그 냄새는 저녁마다 느끼던 나의 특별한 슬픔을 흡수하여 고착시켜버림으로써, 그것이 나의 감수성에 작용하여 나의 슬픔을 더욱더 격하게 만들었는지도 모른다. 왜냐하면 그런 후각 상태에서는 나의 지성은 이미 제구실을 할 수 없기 때문이었다. 우리가 잠을 자는 동안 심한 치통이, 마치 물에 빠진 처녀를 이백 번씩이나 건져내려고 애쓰는 노력이나 끊임없이 반복하는 몰리에르〔Jean B. Moliere : 프랑스의 희극 작가〕의 시구처럼 느껴질 때, 잠에서 깨어나 우리의 지성이 그 12음절 운율에 맞는 치통에 대한 착각을 없앨 수 있다는 것은 커다란 위안이 되는 법이다. 그러나 계단의 그 특유한 냄새를 흡입 ― 이 흡입은 정신적인 침입보다 더 해로운 것이다 ― 함으로써, 내 방으로 올라간다는 나의 슬픔이 매우 빨리 거의 순간적으로, 교활하고도 동시에 급격하게 내 몸 안으로 스며들어왔을 때 내가 느낀 것은 그런 위안과는 정반대였다. 일단 내 방 안으로 들어가면 나는 모든 출구를 막고, 덧문을 닫고, 이불을 들쳐 내 무덤을 파고, 잠옷이라는 수의(壽衣)를 입지 않으면 안 되었다. 그러나 여름철에는 모직 커튼을 쳐놓은 큰 침대에서 자는 것이 몹시 더웠기에 또 하나 들여놓아준 작은 철제 침대에 내 몸을 파묻기 전에, 나는 반항의 충동을 느껴, 유죄 선고를 받은 자가 쓰는 속임수를 쓰고 싶었다. 나는 어머니에게 쪽지를 써서, 글로는 말할 수 없는 중대한 일이 생겼으니 올라와주십사고 간청했다. 나의 두려움은, 내가 콩브레에 있는 동안 나를 돌봐주기로 되어 있는 고모의 식모인 프랑수아즈가 내 쪽지를 전해주기를 거절하지나 않을까 하는 것이었다. 프랑수아즈로서는 손님이 계실 때 어머니에게 쪽지를 전한다는 것이, 극장 문지기가 무대 위 배우에게 편지를 전해주는 것만큼이나 불가능하게 여겨지는 일이 아닐까 하고 걱정이 됐다. 프랑수아즈는 자기가 할 수 있는 일과 할 수 없는 일에 대해, 이해할 수 없고 쓸모없는 구별을 바탕으로 한, 여러 가지 오만하고도 세밀하고 강경한 법전을 소유했다. (그녀의 법전은 영아 학살이라는 잔인한 법규를 그대로 두면서, 염소새끼를 그 어미의 젖 속에 넣어 끓이거나 또는 동물의 넓적다리 힘줄을 먹는 것에는 매우 까다롭게 법으로 금하는 고대법 같은 외형을 띠었다.) 우리가 내린 어떤 분부에 그녀가 하지 않겠다고 갑작스럽게 고집을 부리는 것으로 판단해볼 때 이 법전은, 프랑수아즈의 주위 사람들이나 마을의 하녀살이 중 그 무엇도 그녀에게 암시해줄 수 없었던, 사회적인 복잡성과 상류사회의 세련성을 미리 알고서 만들어진 것 같았다. 그리하여 사람들은 그녀의 마음속에는, 고상하긴 하지만 잘못 이해된 고대 프랑스의 과거가 들어 있다고 생각하지 않을 수 없었다. 마치 공장이 많은 도시 속에 옛 궁정 생활의 흔적을 증명해주는 오래된 저택들이 있고, 또 화학제품 공장의 직공들이 테오필 성자의 기적이나 에이몽의 네 아들〔중세 무훈시에 나오는 네 명의 기사〕을 묘사한 정교한 조각들 가운데서 일을 하는 것처럼. 그 법전에 따르면, 프랑수아즈가 나 같은 하찮은 인물을 위해 스완 씨가 보는 앞에서 엄마를 방해하러 가는 일이란 화재가 난 경우라면 몰라도 거의 있을 수 없는 일이었으며, 그 법전은 특별히 어버이에 대한 존경—사자(死者)와 사제, 그리고 왕에 대한 것과 같은 존경—뿐 아니라 손님으로 맞이한 이방인에게도 존경해야 한다고 표현했는데, 나는 그런 존경을 책에서 읽었다면 감동받았을지 모르지만 프랑수아즈의 입을 통해 들었을 때는, 그녀가 그 말을 하면서 꾸미는 정중하고도 감동 어린 어투 때문에 늘 약이 올랐다. 더구나 오늘 저녁은 프랑수아즈가 저녁 식사에 성스러운 성품까지 부여하고 있기에, 그런 예절을 깨뜨리기를 거부할 것이 뻔하다고 생각하니 더 약이 올랐다. 그러나 나는 내 쪽이 더 유리하도록 하려고 프랑수아즈에게 주저 없이 거짓말을 했다. 엄마에게 쪽지를 쓰는 것은 나 때문이 아니라 엄마 때문인데, 엄마가 나와 헤어질 때 나에게 찾아보라고 부탁한 물건에 관해 잊지 말고 대답을 써보내달라고 하셨으니, 이글을 엄마에게 전하지 않으면 틀림없이 크게 화를 내실 거라고 말했다. 지금 와서 생각하니 프랑수아즈는 내 말을 믿지 않았던 같다. 왜냐하면 우리보다 훨씬 강한 감각을 지닌 원시인처럼, 우리로서는 포착하기 어려운 낌새만으로도 이쪽이 숨기려 하는 어떠한 사실도 즉시 판별했기 때문이었다. 프랑수아즈는 5분 동안 봉투를 물끄러미 쳐다보았는데, 마치 종이와 필적 검사가 곧 그 내용의 성격을 설명해주고, 법전 몇 조를 참조해야만 하는지를 그녀에게 가르쳐주기라도 하는 것 같았다. 그러고 나서 그녀는 '이런 자식을 가진 부모들은 얼마나 불행할까!'라고 말하는 듯한, 체념의 표정을 지으며 나가버렸다. 그녀는 잠시 후 되돌아와서, 아직 다들 아이스크림을 드시고 계신데, 이런 때 여러 사람이 보는 앞에서 집주인에게 쪽지를 전하는 것은 불가능하므로, 입가심용 물그릇이 나올 무렵이면 엄마에게 쪽지를 전달할 방법을 찾을 수 있을 것 같다고 말했다. 곧 나의 불안은 사라졌다. 이제는 내일까지 어머니를 만날 수 없었던 조금 전과는 달랐다. 나의 그 짤막한 메모가 물론 어머니 마음을 언짢게 하겠지만(그리고 이런 나의 술책이 스완의 눈에는 우스꽝스럽게 보일 것이므로 어머니의 마음이 더욱 언짢겠지만) 적어도 그것은 남모르게 황홀해 있는 나를 엄마와 같은 방에 들어가게 해주고, 엄마의 귀에다 대고 내 얘기를 하게 해줄 것이다. 조금 전까지 적의를 품고서 나를 들여보내주지 않던 식당, '화강암 모양' 아이스크림도, 입가심용 물도 엄마가 나를 멀리하여 맛보았기에 건강에 해롭고 지극히 한심한 쾌락을 지닌 것처럼 보였는데, 지금 그 식당이 나에게 열리면서 마치 무르익은 과일이 터져 단물을 쏟아내듯이 내 쪽지를 읽는 동안 엄마가 자식에 쏟는 신경을 쏟아놓게 하여, 도취되어 있는 내 마음속에까지 그것을 분출시켜 연장시켜 주려고 했다. 이제 나는 더는 엄마와 분리되어 있지 않았다. 엄마와의 장벽이 무너지면서, 다정다감한 한 가닥 실이 우리를 연결해주었다. 그리고 그것이 전부는 아니었다. 엄마가 틀림없이 와줄 것이니!

나는 만일 스완이 내 쪽지를 읽고 그 목적을 눈치챘다면, 스완은 내가 방금 느꼈던 고민을 조소했을 것이라고 생각했다. 그런데 그와는 반대로 나는 그 후에 그와 비슷한 고민이 스완의 삶을 오랫동안 괴롭혀왔으며, 그래서 그때의 내 심정을 스완만큼 이해해준 사람도 아마 없었으리란 것을 알게 되었다. 스완의 고민이란 자기가 속해 있지 않은, 자기와는 결합될 수 없는 환락가에서 사랑하는 사람을 느끼게 된 것인데, 그에게 그런 고민을 깨닫게 해준 것은 바로 사랑이었다. 말하자면 그의 고민은 숙명적으로 사랑과 연결되어 있었고, 바로 그 사랑으로만 완전히 독점되어 있었다. 그러나 나의 경우에서처럼, 사랑이 아직 우리의 생활 속에 나타나기도 전에 그런 고민이 마음속에 들어왔을 때는, 그 고민이란 사람을 기다리는 동안 막연하고 자유롭게, 정해진 목적도 없이, 오늘은 이 감정으로 내일은 저 감정으로, 어떤 때는 자식의 애정으로, 또 어떤 때는 친구에 대한 우정으로 동요하는 것이다. 그래서 프랑수아즈가 내 쪽지는 곧 전해질 것이라고 나에게 알려주러 왔을 때 나는 처음으로 경험의 기쁨을 맛보았는데, 스완은 이미 그런 착각의 기쁨을 많이 경험했던 것이다. 착각의 기쁨이란 자기가 사랑하는 여인의 어떤 친구나 친척에게서 얻어지는 것인데, 그것은 어떤 무도회나 특별 연회 또는 첫 공연이 있어서 자기가 사랑하는 여인이 와 있는 저택이나 극장에 이르러, 괜히 바깥을 배회하면서 그 여자와 얘기를 나눌 기회를 절망적인 기분으로 염탐하는 현장을 친구에게 들켰을 때 느끼는 그런 것이다. 그 사람은 이쪽을 알아보고 친근하게 다가와서는 거기서 뭘 하느냐고 묻는다. 그때 그 사람의 친구나 친척 되는 여자에게 급한 용건이 있다고 꾸며대면, 그는 간단한 일이라며 우리를 안심시키고는 현관으로 안내하면서, 5분 안에 그녀를 보내주겠노라고 약속한다. 우리가 그 사람을 얼마나 고맙게 생각하겠는가 — 이 순간 내가 프랑수아즈를 고맙게 여기듯이 — 호의로 가득 찬 그 중개인을. 그분은 우리에게는 상상할 수 없는 지옥처럼 생각되는 무도회 분위기를 그 말한마디로 견뎌내게 하고, 인간적이면서 거의 유리한 분위기로 바꾸어놓았는데, 앞서 말한 분위기 속에서는 적의에 차고 타락한, 감미로운 소용돌이가 그녀를 우리에게서 멀리 떨어진 곳으로 유혹하며, 사랑하는 그녀로 하여금 우리를 비웃도록 만들지 않았던가! 우리에게 말을 건네온 그녀의 친척, 그분 역시 이 같은 격렬한 신비로움에 빠져본 경험이 있는 분으로, 그분을 통해서 판단해보면, 그 연회에 초대받은 다른 사람들 역시 그다지 심하게 악질적인 요소를 갖는 건 아니라는 게 틀림없다. 그 사랑스런 여인이 미지의 환락을 맛보려 하는, 도저히 가까이 갈 수 없고 참수를 당하는 듯한 시간에, 뜻하지 않은 틈이 생겨 우리는 그곳으로 뚫고 들어가는 것이다. 그 가까이 갈 수 없는 시간을 시시각각 구성하고 있던 순간 가운데 하나가 눈앞에 있는 것이다. 그것은 다른 순간과 마찬가지로 현실의 순간이지만, 그 속에는 우리가 사랑하는 여인이 깊이 관계되어 있기에 우리에겐 그만큼 더 중대한 순간일지도 모른다. 우리는 그 순간을 마음에 그리고, 그것을 소유하고 거기에 개입하고 거의 우리 손으로 그것을 창조한 것이다. 그것은 우리가 저 아래에 와 있다는 것을 그녀에게 알리려 하는 바로 그 순간이다. 그리고 그 친절한 친구가 우리에게 "그렇지만 그녀는 기뻐하며 내려올 거예요! 저 위에서 지루해하는 것보다 당신과 이야기하는 것이 그녀로서도 더 즐거울 테니까요"라고 말했기에, 아마도 그 연회의 다른 순간들도 이 순간과 아주 다른 본질로 되어 있지는 않으며, 이 순간보다 더 즐거운 것도, 또한 그토록 우리를 괴롭히지 않을 수 없었던 것도 없었음이 틀림없다. 아, 슬프다! 스완이 일찍이 그 쓰디쓴 경험을 치렀으니. 반갑잖은 인간이 연회에서까지 자기를 괴롭힌다고 느끼고 짜증을 내는 여인에게는 제삼자의 호의 같은 것은 무력한 것이다. 제삼자인 그 친구는 혼자 내려오는 경우가 많으니까.

어머니는 오시지 않았다. 그리고 나의 자존심(찾아보고 그 결과를 답해 보내라고 어머니가 내게 부탁한 것으로 꾸며진 얘기가, 부디 거짓말이 되지 않았으면 하는 나의 자존심)에는 아랑곳없이 어머니는 프랑수아즈를 통해 나에게 이렇게 말했다. "회답은 없어요." 그 후에 나는, '호화로운 호텔'의 수위들이나 도박장 하인들이 어느 가련한 아가씨에게 이런 대답을 전해주는 것을 자주 들었는데, 그 아가씨는 그 말을 듣고는 깜짝 놀라 "뭐라고요, 그분이 아무 말도 하질 않았다고요. 그럴 리가 없어요! 어쨌든 내 편지는 확실히 전해주셨겠죠. 그럼 좋아요, 좀 더 기다려보겠어요" 했다. 그러고는 수위가 그녀를 위해 켜주겠다는 보조 가스등도 한사코 필요 없다고 거절하면서 그곳에 눌러앉아, 수위와 호텔 보이가 드문드문 이야기를 주고받거나, 수위가 시간을 얼핏 보면서 갑자기 보이더러 손님의 음료수를 얼음으로 냉각시키라고 독촉하는 것을 듣는 것이다. ― 그렇듯이 나 또한 프랑수아즈가 차를 만들어줄까 아니면 내 옆에 남아 있어줄까 하고 제의하는 것을 거절하고는, 프랑수아즈를 부엌으로 돌려보낸 후 자리에 드러누워, 정원에서 커피를 마시는 집안사람들 목소리를 듣지 않으려고 애쓰며 눈을 감았다. 그러나 몇 초가 지나자 나는, 조금 전에 엄마를 화나게 할 위험을 무릅쓰면서도 엄마에게 쪽지를 쓰고는, 엄마를 다시 한번 보게 되었다고 여길 정도로 엄마 곁에 가까이 갔었기에 엄마를 다시 한번 보지 않고는 거의 잠을 이룰 가능성이 없다는 것을 알았다. 그러나 닥친 불행을 감수해야만 마음의 안정을 얻을 수 있다고 나 스스로를 타이르면서도 마음의 동요는 점점 더해 갔고, 심장의 고동 또한 시시각각 고통스럽게 두근거렸다. 그런데 마치 극약이 효험을 발휘하여 아픔을 없애주듯이, 갑자기 고민이 가라앉고 어떤 행복감이 나를 엄습했다. 즉 나는 엄마를 다시 보지 않고는 잠을 청하지 않을 것이며, 그 때문에 분명히 오랫동안 엄마를 화나게 하는 일이 생길지라도, 엄마가 주무시러 방으로 올라오시면 기어코 키스를 하리라 결심했다. 고민이 끝나면서 찾아온 마음의 안정은 나를 위험에 대한 공포와, 기대와 갈망 못지않은 이상야릇한 환희 속으로 끌어들였다. 나는 소리 없이 창문을 열고 침대 발치에 앉았다. 아래층에는 아무 소리도 들리지 않도록 거의 꼼짝 않고 앉아 있었다. 바깥의 사물들 역시 달빛을 흩트리지 않으려고 무언의 관심 속에 응결되어 있는 듯이 보였다. 달빛은 그 사물보다도 짙고 구체적인 그림자를 사물 앞에 늘어뜨려 그 하나하나를 두 배로 만들기도 하고 뒤로 늘어뜨리기도 하면서, 마치 접혀 있던 지도를 펴듯이 풍경을 축소했다, 확대했다 했다. 아무래도 움직이지 않을 수 없었던지, 마로니에 잎새 몇 개가 살랑거렸다. 미세한 음영을 이루며 극도로 섬세하게 흔들리던 잎 전체의 소소한 살랑거림은, 나머지 다른 사물에 전염되거나 용해됨이 없이 그 마로니에 나무에만 한정되어 있었다. 어떠한 소음도 흡수하려 들지 않는 그 고요 속에서, 멀고 먼 소리들, 시내 저편 끝의 공원에서 나는 게 분명한 소리들이 거의

'완벽'하다 하리만큼 가늘게 들려왔다. 그 소리는 그것이 가늘다는 사실 하나만으로 원거리 효과를 내는 듯했는데, 그것은 마치 들릴락 말락한 모티브가 파리 콩세르바투아르 관현악단에 의해 너무도 정교하게 연주되어 한 음부도 놓치지 않고 다 듣는데도, 왠지 그것이 연주회장에서 멀리 떨어진 곳에서 들려오는 것처럼 여겨지는 그런 효과였다. 그리고 그 연주회의 단골 회원인 모든 사람들—스완이 자신의 좌석표를 주었을 때는 할머니의 두 여동생도 포함된다—그들은 마치 트레비즈 거리를 아직 돌지 않았을 군대의 먼 행진 소리를 듣는 것처럼 그 소리에 귀를 기울이고 있었다.

내가 처해 있던 그 경우는, 우리 집안사람들이 보기에는 나에게 가장 심각한 결과를 초래할 수도 있는 상황임을 나는 알았다. 그것은 사실 남들은 상상할 수도 없을 정도로 심각한 결과를 초래할지도 모르는 것이었으므로, 남들에게는 오직 정말 창피스런 과오만이 그런 결과를 초래할 수 있다고 생각될 정도였다. 그러나 내가 받고 있던 교육에 있어서는 과오의 순위가 다른 아이들이 받던 교육의 그것과는 같지 않았다. 그래서 지금 생각해보면, 우리 집안사람들은, 신경질적인 충동에 꺾여 그렇게 되었다는 공통점을 갖는 과오를, 그 어떤 다른 과오보다 우선적으로 여기는 습관을 나에게 갖게 해주었다. (왜냐하면 내가 특별히 조심해서 지켜야 할 과오란 따로 없었으니까.) 그러나 그 당시에는 신경질적인 충동이라는 이 낱말을 입 밖에 내는 사람도 없었고, 또 내가 그런 충동에 굴하는 것이 무리가 아닐 뿐만 아니라 아마도 그것에 저항하지 못하는 것이 당연할지도 모른다는 생각을 하게 하던, 그 충동의 원인을 뚜렷하게 말해주는 이 또한 없었다. 그러나 나는 그 과오 뒤에는 엄격한 형벌이 따르듯이, 그 과오 앞에는 번민이란 것이 선행됨을 알았다. 그리고 내가 방금 저지른 과오는 한없이 중대한 것으로 간주되어 심하게 벌을 받았을 때의 것들과 같은 종류라는 것을 잘 알았다. 어머니가 주무시러 올라가는 길목에 내가 나타나고, 복도에서 엄마에게 저녁 인사를 하려고 자지 않고 일어나 있다면, 사람들은 나를 더는 이 집 안에 있게 하지 않고 당장 그 다음 날 학교 기숙사로 보내버릴 것이 확실했다. 그래도 할 수 없지! 5분 후에 내가 창문으로 뛰어내려야만 할지라도, 나는 그게 더 좋으니. 그때 내가 원하는 것, 그것은 엄마였고, 엄마에게 저녁 인사를 했다. 나는 이미 그 욕망을 실현시킬 길 쪽으로 너무 멀리 가 있었기에, 그 길을 되돌아올 수는 없었다.

나는 스완 씨를 배웅하는 부모님 발소리를 들었다. 그리고 대문에 달린 방울종이 그분이 방금 떠났다는 사실을 내게 알려주었을 때 나는 창가로 달려갔다. 엄마는 왕새우 요리가 맛있었는지, 스완 씨가 커피 아이스크림과 피스타치오 아이스크림을 더 달라고 했는지를 아버지에게 물었다. "맛이 시원찮았던 것 같아요. 다음에는 다른 향료를 넣어 만들어봐야겠어요"라고 어머니가 말했다. 대고모는 "스완이 말할 수 없이 변했어. 이젠 늙은이가 되어버렸는걸!" 하고 말했다. 대고모는 스완을 아직도 늘 같은 청년으로 봐오던 습관이 있어서, 별안간 그녀가 계속 그에게 부여하고 있던 나이보다 그가 덜 젊어 보였던 것이 놀라웠다. 그리고 나머지 우리 집 가족들도 스완의 비정상적인 노쇠 현상을 깨달았다. 그것은 지나치게 비정상적이고, 남에게도 부끄러운, 독신자들에게 있기 쉬운 노쇠 현상이었다. 즉 미래 없이 밝아온 하루가 마치 텅 빈 듯이 느껴지고, 아이들과 시간을 나누어 가질 수도 없기에 아침부터 순간순간이 그 하루에 계속 덧붙여지는 듯이 느껴져서, 남들보다 하루가 더 길게 느껴지는 그런 독신자들에게 있기 쉬운 노쇠 현상이었다. "바람둥이 마누라하고 살려니 걱정이 많을 거야. 요즘은 그 여편네가 콩브레 사람들이 다 알고 있듯 드 샤를뤼라는 사람과 좋아 지낸다지. 동네 웃음거리야." 그러자 어머니가 그래도 요즘은 스완이 전보다는 덜 우울해 보인다고 지적했다. "그의 아버지와 똑같은 몸짓, 눈을 비빈다든가 이마에 손을 얹는다든가 하는 버릇은 그분이 훨씬 덜하더군요. 제가 보기에는 그분이 이젠 그 여자를 더는 사랑하지 않는 것 같아요." — "물론이지. 스완은 더는 그녀를 사랑하질 않아" 하고 할아버지가 대답했다. "벌써 오래전에 이 문제에 관한 스완의 편지를 내가 받은 적이 있었지. 서둘러 내 생각을 밝힌 답장을 보내진 않았지만, 아무튼 그 편지가 그의 감정, 적어도 그의 아내에 대한 사랑의 감정을 토로해놓은 것임은 틀림없었어. 이것 보게나! 두 분께서는 그 사람에게 아스티산 포도주에 대해 감사 인사를 못했구먼." 할아버지가 두 처제 쪽으로 몸을 돌리며 말했다. "네? 우리가 사례 인사를 안 했다고요? 우리끼리 얘기지만요, 저는 아주 섬세하게 완곡한 표현으로 인사했어요" 하고 플로라 할머니가 대답했다. — "응, 그래. 너 아주 잘해냈어. 내가 감탄했단다" 하고 셀린 할머니가 말했다. — "언니도 아주 말을 잘 받아넘기더군요." — "응, 친절한 이웃이라는 말이 입에서 나올 땐 꽤 우쭐해지더구나." — "뭐라고, 그 말로 사례 인사를 했다는 거요!" 하고 할아버지가 소리를 질렀다. "그 말은 나도 확실히 들었지. 하지만 스완에게 하는 말이라곤 꿈에도 생각지 않았거든. 스완은 무슨 말인지 하나도 못 알아들은 게 확실해." — "그럴 리가, 스완은 바보가 아니에요. 틀림없이 알아들었을 거예요. 그렇다고 해서 내가 술병이 몇 개고, 값이 얼마더라 하는 말을 그에게 할 순 없잖아요!" 우리 아버지와 어머니만이 남아서 잠시 동안 앉아 있었다. 그러자 아버지가 입을 열었다. "자! 이제 괜찮다면, 우리 올라가서 자는 게 어떻겠소?" — "난 졸리지는 않지만, 여보, 그렇게 하죠. 그 대수롭지 않은 커피 아이스크림이 이처럼 졸리지 않게 할 리는 없을 텐데. 부엌방에 불이 켜져 있는 걸 보니 프랑수아즈가 나를 기다렸나 봐요. 가서 속옷 뒤쪽 고리를 벗겨달라고 할 테니, 그동안 당신도 가서 옷을 갈아입으세요." 그 말을 하고 나서 어머니는 계단 위쪽으로 나 있는 현관의 창살문을 열었다. 드디어 나는 어머니가 어머니 방의 창문을 닫으러 올라오는 소리를 들었다. 나는 소리 없이 복도로 나갔다. 심장이 너무 세게 두근거려 발을 앞으로 내딛기가 힘들었다. 그러나 이제 그 심장은 적어도 불안의 고동은 아니었고, 두려움과 기쁨의 고동이었다. 나는 나선계단 아래 빈 공간에서 엄마가 손에 든 초의 불빛을 보았다. 그러고 나서 엄마를 보았고, 나는 달려들었다. 첫 순간, 어머니는 놀라서 나를 쳐다보시면서 무슨 영문인지를 몰라 하셨다. 그 다음에 엄마의 얼굴에는 성난 표정이 나타났고, 엄마는 내게 한마디도 건네지 않았다. 그리고 그처럼 사소한 일 때문에 어머니는 내게 며칠 동안이나 말을 건네지 않았다. 만일 엄마가 나에게 한마디라도 했더라면, 그것은 엄마가 나에게 다시 말을 걸 수 있음을 인정하는 것이 될 것이다. 하기야 어쩌면 말을 건다는 것이 나에게는 더 두려운 것이었는지도 모른다. 왜냐하면 다가올 형벌의 무거움에 비하면 침묵이나 불화 같은 것은 유치한 것이란 걸 알 수 있기 때문이다. 한마디의 말, 그것은 우리가 자신의 하인을 해고하겠다고 결심하고는 그것을 그에게 말할 때 취하는 침착성과 같은 것이며, 아들과 이틀 동안 틀어진 것만으로도 족하게 생각해야 한다면 차라리 거절하리라 생각할 때, 군에 입대하게 된 아들에게 해주는 키스와도 같은 것이다. 이때 어머니는 옷을 갈아입으러 간 화장실에서 아버지가 올라오는 소리를 듣고는, 아버지가 나를 야단칠지도 모르는 일을 피하려고, 노여움으로 중간중간 잘린 목소리로 말씀하셨다. "도망가, 도망가라니까. 네가 미친 아이처럼 이렇게 기다리는 꼴을 아버지에게 들키기라도 해보렴!" 그러나 나는 아버지 손에 들린 촛불이 반사되어 이내 벽을 따라 올라오는 것을 보며 겁에 질리기도 했지만, 한편으론 아버지가 가까이 오는 것을 엄마에 대한 공갈 수단으로 이용하여, 엄마에게 "저녁 인사를 해주러 오세요"라는 말만 반복했다. 그러면 한사코 거절하던 엄마는, 아직도 자지 않고 이 꼴을 한 나를 아버지가 보시는 것을 피하기 위해서라도 "어서 빨리 네 방으로 돌아가거라. 나중에 엄마가 갈 테니"라고 말할 것으로 나는 기대했다. 그러나 때는 너무 늦었다. 아버지는 우리 앞에 와 있었다. 무심결에 나는 "난 망했구나!" 하고 중얼거렸지만, 아무도 그 말을 듣진 못했다.

그러나 그렇지가 않았다. 아버지는 '원칙'에 구애받지 않으며 '다른 사람들의 권리' 같은 것은 염두에 두지 않는 사람이었기에, 어머니와 할머니에 의해 정해진 폭넓은 규약 안에서 나에게 승인되어 있던 허가 사항을 시종 인정하지 않았다. 아버지는 완전히 우발적인 이유로, 또는 이유도 없이, 맹세를 어기는 일 없이는 나에게 금할 수 없을 만큼 공인되어 있는 나의 일상적인 산책을, 내가 막 나가려는 순간 금지시키거나, 아니면 오늘 저녁 조금 전에 아래층에서 한 것처럼 규정된 시간보다 훨씬 이전에 "자, 어서 올라가 자거라, 말대꾸 하려 들지 말고!"라고 말하기도 했다. 그러나 아버지는 또한 원칙(우리 할머니가 생각하시는 뜻으로의 원칙) 같은 것을 가지고 있지 않았기에, 정확히 말하자면 고집불통은 아니었다. 아버지는 놀라기도 하고 화가 나기도 한 표정으로 잠시 나를 쳐다보았다. 그런 다음 어머니가 분명치 않은 몇 마디로 상황 설명을 하자, 어머니에게 말했다. "마침 당신이 잠이 안 온다고 했으니 이 녀석하고 같이 가구려. 이 애 방에 가서 좀 있어줘요. 난 더는 필요한 게 없으니." — "하지만 여보, 제가 졸리든 졸리지 않든, 일단 정한 것에는 변함이 없어야죠. 이 아이 버릇이 나빠져요……" 하고 어머니가 조심스럽게 말했다. — "버릇이 문제가 아니오" 하고 아버지는 어깨를 으쓱해 보이며 말했다. "이 녀석 좀 보구려. 슬픈 모양이야. 풀이 죽은 듯이 보이잖소, 이 애가. 너무 심하게 다룰 필요는 없을 것 같소! 녀석이 병이라도 나보구려, 당신이 너무한 것이 될 테니! 이 애 방에는 침대가 두 개 있으니 프랑수아즈를 불러서 당신이 잘 수 있도록 큰 것을 준비시키구려. 그래서 오늘 밤은 이 녀석 옆에서 자요. 자, 그럼, 잘 자오. 나는 그대들처럼 신경이 예민한 사람이 못 되니까, 가서 잠이나 자야겠소."

그때의 고마운 마음을 아버지에게 뭐라고 표현해야 좋았을까. 아버지는 자기가 신경과민이라고 부르는 것에 겁을 먹었는지도 모른다. 나는 꼼짝도 못하고 그대로 서 있었다. 아버지는 우리 앞에 커다랗게 서 있었다. 그는 흰 잠옷을 걸치고, 신경통을 앓고 난 후부터 하게 된 보랏빛과 장밋빛 인도산 캐시미어 숄을 머리에 둘둘 감아 동여매고, 마치 전에 스완 씨가 내게 갖다 준 베노초 고촐리〔Benozzo Gozzoli : 15세기 이탈리아 화가〕판화에 표현된, 아브라함이 그의 아내 사라에게 아들 이삭과 절연하라고 말하는 듯한 몸짓을 했다. 그 일 이후로, 오랜 세월이 흘렀다. 아버지 손에 들린 촛불에서 반사된 빛이 올라오던 그 계단의 벽은 이미 오래전에 없어졌다. 내 마음속에서도, 언제까지나 계속되리라 믿었던 많은 것들이 허물어지고 새로운 것들이 건립되면서, 그 당시에는 예상할 수도 없었던 새로운 고통과 기쁨이 싹텄고, 그와 동시에 옛 일들은 이해하기 힘들게 되어버렸다. 아버지가 "이 녀석하고 같이 가구려"라는 말을 엄마에게 하지 않게 된 지도 오래되었다. 그와 같은 시간이 나에게 또다시 생길 가능성은 전혀 없으리라. 하지만 얼마 전부터 나는 귀를 기울일 때마다, 아버지 앞에서는 힘껏 참고 있다가도 엄마와 단둘이만 있으면 터져 나오는 흐느낌을 아주 분명하게 다시 느꼈다. 사실상, 그 흐느낌은 결코 멈춘 적이 없었다. 그것이 내 귀에 다시 들리는 것은, 단지 삶이 지금 내 주위에서 더욱더 깊은 침묵을 지키고 있기 때문일 뿐이다. 마치 낮 동안에는 도시의 소음에 휩싸여 멈추어버린 것같이 생각되던 수도원 종소리가 저녁의 정적 속에서 다시 울리는 것처럼.

엄마는 그날 밤을 내 방에서 보냈다. 이제 그와 같은 잘못을 저질렀으니 집에서 쫓겨나지 않을 수 없을 것이라고 생각했을 때, 아버지께서 착한 일을 했을 때 상으로 내리시던 것 이상의 것을 나에게 주셨던 것이다. 이처럼 상이 은혜로 나타나던 순간에조차도, 나에 대한 아버지의 행위는 어딘지 모르게 독단적이고 지나친 감이 없지 않았는데, 그것이 바로 아버지의 행위를 특징짓는 것으로, 보통 예정된 계획에서 나온 것이라기보다는, 그때그때 형편에 따라 나왔다. 자라고 나를 보낼 때, 나는 아버지의 엄격함이라고 이름을 붙였으나 우리 어머니나 우리 할머니의 엄격함에 비한다면 이 이름마저 별로 합당한 것이 아니었다. 왜냐하면 아버지와 나와의 성격 차이는, 어떤 점에서는 나와 우리 어머니나 할머니의 성격 차이보다 훨씬 커서, 그의 성격상 아버지는, 내가 저녁마다 얼마나 괴로워했는가를, 어머니와 할머니는 잘 알고 있던 그 사실을 아마도 아직까지 짐작도 못했을 것이 틀림없기 때문이다. 그러나 어머니와 할머니는 나를 퍽 사랑하긴 했지만 나의 고통을 없애주지는 못했기에, 나의 민감한 신경을 가라앉히고 내 의지를 강하게 하려면 나 스스로 그 고민을 극복해야만 한다는 것을 가르치고 싶어 하셨다. 나에 대한 아버지의 애정은 또 다른 것이었기에, 우리 아버지에게도 그와 같은 용기가 있었는지 없었는지는 알 수가 없다. 아버지는 내가 슬퍼하고 있다는 것을 알아차리자, 즉시 어머니에게 말했다. "어서 가서 녀석을 위로해주구려." 엄마는 그날 밤 내 방에 있어주었다. 그리고 내 곁에 앉아 내 손을 잡고 꾸짖지도 않으며 우는 대로 내버려두는 엄마를 보면서, 특별한 일이 생긴 것을 눈치챈 프랑수아즈가 "어머, 마님, 도련님이 이렇게 우시니, 이게 웬일이죠?" 하고 물었을 때, 내가 기대했던 것과는 아주 딴판으로 실현된 이 시간을 섣불리 양심의 가책을 주어 악화시키지 않으려는 듯이, 엄마는 프랑수아즈에게 이렇게 대답했다. "글쎄, 프랑수아즈, 이 애 자신도 모른다네. 신경이 날카로워졌나 봐. 어서 큰 침대를 준비해줘요. 그리고 당신도 올라가서 자도록 해요." 이리하여 처음으로 나의 슬픔은 더는 벌받을 만한 죄로 간주되진 않았지만 의지로써는 어쩔 수 없는 병으로 공공연히 인정을 받았고, 나에게는 책임이 없는 신경 증상으로 생각하게 되었다. 나는 이제 스스로의 눈물에 더는 신경을 쓸 필요가 없었으므로 마음이 놓였고, 또 죄를 짓지 않고도 울 수 있게 되었다. 그리고 나는 프랑수아즈가 보는 앞에서 이처럼 인간적인 대접이 회복된 것이 너무나 자랑스러웠다. 한 시간 전만 해도 엄마는 내 방에 올라오는 것을 거절하면서, 잠을 자야만 한다고 야멸찬 대답을 했는데, 이제는 그런 인간적인 대접 덕분에 나는 어른스런 위치로까지 올려지고, 별안간 고민에 싸인 사춘기의 눈물에서 해방이라도 될 수 있는 위치에 도달하게 되었다. 당연히 행복해야만 했을 것이다. 그러나 나는 그렇지 못했다. 어머니는 처음으로 나에게 양보한 것이다. 그것은 어머니로서는 무척 괴로운 일이었으리라. 나를 위해 마음속에 품어왔던 이상(理想)을 어머니는 처음으로 스스로 포기한 것이다. 그토록 강경했던 어머니가 처음으로 자신의 패배를 인정한 것이다. 이런 생각도 들었다. 내가 승리를 거두었다면 그것은 어머니에 대한 승리이며, 혹은 병이라든가 고뇌, 또는 나이 탓으로 일어나는 따위의 것, 즉 어머니의 의지를 이완시키고 이성을 굴복시키는 데 성공한 것이다. 오늘 밤은 새 시대의 시작이며, 슬픈 날로 남을 것이다. 만약 그때 내게 용기가 있었다면, 나는 엄마에게 이렇게 말했을 것이다. "아뇨, 괜찮아요. 여기서 주무시지 마세요." 하지만 나는 어머니의 성격 가운데는 실제적인 지혜, 즉 요즘에는 현실주의라고 불리는 실제적인 지혜가 우리 할머니의 열렬한 이상주의적 성격과 중화를 이루고 있다는 것을 잘 알았다. 그리고 나는 일단 이런 나쁜 일이 일어난 이상, 어머니가 나에게 마음을 안정시키는 기쁨을 맛보게 하고, 아버지의 신경을 건드리고 싶지 않다고 생각하리라는 것도 알았다.

확실히 어머니의 아름다운 얼굴은 어머니가 그토록 다정하게 내 손을 쥐고, 나의 눈물을 멈추게 하려고 애쓰던 그날 밤, 아직 젊음으로 빛났다. 바로 그때, 나는 이렇게 되어서는 안 되는데, 하는 생각이 들었다. 나에게는 오히려 어머니가 화를 내시는 편이 내가 어린 시절에 누리지 못했던 이런 낯선 다정함보다는 덜 슬펐을 것이다. 나는 마치 불효스러운, 보이지 않는 손으로 어머니의 영혼 속에 첫 주름살을 지은 것 같은, 첫 흰 머리칼을 나게 한 것 같은 느낌이 들었다. 이런 생각이 나의 흐느낌을 더해주었다. 그때 나는, 이제까지 나와 함께 그 어떤 감동에도 빠지는 일이 거의 없었던 엄마가 단번에 나의 감동에 사로잡혀 울고 싶은 심정을 겨우 참고 있음을 알았다. 내가 그것을 알아차렸음을 안 엄마는 웃으시면서 말했다. "황금 같은 내 아들, 내 귀여운 방울새, 이러다간 엄마까지 바보가 되겠네.

자, 애야, 너도 잠이 안 오고 엄마도 잠이 안 오니, 우리 서로 신경을 곤두세우지 말고 뭐든지 해보자꾸나. 네 책이나 한 권 읽을까?" 그러나 내 방에는 책이 없었다. "할머니가 네 생일날 선물하기로 한 책들을 지금 내오면, 네가 덜 좋아할까? 잘 생각해봐. 내일모레 아무것도 받지 않아도 섭섭해하지 않겠니?" 나에게는 오히려 그편이 더 나았다. 그래서 어머니는 책 꾸러미를 찾으러 갔다. 포장지 모양으로 보아서는, 길이는 짧고 폭이 넓다는 것밖에 짐작할 수 없었으나 언뜻, 대충 본 눈짐작으로는 설날에 받은 물감 상자나 작년에 받은 누에보다는 훨씬 좋은 선물인 것 같았다. 그것은 조르주 상드(George Sand : 프랑스의 여성 소설가)의 《악마의 늪》, 《프랑수아 르 샹피》, 《꼬마 파데트》, 《피리 부는 아들》이었다. 할머니는 처음에는 뮈세(Louis C. A. de Musset : 프랑스의 시인, 극작가, 소설가. 낭만파 4대 시인의 한 사람)의 시집과, 루소(Jean J. Rousseau : 프랑스 계몽기의 천재적 사상가, 문학가)의 작품 하나, 그리고 상드의 《앵디아나》를 골랐다고 한다. 왜냐하면 할머니는 무익한 독서란 사탕이나 과자처럼 건강에 해롭다고 생각하셨지만, 천재의 위대한 영감은 어린아이의 정신에조차, 대기와 바닷바람이 육체에 미치는 것에 못지않은 영향을 주며, 그런 영향이 아이에게 더 위험스럽거나 생기를 덜 주는 것은 아니라고 생각하셨기 때문이다. 그런데 우리 아버지는 할머니가 나에게 주려고 산 책 이름을 알자 정신 나간 짓이라고 딱 잘라 말했기에, 할머니는 내가 선물을 못 받는 불상사가 없도록, 주이 르 비콩트 서점에 직접 다시 가셔서 (그날은 푹푹 찌는 날씨로, 할머니가 돌아왔을 때는 어찌나 숨을 헐떡거렸는지, 의사가 어머니에게 저토록 할머니를 지치게 내버려두어서는 안 된다고 경고까지 했다), 조르주 상드의 전원 소설 네 권으로 바꿔 오신 것이었다. "애 어멈아, 난 형편없이 쓴 글을 저 아이에게 줄 마음은 나질 않는구나"라고 할머니가 어머니에게 말했다.

사실 할머니는 안일과 허영심 이외의 것에서 기쁨을 찾도록 우리에게 가르쳐주면서, 지적인 이익을 얻을 수 있는 책, 특히 훌륭한 내용을 담은 책만을 사고 싶어 하셨다. 할머니가 누군가에게 소위 말하는 실용적인 선물을 해야 할 때, 예를 들면 안락의자, 식기, 지팡이 같은 것을 보내야 할 때도 할머니는 꼭 '골동품'을 구했는데, 오랫동안 사용되지 않았기에 실용성을 잃어버린 그것들은 우리 생활의 필요에 이용되기 위해서라기보다는, 오히려 우리에게 옛날 사람들의 생활을 이야기해주려는 것처럼 보였다. 할머니는 가장 아름다운 풍경이나 역사적 유물에 관한 사진들을 내 방에 걸어주고 싶어 하셨다. 그러나 막상 그런 사진들을 사려는 순간, 할머니는 비록 그것들 속에 미적인 가치가 있다 할지라도 사진술이라는 기계적인 표현법 속에서 즉시 속됨과 실용성이 나타나는 것을 발견했다. 할머니는 비록 상업적인 속됨을 완전히 제거하진 못한다 해도, 적어도 그 속됨을 감소시켜, 더욱 많은 부분을 예술로 바꾸어, 거기에 약간의 예술적인 '깊이'를 가미할 궁리를 하셨다. 할머니는 스완에게 샤르트르의 대성당, 생클루의 대분수, 베수비오 산〔이탈리아 남부에 있는 활화산〕 등을 그대로 복사한 사진이 아닌, 유명한 화가의 그림들은 없는지를 물었고, 코로가 그린 샤르트르 대성당, 로베르〔Hubert Robert : 18세기 프랑스의 화가〕가 그린 생클루의 대분수, 터너〔Joseph W. Turner : 19세기 영국 최대의 풍경화가〕가 그린 베수비오 산 등, 예술성이 한결 더 높은 사진들을 내게 주고 싶어 하셨다. 그러나 사진사가 어떤 걸작품이나 자연의 완전한 복사를 피하고 위대한 예술가가 그린 것을 찍는다 할지라도, 사진사가 이 해석 자체를 복사하는 데는 자신의 속된 관점을 취했다. 그런 속됨에 응해야만 하게 되자 할머니는 그것 또

한 피하려고 애쓰면서, 그 작품이 판화로 된 것은 없는지를 스완에게 물었다. 그리고 할머니는 될 수 있는 한 옛 판화가 더욱 좋으며, 판화 이상의 이익을 주는 것, 예를 들면 오늘날에는 볼 수 없는 상황을 표현한 모르겐[Raffaelo Morghen : 이탈리아의 조각가]의 손으로 조각된 레오나르도 다 빈치[Leonardo da Vinci : 15세기 이탈리아의 화가, 조각가, 건축가]의 〈최후의 만찬〉과 같은 걸작품이라면 더욱 좋겠다고 하셨다. 선물을 하는 데 있어서 이런 식으로 하는 게 반드시 성공적인 결과만을 가져오지는 않는다는 것을 말해두지 않으면 안 된다. 간석지(干潟地)를 배경으로 삼았다고 여겨지는, 티치아노[Vecellio Tiziano : 이탈리아의 화가. 대담한 색채와 장려한 화면 구성으로 명성을 떨쳤음]의 그림에 의해 내가 품었던 베니스에 대한 생각은, 단순한 사진이 주는 관념보다 확실히 훨씬 덜 정확했다. 우리 집에서는 대고모가 할머니를 공격하려고만 하면, 젊은 약혼자들이나 노부부가 할머니에게서 선물로 받은 안락의자에 시험 삼아 앉는 순간 앉은 사람의 몸무게 때문에 그것이 금방 망가져버린 것으로 시작하여, 그런 예가 일일이 셀 수 없을 만큼 많았다. 그러나 할머니는, 과거의 속삭임과 웃음과 때로는 아름다운 상상력을 두드러지게 나타내주는 목재에 대해 우리가 지나치게 그 견고성만을 주장한다면 비속한 일이라고 생각할 것이다. 그런 가구들 중에서 어떤 용도로 이용되고 있는 것조차도, 그것이 우리에게 익숙지 않은 방식으로 사용될 때면, 습관적인 사용에 의해 마멸됨으로써 우리의 현대어에서는 사라진, 은유 속에서나 찾아볼 수 있는 옛 말투처럼 할머니를 매혹시켰다. 그런데 바로 할머니가 나에게 생일 선물로 주신 조르주 상드의 전원 소설들은 마치 옛 가구처럼 요즘은 시골에서밖에는 들을 수 없고 통용되지도 않으며, 비유를 위해서만 남아 있는 표현들로 가득 차 있었다. 할머니는 그런 책들만 골라서 사온 것이었다. 마치 고딕풍 비둘기 집이 있거나, 또는 다시는 여행할 수 없는 과거에 대한 향수를 일깨우며 영혼 속에 행복감을 안겨주는 옛것이 하나라도 있기만 하면, 기꺼이 그런 집을 골라서 세들었듯이.

엄마는 내 침대 곁에 앉았다. 엄마는《프랑수아 르 샹피》를 들고 왔는데, 그 불그스름한 표지와 뜻을 알 수 없는 책명은 나에게 뚜렷한 개성과 신비스러운 매력을 주었다. 나는 아직 진짜 소설이라고 할 만한 것은 읽어보질 못했었다. 나는 상드가 소설가의 전형이라는 이야기를 들었었다. 그런 점이《프랑수아 르 샹피》속에는 뭔가 형언할 수 없는 감미로운 것이 들어 있을 것이라 상상하게 만들었다. 호기심 혹은 감동을 자아내게 하는 서술법, 불안과 우수를 불러일으키는 어투 등은, 다소 학식이 있는 독자라면 허다한 소설에 그런 공통점이 있다는 것을 알았겠지만, 나에게는 그것이—나는 그 새 책을, 비슷한 것들도 많은 어떤 물건으로서가 아니라 그 자체로만 존재 이유를 가진 유일한 인간처럼 생각했다—《프랑수아 르 샹피》의 독특한 본질에서만 볼 수 있는 매혹적인 발산물처럼 여겨졌다. 그날그날 일어난 일들, 매우 평범한 일들, 너무 일상적인 말들이 나에게는 야릇한 어조나 억양처럼 느껴졌다. 독서가 시작되었다. 그 당시 나는 독서를 할 때면, 책장을 넘기는 동안 다른 몽상으로 빠져버리는 버릇이 자주 있었기에, 그만큼 줄거리를 이해하기가 힘들었다. 또한 이런 방심 때문에 줄거리에 빈틈이 생긴 데다 그나마도 어머니가 큰 소리로 읽어주실 때는 연애 장면은 모조리 그냥 지나가버려 더욱 이해할 수 없었다. 그리하여 물방앗간 아가씨와 어린아이와의 서로의 태도에서 나타나는 모든 기묘한 변화들, 움트는 사랑의 진행 속에서만 설명되는 그 변화들이 나에게는 오묘한 신비의 흔적처럼 느껴졌는데, 그 신비로움의 원인은 틀림없이 '샹피'〔사생아라는 뜻〕라는, 처음 듣지만 아주 부드러운 이름 때문이라고 내 멋대로 상상했다. 그 소년이 왜 그런 이름을 갖게 되었는지는 몰랐지만, 그 이름은 다홍색 생생하고 매혹적인 빛깔로 그를 돋보이게 했다. 어머니는 충실한 낭독자는 아니었지만, 진실된 감정의 억양을 찾아낸 작품들에 대해서는, 경건하면서도 소박한 해석과, 아름다우면서도 부드러운 음성에 의해, 역시 훌륭한 낭독자였다. 실생활에서도, 즉 어머니를 감동시키고 감탄케 하는 것이 예술 작품이 아닌 인간일 때에도, 어머니는 공손한 목소리와 태도와 말투로, 예컨대 전에 자식을 잃어버린 어머니의 심정을 건드릴 우려가 있는 수다스런 웃음이라든가, 노인에게 그의 노령을 생각하게 할지도 모르는 생일이나 기념일에 대한 상기라든가, 젊은 학자에게 싱겁게 들릴지도 모르는 살림살이에 관한 얘기 따위를 삼가려고 애썼고, 그것은 매우 감동스러웠다. 마찬가지로 엄마가 할머니에게서 인생에서 가장 탁월한 것으로 여기도록 교육받은—그 후에는 내가 어머니에게 모든 책들이 그와 똑같은 탁월함을 담고 있지는 않다고 가르치게 되는—자애, 그 정신적인 우월함을 항상 풍기는 상드의 산문을 읽을 때도, 어머니는 책 속에 들어 있는 강한 흐름을 가로막을 듯한 잔재주나 꾸밈을 목소리에서 추방하려고 주의하면서, 마치 어머니의 목소리를 위해 쓰여진 것 같은 글, 말하자면 어머니의 감수성이라는 장부에 기록되어 있는 듯한 글에 알맞은 온갖 자연스러운 애정, 풍요로운 다정함을 표현했다. 그 글을 쓰기 이전에 존재하여 그 글을 쓰게는 했지만, 그 낱말 자체에는 나타나 있지 않은 작가의 내적 억양, 그것을 어머니는 스스로 찾아내어 적당한 곡조로 그 글을 연주했다. 그것 덕분에 어머니는, 책을 읽으면서 동사의 시제에서 나타나는 온갖 상스러움을 완화시켰고, 반과거와 단순 과거에다 자애 속에 깃든 부드러움과 애정 속에 있는 우수를 부여했고, 끝나가는 글을 이제 막 시작하려는 글 쪽으로 돌리기도 했고, 음절의 진전을 빠르게도 하고 느리게도 했으며, 음절 수가 다른데 그것을 균일한 리듬 속에 넣으면서, 그처럼 평범한 산문에 일종의 감정적이고 연속적인 생명력을 불어넣었다.

내 양심의 가책은 가라앉았고, 나는 어머니가 곁에 있어주는 이 밤의 감미로움에 나 자신을 내맡겼다. 나는 이런 밤이 두 번 다시 오지 않으리라는 것을 알았다. 그리고 내가 이 세상에 갖는 가장 큰 욕망, 이처럼 슬픈 저녁 시간에 어머니와 언제까지나 내 방에 함께 있고 싶은 이 욕망은 인생의 필연성과 만인의 소망과는 너무나 상반되는 것이어서, 오늘 밤처럼 그것이 이루어졌다는 사실은 어색하고 예외적인 일이 아닐 수 없는 것이다. 내일이면 나의 고민은 다시 시작될 것이다. 엄마는 더는 이곳에 있지 않을 테니까. 하지만 나의 고민이 진정되었을 때 나는 이미 그 고민을 생각하고 있지 않았다. 게다가 내일 저녁은 아직 멀었다. 그때까지는 궁리할 시간이 있을 거라고 나는 생각했다. 비록 그 시간이 나에게 더는 어떤 힘도 가져다주진 못한다 할지라도. 왜냐하면 나의 고민은 내 의지로서는 어쩔 수 없는 것이었으며, 오직 그 고뇌와 나 사이를 갈라놓는 간격만이 그 고뇌를 피할 수 있을 것 같은 느낌을 내게 주었기 때문이다.

이처럼 밤중에 깨어나 오랫동안 콩브레를 다시 회상할 때면, 섬광 신호나 조명등이 건물의 한 모퉁이만을 비추면 다른 부분은 칠흑 같은 어둠 속에 잠긴 채 그대로 남아 있는 것과 흡사하게, 희미한 어둠 한가운데서 뚜렷이 드러난 일종의 빛나는 벽면밖에는 떠오르지 않았다. 작은 거실, 식당, 무의식적으로 나의 슬픔을 만들어낸 스완 씨가 도착하곤 하던 어두컴컴한 오솔길 입구, 아주 좁고 고르지 못한 피라미드형 몸체로 되어 있어서 걸어 올라가기가 아주 거북한 계단의 첫 발판을 향해 내가 걸어가곤 했던 현관이 떠올랐다. 그리고 이층에서는, 엄마가 드나들던 유리문이 달린 작은 복도와 나의 침실이 떠올랐다. 한마디로 말해, 그것들은 늘 같은 시간에, 주위에 있을 수 있는 모든 것과는 고립된 채, 내가 옷을 갈아입는 극에 반드시 필요한 배경(마치 옛날 희곡의 머리말에 지방 공연용으로 밝혀두는 것과 같은 배경)인 어둠 속에서 홀로 모습을 드러내며 떠올랐다. 추억 속 콩브레는 마치 좁은 계단으로 연결된 두 개의 층으로만 구성되어 있었던 것 같고, 또 그곳에는 저녁 7시라는 시간밖에는 없었던 것 같다. 사실 누가 나에게 묻는다면, 콩브레에는 다른 것도 있었고 다른 시간도 있었다고 대답할 수 있었으리라. 그러나 내가 기억해낼 수 있는 것은, 단지 의지에 의한 기억, 즉 지능에 의한 기억이 제공하는 것뿐이었기에, 그리고 그 기억이 주는 과거의 정보는 그 밖의 것에 대해서는 하나도 간직돼 있질 않았기에 나는 콩브레의 그 밖의 것에 대해서는 전혀 생각하고 싶지 않았을 것이다. 사실 나에게는 그 모든 기억이 죽어 있었던 것이다.

영원히 죽었을까? 그럴지도 모른다.

이러한 모든 것들은 우연에 힘입는 바가 많다. 그리고 두 번째 우연, 즉 우리의 죽음이라는 우연은 흔히 첫 번째 우연히 가져다주는 총애를 오랫동안 기다리는 것을 우리에게 허락하지 않는다.

나는 켈트족[스위스·스코틀랜드·아일랜드 등지에 살고 있는 유럽 인종 가운데 하나]의 신앙이 매우 합리적이라고 생각한다. 그들의 신앙에 따르면, 우리가 여읜 사람들의 영혼은 어떤 하등 동물, 짐승이나 식물, 아니면 무생물 안에 사로잡혀 있어서, 우리가 그 나무 곁을 지나가거나 그 영혼이 갇혀 있는 물건을 손에 넣거나 하는 날, 결코 많은 사람에게 일어나는 건 아니지만, 그런 날이 올 때까지는 사실상 죽어 있는 것이다. 그러다 그날이 오면 그 죽은 영혼들은 소스라치게 놀라며 우리를 부른다. 그리하여 우리가 그들의 목소리를 알아듣자마자 곧 마술이 풀린다. 우리에 의해 해방된 영혼은 죽음을 정복하고 우리와 함께 와서 살게 된다.

우리의 과거도 그와 마찬가지다. 우리가 과거를 환기해보려고 노력해도 헛수고요, 지성의 온갖 노력 또한 소용이 없다. 과거는 지성의 영역 바깥에, 그 힘이 미치지 못하는 곳에, 우리가 꿈에도 생각하지 못한 어떤 물질 안에(이 물질적인 대상이 우리에게 주는 감각 안에) 숨어 있다. 이러한 대상을 우리가 죽기 전에 만나거나 만나지 못하거나 하는 것은 우연에 달려 있다.

콩브레에서, 나의 취침에 얽힌 연극이나 과장이 없어지고 나에게도 더는 그런 것들이 존재하지 않게 된 지 이미 오랜 세월이 지난 어느 겨울날, 집[파리에 있는 집]에 돌아온 내가 추워하는 걸 보고, 어머니는 평소와는 달리 나에게 차를 마시겠느냐고 제의한 적이 있었다. 나는 처음에는 거절했지만, 웬일인지 다시 마시고 싶은 생각이 들었다. 어머니는 하인을 시켜 프티트 마들렌이라는 작고 통통한 과자를 가져오게 했는데, 그 과자는 생자크라는 조개의 가느다란 홈이 팬 조가비 속에 넣어 구운 것 같았다. 이윽고, 침울했던 그날 하루와 내일도 서글플 것이라는 예측으로 심란해 있던 나는 기계적으로 마들렌 한 조각이 녹아들고 있던 차를 한 숟가락 입술로 가져갔다. 그런데 과자 부스러기가 섞인 그 차 한 모금이 내 입천장에 닿는 순간, 나는 내 몸 안에 이상한 일이 일어나고 있음을 느끼곤 소스라치게 놀랐다. 뭐라 형용하기 어려운 감미로운 쾌감이 외따로 나를 휘감았다. 그 매혹적인 쾌감은 사랑이 작용할 때처럼 귀중한 정수(精髓)로 나를 채우면서, 즉시 나를 인생의 변전(變轉) 따위에 무관심하도록 만들었고, 인생의 재난을 무해한 것으로 여기게 했으며, 인생의 짧음을 착각으로 느끼게 했다. 아니 오히려 그 정수는 내 안에 있는 것이 아니라, 바로 나 자신이었다. 나는 더는 나 자신을, 초라하고 우발적이며 죽어야만 할 존재라고는 느끼지 않게 되었다. 도대체 이 벅찬 기쁨은 어디서 나온 것일까? 나는 그 기쁨이 차와 과자의 맛에 연결되어 있다고 느끼긴 했지만, 그것이 그 맛을 훨씬 초월했기에 같은 성질의 것이 아님을 분명히 느꼈다. 그 기쁨은 어디서 왔는가? 그것은 무엇을 뜻하는가? 어디서 그것을 이해해야 할까? 두 번째 모금을 마셨을 때는 첫 모금에서보다 나은 것이라고는 아무것도 없었다. 세 번째 모금도 두 번째보다 약간 못한 것밖에 가져다주지 않는다. 이제 그만 마셔야 할 때다. 차의 효력이 덜해가는 것 같다. 내가 찾는 진실은 그 차 속에 있는 것이 아니라, 나 자신 속에 있는 것이 분명하다. 그 차는 그 진실에 눈을 뜨게 만들었으나 그 진실이 무엇인지는 알지 못하고, 점점 힘이 빠지면서, 나로서는 어떻게 해석해야 좋을지 모르는, 똑같은 표시만을 되풀이할 뿐이다. 나는 적어도 결정적인 것을 알아낼 수 있도록, 지금 당장 처음 그대로의 것을 다시 한번 요청하여, 그것을 나의 의향대로 완전하게 되찾을 수 있기를 원하고 있다. 나는 찻잔을 놓고 내 정신 쪽으로 방향을 돌려본다. 진실을 찾아내는 것은 정신의 역할이니까. 그러나 어떻게? 심각한 불안감, 그것은 정신이 그 정신 자체를 넘어선 것이라고 느낄 때마다 생기는 불안감이다. 정신이라는 그 탐구자가 모두 그대로 캄캄한 세계가 되어버렸는데, 그 속에서도 정신은 탐구를 계속해야 할 때의, 그리고 정신의 온갖 지식은 아무 도움도 되지 못할 때의 불안감이다. 탐구한다? 그것뿐만이 아니다. 창조하는 일이 필요하다. 정신은 아직 존재하지도 않는 그 무엇과 직면해 있고, 또 정신만이 그것을 현실의 것으로 만들고, 그것을 정신의 빗속으로 들어오게 할 수 있다.

그래서 나는 도대체 그 미지의 상태, 아무런 논리적 증거도 제공하진 못했지만, 다른 모든 것들은 완전히 지워버릴 만큼 명백한 행복감과 현실감을 안겨준 그 미지의 상태는 무엇이었을까 하고 다시 자문해보았다. 나는 그 상태를 다시 한번 출현시켜보고 싶다. 사고의 흐름을 거슬러 올라가 나는 차의 첫 숟가락을 떠 마신 순간으로 되돌아간다. 똑같은 상태를 발견하지만 새로운 광명은 없다. 나는 내 정신에게 도망쳐가는 감각을 다시 한번 잡을 수 있도록 좀 더 노력을 기울여달라고 부탁한다. 그리하여 그 어느 것도 그 상태를 다시 붙잡을 수 있는 정신의 비약을 깨뜨리지 못하도록, 나는 온갖 장애물과 잡념을 물리치고, 옆방 소리에 귀를 막고 주의를 차단해버린다. 그러나 제 뜻을 이루지 못하고 피곤해하는 정신을 느끼며, 나는 이번에는 정신이 지금까지 금지해왔던 것과는 반대로 마음을 혼란시키고, 다른 것들을 생각게 하며, 마지막 시도를 행하기 전에 원기를 회복하도록 강요한다. 그 다음에 두 번째로 나는 정신을 따로 고립시켜놓고, 아직도 생생한 그 첫 모금의 맛을 정신 앞에 대면시킨다. 그러자 내 몸 안에서 깊은 심연에 빠진 닻처럼 끌어올려지기를 기다리던 그 무엇이 움직이고, 떠오르려고 꿈틀거리는 것을 느낀다. 나는 그것이 무엇인지 모른다. 그러나 그것이 천천히 올라온다. 나는 그것의 저항을 감지한다. 울림 소리가 기나긴 거리를 거쳐서 귀에 들려온다.

확실히 내 깊은 곳에서 팔딱거리는 것, 그것은 미각과 이어져서,

미각의 뒤를 따라 내 속에까지 다가오려고 애쓰는 영상, 즉 시각적 추억임에 틀림이 없다. 그러나 그것은 너무도 멀리서, 너무도 어렴풋이 팔딱인다. 어렴풋이 알아볼 수 있는 것은 그 무색 반영뿐이지만, 그곳에선 많은 색채가 뒤숭숭하게 섞여서 포착할 수 없는 소용돌이를 이루며 녹아들고 있다. 그러나 형태를 분간할 수도 없고, 유일하게 가능한 통역자에게 부탁하듯이 반영에게 그것과 동시에 태어나고 그것과 떨어질 수 없는 반려의 증거인 미각이 무엇인지 나에게 통역해달랄 수도 없다. 그것이 어떤 특수한 상황, 과거의 어떤 시기와 관련되어 있는지를 알려달라고 요청할 수도 없는 것이다.

이 추억, 이 옛 순간이 과연 나의 맑은 의식의 표면에까지 도달할 수 있을 것인가? 이것과 유사한 순간의 견인력이 아주 멀리서 찾아와서, 나의 아주 깊은 내면에서 이 옛 순간을 재촉하고 감동시키고 부추기려 하고 있다. 나는 모른다. 지금 나는 아무것도 느끼지 못한다. 추억이 멈추고 다시 가라앉았나 보다. 그것이 언제 또다시 어둠 속에서 솟아날 것인지 그 누가 알겠는가? 열 번이라도 나는 다시 시작해보고, 가라앉은 추억 쪽으로 내 몸을 기울여야만 한다. 그러나 그때마다, 온갖 어려운 일, 또 온갖 중대한 일이 있을 성싶으면 우리의 마음을 돌리게 하는 비열함이 머리를 쳐들며, 그런 일 따위는 그만두고, 차라리 어려움 없이 되새길 수 있는 오늘의 권태나 내일의 욕망만 생각하며 차나 마시라고 나에게 충고한다.

그때 별안간 추억이 나타났다. 이 맛, 이것은 콩브레에서 일요일 아침마다(왜냐하면 일요일에는 미사 시간 전에는 외출할 수 없었기 때문이다) 내가 레오니 고모 방으로 아침 인사를 하러 갔을 때, 고모가 곧잘 우러난 홍차나 보리수 차에 담가주던 작은 마들렌 조각의 맛이었다. 실제로 그것을 맛보기 전에는, 프티트 마들렌을 보아도 아무것도 회상되는 것이 없었다. 이유는 아마, 그 이후로 먹지는 않았지만, 과자 가게 선반에 있는 것을 자주 보아왔기에, 그 영상이 콩브레에서 보낸 나날과 멀어져, 더욱 최근의 다른 나날과 연결되어버렸기 때문이리라. 아니면, 그처럼 오랫동안 기억 바깥에 버려졌던 추억의 경우, 살아남아 있는 것이라고는 아무것도 없고, 모든 것이 붕괴되어버렸기 때문이리라. 그 형태들도— 근엄하고 경건한 치마폭 주름 밑에서, 그토록 풍성하고 육감적인 과자 가게의 작은 조가비〔아가씨의 엉덩이를 비유한 말〕모양 역시— 없어지거나 잠이 들어버리거나 하여 팽창력을 잃어버리고 만 것이다. 그것이 있었더라면 의식에 합류될 수도 있었을 텐데. 그러나 사람들이 죽고, 사물이 파괴되고, 옛 과거의 아무것도 남아 있지 않을 때, 더욱 연약하긴 해도 더욱 강인하게, 무형이긴 해도 더욱 집요하고 충실하게, 오직 그 냄새와 맛만은 오랫동안 영혼처럼 남아서, 다른 모든 것의 폐허 위에서 생각하고 기다리고 희망하는 것이다. 그 냄새와 맛의 미세한 물방울 위에 그 거대한 추억의 건물을 꿋꿋이 떠받치는 것이다.

그리하여 나는 그것이 고모가 주던 보리수 차에 적신 마들렌 조각 맛이라는 것을 깨닫자(어째서 그 기억이 그토록 나를 행복하게 해주었는지는 알 수 없고, 또 그 이유를 발견하는 것도 훨씬 뒷날로 미루지 않으면 안 되었지만), 즉시 고모의 방이 있던, 길가 쪽 회색 고옥이 극중 무대장치처럼 나타나더니, 우리 부모님을 위해 본채 뒤에 건축된 정원 쪽 작은 별채로 연결되었다. (내가 지금까지 환기한 것은 단지 여러 가지 중요한 것이 빠진 일부분일 뿐이다.) 그리고 이 회색 집과 더불어 온갖 날씨 속의, 아침부터 저녁까지의 우리 마을이 떠올랐다. 점심 식사 전에 나를 내보내곤 하던 광장, 물건을 사느라 내가 쏘다니던 거리, 날씨가 좋을 때만 다니던 길 등이 떠올랐다. 그리하여 마치 일본 사람들이 즐기는 놀이, 즉 물을 가득 담은 도자기 사발에 작은 종잇조각들을 담그면, 그때까지 구별되지 않던 종잇조각들이 물속에 잠기자마자 금세 퍼지고 윤곽을 드러내고 채색이 되고 분리되면서, 꽃과 집과 사람 모양을 이루면서 알아볼 수 있게 되는 놀이를 보는 것처럼, 이제 우리 집 정원의 모든 꽃들과 스완 씨네 정원의 꽃들과 비본 강가의 수련화, 선량한 마을 사람들, 그들의 초라한 집들, 교회당, 그리고 콩브레의 모든 것과 그 주위 환경들, 이 모든 것들이 견고한 형태를 이루며, 마을과 정원들과 함께 내 차(茶)에서 튀어나왔다.

2

콩브레, 매년 부활절을 앞둔 마지막 주일에 이곳으로 오는 도중, 사방 십 리 정도의 거리를 두고 멀리 기차에서 바라보면, 그것은 마을을 요약하고 대표하면서, 먼 곳에까지 마을을 위해 마을을 대변해주는 하나의 성당에 불과할 뿐이었다. 그러나 막상 가까이 다가가 보면, 들판 한복판에서 바람을 막고 있던 그 성당의 높고 우중충한 건물 주위에는 마치 양들 한가운데 서 있는 목동처럼 가옥들의 양털 같은 회색 지붕들이 밀집해 있었고, 그 가옥들이 마치 르네상스 이전 화가들의 그림에서 보이는 작은 도시처럼, 여기저기 둥근 모습으로 완벽하게 원을 그리는 중세 성벽의 유물을 모아놓은 것 같았다. 콩브레는 살아가기에는 다소 쓸쓸한 감이 드는 곳이었다. 그 이유는, 가옥들은 이 지방에서 생산되는 거무스름한 돌로 건축되었고 옥외 계단이 밖으로 튀어나와 있으며 합각머리가 가옥 앞에 그림자를 내리고 있어서, 이런 집들이 늘어선 콩브레 거리는 해가 지자마자 '방들'의 커튼을 올리지 않으면 안 될 정도로 어두워지기 때문이었다. 성인들의 엄숙한 이름이 붙은 거리들(그 가운데 몇몇은 콩브레의 초기 영주들의 전기(傳記)와 관련되어 있었다), 즉 생틸레르 거리, 고모님 댁이 있는 생자크 거리, 철책이 쳐 있는 생트일드가르드 거리, 그리고 고모네 집 정원의 작은 옆문이 그 거리 쪽으로 열려 있는 생테스프리 거리. 콩브레의 이러한 거리들은 지금도 내 기억 일부에 남아 있기는 하지만 너무나 멀리 떨어져 있고 지금 내 눈에 띄는 이 세계의 빛깔과 너무나도 다른 빛깔로 채색되어 있기에, 실제로 그러한 모든 거리들과 광장에서 그것들을 굽어보고 있던 성당은 나에게는 환등기의 투영보다 더 비현실적으로 보였다. 또 어떤 때에는 나는 아직도 생틸레르 거리를 건너갈 수 있고, 루아조 거리에서— '화살 맞은 새'라는 오래된 여관, 그 여관의 환기창에서 풍겨 나오던 음식 냄새가 지금도 이따금씩 간헐적으로 내 몸 안에서 따뜻하게 솟아나오는 그 여관에서— 방 하나를 빌릴 수 있다는 생각이 들 때도 있었는데, 그러한 생각은 골로와 친하게 된다든가 제네비에브와 이야기를 나누는 것보다도 더욱 놀랍고 신비롭게 저승과의 교제가 시작되는 것으로 여겨졌다.

우리는 할아버지의 사촌 누이동생— 나의 대고모— 집에 묵었는데, 이분은 레오니 고모의 어머니였다. 레오니 고모는 당신의 남편이자 내게는 고모부뻘 되는 옥타브가 돌아가신 후, 처음에는 콩브레에서, 그 다음에는 콩브레의 자기 집에서, 그 다음에는 자기 방에서, 다음에는 자기 침대에서 더는 떠나려고 하지 않았고, 늘상 고뇌와 몸의 쇠약과 질병, 집념, 그리고 신앙심에서 비롯된 모호한 상태 속에서 지내면서 좀처럼 '내려오려고 하지' 않았다. 그녀가 전용으로 사용하는 방은 생자크 거리를 향하고 있었는데, 이 거리는 아주 멀리까지 뻗어나가 큰 목장에서 끝났다. (이 목장은, 세거리가 합쳐지는 마을 중심지에서 녹지대를 이루는 작은 목장과 대조를 이뤘다.) 그 거리는 단조롭고, 희끄무레하고, 거의 모든 집 대문 앞에는 사암으로 된 높은 계단이 세 개씩이나 있어서, 마치 어떤 석수공이 구유나 십자가 상을 조각했을지도 모를 돌로 고딕식 석상을 본떠 만든 협로처럼 보였다. 우리 고모는 사실상 방 두 칸만을 썼다. 오후에 한쪽 방을 환기시키는 동안에는 다른 한쪽 방에 가 있는 식으로 말이다. 그 두 개의 방은 시골 방으로— 어떤 고장에서는 눈에 보이지 않는 미생물들에 의해 대기나 바다가 빛을 발하거나 향기를 내뿜거나 하는 것처럼— 덕성, 예지, 습관같이 대기 중에 감도는 은밀하고 눈에 보이지 않는, 그러면서도 넘쳐흐르는 듯한 모든 정신생활이 발산하는 무수한 냄새들로 우리를 황홀하게 하는 방들이다.

물론 그 냄새는 때에 따라서는 이웃 시골의 냄새와 같은 냄새, 죽치는 것을 좋아하고 인간적이지만 비개방적인 냄새, 과수원에서 찬장으로 옮겨진 그해의 모든 과일로 만든 미묘하고 교묘하게 투명한 젤리 냄새, 계절에 따라 변하는 세간 냄새, 흰 젤리의 쏘는 맛을 따끈한 빵의 감미로움으로 중화시키는 하인들 냄새, 마을의 큰 시계처럼 한가로우나 시간을 어기지 않는 꼼꼼한 냄새, 빈둥거리는 것 같으면서도 질서 있는 냄새, 엉터리 같지만 조심성 있는 냄새, 세탁물 냄새, 아침 냄새, 경건한 신앙심 냄새, 평안을 즐기는 것같이 보이지만 실은 불안의 증가밖에는 가져다주지 못하는 평안을 즐기는 냄새, 그리고 거기서 살지 않고 그대로 지나치는 이의 눈에는 시(詩)의 대저수지 같아 보이나 실은 산문적인 것밖엔 즐기지 못하는 냄새다. 이런 고모의 방 공기는, 영양이 풍부하고 맛있는 침묵이라는 미묘한 꽃냄새로 포화되어 있어서, 나는 늘 일종의 왕성한 식욕을 느끼며 그곳으로 가곤 했고, 부활절 전 주일의 아직 쌀쌀한 새벽 녘에는 특히 더 그랬다. 그때는 내가 콩브레에 막 도착했기에 그 냄새를 더 잘 맛볼 수 있었던 것이다. 고모에게 아침 인사를 하러 들어가기 전에, 나는 첫 번째 방에서 잠시 기다려야만 했다. 이 방에는 아직도 겨울 햇살이 난롯불 앞에 온기를 쬐러 와 있었는데, 불은 이미 두 줄의 벽

돌 사이로 활활 타오르며 온 방 안에 그을음 냄새를 퍼뜨려, 그곳을 마치 시골의 커다란 '화로 앞', 또는 옛 저택의 벽난로처럼 만들었다. 사람이란 그런 곳에서는 칩거의 안락함에 겨울날의 시흥(詩興)을 덧붙이고 싶어서, 바깥에는 비나 눈이 내리거나 심지어는 대홍수 같은 재난이 일어나는 것마저도 바라는 법이다. 나는 기도대에서 늘 털실로 짠 머리 받침이 덮인, 올이 촘촘한 비로드 안락의자 쪽으로 몇 걸음 다가갔다. 불은 밀가루 반죽을 구울 때처럼 구미가 당기는 냄새를 풍겨, 이 냄새 때문에 방 안 공기가 완전히 엉겼다. 그리고 이 냄새는 화창한 아침의 상쾌한 습기로 이미 반죽이 되어 '부풀어 올랐고', 불은 이 냄새의 반죽을 얇게 껍질이 벗겨지는 과자로 만들어, 그것을 누르스름하게 굽고 주름살을 만들고 부풀어오르게 해서는, 눈에는 보이지 않지만 만져볼 수 있는 시골 과자, 어마어마하게 큰 '쇼송'[파이의 일종] 같은 것을 만드는 것 같았다. 이러한 냄새 속에서, 벽장이나 서랍장, 혹은 꽃무늬 벽지의 바삭바삭한 향내, 더욱 섬세하고 더욱 평판이 높으나 동시에 더욱 메마른 향내를 맡고 나면, 나는 늘 말 못할 탐욕과 함께 그 꽃무늬 든 침대 덮개가 풍기는 미온적이고, 끈적끈적하고, 텁텁하고도 소화되지 않는, 풋내 나는 올리브 기름 같은 냄새 속으로 끈끈이에 붙어버린 듯이 빠져들어갔다.

 옆방에서 고모가 혼자 낮은 목소리로 중얼거리는 소리가 들려왔다. 고모는 낮은 목소리로만 말했는데, 왜냐하면 자신의 머릿속에는 너무 큰 소리로 말하면 위치가 바뀔, 무언가 깨진 것, 떠다니는 것이 있다고 생각하기 때문이었다. 그러나 그녀는 혼자 있을 때조차 뭔가를 말하지 않고 오랫동안 가만히 있는 경우가 좀처럼 없었는데, 그것은 중얼거리는 것이 목구멍에 유익하며, 목구멍에서 피가 멈추지 않도록 하여 자신의 지병인 질식과 고뇌를 가볍게 해주는 것으로 믿었기 때문이다. 또 고모는 완전히 생기를 잃은 그 생활 속에서, 사소한 감정들에도 굉장한 중요성을 부여하고 자기가 간직하기 어려울 정도의 움직임을 그 감정들에 부여함으로써, 그것을 들려줄 만한 절친한 친구가 없는 자기 자신에게 자신의 유일한 활동 형식인 끊임없는 독백으로 그것을 들려주었다. 불행하게도 고모에게는 생각하는 것을 숨기지 못하는 버릇이 있었기에 옆방에 누가 있건 말건 조금도 개의치 않았다. 그래서 나는 고모가 자기 자신에게 이렇게 말하는 것을 자주 들었다. "한잠도 못 잔 것을 잊어서는 안 되지." (왜냐하면 고모는 한잠도 못 자는 것을 자랑으로 여기고 있어서, 우리가 쓰는 말에는 이러한 자부심에 대한 존경과 흔적이 보존되어 있었다. 예를 들어, 아침에 프랑수아즈는 '고모를 깨우러' 가는 것이 아니라, 고모의 방에 '들어가는' 것이었다. 또 고모가 낮에 한잠 자려고 할 때면, 집안사람들은 고모가 '깊은 생각에 잠기려' 하고 있다고, 또는 '쉬러' 하고 있다고 말했다. 고모는 이야기에 열중한 나머지 '나를 깨운 것은' 또는 '꿈에 말이야' 하고 말했을 때는 얼굴을 붉히면서 재빨리 고쳐 말하곤 했다.)

 잠시 후, 나는 방 안에 들어가 고모에게 키스했다. 그때 프랑수아즈는 차를 끓였다. 고모는 자기가 흥분돼 있다고 느끼면 홍차 대신 보리수 차를 달인 탕약을 요구했다. 그러면 약봉지에서 접시에다 정량의 보리수 차를 꺼내 담아서, 그것을 곧 끓는 물에 넣는 것이 나의 임무였다. 바짝 마른 꽃줄기는 서로 뒤엉켜 고르지 못한 격자를 이루며 안쪽으로 굽어 있었고, 그 얽힌 격자에는 마치 화가가 장식적으로 배치한 것처럼 빛바랜 꽃이 달려 있었다. 모양이 망가지고 변해버린 잎들은 가장 어울리지 않는 모양, 예를 들면 파리의 투명한 날개나 상표의 인쇄되지 않은 안쪽 또는 장미 꽃잎 같은 모양을 하고 있었는데, 그 형태는 마치 새가 보금자리를 만들 때처럼 쌓이고, 조각나고, 짜인 듯이 보였다. 인공적으로 조정한다면 제거되었을지도 모르는, 이 불필요한 수많은 잡동사니들—이것들은 약제사의 매력적인 낭비물이지만—은 마치 책을 읽다가 책 속에서 친지의 이름을 만나 깜짝 놀라는 것처럼, 나에게는 그것들이 역 앞 큰길에서 내가 본 것과 똑같은 실물 보리수 꽃줄기이며, 가짜가 아닌 진짜요, 다만 오래됐기에 모양이 변한 것뿐이라는 사실을 알아차리는 기쁨을 주었다. 그리고 새 성질이란 옛 성질이 변한 것에 지나지 않으므로, 나는 이 연분홍 작은 알 속에서, 아직 영글지 않은 초록빛 싹을 알아볼 수 있었다. 더구나 나약하지만 무성한 줄기 안에 아름답고 작은 장미 송이처럼 올망졸망 달린 꽃들을 뚜렷이 드러나게 하는, 부드럽고도 달빛 같은 장밋빛 광채—마치 지워진 벽화의 자리를 지금도 그대로 벽면에 드러내는 희미한 빛과 같이, 보리수의 '물들었던' 부분과 그렇지 않았던 부분의 차이를 나타내는 표시—는, 이 꽃잎들이 약봉지를 장식하기에 앞서, 봄날의 여러 밤들을 향기롭게 하던 그 꽃잎들임을 나에게 보여주었다. 큰 밀초의 장밋빛 불꽃, 그것은 아직은 보리수 빛깔이긴 하지만, 이제 마치 꽃들의 황혼처럼 반쯤 시든 삶, 그 속에서 반쯤 꺼져가며 잠들고 있었다. 이윽고 고모는 더운물에 달인 그 마른 잎과 시든 꽃잎을 맛볼 수 있었다. 그리고 그 속에 조그만 마들렌을 담그고, 그 조각이 충분히 부드러워졌을 때, 그것을 나에게 내밀어주었다.

고모의 침대 한쪽에는 레몬 나무로 만든 커다란 노란색 옷장과, 조제(調劑) 테이블도 되고 동시에 기도대도 되는 테이블이 놓여 있었고, 거기에는 작은 성모상과 비시 셀레스탱의 약수병 아래 미사책 몇 권과 약방문, 그 밖에 침대에서 행하는 여러 가지 성무(聖務)나 식이요법을 지키는 데 필요한 것들과 복용약, 그리고 밤기도 시간을 지키는 데 없어서는 안 될 모든 것들이 놓여 있었다. 또 한쪽으로는 고모의 침대가 창가에 바짝 놓여 있어서 거리를 바로 눈 아래 두고 있었는데, 고모는 아침부터 저녁까지 페르시아 왕자님들처럼 심심풀이로 콩브레에 대한 아득한 옛날의 일상적인 일들을 그 거리에서 추측해내면서, 나중에는 프랑수아즈와 함께 거기에 주석까지 붙이곤 했다.

나는 5분 이상 고모와 함께 있질 못했다. 내가 고모를 피곤하게 할까 두려워 고모가 나를 내보냈기 때문이었다. 고모는 내 입술에 창백하고 윤기 없는 침울한 이마를 내밀었는데, 이처럼 이른 시간에는, 고모가 아직 가발을 손질할 틈이 없었기에, 그 이마에서는 마치 가시관의 뾰족한 끝이나 묵주알처럼 등골뼈[작가가 머리뼈를 잘못 쓴 듯함]가 훤히 드러났다. 그리고 고모는 나에게 말했다. "자아, 애야, 가거라, 미사에 갈 준비를 해야지. 그리고 아래층에서 프랑수아즈를 만나거든 너무 오래 어울려 놀지만 말고, 시중들 일이라도 없나 곧 좀 올라와달라고 일러라."

그러고 보니 오래전부터 고모의 시중을 들어온 프랑수아즈는, 훗날 우리와 한식구가 되리라고는 그 무렵에는 꿈에도 생각하지 않았지만, 우리가 고모 댁에서 몇 달간 묵는 동안은 고모를 다소 등한시했다. 내가 너무 어려서 우리가 아직 콩브레에 가는 일도 없었던 그 무렵, 레오니 고모는 파리에 있는 그녀의 모친 집에서 겨울을 보냈는데, 그 무렵 나는 아직 프랑수아즈를 잘 몰랐기에, 설날 대고모 댁에 들어가기 전에 어머니는 내 손에 5프랑짜리 금화 한 닢을 쥐여주며 이렇게 말했다. "무엇보다 사람을 착각하지 않도록 해라. 엄마가 '프랑수아즈, 안녕' 하고 말할 때까지 기다려야 한다. 그때 내가 네 팔을 살그머니 건드릴 테니까." 고모네 집의 어두컴컴한 응접실에 이르자마자 나는 어둠 속에서, 마치 솜사탕으로 만든 것처럼 빳빳하면서도 쉬이 부서질 것만 같은 눈부신 보닛 모자의 주름 밑에서 미리 고마운 뜻을 표하는 듯한 웃음의 파문이 번지는 것을 보았다. 그것이 프랑수아즈, 벽감 속에 서 있는 성녀상처럼 복도의 작은 문 테두리 안에 부동자세로 서 있는 프랑수아즈였다. 예배당 같은 이 어둠에 눈이 익숙해졌을 때, 나는 프랑수아즈의 얼굴에서 인간성에서 나온 이해관계를 떠난 애정, 새해 선물을 받을 희망으로 그녀 가슴의 가장 선한 부분에서 끓어오르는, 상류사회에 대한 감동 어린 존경심을 분간해낼 수 있었다. 엄마는 내 팔을 살짝 꼬집고는 힘찬 목소리로 말했다. "안녕, 프랑수아즈." 이 신호에 맞추어 내 손가락은 펴졌고, 나는 금화를 받으려고 어쩔 줄 모르며 내민 손에 그것을 놓았다. 그러나 우리가 콩브레에 가면서부터 나는 누구보다도 프랑수아즈를 잘 알게 되었다. 우리는 프랑수아즈의 마음에 들어, 그녀는 우리에게 적어도 처음 몇 해 동안은, 고모에게 바치는 것과 같은 정도의 존경심과 더욱 강한 애정을 품었다. 왜냐하면 우리에게는 고모의 친척이라는 특권에다(프랑수아즈는 같은 혈통이라는 한 가족 단위를 맺어주는, 눈에 보이지 않는 유대 관계에 관해 그리스의 비극 작가들만큼이나 존경심을 품었다), 늘 대하는 그녀의 주인이 아니라는 매력이 덧붙어 있었기 때문이다. 그래서 때로는 살을 에는 듯한 찬바람이 부는 때도 있었던 그런 때도 역시, 아직 날씨가 좋아지지 않는 걸 한탄하면서 얼마나 기쁘게 우리를 맞아주었는지 모른다. 엄마는 그녀의 딸과 조카들 소식을 묻기도 하고, 손자가 얌전한지, 어떤 직업을 갖게 할 것인지, 또는 할머니를 닮았는지를 묻기도 했다.

그리고 그 자리에 아무도 없을 때면 엄마는, 죽은 지 오래된 양친에 대해 프랑수아즈가 아직도 슬퍼하는 것을 알아차리고는, 상냥스럽게 그녀의 양친에 대한 이야기를 꺼내며 생전 일을 자세히 묻기도 했다.

어머니는 프랑수아즈가 사위를 좋아하지 않는다는 것을 알았고, 그녀의 사위는 프랑수아즈가 이따금 딸과 함께 지내는 즐거움을 앗아가며, 사위가 있을 때는 딸과 함께 있어도 마음대로 얘기조차 못한다는 것을 알 수 있었다. 그래서 프랑수아즈가 콩브레에서 몇십 리 떨어져 있는 딸네 부부를 만나러 갈 때면, 엄마는 웃으며 이렇게 말했다. "이봐요, 프랑수아즈, 만일 쥘리앙이 집을 비우지 않을 수 없어 마르게리트를 하루 종일 프랑수아즈가 독차지하게 된다면 매우 섭섭하겠지만, 그래도 그편이 프랑수아즈에겐 더 좋지 않을까?" 그러자 프랑수아즈는 웃으며 말했다. "마님은 무엇이든 다 아시는군요. 옥타브 마님께서 찍은 적이 있는, 가슴속을 훤히 들여다보는 X-Ray보다 더 고약한 분이세요." (그녀는 X-Ray를, 말하기 어려운 듯이 웃으며 발음했는데, 그것은 무식한 자기가 이런 학술 용어를 쓰는 것을 스스로 비웃어 보이기 위해서였다.) 그리고 나서 그녀는 자기에게 신경을 써주는 사람이 있다는 데 대해 황송해하며 사라졌는데, 아마 우는 모습을 남에게 보이지 않으려고 그랬을 것이다. 시골 여자로서의 프랑수아즈의 생활, 행복, 슬픔이 그녀 자신 이외의 다른 사람의 관심을 끌어 그 사람의 기쁨 또는 슬픔의 원인이 될 수 있다는 따뜻한 감동을 그녀에게 최초로 느끼게 해준 분은 엄마였다. 어머니가 그 영리하고 일 잘하는 하녀의 시중에 얼마나 감탄하는가를 고모도 알았으므로, 고모는 우리가 머무르는 동안에는 프랑수아즈를 독차지하는 것을 어느 정도 단념했다. 프랑수아즈가 새벽 5시부터 부엌에서 둥근 주름이 잡힌 윤이 나고 빳빳한 비스킷 모양 보닛 모자를 쓴 모습은, 대미사를 드리러 갈 때처럼 보기가 좋았다. 그녀는 소리 하나 내지 않고 무엇을 하는 기색조차 보이지 않으면서, 건강 상태가 좋건 나쁘건 말처럼 일만 했는데, 맡은 일은 깨끗이 해치웠다. 엄마가 더운물이나 블랙커피를 청할 때, 정말로 펄펄 끓는 물을 가져오는 사람은 고모네 하녀들 중 그녀뿐이었다. 어느 집에나, 손님 마음에 들려고 애쓰지 않으며 유달리 상냥하게 굴지도 않기에 처음에는 손님 마음에 전혀 들지 않는 하인들이 있는 법인데, 그녀도 그런 하인들 가운데 하나였다. 그런 하인들은, 자기들에게 손님이 조금도 필요치 않으며 주인도 자기들을 해고시키는 것보다는 차라리 손님 초대를 그만두리라는 것을 잘 알고 있었다. 그들의 실제 역량을 알아주는 주인이라면, 손님에게는 좋은 인상을 줄지 모르지만 겉으로만 나타내는 쓸모없는 천박한 아첨이나 하인 근성에서 나온 수다는 바라지 않으며, 그렇지 않은 하인을 더 소중히 여기는 법이다.

우리 양친에게 제대로 시중을 들었는지를 살핀 후, 프랑수아즈가 고모에게 소화제를 들게 한다든가 또는 아침 식사로 무엇을 들겠느냐고 물으러 고모 방으로 올라갔을 때, 어떤 중요한 사건에 대해서 고모가 먼저 자기 의견을 말하거나 설명을 하지 않는 일은 거의 없었다.

"프랑수아즈, 구필 부인은 자기 언니를 데리고 가느라 십오 분 이상이나 늦게 집 앞을 지나갔어. 도중에 조금이라도 지체하면 성체 봉대식이 끝난 후에야 성당에 도착할 게 틀림없어."

"저런! 그렇게 돼도 놀랄 일이 아니지요" 하고 프랑수아즈가 대답했다.

"프랑수아즈, 오 분만 빨리 올라왔더라면 앵베르 부인이 칼로(Callot) 어멈 것과 같은, 보통 것의 두 배나 되는 굵은 아스파라거스를 들고 가는 것을 보았을 텐데 말야. 그 부인이 어디서 그걸 손에 넣었는지 그 댁 하녀에게 물어보도록 해요. 프랑수아즈는 올해 모든 소스에 아스파라거스를 쓸 테니까. 그런 것을 손님들이 드시도록 할 수 있을 거야."

"그건 주임 신부님 댁에서 난 아스파라거스임에 틀림없어요"라고 프랑수아즈가 말했다.

"어머, 그럴까, 프랑수아즈" 하고, 고모는 어깨를 으쓱하면서 대답했다. "신부님 댁! 아니야, 할멈도 잘 알면서 그래. 신부님 댁에는 잘고 질긴 형편없는 아스파라거스밖엔 나지 않는다는 걸 말이야. 아까 그건 팔뚝만큼이나 굵었다니까. 그야 프랑수아즈의 팔만큼은 아니지만, 이 불쌍한 내 팔만큼은 됐어. 올해 들어 이렇게 더 가늘어졌지만……. 프랑수아즈, 못 들었어? 내 머리가 깨지도록 치던 종소리를?"

"못 들었는데요, 옥타브 마님."

"어머! 기가 막혀라. 프랑수아즈는 머리가 매우 무딘 것이 분명해. 천주님께 감사해야겠어. 그건 마게론 아주머니가 피프로 의사에게 왕진을 청하러 간 것이었지. 의사는 즉시 아주머니와 함께 나와서 루아조 거리를 돌아갔어. 어떤 애가 병이 난 게 틀림없어."

"저런! 맙소사" 하고 프랑수아즈는 한숨을 지었다. 그녀는 알지 못하는 사람이거나, 설사 먼 고장에서 일어난 일이라 할지라도, 사람의 불행에 관한 이야기는 탄식 소리를 내지 않고는 듣지 못했다.

"그런데, 프랑수아즈, 도대체 누구를 위해 조종(弔鐘)이 울렸을까? 아! 그렇지, 루소 부인을 위해서지. 그분이 어젯밤 돌아가신 것을 까맣게 잊어버렸네. 아, 정말이지, 이번에는 내가 선하신 천주님 부르심을 받을 차례야. 불쌍한 내 남편 옥타브가 죽은 후로는 내 머리가 어떻게 돌아가는 건지 통 모르겠어. 그런데 내가 프랑수아즈의 시간을 빼앗았군그래."

"아녜요, 옥타브 마님. 제 시간은 조금도 귀중하지 않아요. 누가 시간을 돈을 주고 삽니까요. 그래도 잠깐 보고 오겠습니다. 불이 꺼지지나 않았는지 말이에요."

이렇게 프랑수아즈와 고모는 아침 시간 동안 그날에 처음 일어난 여러 사건을 같이 평가하곤 했다. 그러나 때로는 이런 일들이 매우 신비롭거나 매우 중대한 성질을 띠었기에 고모가 프랑수아즈가 올라올 때까지 기다릴 수 없는 경우가 있었는데, 그럴 때면 초인종이 네 번, 집 안에 요란하게 울려 퍼졌다.

"옥타브 마님, 아직 위장약 드실 시간이 아닌데요. 현기증이 나시나요?" 하고 프랑수아즈가 물었다.

"아니야, 그런 게 아니야, 프랑수아즈" 하고 고모가 말했다. "이를테면 그런 일로 부른 게 아니란 말이야. 프랑수아즈도 잘 알잖아, 요즘 현기증이 나지 않을 때가 좀처럼 없다는 것 정도는. 나도 어느 날, 루소 부인처럼 제정신이 들지도 않은 채 그대로 가버릴 테지. 좌우간 그런 일로 초인종을 누른 게 아냐. 이봐, 난 말이야, 지금 막 이 눈으로 똑똑히 보았어. 구필 부인이 내가 한 번도 본 적 없는 계집애와 함께 지나가질 않겠어. 그러니 어서 카뮈 가게에 가서 소금을 두 푼어치 사오겠어. 그게 누군지, 테오도르가 할멈에게 말해주지 못할 일은 없으니까."

"그 계집애라면 퓌팽 씨 따님일 거예요"라고 프랑수아즈가 말했다. 그녀는 그날 아침 벌써 두 번이나 카뮈 가게에 다녀왔기에, 지금은 당장의 설명만으로 끝내고 싶었다.

"퓌팽 씨 따님이라고! 오오! 정말 그럴까, 프랑수아즈! 그 애라면 왜 내가 알아보지 못했을까?"

"제가 말하는 것은 그 집 큰따님을 두고 하는 말이 아닙니다. 옥타브 마님. 주이의 기숙사에 가 있는 작은따님을 말하는 겁니다. 오늘 아침 이미 그 애를 봤던 것 같은데요."

"아, 그래그래, 그 애가 틀림없어" 하며 고모가 말했다. "축제일 때문에 왔군. 그래 맞았어! 이젠 아무것도 사러 갈 필요 없어요. 그 앤 축제일 때문에 왔을 거야. 그건 그렇고, 좀 있으면 사즈라 부인이 점심 식사를 하러 자기 언니네 초인종을 누르러 오는 게 보일 거야. 그럴 거야! 갈로팽 가게의 꼬마가 파이를 들고 지나가는 걸 보았으니까! 그 파이가 구필 부인 댁에 배달되었다는 것을 곧 알게 되겠지."

"구필 부인이 손님을 초대하셨다면, 옥타브 마님, 오래지 않아 구경하시겠네요, 손님들이 점심 식사를 하러 들어가는 걸 말이에요. 벌써 이럭저럭 시간이 되었으니까요" 하고 프랑수아즈가 말했다. 그녀는 점심 식사를 준비하러 서둘러 내려가고 싶었지만, 고모를 위해 앞으로의 소일거리를 남겨두는 것을 귀찮아하지 않았다.

"글쎄, 정오가 되기 전엔 안 올걸" 하고 고모는 단념한 투로 대답했다. 만사를 단념한 고모이면서도, 구필 부인이 점심에 손님을 모시기로 한 것을 알고는—불행하게도 아직 한 시간 이상을 기다려야 하는 일임에도—자기가 그 사실에 그처럼 강한 기쁨을 느낀다는 것을 남에게 들키지 않으려고 그녀는 괘종시계에 슬쩍 불안한 시선을 던졌다. 고모는 자기에게 하는 말처럼 낮은 목소리로 덧붙였다. "또, 그건 바로 내 점심 시간 중이겠군!" 고모로서는 점심만으로도 충분한 심심풀이가 되었기에, 같은 시간에 다른 소일거리가 있는 것이 달갑지 않았다. "잊지 않겠지? 크림 친 달걀을 넓적한 접시에 담아

내놓는 것 말이야." 그 넓적한 접시란 작품의 테마가 그려져 있는 것이었고, 고모는 식사 때마다 그날 나온 접시에 그려진 이야기를 읽는 것을 좋아했다. 고모는 안경을 걸치고, 알리바바와 40인의 도적, 알라딘, 또는 기이한 램프 같은 것을 판독하고는 웃으며, 아주 재미있다, 참 재미있다, 라고 말했다.

프랑수아즈는 고모가 이제는 물으러 보내지 않으리라는 것을 분명히 알면서도 이렇게 말했다. "카뮈 가게에 물어보러 가는 것이 좋지 않을까요……."

"아니야, 그럴 필요가 없지. 그 애는 확실히 퓌팽 씨 따님이야. 이봐요, 프랑수아즈, 하찮은 일로 올라오게 해서 미안하군."

그러나 고모는 하찮은 일로 프랑수아즈를 부른 것이 아니라는 걸 잘 알고 있었다. 왜냐하면 고모에겐 콩브레에서 '전혀 모르는' 사람이란 신화에 등장하는 신만큼이나 믿을 수 없는 존재였으며, 생테스프리 거리나 광장에서 실제로 그런 놀라운 출현이 있을 때마다, 고모는 철저한 조사로써, 그런 괴상한 인물을, 콩브레 사람들과 어떤 친척 관계에 있느냐 하는 신분에 따라, 개인적으로건 추상적으로건 자기가 '아는 사람' 범위에 넣지 않고서는 끝을 내지 않았기 때문이다. 예컨대 그런 인물로는, 군 복무를 하고 돌아온 소통 부인의 아들이나, 수녀원에서 나온 페르드로 신부의 조카딸, 샤토뎅의 세리로 있다가 퇴직을 했거나 아니면 축제일을 지내러 돌아온 주임 신부의 동생들이 있었다. 처음에 이런 사람들을 보면, 동네 사람들은 콩브레에 완전히 낯선 사람들이 있다고 생각해서 적잖이 동요했는데, 이는 단순히 상대방을 알아보지 못했거나 또는 당장 신분을 확인하지 못했기 때문이었다. 그렇지만 소통 부인이나 주임 신부는, 자기들이 '손님'을 기다리고 있다는 사실을 오래전부터 미리 알려놓고 있었다. 저녁 무렵 내가 집에 돌아오는 길로 이층에 올라가, 방금 하고 온 산책에 대해서 고모에게 얘기하면서, 할아버지가 모르는 분을 퐁비외 다리 근처에서 만났다고 무심코 말하자, "할아버지께서 전혀 모르는 사람이라고!" 하고 고모는 소리를 질렀다. "아, 네 말이 맞을 거야!" 그렇지만 그 소식에 마음이 약간 동요된 고모는 진상을 확인하려 했다. 할아버지가 불려오셨다. "퐁비외 다리 근처에서 만나셨다는 그분이 도대체 누구죠, 삼촌? 삼촌이 모르는 분인가요?"—"아냐, 아는 사람이야" 하고 할아버지는 대답했다. "부유뵈프 부인 댁 정원사의 동생, 프로스페르였어."—"어머! 그래요" 하고 고모는 안심이 된 듯, 약간 얼굴을 붉히며 말했다. 그러곤 비꼬듯 웃으며 어깨를 으쓱하면서 덧붙였다. "삼촌이 전혀 모르시는 분을 만나셨다고 이 애가 나한테 말하는 게 아니겠어요." 그러고 나면 집안사람들은 나에게, 다음부터는 더 신중하게 굴라고, 경솔한 말로 고모의 가슴을 설레게 하지 말라고 주의를 주었다. 고모는 콩브레에 대해서는 사람이건 동물이건 무엇이나 샅샅이 알고 있어서, 우연히 '낯선' 개 한 마리라도 지나가는 것을 목격하는 날이면, 그 개에 대해서 끊임없이 심사숙고하면서, 그 이해할 수 없는 사실에 자신의 귀납적 추리의 재능과 한가로운 시간을 충당했다.

"그건 사즈라 부인의 개일 거예요" 하고 프랑수아즈가 그다지 확신 없이, 단지 마음을 진정시키려고, 고모의 '머리를 아프지' 않게 하려고 말했다.

"마치 내가 사즈라 부인의 개도 알아보지 못하는 것처럼 말하는군" 하고 고모는 말했다. 고모의 비판 정신은 그렇게 쉽사리 사실을 인정하려 들지 않았다.

"아 그럼, 갈로팽 씨가 이번에 리지외에서 새로 데려온 개일 거예요."

"아 그래, 그럴 거야."

"매우 고분고분한 개인가봐요" 하고 테오도르에게서 얻어들은 바 있는 프랑수아즈가 덧붙였다. "사람처럼 영리하고, 언제나 상냥하고, 언제나 귀엽고, 언제나 우아한 품위가 있어요. 그 어린 나이에 그처럼 벌써부터 멋있는 개는 드물어요. 옥타브 마님, 이제 저는 물러가야 합니다. 놀고 있을 시간이 없어요. 곧 열 시가 됩니다. 아직 화덕에 불도 못 지폈고, 아스파라거스 껍질도 벗겨야 하니까요."

"뭐라고, 프랑수아즈, 또 아스파라거스야! 프랑수아즈는 올해 정말 아스파라거스 병이 들었나 봐. 파리에서 온 우리 집 손님들이 질리시겠어!"

"천만에요, 옥타브 마님, 모두들 그걸 매우 좋아하시던 걸요. 그분들이 시장기를 느끼며 성당에서 돌아오시면, 보세요, 그걸 숟가락 등으로 잡수시진 않을 테니까요〔매우 맛있게 먹을 것이라는 뜻〕."

"그래, 성당, 그들은 벌써 거기 가 있겠군, 꾸물거릴 시간이 없겠어. 어서 가서 점심 식사를 준비해요."

이렇게 고모가 프랑수아즈와 이야기하는 동안, 나는 부모님과 함께 미사에 참석했다. 우리 성당, 나는 그것을 얼마나 좋아했던가! 내가 지금 그것을 얼마나 똑똑히 다시 보는가! 우리가 드나들던 그 고풍스러운 현관, 그것은 검고, 조리처럼 작은 구멍이 나 있고 굴절되어, 모퉁이마다 깊게 파여 있어서(우리를 인도하는 성수반(聖水盤)처럼), 마치 성당에 들어가는 시골 여인들이 걸친 외투의 부드러운 마찰과 성수를 찍는 조심스러운 손가락의 마찰이 몇 세기를 거듭하는 동안 드디어 파괴력을 얻어, 돌을 굴절시키고, 매일 부딪친 그 가장자리에 마차 바퀴와 같은 도랑을 파놓은 것과 같았다. 콩브레의 역대 신부들의 고귀한 유골이 그 밑에 묻혀 있는 성당 안 묘석은, 성가대석의 정신적인 받침돌 구실을 해왔으며, 이제 더는 움직이지 않는 단단한 물질은 아니었다. 세월이 묘석을 부드럽게 만들어, 네모꼴 모양 가장자리 바깥으로 돌가루가 꿀처럼 흘러 떨어지게 만들었기에, 묘석들 한쪽에서는 황금물결이 넘쳐, 꽃으로 장식된 고딕체 대문자가 그 물결에 떠다니게 했고, 대리석의 흰 제비꽃을 그 물결에 잠기게 했다. 또 다른 쪽에서는 그 묘석들이 사라지기도 하여, 본래 생략되어 있는 라틴 문자로 된 비명을 더욱 짧게 축소시켰고, 생략된 글자 배치에 더욱 변화를 가하여 한 낱말의 두 철자를 접근시켜 놓음으로써 다른 철자들은 엄청나게 확장되어 있었다. 성당의 스테인드글라스는 햇살이 거의 없는 날, 가장 아름답게 반짝였다. 따라서 바깥 날씨가 흐리면, 성당 안은 화창할 게 틀림없었다. 어떤 스테인드글라스에는 트럼프 속의 대왕과 같은 한 인물이 그 자리를 온통 채우고 있었는데, 그 높은 곳에서, 성당의 천장을 하늘 삼아, 곧 하늘과 땅 사이에 살고 있었다. (주일이 아닌 어느 날 정오에, 그것도 성무 일과가 없을 때, 그 스테인드글라스에 비스듬히 푸른 반사광이 비칠 때―매우 드문 순간이지만, 통풍이 잘되고 한적한 그 성당이 호화로운 건물 위에 비치는 햇살을 받아 더욱 인간적이고 웅장한 것이 마치 중세식 저택의 조각한 돌과 채색한 유리로 된 큰 홀처럼, 거의 사람이 살 수 있는 것처럼 보이는 그런 드문 순간에―사즈라 부인이 조금 전 건너편 과자점에서 사온 끈으로 맨 비스킷 한 봉지, 부인은 이걸 가지고 가서 점심으로 먹는데, 그 봉지를 기도대 위에 놓고 잠시 동안 무릎을 꿇은 모습이 보였다.) 또 하나의 스테인드글라스에는 장밋빛 눈으로 뒤덮인 산이 그려져 있었는데, 한쪽 기슭에서는 전투가 벌어지고 있었고 산에 내리고 있는 뿌연 싸락눈이 휘몰아쳐서, 그 창은 진짜 서리로 뒤덮인 것처럼 보였다. 마치 그것은 여명에 반짝이는 눈송이가 얼어붙어 있는 유리창처럼 수북이 올라와 있는 듯했다. (이 여명의 빛은 제단 뒤 장식벽이 다홍색으로 물들이고 있는 여명의 빛과 확실히 같은 것이었는데, 빛깔이 어찌나 선명한지, 영원히 돌에 붙어 있는 빛에 의해서라기보다는, 오히려 막 사라지려는 외광(外光)에 의해 잠시 거기에 머문 것처럼 보였다.) 그리고 그 모든 스테인드글라스는 매우 오래된 것이어서, 은빛 고색창연함은 곳곳에 몇세기 동안 쌓인 먼지를 반짝이게 하고, 닳아서 올이 보이는 유리 자수의 씨실을 드러내 보였다. 또 하나는 높은 곳에 자리 잡고 있었는데, 아마도 샤를 6세〔Charles VI : 발루아 왕조의 4대 프랑스 국왕으로 백년 전쟁에서 영국 헨리 5세에게 크게 패했음〕를 즐겁게 했을 것 같은 커다란 트럼프를 펴놓듯이, 푸른색을 바탕으로 한 1백 장가량의 작은 장방형 유리 그림으로 나뉘어 있었다. 그러나 빛이 반짝여서인지, 아니면 나의 시선이 움직이면서 이 명멸하는 스테인드글라스 가를 따라 움직이는 귀중한 불꽃을 이리저리 끌고 다녀서인지, 잠시 후에 이 스테인드글라스는 공작 꼬리처럼 변화하는 광채로 반짝였고, 다음 순간 그것은 그 어두컴컴한 바위와도 같은 궁륭 꼭대기에서 축축한 벽 가를 따라 방울방울 떨어지는, 찬란하고 환상적인 빗방울이 되어 바르르 떨며 물결치고 있었다. 나는 마치 기도서를 든 부모님 뒤를 따라, 구불구불한 종유굴 무지갯빛 속을 가는 듯한 기분이었다. 다음 순간, 마름모꼴 작은 스테인드글라스 몇 개가 오묘한 투명함과 어떤 커다란 가슴 장식 위에 나란히 박혀 있는, 깨뜨릴 수 없는 사파이어 같은 단단함을 지니게 되었다. 그러나 그것들 뒤에는 그런 화려함보다 훨씬 사랑스러운 태양의 순간적인 웃음이 있었다. 태양의 덧없는 웃음은 광장의 보도나 시장의 지푸라기 위에서와 마찬가지로, 창문의 보석 세공을 물들이

는 그 푸르고도 부드러운 물결의 반짝임 속에서도 알아볼 수 있었
다. 그리고 우리가 부활절 전에 도착한 후 처음 맞는 주일에도 대지
는 아직 벌거벗어 검었으나, 햇살은 성(聖) 루이〔프랑스 국왕 루이 9세를
이르는 별칭〕 계승자들에게서 시작된 역사적인 봄처럼, 유리로 된 물
망초 융단을 눈부신 금빛으로 꽃피워 내 마음을 위로해주었다.
　높다란 잉앗대로 짠 두 장의 벽걸이는 에스더〔《구약성서》〈에스더〉에
나오는 유태 여성. 페르시아 왕 아하수에로의 비가 되어, 박해받던 동포들을 해방시
킴〕의 대관식을 묘사하고 있었다. (전하는 말에 따르면 아하수에로 왕
대신에 어느 프랑스 왕을, 에스더 대신에 그 프랑스 왕이 사랑하던 게
르망트 가문의 어떤 부인의 모습을 각각 수놓았다고 한다.) 이 두 벽걸
이의 색채는 서로 융합하면서, 거기에 하나의 표현, 하나의 입체감,
하나의 빛을 가하고 있었다. 그 벽걸이의 윤곽선 너머로, 에스더의
입술 가에는 약간의 장밋빛이 감돌았고, 그녀의 노란 옷은 기름이
흐르듯 윤택해서, 그녀는 일종의 꿋꿋함을 지니고 있었고, 압축된
분위기에서도 생생함이 넘쳐 있었다. 또 비단과 양털로 짠 벽걸이
아랫부분에는 수목들의 초록빛이 생생하게 남아 있었고 윗부분은
세월 때문에 '퇴색'했는데, 색이 짙은 줄기는 노랗다 못해 황금빛으
로 물든 높다란 가지를 한층 더 연한 빛으로 뚜렷이 드러내고 있었
고, 어디선가 갑자기 비스듬히 비친 햇살이 그 황금빛 높다란 가지
를 반쯤 지워버린 곳도 있었다. 그러한 모든 것, 게다가 나에게는 전
설상의 인물로나 여겨지던 사람들에게서 성당에 기부된 여러 귀중
한 물건들(다고베르〔메로빙거 왕조의 다고베르 1세. 프랑크의 여러 왕국을 통
일함〕가 헌납한, 생텔루아가 제작했다는 황금 십자가, 칠보로 아로새긴
구리와 반암(斑岩)으로 만든 르 제르마니크〔Louis Le Germanique : 샤를마뉴
대왕의 손자 가운데 하나로 후에 독일 왕이 됨〕 왕자의 묘비 등등), 그런 것들

때문에, 우리가 자리에 앉으려고 성당 안으로 들어갈 때면, 마치 농부가 바위나 나무, 또는 늪 속에서 요정들이 지나간 명백한 초자연적인 흔적을 발견하곤 깜짝 놀라는 듯한, 또한 요정들이 찾아드는 골짜기에 들어가는 듯한 느낌이 들었다. 그 모든 것들이 나에게는 성당을 마을 다른 곳과는 완전히 다른 곳으로 만들어주었다. 말하자면 그 성당은 4차원에 속한 공간을 차지한 건물로— 그 4의 차원은 '시간'이지만— 그 건물은 몇 세기에 걸쳐 펼쳐져 있었고, 기둥에서 기둥으로, 작은 제단에서 작은 제단으로 펼쳐지면서 단지 몇 미터 공간뿐만 아니라, 옛날 자랑스럽게 태어났던 연속된 몇 시대마저도 정복하여 뛰어넘은 듯했다. 두꺼운 벽 속에 거칠고도 끔찍스런 11세기를 숨긴 그 건물에서 보이는 것이라고는, 우툴두툴한 작은 돌로 입과 귀를 막은 둔한 궁륭형과 함께, 오직 정면 현관 근처에 있는 종루 계단에 움푹 팬 홈뿐이었다. 그리고 거기, 그 계단 앞에는, 우아한 고딕식 기둥들이 점잖게 그 계단을 가리고 모여 서 있었다. 마치 예의 없고 심통이 난 변변찮게 옷을 입은 남동생이 다른 사람들 눈에 띄지 않게 하려고 일부러 생글생글 웃으며 앞을 가로막고 서 있는 누나들처럼 말이다. 또한 그 건물은 옛날 성루이 대왕을 굽어보았으며, 지금도 굽어보고 있는 듯한 탑을 광장 위 하늘 속으로 치켜들고 있었다. 또한 이것은 그 교회당 지하실과 함께 메로빙거 왕조 시대의 깊은 밤 속으로 가라앉았다. 그 밤의 장막 속에서, 돌로 된 커다란 박쥐의 갈퀴처럼 강하게 잎맥이 간 어두컴컴한 둥근 천장 아래를 손으로 더듬으며 우리를 안내해주던 테오도르와 그의 누이동생이, 손에 든 촛불로 시즈베르〔옛 프랑크 왕국〕 왕국 막내 공주의 무덤을 비춰주었는데, 그 묘석에는 조가비 모양의 깊은 구멍 한 개가— 마치 화석에 남아 있는 흔적처럼— 파여 있었다. "이 구멍을 낸 건 수정 등잔이죠. 이 프랑크족 공주께서 살해되던 날 저녁, 성당 후진〔apside: 교회나 성당의 동쪽 끝에 있는 반원형 부분〕에 걸려 있던 등잔이 저절로 황금 쇠사슬에서 벗어나 깨지지도, 불어도 꺼지지도 않은 채, 이 돌 속으로 숙 들어가서는, 부드럽게 돌을 뚫었던 거예요"라고.

콩브레 성당의 후진, 그것에 대해 정말 뭐라고 말해야 좋을까? 그것은 아주 변변치 못한 것으로 예술적인 미는 그만두고라도 종교적인 열정마저도 결여되어 있었다. 밖에서 보면, 성당은 도로 교차로에 면하여 낮게 자리 잡았다. 또한 조잡한 벽의 기초는 전혀 윤기가 없는 돌로 되어 잔돌이 비죽비죽 삐져나와, 조금도 성당다운 분위기를 풍기지 못했다. 그리고 스테인드글라스는 너무 높이 드러나 있는 것 같았다. 이 모든 것 때문에 전체가 성당의 벽이라고 하기보다는 감옥의 그것과 같았다. 따라서 훗날, 내가 그때까지 보아온 이름 높은 성당들의 후진을 모두 상기했을 때에도, 그것들과 콩브레 성당의 후진을 비교해보려는 생각은 전혀 하지 않은 게 당연한 일이었다. 다만 어느 날인가, 나는 시골의 작은 길을 돌다가 세 갈래 교차로 앞에서, 높은 곳에 스테인드글라스가 끼워져 있고, 콩브레 성당의 후진과 마찬가지로 균형이 잡히지 않은, 거칠고 위로 치솟은 담벽을 본 일이 있었다. 그때 나는 샤르트르나 랭스에서 그랬던 것처럼 거기에 종교적인 감정이 얼마나 힘차게 표현되어 있는가를 생각하지도 않았는데, 무의식중에 "성당이다!"라고 외쳤다.

성당! 친근하고, 그 성당의 북문이 생틸레르 거리로 나 있고, 두 이웃의 중간, 즉 라팽 씨의 약국과 루아조 부인의 집 사이에 끼여 있어 두 이웃과 붙어 있는 성당, 콩브레 거리마다 번지수가 매겨져 있었다면 생틸레르 거리에 자신의 번지수를 가졌을지도 모르는 콩브레의 평범한 시민인 성당, 집배원도 아침 배달을 할 때면 라팽 씨 집에서 나와 루아조 부인 집으로 들어가기 전에 이 성당 앞에서 걸음을 멈추었으리라. 그리고 이 성당과 성당이 아닌 모든 것과의 사이에는 하나의 경계선이 있어서, 내 정신은 그것을 도저히 뛰어넘을 수가 없었다. 루아조 부인의 창에는 항상 가지를 아무 곳으로나 뻗어 내리는 고약한 버릇을 지닌 초롱꽃이 있었는데, 그 꽃송이가 너무 커져 더는 밀집될 수 없을 때면, 그의 충혈된 보랏빛 뺨을 성당의 우중충한 벽면에 재빨리 맞대고는 열을 식히려 들었다. 그렇다고 해서 그 초롱꽃들이 나에게 성스럽게 보인 것은 아니었다. 꽃이 달라붙은 거무스름한 돌과 꽃 사이에, 비록 내 눈은 그들 사이의 간격을 감지하지 못했다 해도 나의 정신은 거기에 심연을 마련해두고 있었다.

생틸레르의 종루는 콩브레가 아직 보이지 않는 지평선에 그 잊지 못할 모습을 새기고 있었다. 부활절 전 주일, 파리에서 우리를 실어다 주는 열차 창문으로, 이 종루가 꼭대기의 작은 철제 수탉(풍향기를 말함)을 빙빙 돌리며 하늘에 떠 있는 구름의 밭고랑을 차례차례로 미끄럼질쳐가는 것을 언뜻 본 아버지는 우리에게 말했다. "무릎 덮개를 챙겨라, 다 왔다." 또 콩브레에서 오래 산책을 하던 어느 때인가, 좁은 길이 갑자기 넓은 평원으로 트였고, 그 평원은 멀리 산재해 있는 숲으로 막혀 있었는데, 그 숲 위로 생틸레르 종루의 뾰족한 끝만이 홀로 비죽 나와 있었다. 그런데 그 끝이 몹시 가늘고 어찌나 선명한 장밋빛을 띠는지, 마치 자연만으로 된 그 풍경, 그 화폭에 기교의 작은 자국, 단 하나의 인위적인 표시를 하려고 하늘에 손톱으로 금을 그어놓은 것 같아 보였다. 그러나 가까이 다가가서 종루 옆에 낮게 붙어 아직도 남아 있는, 반쯤 무너진 네모난 탑의 남은 부분을 목격했을 때, 우리는 무엇보다 그 돌 더미의 불그스름하다 못해 우중충해진 색조에 놀랐다. 그래서 가을날 안개 낀 아침이면, 그것은 포도밭의 강렬한 보랏빛 위에 치솟은, 거의 개머루빛에 가까운 다홍빛 폐허라고도 할 만했다.

산책에서 돌아오는 길에 할머니는 종종 광장에서 내 걸음을 멈추게 하고는 그 종루를 구경시켜주었다. 둘씩 가지런히 상하로 나 있는 종루의 창문, 인간의 얼굴이 아니고서는 그와 같은 아름다움이나 품위를 갖추지 못할 정확하고도 독특한 조화와 더불어, 종루는 일정한 간격을 두고 까마귀 떼들을 풀어서 하늘에 뿌렸는데, 그 까마귀들은 잠시 울부짖으며 맴돌았다. 마치 그때까지는 본 척도 하지 않고 멋대로 까마귀 떼를 뛰놀게 하던 오래된 돌들이 별안간 살 수 없는 곳이 되어, 무한한 동요의 요소를 발산하면서 까마귀 떼를 마구 매질해 내쫓아버리는 듯했다. 그 다음에는 보랏빛 벨벳과 같은 땅거미가 저무는 대기에 사방으로 줄을 그은 다음, 까마귀 떼는 갑자기 조용해지더니 다시 날아 돌아와서는, 상서롭지 못한 곳에서 다시 안락한 곳이 된 탑 속으로 날아 휘말려 들어갔다. 어떤 것은 작은 종루의 꼭대기 여기저기에 날개를 내린 채 꼼짝도 하지 않았는데, 아마 무슨 벌레를 문 것 같았다. 마치 낚시꾼이 취하는 부동자세로 물마루에 앉아 있는 갈매기와도 같았다. 할머니는 특별한 이유도 없이 생틸레르 종루에는 비속함이나 건방짐, 또는 아니꼬움 같은 건 없다고 생각했는데, 이런 생각이 할머니로 하여금—대고모의 정원사가 하듯이, 인간의 손으로는 작아지지 않는—자연과 천재의 작품을 좋아하게 하여, 그런 자연이나 천재의 작품이야말로 바람직한 영향력이 풍부하게 담겨 있는 것으로 믿게 했다. 그리고 물론 이 성당의 모든 부분은, 선천적으로 지닌 일종의 암시력에 의해 그것이 다른 어떤 건물과도 다르다는 것을 구분하고 있었는데, 그 성당이 자신을 의식하고, 책임 있고 개성적인 존재임을 확신하게 하는 것은 무엇보다도 그 종루였다. 즉 그 성당을 대변해주는 것은 바로 그 종루였던 것이다. 특히 내가 생각하기엔, 할머니는 이 콩브레의 종루를 자연스러우면서도 품위를 지닌, 이 세상에서 가장 가치 있는 것으로 간주하는 것 같았다. 할머니는 건축에 대해 아는 것은 없었지만 이렇게 말씀하셨다. "얘들아, 이런 말을 하면 다들 날 비웃겠지만, 저것은 법칙상으로 본다면 아름다운 게 아니겠지. 하지만 말이다, 저 낡은 괴상한 모습이 내 마음에는 꼭 드는구나. 만약에 말이다, 저 종루가 피아노를 칠 수 있다면 결코 메마른 연주는 하지 않을 거야." 그러고는 할머니는 종루를 바라보며, 합장한 손처럼 올라가면서 점점 좁아지는 돌 비탈의 유연한 긴장감과 다부진 경사를 눈길로 좇고 있었는데, 첨탑의 뾰족한 기세와 완전히 일체가 되었기에, 그녀의 시선은 그 첨탑과 더불어 비약하는 듯이 보였다. 동시에 할머니는 탑의 낡아빠진 옛 돌을 향해 정답게 웃어 보였는데, 석양은 이제 그 돌 꼭대기만을 비추었다. 석양이 비치는 영역 안으로 들어가는 순간, 그 돌의 꼭대기는 빛으로 부드럽게 되어, 갑자기 한결 더 높아지고 멀어져, 마치 한 음계 더 '고음'으로 높아지는 노래 같았다.

이 마을의 모든 업무, 모든 시각, 모든 견해에 형태를 부여하고, 완성시키고, 거룩하게 하는 것은 바로 이 생틸레르 종루였다. 내 방에서는 새로 슬레이트를 덮은 밑둥밖에는 보이지 않았다. 그러나 여름날 무더운 주일 아침, 그 슬레이트가 검은 태양처럼 불타오르는 것을 보면 나는 속으로 이렇게 말했다. '이런! 아홉 시로군! 레오니 고모에게 먼저 키스를 하고 가려면 곧 대미사에 참례할 준비를 해야겠구나!' 그리고 또 그때 나는 광장에 비치는 햇살의 색깔과 시장의 열기와 먼지, 가게의 차일이 내리는 그늘 등을 정확하게 알고 있었다. 아마도 어머니는 미사에 참례하기 전에 생마 섬유 냄새가 풍기는 그 가게에 들어가 손수건 같은 것을 살 테지. 가게 주인은 허리를 굽실거리며 그것들을 어머니에게 내보일 것이다. 이 가게의 주인이란 사람은 상점 문을 닫을 채비를 다 마치고는 이제 막 가게 뒷방으로 들어가 외출복으로 갈아입고, 손을 비누로 씻고 나온 참이었다. 이 남자에게는 아주 우울한 형편 속에서조차도, 뭔가를 계획하는 듯이, 유리한 위치에 있다는 듯이, 그리고 만사가 잘되어간다는 듯이 5분마다 손을 마주 비비는 버릇이 있었다.

미사 후, 우리 사촌들이 좋은 날씨를 만끽하려고 티베르지에서 우리와 함께 점심 식사를 하러 오기로 되어 있기에, 테오도르 가게에 들러 평소보다 더 큰 브리오슈〔과자의 일종〕를 가져오라고 말했을 때, 우리 앞에 치솟아 있던 그 종루는, 흡사 축복받은 커다란 브리오슈처럼 저절로 금빛으로 구워져서, 햇빛에 껍질을 반짝이며 고무의 수액처럼 태양의 방울을 뚝뚝 떨어뜨리면서, 푸른 하늘을 그 날카로운 끝으로 찔렀다. 그리고 저녁에, 산책에서 돌아온 내가 조금 있다가 어머니에게 저녁 인사를 하고 나면 내일 아침까지는 어머니를 보지 못한다는 생각을 하던 때, 그 종루는 그와는 반대로 저물어가는 하루 속에서 너무도 다정한 모습으로 희미해져가던 하늘 위에 갈색 벨벳 방석처럼 움푹 들어간 모양을 만들었는데, 종루에 눌려 그에게 자리를 내주려고 가볍게 파여 있던 하늘은 종루의 가장자리 위로 물러나는 듯이 보였다. 그리고 종루 둘레를 빙빙 돌며 나는 새들의 울음소리는, 오히려 종루의 정적을 더해가며, 첨탑을 우뚝 솟아 보이게 하면서 뭔가 형용키 어려운 그 무엇을 종루에 주는 듯했다.

성당 뒤쪽으로 산책길을 잡아야 했을 때도, 거기서는 성당이 보이질 않았지만 종루만은 집들 사이사이로 여기저기서 그 모습을 나타내어 모든 것이 종루를 중심으로 배치된 것처럼 보였는데, 이처럼 성당은 보이지 않고 종루만이 나타났을 때, 그 종루의 모습은 더 한 층 감동적이었던 것 같았다. 그야 물론 이런 관점에서 본다면, 더욱 더 아름다운 다른 종루들이 허다하게 많다. 내 기억 속에서만 해도, 지붕들 위로 비쭉 솟은 종루의 여러 가지 모습이 떠오르는데, 그것 은 콩브레의 쓸쓸한 거리가 구성했던 종루의 모습과는 다른 예술적 인 특징을 갖는다. 나는 발베크 근처 노르망디 지방의 어떤 이상한 마을에서 본 매력적인 18세기식 저택 두 채를 결코 잊을 수 없다. 그 것들은 나에게는 여러모로 그립고 존중할 만한 것들로, 현관 앞 층 계에서 개울 쪽으로 내리뻗은 아름다운 정원에서 바라보면, 두 저택 에 가려진 성당의 고딕식 첨탑이 그 사이로 날씬하게 나타난다. 그 것은 마치 그 집들의 정면 외관을 완성하고, 그 정면을 제압하는 듯 이 보인다. 그러나 그 첨탑은 매우 다른 형식의, 너무나 귀중하고 고 리 무늬가 많고 너무나 장밋빛으로 빛나는, 매우 멋을 부린 것이어 서, 확실히 나란히 서 있는 저택의 일부는 아닌 것 같았다. 그것은 작은 탑 모양으로 깎인 에나멜빛 윤이 나는 조가비의 자줏빛으로 반 짝이며 튀어나온 꺼칠꺼칠한 부분이 바닷가에 나란히 뒹구는 고운 조약돌 두 개 사이에 끼여 있어도, 그것이 조약돌의 일부는 아닌 것 과 같았다. 파리에서도 가장 누추한 동네에서, 지붕이 한 겹, 두 겹, 세 겹으로 첩첩이 쌓인 몇몇 거리 너머로, 보랏빛이 도는 종 모양의 탑, 때로는 불그스름하고 때로는 대기가 인쇄한 듯한, 매우 고상한 '색판' 안에 한 방울 떨어진 잿물처럼 거무스름한 종 모양의 탑이 내다보이는 창문을 나는 아는데, 그 탑은 바로 성아우구스티누스 성 당의 둥근 지붕이다. 그것은 파리의 전망에, 피라네시〔Giovannibattista Piranesi : 이탈리아 건축가, 장식 미술가, 조각가〕에 의해 그려진 로마 경치의 몇몇 풍모를 더해주었다. 그러나 나의 기억이 취미로 그런 작은 조각들을 새기게 될 때, 그 조각들의 어떤 것도 내가 오래전부터 잃어버린 것, 즉 우리로 하여금 한 가지 사물을 단지 구경거리로만 보게 하는 것이 아니라, 그것을 어느 것과도 같을 수 없는 존재로 믿게 만드는 감정을 지니고 있지 못했기에, 그중 어느 조각도, 나의 삶에서, 성당의 뒷골목에서 바라본 콩브레의 종루에 대한 추억만큼 깊숙한 부분을 차지하지는 못했다. 5시쯤, 집에서 몇 집 떨어진 우체국에 편지를 찾으러 갔을 때, 왼편 외딴 꼭대기에서, 가옥들의 용마루 선을 돌연히 더욱 드러내주는 종루를 보았다고 하자. 이와 반대로, 사즈라 부인의 안부를 물어보려고 그 집에 들어가려고 할 때, 종루를 지나 두 번째 거리를 돌아야 한다는 것을 알면서, 종루 꼭대기의 또 한쪽 사면이 비스듬히 내린 뒤에서 가옥의 용마루 선이 다시 낮아지는 것을 눈으로 좇았다고 하자. 혹은 더 멀리 역 근처까지 나가서 마치 회전하는 물체를 어느 순간에 포착할 때처럼, 측면으로 외각과 외관을 드러내 보이는 종루를 비스듬히 바라보았다고 하자. 아니면 비본 냇가에서 원경 탓으로 다부지게 보이는 성당의 후진이, 첨탑을 하늘 가운데로 던져 올리려고 하는 종루의 기세에 따라 솟아오르려고 하는 것처럼 보였다고 하자. 그러나 그 어떤 경우에도 결국 우리가 되돌아와야 하는 곳은 언제나 이 종루였으며, 모든 것 위에 군림하는 것도 역시 이 종루였다. 종루는 신의 손가락처럼 첨탑을 예기찮게 내 앞에서 들어 올려 집들을 위협했는데, 신의 지체(肢體)가 인간의 무리들 속에 숨어 있다 해도 내가 그 무리와 그것을 혼동할 리는 만무했다. 그리고 오늘날에 와서도, 만일 시골의 큰 마을이나 또는 파리의 잘 알지 못하는 어느 동네에서 길을 잘못 든 나를 '바른 길에 놓아준' 어느 행인이, 멀리 표적으로써, 내가 가야만 하는 길의 모퉁이에서 수도사의 보닛 모자 끝을 들어 올리는 듯한 어느 양로원이나 수도원의 종류를 가리켜준다면, 내 기억이 그곳에서, 그립지만 이제는 사라져버린 모습과 비슷한 어떤 특징을 어렴풋이 회상해내려는 순간, 내가 갈 길을 잃지는 않았는지 확인하려고 뒤돌아본 조금 전의 그 행인은, 내가 하다 만 산책 또는 해야 할 일을 까맣게 잊고 거기 그 종루 앞에 우두커니 서서 몇 시간이고 꼼짝하지 않은 채 기억을 더듬으며, 내 마음속 깊이 메말랐다 되살아난 망각에서 서서히 회복되는 영토를 느끼는 나를 목격하고는 몹시 놀랄 것이다. 그리고 그러한 경우에 처한 나는 틀림없이 길을 가르쳐달라고 부탁할 때보다 더 불안해하면서, 계속 내 길을 찾아 길을 돌아갈 것이다……. 그러나 그것은 내 마음속에서일 뿐…….

미사에서 돌아오는 길에 우리는 자주 르그랑댕 씨를 만났다. 이분은 엔지니어라는 직업상 파리에 발이 묶여 있어서, 콩브레의 소유지에는 여름휴가를 빼놓고는 토요일 저녁부터 월요일 아침까지밖에는 와 있지 못했다. 이분은 과학자로서의 영역에서 훌륭한 성공을 거둔 것 외에도, 자기 직업의 전문성에는 아무런 도움이 되지 않고 단지 대화하는 데 이용되는 다른 분야, 즉 문학이나 예술적인 교양을 쌓는 사람들 가운데 한 사람이었다. 그런 사람들은 문학가들보다 더 조예가 깊고(우리 집안사람들은 그 당시 르그랑댕 씨가 작가로서 상당한 명성을 얻고 있는 줄 몰랐기에 어느 유명한 음악가가 그의 시에 곡을 붙인 것을 보고 매우 놀랐다), 많은 화가들보다도 더 '능력'을 타고났기에, 그들이 영위하는 생활이 그들 적성에 맞지 않는다고 상상하여 그들의 실제적인 직업에 어떤 때는 환상에 젖은 태평함을 보이다가도, 어떤 때는 고집스럽고, 거만하고, 경멸적이고, 씁쓸하게, 그러나 양심적인 근면성을 적용시키는 법이다. 커다란 체구에 당당한 풍채, 우수에 잠긴 듯한 푸른 눈과 사색적인 얼굴, 거기에 금발의

긴 콧수염을 기른 그는 세련된 예절을 갖추었고, 우리가 일찍이 그 이상 이야기하기를 좋아하는 사람이 있다고는 들어본 적이 없을 정도로 이야기를 좋아했다. 번번이 그를 보기로 들곤 하는 우리 가족의 관점에서 본다면, 그는 삶을 더욱 고상하고 더욱 우아하게 생각하는 엘리트의 전형이었다. 우리 할머니가 그를 비난한 점이 있다면, 그것은 단지 그가 좀 지나치게 달변이고, 교과서처럼 말을 하고, 초등학교 학생복처럼 단정한 윗도리에 항상 펄럭거리는 큼직한 나비넥타이를 매고 다니고, 말속에 자연스러움이 결여돼 있다는 것이었다. 또한 할머니는 그가 자주 귀족 사회나 사교계, 또는 소위 그가 말하는 '성인 폴께서, 용서받지 못할 죄악에 관해 언급하실 때, 머릿속에 생각하셨으리라고 여겨지는 죄악'인 속물근성에 대해 화염 같은 독설을 퍼붓는 것을 듣고 놀라워했다.

사교적인 야심이란 할머니로서는 전혀 느낄 수도 없고 거의 이해할 수도 없는 감정이어서, 그런 야심을 때려눕히려고 그처럼 극성스럽게 구는 것이 쓸데없는 짓으로 보였던 것이다. 게다가 할머니는, 르그랑댕 씨의 여동생은 발베크 근방, 노르망디 남부의 어느 귀족에게 시집을 갔는데도, 르그랑댕 씨 자신은 그 모든 귀족들을 단두대에 올려놓지 않은 대혁명을 비난할 정도로 귀족과 맞서 격렬한 공격에 열중하는 것이 그리 좋은 취미로 생각되지 않았던 것이다.

"안녕하시오, 친구들!" 하고, 그는 우리 쪽으로 오며 말했다. "이곳에 오랫동안 계실 수 있으니 좋겠습니다. 나는 내일 파리의 내 오두막으로 돌아가야 합니다. 오오!" 하고 그는 그 특유의 빈정거림이 은근히 섞인, 실망한 듯하면서도 다소 멍청한 웃음을 지으며 덧붙였다. "물론 우리 집에는 쓸모없는 것이라면 무엇이든 다 있죠. 필요한 것만이 없고요. 여기처럼 탁 트인 하늘이 없는 거죠. 이봐요, 꼬마

총각, 자네의 생활에선 언제나 커다란 하늘 한 조각을 간직하도록 힘쓰게" 하고 내 쪽으로 몸을 돌리며 덧붙였다. "자네는 참으로 드문 훌륭한 영혼, 예술가적 소양을 가졌어. 인간에게 없어서는 안 될 그것을 놓쳐서는 안 되네."

우리가 집으로 돌아오자, 고모는 사람을 보내 구필 부인이 미사에 늦지 않았느냐고 물어왔는데, 우리는 그것을 가르쳐줄 수가 없었다. 그 대신 우리는 화가 한 분이 성당에서 질베르 르 모베의 스테인드글라스를 열심히 복사하고 있더라고 말해주어 고모의 마음을 심란하게 만들었다. 즉시 프랑수아즈가 식료품 가게에 파견됐는데, 테오도르가 상점에 없는 탓에 허탕을 치고 돌아왔다. 테오도르는 성당 유지에 관여하는 성가대원 겸 식료품 가게의 점원이어서 온갖 부류의 사람들과 접촉하고 있기에 여러 가지 일들을 알고 있었다.

"아아!" 하고 고모는 한숨을 쉬었다. "빨리 욀라리가 올 시간이 되었으면 좋겠어. 정말, 그걸 내게 들려줄 사람은 그녀밖에 없어."

욀라리는 부지런하지만 귀가 먼 절름발이 할멈으로, 어렸을 때부터 일해온 집주인인 드 라 브르토느리 부인이 죽은 후로는 '은거'하여 성당 곁에 방 하나를 세들어 살았는데, 성무 일을 돕거나, 그렇지 않을 때는 미사에 참례하거나, 아침에 테오도르를 거들어주려고 그 방에서 들락날락하거나, 남은 시간에는 레오니 고모와 같은 병자를 문병하러 가서는, 미사 또는 저녁 기도 때에 일어난 일들을 이야기해주곤 했다. 그녀는 때때로 주임 신부라든가 그 밖에 콩브레의 성직자 사회에서 저명한 인사들의 뒤치다꺼리를 해주면서, 옛 주인 집에서 보내주는 연금 외에도 약간의 임시 수입을 올리는 것을 게을리 하지 않았다. 그녀는 검정색 나사 외투에 거의 종교적인 냄새가 풍기는 작고 하얀 수녀 모자를 썼고, 두 뺨 일부와 구부러진 코는 피부

병 때문에 봉숭아처럼 선명한 분홍빛을 띠었다. 욀라리의 방문은, 이제 신부님 말고 거의 아무도 찾아오는 사람이 없게 된 레오니 고모에게는 큰 소일거리였다. 고모는 그 밖의 방문객들을 하나둘씩 떨쳐버렸는데, 고모의 눈으로 보면 그들은 모두 고모가 싫어하는 두 종류의 인간 중 어느 한쪽 부류에 속했기 때문이었다. 그중 한 부류, 가장 고약한 인간으로 고모가 제일 먼저 떨쳐버린 족속은, 고모에게 그처럼 '너무 몸을 아끼지' 말라고 충고하거나, 또는 비록 소극적이긴 하지만 반대하는 뜻을 풍기는 어떤 침묵이나 의심의 뜻을 나타내는 웃음을 통해 조심스럽게 나타냈다 할지라도, 여하간 양지바른 곳을 잠시 동안 거니는 산책과 덜 구운 맛좋은 비프스테이크를 먹는 쪽이, 누워만 있는 안정이나 약보다 몇 배 더 건강에 이롭다는 파괴적인 의견(잘못 마신 비시 약수 두 모금이 열네 시간 동안이나 고모의 위에 얹혀 있었다나!)을 표명하는 사람들이다. 또 하나의 부류는, 고모 자신이 생각하는 것보다 그녀를 더 중태라고 생각하거나 고모가 말하는 그대로 중태라고 생각하는 태도를 보인 사람들로 구성되어 있었다. 그래서 고모는 잠시 주저한 끝에 프랑수아즈의 간절한 청도 있고 해서, 고모 방에 겨우 올라오게 한 사람들이 문병 도중 머뭇거리면서 "날씨가 화창할 때, 몸을 좀 기동해보시는 게 좋지 않을까요"라고 감히 말함으로써, 그들이 얼마나 고모가 그들에게 베푼 호의를 받을 자격이 없는가를 보여주었거나, 또 이와 반대로 고모가 "건강이 형편없어요. 살아나긴 다 틀렸어요. 이젠 끝장인걸요. 안 그래요?"라고 말할 때, "아무렴요, 건강하지 않고서야! 그렇지만 마님은 그런대로 더 지탱은 하시겠어요"라는 말 따위로 대답했다면, 그런 사람들은 어느 쪽이든 다시는 고모의 면담을 받지 못할 것이 확실했다. 그리고 고모가 침대에 누워 생테스프리 거리를 바라보며 자기 집에 찾아오는 듯한 사람 중 하나를 발견할 때나, 초인종 소리를 들었을 때, 고모의 겁먹은 표정을 보고 프랑수아즈는 재미있어하는 것이었는데, 그녀는 그보다는 찾아온 사람들을 멋진 재주로 내쫓아버리는 데 늘 승리하는 고모의 술책과, 고모를 만나지 못하고 그냥 돌아가는 사람들의 실망한 표정을 보면서 더욱 재미있어했다. 한편 프랑수아즈는 부인 마님을 내심 존경한 나머지, 그 사람들을 만나고 싶어 하지 않는 고모를 그 모든 사람들보다 우월하다고 판단했다. 요컨대 고모는 남들이 그녀의 식이요법을 칭찬해주고, 그녀의 고통을 동정해주며, 동시에 그녀의 장래를 보증해주기를 바랐던 것이다.

욀라리가 뛰어난 점은 바로 이 점이었다. 고모가 1분 동안에 스무 번이나 "이젠 마지막이에요, 욀라리" 하고 말하면, 욀라리도 스무 번이나 "옥타브 마님처럼 자기 병을 잘 알고 계시면, 어제도 사즈랭 부인이 말씀한 것처럼 일백 살까지는 사십니다"라고 대답했다.

(욀라리의 가장 굳은 믿음 가운데 하나며, 경험에 의해 번번이 부정되어도 결코 흔들리지 않던 믿음은, 사즈라 부인의 성을 사즈랭이라고 하는 것이었다.)

"구태여 일백 살까지 살기를 바라는 건 아니야"라고 고모는 대답했다. 고모는 자기 수명에 명확한 기한이 정해지는 걸 별로 좋아하지 않았던 것이다.

또한 욀라리는 누구보다도 고모를 피곤하게 하지 않으면서 그녀의 기분을 전환시킬 줄 알았기에, 뜻밖의 지장이 없는 한, 일요일마다 정기적으로 행하는 그녀의 방문은 고모에겐 더없는 기쁨이었다. 그런 날이면 고모는 처음에는 기분 좋은 상태에서 욀라리를 기다렸으나, 그녀가 조금 늦기라도 하면 무척이나 허기진 때처럼 금세 고통스러워했다. 그 시간이 너무 길어지면 욀라리를 기다리는 기쁨은 고통으로 변해, 고모는 끊임없이 시계를 쳐다보거나, 하품을 하거나, 끝내는 현기증마저 느꼈다. 그래서 윌라리가 누르는 초인종 소리가 고모의 희망이 다 끝난 해질 무렵에야 울려올 때면, 고모는 거의 병고마저 느끼는 것이었다. 사실 고모는 일요일에 이 방문밖에 생각지 않고 있기에, 프랑수아즈는 우리의 점심 식사가 끝나면 곧 위층에 있는 고모를 '돌보러' 올라가려고, 어서 우리가 식당을 떠나주기를 바랐다. 그러나 (특히 좋은 날씨가 콩브레에 자리 잡기 시작하면서부터) 벌써 오래전에, 정오의 요란한 종소리가, 그 음향의 왕관을 덧없는 열두 송이 작은 꽃무늬 문장(紋章)으로 장식하고 있던 생틸레르 종루에서 내려와, 우리의 식탁 둘레에, 역시 성당에서 나온 친근한 성체의 빵 옆에 와서 울려 퍼졌는데도 우리는 그 아라비안나이트 접시 앞에 그대로 앉아 더위와 특히 포식한 점심 식사 때문에 노곤해했다. 왜냐하면 으레 식탁에 올라오기에 이제는 프랑수아즈가 우리에게 미리 알릴 필요도 없는 달걀, 갈비, 감자, 잼, 비스킷 같은 음식에다, 다른 여러 가지를 곁들였기 때문인데 — 때와 경우에 따라, 밭과 과수원에서 나온 수확물을, 바다의 제철 식품, 장사꾼에게서 우연히 사게 된 것, 이웃 사람들이 먹어보라고 가져온 것, 또는 프랑수아즈 자신이 솜씨를 발휘한 것들, 그래서 우리 메뉴에는 13세기에 대성당 정면 현관에 조각했던 네 잎 무늬와 같은 사계절의 리듬과 삶의 에피소드가 약간은 반영된 셈이었다 — 우선 넙치가 나왔다. 이것은 생선 장수가 프랑수아즈에게 싱싱함을 보증했기 때문이다. 암 칠면조는 프랑수아즈가 루생빌 르 팽 시장에서 이 좋은 칠면조를 보았기 때문이다. 엉겅퀴 잎에 쇠골을 섞은 요리가 나온 것은, 한 번도 그녀가 이런 요리를 만들어준 적이 없었기 때문이다. 양의 넓적다리 구이가 나온 것은, 신선한 바깥 공기가 우리를 배고프게 해서, 이것이라면 소화시키는 데 앞으로 일곱 시간은 족히 걸리기 때문이다. 기분전환을 위해 시금치가 나왔고, 아직은 희귀한 살구도 나왔다. 보름 정도 지나면 없어질 것 같은 까치밥나무 열매도 나왔다. 스완 씨가 일부러 가져온 산딸기가 나왔고, 2년 동안 열매를 맺지 않았던 정원의 벚나무에 처음으로 달렸던 버찌도 나왔다. 그전에 내가 아주 좋아했던 크림치즈도 나왔다. 어제 저녁에 주문한 아몬드 과자도 나왔다. 우리가 사 준 브리오슈도 나왔다. 이 모든 요리가 전부 없어지자, 초콜릿 크림이 나왔다. 일부러 우리를 위해 만들었고, 또 특히 그 맛을 잘 아는 우리 아버지에게 바쳐진, 프랑수아즈 자신의 창의이자 정성인 그 초콜릿 크림은, 그녀의 재주를 총동원해서 만든 것인데도 마치 즉흥 작품인 양 아무렇지도 않게 우리 앞에 슬며시 선보였다. "다 먹었어요. 이젠 배가 불러서"라고 말하며 그것을 맛보기를 거절하는 사람이 있다면, 그 사람은 어떤 화가에게서 선사받은 작품에 대해, 그것의 의도와 서명에 가치가 있는데도 무게와 재료만을 중요시하는, 미천한 사람과 같은 취급을 받았을 것이다. 혹시 접시에 한 술이라도 남긴다면, 그것은 곡이 끝나기도 전에 작곡자의 면전에서 일어서는 것과 똑같은 실례를 저지르는 격이 되었을 것이다.

드디어 어머니가 나에게 말했다. "자아, 이곳에 무한정 있어서는 안 되지. 바깥이 너무 더우면 네 방에 올라가렴. 그렇지만 식탁에서 일어나자마자 책을 읽지 말고 잠시 나가서 바깥 공기를 쐬고 오너라." 나는 고딕풍 성수반(聖水盤) 장식에서처럼, 흔히 도롱뇽 한 마리가 장식으로 붙어 있고, 그 마멸된 돌 표면에 우의적이고 유선형 몸으로 살아 움직이는 부조(浮彫)를 새기는 펌프와 물통 곁으로 가서, 정원 한구석에 있는 라일락의 그늘진 등 없는 벤치에 앉았다. 정원 출입문은 생테스프리 길 쪽으로 나 있었다. 그리고 거의 손이 가지 않은 한구석엔, 이층 건물의 부엌 뒤쪽이 본채에서 불쑥 튀어나와 딴 건물처럼 서 있었다. 반암(班岩)처럼 붉게 번쩍이는 부엌의 타일이 보였다. 그곳은 프랑수아즈의 소굴이라고 하기보다는 오히려 비너스의 작은 신전과 같았다. 그곳은 밭의 첫 수확을 바치려고 멀리서 찾아온 우유 장수, 과일 장수, 야채 장수의 납품들로 넘쳐 있었고, 그 용마루는 항상 비둘기의 구구거리는 울음소리로 둘러싸여 있었다.

예전에 나는 이 작은 신전을 둘러싼 거룩한 숲속에 그처럼 한가롭게 있어본 적이 없었다. 왜냐하면 독서하러 내 방에 올라가기 전에, 나는 아래층 작은 휴게실로 들어가곤 했는데, 그 작은 방은 우리 할아버지의 동생, 즉 지휘관으로 퇴직한 전직 군인인 아돌프 작은할아버지가 사용하고 있던 방으로, 비록 햇살이 거기까지 들어오는 경우는 드물었으나, 창문을 열어 더운 기운이 들어올 때면 아련하고도 싱싱한 냄새, 숲의 향기 같기도 하고, 동시에 옛 풍습의 향기 같기도 한, 예를 들어, 방치해둔 사냥꾼 움막에 들어갈 때, 콧속을 오랫동안 짜릿하고 황홀케 하는 그런 냄새를 늘 풍겼다. 그러나 여러 해 전부터 나는 아돌프 할아버지 방에 들어가질 못했다. 내 잘못으로 작은할아버지와 우리 가족 사이에 일어난 불화 때문에, 작은할아버지가 다시는 콩브레에 오지 않았기 때문이다. 그때 상황은 이러했다.

한 달에 한두 번, 파리에서 우리 부모님은 나를 작은할아버지 댁에 보내곤 했는데, 그 시각은 늘 작은할아버지가 평상복을 입고, 보라색과 흰 줄이 쳐진 무명 작업복을 입은 하인의 시중을 받으며 점심을 끝내는 때였다. 작은할아버지는 내가 너무 오래간만에 왔다고, 가족들이 그를 찾아주지 않았다고 잔소리를 하며 투덜거렸다. 그러곧 나에게 아몬드 과자나 밀감을 주기도 했다. 우리는 객실을 지나 갔지만, 거기서 머무른 일은 한 번도 없었다. 한 번도 불을 피운 적이 없는 객실 벽에는 황금빛 쇠시리가 장식되어 있었고, 하늘을 흉내 낸 듯이 천장은 푸른 칠을 했으며, 가구에는 할아버지 댁의 것과 똑같이 글씨가 수놓였는데, 색깔만은 황색이었다. 그 다음 우리는 작은할아버지의 소위 '서재'에 들어갔는데, 그 벽에는 검은색 바탕으로 된 판화가 몇 장 걸려 있었다. 살이 많이 찐 장밋빛 여신이 전차(戰車)를 모는 장면, 공 위에 올라타는 장면, 이마에 별을 단 장면이 그려져 있었다. 이런 판화는 폼페이풍이어서 제2제정 시대에 사랑을 받던 것인데, 그 후로는 거들떠보지도 않게 되었다가, 여러 가지 이유가 있겠지만, 결국은 제2제정 시대풍이라는 유일한 같은 이유에서 다시 세인의 애호를 받기 시작했다. 한편 내가 작은할아버지와 함께 있으려니까 하인이 마부를 대신해서 마차를 몇 시에 준비해야 하느냐고 물으러 왔다. 그때 작은할아버지는 깊은 생각에 잠겨 있었는데, 어리둥절해진 하인은 몸짓 한번 까딱 잘못하면 주인님의 명상을 어지럽힐까 봐 대답을 궁금해하면서도 묵묵히 기다렸으나, 결과는 늘 마찬가지였다. 작은할아버지는 극도로 망설인 끝에 어쩔 줄 몰라 하며 다음과 같이 말했다. "두 시 이십오 분." 그러면 하인은 놀란 기색으로 대꾸 없이 반복했다. "두 시 이십오 분? 알겠습니다……. 그렇게 일러놓겠습니다……."

이 무렵 나는 연극을 좋아했는데 그것은 정신적인 사랑이었다. 왜냐하면 내가 극장에 가는 걸 부모님이 아직 허락하질 않았기 때문이다. 그리하여 나는 사람들이 극장에서 맛보는 즐거움을 정확히 알지 못했기에, 관객들은 각자 나머지 관객들이 바라보는 장면들과 비슷하긴 하지만 저마다 입체경을 들여다보듯, 그만을 위해 있는 무대를 바라본다고 생각했다.

아침마다 나는 모리스 광고탑까지 달려가서, 붙어 있는 흥행물 광고를 보았다. 예고된 극본이 내 상상력에 부여하던 꿈, 그것은 무사무욕(無邪無欲)한 것이었으며, 그것보다 더 행복한 것은 없었다. 그 꿈은 제목으로 쓰여진 낱말과, 그 제목을 또렷하게 눈에 띄게 하던 아직도 풀칠로 축축한 포스터의 색깔, 이 두 가지와는 떼어놓을 수 없는 영상에 의해 조절되었다. 오페라 코믹 극장의 초록색 포스터에 쓰여진 것이 아니라, 코미디프랑세즈〔프랑스의 국립극장〕의 보랏빛 감도는 자주색 포스터에 쓰여진 〈세자르 지로도의 유언〉〔베로와 빌레타르가 합작한 3막 희극〕이나 〈오이디푸스 왕〉과 같이 이상한 작품 가운데 하나가 아니라면, 〈검은 법의〉〔오베르가 작곡한 3막 오페라〕의 신비스럽고도 빛나는 공단과 〈왕관의 다이아몬드〉〔오베르가 작곡한 3막 오페라〕의 반짝이는 흰 깃털 장식만큼 나에게 동떨어져 보이는 것이 없을 정도였다. 그리고 내가 처음으로 극장에 가게 될 때는 그 두 가지 중에서 하나를 골라야 할 것이라고 부모님은 나에게 말씀하셨는데, 그 작품에 대해 내가 아는 것이라고는 제목밖에 없었다. 그래서 나는 각 제목 속에서 그것이 나에게 약속해주는 즐거움을 붙잡으려고, 그리고 한쪽의 즐거움과 또 다른 한쪽이 품은 즐거움을 비교하려고 그 두 제목을 번갈아가며 깊이 연구했다. 결국 나는 마음속으로 한쪽은 으리으리하고 의기양양한 연극, 또 하나는 부드럽기가 벨벳과 같은 연극이라고 내 멋대로 상상하고 말았는데, 이 연극 중 어느 것이 내 기호에 더 맞는지를 결정한다는 것은 예컨대 내게 후식으로 리 아 랭페라트리스〔riz à l'impératrice : 닭 국물에 쌀과 버섯 같은 것을 넣고 삶은 요리〕와 초콜릿 크림 중에 하나를 선택하라고 했을 때처럼 어려운 일이었다.

내 친구들이 하는 이야기는 전부 배우에 관한 것들이었다. 배우의 연기라는 것을 나는 아직 잘 몰랐지만, 나에게는 그것이 예술이 갖는 모든 형태 중 최초의 것이며, 그러한 최초의 형태를 통해 예술은 나에게 예감을 갖게 했다. 배우 개개인이 낭독을 하거나 긴 독백을 할 때 그 어투에서 나타나는 아주 미묘한 차이가 나에게는 대단한 중요성을 갖는 것처럼 생각되었다. 그리고 남들이 내게 들려준 배우들의 소문에 따라서 나는 재능의 순서대로 그들의 등급을 매겼는데, 그 등급표를 하루 종일 혼자서 암송하다 보니, 나중에는 그 등급표가 뇌리에 굳어져버려 머리가 무감각하게 되었다.

그 후 중학교에 다니던 때에는, 수업 시간에 선생이 머리를 다른 데로 돌리기가 무섭게 나는 늘 나의 새 친구에게 최초의 질문을 던졌는데, 그 최초의 질문이란 그가 극장에 간 적이 있는지, 가장 뛰어난 배우는 단연코 고이고, 다음은 들로네라고 생각하는지 등등이었다. 그래서 그 친구가 페브르가 티롱만 못하다거나 들로네가 코클랭만 못하다는 의견을 표명하면, 내 머릿속에서는 코클랭이 철석같은 견고성을 잃고 두 번째 줄로 내려갔고, 그로 인해 들로네가 네 번째로 밀려나면서 보여주던 놀라운 민첩함과 넘치는 생기는, 유순하고 비옥해진 나의 뇌리에 개화와 생명의 느낌을 주었던 것이다.

내가 이처럼 배우들에게 정신을 빼앗기고 있던 어느 날 오후, 테아트르 프랑세〔1680년 창립된 고전극 전문 극장〕에서 나오는 모방의 모습을 보고 연정의 전율과 고뇌를 느꼈을 때, 극장 문 앞에 붙은 스타의 빛나는 이름과, 이마에 장미꽃을 단 말들에 끌려 거리를 지나가던 작은 마차의 유리창으로 여배우인 듯한 여자의 얼굴을 보았을 때, 내 마음은 얼마나 오랫동안 동요를 느꼈으며 그 여인의 생활을 머릿속에 그려보느라 얼마나 괴롭고 헛된 노력을 했던가! 나는 재능에 따라 가장 유명한 여배우들의 등급을 매겼다. 사라 베르나르, 라베르마, 바르테, 마들렌 브로앙, 잔 사마리 등등. 그렇지만 나는 여배우 모두에게 관심이 있었다. 그런데 우리 작은할아버지는 여배우들을 많이 알고 있었고, 또 나로서는 그 여배우들과 뚜렷이 구별할 수 없었던 화류계 여자들을 많이 알고 있었다. 작은할아버지는 그런 여자들을 집으로 데리고 들어오기도 했다. 그래서 우리가 정해진 날에만 작은할아버지를 뵈러 갔던 이유 가운데 하나가 바로 다른 날에는 그런 여자들이 오기 때문이었는데, 적어도 우리 가족 측 의사로는 그런 여자들과 만난다는 것은 있을 수 없는 일이었다. 그런데 작은할아버지는 그 반대로 결혼한 적도 없는 예쁜 과부나 틀림없이 엉터리 귀족 이름을 달고 다니는 백작 부인들을 집으로 데려와 할머니에게 소개까지 시키고, 집에 있는 보석류를 그런 여인들에게 주기도 했는데, 작은할아버지의 그런 지나친 태연함 때문에 이미 우리 할아버지와는 여러 차례 말다툼이 있었다. 종종 이야기 중에 여배우 이름이 언급되면, 아버지는 웃으면서 "당신 시숙부님의 여자 친구지"라고 어머니에게 말했는데, 그럴 때면 나는 이런 생각을 했다. 그런 여인을 상대하려면, 굉장한 사람들도 아마 몇 해 동안을 보낸 편지에 답장 한번 못 받으면서 쓸데없이 찾아갔다간 그녀의 저택 문지기에게 내쫓기는 게 고작일 텐데, 작은할아버지라면 나 같은 꼬마에게 그런 수고를 시키지 않고서도, 다른 사람 같으면 접근조차 못하지만 그는 자기 집에까지 데리고 오는, 그분의 가장 친한 여자 친구인 여배우에게 나를 소개시켜줄 수 있지 않겠느냐고.

  그리하여—수업 시간이 변경되어 작은할아버지를 여러 번 만나 뵙지 못했는데, 이러다가는 앞으로 더욱더 만나 뵙지 못할 것이라는 것을 구실 삼아—우리가 방문하기로 되어 있지 않은 어느 날, 부모님이 점심 식사를 일찍 끝낸 것을 기회로 나는 외출을 했는데, 혼자 가는 것이 허락된 광고탑을 보러 가는 대신 작은할아버지 댁으로 달려갔다. 문 앞에서 나는 마차꾼의 단춧구멍에 꽂은 것과 똑같은 붉은 패랭이꽃을 눈가리개에 꽂은 말 두 필이 매인 마차를 보았다. 입구 계단에서부터 웃음소리와 여자의 목소리가 들려왔다. 초인종을 누르자마자 곧 조용해지더니 그 다음에 문을 닫는 소리가 들렸다. 하인이 나와 문을 열고 나를 보더니 당황하는 안색으로, 작은할아버지께선 매우 바쁘셔서 아마 나를 만날 수 없을 거라고 말했는데, 어쨌든 하인이 작은할아버지에게 내가 왔다는 것을 알리러 간 동안에 아까 들려온 것과 같은 음성이 말하는 소리가 들려왔다. "괜찮아요! 잠시 동안만 들어오게 해요. 재미있을지도 모르니까. 당신 책상 위에 놓인 사진을 보니, 그 애는 제 엄마를 꼭 닮았군요, 당신의 조카며느리 말예요. 엄마 사진 옆에 있는 게 그 애 사진이죠? 잠깐 만나고 싶은데요, 저 아이를."

작은할아버지가 화가 나서 투덜거리는 소리가 들리더니, 드디어 하인이 나를 들여보내주었다.

테이블 위에는 여느 때처럼 아몬드 과자 접시가 놓여 있었고, 작은할아버지는 늘 입는 평상복을 걸치고 있었는데, 작은할아버지와 마주 앉아 있던 그 여자는 커다란 진주 목걸이를 걸고 장밋빛 비단 드레스를 입은 젊은 여인으로, 막 밀감을 다 먹은 참인 듯했다. 그 여인을 부인이라고 불러야 할지 또는 아가씨라고 불러야 할지 몰라서 나는 얼굴을 붉혔다. 그리고 그녀에게 말을 건네는 것이 두려워 감히 그쪽으로 눈을 돌리지도 못한 채 곧장 작은할아버지를 포옹하러 갔다. 그 여자는 웃으며 나를 바라보았고 작은할아버지는 그녀에게 "내 종손이오"라고 말했을 뿐, 내 이름도, 그녀의 이름도 말하지 않았는데, 아마도 우리 할아버지와의 다툼 뒤로는 될 수 있는 한 이런 유의 여자와 친척과의 연결을 피하고 싶었기에 그랬을 것이다.

"어머니하고 꼭 닮았네" 하고 그녀가 말했다.

"그렇지만 내 조카며느리를 사진으로밖엔 보지 못했잖소" 하고 작은할아버지는 퉁명스럽게 내뱉었다.

"그렇지 않아요. 작년에 당신이 몹시 편찮으셨을 때 난 계단에서 그분과 마주친 적이 있다고요. 물론 번갯불같이 빨리 지나쳤고 또 이 집 계단이 아주 캄캄해서 암흑 같았지만요. 그래도 그분이 아름답다는 건 충분히 알고 있었어요. 이 도련님은 그 고운 눈을 꼭 닮았네요. 그리고 여기도" 하고 그녀는 손가락으로 자기 이마의 아래쪽에 줄을 그으면서 말했다. "조카며느님도 당신과 같은 성을 가지고 계신가요?" 하고 그녀가 작은할아버지에게 물었다.

"이 애는 뭐니 뭐니 해도 아비를 닮았지" 하고 작은할아버지가 중얼거렸다. 그는 엄마의 이름을 대어 소개하는 것을, 엄마가 그 자리에 있건 없건 간에 원치 않았던 것이다. "이 앤 아비하고 돌아가신 우리 어머니를 꼭 그대로 닮았어."

"저는 이 애의 아버지는 몰라요" 하고 장밋빛 드레스를 입은 여인이 머리를 갸우뚱하며 말했다. "그리고 돌아가신 당신의 모친도요. 하긴 우리가 서로 알게 된 건 당신이 큰 슬픔을 치르고 난 직후였으니까요."

나는 약간 실망을 느꼈다. 이 젊은 부인은, 내가 때때로 우리 친척 중에서 보았던 예쁜 여인들, 특히 내가 정월 초하루에 찾아가는 사촌 댁들 중 한 댁의 따님과 그다지 다르지 않았기 때문이었다. 단지 옷은 잘 입었는지 몰라도, 작은할아버지의 여자 친구의 눈길은 똑같이 생기 있고 선량했으며, 외모 또한 솔직하고 다정스러워 보였다. 여배우들의 사진에서 내 마음을 끌던 그런 극적인 모습도 아니었고, 그녀가 영위할 수밖에 없는 그런 생활에 어울리는 악마적인 표정도 전혀 없었다. 내가 그 여인을 화류계 여자라고 생각하기는 어려웠다. 특히 말 두 필이 끄는 마차와 장밋빛 드레스, 진주 목걸이를 보지 않았다면, 또 나의 작은할아버지가 알고 지내는 여자들이 가장 고급 사교계 여자들만이라는 것을 알지 못했다면, 이 부인을 멋쟁이 화류계 여자라고는 도저히 생각하지 못했을 것이다. 그렇다 해도, 그런 부인에게 마차와 저택과 보석류를 대주는 부자가, 어떻게 이처럼 평범하고 단정한 여자를 위해 재산을 탕진하면서까지 좋아할 수 있는지 정말 이상스러웠다. 그렇지만 내가 그녀의 생활이 어떠하리라고 상상해보았을 때, 그녀의 부도덕한 생활은, 내 눈앞에서 특별한 외관으로 구체화되었을 때보다 더욱더 내 마음을 흔들어놓았다. 이를테면 소설에 나오는 사건이나 혹은 항간에 떠도는 추문의 비밀과 마찬가지로— 그 여인을 중간계급 부모 집에서 뛰쳐나오게 하여 윤락의 세계에 떨어뜨리고, 거기서 아름답게 꽃피게 하여 드높은 화류계 여인으로까지 올라가게 한 비밀과 마찬가지로— 뚜렷하게 눈에 보이지 않는 편이 더욱 내 마음을 흔들어놓았다. 그리고 그런 여인의 꾸민 표정을 보거나 목소리의 억양을 듣거나 하는 것만으로는, 내가 이미 알고 있던 다른 많은 여성들의 그것과 똑같아 보여, 그 여인이 어느 가정에 속하지 않는다 해도 나에게는 양가의 규수와 별로 다를 바가 없다고 생각되었다.

우리는 '서재'로 장소를 옮겼다. 그리고 작은할아버지는 내가 있는 것에 대해 다소 거북한 표정을 지으면서, 그 부인에게 담배를 권했다.

"아니에요" 하고 그녀는 말했다. "아시다시피 전, 대공께서 보내주시는 것밖엔 피우지 않는 버릇이 들었거든요. 그분에게 말했어요. 당신이 그것을 질투한다고 말예요." 그러고는 그녀는, 담뱃갑에서 외국어가 글자로 쓰여 있는 담배를 꺼냈다. "그래요" 하고 그녀는 갑자기 말을 이었다. "저는 당신 집에서 이 도련님의 부친을 뵌 적이 틀림없이 있었어요. 당신의 조카뻘 되는 분이잖아요? 제가 어떻게 잊을 수 있겠어요? 그분은 저에게 정말 친절하셨고, 아주 좋은 분이 었어요"라고 얌전하면서도 다정다감하게 그녀가 말했다. 좋은 분이 라고 그녀는 말했지만, 우리 아버지라면 매우 무뚝뚝하게 응대했을 거라는 생각이 들었고, 아버지의 조심성과 냉담성을 잘 알고 있던 나에게는, 아버지에게 주어진 지나친 감사의 말과 아버지의 불충분 한 친절 사이의 차이가, 마치 아버지가 무례한 언동을 범한 것만큼 이나 거북하게 여겨졌다. 뒤에 가서 알게 된 바로는, 한가롭게 놀고 지내면서도 실은 근면한 이 여성들이 맡은 소임의 감동 어린 면 가 운데 하나는, 그 여자들이 가진 너그러움과, 재능과, 감상적인 아름 다움을 지닌 자유분방한 꿈—왜냐하면 그녀들은 예술가들과 마찬 가지로 섣불리 그 꿈을 실현하려 하거나 그 꿈을 일상생활의 틀 안 에 넣으려고 하지 않기에—과, 그리고 그녀들에게는 그다지 대수롭 지 않은 금화 한 닢을 남성들의 거칠고도 썰렁한 생활에 더욱 소중 하고 정교하게 끼워 넣음으로써 그 생활을 윤택하게 해주는 것이었 다. 작은할아버지가 평상복 차림으로 그녀를 맞아 영접하는 끽연실 에서, 그녀의 그처럼 부드러운 육체, 그 장밋빛 비단 드레스, 그 진 주들이 어느 대공과의 우의에서 발산되는 우아함을 퍼뜨리고 있듯 이, 그와 똑같이 그녀는 아버지와의 사소한 이야기를 끄집어내서 그 것을 미묘하게 가공하고, 그에게 훌륭한 모습과 명칭을 부여하고, 겸손과 감사의 마음으로 아롱진 반짝이는 눈길을 거기에 쏟음으로써, 그녀는 우리 아버지와의 하찮은 얘기를 예술적인 보석, 말하자면 '아주 훌륭한' 그 무엇으로 변모시켰다.

"자아, 애야, 돌아가야 할 시간이구나" 하고 작은할아버지가 나에게 말했다.

나는 몸을 일으켰고, 장밋빛 드레스를 입은 부인의 손에 입을 맞추고 싶은 마음을 억누를 수 없었다. 그러나 나에게는 그것이 강탈과도 같은 어떤 건방진 짓처럼 생각되었다. 심장이 두근거리는 동안, 나는 마음속으로 중얼거렸다. '해도 좋은 것인가, 해서는 안 되는 것인가.' 그러다가 나는 어떻게 하는 것이 더 좋은가를 생각하기를 포기했다. 그리고 조금 전까지 이러니저러니 생각하던 온갖 이유를 내동댕이치고, 맹목적이고 얼빠진 거동으로, 나는 그녀가 내미는 손에 입술을 가져갔다.

"어머, 귀여워라! 벌써 어엿한 풍류아셔. 여성을 보는 눈이 세련되고 역시 할아버지 핏줄이라 다르셔. 완벽한 신사가 되겠어요." 부인은, 이웃 영국인들식으로 약한 영국식 악센트를 내느라고 치아를 모아 붙이며 덧붙였다. "차 한잔 하러 한번 오시지 않겠어요? 아침에 나에게 '푸른색 쪽지'〔옛 파리의 전보나 속달 우편을 말함〕한 장만 보내시면 돼요."

나는 '푸른색 쪽지'가 뭔지 몰랐다. 나는 그녀가 한 말을 반밖에는 알아듣질 못했고, 대답하지 않으면 실례가 될지도 모르는 어떤 물음이 거기에 숨어 있지는 않은지 걱정이 되어 주의해 듣지 않을 수 없었기에 매우 피로감을 느꼈다.

"천만에, 그건 무리요" 하고 작은 작은할아버지가 어깨를 으쓱하며 말했다. "이 애는 매우 단정하고, 공부도 열심히 해요. 학교에선 꼬박꼬박 상도 타고." 작은할아버지는 이 거짓말이 내 귀에 들리지 않도록, 또 내가 반대의 말을 못하도록 낮은 목소리로 덧붙였다. "누가 알겠소? 이 애가 꼬마 빅토르 위고(Victor M. Hugo: 프랑스의 낭만파 시인·소설가 겸 극작가)가 될지 볼라벨(Vaulabelle: 프랑스의 역사가) 같은 사람이 될지."

"저는 예술가들을 무척 좋아해요" 하고 장밋빛 옷을 입은 부인이 대답했다. "여성들을 이해하는 건 예술가들밖에 없으니까요……. 예술가들과 당신네들처럼 선택받은 사람들뿐이죠. 저의 무식함을 용서하세요. 볼라벨이 누구죠? 당신 침실에 있는 유리를 끼운 작은 서가에 들어 있는, 금빛으로 장정한 책들의 저자인가요? 저에게 빌려주시겠다고 하셨죠? 소중히 다룰게요."

책을 빌려주기를 매우 싫어하는 작은할아버지는 그 말엔 대꾸도 하지 않고 나를 응접실까지 데리고 갔다. 장밋빛 옷의 부인에게 넋을 잃고 있던 나는, 담뱃진이 밴 작은할아버지의 두 뺨에 미친 듯이 입을 맞추었다. 그러자 작은할아버지는 무척 당황하면서, 감히 터놓고 말하지는 못하지만, 부모님에겐 오늘 있었던 방문 얘기는 하지 않는 게 좋겠다고 그럴싸하게 나를 타일렀다. 그때 나는 눈물을 글썽이며, 작은할아버지의 호의에 대한 기억을 마음속으로 느끼고 있으며, 언젠가는 꼭 그 은혜를 갚을 방법을 찾아보겠다고 말했다. 그 기억이 얼마나 강렬했던지 두 시간이 지나자, 비밀스러운 몇 마디를 꺼낸 다음에는, 그것만으로는 내가 부여받은 새로운 중요성을 부모님께 충분하고 똑똑하게 알리지 못할 것같이 여겨져서, 차라리 방금 하고 온 방문 얘기를 자세히 해버리는 편이 명확하리라고 생각했다. 나는 그런 일이 작은할아버지에게 누를 끼칠 일이 된다고는 미처 생각하지 못했다. 누를 끼칠 일이라고 어찌 내가 생각이나 했겠는가? 그러기를 원치 않았는데. 게다가 내가 별로 나쁘다고 생각지 않는 방문을 부모님이 나쁘게 생각하고 있다고는 상상도 할 수 없었으니. 어떤 친구가 답장을 써 보내지 못한 한 여성에게 잊지 말고 사과의 말을 전해달라고 우리에게 부탁을 했는데, 그냥 있어도 우리에게 별로 중요한 일이 아니니까 그녀에게도 중요한 일이 아닐 거라고 판단하여, 우리가 그 부탁을 이행하기를 소홀히 하는 일이 일상생활에 흔히 있지 않은가? 남의 두뇌란, 남이 주입한 것에 대해 특수한 반사작용을 일으키는 힘이 없는, 활발치 못한 온순한 그릇이라고 모두들 상상하듯이, 나도 그렇게 상상했다. 그래서 작은할아버지가 내게 소개해주었던 그 여자에 관한 소식을 부모님의 두뇌에 넣음으로써, 그 소개에 대해 내가 내린 호의적인 판단을 내가 바라는 대로 부모님에게 전할 수 있다는 것을 조금도 의심치 않았다. 그런데 불행히도 부모님은 작은할아버지의 행동을 비판하려는 처지, 즉 내가 그래주기를 은근히 암시했던 것과는 정반대 처지에 있었다. 부모님과 할아버지는 그런 행동에 대해 작은할아버지와 심하게 다투었던 것이다. 나는 그 일을 간접적으로 들었다. 며칠 후, 덮개 없는 마차를 타고 지나가던 작은할아버지와 밖에서 마주쳤을 때, 나는 고통과 감사와 그리고 후회를 동시에 느껴, 그 마음을 어떻게 해서든지 작은할아버지에게 표현하고 싶었다. 이러한 폭넓은 감정에 비해, 잠깐 모자를 벗고 인사한다는 건 어쩐지 치사스럽고, 그로 하여금 내가 평범한 예의 이상으로는 그를 생각하지 않는다고 느끼게 할 것 같은 생각이 들었다. 차라리 그런 불충분한 인사는 그만두기로 결심하고 나는 얼굴을 돌렸다. 작은할아버지는 내가 그런 투로 우리 부모님의 명령을 따르는 줄로 생각하고, 그 점에 대해 부모님을 용서하지 않았다. 그는 우리 가족의 누구와도 만나지 않은 채, 몇 해 후 세상을 떠나고 말았다.

그래서 지금도 닫혀 있는 아돌프 작은할아버지의 휴게실에 나는 아직 들어가지 않고 있다. 내가 부엌 뒤쪽에서 꾸물거리고 있으려니까, 프랑수아즈가 앞뜰에 나타나 "일하는 아이에게 커피를 준비시키고 더운물을 올려보내죠. 난 옥타브 마님 방에 올라가봐야 하니까요" 하고 말해, 나는 본채로 돌아가기로 마음먹고 독서를 하러 내 방으로 곧장 올라갔다. 그런데 그 부엌에서 일하는 아이는 규범적인 인간으로, 연이어 일시적인 다른 형태로 변신하여 나타났는데, 취사라는 그 불변의 특권에 의해 일종의 연속성과 동일성을 확보하는 상설 기관인 셈이었다. 왜냐하면 우리 집에는 한 부엌데기가 두 해를 계속 있은 적이 없기 때문이다. 우리가 아스파라거스를 많이 먹던 해면 언제나 껍질 '벗기는' 일을 도맡아하던 부엌데기는, 부활절 무렵에는 이미 해산달에 임박한 몸을 안고 쩔쩔매는 불쌍한 환자가 되어 있었다. 우리 모두는 프랑수아즈가 그녀를 마구 몰아붙이며 일을 시키는 것을 보고는 어안이 벙벙했었다. 왜냐하면 그 부엌데기는, 앞으로 불쑥 튀어나와 날마다 더 무거워져만 가는 그 불가사의한 바구니를 그대로 지닌 것을 힘들어했기 때문이다. 우리는 그녀의 헐렁헐렁한 행주치마를 통해서 그 굉장한 형태를 짐작할 수 있었다. 그 행주치마는, 스완 씨가 나에게 준 사진에 있는 조토[Giotto di Bondone: 르네상스 시대에 활약한 이탈리아 회화의 선구자] 그림 속의 상징적인 인물 몇 사람이 입고 있던 외투를 생각나게 했다. 이런 유사성을 우리에게 지적해준 것은 바로 스완 씨였고, 그는 부엌데기의 안부를 물을 때면 "조토의 〈자애〉도 안녕한가요?"라고 말하곤 했다. 게다가, 임신 때문에 얼굴까지 퉁퉁 부어올라 두 볼이 아래로 곧게 처져 사각형이 된 그 가련한 부엌데기는 과연 온갖 미덕이 인격화된 아레나 성당의 벽화에 나오는 그 남자같이 힘센 처녀들, 아니 오히려 기혼 여성과

매우 닮았었다. 지금 생각하니, 파두아 성당에 있는 〈미덕〉과 〈악덕〉
의 그림은 다른 식으로도 그 부엌데기와 닮았던 것 같다. 부엌에서
일하던 아가씨의 모습은 배 앞에 안고 있던 상징적인 추가물에 의해
커졌는데, 그녀는 그것의 의미를 이해하지 못하는 것 같았고, 그녀
의 얼굴 어느 곳에서도 그것의 아름다움이나 정신을 표현하고 있지
않은 것 같았으며, 마치 그것을 어떤 단순하고 무거운 짐처럼 여기
는 듯했다. 그와 마찬가지로 콩브레에 있던 내 공부방에도 복사판이
걸려 있던 아레나 성당의 '자애'라는 이름의 힘센 주부도 자기가 어
떤 미덕을 표현하고 있다고는 전혀 생각지 못하는 것 같았다. 그 어
떤 자애에 대한 생각도 자신의 그 강하고 비속한 얼굴로는 절대 표
현할 수 없다는 듯이. 조토의 멋진 창의성에 의해, 그 그림 속 주부
는 지상의 재보(財寶)를 발로 짓밟았는데, 그것은 완전히 즙을 짜내
려고 포도를 짓밟는 모습 같았다. 아니 오히려 자기 몸을 높이 세우
려고 짐짝 위에 서 있는 듯한 모습이었다. 좀 더 잘 표현한다면, 마
치 그 부엌데기가 아래층 창문에서 그녀에게 병마개 따개를 달라고
부탁하는 사람에게 지하실 환기창 너머로 병마개 따개 따위를 건네
주는 것과도 같이, 그녀는 신에게 그녀의 불타는 심장을 '건네주고'
있었다. 선망(羨望)이란 여인은, 사실 더욱 몇 가지 선망의 표현을
갖고 있었을 것이다. 그러나 그 벽화에서도 역시, 상징이 극히 넓은
자리를 차지하고 있고, 그 상징이 마치 실제적인 것처럼 표현되어
있어서, '선망'이란 여인의 입술 가에서 혀를 내두르는 뱀의 모습이
너무나 커서 활짝 벌린 그 여인의 입은 온통 그 뱀으로 가득 차 있었
다. 그래서 그 여인의 얼굴 근육은 뱀을 입 안에 넣을 정도로, 마치
고무풍선을 부는 어린아이의 얼굴 근육처럼 극도로 팽창해 있었고,
〈선망〉이란 여인의 주의력은—보는 우리의 주의력도—모조리 그

입술의 움직임에 집중되어 있어서, 거의 선망이라는 생각을 품을 여지가 없었다.

스완 씨가 이런 조토의 인물들에 대해 역설했던 그 모든 격찬에도 아랑곳없이 나는 스완 씨가 나에게 갖다준 복사판이 걸려 있는 공부방에서 그것을 바라보면서도 오랫동안 아무런 기쁨도 느끼질 못했는데, 〈자애〉에는 자애가 없었고, 〈선망〉은 단지 어떤 의학 서적에서 혀의 종기나 외과의사가 들이미는 기구로 압박을 받는 성대나 목젖을 표현한 그림 같았다. 그리고 초라하게 조화를 이룬 〈정의〉의 회색빛 얼굴은, 콩브레에서 미사를 올릴 때 눈에 띄곤 하던, 신앙심은 깊지만 감정이 메마른 여자들, 대다수는 사전에 부정의 예비 부대에 편입되어 있었던 것 같은 예쁘장한 중산층 여성들의 특징을 구비하고 있었다. 그러나 그 후에 나는 그 벽화의 가슴을 움켜잡는 듯한 기묘함과 특수한 아름다움은, 상징이 그 그림에서 큰 자리를 차지하는 데서 비롯된 것임을 알게 되었다. 또 상징화된 사상이란 그대로는 표현될 수 없기에 사상이 상징으로서가 아니라 실제적인 것으로, 즉 실제적으로 받아들여지거나 또는 구체적으로 다루어진 것으로 표현되는 것이고, 이런 사실이, 그 작품의 의의에 더욱 합당하고 더욱 정확한 그 무엇을 부여하며, 그 작품의 교훈에 더욱 구체적이고 더욱 인상적인 그 무엇을 주고 있음을 알게 되었다. 불쌍한 저 부엌데기 역시 주의력의 초점이 그녀의 배를 잡아당기는 중력에 의해 끊임없이 배 쪽으로 돌려진 것이 아닐까. 마찬가지로, 빈사 상태에 있는 인간들의 사고력은 흔히 현실적이고 괴롭고 컴컴한 방향, 정확히 말해 그들 앞에 나타나 그들에게 가혹함을 느끼게 하는 방향인 죽음의 방향으로 향하게 된다. 그것은 우리가 죽음의 관념이라고 일컫는 것보다는 오히려 온몸을 짓누르는 무거운 짐이나 호흡곤란,

혹은 갈증과 훨씬 유사한 것이다.

파두아 성당의 〈미덕〉과 〈악덕〉은 그 자체 속에 많은 현실성을 가졌음이 틀림없었다. 왜냐하면 그것들이 나에게는 임신한 부엌데기와 마찬가지로 살아 있는 것처럼 보였고, 그 부엌데기 자신도 나에게는 그 그림 못지않게 우회적으로 생각되었기 때문이었다. 한 인간의 영혼과 그 인간이 행하는 덕행과는 무관(적어도 외관상으로)하다는 점에서, 그의 심미적인 가치 외에, 심리적 현실성은 아니지만 적어도 소위 말하는 관상학적 현실성도 생겨났을 것이다. 후에 나의 인생 행로에서, 이를테면 수도원에서 활동적인 자비의 화신, 즉 성스러움 그 자체라고 할 만한 화신을 만나 볼 기회가 있었는데, 그런 분들은 보통 분주한 외과의사처럼 민첩하고, 적극적이고, 냉담하고 퉁명스러운 외모를 하고 있었으며, 남의 고뇌를 눈앞에서 보면서도 아무런 동정도 감동도 나타내지 않는, 또 그 고뇌와 맞부딪치는 것에 대해 어떤 두려움도 나타내지 않는 얼굴을 하고 있었다. 그것은 상냥함이 결여된 얼굴이었지만, 그것과 상반되는 참된 자비심도 지닌 숭고한 얼굴이었다.

부엌데기가—본의 아니게, 마치 '오류'가 대조적으로 '진리'의 승리를 더한층 밝혀주는 것처럼, 프랑수아즈의 우월성을 본의 아니게 빛내주면서—어머니의 말에 따르면, 더운물에 지나지 않는 커피를 차려내고 나서, 우리 방에 겨우 미지근한 물을 들고 올라오는 동안, 나는 이미 손에 책을 들고 침대에 누워 있었다. 내 방은 투명하고도 깨지기 쉬운 서늘함 때문에 전율하면서, 거의 닫혀 있는 덧문 너머로 오후의 햇볕을 등지고 보호되어 있었다. 햇살의 반영은 그의 '황금빛' 날개를 통과시키는 방법을 겨우 발견하고는 덧문의 문살과 유리 사이의 한구석에서 마치 날개를 접고 쉬는 나비처럼 꼼짝도 않았다. 이제 막 책을 읽을 만큼 밝아졌고, 빛의 찬란함은 라퀴르 거리에서 카뮈가 먼지투성이 상자를 두들기는 소리만으로도 느껴졌다. (카뮈는 프랑수아즈를 통해, 우리 고모가 '주무시지 않고 계시니' 소리를 내도 상관없다는 연락을 받았었다.) 그러나 그 소리는 더운철에는 특별히 잘 울리는 대기 속에 우렁차게 울려 퍼지면서 멀리까지 빨간 별똥을 날려 보내는 것 같았다. 빛의 찬란함은 또한 여름의 실내악처럼 내 눈앞에서 작은 음악회를 벌이는 파리 떼의 윙윙거리는 소리만으로도 느낄 수 있었다. 이 파리의 실내악은 우연히 좋은 계절에 그 소리가 귀에 들리면 그 계절을 떠올리게 되는 인간적인 음악의 한 곡조처럼 그 빛을 상기시켜주진 못했으나 더욱 긴밀한 유대로 여름 그 자체에 연결되어 있었다. 화창한 날씨에 태어나, 꼭 화창한 날씨에만 다시 태어나, 그 나날의 정수를 조금은 품은 파리의 실내악은 우리의 기억에 여름의 영상을 불러일으킬 뿐만 아니라, 여름이 돌아왔다는 것을, 정말로 여름이 우리 주위를 둘러싸고 있고, 또 실제로 우리 눈앞에 와 있어, 우리가 즉시 그리로 가까이 갈 수 있다는 것을 확증해준다.

    내 방의 이 어두컴컴한 서늘함과 거리의 햇볕과의 관계는 음과 양의 대조인 셈이다. 그러나 방의 어두컴컴한 서늘함은 거리의 햇빛만큼이나 빛나면서, 나의 상상력에 여름의 온갖 풍경을 제공해주었다. 만일 내가 산책을 나갔었다면, 나의 감각은 그것을 단편적으로밖에는 즐기지 못했을 것이다. 그러나 이처럼 내 방의 어두컴컴한 서늘함은 나의 휴식과 잘 조화를 이루었고, 그 휴식(내 책에 쓰여진 모험담 때문에 그것이 흔들려버렸지만)은 흐르는 물 한가운데서 쉬는 움직이지 않는 손처럼, 활동이라는 급류의 충격과 약동을 견디고 있었다.

그러나 우리 할머니는, 좋던 날씨가 흐려져도, 소나기나 또는 광풍이 불어도, 내게 와서 외출을 하라고 간곡히 권했다. 독서를 그만두기 싫은 나는 정원에 나가 계속해서 책을 읽기로 하고, 마로니에 나무 아래 에스파르트 섬유와 삼베로 된 막사 안에 들어가 앉았는데, 그 속에 있으면 부모님을 찾아오는 손님이 있어도 눈에 띄지 않을 것이라고 생각됐기 때문이다.

그런데 그때의 내 생각 또한 일종의 요람 같은 것으로, 그 안에 들어가 있으면, 혹 밖에서 일어나는 일을 구경하러 들어갔다 해도, 나 자신은 몸을 감추고 있다는 느낌이 들었던 것이 아니었을까? 나는 외부의 사물을 볼 때면, 내가 그것을 보고 있다는 의식이 나와 그 사물 사이에 남아서, 그 의식이 얇은 정신의 테두리로 그 사물의 가장자리를 둘러싸기에, 늘 직접 그 물질에 손을 대지는 못했다. 그것은 내가 그것에 손을 대기에 앞서 증발하고 말았는데, 말하자면 그것은 마치 축축한 물체에 접근하는 열이 달아오른 육체는, 항상 증발권(蒸發圈)이 선행되기에 그 물체의 습기를 만지지 못하는 것과 마찬가지다. 내가 독서를 하는 동안, 동시에 내 의식이 전개하는 여러 가지 상태, 즉 내 자아의 가장 깊은 곳에 감추어져 있는 갈망을 비롯하여 정원의 끝, 나의 시야 내에 있는 아주 외적인 형태에 이르기까지, 각양각색의 모습으로 다채롭게 나타나는 일종의 화면 안에서, 우선 내게 있어 가장 친밀한 것으로 외적인 것들을 지배하며 끊임없이 움직이는 중심축은, 내가 지금 읽는 책, 그것이 어떤 책일지라도 그 책 안에 담겨 있는 철학적인 풍요와 미에 대한 굳센 신뢰감이었으며, 또 이 철학적인 풍요와 미를 내 것으로 만들려는 나의 욕망이었다. 그 책이 어떤 책일지라도, 라고 내가 생각했던 것은, 설사 내가 그 책을 콩브레의 보랑지 식료 잡화상(이 상점은 카뮈 상점처럼 프랑수아즈가 거래하기에는 집에서 좀 멀었지만, 문방구와 책방을 겸하고 있어 손님들이 많았다) 앞에서 대성당의 대문보다 더욱 신비하고 더욱 많은 사상이 깔려 있는, 그 가게의 양쪽 문을 덮은 여러 가지 별책과 분책(分冊)의 모자이크 중에서 끈으로 묶인 것을 골라 샀을망정, 나는 그 책이 좋은 내용의 책이라는 것을 전에 선생님이나 친구에게서 들어서 알았기 때문이었고, 당시 나로서는 반쯤은 예감하고 반쯤은 이해하지 못한 진리와 아름다움의 비밀을, 선생님이나 친구가 점유하는 것 같은 생각이 들어서, 그 비밀을 알아내는 것이 내 사고력의 희미하나마 본격적인 목적이었기 때문이었다.

내가 독서를 하는 동안, 내부에서 외부로, 즉 진리 탐구의 방향 쪽으로 부단히 움직이며 작용하는 이 중심적인 신뢰감에 뒤이어 오는 것, 그것은 내가 참여하는 행동이 나에게 주는 여러 가지 감동들이었다. 왜냐하면 그런 날의 오후는, 일생 중에 흔히 경험하는 것보다는 더 극적인 사건으로 가득 차 있었기 때문이다. 그런 사건들이 내가 읽는 책 속에 불시에 나타나곤 했는데, 물론 그 사건에 관계된 인물은 프랑수아즈의 말처럼 '실제' 인물들은 아니었다. 그러나 실제 인물의 기쁨이나 불행을 우리가 느끼게 하는 그 모든 감정도, 기쁨이나 불행의 심상이라는 매개체를 통해서만 우리의 마음에 일어날 수 있는 것이다. 초기 소설가의 능숙한 솜씨란, 우리의 감정 기관에서는 이 심상이란 것이 유일하고도 본질적인 요소임을 이해하는 것과, 실제 인물을 깨끗하고 간략하게 생략하는 단순화가 결정적인 향상이란 사실을 이해하는 데 달려 있었다. 실제적 인물은, 우리에게 불투명하게 남아 있어서 대부분이 우리의 감각에 의해 지각되기에, 우리가 그 실제 인물에 아무리 깊이 공감한다 할지라도, 그들은 우리의 감수성으로는 들어 올릴 수 없는 생명 없는 무게만을 제공할 뿐이다. 어떤 불행이 실제 인물에게 닥쳤을 때, 우리가 그의 불행에 놀라워하는 정도는, 우리가 그에 대해 갖는 전체적인 관념의 작은 부분에 지나지 않으며, 더욱이 그 자신 스스로 놀라는 것 또한, 그가 그 자신에게 갖는 전체적인 관념의 일부분일 뿐이다. 소설가의 새로운 고안이란 정신이 뚫고 들어갈 수 없는 부분을 같은 양의 비물질적인 부분으로, 즉 우리의 정신이 동화될 부분으로 바꾸려는 생각을 해내는 데 있다. 그리고 나서부터라면, 새로 만들어진 인간의 행동이나 감정이 우리에게 진실되게 보이는 것은 상관이 없지 않은가? 왜냐하면 우리는 그런 행동이나 감정을 우리의 것으로 만들고, 또 그런 것들이 생겨나는 곳은 우리의 마음속이며, 우리가 열에 들뜬 듯이 책장을 넘기는 동안, 그런 것들이 우리의 호흡의 빠름과 시선의 강도를 지배하기 때문이다. 그래서 일단 그 소설가가 우리를 그런 상태에, 말하자면 온갖 감정들이 열 배로 커진, 순수한 내적 상태와 같은 상태에 우리를 놓게 되면, 그 소설이 자면서 꾸는 꿈보다 더 명료하고, 그 기억이 더욱 오랫동안 계속되는 꿈으로 인도하여, 우리의 마음을 어지럽히는 상태에 우리를 집어넣게 되면, 그 소설가는 한 시간 남짓한 사이에 온갖 행복과 불행을 우리의 마음속에 폭발시키는 셈이 된다. 그 순간 느낀 그 행복과 불행의 어떤 것은 그걸 알아내는 데만 해도 우리 생애의 몇몇 해를 잡아야 할 것이며, 그중에서 더 강렬한 것은, 우리의 실제 생활에서는 거의 일어나지 않기에 똑똑하게 지각되지도 않고, 그 결과 우리에게 뚜렷하게 알려지는 일도 없을 것이다. (이처럼 생활 속에서 우리의 심정은 변한다. 또한 이것이 가장 괴로운 일이다. 그렇지만 우리는 그 괴로움을 겨우 독서 속에서 상상을 통해서만 알아낼 뿐이다. 현실 세계에 있어서는 어떤 자연현상들처럼 마음이 서서히 변해가기에, 그 변해가는 여러 가지 모습을 하나하나 연이어 확인할 수 있지만, 그 반대로, 변화에 대한 감각 자체는 우리에게서 이탈하고 마는 것이다.)

그리고 책 줄거리에 전개되는 풍경은, 그 등장인물의 생활만큼 밀접하게는 내 체내에 들어와 있지 않았지만 그것은 이미 반 정도가 스크린에 영사된 듯이 내 앞에 나타나, 내가 책에서 눈을 들었을 때는, 나의 시야에 들어온 현실 세계보다 훨씬 더 큰 영향을 나의 사고에 미쳤다. 이처럼 두 해 여름 동안 콩브레의 뜨거운 정원에서 그 당시 읽고 있던 책 때문에 나는 시냇물이 흐르는 어떤 산악 지방에 대한 향수를 품었는데, 그 지방에는 많은 제재소가 있을 것 같았고, 맑은 물속에서는 물냉이 덤불 아래 톱밥이 썩어가고, 그리 멀지 않은 곳에서, 불그스름한 보랏빛 꽃송이가 낮은 벽을 기어 올라갔다. 그리고 나를 사랑하게 될지도 모를 어떤 여인에 대한 몽상이 늘 머릿속에 떠올랐기에 그 두 해 여름의 몽상 속에는 흐르는 물과 같은 상쾌함이 스며들었다. 내 마음에 연상되었던 그 여인이 어떤 인물이건, 그녀의 좌우에는 금세 불그스름한 보랏빛 꽃송이들이 보색(補色)으로 나타나곤 했다.

그것은 단지 우리가 꿈꾸는 영상이 우연히 우리의 몽상 속에서 그 영상을 둘러싼 이상한 색채의 반영에 힘입어 미화됨으로써 늘 눈에 띄게 남아 있기 때문만은 아니었다. 왜냐하면 내가 읽고 있던 책 속의 풍경이 내게는 눈앞에 있는 콩브레의 풍경보다도 더 선명하게 상상 속에 나타나지는 않았으며, 그 책 속의 풍경은 그와 유사했기 때문이었다. 그것은 그 소설가의 선택을 통해서, 그리고 그 소설가에 대한 믿음을 통해서, 나의 상상은 어떤 계시와도 같은 그 소설가의 말을 전적으로 받아들였기에, 그 책 속의 풍경은—내가 있는 고장, 특히 우리 집 정원, 할머니의 구박을 받던 정원사의 형편없는 상상력의 산물인 정원에서는 결코 찾아볼 수 없는 인상이었는데—즉 그것은 연구되고 깊게 고찰되어야 할 '자연' 그 자체의 참된 일부처럼 생각되었던 것이다.

만약 우리 부모님이 내가 책을 읽고 있을 때, 그 책 속에 묘사되어 있는 지방에 가보는 것을 내게 허락했다면, 나는 진실의 정복을 향해 거대한 첫걸음을 옮기는 느낌을 가졌을 것이다. 그 이유는, 우리는 항상 자기의 정신에 둘러싸여 있다는 느낌을 갖고는 있지만, 그것은 움직이지 않는 감옥 안에 갇혀 있는 것과는 달라서, 오히려 외부에서 울리는 것이 아니라, 내적 진동의 울림과 같은 음향을 자기의 내부에서 들으면서, 일종의 절망감을 느끼며, 그 울타리를 뛰어넘어 외부로 뛰쳐나가려고 하는 부단한 약동 속으로 정신과 함께 들어가려고 하기 때문이다. 우리는 자신의 정신이 사물에게 투영한 빛의 반영을, 그처럼 귀중하게 이루어진 여러 사물 속에서 다시 찾아내려고 애쓴다. 그리고 그런 사물들이 우리의 사고 속에서 어떤 관념들과 이웃함으로써 갖게 되었던 매력을, 자연 속에서는 잃은 듯이 보여 우리는 환멸을 느낀다. 때때로 우리는 이 정신의 온갖 힘을 능숙하고 탁월한 것으로 바꿈으로써, 우리의 외부에 위치해 있어서 우리는 결코 도달하지 못할 것이라고 확신하는 존재에 영향을 끼치는 일이 있다. 그래서 내가 사랑하던 여인의 주변에 그 당시 내가 가장 가고 싶던 장소를 그려본다거나, 또는 나에게 그런 장소를 방문하게 해주고 또 미지의 세계로 향한 입구를 열어주는 사람이 그녀였으면, 하고 바라는 것도 단순히 사고의 우연한 연상에 의한 것만은 아니었다. 그렇다, 나의 여행과 연애에 대한 꿈은, 단지 바로 내 온 생명력이 일제히 단호하게 솟아오르는 여러 순간들—오늘날 나는 이런 순간들을, 마치 외관상 움직이지 않는 무지갯빛 분수를 서로 다른 높이의 단계로 나누듯이 인공적으로 구분하고 있다—에 지나지 않았다.

 이윽고 나는 나의 의식 속에 일제히 나란히 놓인 여러 가지 상태를 계속해서 차례차례 안에서 바깥으로 더듬어나가면서, 이 상태를 둘러싼 현실의 지평선에 도달하기에 앞서, 다른 종류의 몇 가지 즐거움을 맛본다. 이를테면 편히 앉아 있는 즐거움, 대기의 상쾌한 향내를 맡는 즐거움, 방문객에 의해 방해를 받지 않는 즐거움, 그리고 생틸레르 성당의 종루에서 어떤 시각을 알리는 종소리가 울려 퍼질 때, 나에게 그 종소리를 전부 셀 수 있도록 해준 마지막 소리를 들을 때까지, 이미 소비된 오후의 몇 시간이 조각조각 내려오는 것을 구경하는 즐거움, 그리고 그 마지막 종소리에 뒤이어 찾아드는 오랜 침묵이 저녁 식사 때까지 그대로 내가 책을 읽어도 좋을 시간적인 틈을 모조리 푸른 하늘에 펼치는 것처럼 보이면, 동시에 프랑수아즈가 맛있는 저녁 식사를 준비해서, 독서를 하는 동안 책 속 주인공을 쫓아다니느라 피곤해진 내 기운을 북돋아주리라고 생각하는 그런 즐거움이었다. 그리고 시각을 알리는 종소리가 울려 퍼질 때마다, 나에게는 그 이전의 시각을 알리는 종소리가 울린 것이 바로 방금 전의 일처럼 생각됐는데, 막 울린 시각은 또 다른 시각의 바로 옆 하늘에 기록됐다. 나는 그 두 개의 금빛 표시 사이에 포함되어 있는 작고 푸른 궁형(弓形) 속에 60분이라는 시각이 들어 있다는 것을 믿을 수가 없었다. 이따금씩 시간이 너무 빨리 다가와서 바로 전에 들었던 시각보다 두 번을 더 치는 때도 있었다. 내가 듣지 못한 시각이 있었던 것이다. 말하자면 실제로 일어났던 일이 나에게는 일어나지 않았던 셈이다. 깊은 수면처럼 매혹적인 독서에 대한 흥미가, 환상에 사로잡힌 내 귀를 변화시켜 고요하고 푸른 하늘의 표면에서 황금빛 종소리를 지워버렸다. 콩브레 우리 집 정원의 마로니에 그늘에서 보낸 일요일의 화창한 오후여, 사사로운 내 생활의 보잘것없는 사건들은 내 손으로 조심스레 파내고, 그것들을 대신하여 맑은 물이 흐르는 어느 고장에서의 이상야릇한 모험과 동경으로 가득 찬 삶으로 바꾸었던 일요일의 화창한 오후여, 지금도 그대는 내가 그대를 생각할 때면 그 아름다운 삶을 내게 환기시켜주고, 실제로 그대의 조용하고 낭랑하고 향기롭고 투명한 시간들의 무성한 나뭇잎 너머로 서서히 변해가는 잇단 결정(結晶) 속에서 — 내가 독서를 계속하고, 한낮의 더위가 후퇴하는 동안에 — 그대는 그 아름다운 삶의 모습을 조금씩 빚어서는 동그랗게 오므려 당신의 품속에 간직했구려.

이따금 나는 오후의 중간쯤부터, 정원사의 딸 때문에 어쩔 수 없이 독서를 그만두곤 했다. 이 아가씨는 지나가는 길에 오렌지 나무 화분을 넘어뜨리든가 손가락을 다치든가 이를 부러뜨리면서 미친 듯이 달려와서 프랑수아즈와 내가 함께 달려가 바깥 구경을 놓치지 않도록 "왔어, 왔어!" 하고 외쳤다. 그런 날이면, 군부대가 훈련을 하느라고 생트일드가르드 거리로 접어들어, 콩브레를 지나갔다. 우리 집 하인들이 철책 바깥에 의자를 내놓고 그 위에 나란히 앉아서 일요일의 콩브레를 산책하는 사람들을 구경하고, 또 그들의 시선을 받기도 하는 동안에, 정원사의 딸은 멀리 가르 거리의 두 집들 사이에 난 틈으로, 군모들이 번쩍거리는 것을 얼핏 보았던 것이다. 하인들은 부랴부랴 의자를 안으로 들여놓았다. 왜냐하면 흉갑 기병(胸甲騎兵)들이 생트일드가르드 거리 위를 행진할 때면, 거리는 온통 병사들로 꽉 차, 그들이 말발굽으로 질주해나갈 때는, 마치 격류에 밀린 너무 비좁은 강바닥의 양 둑처럼 보도에까지 넘치며 가옥을 스쳐 지나가기 때문이었다.

"가엾은 병사들" 하고 프랑수아즈는 철책에 이르자마자 눈물을 글썽거리며 말했다. "가엾게도 저 젊은이들은 목장의 풀처럼 베어져 쓰러지겠지. 생각만 해도 가슴이 뭉클해져" 하고 그녀는 그 뭉클해진 가슴에 손을 대며 덧붙였다.

"프랑수아즈 아주머니, 목숨을 아끼지 않는 저 젊은이들을 보니, 참 멋있지 않으세요?" 하고 정원사 아저씨가 프랑수아즈를 '흥분시키려고' 말했다.

그는 과연 효과를 보았다.

"목숨을 아끼지 않는다고요? 그럼 뭘 아껴야 하죠, 목숨을 아끼지 않는다면? 목숨이란 천주님께서 두 번 다시 주시지 않는 유일한 선물인데. 아아! 끔찍해! 그렇지만 저들이 목숨을 아끼지 않는다는 건 정말이야! 이 눈으로 칠십년도〔1870년의 보불 전쟁을 가리킴〕에 보았지만, 저들은 비참한 전쟁에서 죽는 걸 조금도 무서워하지 않았으니까. 미친 사람들과 다를 바가 없어요, 아니 목을 밧줄에다 맬 값어치도 없는 것들이야. 그건 인간들이 아니라 사자들이야." (프랑수아즈로선 인간을 사자 ─ 그녀는 리옹〔lion: 사자〕을 리이옹〔li-on〕이라고 발음했는데 ─ 에 비유하는 것이 조금도 즐거운 일이 아니었다.)

생트일드가르드 거리는 급격히 구부러져 있기에, 멀리서 오는 것은 보이지 않았으며, 가르 거리의 두 가옥 사이로 난 틈을 통해서만 군모들이 차례로 햇빛에 반짝이며 달려가는 것이 보일 뿐이었다. 정원사는 아직도 지나갈 병사의 수가 많은지 알고 싶기도 했고, 게다가 햇빛이 내리쬐어 목도 말랐다. 그러자 갑자기 정원사의 딸이 포위당한 듯한 곳을 뚫고 나아가 그 길모퉁이에까지 이르렀다. 그러고는 1백 번이나 사경을 넘은 끝에 감초수 물항아리와 함께, 병사가 1천 명은 족히 되고, 티베르지와 메제글리즈 쪽에서 계속 오고 있다는 소식을 가져왔다. 프랑수아즈와 정원사는 화해를 하고, 전쟁이 일어날 경우에 취할 처신에 대해 이야기를 주고받았다.

"그야, 프랑수아즈 아주머니," 하고 정원사가 말했다. "혁명 쪽이 낫지요. 혁명이 포고될 때는, 떠나고 싶은 사람은 가면 되니까요."

"그야, 그렇지! 그건 나도 이해가 가요. 그편이 더 솔직해요."

정원사는 선전포고가 나면 동시에 모든 철도가 중단된다는 것을 알았다.

"그렇고말고! 그건 도망가지 못하도록 하기 위해서야" 하고 프랑수아즈가 말했다.

그러자 정원사가 "정말 고약한 놈들이야!"라고 말했다. 왜냐하면 그는 전쟁이란 국가가 국민을 농락하려는 일종의 속임수와 같은 것이고, 그 속임수를 쓰면, 단 한 사람도 도망치지 못할 것이라고 생각했기 때문이다.

그러나 프랑수아즈는 서둘러 고모에게로 달려갔고, 나는 다시 책장을 넘겼고, 하인들은 대문 앞에 다시 자리를 잡고서 군대가 일으킨 먼지와 감동이 가라앉아가는 것을 구경했다. 그 소요가 가라앉은 한참 뒤에도 평일에는 볼 수 없는 행인들의 물결이 여전히 콩브레의 거리를 까맣게 물들였다. 그리고 어느 집 앞에건, 그런 습관이 없던 집 앞에도 하인 또는 주인까지 나와 앉아 구경을 했는데, 흡사 힘찬 썰물이 지나간 후 바닷가에 바닷말의 상장(喪章)이나 조가비의 자수가 남듯이, 그들은 변덕스런 우중충한 빛깔의 테두리가 되어 문지방께를 장식했다.

이런 날들을 제외하면, 나는 그와 반대로 늘 조용히 독서를 할 수 있었다. 그런데 한번은 베르고트라는, 나로서는 처음 대하는 작가의 책을 읽는 중에, 스완 씨가 찾아와 독서를 중단시키고 주석을 달아

준 일이 있었는데, 그것이 다음과 같은 결과를 가져왔다. 즉 이때부터 내가 오랫동안 꿈꾸어왔던 여성 가운데 한 여인의 모습이 뚜렷하게 나타나게 된 곳이 방추형 보라색 꽃으로 장식된 벽면이 아니라 아주 다른 배경, 즉 고딕풍 대성당 정면 현관 앞이라는 결과를 말이다.

베르고트에 대한 이야기는, 나보다 나이가 많고 내가 퍽 존경하던 친구 가운데 하나인 블로크를 통해서 처음으로 들었었다. 실은 내가 〈시월의 밤〉[알프레드 드 뮈세의 시편]에 탄복하고 있다는 속내 이야기를 하자 블로크는 트럼펫처럼 우렁차게 웃었고, 그러고 나서 내게 이렇게 말했다. "뮈세[Louis C. Alfred de Musset : 프랑스 낭만파 4대 시인의 한 사람] 선생 따위나 좋아하는 저속한 취미는 버리게. 그자는 아주 형편없는 녀석이야. 교양도 없는 흉악한 놈이라고. 솔직히 말해서, 물론 뮈세나 라신[Jean B. Racine : 프랑스 고전극의 3대 거장 가운데 한 사람]이라는 놈팡이도 평생 동안 한 가락 하는 시 한 구절씩 남기기는 했지. 내가 보기엔 그 시구 자체에 아무런 뜻도 없다는 점에서 최고의 가치를 지니고 있다고 할 수 있을 테지. 예를 들면, '흰 오로손과 흰 카뮈르'[뮈세의 〈시월의 밤〉의 시구] 그리고 '미노스와 파지파에의 딸'[라신의 〈페드르〉의 시구]과 같은 것 말이야. 나의 친애하는 거장이며, 불멸의 '신'의 뜻에 맞는 르콩트[Leconte de Lisle : 프랑스의 고답파 시인] 신부(神父)가 논문을 통해 그 불한당 두 놈을 변호했기에 내가 그 작품에 대해 알게 되었지. 그건 그렇고, 여기 있는 이 책은 나는 당장 읽을 시간이 없지만, 그 훌륭한 영감이 추천한 책이라네. 들리는 말에 따르면, 그 신부는 이 책의 저자 베르고트 선생을 매우 예민한 녀석이라고 생각하셨다더군. 그 신부가 퍽 불가해한 관용을 자주 보이는 일이 있기는 하지만, 그분의 말은, 나에게는 델포이[아폴로 신의 신전이 있던 성지]의 신탁과 같은 것이지. 어쨌든 이 서정적인 산문을 읽어봐. 만약 〈바가바트〉[르콩트 드 릴의 《고대 시집》 가운데 한 편]나 〈마그뉘스의 토끼 사냥개〉[르콩트 드 릴의 《비극 시집》 가운데 한 편]를 쓴 운율의 거대한 조립공이 말한 것이 사실이라면, 아폴론에게 맹세컨대, 친애하는 선생, 자네는 올림포스[그리스 신화에 나오는 제우스를 비롯하여 12신이 살았다고 하는 산]의 황홀한 취기를 맛볼 걸세." 블로크는 냉소적인 어투로 내게, 자기를 '친애하는 선생'이라고 불러달라고 했고, 또 그와 마찬가지로 그 자신도 나를 '친애하는 선생'이라고 불렀다. 사실 우리는 서로를 이런 장난스런 이름으로 부르는 데서 어떤 쾌감을 느꼈는데, 그렇게 이름 지어 부르는 것을 우리 스스로 창조해냈다고 생각하며 좋아하던 나이였다.

아름다운 시구란, 뜻이 전혀 없으면 없을수록 더욱더 아름답다고 블로크가 나에게(시구에서 오로지 진리의 계시만을 찾고 있던 나에게 말이다) 말했을 때, 나는 그와 얘기도 해보고 그의 설명을 들어보기도 했지만, 그가 나에게 내던진 혼란을 가라앉힐 수가 없었다. 결국 블로크는 우리 집에 다시는 초대되지 않았다. 처음에 그는 대환영을 받았었다. 우리 할아버지는 내가 친구들 중 하나와 특히 친해져서 그를 집으로 데려올 때마다, 항상 유태인이로구나 주장하셨지만, 내가 친구로 고른 아이가 보통 반에서 가장 좋은 축에 끼지 못한다는 생각만 들지 않았다면 ― 할아버지의 친구 스완도 유태계였으니까 ― 유태인이라는 것이 원칙적으로 할아버지 마음에 들지 않을 이유는 없었다. 그래서 내가 새 친구를 데리고 왔을 때, 할아버지가 《유태 여인》의 〈오, 우리의 아버지이신 신이여〉라든가, 〈이스라엘이여, 그대의 쇠사슬을 끊으라〉를 콧노래로 흥얼거리지 않는 일은 거의 없었다. 물론 할아버지는 당연히 겉으로는 '티 라 람 탈람 탈림'이란 곡조만을 노래했지만 나는 내 친구가 그걸 알아채고 가사를 다시 갖다 붙이는 것은 아닌지 걱정스러웠다.

할아버지는 친구들을 만나 보기도 전에, 그 이름에 유태인 같은 특징이 전혀 없을 때가 많았는데도, 단지 이름만 듣고도 본래는 유태계인 내 친구들의 태생을 알아맞힐 뿐만 아니라, 때로는 그들 가족 내의 유감스러운 일까지도 알아맞혔다.

"그런데 오늘 저녁에 오는 네 친구 이름은 뭐지?"

"뒤몽입니다, 할아버지."

"뒤몽이라! 그래! 경계해야겠군."

그리고 할아버지는 노래를 불렀다.

   사수들이여, 정신 차려라!
   쉬지 말고 소리 없이 감시하여라.

그리고 우리에게 더욱 분명한 몇 가지 질문을 교묘하게 던지고 나서, 할아버지는 이렇게 외쳤다. "몸조심, 마음 조심!" 또는 이미 와 있던 당사자가 할아버지의 엉큼한 질문에 의해 자기도 모르게 자기의 태생을 털어놓아야만 했을 때, 할아버지는 더는 알아볼 게 없다는 걸 나타내려고 귀에 들릴락말락한 콧소리로 이런 노래를 흥얼거리면서, 우리를 바라보는 것으로 만족해했다.

   이 소심한 이스라엘 사람을
   어찌하여 이곳에 데리고 왔는고!
   조상의 들판이여, 그리운 골짜기, 헤브론이여.

   아무렴, 이 몸도 선택받은 민족의 자손인걸.

그렇다고 할아버지의 이런 사소한 괴벽이 내 친구들에게 악의의 감정을 내포하는 것은 전혀 아니었다. 그러나 블로크는 다른 이유 때문에 우리 집안사람들의 마음에 들지 않았었다. 그는 처음부터 아버지 비위에 거슬렸는데, 그의 옷이 젖어 있는 것을 본 아버지가 관심을 갖고 그에게 말했다.

"아니, 블로크 군. 바깥 날씨가 어떻지? 비가 왔나? 정말 알 수 없군. 청우계는 좋은 날씨를 나타내는데."

그 말에 아버지는 단지 다음과 같은 대답밖에 얻어내질 못했었다.

"저는 비가 왔는지, 안 왔는지를 절대로 입 밖에 낼 수 없습니다. 저는 현실적인 우연사의 바깥에서 살고 있기에, 제 감각은 그와 같은 일들을 저에게 알려주는 수고는 절대로 하지 않습니다."

"네 친구 말이다, 얼빠진 녀석이야" 하고 블로크가 돌아간 후에 아버지가 나에게 말했다. "어떻게 그럴 수가 있지? 날씨가 어떤지조차 말을 못하겠다니! 그런 녀석보다 더 흥미로운 게 어디 있단 말이냐! 그 바보 같은 녀석!"

그리고 블로크는 할머니의 마음을 언짢게 했다. 왜냐하면 점심 식사 후, 할머니가 약간 몸이 편치 않다고 말하자, 그는 흐느낌을 억누르며 눈물을 닦았기 때문이었다.

"그게 어떻게 진심에서 우러났겠니, 나를 잘 알지도 못하는데. 머리가 돈 아이야" 하고 할머니가 나에게 말했다.

그리하여 마침내 블로크는 온 가족의 미움을 사고 말았다. 점심 식사에 1시간 30분이나 늦게, 흙탕물투성이가 되어 나타나서는, 사과하기는커녕 이렇게 말했기 때문이다.

"저는 일기의 변동이나 시간의 인습적인 구분에 구애를 받지 않습니다. 저는 기꺼이 아편 담뱃대와 말레이산 단검의 사용을 부활시키고 싶습니다. 그렇지만 저는 그보다 훨씬 더 해롭고 게다가 부르주아적인 냄새가 코를 찌르는 시계나 우산 같은 것의 사용을 무시합니다."

이런 여러 가지 이유가 없었던들, 그도 콩브레에 왔었을 것이다. 아무튼 그는 집안사람들이 나를 위해 바람직스럽게 여기던 친구는 아니었다. 그렇지만 우리 집안사람들은 할머니가 몸이 편치 않음을 하소연했을 때 그가 흘린 눈물이 거짓이 아니었음을 알게 되었다. 그렇지만 그들은, 우리의 감수성의 비약은 우리가 행동을 한 후의 결과나 우리가 생활을 하면서 드러내는 품행에는 거의 영향을 미치지 못한다는 것, 그리고 도덕적인 의무의 존중, 친구에 대한 성실성, 일의 수행, 제도와 시간 엄수는 그런 열렬하고 무익한 순간적인 격정 속에서보다는 맹목적인 습관 속에서 더욱더 확실한 토대를 갖는다는 것을 본능적으로, 또 경험을 통해 알았다. 그들은 내 친구로서, 블로크보다는 부르주아적 도덕률에 따르며 친구 사이에 적절한 것 이상의 것은 주지 않는 아이들을 더 좋아했을 것이다. 즉 어느 날 내가 그립다고 해서 느닷없이 과일 바구니를 내게 보내는 일 따위는 없는 친구들, 또한 단순하게 움직이는 그들의 상상력과 감수성으로는 우정의 필요와 의무의 올바른 균형을 나에게 유리한 쪽으로 기울여줄 수 없기에, 그 바른 균형을 왜곡하지 않고, 따라서 나에게 그 이상의 해는 입히지 않을 친구들 말이다. 비록 우리가 잘못을 저질렀을 때조차도, 우리 집안사람들 같은 성격의 사람들에게는 그런 의무 관념을 포기하도록 만드는 것은 매우 어려운 일이다. 대고모가 그 좋은 예인데, 그녀는 오래전부터 어느 조카딸과 사이가 나빠져서 좀처럼 말도 하지 않지만, 그렇다고 해서 그 조카딸에게 자기 재산

전부를 주기로 되어 있는 유언장을 수정하지도 않았다. 그것은 그 조카딸이 자기의 가장 가까운 친척이었고, 그 조카딸에게 재산을 물려주는 것이 '그녀의 의무'였기 때문이다.

그러나 나는 블로크가 좋았고, 집안사람들은 구태여 나의 즐거움을 방해하려고 하지 않았다. 블로크와 내가 또 다른 대화를 나누는 것을 어머니가 해롭다고 판단하고 있어서 어쩌면 그와 새로운 이야기를 나눌 수 없게 될지도 모른다는 생각보다는, '미노스와 파지파에의 딸'이란 시구의 의미 없는 아름다움에 내가 스스로 제기했던 해결될 수 없는 문제들이 나를 더 피로하게 하고 훨씬 더 나를 고통스럽게 만들었다. 따라서 다음과 같은 일만 없었어도, 블로크는 다시 콩브레에 초대받았을지도 모른다. 그는 그날 저녁 식사가 끝난 후, 여자들이란 누구나 사랑밖에는 생각하지 않는다고, 그리고 남성의 힘으로 여성의 저항을 무너뜨리지 못한 예는 없다고 나에게 말했는데— 이 얘기는 그 후에 나의 인생에 큰 영향을 미쳤으며, 그것은 나의 삶을 한층 더 행복하게 만들었고, 또한 한결 더 불행하게 만들기도 했다— 이어서 그는 매우 정확한 소식통에 따르면, 우리 대고모가 파란 많은 청춘 시절을 보냈다는 것이 항간에 널리 퍼진 소문이라고 나에게 단언했다. 나는 그 이야기를 가족들에게 되풀이하지 않고서는 배길 수 없었고, 그 다음에 블로크가 찾아왔을 때, 가족들은 그를 내쫓아버렸다. 그 뒤 그를 거리에서 만나게 되어 내가 말을 건네려 했을 때, 그는 나를 매우 쌀쌀하게 대했다.

그러나 베르고트에 관해서는 그의 말이 옳았다.

아직은 잘 분간하지 못하지만 나중엔 열중하게 되는 악곡처럼, 처음에는 베르고트의 문체 속에서 나중에 내가 그토록 좋아하게 된 그 무엇이 뚜렷이 드러나진 않았다. 그의 소설은 읽기 시작하면 손에서 놓을 수가 없었고, 마치 연애 초기에 어떤 모임이나 놀이의 재미에 끌리고 있다고 생각하면서, 매일같이 여인을 만나러 가는 사람처럼 나는 오로지 그 주제에만 흥미를 느꼈다. 그리하여 조화의 숨은 물결, 어떤 내면적인 서곡이 그의 문체를 고조시켰을 때, 나는 그가 즐겨 쓰는 진귀한 표현, 즉 거의 고풍스러운 표현이 있는 것을 알아차렸다. 그리고 바로 그러한 때, 그는 '삶의 헛된 꿈'이라든가 '아름다운 외관의 끝없는 급류', '이해하고 사랑하고픈 메마르고 감미로운 고뇌', '대성당의 고귀하고도 아름다운 정면 입구를 영원히 고상하게 만드는 감동적인 인물상'에 대해 말하기 시작하면서, 새로운 철학의 모든 체계를 신기한 이미지로 표현했다. 그때 그 이미지들은 반주로 고조되어 있던 하프의 곡조와도 같은 것을 연상케 하면서 숭고한 그 무엇을 떠올려주고 있었다고 말할 수 있으리라. 이런 베르고트의 구절 가운데 하나를, 세 번째 구절이나 네 번째 구절을 나머지에서 떼어내보았을 때, 그것은 내가 첫 번째 구절에서 느꼈던 기쁨과는 비교도 될 수 없는 기쁨을 나에게 안겨주었는데, 그 기쁨은 나 자신의 더욱 깊은 곳, 더욱 넓고 더욱 평탄한 곳, 즉 모든 장애와 경계선이 걷히는 듯이 보이는 곳에서 느끼는 기쁨이었다. 나는 내가 그것을 설명하지 않아도, 이미 이전에 내 기쁨의 원인이 되었던 그 진귀한 표현에 대한 똑같은 취미, 똑같은 음악적 유출(流出), 똑같은 이상주의적 철학을 다시 인식하면서, 내 사상의 표면에 선 하나를 긋는, 베르고트의 어떤 작품 가운데 특별한 부분을 대하고 있다는 느낌은 더는 갖지 않게 되었고, 오히려 베르고트 작품의 '이상적인 일부분'은 그의 모든 작품에 공통된 것이며, 그의 작품의 모든 구절들도 그와 유사하다는 느낌을 갖게 되었다. 그의 작품의 모든 구절은 '이상적인 일부분'과 섞이면서 일종의 두께와 부피를 갖게 됐는데, 그 때문에 나의 정신은 확장되는 것 같았다.

　베르고트 찬미자는 나 혼자만이 아니었다. 그는 우리 어머니의 친구인, 문학에 조예가 깊은 어느 부인이 가장 좋아하는 작가이기도 했다. 뿐만 아니라, 뒤 불봉 의사는 베르고트의 신간을 읽느라 자기 환자들을 기다리게 할 정도였다. 이렇게 해서 이 의사의 진료실과 콩브레 근방 공원에서 베르고트 애호의 첫 씨앗 몇 개가 날아간 셈인데, 그 씨앗들이 그 당시에는 매우 드물었지만 오늘날에 와서는 널리 퍼져, 우리는 유럽이나 아메리카 대륙의 아주 작은 마을에 이르기까지, 도처에서 이상적이고도 공통된 꽃을 발견한다. 어머니의 여자 친구와 뒤 불봉 의사가 베르고트의 작품 속에서 특히 좋아한 것은 아마 내가 좋아한 것과 같은 것, 즉 그 밀물 같은 선율과 고풍스러운 표현, 그리고 매우 간결하면서도 분명한 다른 몇 가지 표현들인 듯싶었다. 그런 표현들을 위해 베르고트가 그것들을 눈에 띄게 드러내놓은 구절들은 마치 그 자신의 독특한 취미를 나타내는 듯했고, 구슬픈 구절들 속에서는 어떤 퉁명스러움, 거의 쉰 목소리와 같은 곡조를 드러내는 듯했다. 그리고 베르고트 자신도, 거기에 자신의 가장 큰 매력이 있다는 것을 감지했음이 틀림없다. 왜냐하면 그 다음에 나온 작품들 속에서는 위대한 진실이나 유명한 대성당의 이름에 이르면 이야기를 중단하고, 기원(祈願)이나 돈호법(頓呼法), 또는 오랜 기도 속에서 그가 발산하고 싶은 것을 마음대로 발산했기 때문인데, 그러한 발산은 그의 초기 작품에서는 산문 내부에 머물고 있어서 표면의 파동이 일고 나서야 비로소 드러날 뿐이고, 그 표면의 파동이 가리워져 있을 때, 또는 그 속삭임이 어디서 나서 어디로 사라지는지 뚜렷이 지적할 수 없을 때, 그 파동은 여전히 잔잔하고 더할 나위 없이 조화롭게 고요를 유지했다. 자신이 만족하는 부분이 또한 우리가 좋아하는 부분이기도 했다. 나는 그런 부분들을 외우고 있었다. 그가 이야기 줄거리를 다시 이어가기 시작했을 때 나는 실망했다. 그가 그때까지는 나에게 그 아름다움이 감춰진 채 남아 있던 그 무엇, 즉 소나무 숲이라든가, 우박이라든가, 파리의 노트르담 대성당, 아탈리 또는 페드르 등에 대해 이야기할 때마다, 그는 어떤 이미지 속에서 그 아름다움을 나에게까지 폭발시켰다. 그러므로 만약 그가 나에게 접근시켜주지 않았다면 나의 연약한 지각으로는 식별하지 못했을 부분이 이 우주에 얼마나 많았을까 하고 느끼게 된 나는, 모든 사물에 대해 무엇보다 나 자신의 눈으로 볼 기회가 있는 것, 특히 프랑스의 옛 건축물과 어떤 바다 풍경에 대해 그의 의견이나 비유를 듣고 싶어 했고, 그가 그런 것을 작품 중에 끈기 있게 인용하는 것으로 미루어, 그도 그런 것을 의미에 있어서나 미적인 면에 있어서나 풍요로운 것으로 생각하는 것 같았다. 불행히도 나는 거의 모든 것에 대한 그의 견해를 알지 못했다. 나는 그의 견해가 내가 올라가려고 하는 미지의 세계에서 내려온 것이기에, 나의 견해와 완전히 다르리라는 것을 전혀 의심치 않았다. 그 완벽한 정신에서 보면 나의 생각 따위는 아주 어리석은 것으로 보였을 것이라고 믿고 있던 나는, 내 하찮은 생각을 모두 지워버리고 백지로 돌아갔다. 그래서 나는 그의 어떤 작품 속에서, 나 자신이 이미 갖고 있던 생각을 우연히 만나는 때가 있으면, 마치 선량하신 하나님께서 그것을 나에게 돌려주시고, 그것을 정당하게 훌륭한 것으로 선언하기라도 한 것처럼 가슴이 부풀어올랐다. 때로는 내가 잠 못 이루던 밤에 흔히 할머니와 어머니께 쓰던 편지 내용과 같은 것을 그의 책 한 페이지에 써놓은 적이 있었는데, 그때는, 베르고트가 쓴 그 페이지가 마치 내 글월의 서두에 놓이기 위한 인용구집 같았다. 그 뒤에도, 내가 책을 한 권 쓰기 시작했을 때, 몇몇 구절이 흡족하지 않아 계속해서 쓸 마음이 내키지 않았을 때, 나는 베르고트의 작품 속에서 그 자리를 대신할 만한 가치 있는 문장을 발견하는 수가 있었다. 그러나 내가 그의 문장을 즐길 수 있었던 것은 그것을 그의 작품 속에서 읽을 때뿐이었다. 문장을 구상하는 것이 나 자신이 되고 보니, 내가 나의 생각 속에서 깨달은 바를 문장 속에 정확하게 반영하는지 여부에 정신이 쏠리고, '사실임직하지' 않은 게 아닐까 두려워하면서, 내가 쓰는 글이 쾌적한 감을 주는지 어떤지를 자문하는 데 많은 시간을 허비했던 것이다! 그러나 사실 내가 정말 좋아한 것은 베르고트와 같은 유의 문장, 그런 유의 사상뿐이었다. 나의 불안스럽고도 불만스러운 노력은 그 자체가 사랑의 흔적, 기쁨은 없지만 심오한 사랑의 흔적이었다. 그러므로 남의 작품에서 갑자기 그런 문장을 발견하게 되면, 말하자면 더는 불안이나 엄격성을 가질 필요도 없고 나 자신을 괴롭힐 필요도 없게 되면, 비로소 나는 그런 문장에 대한 나의 기호를 가지고 더할 나위 없이 기쁜 마음으로 거기에 탐닉했다. 마치 요리사가 일단 음식에 더 손을 댈 필요가 없게 되어서야 비로소 음식 맛을 즐길 틈을 가지듯이. 어느 날, 베르고트의 작품 속에서 늙은 하녀에 대한 농담 구절을 읽었는데, 그 농담은 작가의 현란하고 정중한 문체 때문에 더 풍자적이긴 했지만, 그것은 내가 할머니에게 곧장 프랑수아즈 이야기를 할 때 쓰던 것과 같은 농담이었다. 또 한 번은, 그의 작품 속에서, 내가 우연히 우리의 친구인 르그랑댕 씨에 관해 했던 것과 비슷한 고찰이, 그가 진리의 거울과 같은 그의 작품 속에 실릴 만한 가치가 있다고 판단하는 것을 발견했을 때(프랑수아즈와 르그랑댕 씨에 관한 고찰 따위의 것들에 베르고트가 흥미를 느끼지 않는다고 생각됐다면, 나는 그것들을 단호하게 내던져버렸을 것이다), 돌연

1부 콩브레 145

나의 보잘것없는 생활과 진리의 왕국과의 거리는 내가 생각한 것처럼 그렇게 멀리 떨어져 있는 것은 아니며 양자는 어느 면에선 일치하고 있다는 생각이 들어, 나는 자신감과 기쁨에 가슴이 벅차 마치 재회한 어버이 품에 안기듯이 이 작가의 페이지 위에 눈물을 떨어뜨렸다.

그의 저서를 읽으면서, 나는 베르고트를 마치 자식들을 잃어버리고도 전혀 위로받지 못하는 연약하고 실의에 빠진 노인으로 상상했다. 또한 나는 그의 산문을 씌어진 것보다 더 '부드럽고' 더 '느리게' 읽으며 마음속으로 노래했다. 그리고 아주 간단한 문장조차도 감동시키는 어조로 내게 말을 걸어왔다. 무엇보다도 나는 그의 철학을 좋아했으며, 그것에 나 자신을 영원히 바쳤다. 그 때문에 나는 중학교의 소위 철학반〔중학교 최상급반〕이라고 불리는 학급에 들어갈 나이가 되기를 초조하게 기다렸다. 그러나 나는 그 학급에서는, 주로 베르고트에 대한 생각만으로 지내는 것 외에는 다른 일이 있기를 원하지 않았기에, 만일 누군가가 그 학급에서 내가 탐구하게 될 형이상학자들이 그와는 전혀 닮지 않았다고 내게 말했다면, 나는 그때, 한평생 한 여자만을 사랑하고 싶어 한 남자에게 시간이 좀 지나면 다른 애인을 몇 사람 갖게 될 거라고 누군가가 말했을 때와 같은 절망감을 느꼈을 것이다.

어느 일요일, 나는 정원에서 독서를 하고 있다가 부모님을 만나러 온 스완 때문에 독서를 중단하게 되었다.

"무얼 읽고 있지? 좀 봐도 괜찮을까? 놀랍군, 베르고트라니? 그런데 누가 그의 작품을 자네에게 추천해주었지?"

나는 블로크였다고 말했다.

"야아, 그래! 여기서 한 번 본 적이 있지. 그 벨리니〔Gentil Bellini :

이탈리아 베네치아파 화가)가 그린 마호메트 2세의 초상화를 꼭 닮은 그 학생이군. 정말 꼭 닮았더군. 팔자(八字) 모양 눈썹과, 구부러진 코, 불쑥 나온 광대뼈가 똑같더군. 수염만 길렀다면, 영락없는 그 인물이야. 아무튼 좋은 취미를 가진 친구로군. 베르고트로 말하자면 매혹적인 영혼의 소유자니까." 그러고는 내가 얼마나 베르고트에게 감탄하는지를 살펴보면서, 평소에는 좀처럼 자기가 아는 이에 관해 말을 하지 않던 스완이, 친절하게도 예외적으로 나에게 말했다.

"난 그분과는 잘 알고 지내지. 자네의 책머리에 그분이 한마디써 넣은 것이 자네에게 기쁨을 준다면 내가 그분에게 부탁해보겠네."

나는 감히 그 제의를 받아들이진 못했지만, 스완에게 베르고트에 관한 여러 가지 질문을 할 수는 있었다. "그분이 어느 배우를 좋아하는지 말씀해주시겠어요?"

"배우, 글쎄. 내가 알기로는 그는 라베르마를 누구보다도 높이 평가하더군. 어떤 남자 배우도 라베르마에는 미치지 못한다는 거야. 라베르마에 대해 들어본 적이 있나?"

"아니요. 부모님께서 극장에 가는 걸 허락해주지 않으세요."

"유감인데, 부모님께 계속 부탁해야만 할 걸세. 말하자면, 〈페드르〉(라신의 비극)나 〈르 시드〉(코르네유의 운문 비극)에 나오는 라베르마는 일개 여배우일 뿐이야. 자네도 알겠지만 나는 예술에 있어서 '등급'이라는 건 별로 믿질 않으니까." (바로 이때 나는, 그가 할머니의 여동생들과 대화를 하던 중에 자주 나를 놀라게 했던 것처럼, 진지한 일에 대해 말을 할 때나, 중요한 문제에 자기의 의견을 내포한 듯한 표현을 사용할 때면, 그는 주의를 기울여 그 표현을 기계적이고 조롱이 섞인 유별난 억양 속에 고립시켜두고는, 자신은 책임지고 싶지 않다는 듯이 그것을 인용 부호 안에 넣어서 '알다시피 어리석은 사람들이 말하는 그 「계급」이라는 것'이라고 말하고 있음을 알아차렸다. 그러나 그렇다면, 그것이 어리석은 줄 알고 있다면, 그는 왜 등급을 화제에 올리는 것일까?) 잠시 후, 그가 덧붙였다. "라베르마의 무대는 그 어떤 걸작품과도 겨룰 만한 고상한 비전을 자네에게 줄 걸세. 뭐라고 할까……, 〈샤르트르의 왕비들〉에 비교할 만하다고나 할까!"라고 말하며 그는 웃었다. 그때까지 나는 그가 진실하게 자기 의사를 표명하기를 싫어하는 까닭이 틀림없이 파리 사람들의 우아하게 보이려는 그 무엇 때문이며, 또한 할머니 여동생들의 촌스러운 독단과 대립되는 그 무엇 때문이라고 생각해왔었다. 또한 나는 그것이 스완이 가까이하는 부류에 있어서는 재치의 한 형태이며, 그런 부류는 전 세대의 서정적인 어조에 대한 반동으로, 예전에는 비속하다고 여겨졌던 사소하고 정확한 사실을 지나치게 되살려 '미사여구'를 금하는 것이라고 생각해왔다. 그러나 지금 그런 사실을 대하는 스완의 태도 속에는 무언가 내 감정을 상하게 하는 것이 있음을 알았다. 그는 구태여 어떤 의견을 갖지 않으려는 듯했으며, 그가 어떤 정보에 관해 정확하고 세밀하게 설명해줄 수 있을 때만 마음 편안해하는 것 같았다. 그러나 그는 그렇게 세부적인 정확성을 중요시하는 것 자체가, 의견을 표명하는 것이며 의견을 구하는 것이라는 사실을 알아차리지 못했다. 나는 그때, 또다시 그 저녁 식사 때의 일이 생각났다. 엄마가 내 방으로 올라오지 않을 것이 분명해서 몹시 슬펐던 그날 저녁, 스완이 레옹 공작 부인 댁의 무도회는 조금도 중요하지 않다고 말했던 그 저녁 식사 때의 일 말이다. 그러나 어쨌든 스완은 그의 삶을 그러한 종류의 쾌락에 사용했다. 나는 그러한 모든 것을 모순이라고 생각했다. 사물에 대해 생각한 바를 진지하게 말하는 것,

판단을 인용 부호 안에 넣지 않고 표명하는 것, 그리고 그가 어리석다고 공언한 일들 속에 까다롭게 따지지 않고 몰두하는 것 등을, 그는 도대체 다른 어떤 생활을 위해 남겨뒀단 말인가? 또한 나는 베르고트에 대해 말하는 스완의 어투 속에서 그만의 독특한 것이 아니라, 그와는 반대로 그 당시 베르고트 예찬자였던 우리 어머니의 여자 친구 분이나 뒤 불봉 의사에게도 공통된 그 무엇에 주목하게 되었다. 스완과 마찬가지로 그 사람들도 베르고트에 대해서 이런 말을 했었다. "그분은 매혹적인 기지의 소유자이며, 매우 특출한 분이죠. 약간 꾸며낸 듯하지만, 그분 특유의 매우 유쾌한 표현법이 있지요. 서명을 보지 않고서도 금세 그분 작품이라는 걸 알 수 있으니까요." 그렇지만 아무도 이렇게까지 말하진 못했다. "그분은 위대한 작가에, 위대한 재능의 소유자지요." 심지어 그들은 그에게 재능이 있다는 것조차도 말하지 않았다. 그들이 그런 말을 하지 않는 건 그들이 그의 재능을 모르고 있기 때문이었다. 우리의 일반적인 관념의 박물관 속에서 '위대한 재능'이라는 이름을 지닌 전형을, 새로운 작가의 독특한 모습 속에서 알아내기까지는 매우 오랜 시간이 걸린다. 단지 그 모습이 새롭기에, 그것이 우리가 재능이라고 일컫는 것과 유사하다고는 전혀 생각되지 않기 때문이다. 우리는 그것을 차라리 독창성, 매력, 섬세함, 힘 등으로 부른다. 그러다가 어느 날, 우리는 그 모든 것이 바로 재능이라는 것을 이해하게 된다.

"베르고트의 작품 중에서 라베르마에 관해 쓴 것이 있나요?"라고 내가 스완 씨에게 물었다.

"라신에 관해 쓴 소책자 중에 있는 것으로 기억되는데, 그 책자는 아마 동이 났을걸. 그렇지만 재판(再版)이 나와 있는지도 모르지. 내가 알아봐주도록 하지. 뿐만 아니라 자네가 원한다면 나는 무엇이

든 베르고트에게 부탁할 수 있다네. 일 년 중에 그가 우리 집에 와서 식사하지 않는 주는 없을 정도니까. 내 딸아이와도 아주 친한 사이야. 그들은 함께 옛 도시나 대성당, 성 같은 곳을 구경하러 다니곤 한다네."

나에게는 사회적인 계급관념이 전혀 없었기에, 우리가 스완 부인과 스완 아가씨와 교제하는 것이 불가능하다고 한 아버지의 의견은 나로 하여금 그녀들과 우리 식구들 사이에 커다란 간격이 있는 것으로 상상하게 만들었고, 도리어 내 관심을 그 여자들에게 쏟는 결과를 초래하고 말았다. 스완 부인이 남편을 위해서가 아니라, 드 샤를뤼씨의 마음에 들려고 머리에 물을 들이고 입술을 빨갛게 칠한다고 이웃에 사는 사즈라 부인이 말하는 것을 들었을 때, 나는 오히려 어찌됐든 그렇게 멋을 내지 않는 우리 어머니가 못마땅했고, 또 우리는 스완 부인의 멸시를 받는 것이 틀림없다는 생각도 들었다. 이런 생각이 들자, 나는 아주 예쁜 소녀라는 말이 들리는 스완 아가씨 때문에 특히 괴로웠다. 나는 매번 똑같이 내 멋대로 귀여운 소녀의 얼굴을 그려보면서, 그녀에 대한 꿈을 자주 꾸었다. 그러나 스완 아가씨가 마치 자연의 대기에 싸여 있듯이 그 많은 특권 한가운데 둘러싸인, 흔치 않은 조건을 가진 존재이고, 또 그녀가 오늘 저녁 식사엔 누가 오시느냐고 부모에게 물으면, 사람들이 빛으로 가득 찬 음절인, 그녀에게는 자기 가족의 오랜 친구에 불과한 그 황금같이 번쩍이는 회식자의 이름, 즉 베르고트라고 대답하고, 그녀가 식탁에서 나누는 친밀한 잡담, 그것은 나에게는 대고모와의 대화에 해당하는 것인데, 그 잡담은 그때까지 베르고트가 저서에서 다루지 않은 온갖 주제에 관한 것이며, 또 내가 듣고 싶어 하던 그의 신탁(神託)이며, 그리고 마지막으로 그녀가 여러 도시를 구경하러 갈 때면 베르고트가 마치 인간들 사이에 내려온 신처럼, 남의 눈에 띄지 않으면서 동시에 영광스럽게 그녀 곁을 걸어간다는 사실을 그날 내가 알았을 때, 나는 스완 아가씨와 같은 존재의 가치를 깨닫게 된 동시에 그녀의 눈에 비친 나라는 존재는 얼마나 저속하고 무식해 보일까 하는 생각이 들었고, 또 한편 내가 그녀의 친구가 된다면 얼마나 기쁠까 하는 느낌이 들면서, 희망과 절망이 동시에 나를 엄습해왔다. 그때부터 내가 그녀를 생각할 때면, 나는 자주 그녀가 어느 대성당 정면 현관 앞에서 나에게 조상(彫像)이 지닌 뜻을 설명하면서, 그리고 나를 칭찬하는 듯한 웃음을 지으며 자기 친구인 베르고트에게 소개하는 모습을 그려보게 되었다. 대성당이 나에게 상기시켜주는 온갖 사상의 매력, 일 드 프랑스 언덕과 노르망디 평야의 매력은, 내가 마음속으로 그리는 스완 아가씨의 영상 위에 늘 그 아름다운 반영을 띠게 했다. 언제라도 그녀를 사랑할 태세를 갖추었으므로 말이다. 사랑이 우리로 하여금 뚫고 들어가게 하는 미지의 삶에, 어떤 존재가 함께 참여하고 있다는 사실을 우리가 믿는 것, 바로 이것이 사랑이 싹트기 위해 필요한 모든 조건 중 가장 중요한 것이며 그 밖의 것은 대수롭지 않다. 남성을 오직 외모로만 판단한다고 주장하는 여성들마저도, 그 외모에서 어떤 독특한 생활의 발산물을 알아본다. 그래서 그런 여자들은 군인이나 소방관하고도 사랑에 빠지는데, 그것은 제복이 그들의 얼굴을 덜 고달프게 만들어주기 때문이다. 그 여자들은 그들의 흉갑 밑에서 그들의 겉모습과는 다른, 모험을 좋아하는 다정스런 마음을 이해한다고 믿는 것이다. 그래서 젊은 군주나 황태자에게는, 그가 방문한 타국에서 가장 아름다운 사냥감을 얻기 위해서라면, 주식 중개인이나 갖추어야 할 균형 잡힌 옆얼굴 따위는 별로 필요하지 않은 것이다.

내가 정원에서 독서를 하는 동안—일요일엔 열심히 일하는 것이 완전히 금지되어 있어서 대고모도 뜨개질을 하지 않았는데, 그런 일요일이 아닌 날 내가 독서를 한다면 대고모는 이상하게 여겼을 것이다. (일요일 이외의 날이라면, 그녀는 "아니 너 주일도 아닌데 독서를 '즐기는' 구나" 하면서, 즐긴다는 낱말에 어린애 장난 같다는 뜻과 시간 낭비라는 뜻을 강조했을 것이다.)—레오니 고모는 윌라리가 올 시간을 학수고대하면서 프랑수아즈와 잡담을 나누었다. 프랑수아즈는 조금 전에 구필 부인이 지나가는 걸 보았다고 고모에게 알렸다. "우산도 들지 않고, 샤토뎅에서 맞춘 비단 드레스를 입었더군요. 저녁 미사 전까지 멀리 가시기라도 한다면 그 옷을 흠뻑 적실 거예요."

"아마, 아마도"(아마 아닐 거라는 말로)라고 프랑수아즈는 말했는데, 이것은 더 바람직한 양자택일의 가능성을 단호히 표명하지 않기 위해서였다. "어머나" 하고 고모가 이마를 치며 말했다. "이제 생각이 나는군. 그분이 거양성체가 끝난 후에 성당에 도착한 것은 아닌지, 잊지 말고 그걸 윌라리에게 꼭 물어봐야지……. 프랑수아즈, 저것 좀 봐요. 종루 뒤의 저 검은 구름을, 저 슬레이트 위의 험상궂은 태양을. 틀림없이 오늘 중으로 비가 한바탕 쏟아질 거야. 이대로 그냥 있을 순 없을 거야. 너무 무더운걸. 빠르면 빠를수록 좋으련만. 소나기가 쏟아지지 않고서는, 나의 비시 약수가 내려오질 않을 테니까" 하고 고모는 덧붙였다. 고모의 머릿속에서는 구필 부인의 드레스가 망쳐지는 것을 보는 걱정보다도, 비시 약수가 빨리 소화되는 것이 더 간절한 소원이었으니.

"아마, 그럴 거예요."

"게다가, 만약 광장에서 비를 만나면, 거기엔 비를 피할 만한 장소가 없는데. 어머, 벌써 세 시야?" 하고 고모는 갑자기 얼굴빛이 창백해지면서 외쳤다. "그럼, 저녁 미사가 시작됐을 텐데, 소화제 먹는 것을 잊었어! 왜 비시 약수가 위에 걸려 있는지 이제야 알겠군."

이렇게 말하고 나서, 고모는 보라색 표지에 금빛 고리가 달린 미사 책이 놓인 곳으로 달려갔는데, 서두르는 바람에 그 미사 책 속에서 몇 페이지에 걸쳐 첨례(瞻禮) 날을 표시해놓은, 누르스름한 종이 레이스로 테를 두른 그림들을 여러 장 떨어뜨렸다. 그리고 대고모는 소화제를 단숨에 삼키자마자 가능한 한 빨리 미사 책을 읽기 시작했는데, 비시 약수를 마신 지 오랜 시간이 지나고 나서 소화액을 마셨기에, 그때부터 소화제가 그 뒤를 쫓아가서 약수를 밀어 내릴지 확실치 않다는 생각 때문에 미사 구절을 약간 어렴풋하게밖에는 이해할 수 없었다. "벌써 세 시라, 시간이 이렇게 빨리 지나가다니 믿을 수가 없군!"

별안간 유리창을 때리는 무슨 소리가 들리더니, 다음에는 창 위쪽에서 뿌려지는 듯한 모래알 같은 것이 경쾌하면서도 여유 있게 내렸고, 그 낙하는 넓게 고루고루 리듬을 타고 흐르면서, 음악처럼 맑은 소리를 내며 무수히 골고루 퍼져나갔다. 비였다.

"이것 봐요, 프랑수아즈, 내가 말한 대로지? 정말 잘도 오시네! 아니, 정원문의 방울 소리가 들린 것 같은데, 이런 날씨에 밖에 누가 왔는지 잠깐 나가보고 와요."

프랑수아즈가 돌아왔다.

"아메데(우리 할머니의 이름) 마님이세요. 한 바퀴 돌고 오시겠다는군요. 비가 이렇게 억수로 오는데도 말이에요."

"조금도 놀라운 일이 아니야." 고모는 눈길을 하늘 쪽으로 치켜올리며 말했다. "내가 늘 말해왔지만 그분은 보통 사람과 같은 기질을 타고나시지 않았거든. 이런 날씨에 바깥에 있는 게 내가 아니고 그분이시니 얼마나 다행이야."

"아메데 마님은 다른 분들과는 아주 다르세요" 하고 프랑수아즈는 상냥하게 말하면서, 할머니가 '정신이 좀 돈' 것 같다는 얘기는 다른 하인들하고 있을 때만 입 밖에 내려는 듯이 남겨두었다.

"아, 성체강복식이 끝났겠구나! 이제 욀라리는 안 올 거야. 날씨 때문에 겁이 났을 테지" 하고 고모가 한숨을 쉬었다.

"그렇지만 옥타브 마님, 아직 다섯 시가 안 됐어요. 아직 네 시 삼십 분밖에 안 됐어요."

"네 시 삼십 분밖에 안 됐다고? 그런데도 보조 커튼을 올리지 않으면 안 되다니, 고약한 햇살이군. 네 시 삼십 분인데 말이야! 풍년을 기원하는 첨례 날이 불과 일주일밖에 남지 않았는데! 아, 좋지 못한 징조야, 프랑수아즈! 필시 천주님께서 우리 때문에 화가 나셨음에 틀림없어. 그렇고말고, 요즘 사람들은 너무하다니까! 돌아가신 남편 옥타브가 말한 것처럼, 사람들이 천주님을 너무 망각하고 있거든. 그래서 천주님이 복수를 하시는 거야."

그 순간 고모의 양 볼에 볼그스름한 생기가 돌았다. 욀라리가 온 것이다. 그런데 공교롭게도 욀라리가 고모에게 안내되자마자, 프랑수아즈가 다시 돌아와서는, 자기가 전하는 말이 고모의 마음에 틀림없이 기쁨을 솟게 하리라 여기며, 그 기쁨에 자기도 참여하고 있다는 듯한 웃음을 지으면서, 자기는 완벽한 하녀로서 손님이 공손히 사용한 말들을 비록 간접화법을 사용하고 있긴 하지만 그대로 알리고 있다는 것을 나타내기 위하여 한마디 한마디를 또박또박 발음했다.

"만일 옥타브 마님께서 지금 쉬고 계시는 것이 아니어서 그를 만나 주실 수 있다면, 주임 신부님께서는 매우 기쁘게 생각하실 것입니다. 신부님은 폐를 끼치는 것은 아닌지 송구스러운 마음을 금치 못하고 계십니다. 신부님은 아래층에 와 계세요. 제가 객실로 들어오시라고 여쭈었습니다."

사실, 주임 신부의 방문은 프랑수아즈가 짐작하는 정도로 고모에게 큰 기쁨을 주는 것은 아니었기에, 신부의 방문을 알릴 때마다 프랑수아즈가 짐짓 꾸며야 한다고 생각하는 그녀의 희색만면한 모습이, 환자의 기분과 완벽하게 일치하는 것은 아니었다. 주임 신부(나는 그 훌륭한 분과 더 많은 이야기를 나누지 못한 것을 지금도 후회하고 있다. 그분은 예술에 관해서는 별로 이해하는 바가 없었으나, 어원학(語源學)에는 조예가 깊었기 때문이다). 그분은 참관하러 온 유명 인사들에게 성당에 관한 여러 가지 지식을 전달하는 데 익숙해 있어서 (그분은 콩브레의 소교구에 관한 저서를 쓰려는 계획까지도 세웠었다), 끝이 없고, 게다가 늘 한결같은 설명으로 고모를 지치게 하곤 했다. 그런데 그의 방문이 이처럼 욀라리의 방문과 같은 시각에 있게 되면 그 방문은 틀림없이 고모에게는 불유쾌한 일이었을 것이다. 고모는 욀라리에게서 여러 가지 소식을 듣는 것이 더 좋았으므로, 두 사람을 동시에 만나고 싶지는 않았다. 그러나 감히 신부를 만나지 않을 수도 없었기에, 고모는 욀라리에게 단지 몸짓으로, 신부와 동시에 돌아가지 않기를, 그러니까 신부가 돌아간 후에도 잠시 동안 더 있어달라는 표시를 했다.

"신부님, 들리는 말에 따르면 스테인드글라스를 복사하려고 성당 안에 화구(畫具)를 설치해놓은 화가가 있었다더군요. 나는 이 나이가 되기까지 그 비슷한 일조차도 들어본 적이 없다는 걸 단언해도 좋습니다! 요즘 사람들은 도대체 뭘 추구하는 건가요! 성당 안에서 그처럼 최고로 비열한 일이 일어나다니!"

"아니, 나로서는 그 일이 최고로 비열한 일이라고까지는 말할 수 없습니다. 왜 그런고 하니, 생틸레르 성당에는 참관할 만한 가치가 있는 부분이 여러 군데 있습니다만, 반대로 우리 가련한 성당에는 아주 낡아빠진 부분들이 있기 때문입니다. 그것은 온 주교 관구 중에서 아직 복원되지 않은 단 하나의 성당이랍니다! 말이 아니지요. 정면 현관은 더럽고 낡았어요. 그래도 그 장엄한 분위기만은 여전합니다. 그리고 그 에스더의 벽걸이도 좋다고 합시다. 하기야 나 개인으로서는 그걸 사라고 해도 두 푼도 안 내겠지만, 그 방면에 정통한 사람들은 그것이 상스 대성당에 있는 벽걸이 바로 다음가는 것이라고들 하더군요. 게다가, 약간 현실적인 몇몇 하찮은 면들을 젖혀놓는다면, 그 벽걸이에는 문자 그대로 고찰(考察) 의식을 증명할 만한 다른 면들이 있음을 인정합니다. 그러나 스테인드글라스에 대한 이야기라면 안 하느니만 못합니다! 그다지 햇살을 잘 들여보내지도 않는 창, 무슨 색이라고 해야 좋을지도 모르는 색채의 반사로 사람의 눈을 속이기까지 하는 창, 그런 창을 같은 높이의 포석(鋪石)이 하나도 없는 성당 안에 그대로 남겨둔다는 것이 과연 분별 있는 처사일까요? 내가 그 포석을 바꾸려고 해도, 이건 콩브레 수도원장의 묘석이다, 저건 브라방의 옛 백작인 게르망트 영주들의 묘석이다 등등의 구실로 못하게 하지 뭡니까? 이 영주들은 오늘날의 게르망트 공작과 그 공작 부인의 직계 조상입니다. 왜냐하면 게르망트 가문의 따님인 공작 부인이 사촌오빠와 결혼을 했기 때문입니다. (우리 할머니는 사람들에게 무관심했기에, 결국 모든 이름을 혼동하게 되었다. 그래서 할머니는 게르망트 공작 부인의 이름이 사람들 입에 오를 때마다, 그녀가 빌파리지 부인의 친척임이 틀림없다고 우겼다. 모두 웃음을 터뜨리자, 할머니는 어떤 청첩장을 구실 삼아 변명하려고 애썼다. "그 청첩장 안에 게르망트 가문이라고 쓰여 있던 것 같은데." 나도 이때만은 할머니 기숙학교 시절의 친구가 제네비에브 드 브라방의 후손과 어떤 관계가 있었다는 사실을 인정할 수 없었기에, 다른 사람들 편에 서서 할머니를 공박했다.) 루생빌을 보세요. 그 고장은 옛날에는 확실히 펠트 모자와 괘종시계 장사로 크게 발전했었지만, 오늘날에는 겨우 소작인들의 소교구에 지나지 않습니다. (나는 Roussainville의 어원에 관해서는 확실히 모른다. 나는 그것의 최초의 이름이, 예를 들어 카스트룸 라둘피〔Castrum Radulfi : '홍모인(紅毛人)의 성'이라는 뜻의 라틴어〕가 샤토루가 되었듯이 라둘피 빌라〔Radulfi Villa : '홍모인(紅毛人)의 촌락'이라는 뜻의 라틴어〕가 변형된 루빌일 것이라고 쉽게 생각하련다. 그렇지만 여기에 대해서는 나중에 다시 말할 기회가 있을 것이다.) 그런데 글쎄! 루생빌의 성당에는 거의 전부가 근대적이라고 해도 좋을 만한 근사한 스테인드글라스들이 있습니다. 바로 이 콩브레에 있어야 더 어울릴 그 장엄한 〈루이 필립의 콩브레 입성〉 같은 것도 말입니다. 들리는 말에 따르면, 그건 샤르트르 성당의 그 유명한 스테인드글라스와 맞먹는 값어치가 있다는 것입니다. 저는 어제, 취미로 미술을 하는 의사 페르스피에의 동생을 뵈었는데, 그분은 우리 성당의 스테인드글라스를 가장 훌륭한 작품 가운데 하나라고 생각하고 있더군요. 그래서 난 아주 예의가 바를 뿐만 아니라 정말 화필의 명수처럼 보이는 그 화가에게 물어보았죠. '도대체 이 스테인드글라스의 어디가 훌륭하다고 생각하세요. 이건 다른 스테인드글라스보다 좀 우중충한데요'라고 말이지요."

"만일 신부님께서 주교님께 그렇게 여쭈신다면," 하고 피곤해진다고 생각한 고모가 기운 없이 말했다. "주교님은 새 스테인드글라스로 바꾸는 것을 말리시지 않을 거예요."

"그렇다면 오죽 좋겠습니까, 옥타브 부인" 하고 신부가 대답했다. "그런데 이 불운한 스테인드글라스를 더욱 어려움 속에 빠뜨린 것은 바로 주교님이었습니다. 다시 말해 주교님께서는 그 스테인드글라스가, 게르망트 영주님과 게르망트 가문의 따님이시며 제네비에브의 직계인 질베르 르 모베가 생틸레르 님에게서 사죄 선언을 받는 모습을 그린 것이라는 걸 증명하신 겁니다."

"그렇지만 나는 어디에 생틸레르 님이 그려져 있는지 모르겠는데요."

"아니, 스테인드글라스 한구석에 노란 옷을 입은 귀부인을 보신 적이 없으세요? 그래요! 바로 그분이 생틸레르 님이세요. 아시겠지만 지방에 따라서는 그를 생틸리에, 생텔리에라고도 부르며, 쥐라 지방에서는 생틸리라고 부르기까지 하죠. 이것은 상크투스 힐라리우스[Sanctus Hilarius : '성인 힐라리우스'라는 뜻의 라틴어]가 여러 가지로 변화한 것으로, 성인들의 이름에서 생긴 변화 중에선 그렇게까지 아주 신기한 예에 속하는 것은 아닙니다. 예를 들어서 말입니다. 욀라리 아주머니, 아주머니의 수호 성녀인 상크타 율라리아[Sancta Eulalia : '성녀 율라리아'라는 뜻의 라틴어]가 부르고뉴 지방에서는 어떻게 불리는지 아십니까? 단지 생텔루아라고 합니다. 성녀가 남자 성인으로 변해 버립니다. 아시겠어요, 욀라리 아주머니? 아주머니가 돌아가시면 남자가 되어버린다는 것을?" ― "신부님은 늘 농담만 하신다니까." ― "질베르의 형제인 샤를 르 베그는 신앙심이 깊은 귀공자였으나 부친이신 페팽 랭상세를 정신병으로 일찍 여의고 난 후로는, 교양이 부족한 젊은이가 갖게 되는 온갖 자만심에 가득 차 최상의 권력을 마구 행사했습니다. 어느 도시에서는, 눈에 띈 어떤 사람의 얼굴이 누구인지 그의 머리에 떠오르지 않는다고, 곧바로 주민의 마지막 한 사람까지 살육할 정도였으니까요. 질베르는 샤를에게 복수하려고 콩브레 성당을 불살라버리게 했는데, 그것은 그 당시 콩브레의 초대 성당이었습니다. 이 성당은 테오드베르가, 뷔르공드 가문의 사람들과 일대 접전을 벌이려고 그의 부하들과 함께 이 근처, 곧 티베르지〔Theodeberciacus가 어원〕에 있던 그의 별장을 떠나면서, 만일 생틸레르가 자기에게 승리를 얻게 해준다면, 그 무덤 위에 세우기로 맹세했던 바로 그 성당입니다. 질베르가 나머지를 불살라버려 지금은 성당 지하실만 남은 그곳에, 테오도르가 여러분을 분명히 안내했을 것입니다. 그 후 질베르는 이 불운의 인물 샤를을 기욤 르 콩케랑〔Guillaume le Conquérant : 정복왕 윌리엄 1세〕(신부는 기롬이라고 발음했다)의 도움을 얻어 멸망시켰습니다. 그 때문에 오늘날에도 많은 영국 사람들이 방문해 오는 거죠. 그러나 질베르는 콩브레 주민의 공감은 얻지 못한 것 같습니다. 왜냐하면 콩브레 주민들이 미사가 끝나 밖으로 나오는 그에게 달려들어 그의 머리를 베었으니까요. 어쨌든 그런 사정을 설명한 소책자를 테오도르가 빌려주고 있습니다만. 그러나 우리 교회에서 가장 신기한 것은 이론의 여지없이 종루에서 바라보는 전망이지요. 참으로 장관입니다. 그야 물론, 부인께서는 건강하지 못하시니까 우리의 아흔일곱 개 층계를 올라가보시라고 권하지는 않겠습니다. 밀라노의 그 유명한 궁륭의 꼭 절반이죠. 머리를 부딪치지 않게 허리를 구부리고 올라가야 하므로, 아주 건강한 분도 여간 지치는 게 아니고, 또 계단에 쳐진 거미줄이란 거미줄은 모조리 옷에 묻으니까요. 아무튼 몸을 잘 사리고 올라가야 합니다"라고 신부는(그녀도 종루에 올라갈 수 있다는 생각 때문에 고모에게 일어난 분개심을 알아채지 못하고) 덧붙였다. "왜 그런고 하면 일단 꼭대기에 다다르면 대기의 흐름이 몰려오기 때문입니다. 몇몇 분들은 거기서 추워서 얼어 죽을 지경이었다고 합니다. 그렇지만 어쨌든, 주일이면 언제나 그 전경의 아름다움을 구경하려는 사람들이 떼를 지어 꽤 먼 데서 와서는, 모두들 황홀해하며 돌아갑니다. 두고 보세요. 날씨만 이대로 간다면, 다음 주일은 풍년 기원 첨례 날이기도 해서 틀림없이 많은 사람들을 보시게 될 겁니다. 뿐만 아니라 그곳에서는 평야 너머로 아주 특이한 여러 가지 전망이 보이는데, 언뜻 보면 선경을 엿보는 듯한 기쁨을 맛보게 됩니다. 날씨가 좋을 때는 베르뇌유까지도 볼 수 있습니다. 특히 평소에는 한쪽이 가려져 있어 일부밖에 볼 수 없던 여러 가지를 동시에 선명하게 볼 수 있습니다. 예를 들어 비본 시내의 흐름이나, 큰 수목들의 휘장으로 나뉘어 있는 생타시즈 레 콩브레 언덕 같은 것, 그리고 또 주이 르 비콩트(이것의 어원은 알다시피 Gaudiacus vice comitis)의 많은 운하들도 마찬가지입니다. 나는 주이 르 비콩트에 갈 때마다 우선 운하의 한쪽 끝을 매우 잘 볼 수 있지요. 그러고 나서 길을 돌면 나머지 다른 부분을 보게 됩니다만, 그때는 이미 먼저 것은 보이지 않습니다. 기억을 떠올려 그 양 부분을 합쳐보려고 해봐야 소용이 없고, 아무런 효과도 가져오지 못했습니다. 그러나 생틸레르의 종루에서 보면, 그렇지 않습니다. 그 종루는 이 고장을 쥔 완전한 조직 망입니다. 다만 물만은 구별하지 못합니다만 커다란 금들이 구역구역을 매우 잘 구분해놓고 있어서, 시가지는 마치 이미 칼질을 해 잘라놓았지만 아직 조각조각 붙어 있는 브리오슈같이 보입니다. 더 멋진 전망을 기대한다면, 생틸레르의 종루에 있으면서 동시에 주이 르 비콩트에 있어야겠지요."

그 사제가 고모를 어찌나 피곤케 했던지, 고모는 그가 떠나자마자 욀라리도 돌려보내야만 했다.

"이봐요, 욀라리" 하고 고모는 손이 닿는 곳에 놓아둔 작은 돈주머니에서 동전 한 닢을 꺼내면서 힘없이 말했다. "자, 이것을 받아요. 욀라리가 기도할 때 나를 빠뜨리지 않기를 바라기 때문이에요."

"어머! 아니, 옥타브 마님, 제가 이걸 받아도 좋을지 모르겠군요. 이런 걸 바라서 뵈러 온 게 아닌 줄 잘 아시면서 그러세요!" 하고 욀라리는 그럴 때마다 마치 그것을 처음 받는 듯이 주저하고, 당황하고, 그리고 뚜렷이 난처한 표정을 지으며 말했는데, 이는 고모를 유쾌하게 했으면 했지 결코 불쾌하게 하지는 않았다. 왜냐하면 언젠가 욀라리가 돈을 받으면서 여느 때보다 다소 덜 당황하는 표정을 지었을 때, 나중에 고모가 이렇게 말했기 때문이다.

"욀라리가 왜 그랬는지 모르겠어. 여느 때와 똑같이 주었는데도 만족스런 표정이 아니었으니 말이야."

"그렇지만 욀라리가 불평할 까닭이 뭐가 있어요"라고 말하며 프랑수아즈는 한숨을 쉬었다. 프랑수아즈에게는, 고모가 자기나 나머지 하인들에게 주는 것은 모두 잔돈푼이라고 생각하면서도, 주일마다 자기 눈에 띄지 않게 욀라리 손에 몰래 쥐여주는 은화는 마치 은혜를 모르는 자에게 분별없이 낭비되는 보물처럼 생각하는 경향이 있었던 것이다. 그렇다고 고모가 욀라리에게 주는 돈을 프랑수아즈가 탐낸 것은 아니었다. 프랑수아즈는 고모가 소유하는 것을 충분히 누리고 있었고, 주인이 부유하면 대부분의 사람들은 그 하녀도 동시에 고상하고 아름답게 본다는 사실을 알고 있었고, 또 고모의 수많은 소작지와 주임 신부의 빈번한 장시간에 걸친 방문과 비시 약수의 엄청난 소비량 때문에 콩브레와 주이 르 비콩트, 그리고 그 밖의 고장에서는 그녀, 즉 프랑수아즈라는 이름이 유명하며, 또 그녀에 대한 평판이 높다는 것도 알고 있었다. 프랑수아즈는 오직 고모를 위해서 인색한 것일 뿐이었다. 꿈에나 있을 법한 일이겠지만 만일 그녀가 고모의 재산을 관리했다면, 그녀는 강렬한 모성애로 고모의 재산을 남의 계략에서 지켰을 것이다. 그렇지만 고칠 수 없을 정도로 고모의 마음이 너그럽다는 것을 아는 그녀로서는, 어쨌든 그 대상이 부자들이라면 고모를 그대로 내버려두어도 크게 해롭지는 않을 것이라 생각했을 것이다. 고모의 선물을 필요로 하지 않는 부자이고 보면, 그분들이 선물 때문에 고모를 좋아한다고 의심할 필요는 없다고 생각했기 때문이다. 게다가 그녀는 재산가들이자 신분 있는 분들, 즉 사즈라 부인, 스완 씨, 르그랑댕 씨나 구필 부인 등, 이를테면 고모와 '같은 신분'에 속해 있고 '함께 잘 어울리는' 사람들에게 하는 선물에 대해서는, 사냥을 하기도 하고, 서로 무도회를 열기도 하고, 서로 방문을 하기도 하는 부자들의 독특하고 화려한 생활 습관의 일부로 여겼으며, 또한 그런 습관에 웃으며 탄복했다. 그러나 고모의 너그러운 혜택을 입은 사람이, 소위 프랑수아즈가 '나와 똑같은 인간, 나보다 나을 것 없는 인간'이라고 부르는 사람인 경우, 그리고 그들이 그녀를 '프랑수아즈 부인'이라고 부르지 않거나, 그들 자신이 '프랑수아즈보다 못하다'고 여기지 않아서 그녀가 가장 경멸했을 사람인 경우에는 사정이 전혀 달랐다. 그래서 그녀의 충고에도 아랑곳없이, 고모가 단지 자기 고집대로 하찮은 인간들에게 돈을 던져주는—적어도 프랑수아즈는 그렇게 생각했다—것을 보면, 그녀는 고모가 욀라리에게 낭비한 금액을 머릿속으로 자기 것과 비교해 보면서, 자기가 받은 액수는 그것보다 아주 적다고 생각했다. 콩브레 부근에선 소작지가 그다지 비싸지 않았기에, 프랑수아즈는 욀라리가 방문 때마다 받아간 것을 모두 합한다면 소작지 하나쯤은 쉽사리 살 수 있을 것이라고 추측했다. 사실 욀라리는 욀라리대로, 프랑수아즈가 몰래 저축해둔 재산을 역시 상당한 것으로 평가했다. 욀라리가 돌아가고 나면, 프랑수아즈는 늘 그녀가 받아간 액수를 가차 없이 계산해보았다. 그녀는 욀라리를 미워했지만 어려워했기에, 욀라리가 있을 때는 그녀에게 '좋은 표정'을 지어 보여야 한다고 생각했다. 그러나 일단 욀라리가 돌아가고 나면 그녀는 본래 모습으로 돌아가서, 사실 한 번도 욀라리의 이름을 입에 올리는 일 없이, 무당의 예언 같은 것이나 〈전도서〉에 있는 일반적인 격언 같은 것을 늘 어놓곤 했는데, 그런 말들이 누구를 두고 하는 말인지 고모가 알아채지 못할 리가 없었다. 프랑수아즈는, 욀라리가 문을 닫고 가는지 커튼 한구석 너머로 바라본 다음, "아첨꾼이란 어떻게 하면 반갑게 환영을 받고, 어떻게 하면 돈을 주워 모을 수 있는지 잘도 아는군요. 그렇지만 좀 있어 보세요. 언젠가는 천주님께서 벌주실 날이 있을 테니" 하고 곁눈질을 하며 말하곤 했는데, 그 말속에는 조아스〔라신 작품 《아탈리》에 나오는 인물로, 후에 왕이 된 아탈리에게서 왕위를 빼앗음〕가 주로 아탈리를 생각하면서 다음과 같이 말하던 때의 암시적인 비난이 담겨 있었다.

사악한 자의 행복은 급류처럼 흘러간다.

그러나 욀라리와 동시에 온 신부의 방문이 한없이 길어져 고모를 지치게 했을 때는, 프랑수아즈는 욀라리의 뒤를 따라 방에서 나오며 말했다.
"옥타브 마님, 좀 주무세요. 매우 피곤하신 것 같아요."
그러자 고모는 대답도 하지 않고, 죽은 사람처럼 두 눈을 꼭 감고는, 마치 틀림없이 마지막이 될 것 같은 한숨을 내쉬었다. 그러나 프랑수아즈가 아래층에 내려가자마자 온 집 안에 요란하게 초인종이 네 번 울렸고, 고모는 침대 위에 일어나 앉아 소리치는 것이었다.

"윌라리는 벌써 돌아가버렸나? 윌라리에게 구필 부인이 거양성체가 있기 전에 미사에 참례하셨는지를 물어야 했는데 그걸 깜빡 잊었구려! 어서 뒤쫓아가 물어보고 와요!"

그러나 프랑수아즈는 윌라리를 따라잡지 못한 채 되돌아왔다.

"속상하군" 하고 고모는 머리를 설레설레 흔들며 말했다. "그녀에게 꼭 물어봐야만 했던 유일한 중대사였는데!"

이처럼 레오니 고모의 생활은 늘 한결같이, 그녀의 짐짓 꾸민 듯한 경멸과 깊은 애정과 더불어 그녀가 소위 자기의 '사소한 타성'이라고 부르는 안일한 단조로움 속에서 영위되었다. 그 타성은, 고모에게 더 나은 건강법을 권해봐야 소용이 없음을 알고서 할 수 없이 그것에 경의를 표하게 된 우리 집안사람들뿐만 아니라, 짐 꾸리는 인부가 상자에 못질을 하기 전에, 우리 고모가 '쉬고 계시지나 않은지' 프랑수아즈에게 물으러 사람을 보내는 식으로, 우리 집에서 세 거리나 떨어진 마을 사람들에 의해서까지 보호되었다. 그런데 그 타성이 그해 꼭 한 번 혼란에 빠진 적이 있었다. 눈에 띄지도 않던 어떤 열매가 어느새 무르익어 아무도 모르게 저절로 떨어지듯이, 어느 날 밤 그 부엌데기의 해산날이 닥쳐왔다. 그녀의 진통은 견딜 수 없을 만큼 심해졌지만, 콩브레에는 산파가 없었기에 프랑수아즈는 날도 밝기 전에 티베르지로 산파를 부르러 가야 했다. 고모는 부엌데기의 신음 소리 때문에 쉴 수가 없었으며, 또한 먼 거리는 아니었지만 프랑수아즈가 아주 늦게 돌아왔기에 그동안 그녀가 없는 것을 아쉬워했다. 그러자 그날 아침 어머니는 나에게 말했다. "올라가서 고모님께 필요한 것은 없으신지 물어보고 오렴." 나는 고모의 첫 번째 방으로 들어갔다. 그러자 다음 방의 열린 문으로 고모가 옆으로 누워 잠들어 있는 모습이 보였다. 가볍게 코 고는 소리도 들렸다. 나는 살그머니 나오려고 했지만, 아마도 내가 낸 기척이 고모의 잠 속에 스며들어가, 흔히 자동차에 대해 말하듯이 코 고는 '속도를 변경'한 것 같았다. 코 고는 음악이 잠시 멈추었다가는 다시 더욱 낮은 음조로 시작되었기 때문이다. 그리고 고모는 눈을 뜨며 얼굴을 반쯤 돌렸다. 나는 그때 고모의 얼굴을 볼 수 있었다. 그 얼굴에는 일종의 공포가 서려 있었다. 분명 무서운 꿈을 막 꾸었던 듯싶었다. 고모가 누워 있던 그 상태에서는 고모의 눈에 내가 보일 리 만무했지만, 나는 앞으로 나아가야 할지 물러서야 할지를 몰라 그대로 서 있었다. 그러나 고모는 이미 현실의 감각으로 돌아온 듯, 그녀를 무섭게 했던 환영을 인식했다. 현실의 삶을 꿈에서보다는 덜 가혹하게 해주신 천주님에 대한 경건한 감사와 기쁨의 웃음이 고모의 얼굴을 살며시 밝혀주었다. 그리고 자기 혼자 있다고 여겨지면 작은 목소리로 혼자 말하는 습관을 따라 고모는 중얼거렸다. "고마우신 천주님! 저희들 근심거리라면 우리 집 부엌데기가 몸을 푸는 일일 뿐입니다. 지금 막 꾼 꿈속에서는 저의 불쌍한 남편 옥타브가 되살아나 날마다 저를 산책시키려고 하지 뭡니까!" 그녀의 손이 작은 테이블 위에 놓인 묵주 쪽으로 뻗쳤지만, 다시 시작된 졸음 때문에 힘이 빠져 거기까지 닿지는 못했다. 고모는 다시 조용히 잠들었다. 나는 내가 그것을 들었다는 사실을 고모도, 그 밖의 누구도 눈치채지 못하도록 살그머니 그 방에서 나왔다.

이런 해산과 같은 극히 드문 사건을 제외하면 고모의 타성에는 하등 변화가 일어나지 않았다고 내가 말할 때, 고모의 그 타성이란 것이, 일정한 간격을 두고 항상 똑같이 반복되면서 그런 단조로움 속에 또 다른 이차적인 단조로움만을 받아들인다는 것을 의미하는 것은 아니다. 예를 들면, 매주 토요일 오후엔 프랑수아즈가 루생빌

르 팽에 있는 시장엘 가기에, 온 가족들 점심이 한 시간 빨라진다는 사실이다. 고모는 이처럼 매주 한 번 있는 예외적인 습관을 자기의 평소 습관처럼 매우 애착을 느끼며 다른 습관만큼이나 잘 지켰다. 프랑수아즈의 말처럼, 고모는 그것에 너무도 '익숙해져' 있어서, 만일 어느 토요일, 점심을 기다리는 고모를 평소의 점심 시간까지 기다리게 한다면, 그것은 토요일이 아닌 다른 날, 그녀에게 토요일처럼 시간을 앞당겨 점심을 먹도록 하는 것만큼이나 그녀의 마음을 '흐트러뜨릴' 것이 뻔했다. 게다가 토요일의 앞당겨진 점심 시간은 우리 모두에게 무언가 특별하고, 너그럽고, 꽤 호감을 주는 태도를 갖게 해주었다. 여느 때라면, 식사라는 휴식 시간이 아직 한 시간 정도 남아 있을 때, 우리는 조금 있으면 철 이른 꽃상추와 특별식 오믈렛과 점심으로는 과분한 비프스테이크가 나올 것이라는 생각만을 하고 있을 뿐이었다. 그러나 이처럼 불균형한 토요일의 반복은 향토색 짙은 가정 내부에서 일어나는 작은 사건 가운데 하나가 되어, 조용한 생활과 닫힌 사회 속에 일종의 가족적인 유대감을 만들어냈고 대화와 농담, 그리고 과장된 이야기의 좋은 주제가 됐던 것이다. 우리 중에 한 사람이라도 서사시적인 두뇌를 가지고 있었다면, 그러한 주제는 연속적인 전설 모음집을 위한 완전한 핵심이 되었을 것이다. 아침부터, 옷도 입기 전에, 이렇다 할 이유도 없이 강한 연대 의식을 경험하는 기쁨을 맛보려고, 우리 집 식구들은 진정으로 가족에 대한 애정을 품고 기분 좋게 서로에게 말했다. "늑장 부릴 시간이 없어요. 오늘이 토요일인 걸 잊지 말도록!" 한편 고모는 그동안 오늘은 다른 날보다 더 길 것이라고 생각하며, 프랑수아즈와 상의를 하고는 이렇게 말했다.

"오늘이 토요일이니까, 식구들에게 맛있는 송아지 고기 요리를 만들어주면 좋겠구먼." 우리 가족 중에 방심한 분이 계셔서 10시 30분에 회중시계를 꺼내보고는 "허어, 점심 시간까진 아직 한 시간 삼십 분이 남았군" 하고 말하면, 모두들 좋아서 "아니, 뭘 생각하는 거예요. 오늘이 토요일이라는 걸 잊었나 봐!"라고 대답하고는 15분 이상이나 깔깔거리며 웃었고, 할머니를 즐겁게 해드리려고 이 건망증을 할머니에게 알리러 이층으로 올라가자고도 했다. 하늘의 표정마저도 변한 것 같았다. 점심 식사 뒤, 태양은 오늘이 토요일이라는 걸 알기라도 하는 것처럼 하늘 저 끝에서 한 시간 이상이나 빈둥거렸다. 그리고 누군가가 산책하기엔 시간이 좀 늦었겠거니라고 생각하고 있을 때, 생틸레르의 종소리(그 종소리는 점심 식사나 낮잠 때문에 적막해진 길거리나, 낚시꾼조차도 돌아보지 않는 희고 경쾌한 냇가를 따라서, 늘 사람 그림자 하나 만나는 일 없이, 게으른 구름 서너 점만이 남아 있는 허공을 외로이 지나갔다)가 두 번 울리는 것을 듣고는 "뭐, 겨우 두 시야?" 하고 말하면, 모두들 이구동성으로 대답했다. "착각한 거야. 점심을 한 시간 일찍 먹었으니까 그렇지, 오늘은 토요일이야!" 어떤 야만인(우리는 토요일의 특례를 모르는 사람을 야만인이라고 불렀다)이 11시쯤에 우리 아버지에게 볼일이 있어 왔었는데, 그가 우리가 식사 중인 것을 보고 깜짝 놀란 모습은, 프랑수아즈의 일생에 있어서 그녀를 가장 즐겁게 해준 일 가운데 하나였다. 깜짝 놀란 손님이 우리가 토요일엔 좀 일찍 점심을 든다는 사실을 모르고 깜짝 놀라는 것이 프랑수아즈에게는 재미있는 일이기도 했지만, 그 이상으로 그녀가 우습게 생각한 것은(우리 아버지의 좁은 배타주의를 마음속으로 공감은 하면서도), 그때 아버지가 그 야만인이 토요일의 일을 알 리가 만무한 것은 염두에 두지도 않고, 벌써 식당에 와 있는 우리를 보고 깜짝 놀란 그 사람에게 아무런 설명도 없이 대뜸 "아시

1부 콩브레 167

다시피, 오늘은 토요일입니다!"라고 대답했다는 사실이었다. 프랑수아즈는 이야기가 이 대목쯤에 이르면 너무 우스워서 흘러내리는 눈물을 닦으며, 자기가 맛본 그 즐거움을 더하기 위해 그 대화를 길게 늘여, 이 '토요일'이라는 말이 무엇을 뜻하는지 몰랐던 그 손님이 한 대답을 재미있게 꾸며댔다. 우리는 프랑수아즈가 일부러 덧붙인 말들을 싫어하기는커녕, 그것만으로는 만족스럽지 못해 이렇게 말했다. "아냐, 그분이 또 다른 말도 하셨던 것 같아. 프랑수아즈가 처음 우리에게 그 이야기를 해주었을 때는 더 길었는데." 대고모도 하던 뜨개질을 멈추고 머리를 들어 코안경 너머로 바라보았다.

또한 토요일에는 다른 특별한 일도 있었는데, 우리는 5월 한 달 동안 '마리아의 달'〔가톨릭에서는 5월을 마리아의 달로 정해 토요일 밤마다 강복 첨례를 거행함〕에 참례하려고 저녁 식사 뒤 외출을 했었다.

이따금 우리는 성당에서 뱅퇴유 씨를 만났는데, 그분은 '현대 사상에 물들어서 옷차림을 아무렇게나 하고 다니는 젊은이들의 통탄할 습성'에 매우 엄격했기에, 어머니는 내 옷차림에 결함이 없는지를 살피고 난 다음에야 성당에 들어가곤 했다. 내가 아가위나무를 좋아한 것은, 지금 생각해보니 이 마리아의 달 때였다. 매우 신성한 곳이면서도 누구나 다 마음대로 출입할 수 있는 성당 안에 있을 뿐만 아니라 제단 위에까지 놓여 있어, 미사 의식에서 빼놓을 수 없는 이 아가위나무는 축제의 재료로서 촛대와 성스런 그릇들 가운데로 얼기설기 가로 엮어진 가지를 벌리고 있었는데, 그 가지들은 무성한 잎의 장식으로 아름답게 꾸며져 있었고, 그 무성한 잎 위에는 신부의 끌리는 치맛자락처럼 눈부시게 하얀 작은 꽃봉오리 다발이 아낌없이 뿌려져 있었다. 그렇지만 나는 그런 가지들을 감히 바라볼 수가 없어 몰래 숨어서만 보았는데, 그때 이 화려한 재료가 살아 있는 것처럼만 느껴졌다. 동시에 그 잎에 들쭉날쭉한 꼴을 내고 새하얀 꽃봉오리라는 최상의 장식을 가함으로써 대중이 즐길 수 있는 기쁨과 신비스러운 장엄함을 겸비한 그 훌륭한 장식은 과연 자연 그 자체라고 느껴졌다. 제단 맨 위쪽에는 아가위나무 꽃봉오리가 무심한 모양으로 여기저기 피어 있고, 그 꽃봉오리들은 그것들을 안개처럼 덮은, 거미줄처럼 가는 꽃수술 다발을, 마치 보잘것없어서 눈에 잘 띄지 않는 장식처럼 아무렇게나 달고 있었다. 나는 그것들을 눈으로 더듬으며, 그 꽃봉오리의 개화하는 모양을 마음속으로 흉내 내려고 하면서 그것을 마치, 그 무엇엔가 마음이 쏠린 어떤 활달한 새하얀 옷을 입은 아가씨가 실눈에 교태를 담뿍 담은 눈길로 가볍게 머리를 재빨리 갸우뚱하는 모양으로 상상했다. 뱅퇴유 씨는 딸과 함께 우리 옆에 자리를 잡았다. 양가 태생인 그는 우리 할머니의 두 여동생에게 피아노를 가르쳐준 적이 있었는데, 부인을 여읜 뒤로는 유산상속을 받아 콩브레 근방에 은거하여 살았으므로, 우리 집 식구들은 자주 그를 집으로 초대했었다. 그런데 지나치게 수줍음을 타는 그분은 소위 '현대풍 취향에 빠진 당치 않은 결혼'이라는 결혼을 한 스완 씨와 마주치는 것이 싫어 발길을 끊었다. 그가 작곡을 한다는 것을 알게 된 어머니가 상냥하게, 댁에 찾아갈 테니 자작곡을 꼭 들려달라고 말한 적이 있었다. 그 말에 뱅퇴유 씨는 매우 만족한 표정을 지었다. 그러나 그는 예의와 호의에 지나치게 신경을 썼다. 그는 언제나 남의 처지에 자기 자신을 놓고는 만일 그가 자기가 하고 싶은 바를 추구한다든가, 또는 단지 자기가 하고 싶은 바를 남이 눈치채게 내버려둔다면, 그것 때문에 자기가 남들을 불쾌하게 하는 것은 아닌지, 그리고 남들이 자기를 이기주의자라고 생각하는 것은 아닌지를 걱정할 정도였다. 우리 가족이 그를 방문하던 날 나도 따라갔었는데, 부모님은 나에게 밖에 있어도 좋다고 허락하셨다. 몽주뱅에 있는 뱅퇴유 씨의 집은 나무가 울창한 야산의 낮은 곳에 있었기에 그 숲속에 몸을 숨기고 있던 나는, 삼층 객실과 수평으로, 그 창문에서 50센티미터 떨어진 곳에 있는 셈이었다. 우리 가족의 방문이 알려지자 뱅퇴유 씨가 허둥지둥 피아노 위에 악보를 눈에 띄게 놓아두는 것이 보였다. 그러나 우리 가족이 방 안에 들어서자, 그는 재빨리 그 악보를 잡아당겨 한구석으로 치웠다. 틀림없이 그는 단지 자신이 작곡한 것을 들려줄 수 있어서 자기가 손님을 반갑게 맞이한다고 여겨질까 봐 두려웠던 것이다. 그리고 그 댁에 머무르는 동안 어머니가 그의 자작곡을 언급할 때마다, 그는 몇 번이고, "아니, 도대체 누가 이걸 피아노 위에 올려놓았는지 모르겠군요. 제자리가 아닌데"라고 되풀이하며 다른 화제로 이야기를 돌리곤 했는데, 그것은 그 다른 화제야말로 그가 덜 관심을 갖는 것이기 때문이었다. 그에게 단 하나의 열정이 있다면, 그것은 그의 딸에 대한 것이었다. 그 소녀는 사내처럼 매우 튼튼해 보였는데, 그런데도 늘 딸의 어깨에 걸쳐줄 숄을 예비로 손에 들고 딸을 위해서 여러 가지로 신경을 쓰는 그 아버지를 보며 웃음 짓지 않을 수 없었다. 우리 할머니는 주근깨투성이 얼굴을 한 이 억센 소녀의 눈길 속에, 부드럽고 섬세한, 거의 소심하다고까지 할 만한 표정이 자주 스쳐가고 있다고 우리에게 일러주었다. 이 소녀는 말 한마디를 입 밖에 내뱉자마자, 곧 그 말을 들은 상대방의 처지가 되어 자기가 한 말을 듣고는, 오해가 생기는 것은 아닌지 걱정했다. 그래서 그 소녀의 '장난꾸러기' 사내 같은 표정 속에서 눈물에 젖은 어느 소녀의 가장 가냘픈 모습이 속까지 보일 듯 환하게 드러나는 것이 보였다.

성당을 떠나려고 제단 앞에 무릎을 꿇고 막 몸을 일으키려는 순간, 나는 문득 아가위나무에서 은행알처럼 씁쓰름하면서도 감미로운 향내가 물씬 풍겨오는 것을 느꼈다. 또 그 순간, 나는 그 꽃 중에서 한결 더 눈에 띄는 황금색 부분으로 눈길이 쏠렸고, 그 향내는 마치 프랑지판〔편도(扁桃)를 넣은 크림 과자〕의 맛이 빵가루를 입혀 구운 부분 밑에 숨어 있듯이 그 황금색 부분 밑에 숨어 있거나, 아니면 뱅퇴유 아가씨의 얼굴에 난 주근깨 같은 다갈색 점들 밑에 숨어 있을 것이 틀림없으리라고 생각했다. 아가위나무의 고요함과 부동자세에도 아랑곳없이, 거기서 간헐적으로 풍겨오는 냄새는 그 꽃의 강렬한 생명의 속삭임인 듯싶었고, 그래서 그 제단은, 싱싱한 촉각을 가진 물벌레들이 찾아드는 시골의 나무 울타리처럼 향내로 진동했다. 그리고 거의 다갈색인 꽃수술을 보고 있자니, 그것들은 지금은 꽃 모양을 하고 있으나, 곤충들이 봄철에 지니는 독기, 자극적인 기운을 그대로 지닌 것 같았다.

우리는 성당을 나와 정면 현관 앞에서 뱅퇴유 씨와 잠시 이야기를 나누었다. 그는 정면 광장에서 싸우는 개구쟁이들 사이에 끼어들어 꼬마들을 두둔하며, 큰 애들에게는 일장 연설을 했다. 그의 딸이 굵은 목소리로 뵙게 되어 얼마나 기뻤는지 모른다고 말했을 때, 그녀 내부에 있는 더욱 감수성이 예민한 또 하나의 그녀는, 그 말은 자기가 우리 집에 초대받기를 고대하는 줄로 우리가 여길지도 모를 경솔하고 정신 나간 말이라고 부끄러워하는 것 같았다. 그녀의 아버지가 딸의 어깨에 외투를 걸쳐주었다. 두 사람은 경쾌한 이륜마차에 올라탄 뒤, 딸이 손수 마차를 몰아 몽주뱅으로 돌아갔다. 한편 내일은 일요일이기에 우리는 대미사를 위해서 일어나기만 하면 되므로, 달이 밝고 무덥기라도 하면 아버지는 우리를 곧장 집으로 데려가는 대신에, 명예심을 발휘해, 십자가 상이 서 있는 언덕으로 길을 잡아긴 산책을 시켜주었다. 아버지의 이 명예심은, 자신이 어느 길에 와 있는지도 모를 정도로 방향감각이 없는 어머니가 이와 같은 산책을 전부 전략가의 공훈으로 돌려버린 데서 기인했다. 이따금 우리는 구름다리까지 가기도 했다. 역에서부터 시작되어 있는 이 돌다리는 나에게 문명 세계 밖으로의 추방과 그 세계 밖에서의 곤경을 상기시켜 주었다. 왜냐하면 해마다 내가 파리에서 올 때면, 콩브레에 도착할 때 역을 지나치지 않도록 미리 준비를 하라는 주의를 받았기 때문으로, 기차는 2분간 정거한 다음 움직이기 시작해서 그 구름다리를 건너, 내게는 콩브레가 마지막 경계를 이루는 기독교 세계 저 너머로 사라져버리기 때문이었다. 우리는 역전 큰길을 지나 집으로 돌아오곤 했는데, 그 근방에는 마을에서 가장 쾌적한 별장들이 즐비했다. 별장 정원마다 로베르의 그림에서처럼 군데군데 부서진 흰 대리석 계단과 분수, 그리고 방긋이 열려 있는 철책 위로 달빛이 뿌려졌다. 그 달빛은 전신국을 부숴버렸다. 거기엔 이제 반쯤 부서진 기둥 하나만이 남았지만, 그 기둥은 불멸의 폐허의 아름다움을 보존했다. 나는 다리를 질질 끌며 걸었다. 졸음이 와서 넘어질 것만 같았다. 향기롭게 풍겨오는 보리수 향기가 나에게는 마치 크나큰 피로라는 대가에 의해서만 얻어질 수 있는 보상처럼 여겨졌다. 그러나 그 보상은 그만한 피로에 비길 만한 가치는 없는 것 같았다. 서로 멀리 떨어져 있는 철책에서 우리의 적막한 발소리에 잠이 깬 개들이 번갈아가며 짖어댔는데, 지금도 저녁 무렵이면 가끔씩 그런 소리를 듣게 된다. 그리고 역전의 대로는(그 대로 위에 콩브레 공원을 만들었을 때) 그 개 짖는 소리 사이로 망명해버린 것이 틀림없었다. 왜냐하면 지금도 개들이 짖으면서 서로 응답할 때면, 나에게는 역전의 대로가 보리수와 달빛이 환하게 비치던 보도와 함께 얼핏 떠오르기 때문이다.

갑자기 아버지가 우리의 발걸음을 멈추게 하고는 어머니에게 물었다. "여기가 어딘지 알겠소?" 걷는 데 지쳐 있었지만, 그래도 아버지가 자랑스러웠던 어머니는 어딘지 전혀 모르겠다고 상냥하게 고백했다. 그러자 아버지는 어깨를 으쓱해 보이며 웃었다. 그때 아버지는 마치 그가 어떤 방법을 써서 그것을 윗도리 주머니에서 꺼내 놓은 것처럼 우리 앞에 서 있는 우리 집 정원의 뒷문을 가리켰다. 생테스프리 거리의 한 모퉁이와 더불어, 여러 개의 생소한 길 끝에서 우리를 맞이하러 와 있던 그 뒷문을. 어머니는 감탄하며 그에게 말했다. "당신은 비상해요!" 그리고 이때부터 나는 한 걸음도 걷지 않았다. 이 정원에서는 나 대신 땅이 걸어가주었고 오래전부터 내 행위에 의식적인 주의가 동반되지 않아도 되었으니 말이다. '습관'이 나를 자기 품에 안아 갓난아이처럼 침대에까지 옮겨다 주었다.

평소보다 한 시간 일찍 시작되면서 프랑수아즈가 곁에 없는 토요일 오후가 고모에게는 다른 날보다 더 지루하게 흘러갔지만, 그래도 고모는 한 주일이 시작되면 토요일이 돌아오기만을 손꼽아 기다렸다. 마치 쇠약해지고 괴팍해진 자기 육체가 아직은 감당해낼 색다른 일이나 기분전환거리를 토요일 오후가 간직하기라도 한 듯이. 그렇지만 고모가 이따금 어떤 큰 변화를 갈망하지 않은 것은 아니며, 또한 고모에게 다음과 같은 예외적인 순간이 없었던 것도 아니었다. 말하자면, 현재 있는 것과는 뭔가 좀 다른 것을 갈망하는 순간, 정열이나 상상력이 없어 자기 자신에게서는 전환의 원동력을 끌어낼 수 없는 사람들이, 이제 초인종을 누를 우체부가 비록 그것이 나쁜 소식일지라도 뭔가 새로운 것을, 설령 고통일지라도 어떤 감동을 자기들에게 가져다주기를 기대하는 순간, 할 일 없이 따분한 하프처럼 행복에 벙어리가 된 감수성이, 설령 난폭한 손에 그 줄이 뚝 끊어져 버릴망정 다시 한번 울려주기를 바라는 순간, 그리고 아주 어렵게 비로소 아무런 거리낌 없이 그의 욕망이나 고통에 몸을 맡길 수 있게 된 의지가, 설령 그것이 잔혹한 것일망정 어쩔 수 없는 사건 속에 그 의지의 고삐를 떠맡기고 싶어지는 순간 등이 고모에게도 있었던 것이다. 하기야 조금만 피로해도 말라버리는 고모의 체력은 휴식을 취할 때만 다시 한 방울 두 방울 살아나기에, 그 힘의 저수통을 채우는 데는 오랜 시간이 걸리는 데다가 몇 달이나 걸려 겨우 넘칠 듯이 채워진다 해도 다른 사람 같으면 활발하게 써버릴 체력을, 고모는 어떻게 사용해야 할지를 몰라 마음의 결정을 내리지 못했다. 이 무렵 고모는—즐겨 먹던 으깬 감자죽을 매일 먹는 기쁨에서 오래지 않아 베샤멜 소스를 친 감자로 바꿔보고 싶은 소망이 생긴 것처럼—그처럼 집착하고 있던 단조로운 나날의 누적 자체에서 가정 내의 대변동을 기대했음이 틀림없었다. 그 대변동은 단지 한순간으로 끝나는 것이지만, 그것은 고모가 자기에게 유익하다는 것을 알면서도 스스로 마음의 결정은 할 수 없었던 변화들 가운데 한 가지로, 고모로 하여금 결국에는 실행되지 않을 수 없게 만들었다. 고모는 우리를 진심으로 사랑했는데 우리가 눈물을 흘려도 기쁨을 느낄 정도였다. 돌연 고모의 기분이 상쾌하고 땀도 흐르지 않을 때면, 우리 집이 불바다가 되어 우린 벌써 타 죽고 오래지 않아 담벼락의 돌마저 흔적조차 남지 못하리라는 소식을 받게 될지라도, 자기는 당장 침대에서 일어나기만 하면 별로 서두르지 않고서도 빠져나올 시간이 있으리라는 희망이 자주 고모의 상상에서 떠나질 않았는데, 왜냐하면 그것에는, 그녀로 하여금 오랫동안 우리를 애도함으로써 우리에 대한 그녀의 모든 애정을 음미하도록 해준다는 부차적인 이익과, 고모가 지쳐서 빈사 상태에 있으면서도 용감하고 늠름하게 앞장서서 우리의 장례식을 거행함으로써 한 마을을 깜짝 놀라게 한다는 부차적인 이익과, 그리고 더 귀중한 것으로는 그런 좋은 기회에 일각의 지체도, 안절부절 주저하는 바도 전혀 없이, 아름다운 폭포가 있는 미루그랭의 소작지로 여름철을 보내러 가지 않을 수 없으리라는 이점이 있기 때문이었다.

고모가 혼자서 그 여러 가지 트럼프 놀이에 열중해 있으면서도 그것의 성공 여부를 곰곰이 생각해볼 것이 틀림없는 그런 유의 사건은 결코 일어나질 않았으므로(만일 그런 사건이나 뜻밖의 작은 사건이 실제로 일어났다면, 고모는 처음부터 절망하고 말았을 것이다. 왜냐하면 그 흉보를 전하는 말에는, 그녀가 생각하는 논리적이고 추상적인 가능성과는 전혀 달리, 죽음의 흔적을 실감나게 지닌, 결코 잊을 수 없는 억양이 담겨 있기 때문이다) 고모는 이따금 자신의 생활을 좀 더 재미있게 꾸려보려고 그녀가 열심히 추구하는 상상 속의 감동적인 사건들을 생활에 도입하려고 노력했다. 예컨대 고모는 갑자기 프랑수아즈가 그녀의 물건을 훔치는 것을 확인하려고 꾀를 썼고, 그래서 그 현장에서 그녀를 붙잡았다고 상상하며 즐거워했다. 또한 고모는 혼자서 여러 가지 카드 놀이를 할 때면, 자신이 상대의 역할까지 동시에 하는 습관이 있었는데, 그때 그녀는 자기 스스로 프랑수아즈가 당황해서 늘어놓는 변명을 중얼거리다가는 다시 불같이 화를 내며 프랑수아즈의 변명에 대꾸하곤 했다. 그때 우리 중 누군가가 방에 들어가보면, 고모는 땀에 흠뻑 젖어 두 눈을 반짝이며, 가발이 제 위치에 놓이지 않아 벗겨진 이마를 드러냈다. 아마도 프랑수아즈는 이따금 옆방에서 자기에게 던지는 신랄한 비난을 들었을 것이다. 그런 비난들이 완전히 무형(無形)의 상태로만 남아 있고, 낮은 소리로만 중얼거림으로써 그녀가 그것들에게 더 큰 현실감을 부여하지 못했을 때, 그렇게 꾸며낸 일들은 고모의 마음을 충분히 위로하질 못했다. 그래서 이따금 그런 '침대 속의 연극'으로는 만족하지 못한 고모는 그 각본대로 연기를 하고 싶어 했다. 그래서 어느 일요일, 비밀이라도 있는 듯이 문이란 문은 모조리 닫아 건 방 안에서, 고모는 욀라리에게 프랑수아즈의 결백성이 의심스러워서 그녀를 해고시킬 생각이라는 속내 이야기를 한다. 그리고 이번에는 프랑수아즈에게, 욀라리의 성실치 못함을 책망하며, 다음부터는 집에 얼씬도 못하게 하겠다는 속내 이야기를 한다. 그리고 며칠이 지나면, 고모는 전날 자신의 속내 이야기를 들은 자에게 싫증이 나서, 그때의 배반자를 바꾸어 그 다음번 상연에서는 두 사람의 역할을 바꾸었다. 그러나 고모가 이따금 욀라리에게 품을 수 있었던 의혹은, 그녀가 한지붕 밑에 살고 있지 않은 만큼, 짚불처럼 더는 탈 게 없으면 곧 꺼져버렸다. 그렇지만 프랑수아즈에 대한 의혹은 한지붕 밑에서 계속 마음에 걸리는 것이니만큼 완전히 사정이 달랐다. 자신이 침대를 떠나면 감기에라도 걸리는 게 아닌가 싶어 의혹의 근거를 확인하러 손수 부엌에까지 내려갈 용기도 없었지만. 차츰 고모의 관심은 프랑수아즈가 늘 무엇을 하고 있으며 자기에게 무엇을 숨기려 하는지를 알아내려고 애쓰는 데만 집중되었다. 고모는 프랑수아즈의 표정에서 나타나는 더욱 은밀한 변화와 그녀의 말에서 드러나는 모순, 그리고 그녀가 숨긴 듯한 욕망을 눈여겨보았다. 그리고 고모는 프랑수아즈를 질리게 하는 한마디로 자신이 그녀의 정체를 간파하고 있음을 그녀에게 나타냈고, 그렇게 함으로써 고모는 그 불쌍한 여인의 마음속 깊이 뚫고 들어가는 것에서 잔혹한 기분전환거리를 발견하는 것 같았다.

그리고 그 다음 일요일, 욀라리의 어떤 폭로— 마치 틀에 박힌 생각 속에서 진척되지 않고 있던 미개척 학문이 몇 가지 발견으로 인해 갑자기 짐작도 못했던 영역을 펼쳐 보이듯이 — 가 고모에게 그녀의 추측이 사실보다 훨씬 부족하다는 것을 입증해주었다. "그런데 프랑수아즈는 마님께서 자기에게 마차를 타라고 하신 줄로 아는 것 같아요." — "뭐라고, 내가 프랑수아즈에게 마차를 타라고 했다고!" 하고 고모가 소리쳤다. — "아니요! 잘 모르지만, 저, 저는 그런 줄 알았어요. 아르타방〔라 카르프르네드의 소설 《클레오파트라》에 나오는 인물〕처럼 뽐내며, 루생빌 시장에 가는 걸 보았거든요. 그래서 저는 그녀에게 마차를 타게 한 사람이 옥타브 마님인 줄 알았지요." 프랑수아즈와 고모는 점점, 마치 짐승과 사냥꾼처럼 서로 상대방 술책에 걸리지 않으려고 끊임없이 경계하게 되었다. 어머니는 될 수 있는 한 가장 가혹하게 그녀를 공격하는 고모에 대해, 프랑수아즈의 마음속에 정말로 증오감이 싹트는 것은 아닌지 걱정했다. 아무튼 프랑수아즈는 고모의 쓸데없는 말이나 전혀 눈에 띄지 않는 거동에 점점 더 비상한 주의를 기울이게 되었다. 그녀는 고모에게 부탁할 일이 생기면 어떻게 말을 꺼내야 할지 몰라 오랫동안 망설였다. 그리고 부탁의 말을 입 밖에 내고 나서, 그녀는 고모가 어떻게 생각하며 어떤 결정을 내릴지를 표정에서 알아내려고 몰래 고모를 관찰했다. 그처럼 — 예를 들면, 17세기의 《회상록》〔생시몽의 작품〕을 읽고는, 루이 14세와 닮고 싶다는 욕망 때문에 자신을 유서 깊은 가문의 태생으로 기록한 족보를 만들거나 실제로 유럽의 군주들과 교제를 맺음으로써 자기가 목적한 바를 향해 전진하고 있다고 믿는 어떤 예술가가, 그가 예전에도 그와 똑같은, 말하자면 파괴적인 태도로 그런 것을 추구함으로써 그가 범했던 잘못에는 완전히 모른 척하듯이 — 단지 억누를 수 없는 괴벽과 한가로움 때문에 생겨난 반항심에 성실하게 복종했을 뿐인 시골의 귀부인인 고모는, 루이 14세는 생각조차 해본 적이 없는데, 자신의 기상과 점심과 휴식이 포함된 일과 중에 일어나는 가장 하찮은 여러 가지 일들이 그 절대적인 특성에 의해, 생시몽이 베르사유 궁에서 생활할 때 '술책'이라고 불렀던 이점을 약간 갖게 됐음을 알게 되었고, 또한 자신이 침묵을 지키든 표정이 밝든 아니면 거만하든, 그런 것들이 프랑수아즈의 관점에서 본다면, 마치 옛날 어떤 신하나, 또는 대부분의 대영주들조차도 베르사유궁의 복도 한모퉁이에서 왕에게 탄원서를 바칠 때면, 루이 14세가 침묵을 지키든, 기분이 좋든, 아니면 오만스러워 보이든, 그 모든 것을 두려운 마음으로 열심히 주목해야 했듯이 매우 겁을 먹고 열심히 지켜봐야 하는 대상임을 알 수 있게 되었다.

고모가 주임 신부와 윌라리의 방문을 동시에 받고 나서 휴식을 취하고 있던 어느 일요일, 우리는 고모에게 저녁 인사를 드리려고 다 함께 올라갔었다. 그때 어머니는 고모에게 늘 같은 시간에 손님이 겹쳐 안됐다는 위로의 말을 건넸다.

"레오니, 오늘도 일과가 잘못 짜졌군요. 한꺼번에 손님들을 맞이하셨으니" 하고 어머니가 상냥하게 말했다.

그러자 어머니의 말을 가로막으며 대고모가 "좋은 일이 많아서……"라고 했는데 그건 딸이 병이 난 이래로 대고모는 늘 딸에게 만사에 좋은 면을 보여주어, 딸의 기운을 북돋아주어야 한다고 생각했기 때문이다. 그때 아버지가 입을 열었다.

"이처럼 가족이 다 모인 기회에 말씀드리겠는데요, 여러분 각자에게 따로따로 얘기를 되풀이하는 수고를 덜려고 말입니다. 어쩐지 우리 집 가족들과 르그랑댕 씨 사이가 틀어진 것 같습니다. 오늘 아침엔 인사도 하는 둥 마는 둥하더군요."

나는 아버지의 말씀을 들으려고 거기에 남아 있진 않았다. 왜냐하면 미사가 끝난 뒤 우리가 르그랑댕 씨를 만났을 때, 나도 마침 아버지와 함께 있었으니까. 그래서 나는 저녁 식사 메뉴를 물어보려고 부엌으로 내려갔다. 저녁 메뉴는 마치 신문 기사처럼 내 기분을 전환시키고 축제의 프로그램처럼 나를 흥분시키는 것이기도 했다. 르그랑댕 씨는 성당에서 나오자, 우리와는 안면만 있는 이웃 저택의 여주인과 나란히 우리 곁을 지나갔기에, 아버지는 걸음을 멈추지 않고 정다우면서도 조심스럽게 그분에게 인사했다. 르그랑댕 씨는 마치 우리를 알지 못하는 사람처럼, 놀란 표정을 지으며 답례를 하는 둥 마는 둥했다. 그리고 그때 그분은 상냥하게 보이고 싶어 하지 않는 사람들, 그리고 갑자기 커진 눈 속에서만 상대를 알아보는 듯한 사람들만이 유별나게 지닌 시선을 보냈다. 마치 상대방이 끝없이 긴 길 끝에 너무 멀리 떨어져 있어, 꼭두각시만 한 상대의 크기에 어울리게 하려고 고개만 까딱해 보이듯이.

그런데 르그랑댕 씨와 동행한 그 부인은 정숙하고도 덕망 높은 부인이어서 그가 그 부인과 밀회를 하다 들켰기에 난처해했으리라는 의심은 있을 수 없는 일이다. 아버지는 어째서 자기가 르그랑댕 씨의 마음을 언짢게 했을까를 생각해보았다. "그분이 화가 난 걸 알게 된 나로서는 섭섭하지 않을 수 없단 말입니다" 하고 아버지가 말했다. "모든 사람들이 나들이옷을 입고 있을 때, 평소에 입는 윗도리를 단정하게 입고 헐렁하게 타이를 맨 그분의 모습을 보면, 조금도 꾸민 티가 없는 참으로 소박하고 호감이 가는 거의 순진한 인간으로 보이거든요." 그러나 가족들은, 아버지가 생각을 지나치게 하고 있거나 아니면 그때 르그랑댕 씨가 어떤 생각에 몰두해 있었던 것이라는 의견에 일치했다. 그런데 아버지의 근심은 그 다음 날 저녁에 해결되었다. 장시간의 산책에서 돌아오는 길에 우리는 퐁비외 다리 근처에서 르그랑댕 씨를 만났다. 그는 축제 휴가를 얻어 며칠간 콩브레에 머무르고 있었다. 그는 우리 쪽으로 손을 내밀며 다가왔다. "여보게 독서가, 자네 폴 데자르댕[Paul Desjardins : 프랑스의 실천적 철학가]의 이런 시구를 알고 있나?" 하고 그가 나에게 물었다.

"숲은 벌써 어둡고, 하늘은 아직 푸르도다.

지금 같은 시각의 뛰어난 요약이 아니겠나? 아직은 데자르댕의 작품들을 읽지는 않았겠지. 읽어보게나. 들리는 말로는, 그도 오늘날에 와서는 설교가로 변한 모양이지만 그래도 한동안은 투명한 수채화가였었다네…….

숲은 벌써 어둡고, 하늘은 아직 푸르도다…….

나의 젊은 친구, 자네에겐 하늘이 항상 푸르기를! 그런데 지금 나에게 다가온 이 시각, 숲은 벌써 어둡고, 밤은 빨리 내리는 이 시각, 자네는 지금 내가 하듯이, 하늘의 한편을 바라보며 마음을 위로할 수 있을 걸세." 그는 주머니에서 담배를 꺼내더니 오랫동안 지평선을 응시했다. 그러다가 돌연히 "안녕히 계시오, 여러분" 하더니 우리 곁을 떠나갔다.

내가 메뉴를 물어보려고 부엌으로 내려가는 시각이면 저녁 식사 준비가 이미 시작되어, 프랑수아즈는 마치 거인이 요리사로 고용된 동화의 나라에서처럼, 그녀의 조수들인 자연력을 총지휘했다. 그녀는 석탄을 쑤시고 감자를 찌려고 증기를 가했고, 그러고는 커다란 물통, 냄비, 솥, 생선 냄비를 비롯해 크고 작은 여러 가지 스튜 냄비 등의 완벽한 집기와 사냥한 고기를 넣은 항아리, 갖가지 과자 굽는 틀, 그리고 크림이 든 작은 병에 이르기까지, 옹기장이가 만든 여러 그릇 속에 미리 조리해놓은 훌륭한 요리를 불로 적당히 익혔다. 나는 걸음을 멈추고, 부엌데기가 방금 껍질을 벗겨놓은 완두콩이 어떤 놀이를 할 때의 푸른 구슬처럼 식탁에 가지런히 줄지어 놓인 것을 보았다. 그러나 내가 황홀해진 것은 바로 아스파라거스 앞에서였다. 그것은 짙은 남색과 장밋빛으로 물들어 있었고, 그 이삭에는 연보라와 하늘빛이 살며시 번져 있었는데, 그것은 지상에는 없는 무지갯빛에 의해 그 밑동—밭의 흙이 아직도 거기에 묻어 있었지만—까지 아주 미약하게나마 품위를 잃고 있었다. 그러한 천상의 색조는 푸성귀로의 변신을 즐기고 있던 아름다운 여인들을 왜곡시키는 것 같았는데, 아름다운 여인들은 먹을 수 있는 탄탄한 육신으로 변장함으로써, 막 탄생하려 하는 여명의 빛과 희미한 무지갯빛, 그리고 사라져가는 황혼의 푸르름 속에서 그들의 소중한 정수를 얼핏 느끼게 했다. 나는 그 소중한 정수를 내가 아스파라거스를 먹은 저녁 식사 시간이 한참 지난 한밤중에도 감지한 적이 있었는데, 그때 그 아름다운 여인들은 마치 셰익스피어의 연극에서처럼 시적이면서도 저속한 희극을 연기하면서, 내 방의 요강 단지를 향수병으로 바꾸었다.

  스완이 그렇게 불렀듯이 그 가련한 조토의 〈자애〉는 프랑수아즈에게서 아스파라거스의 '껍질 벗기기'라는 일을 떠맡아, 아스라파거스가 든 바구니를 자기 곁에 놓았는데 그녀의 모습이 어찌나 처량했던지, 땅 위의 불행이란 불행은 혼자 도맡아 느끼는 것 같았다. 그리고 그녀는 분홍빛 테 위에 아스파라거스를 두른 보잘것없는 하늘빛

화관을 머리에 썼는데, 그 화관에는 별이 하나하나 섬세하게 그려져 있어, 마치 그녀의 이마에 두른 꽃들이나 바구니에 꽂혀 있는 꽃들은 파두아 성당의 벽화 〈미덕〉과 흡사한 느낌을 주었다. 또 한편 프랑수아즈는 자신만이 병아리를 구울 줄 아는 것처럼 병아리 한 마리를 꼬치에 꿰어 빙글빙글 돌렸는데, 그렇게 함으로써 그녀가 솜씨를 발휘한 병아리 요리 냄새는 콩브레 저 멀리까지 퍼져갔으며, 그 냄새로 인해 그 요리가 식탁에 놓인 동안은, 그녀의 성격 가운데 나만이 특히 아는 그녀의 상냥함이 압도적으로 돋보였다. 그도 그럴 것이, 그녀가 그처럼 기름지고 그토록 연하게 만드는 법을 알고 있던 그 살코기 냄새는 나에게는 그녀가 지닌 여러 미덕 가운데 하나의 독특한 향기 그 자체였기 때문이다.

   그런데 아버지가 르그랑댕 씨를 우연히 만난 일에 대해 가족들의 의견을 듣는 동안 내가 부엌으로 내려간 날은, 조토의 〈자애〉가 출산으로 몸져누워 있었기에, 프랑수아즈를 도와주는 일손이 없어 저녁이 늦어졌다. 내가 아래층에 내려갔을 때, 프랑수아즈는 닭장 쪽으로 나 있는 부엌 뒤에서 병아리 한 마리를 죽이는 중이었다. 그녀는 병아리의 귀 밑 목을 자르려고, "요놈! 요놈!" 하며 소리쳤고, 또 병아리는 병아리대로 당연히 필사적으로 저항했다. 그 순간 그녀의 모습은, 그 다음 날 저녁 식사 시간에 사제의 제복처럼 금실로 수를 놓은 병아리 고기와 그것을 푹 삶은 진국을 성체기(聖體器)에 담아 올 때에 비하면, 그녀의 성스러운 부드러움과 상냥한 태도를 좀 덜 돋보이게 했다. 병아리가 죽자, 프랑수아즈는 여전히 원한을 풀지 못해 흐르는 병아리의 피를 쓸어 모으고는, 다시 화가 치솟아 원수의 시체를 바라보며 마지막으로 "망할 놈의 것" 하고 내뱉었다. 나는 부들부들 떨면서 위층으로 올라갔다. 누가 당장 프랑수아즈를 문

밖으로 내쫓는다면 좋겠건만. 그러나 그럼 누가 그처럼 따끈한 빵과 그처럼 향기로운 커피를 나에게 만들어주겠는가? 더군다나……, 그런 병아리 요리를……? 실은 모두들 나처럼 이런 비겁한 계산을 하지 않을 수 없었다. 왜냐하면 레오니 고모만 해도—그 당시엔 나는 아직 잘 모르고 있던 일이지만—자기 딸이나 조카를 위해서라면 아무런 불만 없이 생명이라도 바칠 프랑수아즈가 남들에게는 이상하게 냉혹하다는 것을 알고 있었기 때문이다. 그럼에도 고모가 그녀를 그냥 집에 두었던 이유는, 그녀의 냉혹성은 알지만 그녀의 시중을 높이 평가했기 때문이었다. 나는 프랑수아즈의 상냥함과 겸손, 그리고 여러 가지 미덕들이 부엌 뒤에서 일어나는 자신의 비극들을 은폐하는 것임을 점차 알게 되었다. 마치 성당의 스테인드글라스에 그려진, 당시에 군림하던 왕과 왕비가 나란히 손을 잡은 모습, 그것이 바로 피비린내 나는 여러 사건들을 나타내는 것임을 역사가 폭로하고 있듯이. 또한 나는 그녀가 자신의 친척을 제외하고는 자신에게서 멀리 떨어져 있는 사람들의 불행에만 동정을 느끼며, 그들이 멀리 떨어져 살면 살수록 더욱 그렇다는 것을 알게 되었다. 그녀는 신문을 읽으면서 전혀 모르는 사람의 불행에는 억수 같은 눈물을 흘리다가도, 다소나마 뚜렷이 그 대상이 되는 인물이 머릿속에 떠오르기만 하면, 금방 눈물이 말라버렸다. 부엌데기가 해산하고 난 어느 날 밤, 심한 복통을 일으킨 일이 있었다. 엄마가 신음 소리를 듣고 일어나 프랑수아즈를 깨웠는데, 그때 프랑수아즈는 그런 비명은 연극이며 '으스대고' 싶어서 그러는 것이라고 냉담하게 말했다. 그런 발작을 미리 염려했던 의사는 집에 있는 의학서를 보며 그런 발작들이 기록돼 있는 페이지에 서표(書標)를 해두고는, 맨 처음 취해야 할 조치가 어떤 것인지를 거기서 참조하도록 우리에게 일러두었다. 엄마는 서표를 떨어뜨리지 말라고 재삼 당부하면서, 책을 찾아보라고 프랑수아즈를 보냈다. 한 시간이 지나도 프랑수아즈는 돌아오질 않았다. 화가 난 엄마는 그녀가 다시 잠들어버린 줄 알고, 나에게 서재에 가보라고 말했다. 나는 서재로 가서 거기 서 있는 프랑수아즈를 보았다. 서표를 해둔 곳에 어떤 내용이 쓰여 있는지를 알고 싶었던 그녀는 그 발작에 관한 일상 기술(記述)을 읽다가 그것이 자기가 전혀 알지 못했던 병세임을 알고는 흐느껴 울었다. "아이고, 맙소사! 성모 마리아시여, 선하신 천주님께서 이처럼 불쌍한 인간을 괴롭히시다니, 이게 있을 수 있는 일입니까? 아이고! 가엾어라!"

그러나 나에게 불리어 조토의 〈자애〉가 누워 있는 침대 곁으로 오자마자, 그녀의 눈물은 금세 말라버렸다. 자기 자신이 잘 알고 있던, 또 신문을 읽으면서 그녀가 자주 느꼈던 동정과 감동에서 솟구치던 쾌적감도, 그와 엇비슷한 기쁨도 부엌데기 때문에 오밤중에 일어나 있다는 짜증과 노기로 말미암아 전혀 느낄 수 없었던 것이다. 그래서 그녀는 조금 전 자기를 울렸던 그 의학서의 기술 내용과 똑같은 고통을 목격하면서도, 무서운 야유까지 섞인 언짢은 불평을 늘어놓았다. 그녀는 방을 나온 우리 귀에 이제는 자기 말이 들리지 않으리라 생각하며, 이렇게 말했다. "그런 짓을 하지만 않았더라면, 이렇지는 않지! 그런 재미를 봤으니! 이젠 다시 그런 짓을 말라고! 어쨌든, 그런 짓을 함으로써 젊은이 하나가 선하신 천주님께 버림을 받고 말았지 뭐야, 흥! 우리 어머니가 시골 사투리로 이렇게 말하곤 하던 것과 똑같다니까.

개의 엉덩이에 반하면
그것도 장미로 보인다."

프랑수아즈는 혹 자기의 손자가 코감기라도 걸리면, 그 아이에게 필요한 게 없는지 알아보려고, 자기가 아플 때조차도 자지 않고 밤중에 길을 떠나, 다음날 일 때문에 먼동이 트기 전에 40리 길을 걸어서 되돌아오곤 했다. 또 한편, 그녀의 자기 친척에 대한 애정과 자기 가정의 장래의 발전을 위한 기초를 굳건히 하려는 욕망은, 다른 하인들에 대한 책략 속에서 변함없는 방침으로 나타나 있었다. 즉 프랑수아즈는 어떤 하인도 고모의 집에 오래 눌러 있게 한 적이 없으며, 자기가 병이 났을 때도 마님에게 비시 약수를 갖다 드리라고 부엌데기를 주인마님 방에 들어가게 하기보다는 차라리 자기가 병상에서 일어나는 편이 낫다고 생각할 정도로, 고모의 방에는 누구도 얼씬거리지 못하게 하는 일종의 거만함이 있었다. 그리고 파브르〔Jean H. Fabre : 프랑스의 곤충학자〕가 관찰한 막시류(膜翅類)의 구멍파기 말벌—그 말벌은 자기가 죽은 후, 자기 애벌레들이 먹을 신선한 고기를 저장하려고 바구미, 나비, 거미를 사로잡아 해부학의 힘을 빌려 다른 생명 기능은 그대로 두고, 다리 운동을 주관하는 중추신경을 훌륭한 지식과 기술로 잔인하게 찌른다. 그렇게 해서 병신이 된 그 곤충의 둘레에 알을 낳아 그 알이 부화되면, 그때 그 곤충은 말벌의 애벌레들에게, 온순하고 무해하고, 도망치거나 저항할 수 없는, 게다가 조금도 썩지 않는 먹이를 제공하게 된 것이다—처럼, 프랑수아즈는 어떤 하인도 주인집에서 오래 버틸 수 없게 하려는 그녀의 변함없는 의지를 실현하려고 매우 교묘하고 무자비한 술책을 썼는데, 그해 여름, 우리가 거의 매일 아스파라거스를 먹었던 것도, 실은 그 아스파라거스 냄새로 말미암아 껍질을 벗기는 일을 떠맡고 있던 가엾은 부엌데기에게 마침내 우리 집에서 물러나지 않을 수 없을 만큼 심한 천식 발작을 일으키게 하려고 계획한 것이었음을 우리는 여러 해가 지나서야 알게 되었다.
 슬프게도 우리는 결국 르그랑댕 씨에 대한 의견을 바꾸지 않으면 안 되었다. 아버지가 퐁비외 다리에서 그를 만난 뒤, 자기의 잘못된 생각을 실토해야만 했던 날부터 몇 주일이 지난 어느 일요일, 미사가 끝나자 밖의 햇살과 소음과 더불어, 조금도 성스럽지 않은 것이 성당 안으로 들어왔기에, 구필 부인이나 페르스피에 부인이(그리고 아까 내가 좀 늦게 도착했을 때, 열심히 기도 책을 보고 있던 사람들, 그리고 바로 그때 내 자리로 가는 데 방해가 됐던 작은 의자를 다리로 가볍게 밀어주지 않았다면 아마 내가 들어오는 것을 보지 못했으리라고 여겨지는 모든 사람들이), 마치 벌써 성당 앞 광장에 나와 있기라도 한 듯이 큰 소리로 우리와 세속적인 일에 관해 이야기를 시작했을 때, 햇빛이 쨍쨍한 정면 현관 문턱에서 시장의 소란을 내려다보고 있던 르그랑댕 씨가 보였다. 지난번에 우리가 그를 만났을 때 그와 함께 있던 귀부인의 남편이, 이웃에 있는 다른 어느 대지주의 부인에게 르그랑댕 씨를 소개했다. 르그랑댕 씨의 얼굴에는 놀랄 만한 활기와 열의가 나타나 있었다. 그는 허리를 굽혀 인사를 하고는, 몸을 젖혀 갑자기 등을 처음 자세보다 더 폈는데, 그 자세는 그의 누이동생인 캉브르메 부인의 남편에게 배운 것 같았다. 그가 그처럼 재빠르게 몸을 젖힌 그 순간, 내가 그처럼 살집이 좋으리라고는 추측하지 못한 르그랑댕 씨의 엉덩이는 일종의 혈기 넘치는 발달된 근육의 물결로 파동쳤다. 그때 정신이라고는 전혀 표현돼 있지 않고, 비열함으로 가득 찬 호의가 폭풍우처럼 휘몰아치는 그 완벽한 살덩이의 물결, 그 완전한 물질의 파동이 왠지 모르게 내 마음속에 르그랑댕 씨가 우리가 아는 것과는 전혀 다른 인물일 수도 있다는 사실을 갑자기 일깨워주었다. 그 부인은 자기의 마부에게 무슨 말인가를 전해달라고 그에게 부탁했다. 그리고 그가 마차께로 가는 동안, 그 부인을 소개받을 때 그의 얼굴에 두드러지게 나타났던, 마음속에서 우러나온 수줍은 듯한 기쁨의 흔적이 그의 얼굴에 그대로 남아 있었다. 그는 꿈을 꾸는 듯 도취되어 웃음을 짓고 있다가 다시 황급히 부인 쪽으로 돌아왔다. 그의 걸음걸이는 평소보다 빨랐고, 그의 두 어깨는 우스꽝스럽게 좌우로 흔들거렸으며, 또한 그 밖의 일은 염두에도 없을 만큼 완전히 넋이 빠져 있어, 마치 행복으로 인해 무기력하고 기계적인 장난감이 돼버린 듯싶었다. 그러는 동안 우리는 정면 현관에서 나와 그의 옆을 지나쳤다. 그는 너무나 예의 바르게 행동했기에 얼굴을 돌리진 못했다. 그러나 그는 갑자기 깊은 몽상에 잠긴 눈길로 지평선의 머나먼 한 점을 응시하고 있어서, 우리를 볼 수도, 우리에게 인사를 할 수도 없었다. 단정하면서도 부드러운 느낌을 주는 윗도리 위에서, 소박한 그의 얼굴은 혐오감이 이는 호사스러움 속으로 그가 길을 잘못 들었음을 느끼는 듯한 표정을 지었다. 광장에서 부는 바람에 너울거리는 큼직한 완두콩 무늬 나비넥타이는, 마치 그의 의기양양한 고립과 고귀한 독립의 깃발처럼, 그의 가슴 위에서 계속 펄럭였다. 우리가 집에 이르렀을 때, 어머니는 생토노레〔장식용 케이크의 일종〕를 주문하는 걸 잊어버렸다는 것을 깨닫고는, 아버지에게 나를 데리고 되돌아가서 곧 배달해달라고 이르도록 부탁했다. 우리는 성당 근처에서, 아까 그 부인을 마차까지 배웅하려고 반대 방향에서 오는 르그랑댕 씨와 마주쳤다. 그는 우리 곁을 지나칠 때 옆의 부인과 하던 이야기를 계속하면서 푸른 눈으로 우리를 흘낏 곁눈질했는데, 그것은 말하자면 그의 안면 근육과는 관계가 없는, 눈꺼풀 속에서 나타낸 순간적인 표시였기에, 상대편 부인은 전혀 눈치챌 수 없었다. 그러나 그는 자기가 그렇게 좁은 범위에 국한시켰던 표현을 강한 감정으로 보상하려고, 우리에게 인사랍시고 하는 그의 푸른 눈꼬리 속에 아주 열성적인 호의를 빛내는 것이었으나, 그 호의는 쾌활함이 지나쳐 간사스러움에 가까웠다. 그는 호의를 어찌나 교활하고 미묘하게 나타냈던지, 그것은 공모의 비밀 때문에 말도 다 마치지 않고 은연중에 암시하는 듯한 공범자의 눈짓과 같았다. 그는 마침내, 대저택의 안주인은 모르는 은밀한 가슴속 안타까움을 가지고 단지 우리만을 위해 냉담한 얼굴에 열정적인 눈동자를 반짝임으로써, 애정의 맹세 내지는 사랑의 고백이라고까지 생각되는 우정의 확신을 끌어올렸다.

마침 그 전날, 그는 아버지께 다음 날 저녁 식사에 나를 보내달라고 부탁했었다. 그는 나에게는 이렇게 말했었다. "늙은 친구를 상대하러 와주게. 우리가 다시는 돌아가지 못할 나라에서 나그네가 보내주는 꽃다발처럼, 자네의 소년기에서 나 역시 예전에 보낸 봄날의 꽃향기를 멀리에서나마 맡게 해주게. 앵초, 민들레, 금잔화와 함께 와주게. 발자크의 식물 지대〔투렌 평야를 말함〕에 만발한, 자애의 꽃다발을 만드는 그 꿩의 비름〔돌나무과에 딸린 여러해살이풀〕과 함께 와주게〔발자크의 《골짜기의 백합》에 나오는 첫사랑의 구절을 참조한 것〕. 부활절의 꽃과 데이지꽃과 함께, 그리고 부활절의 우박 섞인 마지막 눈송이가 아직 녹지 않았을 때 자네의 대고모님 댁 오솔길에 향기를 풍기는 정원의 백당나무꽃과 함께 와주게. 솔로몬처럼 품위 있는 백합꽃의 영광스러운 비단옷과 더불어, 그리고 꼬까오랑캐꽃의 다채로운 칠보와 함께 와주게. 그러나 특히, 마지막 서리로 아직은 차갑지만 오늘 아침부터 문에 와서 기다리는 두 마리 나비 때문에 예루살렘의 첫 장미꽃을 피우려 하는 산들바람과 더불어 와주게나."

우리 집에서는, 르그랑댕 씨가 청한 저녁 식사에 나를 보내야 하는지를 망설였다. 그러나 할머니는 르그랑댕 씨가 무례한 사람이라고는 생각하지 않았다. "너도 보아서 알겠지만, 그분이 그곳에 입고 온 의복은 아주 간소하고 거의 유행을 따르지 않았더구나." 어쨌든 아주 나쁘게 가정해서 그에게 예의가 부족하다 하더라도 그런 건 모른 척해버리는 것이 상책이 아니겠느냐고 할머니는 자신의 의사를 표명했다. 사실, 르그랑댕 씨가 취한 그런 태도에 가장 화를 낸 아버지 자신은, 그 태도가 뜻하는 의미에 한 가지 의심을 간직한 것 같았다. 왜냐하면 그의 태도는, 한 인간의 깊이 감추어진 성격을 드러내주는 일체의 태도나 행위와 똑같은 것이기 때문이다. 사실 인간의 태도란 언제나 그가 전에 했던 말과 연결되어 있는 것은 아니므로, 우리는 피고인이 나중에 인정하지 않을 증언으로는 그의 태도를 확증할 수 없는 것이다. 그러나 우리가 태도를 결정할 때, 우리는 우리의 감각에 의지하지 않을 수 없기에, 우리는 그 각각 고립돼 있고 분산된 기억 앞에서 과연 그 감각들이 환상에서 나온 유희는 아니었는지를 의심하는 일이 있게 된다. 따라서 그와 같은 태도, 즉 중요성을 갖는 유일한 태도도 우리에게 자주 여러 의문점을 남기는 것이다.

나는 르그랑댕 씨 댁의 테라스에서 그와 함께 저녁 식사를 했다. 밝은 달밤이었다. "아름다움이 깃든 정적이군! 그렇지 않은가?" 하고 그가 나에게 말했다. "훗날 자네도 읽겠지만, 어느 소설가가 말하기를, 나처럼 상처입은 마음에는 오로지 그늘과 고요만이 어울린다고 했다네. 그리고 여보게, 자네한테는 아직 먼 훗날 일이지만 일생 중 반드시 다음과 같은 때가 온다네. 그때가 되면, 피곤한 두 눈은 오늘 밤처럼 아름다운 밤이 어둠과 더불어 마련하여 발산하는 달빛밖에는 견디질 못하고, 또 두 귀 역시 달빛이 고요 속에서 플루트로 연주하는 음악밖에는 듣지 못하게 될 걸세." 언제나 기분 좋게 들리는 르그랑댕 씨의 말에 나는 귀를 기울였다. 그러나 나는 최근에 얼핏 처음 보게 된 한 여성에 대한 회상으로 마음이 좀 산란해졌고, 또 르그랑댕 씨가 이 근방의 여러 귀족들과 교제를 맺고 있다는 것을 알았기에 혹시 그가 그녀를 알고 있을지도 모른다는 생각이 들어, 용기를 내어 그에게 물었다. "저어, 아십니까, 그 부인……, 아니 그 여인을요, 게르망트의 여성주(女城主)를 말입니다." 나는 그 이름을 발음하는 것이 행복했다. 그 이름을 내 꿈속에서 꺼내, 그것에 음향을 갖춘 객관적인 존재를 부여함으로써, 그 이름에 대해 일종의 힘을 갖게 됐기 때문이다.

그런데 게르망트라는 이름을 듣자, 르그랑댕 씨의 푸른 눈 한가운데에 마치 보이지 않는 바늘 끝으로 막 찔린 듯이 작은 갈색 티가 박히는 것이 보였고, 그때 그 눈동자의 나머지는 푸른 물결을 분비하여 그것을 지워버렸다. 그러곤 눈꺼풀 언저리가 검어지더니 축 처졌다. 그리고 씁쓸한 주름살 하나가 그어진 그의 입은 재빨리 본래 모습으로 돌아가 웃음을 지었지만, 그 눈길은 흡사 온몸에 화살을 맞은 숭고한 순교자의 눈길처럼 여전히 고통스러워 보였다. "아니, 난 모르는 사람이네" 하고 그는 말했다. 그러나 그는 이처럼 간단한 정보 제공, 이처럼 대수롭지 않은 대답에 알맞은 자연스럽고 유창한 어조를 띠는 대신, 몸을 굽히기도 하고 머리를 설레설레 젓기도 하면서 낱말 하나하나에 힘을 주었고, 동시에 정말 거짓말 같은— 마치 그가 게르망트네 사람들을 모른다는 사실이 묘한 우연의 결과일 뿐이라는 것과 같은— 단언들을 믿게 하려고 간곡하게, 그리고 마치 자신의 고통스러운 상태를 잠자코 있을 수 없어, 남에게 그런 상황이 자기에겐 전혀 힘들지 않다고 고백하는 것이 마음 편하고 기분 좋은 것이며 솔직한 것이라는 인상을 주려고 과장되게 그 상태를 표현하기를 좋아하는 사람처럼, 그 상황—게르망트네 사람들과 관계가 없다는—자체는 그가 어쩔 수 없이 받아들여야만 했기 때문이 아니라 자신이 원해서 그랬던 것이고, 그것은 특히 게르망트네와의 교제를 금하는 집안의 전통이라든가 도의상의 원칙, 또는 신앙의 맹세에 기인한 것이라는 인상을 주려고 할 때의 과장된 투로 말했다. "아니," 하며 그는 자기의 말을 자신의 독특한 억양으로 설명하면서 말을 이었다. "아니, 나는 그들을 알지 못하고, 알려고도 하질 않았네. 난 언제나 나의 완전한 자주성을 보존해오고 있지. 근본을 파헤쳐보면, 난 과격파라네. 많은 사람들이 나를 도와주려고 왔었지. 그분들이 번번이 말하기를, 내가 게르망트 댁에 출입하지 않는 건 잘못이며, 내가 교양 없는 비사교적인 구식 사람 같은 분위기를 풍긴다더군. 그렇지만, 난 그런 평판에 겁내지 않는다네. 그건 사실이니까! 사실, 이 세상에서 내가 좋아하는 것은, 성당 몇 군데와 책 몇 개, 그림 몇 개, 그리고 자네가 지닌 그 청춘의 미풍이 이 늙은이의 눈으로는 이제 분간할 수 없는 화단의 향내를 내 몸까지 가져다주는 이처럼 달이 밝은 밤 정도지." 과연 그가 알지 못하는 사람들의 집에 가서는 안 될 만큼 그의 자주성을 지켜야 할 필요가 있는 것인지, 또한 그렇다고 그것만으로 남들이 그를 저속하고 비사교적인 사람이라고 생각할 수 있는 것인지, 나는 잘 이해할 수 없었다. 다만 내가 이해할 수 있었던 것, 그것은 르그랑댕 씨가 자기는 성당과 달밤, 그리고 젊음밖에는 좋아하지 않는다고 말하지만, 그것은 진실이 아니라는 것이었다. 그는 대저택 소유자들을 매우 좋아했으며, 또한 그는 그들 앞에서 혹 그들을 불쾌하게 하지는 않을까 무척 겁을 먹었기에, 그는 감히 그들로 하여금 자기 친구 중에 속물이나 공증인 또는 증권거래소 중개인의 아들 따위가 있음을 알지 못하게 했고, 그런 사실이 어차피 발각될 것 같으면 자기가 멀리 떨어져 있는 '틈을 이용하여' 폭로되기를 바랐다. 결국 그는 속물이었던 것이다. 하기야 그는 자기가 그렇다는 사실을 우리 집 식구나 나 자신이 그토록 좋아했던 그의 이야기 중에선 한 번도 말한 적이 없었다. 따라서 내가 "게르망트네 사람들을 아시나요?"라고 묻자, 좌담가인 르그랑댕 씨는 "아니, 알려고도 하지 않았다네"라고 대답했다. 그러나 불행히도 그건 제2의 르그랑댕 씨가 대답하는 것일 뿐이었다. 왜냐하면 그의 가슴속에 조심스럽게 감추는 또 하나의 르그랑댕, 우리가 생각하는 자신의 속성과 자기의 속물근성에 관해 잘 알고 있기에 자기를 위험에 빠뜨릴 이야기는 전혀 하지 않는 제2의 르그랑댕, 그 르그랑댕이 시선에 담은 상처로, 입의 비죽거림으로, 그리고 대답 속에 담긴 지나치게 장중한 어조로 이미 그것을 알려주었기 때문이다. 그 순간 우리가 생각했던 르그랑댕 씨는 속물근성을 지닌 성(聖) 세바스티앙처럼 수많은 화살에 찔려 기진맥진해 있었던 것이다. 그는 "아아! 그렇게 나를 괴롭히지 말게! 아니, 난 정말 게르망트네 사람들을 모르네, 내 인생의 큰 고통을 건드리지 말아주게"라고 말하는 것 같았다. 이 깜찍한 르그랑댕, 지저귀는 데 능한 르그랑댕은 또 다른 르그랑댕의 근사한 어법은 갖고 있지 않았지만, 소위 '반사작용'이라는 것으로 구성된, 매우 잽싼 말들을 수없이 갖고 있었기에, 좌담가인 르그랑댕이 그 깜찍한 르그랑댕을 우격다짐으로 침묵케 하려고 할 때는 이미 그 깜찍한 르그랑댕이 말을 해버린 뒤여서, 우리 친구인 르그랑댕 씨는 그가 가진 또 하나의 자아의 출현이 폭로해버린 나쁜 인상을 유감으로 여겼지만 이미 소용이 없었다. 다만 그것을 얼버무리려고 하는 수밖에 없었다.

그렇다고 그가 속물들에게 욕설을 퍼부을 때, 진지하지 않았던 것은 아니었다. 그러나 적어도 르그랑댕 씨 자신만큼은 자기가 속물이라는 사실을 알지 못했다. 왜냐하면 보통 우리는 단지 남들이 가진 편견밖에는 알지 못하므로, 우리가 자신의 편견을 알게 되는 것은, 오로지 남들이 우리에게 그것을 알려줄 때뿐이기 때문이다. 편견이란, 최초의 동기를 중간에서 더욱 품위 있는 동기로 바꾸는 상상력을 통해, 우리에게 새로운 방식으로 작용할 뿐이다. 르그랑댕의 속물근성이 그에게 공작 부인을 자주 방문하라고 권한 적은 한 번도 없었다. 다만 그 속물근성은 그의 상상력에 명령하여, 그의 머릿속에 공작 부인이 온갖 우아함으로 꾸며진 사람으로 나타나도록 명령할 따름이었다. 르그랑댕은 비열한 속물들로서는 모르는, 미덕과 영혼의 매력에 마음이 끌리는 거라고 스스로 여기고, 그 공작 부인에게 접근했다. 다만 다른 속물들만은 그도 자기와 같은 무리의 하나라는 것을 알았다. 왜냐하면 그들은 그의 상상력의 중간 작용을 이해할 수 없었기에, 르그랑댕의 사교 활동과 그것의 첫 번째 원인을 나란히 놓고 생각하기 때문이었다.

  이제 우리 집에서는 르그랑댕 씨에 관해 어떤 착각도 하지 않게 됐기에 그와의 교제는 몹시 뜸해지고 말았다. 엄마는, 르그랑댕이 언제나 용서 못할 죄라고 부르면서도 자기 자신은 자백하지 않았던 속물근성을 범하는 현장을 목격할 때마다 매우 즐거워했다. 아버지로서는 그렇게까지 내놓고 마냥 즐거워하며 르그랑댕 씨를 경멸하기란 힘들었다. 그래서 어느 해 여름에, 여름방학을 발베크에서 보내도록 나를 할머니와 함께 보내자는 이야기가 나왔을 때, 아버지는 이렇게 말했다. "네가 할머니와 발베크에 간다는 걸 르그랑댕에게 꼭 알려야겠다. 그가 자기 누이동생을 너와 할머니에게 소개하겠다는 말을 꺼내는지 보려고 말이다. 그의 누이동생이 거기서 이 킬로

미터 정도 떨어진 곳에 살고 있다는 말을 한 적이 있는데, 그는 벌써 까맣게 잊어버렸을 거야." 그와는 반대로 할머니는 일단 해수욕을 가면 아침부터 저녁까지 바닷가에서 짠 바람을 들이마셔야 하고, 방문이나 산책을 하면 그만큼 바다 공기를 마실 시간을 빼앗기므로 그곳에서는 아무하고도 사귀어서는 안 된다고 생각했기에, 그 계획을 르그랑댕에겐 말하지 말라고 부탁했다. 우리가 막 낚시질을 떠나려는 참에 르그랑댕의 누이동생인 캉브르메 부인이 우리 호텔 앞에 차를 대어서, 그녀를 대접하려고 우리가 어쩔 수 없이 여관에 갇혀야 하는 모습이 지금부터 벌써 할머니 눈앞에 선하게 보였던 것이다. 그러나 엄마는 그런 위험이 눈앞에 닥쳐온 것도 아니고, 르그랑댕 씨가 그처럼 서둘러 우리를 누이동생에게 소개할 리가 만무하다고 생각하여, 할머니의 그런 걱정을 웃어넘겼다. 그런데 발베크에 가는 일에 대해서는 우리 쪽에서 그에게 말할 필요가 없었다. 우리가 그쪽으로 갈 의사가 있다는 것을 꿈에도 생각하지 못한 르그랑댕 씨는 어느 날 저녁 우리의 올가미에 걸려들었다. 우리가 비본 냇가에서 그와 마주쳤을 때의 일이다. "오늘 저녁의 구름 속엔 매우 아름다운 보랏빛과 푸른빛이 도는군요, 안 그렇습니까?"라고 그는 아버지에게 말했다. "푸른빛이라고 해도, 대기보다는 꽃의 푸른빛에 훨씬 더 가까운 시네라리아〔엉거시과에 속하는 식물〕의 푸른색이군요. 놀라운데요, 저런 빛이 하늘에 떠 있다니. 그리고 저 분홍색 작은 구름도, 역시 꽃빛깔이 아니겠습니까, 카네이션이나 또는 자양화 같은? 이런 대기 속의 식물계에 관해 제가 풍부한 관찰을 할 수 있었던 곳은, 노르망디 지방과 브르타뉴〔프랑스 북서부, 브르타뉴 반도를 중심으로 한 지방의 옛 이름〕 지방 사이의 영불 해협밖에는 없었지요. 그곳 발베크 근교, 그 미개한 지방 근처에 포근하고 매혹적인 작은 만(灣)이 있는데,

그 만에 있는 오지 지방의 금빛 도는 붉은빛 석양, 그건 경멸할 것까진 없지만, 이렇다 할 특색이 없는 하찮은 것이죠. 그렇지만 그 물기 어린 상쾌한 대기 속에 땅거미가 질 때면, 잠시 동안 푸른빛이 감도는 장밋빛 천상의 꽃다발이 피어나는데, 그건 비길 데 없이 아름다운 것이죠. 이따금 그것이 시들기까지는 몇 시간이 걸릴 때도 있습니다. 그러나 어떤 꽃다발은 금방 꽃잎이 지는데, 그때 유황빛이나 장밋빛 나는 수많은 꽃잎이 흩어져 있는 하늘 전체를 우러러보는 것 또한 매우 장관입니다. 우윳빛이라 할 그 만 안에는 금빛 해변이 근처 해안의 어마어마한 암벽에, 그리고 난파선이 많기로 유명한 슬픈 바닷가에 마치 금발의 안드로메다처럼 달라붙어 있는데, 그 만에서는 매해 겨울 수많은 돛배들이 해난(海難)으로 가라앉아버린답니다. 발베크! 우리 국토에서 지질학적으로 가장 오래된 골격이며, 확실히 아르모르〔'바다 위'라는 뜻의 켈트어〕이며 바다 그 자체이자 땅의 끝이며, 저주받은 지방인 발베크! 아나톨 프랑스〔Anatole France : 프랑스의 소설가, 비평가〕— 이 작은 친구가 꼭 읽어야 하는 그 마술사— 는 그 지방을 마치 《오디세이》에 나오는 진짜 킴메르 종족의 나라처럼 그 영원한 안개 속에서 멋지게 묘사하고 있습니다. 특히 발베크에는 고대의 매혹적인 토양 위에 이미 겹쳐 쌓듯이 여러 개의 호텔이 서 있긴 하지만, 그렇다고 그것들로 인해 지형이 달라진 것은 아닙니다. 몇 걸음만 걸으면 그렇게 아름다운 초자연적인 지방으로 소풍을 갈 수 있으니 얼마나 즐겁습니까!"

"아아! 발베크에 누구 아시는 분이라도 계십니까?" 하고 아버지가 물었다. "마침 이 애가 할머니와 함께 그곳에 가서 두 달가량 지내기로 되어 있는데요, 아마 우리 안사람도 함께 갈지도 모르지만."

그가 두 눈으로 아버지를 응시하고 있을 때 이 질문을 받은 그는 얼이 빠져 눈을 딴 데로는 돌리지 못하고, 마주 바라보아도 겁날 것이 없다는 듯이 대담하게 우정 어린 표정으로, 시시각각으로 더욱 강렬하게 시선을— 아주 서글픈 웃음과 함께— 상대방의 두 눈에 던졌는데, 그 순간 그의 두 눈은 마치 상대방의 얼굴이 투명하기라도 한 것처럼, 그 얼굴을 뚫고 얼굴 너머 저편에 있는 선명하게 물든 구름을 바라보는 듯이 보였다. 그의 그런 모습은 그에게 정신적인 알리바이를 만들어주어, 아버지가 그에게 발베크에 누구 아는 사람이 있느냐고 물었을 때, 그가 다른 것에 정신이 팔려 그 질문을 듣지 못했다는 것을 확증해주는 것 같았다. 대체로 이런 시선과 마주치면, 상대방은 "도대체 뭘 생각하고 계십니까?"라고 묻는다. 그러나 조바심이 난 아버지는 그가 어떻게 하는가를 보고 싶어 잔인하게 되물었다. "그곳에 친지라도 계신가요, 그렇게 발베크를 잘 아시는 걸 보니?"

웃음 띤 르그랑댕의 눈길은 최후의 필사적인 발버둥으로 최대한의 다정함과 막연함, 진지함과 방심을 나타냈다. 아마도 이제는 대답할 도리밖에는 없다고 생각해서인지 그는 우리에게 이렇게 말했다.

"상처를 입긴 했지만 아직 쓰러지지는 않은 수목들이 서로 기대며 자신들을 전혀 동정하지 않는 냉혹한 하늘을 향해 감동적이리만큼 끈덕지게 애원하는 곳이라면, 어디에나 친지들이 있답니다."

"제가 말씀드리고 싶은 것은 그게 아닙니다" 하고 아버지는 수목처럼 끈질기게, 하늘처럼 무자비하게 그의 말을 막았다. "제가 여쭈어본 것은, 저의 장모님께 무슨 일이 일어난다든가 또는 장모님이 그 고장에서 쓸쓸함을 느끼신다든가 할 경우를 대비해, 혹시 그곳에 아는 분이 계시나 하고 여쭈어보는 겁니다."

"어디에서나 마찬가지로 나는 그곳에서도 모든 사람들을 알고 있지만, 동시에 아무도 알지 못합니다"라고 르그랑댕 씨는 쉽사리 항복하지 않으며 대답했다. "저는 사물에 대해서는 잘 알지만 인간에 대해서는 거의 아는 바가 없습니다. 그런데 그곳에서는 사물 자체가 인간과 비슷하죠. 드물긴 하지만 본질이 허약하여 삶에 환멸을 느낀 인간과 비슷합니다. 때때로 해안의 절벽 또는 길 끝에서 당신은 작은 성(城)과 만나게 됩니다. 아직은 장밋빛 황혼, 때마침 황금빛 달이 떠오르고, 쪽배 몇 척이 알록달록한 수면에 줄무늬를 그리면서 돛대의 깃발을 올려 달고 돌아오는 그 황혼에, 그 성은 자신의 슬픔을 하소연하려고 멈추어 서 있답니다. 또 때로는 소박한, 아니 오히려 누추한 외딴집을 보게 되지요. 부끄러운 듯하면서도 기이한 분위기를 풍기는 그 외딴집은 모든 사람들의 눈에 행복과 환멸이 지닌 불멸의 비밀을 감추는 듯이 보입니다. 그 사실성이 없는 지방은," 하고 그는 약삭빠르고 교묘하게 덧붙였다. "완전히 허구적인 그 지방은 아이에게는 나쁜 독서를 시키는 것과 마찬가지여서, 이미 상당히 우수에 잠긴 편인 이 어린 친구를 위해, 그렇지 않아도 그런 경향이 있는 그의 마음을 위해, 나 같으면 그 지방을 택하든가 권하고 싶진 않습니다. 연인의 속내 이야기나 헛된 서글픔에 알맞은 그 고장의 분위기는 나같이 꿈에서 깨어난 늙은이에게는 안성맞춤이지만, 아직 성격이 형성되지 않은 아이에게는 분명 건전하지 못한 곳입니다. 게다가 말입니다." 그는 끈질기게 말을 계속했다. "그 만의 물은 이미 반가량이 브르타뉴의 물이어서, 내 마음처럼 이미 더러워진 마음, 다시는 낫지 않는 상처를 가진 마음에는, 물론 논의의 여지는 있겠지만, 어느 정도 작용을 할 수는 있습니다. 그러나 이보게, 그 만의 물은 자네 나이 또래에는 금기라네. 안녕히들 주무시오" 하고는 그는 여느 때처럼, 갑작스럽게 도망치듯이 우리 곁을 떠나갔는데,

그는 우리 쪽을 돌아보더니 의사처럼 한 손가락을 들어 올리며 자기의 진찰을 요약하여 외쳤다. "쉰 살 전에 발베크는 금물, 그것도 심장 상태 여하에 따라서."

아버지는 그 뒤에도 몇 번 그를 만나, 그 이야기를 다시 꺼내어 질문 공세로 그를 괴롭혔지만, 결국 헛수고였다. 자신의 지식과 수고를 가짜 양피지 제조에 이용하는 박학한 사기꾼, 그 지식과 수고의 100분의 1만이라도 자기 자신에게 충당한다면 더욱 명예롭고 벌이가 좋은 지위를 얻을 수 있는 그런 박학한 사기꾼처럼, 르그랑댕 씨는 우리가 그에게 좀 더 집요하게 질문을 했다면, 결국 저지대인 노르망디 지방의 희한한 지질학과 그 풍경이 내포한 모든 윤리학을 가르쳐주긴 했겠지만, 발베크에서 2킬로미터가량 떨어진 곳에 자기 누이동생이 살고 있다는 것을 실토하든가 어쩔 수 없이 우리에게 소개장을 써주는 일은 극력 피했을 것이다. 만일 그가 우리가 그런 소개장을 이용하지 않을 것이 틀림없다고 확신했었다면—경험을 통해 할머니의 성격을 아는 그로서는 사실 그것이 당연한 것이었는데—그 소개장이 그처럼 겁낼 만한 문제는 되지 않았을 것이다.

우리는 저녁 식사 전에 레오니 고모를 문안할 수 있도록 늘 산책에서 일찌감치 돌아왔다. 계절이 시작될 무렵 해가 짧을 때에는, 우리가 생테스프리 거리에 이르면, 우리 집 창유리에 아직 한 줄기 석양빛이 반사되고, 칼베르 숲 뒤쪽은 자줏빛 띠를 두르고 있어서 그것이 더욱 멀리 늪까지 반영됐는데, 그 붉은빛은 종종 매우 싸늘한 추위를 동반하여 내 마음속에 병아리를 굽는 불의 붉은 기운을 연상시킴으로써, 산책에서 받은 시적인 기쁨과 뒤이어 올 맛있는 음식과 따뜻한 휴식의 기쁨을 떠올리게 했다. 여름철엔 반대로 아직 해가지지 않았을 때 산책에서 돌아와 우리가 레오니 고모 방에서 문안을 하는 동안, 서서히 기울어지면서 창을 스치던 그 햇빛은 일단 양쪽의 커다란 커튼 사이에서 멈추었다가는, 그들을 포옹하고 갈라놓고 분리하고 여과한 다음에, 옷장에 쓰인 레몬나무에 잔 금박을 박아 넣으면서, 숲 그늘의 풀들을 비출 때처럼 섬세하게 그 방을 비스듬히 밝혀주었다. 그러나 매우 드문 일이긴 하지만 어떤 날은, 우리가 돌아왔을 때, 옷장이 이미 일시적인 금박을 잃은 적도 있었는데, 그럴 때는 생테스프리 거리에 이르러서도, 창유리에 펼쳐지는 석양의 반사가 보이지 않았고, 칼베르 숲 기슭의 늪도 붉은 기운을 잃어버린 채 때로는 이미 우윳빛이 되어 있고, 한 줄기 긴 달빛이 퍼지면서 잔물결 사이로 갈라지며 수면 전체를 가로질렀다. 그럴 때면, 우리는 집 근처에 이르러, 대문 앞에 어떤 그림자가 있는 것을 보게 되고, 그러면 엄마는 이렇게 말했다.

"어머나! 프랑수아즈가 우리가 오는지를 살피고 있구나. 고모가 걱정하시는가 보다. 역시 너무 늦게 돌아왔어."

우리는 만사를 제쳐놓고, 빨리 레오니 고모 방에 올라가서 그녀를 안심시키며, 그녀가 상상했던 것과는 달리 아무 일 없이 '게르망트 쪽으로' 갔다 왔음을 말해드렸는데, 물론 고모도 우리가 그쪽을 산책할 때는, 몇 시쯤 돌아오게 될지 확실히 다짐해둘 수 없다는 것을 잘 알았다.

"그것 봐요, 프랑수아즈" 하고 고모가 말했다. "게르망트 쪽으로 갔을 거라고 내가 말했지! 아이 딱해라! 모두들 배고프겠군! 양고기도 오래 기다린 끝에 말라비틀어지고 말았을 거야. 그러니까 돌아오는 데 한 시간이나 걸렸군! 왜 하필이면 게르망트 쪽이람!"

"그렇지만 나는 알고 계신 줄 알았지 뭐예요, 레오니. 우리가 채

소밭의 작은 문으로 나가는 걸 프랑수아즈가 보았으리라 생각했거든요"라고 엄마가 말했다. 우리가 산책하는 길은 콩브레 부근에 두 '방향'이 있는데, 이 두 방향이 반대쪽으로 나 있어, 어느 방향으로 가든지 같은 문을 통해 집을 나가는 법은 없었기 때문이다. 그 가운데 한 방향은 메제글리즈 라 비뇌즈 쪽인데, 이쪽은 스완의 소유지 앞을 지나가기에 스완네 쪽이라고도 불렸다. 그리고 또 하나는 게르망트 쪽이었다. 사실 나는 메제글리즈 라 비뇌즈에 대해서는 그런 '쪽'이 있다는 사실과 주일날 낯선 사람들이 그쪽에서 콩브레로 산책을 온다는 사실밖에는 아는 것이 없었는데, 그 사람들은 고모까지 포함한 우리 모두가 '전혀 알지 못하는' 사람들이었기에, 우리는 우리가 알지 못한다는 사실만으로 '메제글리즈에서 온 것 같은 사람들'로 간주하게 되었다. 나는 게르망트에 관해서는 언젠가 더 많은 것을 알게 되는데, 그것은 먼 훗날 일이었다. 내 어린 시절을 통해, 메제글리즈가 나에게는 콩브레와는 전혀 다른 지층의 습곡 때문에 아무리 멀리까지 가도 보이지 않는 지평선처럼 접근할 수 없는 그 무엇이었다면, 게르망트는 현실적이라기보다는 오히려 관념적인, 바로 그 '쪽'이라는 용어로밖에는, 즉 적도나 극(極), 동방과 같은 일종의 지리학상의 추상적인 표현으로밖에는 떠오르질 않았다. 그런데 메제글리즈로 가는데 '게르망트로 돌아간다'라든가 또는 그 반대의 말은, 나에게는 서쪽으로 가는데 동쪽으로 돌아간다는 것만큼이나 무의미한 표현으로 들렸다. 왜냐하면 아버지가, 메제글리즈 쪽은 그가 아는 바로는 가장 아름다운 경관의 평원이며, 게르망트 쪽은 시내가 있는 풍경의 전형이라고 늘 말함으로써 나는 그것들을 두 개의 실체로 이해하면서도, 그들에게 인간의 정신만이 창조해낼 수 있는 결합된 단일성을 부여하게 되었고, 또한 그들 각각의 아무리 사소한 부분일지라도 나에겐 귀중하게 보이며, 각기 독특한 뛰어남을 나타내는 것 같았기 때문이다. 한편 어느 쪽이건 그 두 방향의 신성한 땅에 이르기까지 그 옆으로 아주 속된 길들이 나 있었는데, 두 방향이 평원의 경관과 시냇물 풍경의 이상처럼 길들 복판에 자리 잡고 있어, 그 속된 길들은 연극예술에 열중한 관객의 눈에 비친 극장에 접한 작은 길들만큼이나 수고스럽게 바라볼 만한 가치도 없었다. 그러나 나는 특히 두 방향 사이에서 킬로미터로 나타내는 거리 이상의 것을 느끼게 되었는데, 즉 그것은 두 방향을 생각하는 내 두뇌의 두 부분 사이에 있는 거리였고, 단지 멀어지게 할 뿐만 아니라 분리시켜 다른 차원 속에 넣어버리는 정신상의 거리였다. 그리고 그런 구분은 더욱더 절대적인 것이 되었는데, 왜냐하면 우리는 같은 날, 한 번의 산책으로 두 쪽을 다 갈 수는 없었고, 그래서 어느 날은 메제글리즈 쪽으로, 또 어느 날은 게르망트 쪽으로 가곤 하던 습관이 예컨대 그 두 방향을 닫힌 병 속에 서로 알 수 없도록 멀리 가두어놓아, 각기 다른 오후에 느끼는 그 두 방향 사이에는 교류가 없었기 때문이다.

메제글리즈 쪽으로 가려고 할 때면(이 산책은 그다지 길지도 않았고 오래 걸리지도 않아 그렇게 일찍 나가는 일은 없었으며, 날씨가 흐려도 무방했다) 다른 어디를 갈 때와 마찬가지로 생테스프리 거리 쪽으로 나 있는 고모 집 대문을 통해 밖으로 나갔다. 우리 일행은 총포상의 인사를 받기도 하고 우체통에 편지를 넣기도 하며, 기름이나 커피가 떨어졌다고 말한 프랑수아즈 대신, 지나는 길에 테오도르 가게에서 그것을 주문하기도 하면서, 스완 씨네 정원의 하얀 울타리를 따라서 뻗어 있는 길을 통해 마을 밖으로 나갔다. 스완 씨네 정원에 다다르기 전에 우리는 낯선 손님들 앞에 나타난 라일락꽃 향기를 맡을 수 있었다. 라일락꽃들은 싱싱하고 푸른 작은 하트형 잎새들 사이에서, 이미 햇빛을 듬뿍 받아 그늘에서도 빛나는 연보랏빛, 또는 하얀 깃털 장식을 정원의 울타리 너머로 호기심에 찬 모습으로 쳐들었다. 어떤 것들은 사수(射手)의 집이라고 불리는 문지기가 사는 작은 기와집에 반쯤 가려져 있었는데, 그들은 자신의 장미색 첨탑〔회교 사원의 첨탑. 라일락이 페르시아에서 왔다는 사실 때문에 이런 비유를 쓰고 있음〕을 그 작은 기와집의 고딕풍 합각머리 위에 비죽 내밀었다. 그 프랑스식 정원에서, 페르시아의 세밀화와 같은 순수하고 생생한 색조를 간직한 그 젊은 극락의 미녀들 옆에서는 봄의 님프〔그리스 신화 속 강·샘·수목·들 따위 자연의 여성 정령들〕들도 비속하게 보였을 것이다. 나는 그 가냘픈 허리를 껴안고 별 모양으로 동그랗게 말린 향기로운 머리를 끌어당기고 싶은 욕망이 간절했지만, 우리는 걸음을 멈추지 않고 지나갔다. 스완의 결혼 이후, 우리 집 어른들은 탕송빌에는 더는 발을 들여놓지 않았기에, 우리는 그 집 정원을 구경하는 것처럼 보이지 않으려고, 그 집 울타리를 따라 뻗어 있는 길을 통해 곧장 들판에 이르는 대신, 아주 멀리까지 나가야 하는 길을 따라 빙 돌아서 나갔다. 어느 날, 할아버지가 아버지에게 말했다.

"스완이 어제 말한 것 기억나겠지? 부인과 딸이 랭스에 갔기에 그 틈을 타서 파리에 가서 스물네 시간을 보낸다는 것 말이야. 그 여자들이 집에 없으니 정원 따라 가자고, 그만큼 가까울 테니."

우리는 울타리 앞에서 잠깐 걸음을 멈추었다. 라일락의 계절은 거의 끝나가는 참이었다. 그래도 어떤 것들은 저 위에서 연보랏빛을 반짝이며 그 꽃의 섬세한 거품을 내뿜었다. 그러나 일주일 전만 해도 그 향기로운 거품이 바람에 살랑거리던 나뭇잎에서는 이젠 향기도 없고 메마르고 신선하지 못한 거품이, 줄어들고 거무스름하게 시들어갔다. 할아버지는 스완 씨의 어머니가 죽은 날, 스완 씨 아버지와 함께 거닐며 산책했던 이후로 그 정원의 어느 곳이 그대로 남아 있고, 어느 곳이 달라졌는가를 아버지에게 일러주었다. 그러고는 기회를 잡은 김에 또 한번 그 산책 이야기를 늘어놓았다.

우리 앞에는 가장자리에 한련초를 두른 오솔길이 햇볕을 가득 받으며 그 저택 쪽으로 나 있었다. 반대로 오른쪽으로는 정원이 편편하게 펼쳐져 있었다. 스완의 양친이 파놓은 샘물은 정원을 둘러싼 높은 수목들의 그림자에 가려져 있었다. 그러나 아무리 그것이 인공적으로 만들어졌다 해도, 인간이 가공한 것은 역시 자연을 바탕으로 하는 것이다. 그리고 어떤 장소는 그들 주위에 늘 자기들의 특수한 왕국을 군림케 하여, 정원 한가운데서, 필연적으로 인간에게 전시되어야 함으로써 인간이 만든 구축물에는 반드시 따라오기 마련인 고독이 도처에서 그들을 에워싸고 있는 중에서도, 마치 인간의 모든 간섭에서 벗어난 듯이 먼 옛날부터의 자기들의 깃발을 과시하는 듯싶었다. 그처럼 인공 연못을 굽어보는 오솔길 언저리엔, 두 줄기로 얽혀 있는 물망초와 빈카〔파랑 또는 연보라의 꽃을 피우는 식물로 그늘에서 자람〕가 섬세하고 자연스런 푸른빛 꽃관을 만들고, 그것이 수면의 이마를 명암으로 물들였으며, 한편 왕자다운 방심으로 그 많은 검(劍)들을 구부러뜨린 글라디올러스는 등골나무 무리와 자라풀에까지 뻗어 있었다. 또 그 등골나무 무리와 자라풀 끝에는 연못의 왕자인 보랏빛 도는 노란색 수련이 드문드문 물에 잠겨 있었다.

스완 아가씨의 출타는, 베르고트를 친구 삼아 여러 대성당을 구경 다니는 특권을 가진 아가씨가 오솔길에 나타나 나와 마주친다거나, 내가 그녀와 알게 되어 멸시를 당할 끔찍한 기회를 없애주었기에 나에게는 처음으로 허락된 탕송빌의 관조를 흥미 없는 것으로 만들었지만, 반대로 아버지와 할아버지가 보기에는 그 출타로 인해 그 소유지에 편안함과 일시적인 즐거움이 가미된 듯이 보여, 마치 산악 지방으로 여행을 하려 할 때 구름 한 점 없는 하늘을 보는 것처럼, 그날 그쪽으로의 산책을 특별히 유리하게 만들었다. 나는 할아버지와 아버지의 예상이 맞지 않기를 바랐다. 기적이 일어나서 스완 아가씨와 그녀의 아버지가 우리 가까이에 나타나, 우리가 피할 틈도 없이 어쩔 수 없이 그녀를 알게 되길 바랐다. 그래서 돌연 스완 아가씨가 집에 있는 듯한 표시처럼, 수면에 낚싯찌를 띄운 낚싯대 옆 풀 위에 잊힌 채 놓인 광주리 하나를 보았을 때, 나는 성급히 할아버지와 아버지의 시선을 다른 쪽으로 돌리게 했다. 어쩌면 스완이 우리에게 자기 집에 잠시 묵는 손님이 있기에 집을 비우기가 어렵다고 말했던 것으로 보아, 그 낚싯대는 어떤 손님의 것인지 몰랐다. 오솔길에선 아무런 기척도 들리지 않았다. 어느 나무에서인지 가지의 높이를 가늠하던 보이지 않는 새 한 마리가 하루의 짧음을 표현하려고 애쓰면서, 길게 늘어지는 어떤 곡조로 주위의 정적을 탐지했지만, 돌아오는 것은 늘 같은 대답, 고요와 정(靜)을 배가시키는 메아리만을 받을 뿐이어서, 그 새는 더 빨리 지나가게 하려 했던 한순간을 오히려 영원히 멈추게 해버린 듯한 생각이 들었다. 이제는 움직이지 않는 하늘에서 햇빛이 너무도 쨍쨍히 내리쬐어 그 시선에서 어서 도망치고 싶은 심정뿐이었다. 그리고 곤충들에 의해 끊임없이 수면을 방해받으며 아마도 가상의 소용돌이를 꿈꾸는 듯한 잠든 수면은 나에게 불안감을 증대시켰는데, 그것은 그 위에 낚싯찌가 보였기 때문이다. 그 낚싯찌는 수면에 비친 하늘의 넓은 정적 속으로 매우 빠른 속도로 끌어당겨지는 듯하더니, 이제 막 수직으로 잠긴 것 같았다. 이미 나는 그녀를 알고 싶다는 희망이나 또는 그렇게 될 때의 두려움과는 관계없이, 물고기가 걸린 것을 스완 아가씨에게 알려줄 의무가 나에게는 없는지를 생각했다—그때 할아버지와 아버지가 나를 불렀기에 나는 뛰어가서 그들과 합류해야만 했다. 두 분은 들판으로 나가는 오솔길을 걷다가는 내가 뒤따라오지 않는 것을 알고 깜짝 놀랐던 것이다. 그 오솔길에서는 아가위나무 향기가 짙게 풍겼다. 울타리는 임시 제단 위에 쌓인 아가위 꽃더미 아래에 가려진 작은 제단 한 줄과 유사한 모습을 이루고, 그 밑에 내리쬐는 햇빛은 마치 스테인드글라스를 통해 비치기라도 하는 듯이 대지 위에 빛의 모눈을 그려놓았다. 아가위 향기는 마치 내가 성모 마리아의 제단 앞에 서 있기라도 한 것처럼 기름지고 알차게 감돌았고, 그 꽃들 역시 성장(盛裝)하여 저마다 방심한 모습으로, 광선처럼 가느다란 불꽃 모양의 엽맥(葉脈) 무늬로 된 반짝이는 수술 다발을 지니고 있었는데, 그것은 흡사 성당 주랑(柱廊)의 난간 또는 스테인드글라스의 칸막이 기둥에 투조(透彫) 세공을 한 엽맥 무늬, 딸기꽃의 새하얀 살갗에 피어나는 무늬 같았다. 그에 비하면 몇 주일 후면 산들바람에도 벗겨질 무늬 없는 붉은 비단 치마를 입고, 햇볕을 담뿍 받으면서 시골길에 피어나는 들장미야말로 얼마나 소박한 시골 아가씨다운가!

하지만 나는 아가위나무 앞에 걸음을 멈추고, 보이진 않으나 짙은 그 향기를 맡아야 할지 어떻게 해야 좋을지 결정을 내리지 못하는 내 생각 앞에, 그것을 가져왔다가는 잃어버리고, 또다시 찾아내기도 하면서 아가위의 젊음의 환희와 더불어, 어떤 음악의 음정처럼 뜻하지 않은 간격을 두고 곳곳에 아가위꽃을 배열한 리듬과 하나가 되어보려고 했지만 허사였다. 아가위꽃은 한결같이 풍요로운 매력을 무한히 주기는 했지만, 나에게 그 매력을 더 깊이 규명시켜주지는 못했다. 마치 1백 번이나 되풀이해 연주한다 해도 그 이상 더 깊이는 비밀에 이르지 못하는 멜로디처럼. 나는 이어서, 더욱 싱싱한 기운으로 그것에 가까이 가려고 꽃에서 잠시 비켜났다. 나는 울타리 뒤쪽, 들판 쪽으로 나 있는 가파른 비탈까지 올라가 홀로 길을 잃은 듯한 개양귀비와 게을러터져 뒤처진 몇 송이 수레국화 뒤를 쫓아갔는데, 그것들은 마치 벽 위에 요란스럽게 걸린, 전원풍 주제를 드문드문 수놓은 벽걸이의 테두리같이 그 비탈의 여기저기를 장식했다. 벌써 마을이 가까웠음을 알리는 외딴집들처럼 드문드문 떨어져 있는 그 꽃들은 밀밭이 바람에 흔들리며 솜덩이 같은 흰 구름이 피어 있는 광야를 내게 알려주었다. 그리고 그 외돌토리 개양귀비가 동아줄 끝에 붉은 신호등을 올리고, 기름기가 도는 검정색 부표 위에서 깃발을 나부끼는 것을 보자 내 심장은 고동쳤다. 마치 나지막한 땅 위에서, 배 만드는 목수가 수리하는 난파된 쪽배를 얼핏 보자마자, 아직 보이지도 않는데 "바다다!"라고 외치는 나그네처럼.

이어 나는 잠시 바라보는 걸 중지하고 나서는 더 자세히 감상할 수 있으려나 여겨지는 걸작품 앞으로 다가가듯이 아가위나무 앞으로 되돌아왔다. 나는 아가위만을 보려고 두 손을 모아 가리개를 만들어보았으나 소용이 없었다. 아가위가 나에게 불러일으킨 감정은 내게서 떠나 아가위꽃에 들러붙으려 했지만 헛수고로 돌아가, 애매하고 모호한 채로 남게 되었다. 아가위는 이 감정을 밝히려는 나에게 도움이 되지도 않았으며, 그렇다고 그런 만족을 다른 꽃에게서 기대할 수도 없었다. 그때, 좋아하는 화가의 지금까지 아는 것과는 다른 작품을 볼 때 느끼는 기쁨, 또는 연필로 그린 초벌 스케치밖에 보지 못했던 그림의 완성된 회화를 볼 때 느끼는 기쁨, 또는 피아노로만 들어오던 곡이 다음에 오케스트라의 색채를 띠고 나타날 때 느끼는 것 같은 기쁨을 나에게 주면서, 할아버지가 나를 불러 탕송빌의 울타리를 가리키며 말했다. "너는 아가위를 좋아하지. 이 장밋빛 아가위나무를 좀 봐라, 정말 예쁘구나!" 과연 아가위나무였다. 흰빛보다 더 아름다운 장밋빛이었다. 장밋빛 아가위 한 그루, 그 역시 축제의 몸단장을 하고 있었다—유일하고도 참된 종교적 축제라고 하는 것은, 세속적인 축제처럼 축제일에 알맞은 본질적이거나 특별한 것이 전혀 없는 날에 일시적 기분에서 실시되는 법은 없기 때문이다—아니 그것들은 참된 축제의 몸단장보다 더 풍성한 몸단장을 하고 있었다. 왜냐하면 마치 로코코식(루이 15세 당시의 공예 양식의 일종) 울레트(양치는 목동의 지팡이. 로코코식 울레트란 18세기 귀부인들이 들고 다니던 목녀(牧女) 취미적인 단장)를 장식하는 명주술처럼, 가지에 붙어 있는 꽃들은 장식되지 않은 하나의 잎 위에 또 하나의 잎이 빈틈없이 겹겹이 쌓인 채 '채색되어' 있었고, 따라서 콩브레식 심미학에 따르면—성당 앞 광장의 '가게'라든가, 카뮈 상점에서 장밋빛 비스킷 값이 가장 비싼 것을 기준하여 판단한다면—가장 질이 좋았다. 나 자신도 딸기를 뭉개어 빛깔을 낸 장밋빛 크림치즈를 더 높이 평가했다. 이 꽃들은 그런 먹음직스러운 음식의 빛 혹은 대축제 때의 호사스런 몸단장의 그윽한 장식용 빛을 선택함으로써, 자신이 뛰어난 이유를 나타냈기에, 그 빛은 어린이들 눈에도 명백히 아름답게 보였다. 그래서 설사 어린이들이 그런 빛깔만으로는 절대 맛있는 음식물이 될 수 없다는 것, 또한 재단사에게도 선택될 수 없다는 것을 깨닫게 되었을 때조차도 그 빛은 어린이들에게 있어 다른 빛들보다 더 선명하고 더 자연스러운 무엇인가를 늘 지니고 있었던 것이다. 그래서 나는 곧 흰 아가위꽃 앞에 섰을 때처럼, 그렇지만 그보다 더욱더 감탄하며 이렇게 느꼈다. 이 꽃들이 축제 기분을 나타내는 것은 인공에 의한 것도 인위적인 제작 기교에 의한 것도 아니며, 바로 자연에 의한 것인데, 그 자연은 노상에 임시 제단을 설치하는 시골 여상인의 순박함과 더불어, 지나칠 정도로 그윽한 색조와 소박한 화려함을 지닌 장밋빛 꽃들로 작은 관목을 채우면서 축제 기분을 표현하고 있었다. 나뭇가지 위쪽에서는 레이스 종이로 싼 화분의 작은 장미, 마치 대축제일이면 제단 위에서 가느다란 불화살을 반짝이는 장미나무처럼 희미한 빛의 꽃봉오리가 무수히 달려 있고, 그것이 일시에 피어나면서 마치 장밋빛 대리석 술잔 바닥같이 붉은 핏빛깔을 보이며, 활짝 핀 꽃 이상으로 뚜렷하게, 아가위는 어디서나 장밋빛으로밖에는 싹트지도 않고 꽃피지도 않는다는 아가위 고유의 아주 강한 특성을 드러내고 있었다. 비록 울타리 속에 섞여 있지만 마치 집에서 아무렇게나 차린 사람들 틈에서 축일의 옷차림을 하고 있는 아가씨처럼, 아가위는 그와는 달리 보였다. '마리아의 달'을 위한 준비를 갖추고 이미 그편에 낀 듯이, 가톨릭적이며 감미로운 관목은 싱싱한 장밋빛 몸단장을 하고 웃음 띤 채 빛나고 있었다.

    울타리 안의 정원 안에는 재스민과 꼬까오랑캐꽃, 그리고 마편초로 가장자리가 장식된 가로수길이 보였으며, 꽃들 사이에서는 꽃무늬들이 코르도바산[스페인 남부의 상공업 도시. 피혁 공업이 성함] 옛 가죽처럼 향기롭고 싱싱한 빛바랜 장밋빛 염낭을 벌리고 있었고, 또 한편 자갈 위에서는 동그랗게 말려 있던 초록색 긴 호스가 풀리면서 꽃잎 위로 작은 물방울의 다채로운 무지갯빛 부채를 수직으로 내뿜으며 꽃향기를 촉촉이 적시고 있었다. 그때 나는 갑자기 걸음을 멈추었다. 나는 꼼짝도 할 수가 없었다. 마치 어떤 환영이 우리의 시선에 단지 말을 걸어온 것뿐만이 아니라, 그 환영이 더욱더 깊은 지각을 요구하며 우리의 모든 존재를 손안에 넣어버리는 순간처럼, 빨간 금발머리 소녀가 산책에서 돌아오는 중인 듯 손에는 원예용 삽을 든 채, 주근깨가 박힌 분홍색 얼굴을 쳐들고 우리를 바라보고 있었다. 그 소녀의 까만 두 눈은 반짝이고 있었지만, 내겐 어떤 강한 인상을 객관적인 여러 성분으로 바꾸는 힘이 그 당시는 물론 그 후에도 없었고, 게다가 그 두 눈의 색깔을 구별할 만한 소위 '관찰력'이라는 것도 없었기에, 오랫동안 그 소녀를 되새겨볼 때면, 내 기억에서는 곧장 그녀의 두 눈이 선명하게 푸른색으로 떠올랐다. 그것은 그녀가 금발 소녀인 탓이었다. 따라서 만일 그 소녀가 그처럼 까만 눈을 갖고 있지 않았다면—사실 그 까만 두 눈은 처음 보는 사람에게 강한 인상을 주는 것이었지만—그녀가 나처럼 푸른 눈의 소녀였다면, 아마도 나는 그녀를 그토록 유별나게 연모하지는 않았을지도 모른다.

나는 그녀를 바라보았다. 우선 나의 첫 번째 눈길은 눈의 대변자로서가 아니라 눈이라는 창을 통해 온 감각이 어리둥절하고 불안해하며 주의를 기울이는 눈길, 눈이 바라보는 육체를 그 영혼과 함께 만지고 붙들어서 데려가려는 눈길이었으며, 다음에 할아버지나 아버지가 그 소녀를 얼핏 보곤 나에게 좀 더 앞장서서 달려가라고 이르면서 나를 멀리 떨어뜨려놓는 것은 아닌지 겁이 나 있었으므로, 나도 모르는 사이에 애원하는, 그리하여 기어이 그녀의 주의를 끌어 내 존재를 알리고자 하는 눈길이었다. 그 소녀는 할아버지와 아버지를 살펴보려고 정면과 옆쪽으로 눈동자를 돌렸는데, 그때 그녀는 필시 우리가 우스꽝스러운 인간들이라는 인상을 받은 것 같았다. 왜냐하면 그녀는 관심 없다는 듯이 건방진 표정을 지으며 얼굴을 돌리고는, 자기 얼굴을 할아버지와 아버지가 보지 못하게 하려고 옆으로 몸을 비켜 섰기 때문이다. 그리고 할아버지와 아버지가 그녀를 보지 못한 채 내 앞에 서서 계속 걸어가는 동안, 그녀는 시선이 닿는 곳까지 내가 가는 방향을 지켜보고 있었다. 별다른 표정도 없이, 나를 보는 것 같지도 않게, 내가 받은 좋은 교육의 관점에서 보자면, 아무래도 모욕적인 멸시의 표시로밖에는 생각할 수 없는 거짓 웃음을 지으며 물끄러미 바라보고 있었다. 동시에 그녀는 단정치 못한 손짓을 하고 있었는데, 모르는 사람들에게 그런 손짓이 공공연히 보내졌다면, 그것은 내 마음에 지닌 예의범절에 관한 소사전에 미루어본다면, 무례한 의사의 뜻으로밖엔 해석할 수 없었다.

"자, 어서, 질베르트, 어서 와. 뭘 하고 있니" 하고 날카롭고도 위엄 있는 목소리로 내가 그때까지 보지 못한, 하얀 옷차림을 한 부인이 소리를 질렀다. 그리고 그 부인에게서 약간 떨어진 곳에서는 굵은 무명옷을 입은 낯선 신사가 얼굴에서 튀어나올 것 같은 두 눈으로 나를 빤히 바라보고 있었다. 그러자 그 소녀는 갑자기 웃음을 거두더니 삽을 주워 들고는 내 쪽은 돌아보지도 않은 채, 온순하면서도 속셈을 알 수 없는 앙큼한 표정을 지으며 멀어져갔다.

이런 식으로, 내 곁을 질베르트라는 이름이 지나갔다. 조금 전까지만 해도 막연한 형상에 지나지 않았던 소녀가 이제는 그 이름에 의해 인격을 갖게 되었다. 그 이름은 신기한 힘을 가진 부적처럼 내게 주어져서, 언젠가는 그녀를 다시 만나게 해줄지도 모른다. 이처럼 그 이름은 재스민과 꽃무 위에 울려 퍼졌고, 초록빛 물뿌리개의 물방울처럼 살을 에는 듯이 시원하게 지나갔다. 그 이름은 그것이 가로질러 온—그리고 외따로 고립된—맑은 공간을 그 소녀의 삶의 신비로 적시어 무지갯빛으로 빛나게 하면서, 그녀와 함께 살고 함께 여행하는 행복한 자들에게 그녀를 가리키고, 그들이 그녀에 대해, 내가 관여할 수 없는 그녀의 미지의 삶에 대해 갖는 친밀성, 그 친밀성의 정수를 내 어깨 높이에 있는 장밋빛 아가위 밑에 펼쳐지고 있었다.

한편(우리가 점점 멀어져가고, 할아버지가 "불쌍한 스완, 저들이 스완에게 심한 짓을 하고 있군. 눈이 맞은 샤를뤼와 단둘이 있으려고 스완을 쫓아냈군그래. 그놈이 샤를뤼야. 난 금세 알아봤단 말야! 거기다 계집애까지 그런 추행에 끌어넣다니!" 하고 중얼거리는 동안) 한마디 대꾸도 없이 듣고 있던 질베르트에게 한 그 어머니의 위압적인 말투 속에서, 나는 질베르트가 그 누군가에게 하는 수 없이 복종하고 있으며 모든 것에 지지 않을 수 없는 처지라는 인상을 받았기에, 고통이 다소 누그러졌고, 얼마간 희망을 되찾았으며, 동시에 나의 연정은 약화되었다. 그러나 그 연정은 곧 또다시 내 몸 안에 반동적으로 일어났다. 비굴해진 내 마음은 반동적으로 작용하여, 질베르트와 같은 수준이 되든가 아니면 질베르트를 내 마음의 위치에까지 끌어내리든가 하고 싶었다. 나는 질베르트를 사랑했다. 나는 질베르트의 감정을 상하게 하거나 그녀를 불쾌하게 만들어, 그녀로 하여금 어쩔 수 없이 나를 기억하게 만들 만한 시간적 여유도 없고 묘안도 떠오르지 않아 유감스러웠다. 질베르트가 어찌나 아름답게 보였던지, 나는 되돌아가서 어깨를 으쓱 추켜올리면서 '정말 추하고 저속하군. 보고 있자니 메스껍구먼!' 하고 외치고 싶었다. 그러나 나는 계속 멀어져갔다. 한 손에 삽을 쥐고, 앙큼하고도 야릇한 눈길로 나를 끝까지 좇으며 웃던 분홍색 주근깨가 덮인 살갗을 한 빨강머리 소녀의 영상을, 범치 못할 자연의 법칙에 의해 나 같은 어린애에게는 가까이 가지 못하도록 금지된 행복의 첫 번째 전형으로 영구히 간직하면서 나는 멀어져갔다. 그리고 벌써 그녀의 이름은 내가 그녀와 함께 그 이름을 들었던 장미색 아가위 밑에 매혹의 향을 피우고 있었고, 그 매혹은 근방에 있는 온갖 것들을, 우리 할아버지 내외분이 알게 되어서 이루 말할 수 없이 행복했었다던 그녀의 조부모님을, 증권거래소의 중개인이라는 거룩한 직업을, 그리고 그녀가 파리에서 거주하던 고통스런 샹젤리제 거리를 그 향에 담그고 발라서 썩지 않게 보존하고 있었다.

"레오니," 하고 할아버지가 집에 들어서면서 말했다. "아까는 너하고 함께 있었으면 했었어. 넌 탕송빌을 알아보지 못했을 거야. 내가 좀 용기를 냈다면, 네가 아주 좋아하는 장미색 아가위 한 가지를 꺾어왔을 텐데, 그걸 못했지." 할아버지는 레오니 고모를 위로할 겸, 또 고모를 외출시키고 말겠다는 희망을 온 가족에게 잃지 않게 할 겸, 이런 투로 우리의 산책 이야기를 고모에게 들려주었다. 그런데 전에 고모는 이 스완의 소유지를 매우 좋아했었으며, 게다가 스완은 고모가 이미 모든 손님들에게 자기의 문을 닫아버렸을 때 마지막으로 방문을 허락한 사람이었다. 그래서 스완이 최근에 문병하러 왔을 때(스완이 우리 가족 중 아직도 만나 보고 싶어 하는 사람은 오직 고모뿐이었다), 오늘도 피곤하여 다음번에 들어오시게 하겠노라고 대답해 보냈을 때와 마찬가지로, 그날 저녁에도 고모는 이렇게 말했다. "그래요, 다음에 날씨가 좋을 때, 마차로 그 정원의 문 앞까지 가보죠." 고모는 진심으로 그렇게 말했다. 그녀는 스완과 탕송빌을 다시 보고 싶었던 것이다. 그러나 고모에게 남아 있는 기운으로는 그러기를 바라는 것만이 고작일 뿐이지 실현은 어림도 없는 일이었다. 때때로 날씨가 좋은 날이면 고모는 다소 기운을 차려 침실에서 일어나 옷을 입었다. 그러나 다음 방에 가기도 전에 다시 피곤해져서, 침대로 되돌아가고 싶어 할 정도였다. 고모에게 이미 시작되던 것—단지 보통 사람들보다 다소 일찍 일어난 것뿐이지만—그것은 죽음의 채비를 하고, 죽음으로 가는 과도적 상태인 번데기 속에 들어가버리는 노년의 크나큰 체념이었는데, 이런 체념은 오래도록 살아온 인생

말년에 흔히 볼 수 있었다. 그것은 가장 단단한 정신적 유대로 맺어진 친구들이나 가장 열렬히 사랑했던 옛 연인들 사이에서조차도 보이는 것으로, 그들은 어느 해부터인가 서로 만나는 데 필요한 외출이나 여행을 중단하고, 이 지상에서는 더는 연락이 안 된다고 생각하여 편지를 쓰는 일도 그만두었다. 고모는 다시는 스완을 만나지 못하리라는 것과, 집 밖으론 영영 못 나가보리라는 것을 모두 알았음에 틀림없는데, 우리 생각으론 이런 결정적인 은거가 필시 괴로운 일이리라 짐작했지만, 오히려 그녀에게는 아주 견디기 쉬운 일이었는지도 모른다. 왜냐하면 이러한 은거는 고모 자신도 확인할 정도로 나날이 감퇴해가는 기력 때문에 어쩔 수 없는 것으로, 그런 기력의 감퇴는 고모의 일거일동에 고통은 아니더라도 피로를 몰고 와 그녀를 쉬게 하고 기력을 회복케 함으로써, 그녀의 무위와 고독과 침묵에 성스러운 쾌적함을 주었기 때문이다.

  고모는 장밋빛 아가위 울타리를 보러 가지 않았다. 그러나 나는 끊임없이 집안사람들에게, 고모가 탕송빌에 가지 않을 것인지, 전에는 자주 갔었는지를 묻곤 했다. 그래서 나에겐 신처럼 위대하게 보이는 스완 아가씨의 조부모와 부모에 대한 이야기를 시키고 싶었던 것이다. 나에게는 거의 신화처럼 되어버린 스완이라는 이름, 나는 그것이 집안사람들과 이야기하고 있을 때 그들 입에 오르는 것을 듣고 싶어 애가 탔지만, 감히 나 스스로 입 밖에 내지는 못했다. 그러나 나는 질베르트나 그 가족에 관계되는 이야기라든가, 그녀와 관련이 있어 그다지 무관하지 않다고 생각되는 화제 쪽으로 집안 식구들을 이끌고 갔다. 그래서 가령, 우리 할아버지의 직업은 할아버지의 선대(先代)부터 우리 집안에 있어온 직업이라든가, 혹은 레오니 고모가 보고 싶어 하는 장밋빛 울타리는 마을 공유지에 있는 것이라든가 하면서, 짐짓 내가 정말 그렇게 믿는 척함으로써 불쑥 아버지로 하여금 나의 주장을 정정토록 하고, 내가 잘못 알고 있다는 것을 아버지 스스로 나에게 들려주지 않을 수 없도록 만들었다. "그렇지 않다. 그 직업은 스완의 부친 것이었어. 그 울타리는 스완네 정원의 일부야." 그리하여 나는 안도의 숨을 내쉬지 않을 수가 없었다. 그만큼 그 이름은 내 머릿속에 새겨져 늘 자리 잡고 있으면서 나를 숨막히도록 짓눌렀기에 그 이름을 듣는 순간, 나에게는 그것이 그 어떤 이름보다 더 풍요롭게 느껴졌던 것이다. 그럴 수밖에 없는 것이, 나는 미리 그 이름을 마음속으로 발음해볼 때마다 답답함을 느꼈기 때문이다. 그 이름은 나에게 기쁨을 주었지만 나는 감히 그 기쁨을 가족들에게 요구했다는 사실이 부끄러웠다. 왜냐하면 나로서는 그 기쁨이 매우 큰 것이었지만, 집안 식구들은 나에게 그 기쁨을 마련해주려고 그들로서는 기쁘지도 않고 아무런 보상도 없는 일로 크나큰 수고를 해야만 했기 때문이다. 그래서 나는 양심의 가책을 느껴 조심스럽게 화제를 바꾸었다. 가족들이 스완이라는 이름을 입 밖에 내자마자, 나는 그 이름 속에서 느끼고 있던 온갖 독특한 매력을 다시 그 속에서 발견했다. 그때 불현듯 나는 가족들이라고 그런 매력을 느끼지 않을 리는 없으며, 오늘도 나와 똑같은 견해를 갖고 있다는 생각이 들면서, 이번에는 그들이 나의 몽상을 눈치채고 그것을 용서하며, 그것에 합류하는 듯한 생각이 들었다. 그러고는 마치 내가 그들을 무찔러 타락시키기라도 한 듯한 기분이 들었다.

그해, 우리 부모님은 파리로 돌아가는 날짜를 예년보다 다소 일찍 잡았다. 떠나는 날 아침에 사진을 찍으려고 가족들은 내 머리를 곱슬곱슬하게 지지고, 한 번도 써본 적이 없는 새 모자를 조심스레 씌우고, 부드러운 솜을 넣은 긴 비단 외투를 입혔는데, 어머니는 그런 몸치장을 하고 나간 나를 두루 찾다가 탕송빌에 인접한 가파른 작은 언덕길에서 울고 있는 나를 발견했다. 나는 가시 돋친 아가위 가지를 안고 눈물을 흘리며 아가위에게 작별 인사를 하는 중이었는데, 쓸데없는 몸치장을 귀찮게 여기는 비극 속 공주처럼, 내 머리털을 모조리 비비 꼬아 이마 위에 올려놓는 데 막대한 수고를 한 손에 대한 은혜도 잊고, 떼어버린 컬페이퍼[머리털을 곱슬하게 지질 때 마는 종이]와 새 모자를 짓밟았다. 어머니는 내 눈물에는 그다지 마음이 동요되지 않았지만, 찌그러진 모자와 망가진 외투를 보고서는 고함을 참질 못했다. 나는 어머니의 고함 소리에는 귀도 기울이지 않고, "오 오, 가련한 내 작은 아가위" 하고 울면서 말했다. "나를 슬프게 만들고 나를 억지로 떠나게 하려는 건 너희가 아니야. 너희, 너희는 단 한 번도 나를 괴롭힌 적이 없어! 그러니 난 언제까지나 너희를 사랑할 거야." 그리고 눈물을 닦으면서 나는 아가위에게 약속했다. 어른이 되어도 남들처럼 몰지각한 생활을 흉내 내진 않겠다고. 그리고 파리에 가더라도 봄이 오면, 사람들을 찾아가 하찮은 이야기를 듣는 대신 시골로 내려와서 피어나는 아가위를 보겠노라고.

메제글리즈 쪽으로 산책할 때는, 일단 들판으로 들어서기만 하면 그 산책의 나머지는 모두 그곳에서 보내야 했다. 그 들판에는 콩브레 고유의 수호신인 바람이 흡사 눈에 보이지 않는 방랑자처럼 끊임없이 불고 있었다. 해마다 우리가 콩브레에 도착하는 날이면, 나는 내가 콩브레에 와 있다는 것을 확실히 느끼려고 그 바람을 다시 만나러 언덕길을 올라가곤 했다. 바람은 밭고랑을 달리며 나를 제 뒤를 쫓아 달리게 했다. 메제글리즈 쪽, 몇 리에[프랑스의 거리 단위. 1리에는 약 4킬로미터]에 걸쳐 바람이 어떤 땅의 기복과도 부딪치지 않는 이 불룩 솟은 벌판에서는 늘 바람을 길동무 삼는 산책이었다. 나는 스완 아가씨가 자주 랑(Laon)에 가서 며칠씩 지낸다는 것을 알았다. 그곳까지는 몇 리에나 되었지만 중간에 아무 장애물도 없었던 그 거리는 가깝게 느껴졌고, 뜨거운 하오의 지평선 끝에서 불어온 바람이 가장 먼 밀밭을 일렁이며 드넓은 벌판 위를 물결처럼 밀려와 내 발밑의 잠두와 토끼풀 사이에 포근하게 누우며 살랑거리는 것을 보자, 우리 두 사람에게 공통된 그 벌판이 우리 둘을 접근시키고 결합시켜주는 듯한 생각이 들었으며, 그 바람은 그녀의 곁을 지나 온 것이며, 뜻 모를 어떤 전갈을 가져와 속삭이고 있다는 생각이 들어, 나는 지나가는 바람에 입을 맞추었다. 왼쪽에는 샹피외(주임 신부에 따르면 캄푸스 파가니[Campus Pagani : 원야(原野)라는 뜻의 라틴어])라는 마을이 있었다. 오른쪽으로는 밀밭 너머 앙드레 데 샹 성자를 아로새긴 시골풍 종루가 둘 보였는데, 그것은 마치 두 줄기 밀 이삭같이 날렵하고 비늘처럼 꺼칠꺼칠하며 바둑판무늬로 미늘을 단, 누런 얼룩으로 꺼칠한 종루였다.

   사과나무들은 적당한 간격을 두고 어떤 과일나무와도 혼동될 수 없는 모방하지 못할 잎들로 장식되어, 새하얀 새틴 같은 넓적한 꽃잎을 벌리고 있거나 수줍어하는 붉은 꽃봉오리 다발을 늘어뜨리고 있었다. 사과나무들이 양지바른 지면에 이루어놓은 동그란 그림자나 석양이 그 잎새들 밑에 비스듬히 짜놓은 감촉되지 않는 금빛 비단을 처음으로 본 것이나, 아버지가 단장으로 그 비단을 잘라 빛을 딴 데로 돌리려 했지만 번번이 잘되지 않던 것을 구경한 것도 바로 이 메제글리즈 쪽에서였다.

   이따금 하오의 하늘에 한 점 구름 같은 흰 달이 빛을 잃고 살며시 지나갔다. 마치 자기 출현 차례가 오지 않은 한 여배우가 남들의 눈을 끌지 않도록 평복 차림으로 객석에서 잠시 동료들의 연기를 구경하는 것처럼, 나는 달의 그런 영상을 그림이나 책에서 찾아보기를 좋아했는데, 그때의 예술 작품들은—적어도, 블로크가 나의 눈과 사상을 더욱 미묘한 조화에 익숙케 하기 이전의 처음 몇 해 동안은—그 당시엔 그렇지 않았지만 오늘날 나에게 아름답게 느껴지는 작품들과는 매우 달랐다. 예를 들면 그것은 달이 하늘에서 은빛 낯을 뚜렷이 드러내는 글레르[Charles G. Gleyre : 프랑스의 역사화가]의 풍경화나 생틴[Xavier Saintine : 프랑스의 통속 작가]의 어떤 소설과도 같이, 내가 받은 인상도 그렇지만, 또 그런 것을 내가 좋아하는 걸 보고는 할머니의 여동생들이 화를 내던 그런 소박하면서도 불완전한 작품들이었다. 할머니의 여동생들은 어린이들에겐 어른이 되고 나서도 변함없이 감탄할 만한 작품들을 쥐여줘야 하며, 우선 그런 작품들을 좋아하게 되어야만 감상력을 발휘할 수 있다고 생각했다. 그분들은 틀림없이 미적 가치를 눈만 똑바로 뜨고 있으면 쉽사리 인식되는 물질적인 대상으로만 생각했고, 사람의 마음속에 미적 가치와 대등한 것이 서서히 성숙하기를 기다릴 필요성은 생각하지 못했다.

뱅퇴유 씨가 거주하는 곳은 메제글리즈 쪽, 몽주뱅의 큰 늪가에 자리 잡은, 관목들이 우거진 비탈에 있는 집이었다. 그래서 우리는 이륜마차를 전속력으로 몰고 가던 그의 딸과 길에서 자주 엇갈리곤 했다. 그러던 것이 어느 해부터인가 우리가 그녀를 만날 때면 그녀는 늘 혼자가 아니라 자기보다 연상인 한 여자 친구와 함께 있었다. 그 여자 친구는 이 고장에서 평판이 좋지 못한 여자였는데, 어느 날 몽주뱅에 아주 영주하고 말았다. 사람들은 이렇게 말했다. "뱅퇴유 씨도 딱하기도 하지. 정에 눈이 어두워, 당치 않은 말 한마디에도 얼굴을 찡그리는 그분이 항간의 소문을 알아채지 못하고, 그런 여자를 데리고 와 한지붕 밑에 살도록 딸에게 허락하다니 말이야. 그분 말로는, 그 여자는 도량이 넓고 고상한 마음씨의 소유자라 재질을 잘 만 개발했다면 음악에 훌륭한 소질을 보였으리라는 거야. 그 여자가 자기 딸과 함께 몰두하는 것이 음악이 아닐 줄 그분도 잘 알련만." 뱅퇴유 씨는 그 여자가 훌륭한 사람이라고 말했다. 그러고 보면 과연, 어떤 육체적 관계를 맺는 사람이 그 상대방의 부모 집에서 늘 얼마만큼 그의 도덕적 자질을 칭찬받는지는 주목할 만하다. 육체적인 사랑이란 실로 부당하게 비난을 받지만, 그 사랑에 사로잡힌 모든 사람들에게 그가 지닌 친절과 헌신의 아주 작고 미세한 부분까지 아낌없이 과시하게 되므로, 가까이 있는 사람들 눈에는 그처럼 조그만 것들도 빛나 보이는 것이다. 페르스피에 의사는 굵은 목소리와 짙은 눈썹 덕분에 본래 그의 체격과는 어울리지 않는 배신자 역할을 마음껏 발휘하면서 그래도 까다롭긴 해도 친절한 사람이라는 요지부동의 과분한 평판에 전혀 어긋남이 없이, 거친 말투로 이렇게 말함으로써 주임 신부와 그 밖의 사람들을 눈물이 나도록 웃겼다. "글쎄 말예요! 뱅퇴유 영감이 내게 한 말인데요, 그 여자가 친구인 뱅퇴유 아가씨와 함께 음악을 한다더군요. 어제도 그러더군요. 사실, 그 여자라고 음악을 못하라는 법은 없겠죠. 난 아이들의 예술적 재능을 반대하진 않으니까요. 정말, 어이가 없어서! 그런 비좁은 상자〔속어로 집·상점·공장·용기·기관의 뜻이 있음〕안에서 북 치고 나팔 부니 말이오. 여러분 뭐가 그리 우습죠? 그 사람들은 지나치게 음악을 하고 있다니까요. 요전날 난 묘지 근처에서 뱅퇴유 영감을 만났는데, 그 영감 다리가 이리 비틀 저리 비틀 하더군요."

그 무렵 우리처럼, 뱅퇴유 씨가 그의 친지들을 피하고, 그들의 모습이 눈에 띄면 가던 방향을 바꾸며, 이삼 개월 사이에 부쩍 늙고 비탄에 잠겨 딸의 행복에 직접적인 관계가 없는 일에는 어떤 노력도 할 수 없게 되어 온종일 죽은 아내의 무덤 앞에서 지내는 걸 목격한 사람이라면 그가 비통해하는 나머지 죽어가고 있다고 생각하지 않을 수 없었을 것이며, 또 그가 항간에 퍼지는 소문을 모르고 있다고도 추측할 수 없었을 것이다. 그는 그 소문을 알고 있었다. 심지어는 아마 그것을 그대로 믿기까지 했을 것이다. 아무리 대단한 미덕을 갖춘 사람이라 할지라도 복잡한 상황 때문에 이제까지 가장 공공연히 비난해온 악덕과 친근해지는 기회를 가져보지 않은 사람은 아마 한 사람도 없을 것이다— 게다가 그 악덕이 특수한 사실, 예를 들면 그 인물이 좋아할 만한 여러 가지 이유를 가진 상대방의 괴상한 말, 이해할 수 없는 태도 등의 가면 아래 숨어 접근해오며 귀찮게 구는 것을 깨닫지 못하는 경우가 있다. 그러나 우리가 방종한 무리의 특유한 속성이라고 잘못 안 그 상황들 가운데 하나에 빠져 순순히 따라가기에는 뱅퇴유 같은 사람으로서는 남들보다 더 많은 고통이 따랐을 것이다. 그런 상황들은 자신에게 악덕을 필요로 하는 지위와 안전성을 확보해둘 필요가 있을 때마다 일어나는데, 그 악덕이란 본성 자체가 아이의 마음속에 꽃피우는 것으로, 이따금 아이 부모의 미덕과 합쳐질 때만 그 아이의 눈빛처럼 빛나는 것이다. 그러나 뱅퇴유 씨가 딸의 행실을 알고 있으리라는 사실은 딸에 대한 그의 사랑이 줄어들었다는 의미는 아니다. 상황이 초래한 사실은 우리의 신뢰의 정이 오랫동안 살아온 영역을 뚫지는 못한다. 그 사실은 신뢰의 정을 낮게 하지도 않았거니와 그것을 파괴하지도 못한다. 따라서 한 가정에 불행과 질병이 끊임없이 잇달아 일어난다 할지라도, 그로 인해 가족들이 신의 은총이나 의사의 재능을 의심하지는 못할 것이다. 그러나 뱅퇴유 씨가 세상 사람들의 관점, 즉 자기들에 대한 평판이라는 관점에서 딸과 자기 자신에 대해 생각하거나 그가 딸과 함께 일반적인 존경을 받는 지위에 머물려고 했을 때, 그는 그를 가장 적대시하는 콩브레 주민과 똑같이 사회적 판단을 했기에, 자기가 딸과 더불어 최하류 계급으로 떨어져버린 것을 알게 되어, 요즘 그의 태도에는 그의 위에 있거나 그가 아래에서 올려다보는(그때까지 훨씬 그의 밑이었던) 사람들에 대한 존경과 경솔, 그리고 온갖 명예훼손에서 거의 기계적으로 생기기 마련인, 자기 위에 있는 사람들의 지위까지 다시 올라가려고 애쓰는 경향 따위가 엿보였다. 어느 날 우리가 스완과 함께 콩브레 거리를 걷고 있을 때 뱅퇴유 씨가 다른 길에서 불쑥 튀어나와 우리와 마주쳤는데, 너무나 갑작스러운 일이라서 그는 우리를 피할 겨를도 없었다. 그러자 스완은 사교계 사람다운 건방진 연민의 정을 얼굴에 나타내며—자신의 모든 도덕적인 편견을 일단 버리고 다른 사람이 받는 악평을 그에게 은혜를 베푸는 이유로 삼아 그것을 표시함으로써, 은혜를 받는 쪽이 고마워하면 고마워할수록 주는 쪽의 자존심이 치켜세워지는 그런 건방진 연민의 정을 얼굴에 나타내며—그때까지 말 한번 건네본 적 없는 뱅퇴유 씨와 오랫동안 이야기를 나눈 후, 작별하기에 앞서 언제고 탕송빌에서 음악을 들을 수 있도록 따님을 보내주시지 않겠느냐고 부탁했다. 두 해 전이라면 뱅퇴유 씨를 화나게 했을 초대였지만, 이번에는 그것이 그의 마음을 어찌나 감사의 정으로 가득 채워놓았던지, 그 초대에 실례를 범해서는 안 된다고 생각할 정도였다. 자신의 딸에 대한 스완의 호의는 그 자체만으로도 매우 명예롭고 즐거운 후원으로 여겨져, 그는 그것을 사용하기보다는 그대로 간직하여 정신적인 위안으로 삼는 편이 낫다고 생각했다.

스완이 가버리자 "매우 훌륭한 분이시군요" 하고 뱅퇴유 씨는 우리에게 말했다. 그는, 밉상이건 바보건, 매력적인 공작 부인이나 재치 있고 아름다운 부르주아 여인들에게 품는 것과 똑같은 열정적인 존경심에 사로잡혀 말했다. "매우 훌륭한 분이시군요! 그런데 전혀 당치도 않은 결혼을 하셨다니 얼마나 불행한 노릇입니까!"

그런데 제아무리 성실한 인간이라 해도 위선적인 면을 갖고 있어, 누군가와 얘기할 때는 그 사람에 대한 자기의 의견을 입 밖에 내지 않지만, 그가 그 자리에 없게 되면 곧 그걸 말하게 된다. 우리 가족도 뱅퇴유 씨와 어울려 원칙과 예절이라는 이름 하에 스완의 결혼을 한탄하면서(가족들은 뱅퇴유 씨를 충직한 사람으로 보았고, 뱅퇴유 씨와 더불어 원칙과 예절이 지켜지기를 기원했으니까) 몽주뱅에서는 그런 과오가 없음을 암시하는 것 같았다. 뱅퇴유 씨는 딸을 스완 씨 집에 보내지 않았다. 그것을 누구보다도 제일 유감스럽게 여긴 것은 스완이었다. 왜냐하면 뱅퇴유 씨와 성이 같아 그의 친척인 것 같은 어떤 사람에 관해 얼마 전부터 알아보고 싶었는데, 그는 번번이 뱅퇴유 씨와 작별하고 나서야 비로소 생각이 나서, 이번에 뱅퇴유 씨가 그의 딸을 탕송빌에 보내면 잊지 않고 물어보려고 마음먹고 있었기 때문이다.

메제글리즈 쪽으로의 산책은 콩브레 주변의 두 산책길 중 짧은 쪽이고, 날씨가 어떨지 확실치 않은 날을 위해 남겨뒀는데, 메제글리즈 쪽 일기는 대개 비가 올 듯 말 듯한 날씨여서, 우리는 그 무성한 그늘에 비를 피할 수 있는 루생빌 숲 기슭을 시야에서 놓치지 않으려고 신경을 썼었다.

이따금 태양이 구름 뒤에 숨어 그 타원형이 변형되면서 구름의 가장자리를 노랗게 물들이곤 했다. 밝다기보다는 강렬한 빛이 지워져버린 그 들판에서는 모든 삶이 정지되어 있는 듯이 보였다. 한편 루생빌의 작은 마을엔 가옥들의 하얀 외각(外角)이 하늘 위에 매우 뚜렷하고 정확하게 부조(浮彫)되어 있었다. 가는 바람이 일어 까마귀를 날려 보냈는데, 그 까마귀는 먼 곳에서 또다시 내려앉았다. 새하얀 하늘을 배경으로 한 먼 숲은 마치 옛날 집의 창과 창 사이의 벽을 장식한, 단색 그림에 채색된 빛깔처럼 눈에 띄게 푸르러 보였다.

그러다 어떤 때는, 안경 가게 진열창에 걸려 있는 습도계 인형을 보며 걱정하던 비가 내리는 수도 있었다. 빗방울은 날개를 가지런히 하고 날아가는 철새들처럼 촘촘히 열을 지어 하늘에서 내려왔다. 빗방울은 서로 분리되어 있지 않았으며, 빗발이 세게 쏟아지는 동안에도 마구 오는 게 아니라, 저마다 자기의 장소를 차지하면서 뒤이어 오는 것을 이끌었다. 하늘은 그 비 때문에 제비 떼가 돌아갈 때보다도 더 어두컴컴해진다. 우리는 숲 속으로 몸을 피했다. 비의 여행이 끝난 듯싶었으나 느린 가랑비가 또다시 내렸다. 우리는 피신처에서 다시 나왔다. 왜냐하면 빗방울이 나뭇잎을 좋아해서 지면은 벌써 거의 말랐는데도, 더 많은 빗방울이 아직 잎사귀 위에서 놀이를 지체하며 잎 끝에 매달려 있거나 쉬거나 하면서 햇빛에 반짝거리다가는 갑자기 높은 가지에서 굴러 내리며 우리의 콧잔등 위로 떨어졌기 때문이다.

또 우리는 흔히 생탕드레 데 샹 성당의 정면 현관 아래 있는 성자와 대주교들의 석상에 섞여 비를 피하기도 했다. 그 성당은 얼마나 프랑스풍이었던가! 정면 현관 위에는 성인들과 손에 한 송이 백합을 든 기사 왕들, 그리고 결혼식과 장례식 장면들이 프랑수아즈의 영혼 속에도 들어 있을 법한 모습으로 표현돼 있었다. 또한 조각가는 아리스토텔레스와 베르길리우스에 관한 일화를 말해주었는데, 그것은 프랑수아즈가 부엌에서, 마치 자기가 몸소 알고 있기나 한 것처럼 성(聖) 루이 대왕에 대해 의기양양하게 말하면서, 일반적으로 그에

비한다면 훨씬 '정당하지' 못한 우리 조부모의 체면을 비유로써 손상시키려 했던 것과 마찬가지였다. 우리는 중세의 예술가와 중세의 촌부(19세기에 생존했던)가 고대사나 혹은 기독교사에 관해 갖는 개념들은 순박하지만 그만큼 부정확하다는 특색을 띠고 있으며, 그들은 그런 개념을 서적을 통해서가 아니라, 오래되긴 했지만 직접 들은 전설, 다시 말해 입에서 입으로 면면히 전해 내려오면서 알아볼 수 없을 만큼 변형되어 남아 있는 전설을 통해 갖게 된 것임을 느낄 수 있었다. 또한 나는 콩브레에 사는 또 다른 인물이 생탕드레 데 샹의 고딕식 조각 속에 은연중에 예언되어 있음을 알았다. 그것은 카뮈 가게의 점원인 테오도르 청년이었다. 그리고 프랑수아즈는 테오도르가 그녀의 동향인이자 동시대인임을 강하게 느꼈으므로, 레오니 고모의 상태가 몹시 나빠 그녀 혼자만으로는 침대에 고모의 몸을 돌려 누일 수도, 안락의자로 데려갈 수도 없을 때면, 고모의 '눈에 들' 지도 모를 그 부엌데기를 올라오게 하느니 차라리 테오도르를 불러들이는 것이었다. 그때 좋지 않은 사람으로 통했던—또 그럴 만한 근거도 있어서 그랬지만—그 점원은 생탕드레 데 샹을 장식한 조각의 영혼과 특히 프랑수아즈가 '불쌍한 환자들'이나 '불쌍한 마님'께 진정으로 바쳐야 한다고 여기는 존경심으로 가득 차 고모의 머리를 들어 베개를 괴어줄 때면 마치 쇠약한 성모 마리아 곁에서 큰 촛불을 손에 들고 열의를 보이는 얕은 부조(浮彫)에 새겨진 작은 천사들 같은 순진하고 열성적인 표정을 지었다. 그것은 마치 돌에 조각된 천사들의 적나라한 회색 얼굴도 지금은 단지 겨울 나무처럼 겸허한 태도로 졸고 있을 뿐이지만, 테오도르의 얼굴처럼 대중적이고 경건하고 약삭빠르고 무르익은 사과처럼 붉게 물든 얼굴 같은 수많은 얼굴로 이 세상에 다시 피어날 수 있으리라는 것과 같았다. 이러한 작은 천사들처럼 돌에 새겨진 것이 아닌, 정면 현관에서 좀 떨어진 곳에 사람 키보다 더 큰 성녀상 하나가 축축한 지면에 발을 딛지 않으려고 발 받침대 같은 받침돌 위에 서 있었는데, 그녀의 포동포동한 두 뺨과 털주머니 속의 무르익은 열매 알처럼 옷의 주름을 부풀어오르게 한 단단한 젖가슴, 좁은 이마, 고집 센 듯한 짧은 코와 오목하게 들어간 눈동자 등은 이 지방 촌색시들의 건장하고 냉담하고 용감한 모습을 잘 나타냈다. 또 그와 동시에 그 성녀상은 내가 구하지도 않던 포근함을 풍기고 있었는데 그것은 우리처럼 비를 피해 뛰어든 어느 시골 아가씨에 의해 자주 확증되었다. 그 아가씨의 출현은 흡사 조각된 잎새 곁에 돋아난 잡초와도 같아서 자연과의 대조를 통해 그 예술 작품의 진실을 판단할 수 있도록 예정돼 있던 것 같았다. 우리 앞쪽 저 멀리, 약속된 땅인지 아니면 저주받은 땅인지 모르지만 아무튼 그 담 안으로 한 번도 들어가본 적이 없는 루생빌, 그 루생빌엔 우리 쪽에는 이미 비가 그쳤음에도,《구약성서》에 나오는 마을처럼 그 주민의 처소를 강한 폭우로 벌주듯이 계속해서 비스듬히 비가 내리쳤고, 또 한편에서는 이미 천주님의 용서를 받아 다시 나타난 태양의 황금빛 줄기를 여러 가닥으로 불규칙하게 풀어 제단의 성광(聖光)처럼 내리쏟아졌다.

    때로는 날씨가 너무 나빠서 집에 돌아가 틀어박혀 있지 않으면 안 될 때도 있었다. 습기에 찬 어둠으로 바다 같아 보이던 들판 저편 여기저기에선, 밤과 물에 잠긴 산중턱에 붙어 있는 외딴집들이 마치 돛을 접고 난 바다에서 꼼짝도 않고 밤을 지새는 작은 배들처럼 반짝였다. 그렇지만 비 따위가 무슨 상관이며, 폭풍우 따위가 뭐 어떻단 말인가! 여름날의 짓궂은 날씨란 밖으로 나타나지 않는 일정한 일기의 표면적이고 일시적인 기분일 뿐이어서, 겨울의 변덕스럽고

유동적인 일기와는 전혀 다르다. 짓궂은 여름 날씨는 겨울과는 반대로, 지상에 무성한 나뭇잎으로 엉겨 맺히고 나서야 대지에 자리를 잡는다— 그 잎 위에 방울방울 떨어지는 비는 끊임없는 기쁨을 간직한 채 여름 내내 가옥과 정원의 담, 그리고 마을의 거리에까지 그의 보라색이나 흰색 비단 깃발을 올린다. 나는 작은 객실에서 저녁 식사 시간을 기다리며 책을 읽다가 정원의 마로니에에서 떨어지는 물방울 소리를 들었다. 그러나 나는, 소나기는 마로니에 잎들을 빛나게 할 뿐이며, 큰 마로니에는 마치 여름의 담보물처럼 연속적인 화창한 날씨를 보증하려고 밤새도록 빗속에 서 있기로 약속하고 있음을 알았다. 또한 아무리 비가 쏟아질지라도 내일이면 탕송빌의 하얀 울타리 위에는 하트형 작은 잎들이 수없이 물결치리라는 것을 알았다. 그래서 나는 페르샹 거리의 포플러가 소나기에게 절망적인 애원과 인사를 보내는 것을 보았을 때도, 또 정원 끝에 있는 라일락 나무 사이로 천둥이 무섭게 우르릉거리는 소리를 들었을 때도 슬프지 않았다.

아침부터 날씨가 나쁠 때는 가족들은 산책을 단념했기에 나도 외출하지 않았다. 그러나 곧 나에게는 그런 날이면 혼자 메제글리즈라 비뇌즈 쪽으로 산책하는 습관이 생겼다. 그것은 마침내 레오니 고모가 돌아가셔서 그분의 유산상속 문제 때문에 우리가 콩브레로 가야만 했던 가을이었다. 고모의 죽음은, 그분의 식이요법이 단지 쇠약을 더하게 할 뿐 드디어는 목숨을 빼앗고 말 것이라고 주장한 사람들을 의기양양하게 한 동시에, 그에 못지않게 그분의 병이 마음의 병이 아니라 위장 계통의 병이라고 우기며, 이를 의심하던 자들도 그분이 죽은 뒤에는 그 분명한 사인(死因)에 항복하지 않을 수 없으리라고 단언했던 사람들 역시 의기양양하게 만들었다. 고모의 죽음은 오직 한 사람에게만 큰 슬픔이었는데, 그로서는 잔인하리만큼 큰 슬픔이었다. 고모의 병이 도진 두 주일 동안, 아무도 고모를 돌보지 못하게 하며 옷도 갈아입지 않고 그 곁을 잠시도 떠나지 않던 프랑수아즈는 고모의 육신이 땅에 묻히고 나서야 그 몸에서 떨어져 나왔다. 그제야 우리는 이해하게 되었다. 프랑수아즈가 고모의 악담이나 의심, 노여움을 받으며 두려움 속에서 살아오는 동안 그녀의 내부에서는 어떤 감정이 키워졌는데, 우리는 그것이 증오이리라 착각했지만 그것은 애정과 존경의 감정이었다는 것을. 예측 불허의 결심을 하고, 미연에 방지하기 어려운 농간을 부리며, 달래기 쉬운 착한 마음씨를 가진 그녀의 참된 마님, 그녀의 여군주, 신비롭고도 전능하신 제왕이 이제 사라졌다. 고모에 비하면, 우리 가족은 별 볼일 없는 사람들이었다. 우리가 휴가를 보내러 콩브레에 가기 시작하고, 프랑수아즈의 눈에 우리가 고모와 똑같은 위신을 갖춘 사람으로 비치던 것은 먼 옛날 일이었다. 그해 가을, 우리 부모님은 이행해야 할 수속과 공증인, 소작인과의 면담으로 분주하여 외출할 틈이 거의 없었던 데다가, 설상가상 날씨까지 나쁘기도 해서 나 혼자 메제글리즈 쪽으로 산책하도록 내버려두는 습관을 갖게 되었다. 비에 젖지 않으려고 커다란 격자무늬 망토로 내 몸을 감싸면서, 그 스코틀랜드식 줄무늬가 프랑수아즈의 얼굴을 찡그리게 했다고 생각한 나는, 일부러 더 보란 듯이 그것을 어깨에다 걸쳤다. 옷의 외관이란 애도하는 마음과는 아무런 관계가 없다는 생각을 그녀의 머릿속에 집어넣기는 불가능했을 것이다. 게다가 고모의 사망에 우리가 보이는 슬픔도 그녀의 마음엔 전혀 들지 않았는데, 그것은 우리가 장례식도 크게 거행하지 않았으며, 고모의 이야기를 할 때 특별한 어조를 띠지도 않고 어떤 때는 콧노래까지도 흥얼거렸기 때문이었다. 그야 물론 나도 책 속에서라면—그런 경우엔 나 자신도 프랑수아즈와 마찬가지로—〈롤랑의 노래〉〔중세 프랑스의 무훈시 중 가장 오래되고 가장 유명한 서사시〕나 생탕드레 데 샹 성당의 정면 현관에 표현돼 있는 애도의 개념에 동감했을 것이다. 그러나 프랑수아즈가 내 곁에 있기만 하면 금방 악마가 그녀를 괴롭혀주라고 나를 부추겨, 나는 별것 아닌 것을 구실 삼아 그녀에게 말하곤 했다. 고모가 돌아가셔서 슬프다, 그렇지만 그건 그분이 어리석긴 해도 선량했기에 슬픈 것이지 그분이 우리 고모이기에 그런 건 결코 아니라든가, 하기야 그분이 우리 고모였지만 어쩐지 밉살스런 생각이 들던 분이어서 그분의 죽음이 조금도 고통스럽지 않다는 둥, 요컨대 책 안에서라면 부당하게 생각될 말들을 내뱉곤 했다.

그때 프랑수아즈가 마치 시인처럼 비통함과 가족들의 추억이 밀려들어 그에 대한 혼란스런 생각으로 가득 차, 나의 이론에 어떻게 답해야 할지를 몰라 "뭐라고 표현해야 좋을지 모르겠네요"라고 변명하면, 나는 페르스피에 의사 못지않게 난폭하고 비꼬는 듯한 상식을 동원하여 그런 고백을 제압했다. 그리고 프랑수아즈가 "아무튼 일가친척〔원어는 la parenthèse로 '삽입구'라는 뜻. parenté(일가친척)라고 했어야 할 것을 프랑수아즈가 실수로 se를 붙임〕이십니다. 언제까지나 일가친척은 존경해야죠"라고 덧붙이기라도 하면 난 어깨를 으쓱해 보이며 속으로 이렇게 말했다. '이런 말실수나 하는 눈뜬장님 같은 여자와 옥신각신하다니, 나도 사람이 너무 좋군.' 이렇게 프랑수아즈를 판단하는 데 있어서 나는 인간의 편협한 관점을 택했는데, 공정한 생각에서라면 그런 편협한 인간들을 가장 멸시하는 사람들조차 몸소 비속한 인생극의 1막을 연기할 때는 그런 역할을 탁월하게 해내는 법이다.

그해 가을의 산책은 몇 시간씩이나 책을 읽은 끝에 행해졌던 만큼 더욱더 쾌적했다. 오전 중 내내 객실에서 독서를 하다 피곤해지면 나는 어깨에 외투를 걸치고 외출을 했다. 오랫동안 움직이지 않고 있어야만 했던 내 육체는 축적된 활기와 속력이 당장 채워져, 곧 줄에서 풀린 팽이처럼 그 힘을 사방팔방으로 발산시키고 싶어 했다. 가옥들의 담, 탕송빌의 생울타리, 루생빌 숲의 나무들, 몽주뱅이 등지고 있는 관목 덤불 등은 우산이나 지팡이로 매를 맞으며 내가 지르는 즐거운 외침 소리를 들었다. 그런 난타와 환성은 둘 다 내 마음을 흔드는 혼란스러운 관념에 지나지 않았고, 그 관념은 어렵긴 하지만 서서히 자신을 밝히기보다는 직접적인 출구를 향한 더욱 편한 방향의 즐거움을 선택했기에 서광 속에서 휴식으로 이룰 수가 없었다. 이른바 우리가 느낀 것에 대한 표현의 대부분은 이처럼 우리로선 이해할 수 없는 분명치 않은 형태로 우리에게서 그것들을 드러내고 있어, 그것들에게서 우리를 해방시켜주는 것에 지나지 않았다. 내가 메제글리즈 쪽에서 덕을 입었던 것, 그리고 메제글리즈 쪽이 우연한 배경이나 필요한 계시자가 되어 생긴 수수한 발견들을 생각해보려고 할 때 기억나는 것은, 그해 가을, 그런 산책을 하던 어느 날, 몽주뱅의 방벽이 되는 덤불로 뒤덮인 비탈 근처에서, 비로소 나는 우리가 받은 인상과 그 인상에 대한 일상적인 표현 사이에 어떤 차이가 있음을 알고 놀랐다. 한 시간 남짓 즐겁게 비바람과 싸우고 나서, 내가 몽주뱅의 늪가, 뱅퇴유 씨의 정원사가 원예용 연장을 넣어두는 기와지붕의 오두막 앞에 이르렀을 때, 태양이 막 다시 나타나면서 소나기에 씻긴 황금빛 태양이 하늘과 나무들 위에, 오두막 담벽 위에, 그리고 아직도 축축한 기와지붕 위에서 빛났고, 그 지붕 마루에서는 암탉 한 마리가 거닐고 있었다. 불어오는 바람이 벽면에 돋아난 잡초와 암탉의 솜털 깃을 수평으로 당겨, 잡초도 솜털의 깃도 모두 바람이 부는 대로 힘없이 가벼운 몸을 맡겨 한껏 나부꼈다. 기와지붕은 다시 햇살을 받아 거울같이 반짝이는 늪 속에 이제껏 주의를 기울이지 못했던 장밋빛 대리석 무늬를 지어냈다. 그리고 수면과 벽면에서 어떤 창백한 웃음이 하늘의 웃음에 답하는 것을 보면서, 나는 매우 기쁜 나머지 접은 우산을 휘두르며 외쳤다. "이런, 이런, 이런, 제기랄!" 그렇지만 동시에 나는, 나의 의무는 이렇게 뜻을 알 수 없는 낱말에 달린 것이 아니라 나의 황홀감 속에서 더욱 똑똑하게 그 사물을 보려고 애쓰는 데 있다고 느꼈다.

그런데 또한 바로 그 순간— 한 농부가 상당히 기분이 나쁜 표정을 짓고 지나가다가는 내 우산이 얼굴에 스칠 뻔하자 더욱더 시무룩해져서, "날씨가 좋지 않습니까? 걷기에 참 상쾌한 날이군요" 하는 내 말에 미지근한 대답을 했는데, 그 농부 덕분에— 나는 똑같은 감동이 미리 예정된 순서대로 모든 사람의 마음속에서 동시에 일어나진 않는다는 것을 깨달았다. 그 뒤에는, 좀 오랫동안 독서를 하고 난 터라 이야기를 하고 싶은 마음이 들었을 때, 말상대로 삼고 싶었던 친구는 방금 대화의 즐거움을 맛본 참이라 이제는 혼자 조용히 책을 읽도록 내버려뒀으면 하는 일도 있었다. 또 내가 가족들을 사랑스럽게 여겨 그들을 기쁘게 해주려고 더할 나위 없이 슬기롭고 적합한 결심을 막 하려는 참에, 그들은 바로 그 순간을 내가 잊어버린 지 오래된 자질구레한 잘못들을 들춰내는 데 이용하기 일쑤고, 또 내가 그들에게 달려가 키스라도 하려는 바로 그 순간에 그들은 나를 엄하게 꾸짖었다.

때로는 나의 고독에서 비롯된 흥분에, 그것과 뚜렷이 구분되지 않는 또 하나의 흥분이 겹치는 일이 있었는데, 이 흥분은 내 품안에 안길 듯한 한 시골 처녀가 우연히 내 눈앞에 나타나는 것을 보고 싶은 욕망에서 비롯되었다. 가지각색의 생각 중에서 그 원인을 정확하게 알아낼 겨를도 없이 갑자기 생긴 그 욕망에 동반된 쾌락이 나에게는 사념이 주는 쾌락보다 우월한 등급으로만 여겨졌다. 나는 그런 새로운 감동 때문에 그때 내 정신 속에 있던 모든 것에, 다시 말하면 기와지붕의 장밋빛 반영에, 잡초에, 오래전부터 가고 싶었던 루생빌 마을과 그 숲의 나무들에, 그리고 그 성당의 종루에 더 큰 가치를 부여했다. 왜냐하면 그 새로운 감동을 일으킨 것이 그런 사물들이라 생각하자 내게는 그들이 더욱 매력 있는 듯이 느껴졌고, 또한 그 새로운 감동이 내 돛을 미지의 힘찬 순풍으로 부풀게 하면서 더욱 빨리 그들 쪽으로 나를 옮겨놓으려는 것처럼 느껴졌기 때문이다. 그러나 어떤 여성이 나타나 주었으면 하는 욕망이 나를 위해 자연의 매력에 무엇인가 더 열정적인 것을 덧붙였다면, 자연의 매력은 그 대신 그 여성이 지녔을 매우 한정된 매력을 넓혀주었다. 나에게는 수목의 아름다움 또한 그녀의 아름다움이었으며, 그녀의 키스는 나를 지평선의 영혼과 루생빌 마을의 영혼, 그리고 그해 읽었던 책의 영혼으로 인도해줄 것처럼 보였다. 그리고 나의 상상력은 관능과 접촉하여 기운을 되찾고 나의 관능이 그 상상력의 온 영역에 퍼짐으로써, 이미 내 욕망은 끝이 없어졌다. 따라서— 그런 자연 속에서 몽상에 잠길 때면 평소의 행위는 멈춰지고, 사물에 대한 우리의 추상적 관념은 제외되기에 우리가 있는 곳의 독자성이나 그곳의 개성적인 생명을 깊이 믿게 되는데— 나에게는 나의 욕망이 불러일으킨 그 지나가는 여인이 일반적으로 말하는 흔해빠진 타입의 여인이 아니라, 그 고장의 당연하고도 필연적인 산물로 생각되었다. 왜냐하면 그 시절 나에게는 나 아닌 온갖 것, 즉 대지나 생물도, 인간의 눈에 비치는 것보다 더욱 현실적인 생명을 부여받은 더욱 귀하고 더욱 소중한 것으로 보였기 때문이다. 그리고 나는 대지와 생물들을 따로 떼어놓지 않았다. 나는 메제글리즈와 발베크 그 자체에 욕망이 있었듯이 메제글리즈나 루생빌 마을의 시골 처녀, 혹은 발베크의 어촌 아가씨에게도 욕망을 품었다. 그렇지만 그녀들이 나에게 줄 수 있는 쾌락의 조건을 내 마음대로 변경했다면, 그 쾌락은 덜 진실되게 보였을 것이며, 나는 그런 따위의 쾌락을 생각하지 않게 되었을 것이다. 발베크의 어촌 아가씨나 메제글리즈의 시골 처녀를 파리에서 사귄다는 건 바닷가에서 보지 못했던 조가비나 숲속에서 볼 수 없었던 고사리를 선사받는 것과 마찬가지여서, 그것은 그 여인이 나에게 줄 쾌락, 나의 상상력이 그 여인을 중심으로 하여 쌓았던 쾌락이란 쾌락은 모조리 빼앗아버리는 것과 같았다. 그러나 이렇듯 껴안아볼 시골 처녀도 없이 루생빌 숲속을 돌아다니는 건, 숨겨진 보배, 그윽한 아름다움을 알지 못하는 것과 다름이 없었다. 오직 무성한 나뭇잎 틈새로만 보이는 그 아가씨는, 그녀 자체가 나에게는 일종의 지방 식물, 즉 다른 식물보다 단지 그 구조로 인해 그들보다 그 고장의 심오한 정취를 더욱 깊이 느끼게 하는 지방 식물과 같았다. 내가 이를 매우 쉽게 믿을 수 있었던 것은(나를 그런 심오한 정취에 이르도록 한 그녀의 애무는, 그녀가 아닌 다른 여인에 의해서라면 그만한 쾌락을 느낄 수 없을 정도로 독특한 것이라는 걸), 내 나이가 여러 여인과 쾌락을 맛보며 그런 여인들을 소유한 데서 맛본 쾌락을 추상하거나 어떤 보편적인 개념에 귀착시키거나, 그러고 나서 여인들을 늘 동일한 쾌락을 지닌 교체 가능한 연장으로 간주하기에는 아직 멀었기 때문이었다. 그런 추상적인 쾌락은 어떤 여성에게 접근할 때 추구되는 목적이나 미리 느껴지는 불안의 원인처럼 정신 속에서 고립되고 분리된 채 형성되어 있는 것은 아니다. 사람들은 그런 쾌락을 자기가 품은 것이라고는 거의 생각하지 않는다. 오히려 여인이 지닌 매력을 쾌락이라고 말한다. 왜냐하면 사람은 자기 자신을 생각하지 않고, 자기에게서 나오려는 생각만 하기 때문이다. 아련히 기대되는, 안에 숨겨진 그 쾌락은, 그것이 막 이루어지는 순간 우리 곁에 있는 여인의 달콤한 눈길과 입맞춤이 야기하는 다른 쾌락들을 극에 도달시키기에, 특히 우리 자신에게는 그 쾌락이 상대방 여인이 우리에게 한껏 베푸는 친절과 호의를 통해 측정된 그녀의 감동 어린 편애와 착한 마음씨에 대한 우리의 열렬한 감사로밖에 보이지 않는다.

아, 슬프다! 루생빌의 작은 성탑을 향해 내가 애원한 것도 헛일이었다. 콩브레에 있는 우리 집 위층, 붓꽃 향기를 풍기는 작은 방 안의 방싯 열린 창유리 한가운데로 그 탑밖에 보이지 않았을 때 마치 내 첫 욕망의 속내 이야기를 할 수 있는 유일한 상대이기나 한 것처럼, 루생빌 작은 탑을 향해 내 곁에 그 마을의 계집애를 보내달라고 부탁한 것도 허사였다. 그렇게 부탁하는 동안, 나는 마치 탐험을 꾀하는 여행가나 혹은 쇠약할 대로 쇠약해져 자살을 기도하는 절망한 사람처럼 비장하게 망설이면서, 내 몸에까지 기울어져 있는 야생 까치밥나무 잎에, 흡사 달팽이의 흔적과 같은 어떤 자연의 흔적이 생기는 순간까지, 내 마음속에 죽음의 길이라고까지도 여겨지는 미지의 길을 만들어냈다. 이제는 나의 애원도 허사였다. 넓디넓은 들판을 내 시야 속에 담아 넣고는 거기서 한 여인을 찾아내려고 혈안이 됐었으나 헛수고였다. 나는 생탕드레 데 샹 성당의 정면 현관까지 갔었다. 그러나 할아버지와 함께여서 말을 붙일 수 없는 때라면 틀림없이 만났을 그 시골 아가씨, 그 아가씨의 모습은 거기에 없었다. 나는 멀리 있는 한 그루 나무를 하염없이 바라보았다. 그 나무 뒤에서 그녀가 나타나 내게로 올지도 모르니까. 그러나 철저하게 살펴본 지평선에서는 아무런 기미도 없었고 어둠이 내리고 있었다. 나의 주의력은 이 불모의 땅, 이 고갈된 대지가 숨기고 있을지도 모르는 아가씨들을 빨아들이기라도 하려는 듯 헛되이 지상에 달라붙었다. 그리고 내가 루생빌 숲의 나무들에 감탄한 것도 이젠 희열에서가 아니고 분노에서였는데, 그 나무들 사이에서는 마치 전경(全景)이라는 그림 속에서 그려진 수목들처럼 더는 살아 있는 생물은 나오지 않았기 때문이다. 이렇듯, 그처럼 원했던 여인을 품에 안기 전에는 단념하고 집으로 돌아올 수 없었지만, 나는 가는 도중에 그녀를 우연히 만나게 될 가능성이 더욱 희박해진 것을 스스로 시인하면서, 하는 수 없이 콩브레로 되돌아가야만 했다. 그러나 설령 그 길에서 그녀를 만났다 해도 내가 말이나 걸어볼 수 있었을까? 그녀는 나를 미치광이쯤으로 생각했을 것이다. 그리고 나는 그러한 산책 도중에 생겨났지만 실현되지는 못한 그 욕망을 다른 사람들도 나누어 갖고 있다든가, 내 마음 밖에서도 그것은 진실로 통하리라든가 하는 생각은 그만두었다. 내게는 그런 욕망이 이제는 순전히 내 기질이 만들어낸 주관적이고 무기력하고 환상적인 창조물로밖에는 생각되지 않았다. 이미 그 욕망은 자연과도 현실과도 아무런 관계가 없었고, 그때부터 자연과 현실은 온갖 매력과 온갖 의미를 잃어버려, 시간을 보내려고 등 없는 의자에 앉아서 읽는 소설의 허구와 여행자가 탄 객차의 관계가 그러하듯이, 내 생활에서 단지 인습적인 틀에 지나지 않게 되었다. 사디즘에 대한 나의 관념이 생긴 것은 아마도 그 몇 해 후에 몽주뱅 근처에서 받은 인상, 그 당시에는 어렴풋이 남아 있던 어떤 인상에서인 것 같다. 그 인상의 기억이 아주 다른 이유에서, 나의 삶에 중대한 역할을 하게 되는 것을 나중에 알게 될 것이다. 그것은 몹시 무더운 날의 일이었다. 하루 종일 집을 비우지 않을 수 없었던 우리 가족은 나에게 마음대로 늦게 돌아와도 좋다고 말한 적이 있었다. 그래서 내가 좋아하던 기와지붕의 반영을 다시 보려고 몽주뱅의 늪까지 갔던 나는, 나무 그늘에 누워 있다가 집이 내려다보이는 비탈의 관목 덤불 속에서 깜빡 잠이 들고 말았다. 그곳은 전에 뱅퇴유 씨를 방문하러 가던 날, 내가 아버지를 기다리던 장소였다. 내가 잠에서 깨어났을 때는 거의 어둑어둑해 있었다. 내가 몸을 일으키려고 했을 때, 뱅퇴유 아가씨의 모습이 눈에 띄었다. (내가 아는 한에서는 그녀임에 틀림없었다. 이런 말투를 쓰는 것은 다름이 아니라, 나는 콩브레에서 그녀를 자주 본 것은 아니며, 보았다고 해도 그녀가 아직 계집애였을 때뿐이었는데, 이제는 벌써 아가씨 티가 났기 때문이다.) 그녀는 필시 지금 막 방으로 돌아온 듯싶었는데, 내 맞은편, 내게서 불과 몇 센티미터밖에 떨어져 있지 않은 그 방은 그녀의 아버지가 우리 아버지를 접대하던 방으로, 지금은 그녀의 작은 응접실이 되어 있었다. 창문이 열려 있고, 등불이 켜져 있어 나는 그녀에게 들킬 염려 없이 그녀의 일거일동을 살펴보게 되었다. 어차피 그곳을 떠나려고 수풀을 부스럭거린다면, 그녀에게 들켜 내가 그녀의 모습을 몰래 훔쳐보려고 거기에 숨어 있었다고 여길 것이다.

그녀는 정식 상복을 입고 있었다. 그녀의 아버지가 최근에 돌아가셨기 때문이다. 우리는 그녀의 집에 문상을 가지 않았다. 어머니는 방문하기를 꺼려했는데, 정숙함이라는 미덕이 어머니가 선(善)을 실행하는 것을 방해했기 때문이다. 그러나 어머니는 진심으로 그녀를 불쌍히 여겼다. 어머니는 뱅퇴유 씨의 슬픈 인생의 종말을 회상하곤 했다. 그것은 처음에는 딸에 대한 어머니로서의, 유모로서의 염려에, 다음에는 그 딸 때문에 짙어진 고통에 온통 마음을 빼앗긴 슬픈 인생의 종말이었다. 어머니는 뱅퇴유 노인의 만년의 얼굴을 머릿속에 그려보았다. 어머니는 그가 만년에 쓴 자신의 모든 곡의 정서적 완성을 영영 포기했던 것을 알았다. 나이 든 피아노 교사, 마을의 늙은 오르가니스트로서의 그 보잘것없는 곡들을 말이다. 우리는 그 곡들 자체는 거의 가치가 없다고 생각했지만, 그렇다고 그것들을 형편없게 생각한 것은 아니었다. 왜냐하면 그것이 그로서는 대단한 가치를 지닌 것이며, 딸을 위해 그걸 희생시키기 전까지만 해도, 그것은 그의 생존 이유였기 때문이다. 또 대부분의 작품은 미처 악보로도 쓰여지지 않고 다만 그의 머릿속에 간직되어 있었을 뿐이며, 너덜너덜한 종이에 쓰여진 곡도 몇 개 있었지만, 그 역시 읽기가 힘들어서 남에게 알려지지 않은 채로 남을 것이라고 여겨졌다. 그리고 어머니는 뱅퇴유 씨가 이보다 더 잔혹한 단념을 또 해야만 했다고 생각했는데, 그것은 곧 자기 딸의, 부끄럽지 않고 존경받을 만한 행복한 미래에 대한 단념이었다. 어머니는 우리 고모들의 옛 피아노 선생이기도 했던 고인의 더할 나위 없는 슬픔을 상기할 때면 진정으로 마음 아파했고, 뱅퇴유 양이 틀림없이 느끼고 있을, 자기가 부친을 죽인 거나 다름없다는 양심의 가책이 섞인, 달리 말하면 쓰디쓴 비통함을 생각하며 몸서리를 쳤다. "불쌍한 뱅퇴유 씨, 그분은 좋은 보답도 받지 못한 채 딸을 위해 살다가 딸을 위해 죽었어요. 저승에서나 그 보답을 받으실는지. 그렇게 된다면 어떤 형식으로 받게 될까요? 따님에게서가 아니라면 그것을 보상받을 수 없을 텐데요" 하고 어머니는 말했다.

뱅퇴유 양의 응접실 양쪽, 벽난로 위에는 부친의 작은 사진이 놓였는데, 길을 지나가는 마차 바퀴 소리가 들리자, 그 아가씨는 사진을 가지러 와서 다음에는 소파 위에 몸을 던지고는 작은 테이블을 가까이 끌어당기더니 그 위에 사진을 올려놓았다. 마치 예전에 뱅퇴유 씨가 우리 부모님께 들려주고 싶은 악보를 자기 몸 곁에 놓아두던 것처럼. 이윽고 그녀의 여자 친구가 들어왔다. 뱅퇴유 양은 몸도 일으키지 않고, 양손을 머리 뒤로 한 채 그녀를 맞으며 자리를 내어 주려는 듯 소파 한쪽으로 몸을 비꼈다. 그러나 그녀는 곧 왠지 자기가 그런 자세를 강요하는 것 같아 그것이 어쩌면 상대방을 귀찮게 할지도 모른다는 느낌이 들었다. 그녀의 생각이 그 친구가 필시 자기에게서 멀리 떨어져 있는 편을 더 좋아하리라는 점에 이르자, 스스로 신중치 못했다는 생각이 들며 민감한 그녀의 마음은 근심스러워졌다. 그녀는 다시 소파의 자리를 다 차지하고는, 두 눈을 감으며 그렇게 누워 있는 것이 단지 자고 싶기 때문이라는 걸 보이려고 하품을 했다. 그녀가 그 친구에게 그런 무뚝뚝하고 거만스러운 태도를 취하는데도, 나는 그녀 속에서 그녀 아버지의 지나치게 공손하고 망설이는 듯한 태도와 갑작스런 소심성을 알아볼 수 있었다. 이윽고 그녀는 몸을 일으키더니, 덧문을 닫고 싶지만 잘 닫히지 않는다는 시늉을 해 보였다.

"열린 대로 그냥 둬. 난 더우니까" 하고 그녀의 친구가 말했다.

"그렇지만 그럴 순 없어. 다른 사람들이 우리를 볼 테니까" 하고 뱅퇴유 양이 대답했다.

그러나 그녀는 자기가 그런 말을 한 것은 자기가 실상 듣고 싶은 어떤 다른 말들을 일부러 삼가서 친구가 먼저 말하도록 유도하려는 것에 지나지 않으며, 그것을 친구도 틀림없이 알아차리리라 짐작했다. 그래서 그녀가 열심히 다음 말을 덧붙였을 때, 그 눈길은 나로서는 똑똑히 알아볼 수 없지만, 우리 할머니를 매우 재미있게 해주던 그 표정을 짓고 있음이 틀림없었다.

"다른 사람들이 볼 거라고 말한 건, 우리가 책 읽는 것을 남이 본다는 뜻으로 말한 거야. 아무리 하찮은 일을 하고 있을 때라도 남들이 우리를 보고 있다고 생각하면 난 싫더라."

본능적인 관용과 무의식적인 예의에서 그녀는 자신의 욕망을 모두 실현하는 데 꼭 필요하다고 판단한 계획된 말들을 입 밖에 내지 않았다. 그리고 그녀의 자신 속에는 수줍게 호소하는 한 처녀가 애원하며, 거칠고 의기양양해하는 용병(傭兵)에게 끊임없이 애원하며 물러가게 하고 있었다.

"그래, 누가 볼지도 모르겠군. 이 시각이면 사람들 왕래가 빈번한 곳이니까" 하고 친구가 비꼬아 말했다. "그런데 그게 어때서?" 하고 덧붙였다. (그녀는 말을 할 때 간사하고 다정스럽게도 눈을 깜박여야만 한다고 생각하며, 뱅퇴유 양 마음에 들 것이 뻔한 문구를 말할 때처럼, 호의를 다해 음란한 어조로 그 말들을 뇌까렸다.) "누가 본들 나쁠 건 없어. 더 좋지."

뱅퇴유 양은 소름이 오싹 끼쳐 일어섰다. 소심하고 감수성이 강한 그녀의 마음은 어떤 말을 해야 자신의 감각이 요구하는 무대와 꼭 들어맞을는지 몰랐다. 그녀는 될 수 있는 한 자신의 도덕적인 본성에서 멀리 떠나, 자신이 되고 싶어 하는 타락한 여자다운 말을 찾아내려고 애썼으나, 그런 말도 진지하게 발음했다고 생각하고 나서 보면, 입속에서 가장되어 나타났다. 그리고 그녀가 입 밖에 내도 좋다고 생각한 몇 마디는 부자연스러운 말투가 되어버려, 대담하게 해볼까 하는 속셈도 그 소심한 버릇에 마비되어 다음과 같은 말로 뒤범벅이 되고 말았다. "너 춥지 않니? 너무 덥지 않니? 혼자 책 읽고 싶지 않니?"

"아가씨는 오늘 저녁 매우 음탕한 생각을 하시나 보군" 하고 그녀는 마침내, 물론 그전에 그 친구 입을 통해 들었던 말을 반복하는 것이겠지만, 말하는 것이었다.

크레프 블라우스의 터진 틈에 친구의 입맞춤으로 찌르는 듯한 느낌을 받은 뱅퇴유 양은 작은 비명을 지르며 도망쳤다. 두 여자는 서로를 뒤쫓으며 뛰어다녔고, 널따란 소매를 날개처럼 파닥거리며, 서로 사랑하는 새들처럼 꾸꾸거리며 서로를 불러댔다. 그러다가 마침내 뱅퇴유 양은 친구의 몸에 깔려 소파에 쓰러지고 말았다. 그런데 친구는 작은 테이블, 옛 피아노 교사의 사진이 놓인 테이블에 등을 돌리고 있었다. 뱅퇴유 양은, 상대방의 주의를 사진 쪽으로 끌지 않으면 그의 눈에 띄지 않을 거라고 생각하여, 그것을 마치 방금 본 것처럼 말했다.

"어머! 아버지의 사진이 우리를 보고 계시네. 도대체 저걸 누가 여기에 놓았을까. 여기는 제 위치가 아니라고 몇십 번 얘기했었는데."

그건 뱅퇴유 씨가 자신의 악보에 관해 우리 아버지에게 했던 말이라는 것이 생각났다. 그 사진이 늘 그런 의식(儀式)에 모독적으로 남용되었음이 틀림없다. 왜냐하면 친구가 의식 절차대로의 응답의 일부인 것 같은 말로 뱅퇴유 양에게 대꾸했기 때문이다.

"거기 그냥 내버려둬. 거기 있다고 우릴 귀찮게 하는 건 아니잖아. 그 비열한 원숭이 같은 녀석이 네가 창문을 열어둔 채 있는 걸 본다면, 눈물을 글썽이며 네게 외투라도 입혀줄 것 같아?"

뱅퇴유 양은 부드럽게 책망하는 어투로 대답했다. "그러지 마, 그런 말 하지 말라고." 이 말은 그녀의 착한 성품을 입증하는 것이었는데, 그녀가 그렇게 말한 것은 자기 아버지에 대한 그런 말투에 화가 났기 때문이 아니라(명백히 그 말에는—어떤 궤변의 도움에서였을까?—그녀가 이런 순간이면 습관적으로 자기 마음을 억누르는 어떤 감정이 들어 있었다), 그 말이 자기가 이기주의자로 보이지 않으려고 친구가 자기에게 주려는 쾌락에 스스로 제동 장치를 거는 것 같았기 때문이다. 그리고 그런 모욕적인 말에 웃음으로 답하는, 늘 위선적이면서도 다정스러운 비난은, 그녀의 순진하고 선량한 성품에 비한다면 아마도 그녀가 동화되고자 하는 고약한 짓의 유달리 비열하고 상냥한 형식인 것 같았다. 그러나 그녀는 방어력이 없는 망자(亡者)에게 그토록 무자비하게 퍼붓는 여성에게 달콤하게 대접받았을 때 느끼는 쾌락의 매력에 저항할 수 없었다. 그녀는 친구의 무릎 위로 뛰어올라, 흡사 그 친구의 딸이나 할 수 있을 듯한 동작으로 키스를 바라며 얌전하게 이마를 내밀었고, 그렇게 함으로써 자신들이 무덤 속 뱅퇴유 씨에게서까지 부성애를 강탈할 정도로 잔혹함의 절정에 이른 데 대해 황홀감마저 느꼈다. 친구는 두 손으로 뱅퇴유 양의 머리를 감싸고는 뱅퇴유 양에 대한 크나큰 애정과 참으로 쓸쓸한 현재의 고아 생활에 어떤 기분전환을 해주고 싶은 심정에 쉽게 온순해져서 그녀의 이마에 입을 맞추었다.

"이 흉악한 늙은이에게 내가 뭘 해주고 싶은지 아니?" 하고 사진을 집어 들며 친구가 말했다.

그러고는 뱅퇴유 양의 귀에 대고 뭐라고 속삭였는데, 내 귀에는 들리지 않았다.

"어머! 감히 그러진 못할 거야."

"내가 감히 침을 못 뱉을 줄 알아? 이 위에?" 하고 친구가 일부러 난폭하게 말했다.

나에게는 더는 들리지 않았다. 왜냐하면 뱅퇴유 양이 지치고 어색하고 분주한, 그리고 정직하고 침울한 모습으로 창문과 덧문을 닫으러 왔기 때문이다. 그러나 나는 그때서야 뱅퇴유 씨가 일생 동안 그 딸 때문에 견디었던 온갖 고생의 보답으로 그 딸에게서 무엇을 받는지 알게 되었다.

그렇지만 나는 그 후로, 설령 뱅퇴유 씨가 그 현장을 목격했다 하더라도 딸의 선량한 마음을 의심하지 않았을 것이며, 또 그런 태도 역시 전혀 잘못된 것은 아니라고 생각하게 되었다. 물론, 뱅퇴유 양의 일상생활에 있어서는 악의 외관이 거의 완벽하여, 사디스트 여성이 아닌 다른 사람에게서 그만큼 완벽하게 실현된 외관에 접하기는 어려웠을 것이다. 오로지 딸 때문에 살아온 아버지의 사진에 자기 친구를 시켜 침을 뱉게 하는 딸을 구경할 수 있는 곳은, 진짜 시골 별장의 등불 아래라기보다는 오히려 불바르 극장의 조명 아래다. 실제 인생에서 멜로드라마의 미학에 근거를 제공하는 것은 사디즘 외에는 거의 없다. 현실에서 사디즘의 경우 외에도, 뱅퇴유 양처럼 죽은 아버지의 기억과 선의를 잔인하게 저버리는 딸이 있을지 모르지만, 그런 배신 행위를 그토록 유치하고도 단순한 1막의 상징극으로 명백하게 요약하진 못하리라. 죄악이라 할 수 있는 그 행동만 해도 남들 눈에는 좀처럼 눈에 띠지 않으며, 죄악을 범한다는 의식 없이 죄악을 행하고 있을 그녀 자신의 눈에도 그것은 보이지 않을 것이다. 그러나 그런 외관을 떠나, 뱅퇴유 양의 마음속에서 악은 확실히 적어도 처음에는 불순물이 없었던 것은 아니다. 그녀 같은 사디스트들은 악의 예술가이며 완전무결하게 악한 여인과는 종류가 다르다. 왜냐하면 완전무결하게 악한 여인에게는 악이 외적인 것이 아니라 아주 자연스럽게 보여, 그녀 자신과 구별조차 할 수 없을 것이기 때문이다. 그리고 미덕이라든가 고인에 대한 추억, 또 자식으로서의 부모에 대한 애정 같은 것은 예찬하지 않는 이상 그것들을 모독하는 기쁨도 느끼지 않을 테니까. 뱅퇴유 양 같은 사디즘 환자들은 너무도 순수한 감상파들이요 천성적으로 덕성스러운 인간들이어서, 그들에게는 육감적 쾌락마저 뭔가 나쁜 일, 나쁜 사람의 특권처럼 보이는 것이다. 그리고 그들이 한순간 육감적 쾌락에 탐닉하기를 그들 자신에게 허락할 때, 그들은 일시나마 그들의 소심하고 민감한 영혼에서 탈출했다는 환상에 빠지려고, 악인의 껍질을 뒤집어쓰고는 그들의 공범자와 함께 쾌락의 비인간적인 세계로 들어가려고 애쓴다. 그런데 그녀로선 그런 탈출에 성공하기가 얼마나 어려웠는가를 보고, 나는 그녀가 얼마나 그 쾌락을 갈망했었는가를 이해했다. 그녀가 부친과는 아주 다른 사람이 되기를 바랐을 때, 정작 그녀가 연상케 한 것은 그 피아노 노교사의 사고방식과 말투였다. 아버지의 사진 이상으로 그녀가 모독했던 것, 그녀가 자기의 쾌락에 이용하긴 했지만 그 쾌락과 자기 사이에 끼여 있어 직접 쾌락을 맛보는 것을 방해한 것, 그것은 바로 아버지와 얼굴이 닮았다는 점과 아버지가 그녀에게 가문의 가보처럼 전해준 할머니의 푸른 눈, 그리고 뱅퇴유 양과 그녀의 악덕 사이에 어떤 미사여구와 기분을 개입시키는 싹싹한 태도였다. 그런데 그녀와는 관계가 없던 그 기분 때문에 그녀는 그 악덕이 자기가 늘 지키는 허다한 예의범절과 크게 다르다고 느끼지 못했다. 악이 그녀에게 쾌락의 관념을 주고, 악이 그녀를 즐겁게 한 것은 아니다. 다만 쾌락이 그녀에게는 나쁜 것으로 여겨졌던 것이다. 그리고 그녀가 쾌락에 열중할 때마다, 그것은 평상시에 그녀의 덕망 있는 영혼에는 없던 고약한 생각을 동반해와서, 마침내 그녀는 쾌락에서 뭔가 악마적인 것을 발견하고는 쾌락을 '악과 동일시하고 말았다. 아마 뱅퇴유 양은 자신의 친구가 근본적으로 악한 사람은 아니며, 그 모독적인 언사도 본심에서 우러나온 건 아니라고 생각했을 것이다. 그녀는 적어도 웃음이나 눈길을 보내는 친구의 얼굴에 입을 맞춤으로써 쾌락을 느꼈던 것이다. 그런 웃음과 눈길은, 아마도 가장된 것이겠지만 그 올바르지 못하고 천한 표정으로 보아, 선량하고 괴로워하는 인간의 것이 아니라 잔인하고 쾌락을 좇는 인간의 표정에 나타나는 것과 유사했다. 그녀는 한순간, 아버지의 기억에 대해 진정 야만스런 감정을 품은 한 계집애가 역시 타락한 공범자와 함께 쳤을지도 모르는 그런 장난을 실제로 자기가 하고 있구나라고 상상했을지도 모른다. 그러나 만약 그녀가, 남들처럼 그녀의 마음속에도 남들이 일으키는 고뇌에 대한 무관심이 있고, 어떤 다른 명칭이 붙여지든 간에, 그 무관심은 잔인성의 무섭고도 항구적인 형태라는 것을 판별할 수 있었다면, 그녀는 악을 이처럼 드물고, 이상하고, 낯선 것이라고는 생각하지 않았을 것이고, 악의 나라로 이주하는 것을 이토록 아늑한 것으로 여기지도 않았을 것이다.

메제글리즈 쪽으로 가는 것은 꽤 간단했지만 게르망트 쪽으로 가는 데는 그렇지가 않았다. 산책로가 길기에 가족들은 떠나기 전에 날씨부터 확인하고 싶어 했다. 화창한 날씨가 계속될 듯싶었던 무렵이면, 프랑수아즈는 '불쌍한 농작물'에 비 한 방울 떨어지지 않는 데 실망하여, 잔잔한 푸른 하늘 표면에 드문드문 흰 구름만 떠가는 것을 보고, "물개가 저 높이에서 콧등을 내밀며 놀고 있다고나 할까? 아! 불쌍한 농부들을 위해 비 한 방울 안 내려주시다니 잘도 생각하셨지! 게다가 밀싹이 돋아날 무렵에는 우당탕 하고 쉴 새 없이, 마치 바다 위로 내리는 듯이 장소를 가리지 않고 퍼부을 테지!" 하고 탄식하며 소리치곤 했다. 한편 아버지는 정원사와 청우계에서 한결같이 좋은 날씨라는 대답을 얻게 되자, 비로소 저녁 식사 때 이야기를 꺼냈다. "내일도 같은 날씨라면 게르망트 쪽으로 가봅시다." 우리

가족은 점심 식사가 끝나자 곧 정원의 작은 뒷문을 나서서, 페르샹 거리로 내려갔다. 그 거리는 비좁고 뾰족한 모퉁이로 이어져 있었고 화본과(禾本科) 식물이 나 있었는데, 말벌 두세 마리가 그 가운데서 식물을 채집하며 하루를 보내고 있었다. 페르샹〔Perchamps : 들판을 지나서라는 뜻〕이라는 이름 못지않게 괴상한 그 거리의 기묘한 특징과 까다로운 개성은 그 이름에서 유래한 듯싶었는데, 현재의 콩브레에서 그 거리를 찾아본다는 것은 헛된 일이며, 전에 그 거리가 있던 자리에 지금은 초등학교가 서 있었다. 그러나 나의 공상은(르네상스 시대의 성당 주랑과 17세기의 제단에서 로마네스크식 성가대석 흔적을 발견했다고 생각해서, 온 건물을 12세기의 원상대로 복구한 비올레 르 뒤크 문하의 건축가들과 마찬가지로), 새 건축물의 돌 하나도 빼놓지 않고 페르샹 거리를 다시 한번 해체하여 '복구시킨'다. 게다가 나의 공상은, 그런 복구를 위해 보통 다른 복구자들이 갖는 것보다 더 정확한 자료를 가지고 있다. 그것은 곧 나의 기억 속에 보존된 어린 시절의 콩브레의 이미지, 아마도 이것은 아직 현존하고는 있지만 오래지 않아 소멸될 최후의 이미지인데, 더구나 콩브레 자신이 그 소멸에 앞서 이것을 내 머릿속에 새겼기에ㅡ만일 할머니가 복제해주기를 좋아했던 저 훌륭한 초상화와 이름 없는 초상화를 비교해도 좋다면ㅡ그것은 다 빈치의 걸작이나 생마르크 성당의 정면 현관을 오늘날엔 존재하지 않는 원상대로 보여주는 〈최후의 만찬〉의 옛 판화나 벨리니〔Gentile Bellini : 이탈리아의 베네치아파 화가. 초상화가로서 높이 평가받음〕의 그림처럼 참으로 감동적인 이미지다.

우리는 루아조 거리에 있는 오래된 여관인 '루아조 플레세' 앞을 지나가곤 했는데, 그 널따란 앞마당은 17세기 무렵, 몽팡시에나 게르망트, 몽모랑시 등 여러 공작 부인들이 소작인들과의 분쟁이나 상납 문제로 콩브레에 와야 했을 때 몇 번인가 화려한 사륜마차가 들어갔던 곳이다. 우리가 수목 사이의 산책터에 이르자, 수목 사이로 생틸레르의 종탑이 나타났다. 나는 할 수만 있다면 거기에 앉아 종소리를 들으며 하루 종일 책을 읽고 싶었다. 왜냐하면 날씨가 화창하고 또 주위가 아주 조용해서, 시각을 알리는 종소리가 울려와도, 그 소리가 낮의 고요를 깨뜨리기는커녕 고요 속에 있는 잡스러운 것들을 없애버리는 듯했고, 또 그 종탑은 별로 할 일이 없는 인간의 무료하고도 꼼꼼한 정확성으로— 태양열에 의해 서서히, 자연스럽게, 고요 속에 모인 금빛 물방울을 짜내 떨어뜨리려고—때를 맞춰, 충만한 고요를 막 압축하는 것 같았기 때문이다.

게르망트 쪽의 가장 큰 매력은, 산책하는 동안 거의 줄곧 비본 시냇물을 옆에 둘 수 있다는 것이다. 집에서 나온 지 10분가량 지나면 퐁비외라고 불리는 작은 다리에서 처음으로 그 냇물을 건너게 된다. 우리가 콩브레에 도착한 다음 날인 부활절 축제일부터 설교가 끝난 후 날씨만 좋으면 나는 항상 그 다리까지 달려가, 호사스런 준비물이 아직도 널려 있는 살림 도구들을 더욱더 추하게 보이게 하는 대축제일 아침의 혼란스러움 속에서 시냇물이 벌써 하늘의 푸른빛을 띠고 헐벗은 검은 땅 사이로 흘러가는 것을 보곤 했다. 그 시내 곁에는 너무 철 이른 노란 앵초와 일찌감치 등장한 앵초 종류 한 무리가 홀로 피어 있었고, 또 한편 푸른 주둥이를 한 오랑캐꽃은 여기저기 한 송이씩 그 조그만 나팔 속에 담은 약간의 향기의 무게로 그 줄기를 굽히고 있었다.

퐁비외 다리는 좁은 뱃길로 통하는데, 그곳은 여름철이면 개암나무의 푸른 잎으로 덮여, 그 나무 아래에서 밀짚모자를 쓴 한 낚시꾼이 뿌리를 내리고 있었던 곳이다. 콩브레에서는 편자 대장장이나 식료품 가게 점원이 성당지기 제복이나 성가대원의 흰 옷을 입고 자기 모습을 감추고 있어도 그가 누구인가를 알아낼 수 있었는데, 그 낚시꾼만은 신분을 영영 알아낼 수 없는 사람이었다. 그는 우리 집 사람들을 아는 게 틀림없었다. 우리가 그 앞을 지나갈 때, 그가 모자를 벗어 올렸기 때문이다. 나는 그의 이름을 묻고 싶었지만, 물고기가 도망가지 않도록 집안 식구들이 나보고 잠자코 있으라는 시늉을 했다. 우리는 몇 걸음 높이의 비탈에서 시내를 굽어보는 좁은 뱃길로 들어섰다. 그 시내의 맞은편으로는 하구(河口)에서 가까운 곳에 넓은 목장들이 마을까지, 그리고 멀리 떨어진 역까지 펼쳐져 있었다. 그곳에 콩브레의 옛 백작들의 성터가 반쯤 풀에 묻혀 산재해 있었는데, 그것들은 그들이 중세에 게르망트 제후와 마르탱빌 사제들의 공격에 맞서기 위한 방어물로 비본 시내 옆에 세웠던 것이었다. 이제는 목장을 울퉁불퉁하게 만들고 겨우 눈에 띄지도 않는 성탑의 몇몇 부분과 성벽에 뚫은 몇 개의 감시구밖에 남아 있지 않지만, 옛날에는 노수(盧手)가 돌을 던지고, 감시병이 콩브레를 둘러싼 게르망트의 속령(屬領)인 노브퐁, 클레르퐁텐, 마르탱빌 르 섹, 바이요 레그장을 감시했던 곳인데, 오늘날에는 그 감시구가 풀에 닿을락말락하여 학과 공부를 하러 오거나 쉬는 시간에 놀러 오는 신학교 학생들로 점령되어 있었다— 그러한 과거, 거의 땅속으로 내려가 흡사 서늘한 바람을 쐬는 산책자처럼 물가에 누워 있는 과거, 그렇지만 그 과거는 나를 깊은 명상에 잠기게 하고, 나로 하여금 콩브레라는 이름 속에 오늘날의 그 작은 도시에다 그와는 전혀 다른 또 하나의 도시를 덧붙이게 하여, 미나리아재비 밑에 반쯤 가려져 있는 그 불가해한 옛 모습으로 내 생각을 사로잡았다. 미나리아재비는 풀 위에서 놀기 위해 스스로 선택한 그곳에 수없이 많이 몰려와서 홀로 또는 쌍쌍이, 아니면 무리를 지어 마치 계란 노른자위처럼 노랗게 물들어 있었는데, 그 꽃을 구경하는 데서 오는, 실없는 감상에서는 끌어낼 수 없는 기쁨을 꽃의 황금빛 표면에 무용한 아름다움이 생겨날 정도로 쌓아놓았기에 그 빛은 그만큼 더 강하게 빛나 보였다. 또 그것은 내가 아주 어려, 프랑스 동화에 나오는 왕자 이름과도 같은 그 예쁜 이름의 철자를 완전히 읽지도 못하면서 좁은 뱃길에서 그것들 쪽으로 팔을 내밀던 그 무렵부터 그런 모습으로 있었다. 아마도 그것들은 몇 세기 전에 아시아에서 와서, 그 마을에 영구히 자리를 잡고, 수수한 지평선에 만족해하며, 태양과 물가를 사랑하며, 역의 보잘것없는 전망에 시들해하질 않고 그 시민적인 소박성 속에 프랑스의 몇몇 옛 유화들처럼 아직도 동양의 시적인 광채를 간직하고 있었다.

나는 장난꾸러기들이 송사리를 잡으려고 비본 시내에 물병을 담그고 있는 것을 재미있게 바라보았다. 그 물병은 냇물로 가득 찬 동시에 냇물에 둘러싸여, 고체의 물처럼 투명한 허리를 가진 '그릇'이며 또한 흐르는 액체 수정(水晶)이란 더 큰 그릇 속에 잠겨 있는 '내용물'이기도 해서, 식탁에 놓였을 때보다 더욱 쾌적한 자극으로 서늘한 인상을 불러일으켰는데, 그것은 그 그릇이 굳어지지 않아 손으로는 잡을 수 없는 물과, 유동성이 없어 입 안에서는 맛볼 수 없는 유리 사이를 끊임없이 운(韻)에 맞춰 드나들었기 때문이다. 나는 다음에 낚싯대를 갖고 이곳에 오리라 마음먹었다. 장만해온 음식에서 빵을 조금 꺼내달라고 해서 그 작은 빵조각을 비본 냇물에 던졌다. 그것은 냇물에 과포화 현상을 일으키기에 충분한 것 같았다. 왜냐하면 물은 금세 그 빵조각 둘레에서, 언제라도 응결될 준비가 된 채 눈에 띄지 않게 물속에 흩어져 있었음에 틀림없는, 흐늘흐늘한 올챙이 알로 빽빽하게 응결되었으니까.

드디어 비본의 흐름은 수생식물들에 의해 막힌다. 우선 자생(自生)의 수련 같은 것이 외따로 나타난다. 그 수련은 불행히도 흐름을 거슬러 나 있기에, 냇물의 흐름이 그것에 거의 휴식을 주지 않아서, 마치 기계적으로 움직이는 나룻배처럼 한쪽 냇가에 닿았는가 하면, 금세 왔던 냇가로 되밀려가 끊임없는 그런 왕복을 되풀이하고 있었다. 냇가 쪽으로 밀려난 그 꽃꼭지는 주름살을 펴고 길게 뻗다가, 실이 풀려나가듯 뻗을 대로 뻗어 냇가에 닿았다가는, 거기서 다시 흐름에 휘말려 그 초록빛 동아줄을 다시 감으며 가련하게도 출발점으로 끌려가곤 하는 것이었는데, 거기서는 같은 동작을 되풀이하지 않고서는 한순간도 머물지 못하는 만큼 그 장소를 출발점이라고 부르는 게 좋을 것이다. 내가 산책할 때마다 수련은 매번 그와 똑같은 상태에 있었는데, 그것은 어떤 신경성 환자들을 연상시켰다. 할아버지에 따르면 레오니 고모도 그 속에 포함된다고 했는데, 그들은 이번에야말로 자기들이 지닌 그 이목을 끄는 괴상한 버릇들을 떨쳐버리겠다고 결심하면서도, 여러 해 동안 변함없이 우리에게 보여주는 것이었다. 불쾌한 감정과 괴벽의 톱니바퀴 장치에 휩쓸려 들어가자, 그들은 거기서 빠져나오려고 헛되이 몸부림치지만, 그럴수록 그것은 도리어 톱니바퀴 작용을 정확하게 하고, 그들의 기묘하고, 불가피하고, 불행한 식이요법의 제동기를 움직이게 할 뿐이었다. 그 수련도 마찬가지여서, 그것은 또한 기이한 고뇌를 짊어진 불행한 인간들 가운데 한 사람과도 같았다. 즉 인간의 영원토록 끊임없이 되풀이되는 형벌에 호기심을 일으킨 단테(Alighieri Dante : 이탈리아 르네상스 시대의 대표적 시인)가, 성큼성큼 멀리 가는 베르길리우스에게서 더 빨리 따라오라고 재촉을 받지 않았더라면—내가 우리 식구들에게 재촉받듯이—단테에게 자신의 형벌 내용과 원인을 더 장황하게 들려주었을 그 죄인과 비슷하다고나 할까.

그러나 더 멀리 나가자, 시냇물은 느리게 흘러 어느 사유지를 가로지르고 있다. 그 사유지의 출입을 일반인에게 허락하는 땅 주인은 수생초 재배를 낙으로 삼는 사람으로, 비본 시내가 만들어놓은 몇 개의 작은 늪을 훌륭한 수련원(睡蓮園)으로 꽃피워놓았다. 이 근처 냇가에는 수목이 무성히 우거져 커다란 나무 그림자 때문에 시냇물이 늘 검은 초록빛을 띠고 있었는데, 때로는 오후에 소나기가 쏟아질 듯하다가 다시 갠 저녁 무렵에 집으로 돌아오다 보면, 그것은 일본식 칠보 자기 같은 보랏빛에 가까운 맑고 눈부신 푸른빛을 띠고 있는 것이었다. 수면 곳곳에는 중심이 빨갛고 가장자리가 하얀 수련 꽃이 딸기처럼 붉게 물들어 있었다. 더 멀리에는 빛깔이 더 엷고 덜 빛나고 더 오톨오톨하고 주름이 많이 잡힌 꽃들이 무척 많이 있었는데, 개중에는 우연히도 매우 우아하게 말려 있어, 흡사 멋있는 잔치를 장식한 꽃줄의 꽃잎들이 구슬프게 떨어진 뒤에 끊어진 꽃줄에 남은 이끼 장미를 보는 듯한 느낌이 들 만큼 이리저리 떠도는 것도 있었다. 게다가 한구석은 보통 종류의 수련을 모아둔 듯, 가정주부가 공들여 닦은 도자기나 장대나무처럼 깨끗한 흰색과 다홍색을 띠고 있었고, 한편 좀 더 멀리에서는 그들이 서로 밀집하여 수상 화단을 이루어놓아 마치 여기저기 뜰의 오랑캐꽃들이 나비처럼 수상 화단의 투명한 경사 위에 푸르스름하고 윤기 있는 날개를 쉬러 온 것 같았다. 그것은 꽃 자체의 색깔보다 더 귀중하고 더 감동적인 색깔의 바닥을 꽃들에게 주고 있었기 때문에, 수상 화단인 동시에 천상의 화단인 듯싶었다. 그리고 그 화단은 낮 동안 수련꽃 밑에서 조용히, 주의 깊게 움직이는 행복의 만화경을 반짝일 때나, 또는 땅거미 질 무렵 어딘가 먼 항구처럼 석양의 장밋빛과 꿈 빛으로 가득 찼을 때도, 점점 더 색조가 고정되어가는 꽃부리 둘레에서, 더욱 심오하고 더욱 덧없고 더욱 신비스러운 것과의—말하자면 더욱 무한한 것과의—조화를 그대로 지속하려고 쉴 새 없이 변화하면서, 하늘 가운데 수련꽃을 꽃피우는 것 같았다.

공원을 빠져나오면 비본 시내는 빨리 흐르게 된다. 어떤 사공이 노를 놓아두고는 머리를 아래로 한 채 밑바닥에 반듯이 드러누워 나룻배가 떠내려가는 대로 내버려두었는데, 머리 위로 천천히 흘러가는 하늘만을 볼 수 있었을 뿐인 그의 얼굴에 행복과 평화의 전조가 나타나는 것을 보며, 나도 내 맘대로 자유로이 살게 되면 저렇게 해보겠다고 몇 번이나 마음먹었던가!

우리는 물가의 붓꽃 사이에 앉았다. 축제일 하늘에 한가로운 구름이 천천히 소요하고 있었다. 이따금 권태에 숨이 막힌 잉어 한 마리가 뻐끔거리며 밖으로 뛰어올랐다. 간식 시간이 되었다. 귀로에 앞서 우리는 오랫동안 풀 위에 앉아서 과일과 빵과 초콜릿을 먹었다. 우리가 앉아 있는 곳까지, 생틸레르의 종소리가 수평으로 희미하게, 그러나 밀도 있는 금속성으로 들려왔다. 그 소리는 공기 속을 그처럼 오랫동안 건너왔는데도 공기에 섞여버리지 않고, 아주 가느다란 선과 같은 소리로 계속 파동 치면서, 꽃들을 스치며 우리 발밑에서 파르르 떨고 있었다.

때때로, 숲으로 둘러싸인 물가에서, 우리는 이른바 별장이라고 불리는 집을 보았는데, 그것은 이 세상에서 보이는 거라고는 그 집의 발치를 담근 시내밖에는 없을 정도로 눈에 띄지 않는 외딴집이었다. 생각에 잠긴 얼굴과 우아한 베일로 보아 이 고장 태생이 아닌 듯싶은 젊은 여인 하나가, 통속적인 표현에 따른다면, 필시 '세상을 피해' 그곳에 와서, 자신의 이름은 물론이려니와 특히 자기가 마음을 차지할 수 없었던 남성의 이름을 어느 누구도 모르겠거니 하고 느끼는 그 쓰디쓴 기쁨을 맛보며, 문 곁에 매어놓은 쪽배 너머로는 앞이 더 보이지 않는 창문 속에 둘러싸여 살고 있었다. 냇가의 수목 뒤에서 지나가는 이들의 목소리가 들리자 여인은 멀거니 눈을 쳐들었는데, 그들의 얼굴을 보기 전에 이미 그녀는, 저들은 그 불성실한 남성을 결코 알지 못하고 앞으로도 알 리가 없으며 저들의 어떤 과거에도 그에 대한 흔적은 없으며 또 미래에도 그럴 기회는 없으리라고 확신하는 것이었다. 그녀는 모든 걸 단념하고, 자기가 사랑하는 남자를 언뜻 볼 수 있을지도 모르는 곳을 스스로 떠나 두 번 다시 만나지 못하는 고장을 택한 것 같았다. 그런 생각 속에서 나는, 그녀가 그 남자가 지나가는 일은 결코 없으리라고 생각한 어떤 길을 산책하고 돌아와, 만사를 체념해버린 그 손에서 우아한 긴 장갑을 공허하게 벗는 것을 바라보았다.

게르망트 쪽으로 산책할 때 우리는 단 한 번도 비본 내의 수원지(水源地)까지 올라가질 못했다. 나는 그 수원지를 자주 생각했는데, 나에게는 매우 추상적이고 관념적인 존재였기에, 그것이 콩브레에서 몇 킬로미터 떨어진 같은 도내에 있다는 말을 들었을 때는, 분명히 지구상에 또 다른 지점이 있어서, 고대에는 거기에 지옥으로 들어가는 입구가 열려 있었다는 말을 들었을 때처럼 깜짝 놀랐었다. 더구나 우리는 한 번도 내가 그처럼 가고 싶어 했던 산책의 종점인 게르망트까지 나아갈 수가 없었다. 그곳에는 성주인 게르망트 공작 부처가 거주하고 있으며, 그들은 실제 인물로 현재 살아 있는 사람이란 것도 알았지만, 어쩐지 나는 그들에 대해 생각할 적마다 우리 성당의 〈에스더의 대관식〉 속에 나오는 게르망트 백작 부인처럼, 그들을 벽걸이 속의 인물로 상상하거나 또 어떤 때는 내가 손가락으로 성수를 찍으려고 할 때 양배추의 초록색에서 서양오얏의 푸른 빛깔로 변해가는 스테인드글라스의 질베르 르 모베처럼 변하기 쉬운 색조로 상상하거나, 또 어떤 때는, 환등을 비칠 때 내 방의 커튼 위를 거닐기도 하고 천장에 올라가기도 한 게르망트 집안의 조상인 제네비에브 드 브라방의 영상처럼 전혀 감촉되지 않는 인물로— 요컨대 번번이 메로빙거 왕조 시대의 신비에 감싸이고, '앙트'라는 그들의 이름 끝 음절에서 발산되는, 마치 석양빛에 잠긴 듯한 오렌지빛이 배어 있는 인물로 상상했다. 그럼에도, 나로서는 모르는 사람들이긴 하지만 그들이 공작과 공작 부인이니만큼 실제 인물임에는 변함이 없어, 이번에는 공작이라는 작위를 갖는 인물이 엄청나게 팽창되고 비물질시되어, 그 인물 안에 그들을 공작이며 공작 부인으로 만든 게르망트 집안을, 양지바른 그 '게르망트 쪽' 전부를, 비본 시내의 흐름을, 그 수련과 그 아름다운 수목을, 그리고 그 수많은 화창한 오후를 포함시키게 되었다. 또 나는 그들이 단지 게르망트 공작 부처라는 칭호만 가진 것이 아니라 14세기 무렵 옛 성주를 쳐부수려다 실패한 후 마침내 결혼으로 동맹을 맺고 그 이래로 콩브레의 백작이 됨으로써, 콩브레의 첫째가는 시민이 된 동시에 여기에는 거주하지 않는 유일한 시민이었다는 것을 알게 되었다. 그들은 이어 내려오는 콩브레 백작이라는 이름과 그 인물 속에 콩브레를 소유하고 있으면서 아마도 콩브레 특유의 기묘하고 경건한 우수를 자기들 속에 실제로 지니고 있었을 것이다. 그들은 그 시가의 소유자이면서도 개인의 집도 없이, 필시 바깥에서, 길거리에서, 하늘과 땅 사이에서 살았을 것이다. 마치 내가 카뮈 가게에 소금을 사러 가면서 고개를 쳐들면, 생틸레르 성당 후진의 스테인드글라스에서 검은 칠이 된 뒷면만이 보이던 그 질베르 드 게르망트 모양으로. 그리고 게르망트 쪽에서는 때때로 침침한 빛깔의 꽃송이들이 기어오르는 축축하고 작은 울타리 앞을 지나갈 때가 있었다. 나는 어떤 귀중한 생각이 떠오를 것 같아서 발걸음을 멈추었다. 왜냐하면 내가 좋아하는 작가 가운데 한 사람이 그 하천 지방을 묘사한 것을 읽은 다음부터 내가 그토록 맛보고 싶어 했던 풍경의 한 부분이 눈 밑에 펼쳐져 있는 듯한 느낌이 들었기 때문이다.

내가 페르스티에 의사에게서 그 성의 정원에 있는 꽃과 아름답게 흐르는 물에 대한 이야기를 들었을 때, 게르망트는 내 머릿속에서 모습을 바꾸면서 하천 지방과 그곳의 거품 이는 물의 흐름이 가로지르는 상상의 고장과 합치되었다. 나는, 게르망트 부인이 갑작스런 변덕으로 내게 반해 나를 그 성에 초대하는 꿈을 꾸었다. 그녀는 온종일 나와 함께 송어를 낚았다. 그리고 저녁이면 내 손을 잡고 가신(家臣)들의 작은 뜰 앞을 지나면서, 낮은 벽을 따라서 거기에 전지한 나무를 기대고 있는 보랏빛과 붉은빛 꽃들을 가리키며, 나에게 이름을 일러주었다. 그녀는 내가 구상하고자 했던 시제(詩題)를 말해보라고 했다. 그러자 나의 몽상은, 내가 작가 지망생인 이상 내가 무엇을 쓰고자 하는지를 알 시기는 지금이라고 나에게 알려주었다. 그러나 내가 그것을 생각하고, 무한히 철학적인 의미를 포함시킬 주제를 발견하려고 애쓰면, 금세 내 정신은 작용을 멈추며 주의력의 면전에 공허만을 드러내어 내게는 재능이 없든가, 아니면 뇌가 병들어 재능이 발휘되는 것을 막는다는 느낌이 들게 했다. 때때로 나는 아버지가 선처해주시겠거니 하고 기대했었다. 아버지는 세력도 있고, 고관들에게 특별 대우도 받았기에, 프랑수아즈가 나에게 생사의 법칙보다 더 불가피한 것으로 여기도록 가르친 법칙을 우리 가족이 어기게 한 일도 있고, 또 구역 전체에서 오직 우리 집만이 '벽 허물기' 공사를 일 년간 연기시킨 적도 있으며, 온천장에 가고 싶어 한 사즈라 부인의 아들을 위해 이름이 S로 시작되는 차례를 기다리지 않고도 A로 시작되는 수험생들과 함께 두 달 먼저 대입 자격시험을 치를 수 있도록 장관에게서 허가를 받아 내준 일도 있었다. 설사 내가 중병에 걸리거나 강도에게 사로잡히는 일이 있더라도 아버지는 최고 권력가와 충분히 내통하고 있고, 하나님에 대해서도 절대로 유력한 추천장을 갖고 있으므로, 나에게는 병도 감금도 아무런 위험이 없는 공연한 흉내에 지나지 않는다는 확신이 있었다. 그래서 나는 행복한 현실로 되돌아가는 불가피한 시간, 해방 또는 쾌유의 시간을 조용히 기다릴 수 있었을 것이다. 내가 나의 미래 작품의 주제를 찾았을 때 내 정신 속에 팬 재능의 결핍, 그 캄캄한 구멍은 변덕스러운 환영에 지나지 않아, 내가 당대의 첫째가는 작가가 되리라는 점에서 '정부'와 '하나님'과 의견 일치를 보았을 우리 아버지가 개입하기만 하면 그것은 없어질 것이 틀림없었다. 그러나 언젠가 집안 어른들이 그들을 뒤따르지 않고 뒤에 처져 있는 나를 보며 근심했을 때, 나에게는 내 실생활이 아버지 마음대로 변경할 그의 인공적인 창조물이 아니라, 그와는 반대로 나에게는 불리한 현실―나에게는 그것에 맞설 만한 수단도 없고, 또 내가 그것과 어울릴 만한 것은 아무것도 숨겨 놓지 않은 현실―속에 들어 있는 것처럼 느껴졌다. 그러자 나 역시 다른 인간들과 같은 식으로 살다 그들과 마찬가지로 늙어 죽을 것이며, 나는 다만 그들 중에 쓰는 소질을 전혀 타고나지 않은 축에 끼였을 뿐이라는 생각이 들었다. 그래서 나는 낙심한 나머지 블로크의 격려에도 아랑곳없이, 문학을 영영 단념하기로 했다. 내가 아무 사고력도 갖고 있지 못하다는, 마음속에서 우러나오는 절박한 감정은 내가 받을 어떤 즐거운 말보다 더욱 가치 있는 것으로, 그것은 마치 만나는 사람에게서마다 자기의 선행을 칭찬받는 악인이 느끼는 양심의 가책과 같았다.
　어느 날 어머니가 나에게 말했다. "넌 항상 게르망트 부인 얘기를 하는데, 페르스피에 의사 선생님이 사 년 전 그분의 병환을 잘 치료해주셔서 그분의 따님 결혼식에 참석하려고 그 부인이 콩브레에 오신다는구나. 식장에서 그분을 볼 수 있을 거야." 게다가, 나는 페르스피에 의사의 입을 통해 게르망트 부인에 대한 이야기를 가장 많이 들어왔으며, 그 의사는 게르망트 부인이 레옹 대공 부인의 가장 무도회에서 입었던 의상을 입고 찍은 사진이 실린 그림 잡지를 우리에게 보여준 일도 있었다.
　갑자기, 혼례 미사 중에 성당의 예장 순경이 몸을 움직이자, 작은 제단 앞에 앉아 있는 금발머리 귀부인이 눈에 띄었다. 오똑한 코와 푸르고 날카로운 눈을 한 부인은 윤기 있게 반짝거리는 연보라색헐렁한 새 목도리를 두르고, 코끝에는 조그만 종기가 하나 나 있었다. 몹시 더운 듯 붉어진 부인의 얼굴 표면에서 그 부인이 내가 보았던 사진과 조금 유사하다는 것을 겨우 알아볼 수 있었는데, 왜냐하면 애써 그것을 말로 표현하자면, 특히 나의 주의를 끈 그녀의 특징들이 페르스피에 의사가 내 앞에서 게르망트 공작 부인을 묘사했을 때와 똑같은 낱말— 높은 코와 푸른 눈— 을 정확히 표현하고 있었기 때문이다. 그래서 나는 이 부인은 게르망트 부인과 닮았구나 하고 생각했다. 그런데 부인이 미사를 보는 작은 제단은 질베르 르 모베의 것으로, 벌집 구멍처럼 볼록볼록한 금빛 편편한 묘석 밑에는 옛 브라방 백작들이 잠들어 있어서, 게르망트 가문의 누군가가 콩브레에 어떤 의식이 있어 참석하러 올 때를 위해 그 제단을 남겨뒀다는 사실을 어디선가 들었던 기억이 되살아났다. 게르망트 부인이 분명히 와 있을 날이고, 또 작은 제단 앞에 앉아 있고, 게다가 그녀의 사진을 닮은 부인은 단지 한 사람밖에 없질 않은가. 저분이구나! 나의 실망은 컸다. 그것은 내가 게르망트 부인을 상상했을 때는, 그녀를 벽걸이나 스테인드글라스의 색채와 더불어, 다른 세기 속에서, 다른 인간들과는 다른 방식으로 상상했다는 사실을 전혀 생각지 못한 데서 기인했다. 그 부인이 붉은 얼굴을 하고 있거나, 사즈라 부인처럼 연보라색 목도리를 두르고 있을 수 있다고는 한 번도 생각해본 일이 없었다. 그리고 부인의 달걀 모양 뺨은 내가 집에서 본 적이 있는 몇몇 사람들을 상기시켜, 그 귀부인이 발생 원리나 모든 구성 분자에 있어서 어쩌면 실질적으로는 게르망트 공작 부인이 아닐지도 모르며, 그 육체는 자기에게 붙여진 이름도 모르는 채 의사나 상인들의 마누라들마저 포함된 어느 여성 유형에 속해 있는 것은 아닌가 하는 의혹이 머리를 스쳤다가는 곧 사라졌다. "그래, 그럴 수밖에 없어. 게르망트 부인이야!" 하고 그 부인의 영상을 바라보고 있던 나의 표정은 주의 깊게, 그리고 놀란 모양으로 이렇게 말했다. 그것은 물론 게르망트 부인이라는 동일한 이름으로 내 꿈속에 수차 나타났던 영상과는 아무런 관계가 없었다. 왜냐하면 그 영상은 다른 영상처럼 내 멋대로 꾸며진 것이 아니라, 바로 조금 전에 그 성당 안에서 처음으로 내 눈 속에 뛰어든 것이기 때문이다. 그 영상은 같은 성질의 것이 아니고, 어느 음절을 오렌지색으로 스며들게 내버려둔 영상처럼 멋대로 채색된 것도 아니며, 매우 현실적인 것이어서, 코끝에 염증을 일으킨 작은 종기에 이르기까지, 모든 것이 삶의 법칙에 순종하고 있음을 증명했다. 마치 우리가 어느 몽환극의 클라이맥스에서, 눈앞에 미미한 조명이라도 받고 있지 않다면 확신하지 못할 그 순간, 요정이 입은 옷의 주름이나 그녀의 가는 손가락의 떨림이 살아 있는 여배우의 물질적 존재를 드러내주듯이.

그러나 그와 동시에, 오똑한 코와 날카로운 눈이 나의 시각에 고정된 그 영상에(왜냐하면 아마 내 앞에 나타난 그 부인이 게르망트 부인일지도 모른다고 생각할 틈을 미처 갖기도 전에, 맨 처음 내 시각에 부딪혀 거기에 첫 상처를 낸 것이 높은 코와 날카로운 눈이었기에, 그 바꿀 수 없는 극히 새로운 영상에) '이분이 게르망트 부인이다'라는 관념을 붙이려고 애를 썼지만, 어떤 간격을 두고 떨어져 있는 두 원반처럼, 나는 그 관념을 그 영상 앞에서 움직여보는 일밖에는 할 수 없었다. 그러나 내가 그처럼 자주 꿈꾸었던 게르망트 부인은, 그녀가 나의 외부에 실제로 존재하는 것을 목격한 지금, 그로 인해 더 큰 힘을 내 상상력 위에 발휘하고, 내 상상력은 기대했던 것과는 아주 다른 현실에 접하자 한순간 마비되었다가는 곧 반사작용을 일으키며 내게 말했다. '샤를마뉴 시대 전부터 명성이 높았던 게르망트 가문은 그들의 가신(家臣)들에 대해서 살리거나 죽이거나 하는 권리가 있었다. 게르망트 공작 부인은 제네비에브 드 브라방의 후손이다. 공작 부인은 이곳에 있는 사람들은 아무도 알지 못하며 또 알려고도 하지 않는다.' 그리고—오, 인간 시선의 신기한 독립성이여! 얼굴에 느슨하고 팽창성 있는 긴 끈으로 매여 있어 혼자만이 얼굴을 멀리 떠나 이리저리 떠돌 수 있구나—게르망트 부인이 조상의 무덤 위, 작은 제단 앞에 앉아 있는 동안, 부인의 시선은 이리저리 배회하다가 여러 기둥을 따라 올라가더니, 내 얼굴에까지 와서 멈추었다. 마치 내가 본당(本堂) 안을 떠돌던 햇살의 애무를 받는 순간, 그것에도 의식이 있는 것처럼 느껴지던 그 햇살처럼. 그러나 게르망트 부인, 그녀는, 마치 자기 아이들이 장난꾸러기다운 대담성과 철없는 모험심에서 생면부지의 사람들과 말을 건네며 노는 것을 보고도 못

본 체하는 어머니처럼 몸 하나 까딱하지 않고 앉아 있었는데, 부인이 그 시선의 방랑을 그녀의 그 한가로운 마음속에서 용인하는 것인지, 아니면 꾸짖는 것인지를 나는 통 알 수가 없었다.

내가 마음껏 바라보기도 전에 부인이 떠나가기라도 하면 큰일이라고 생각되었다. 왜냐하면 몇 해 전부터 그 부인을 보는 게 첫째가는 소망이었던 것이 생각났기 때문이다. 그래서 나는 부인의 몸에서 눈을 떼지 않았다. 나의 눈길 하나하나가 그녀의 높은 코, 붉은 뺨, 그리고 그 얼굴에서 코나 뺨만큼 귀중하고, 정확하고, 특이한 표시로 생각된 모든 특징의 기억을 물질적으로 내 몸속에 가져다 보존해 줄 수 있기라도 한 것처럼 말이다. 아까는 그 부인의 육체를 그저 단순히 바라보았기에 그녀를 다른 인간과 혼합해버렸는데, 이제는 그녀의 얼굴에 인 온갖 사념이—그리고 어쩌면 특히 우리 자신 속에 최상의 부분을 보존하려는 본능의 형태, 말하자면 항상 인간의 마음속에 있는 실망하지 않으려는 욕구가—나로 하여금 그녀의 얼굴을 아름답게 생각하도록 하여, 다시 부인을 다른 인간들의 밖에 놓게 되었는데(이제 그녀는 그때까지 내가 상상하고 있던 게르망트 부인과는 같은 인물이었으므로), 그때 내 주위 사람들이 "저분은 사즈라 부인이나 뱅퇴유 양보다 더 아름답군요"라고, 마치 그녀가 그런 여자들과 비교될 수 있기라도 한 것처럼 말하는 것을 듣자 나는 화가 났다. 그리고 나의 눈길은 그녀의 금발머리, 푸른 눈, 목덜미께에 멈추고, 다른 여인의 얼굴을 상기시킬지도 모르는 특징들은 빼놓은 채, 나는 일부러 그 불완전한 스케치 앞에서 마음속으로 소리쳤다. '얼마나 아름다운 여인인가! 정말 고상한 분이구나! 내 앞에 있는 분이 게르망트 가문의 고결한 여성, 제네비에브 드 브라방의 후예로구나!' 그러고는 나의 주의력으로 그녀의 얼굴을 비추어 그녀를 고립시켜놓아서, 지금 그 혼례식을 다시 생각해보아도 참석자 중에서 머리에 떠오르는 사람은 그 부인과 또 한 사람, 그 귀부인이 정말 게르망트 부인이냐고 물어본 나에게 그렇다고 대답한 성당의 예장 순경뿐, 그 밖에는 아무도 생각나지 않았다. 그러나 그 부인, 특히 바람과 소나기가 휘몰아치던 날, 간간이 따뜻한 햇살이 비치던 성기실(聖器室) 좁은 복도에 있었던 그 부인은 지금도 머릿속에 선하게 떠오른다. 그 성기실에서 게르망트 부인은 성명조차 모르는 콩브레 주민들 사이에 섞여 있었는데, 그녀는 곧 그들의 촌스러움 때문에 자기가 돋보이자 진심으로 주민들에게 호감을 느꼈고, 또한 타고난 우아함과 솔직성으로 그들에게서 더욱더 많은 존경심을 자아내고 싶어 했다. 그래서 어느 친한 이에게 보내는, 뚜렷한 뜻이 담긴 의도적인 눈길을 던질 수는 없었지만, 단지 자신의 방심한 생각이 억제할 수 없는 푸른 물결로 자기 눈에서 끊임없이 빠져나가는 것을 그대로 둘 수밖에 없었던 그녀는 그 물결이 도중에서 만나 끊임없이 부딪치는 주위 서민들을 거북스럽게 하거나 멸시하는 걸로 보이지 않기를 원하는 게 고작이었다. 나는 아직도 생생하게 떠오른다. 헐렁헐렁한 연보라색 비단 목도리 위, 그녀의 살짝 놀란 눈, 그녀는 그 눈에, 굳이 누구에게 주려고 마음먹은 것은 아닌, 그 자리에 있는 모든 사람들에게 나눠주는 듯한 웃음, 사랑하는 신하에게 변명하는 듯한 여군주의 약간 수줍은 웃음을 덧붙이고 있었다. 부인의 몸에서 눈을 떼지 않는 나에게 그 웃음이 떨어졌다. 그때 나는, 미사가 거행되는 동안, 부인이 질베르 르 모베의 스테인드글라스를 뚫고 들어온 성싶은 햇살 같은 푸른 눈길을 나에게 보내던 것을 상기하면서 속으로 말했다. '아마도 저분이 내게 관심이 있나 보다.' 나는 내가 그녀의 마음에 든 것이고, 그녀는 성당에서 나온 후에도 나를 생각할 것이고, 아마 나 때문에 게르망트에서의 저녁이 쓸쓸할 것이라고 생각했다. 나는 대번에 그녀를 사랑하게 된 것이다. 왜냐하면 때때로 한 여성을 사랑하는 데는, 스완 아가씨의 경우에 내가 그렇게 생각했던 것처럼, 그 여인이 우리를 멸시의 눈으로 보고 그 여인이 절대로 자기 것이 되지는 않는다고 생각하는 것만으로 충분할 때가 있고, 또 때때로 게르망트 부인이 그러하듯 그녀가 호의를 담은 시선으로 우리를 바라보고, 또 그녀가 우리의 것이 될 수 있다고 생각하는 것만으로 충분할 때가 있기 때문이다. 그녀의 두 눈은, 딸 수는 없었지만 내게 바쳐졌던 빙카꽃처럼 푸르렀다. 그리고 태양은 구름의 위협을 받으면서도 아직 광장 위와 성기실 안에 힘을 다해 빛을 던지며 결혼식을 위해 바닥에 깐 붉은 양탄자를 제라늄꽃의 핏빛으로 물들였는데, 웃음을 띠면서 그 위를 걸어가는 게르망트 부인은, 그 양탄자에 장밋빛 부드러움과 빛의 거죽, 그리고 화려함과 환희 속에 감도는 일종의 애정과 참된 따사로움을 더해주었다. 그것이야말로 〈로엔그린〉〔독일 중세의 서사시. 바그너가 이를 소재로 가곡을 만듦〕의 몇몇 악장과 카르파초의 어떤 그림들의 특징을 이루는 것이고, 또 어째서 보들레르〔Peirre C. Baudelaire : 프랑스의 시인. 근대인의 고독과 고뇌를 샅샅이 노래한 시집 《악의 꽃》으로 프랑스 상징파의 선구가 됨〕가 트럼펫 소리를 그렇게 감미롭다는 형용사로 표현했는가를 이해시켜주었다.

 그날 이후로 나는, 게르망트 쪽으로 산책할 때마다 나에게는 문학적 소질이 없다는 것과, 유명한 작가가 되기를 영영 단념할 수밖에 없다는 생각으로 전보다 얼마나 더 가슴 아팠던가! 그 때문에 내가 느낀 슬픔은, 호젓한 곳에서 홀로 몽상에 잠겨 있을 때면 나를 얼마나 고통스럽게 했던지, 또다시 그런 비애를 느끼지 않으려고, 내 정신은 스스로 그 고통에 대한 일종의 억제책으로, 시나 소설, 내 재능의 결핍으로 인해 기대할 수 없게 된 시적인 미래에 대한 생각을 완전히 그만두게 되었다. 그런 문학적인 집념에서 완전히 떠나 그에 대한 애착이 전혀 없게 되자, 갑자기 지붕이, 돌 위에 비치는 태양의 반사가, 길의 향기가 나에게 어떤 특별한 기쁨을 안겨주며 발걸음을 멈추게 했는데, 그것은 그것들이 날더러 와서 붙잡으라고 청했지만, 많은 노력을 했음에도 발견하지는 못했던 그 무언가를 내가 바라보는 저편에 숨기는 듯했기 때문이다. 나는 그 숨겨진 것이 그것들 속에 있다고 느껴, 거기에 그대로 서서 꼼짝 않고 눈을 크게 뜨고는 숨을 몰아쉬며, 그 영상 또는 향내의 저편으로 나의 사념과 함께 건너가려고 애썼다. 그리고 할아버지를 뒤따라가야 하기에 산책을 계속하지 않으면 안 됐을 때에도, 나는 눈을 감고 그것들을 다시 발견하려고 노력했다. 나는 지붕의 선, 돌의 색조를 정확히 회상해내려고 전념했다. 그러자 까닭은 알 수 없었지만, 그것들이 내 가슴속에서 충만해지더니 열릴 준비가 되어 그 덮개를 나에게 넘겨주는 것처럼 느껴졌다. 물론 그것은 일찍이 내가 잃어버린 희망, 장래에 소설가나 시인이 될 수 있다는 희망을 되찾을 수 있는, 그런 종류의 인상은 아니었다. 왜냐하면 그 인상들은 지적 가치도 없고 추상적 진리와도 아무런 관계가 없는 어떤 특수한 대상에 항상 결부되어 있었기 때문이다. 그러나 적어도 그 인상들은 나에게 까닭 모를 기쁨을, 일종의 풍요로운 환상을 주었고, 그럼으로써 한 거대한 문학 작품을 위한 철학적인 주제를 찾을 때마다 내가 느꼈던 권태와 무력감을 품어주었다. 그러나 그런 형태와 향기 또는 색채의 인상에 의해 나의 의식에 억지로 가해진 의무—다시 말해서 그 인상들 뒤에 숨은 것을 인식하려고 애쓰는 것이 너무나 힘들어, 나는 지체 없이 그 노력을 모면케 하는 동시에 그 노고에서 구해줄 구실을 스스로에게서 찾아냈다. 다행히 우리 가족이 나를 불렀다. 그러자 나는, 지금 내게는 그 탐구를 유효하게 계속 해나가는 데 필요한 안정감은 없으므로 집에 돌아갈 때까지 더는 그것을 생각하지 않는 게 더 나으며, 이렇다 할 성과 없이 겪는 노고는 삼가는 것이 더 낫다고 생각했다. 그러고 나서 나는, 어떤 형태나 향기에 감싸인 미지의 것에 더는 관심을 두지 않았으며, 그런 미지의 것을 이미지라는 옷으로 감싸서 집으로 가져가면 싱싱할 것이라는 생각이 들자 매우 마음이 안정되었다. 마치 내가 혼자서 낚시하러 간 날, 싱싱함을 보존하려고 물고기를 풀로 한 겹 덮은 바구니에 넣어 가지고 돌아오듯이. 일단 집에 돌아오자, 나는 이미 다른 것을 생각하고 있었다. 이처럼 내 정신 속에는(내 방 안에 산책에서 따온 꽃들이나 남들에게서 받은 물건들이 쌓여 있듯이) 햇빛이 반사되어 놀고 있는 돌, 지붕, 종소리, 꽃잎 냄새 등 각양각색의 이미지가 쌓여 있었고, 그 이미지 밑에서, 내가 예감은 했었지만 의지가 부족하여 발견하지 못하고 만 현실이 죽어 있는 지 오래였었다. 그렇지만 한번은 이런 일이 있었다. 여느 때보다 멀리 나갔던 산책에서 돌아오던 중, 땅거미가 내리자 마차를 질주시키던 페르스피에 의사를 우연히 만났는데, 다행히도 그가 우리를 알아보고 마차에 태워주었다─그때 나는 같은 유의 인상을 받아, 그것을 그대로 버리지 않고 좀 깊이 생각한 적이 있었다. 나는 마차꾼 옆에 앉아 있었는데, 의사는 콩브레로 돌아가기에 앞서 마르탱빌 르 섹에 있는 어느 환자 집에 들러야 했고, 우리는 그 집 앞에서 그를 기다리기로 했기에 바람처럼 달려갔다. 어느 길모퉁이에서 느닷없이 마르탱빌의 두 종루가 눈에 들어와, 나는 다른 어떤 것과도 닮지 않은 유별난 기쁨을 맛보았다. 그 두 개의 종루는 마차의 움직임과 길의 굴곡에 따라 위치를 바꾸는 듯이 보였고, 조금 뒤에 시야에 들어온 비외비크 종루는 먼저의 두 종루와는 언덕과 골짜기를 사이에 두고 멀리 더 높다란 고원에 자리 잡았는데도 그들 바로 옆에 서 있는 듯이 보였다.

그 종루의 뾰족탑 모양, 선의 이동, 그 외관의 빛남을 마음속에 새기면서, 나는 내가 아직 인상의 밑바닥에 이르지 못했으며, 그들이 지닌 동시에 감춘 듯한 그 무언가가 그 움직임 뒤에, 그 빛남의 뒤에 숨겨져 있다고 느꼈다.

그 종루는 아주 멀리 있는 듯 보였고, 우리가 그것에 그다지 접근해 있다고도 생각되지 않았기에, 나는 잠시 후 마차가 마르탱빌의 성당 앞에 닿았을 때 깜짝 놀랐다. 조금 전 지평선에서 그 종루를 언뜻 보았을 때 내가 느꼈던 기쁨의 이유를 나는 몰랐고, 또 그 이유를 알아내려고 애쓴다는 것도 매우 고통스럽게 생각되었다. 차라리 나는 석양빛에 이리저리 움직이는 종루의 선을 머릿속에 간직해두고, 다시는 생각하고 싶지 않았다. 만약 그렇게 한다면 그 두 종루는, 그 수목들, 지붕, 향기, 소리 등과 영원히 한덩어리가 돼버릴지도 모른다. 수목이나 지붕 같은 것은 거기서 내가 받았던 애매한 기쁨 덕분에 다른 것과 구별되어왔으며, 그 기쁨 자체를 나는 아직 한 번도 규명하지 않았으니 말이다. 의사를 기다리는 동안 나는 마차에서 내려 집안 식구들과 이야기를 나누었다. 그리고 나서 우리 일행은 다시 출발했다. 나는 다시 마차꾼 옆에 자리를 잡았다. 다시 한번 종루를 보려고 머리를 돌렸다. 그리고 잠시 후 어느 길모퉁이에서 마지막으로 다시 그 종루를 보게 되었다. 마차꾼은 수다를 떨고 싶지 않은 듯 내가 거는 말에 좀처럼 대답을 하지 않아서, 할 수 없이 나는 따로 상대도 없이 나 자신을 상대 삼아 종루를 상기해보려고 하는 수밖에 없었다. 그러자 오래지 않아 종루의 선과 석양빛을 받은 외관이, 마치 일종의 표피를 갖고 있었던 것처럼 찢어지며, 내게 숨겨온 내부를 약간 드러냈다. 조금 전에는 내게 없었던 어떤 사념, 머릿속에서 몇 개의 낱말로 이루어진 사념이 떠올랐다. 그러자 그 종루를 보고 방금 느꼈던 기쁨이 어찌나 커졌던지, 일종의 도취에 사로잡힌 나는 더는 다른 것은 생각할 수 없게 되었다. 그때 우리는 이미 마르탱빌에서 멀리 떨어져 와 있어서, 종루를 다시 뒤돌아보았지만 이번에는 온통 새까맸다. 해가 벌써 지고 있었던 것이다. 이따금 길모퉁이가 그들을 감추곤 하다가, 마지막으로 모습을 나타내더니, 마침내 다시는 보이지 않았다.

　마르탱빌의 종루 뒤에 숨어 있는 것이 낱말의 형태로 내 눈앞에 나타나 나를 기쁘게 한 이상, 그것이 뭔가 미사여구와 비슷한 게 틀림없다고 생각한 건 아니지만, 그래도 나는 의사에게서 연필과 종이를 빌려, 마음도 가라앉힐 겸 감흥에도 따를 겸, 마차의 흔들림쯤이야 아랑곳없이, 다음과 같은 단문을 썼다. 이 단문은 오랜 후에 가서 찾아냈는데, 몇 자밖에 고치지 않았다.

　"그것만이 들판의 수평보다 높게, 흡사 널따란 평야에서 길을 잃은 듯, 마르탱빌의 두 종루가 하늘을 향해 솟아 있었다. 오래지 않아 우리는 그 종루가 셋이 되는 걸 보았다. 빙그르르 급회전하며 그 두 종루의 맞은편에 위치하면서, 비외비크 종탑이 뒤늦게 합쳐진 것이었다. 얼마 후 우리는 빨리 달렸는데, 그래도 세 종루는 여전히 우리 앞쪽 멀리에 있어, 벌판에 내려앉아 햇볕 속에서 꼼짝 않는 세 마리 새와도 같았다. 그러다가 비외비크 종루가 멀어지며 본래의 위치로 돌아가자, 마르탱빌의 두 종루만이 석양빛을 받으며 남아 있었는데, 종루의 경사면에서 놀고 있는 석양의 웃음이 멀리에서도 보였다. 여기까지 접근하는 데도 이렇듯 오랜 시간이 걸렸으니, 거기에 이르려면 또 얼마나 걸릴까 하고 생각하는데, 돌연 마차가 모퉁이를 돌더니 우리를 그 종루 밑에 내려놓았다. 종루가 마차를 향해 어찌나 난폭하게 뛰어들었던지, 하마터면 마차가 정면 현관에 부딪힐 뻔하다가 겨우 멈추었다. 우리는 가던 길을 다시 계속해 갔다. 조금 전에 이미 우리는 마르탱빌을 떠났다. 그 마을은 잠시 동안 우리를 배웅하다가 사라졌고, 두 종루와 비외비크의 종루만이 지평선에 남아 우리가 멀어지는 걸 바라보며, 석양빛으로 빛나는 꼭대기를 고별의 뜻으로 흔들어댔다. 때로는 하나가 비켜서며, 다른 둘을 우리가 잠시 동안 더 볼 수 있게 해주었다. 그러나 길의 방향이 바뀌면서 그들은 셋 다 빛을 받아 금빛 기둥 축처럼 선회하더니 시야에서 사라져버렸다. 잠시 후, 콩브레 근처에 막 이르렀을 때, 이미 해는 기울어 있었는데, 마지막으로 다시 한번 아주 멀리 종루들이 보였다. 그것은 이제 들판의 낮은 선 저편 하늘에 그려진 세 송이 꽃으로밖에는 보이지 않았으며, 또한 이미 어둠이 내린 적막한 곳에 버려진, 전설 속 세 아가씨를 연상케 했다. 그리고 우리가 전속력으로 멀어져가는 동안에, 그것들은 소심하게 자기 길을 찾으며, 고상한 그림자를 서투르게 비틀거리더니, 서로 바짝 다가서서 일렬로 미끄러지듯 스며들며, 아직 장밋빛 하늘에 검고 매력적인 형태를 하나 만들고는 물러나듯 어둠 속으로 사라져가는 것이 보였다."

그 후 나는 이 글을 다시 생각해본 적이 없었다. 그러나 의사의 마차꾼이 마르탱빌에서 사온 가금(家禽)을 항상 바구니에 넣어 두는 구석자리에서 이 글을 다 썼던 바로 그 순간 나는 너무나 기뻤고, 이 글이 나로 하여금 종루와 그 종루 뒤에 숨겨진 것에서 완전히 벗어나게 한 듯한 느낌이 들어, 마치 나 자신이 암탉이 되어 막 알이라도 낳기나 한 것처럼 목청을 다해 노래했다.

그런 산책에서 하루 종일 내가 몽상할 수 있었던 것은, 게르망트 공작 부인의 벗이 되어 송어를 낚으며, 비본 내에서 뱃놀이를 하는 기쁨이었고, 행복을 갈망하는 내가 그런 순간에 삶에서 구하는 것은, 삶이 언제나 행복한 오후의 연속으로 이루어졌으면 하는 것뿐이었다. 그런데 집으로 돌아오는 도중 왼쪽에 있는 한 농장이 눈에 들어오자— 그 농장은 다른 두 농장과 꽤 멀리 떨어져 있었고, 반대로 다른 두 농장은 매우 가까이 있었는데, 그 떨어진 농장을 지나 콩브레로 들어가려면, 목장 한쪽의 가장자리를 두르고 있던 떡갈나무가 늘어선 오솔길로 들어서면 되었고, 목장 양편에는 작은 과수원이 딸려 있어, 그곳에선 사과나무가 같은 간격을 두고 심어져 있었으며, 사과나무는 석양빛을 받아 그 그림자로 일본풍 묵화를 그려놓았다— 갑자기 내 가슴이 뛰었다. 반 시간도 채 못 되어 우리가 도착하리라는 것을 나는 알았다. 게르망트 쪽으로 나간 날은 늘 그렇듯이, 저녁 식사가 늦어져서 나만의 가벼운 식사가 끝나자마자 방에 가서 자라고 나에게 말할 것이고, 따라서 어머니는 손님이 있기나 한 것처럼 식탁에 붙들려, 밤 인사를 나누러 내 침대에 올라와주지는 않으리라는 것도 알았다. 내가 막 들어선 이 슬픔의 지대는 조금 전 기뻐서 들어갔던 지대와는 아주 거리가 멀었다. 흡사 저녁노을의 장밋빛 띠가 초록이나 검정빛 띠 한 줄에 의해 나뉘듯이 이 새 한 마리가 그 장밋빛 속으로 날아가는 게 보인다. 막 그 끝에 닿으려고 한다. 검정빛에 거의 닿을락말락하다가 마침내 그 안으로 들어가버렸다. 조금 전까지 나를 둘러싸고 있던 욕망, 게르망트에 가고 싶다는 욕망, 여행하고 싶고 행복하게 되고 싶다는 욕망, 지금은 완전히 그 밖으로 나와 있어서, 설령 그것이 성취된다 해도 나는 하나도 기쁘지 않았을 것이다. 어머니의 팔 안에 안겨 밤새도록 울 수만 있다면, 그런 욕망 따위는 모조리 버려도 좋으련만! 나는 몸을 부르르 떨며, 고통에 찬 눈을 어머니 얼굴에서 떼지 않았다. 내가 이미 머릿속에 그리는 방에 어머니는 오늘 저녁 나타나지 않으리라. 나는 차라리 죽고 싶었다. 또 이 상태는 내일까지 계속될 것이며, 아침 햇살이 정원사처럼, 내 방 창에까지 기어오른 한련으로 덮인 벽에 그 사닥다리를 기대면, 나는 침대에서 뛰어내려 재빨리 정원으로 내려가겠지. 저녁 무렵이면 또다시 어머니와 헤어지는 시간이 돌아올 것을 까맣게 잊고서. 이처럼 내 마음의 상태를 분별할 수 있게 된 것은 게르망트 쪽에서였다. 그런 마음의 상태는 어떤 일정한 기간에 걸쳐 내 마음속에서 연이어 일어나면서, 열이 나는 시간처럼 정확하게 하나가 일어나면 다른 하나를 내몰아 매일매일을 나누게까지 되었다. 그런 상태는 서로 인접되어 있긴 하지만 서로 무관한 것이어서, 상호 연결 방법이 전혀 없기에, 나는 한쪽의 상태에서 내가 갈망했거나 두려워한 것, 혹은 성취한 것을, 또 한쪽의 상태에서는 이해는 물론, 상상조차 할 수 없었다.

    그러므로 메제글리즈 쪽도 게르망트 쪽도, 나로서는 우리가 균등하게 보내는 가지각색의 생활 중에서 여러 가지 돌발 사건이 가장 많고, 여러 일화가 가장 풍부한 생활 속 작은 사건들과 결부되어 있다. 나는 그것을 정신생활이라 일컫고 싶다. 틀림없이 그 생활은 우리 몸 안에서 모르는 사이에 진행되고 있고, 우리는 그 의미와 양상을 변화시키며 우리에게 새로운 길을 열어준 진실의 발견을 위해, 그러는 줄도 모르면서 오래전부터 준비해오고 있다. 따라서 그런 진실이란 우리에게 있어서, 그것이 우리의 눈에 보이게 된 그날 그 순간에야 비로소 존재하는 것이다. 그 무렵 풀 위에서 놀던 꽃들, 햇볕에 흘러가던 물, 말하자면 진실의 출현을 둘러싼 풍경은 모두 무심하거나 또는 방심한 얼굴로 지금도 계속 진실의 추억을 동반하고 있다. 자연의 한구석, 정원의 한 가장자리는 그 소박한 길손인 꿈꾸는 한 소년에 의해 — 마치 군중 속에 휩쓸린 전기 작가에 의해 어느 왕이 그렇게 되었듯이 — 오랫동안 관조됨으로써, 그들이 그 소년 덕택에 자기들이 가장 단명한다는 특징을 잃지 않고 살아남아 있으리라고는 생각하지 못했을 것이다. 그렇지만 이제 곧 들장미에게 자리를 내줄 생울타리 가를 따라 밀집해 있는 그 아가위 향기, 오솔길의 자갈을 밟는 메아리 없는 발소리, 수생식물에 부딪히며 생겼다가는 곧 터져버리는 냇물의 거품, 나의 감동은 그런 향기, 소리, 거품을 품에 안아 몇 해를 건네게 하는 데 성공했다. 그 주위 길은 사라지고, 그 길을 밟은 이들이나 그 길을 밟은 이들에 대한 추억도 사멸했는데 말이다. 때로는 이렇듯 현재까지 이끌어온 풍경의 한 조각이 모든 것에서 외따로 떨어져 뚜렷이 드러나며, 나의 사념 속에서 꽃이 만발한 델로스 섬〔에게 해 남부, 키클라데스 제도의 중앙에 있는 작은 섬. 아폴론·아르테미스의 출생지라 여겨지는 성지. 처음엔 떠 있던 섬을 주피터가 고정시켰다고 함〕처럼 물결이 이는 대로 떠다녀, 그것이 언제 어디서 — 어쩌면 단지 어느 꿈속에서 — 왔는지 나도 말할 수 없을 때가 있다. 그러나 나는 메제글리즈 쪽과 게르망트 쪽을, 무엇보다도 나의 정신적인 대지의 깊은 지층, 아직도 내가 의지하는 견고한 지방으로 생각하지 않을 수 없다. 내게는 그 양쪽 길을 돌아다니며 알게 된 사물이나 사람들만이 지금도 진실한 존재로 여겨지는 동시에 그들만이 여전히 내게 기쁨을 주기 때문이다. 창조해내는 성실성이 내게서 고갈되어서인지, 아니면 현실이 기억을 통해서만 이루어져서인지, 오늘날 처음으로 내 눈에 들어오는 꽃들은 내게는 참된 것으로 생각되지 않는다. 그 라일락, 그 아가위, 그 수레국화, 그 개양귀비, 그 사과나무들이 있던 메제글리즈 쪽과, 올챙이가 우글거리는 냇물, 수련과 미나리아재비 등이 있던 게르망트 쪽은 내가 살고 싶어 하는 고장— 나는 그곳에서 무엇보다도 먼저 낚시를 갈 수 있어야 하고 보트놀이를 할 수 있어야 하며 고딕풍 요새의 폐허를 볼 수 있어야 하고, 생탕드레 데 샹 성당처럼 밀밭 한가운데 거대한 짚더미 같은 시골풍 금빛 성당이 있어야 한다는 까다로운 생각을 갖고 있다— 의 모습을 나를 위해 영원토록 이루어놓았던 것이다. 그리고 지금도 여행을 할 때, 들판에서 우연히 눈에 띄는 수레국화나 아가위나 사과나무는 그것들이 내 과거의 지평과 같은 깊이에 놓여 있기에, 즉각 내 마음과 교감 상태에 들어간다. 그렇지만 어느 고장에나 그 고장 특유의 무언가가 있는 법이므로, 다시 한번 게르망트 쪽을 보고 싶다는 욕망이 나를 사로잡았을 때, 설령 누군가가 나를 비본 내의 수련과 꼭 같이 아름답거나 또는 그것보다 더 아름다운 수련이 피는 냇가로 나를 데려간다 해도 나의 욕망은 충족되지 않았을 것이다. 이것은 저녁에 방으로 돌아가면서— 그 후 연정으로 옮아가, 영영 연정에서 떨어질 수 없게 되고 만 고뇌가 내 몸 안에서 눈을 뜬 당시지만— 나의 어머니보다 더 아름답고 현명한 분이 있었다 해도, 그분이 내게 와서 밤 인사를 해주기를 바라지 않았을 것과 마찬가지다. 그렇다, 내가 행복하고 안정된 마음으로 자는 데 필요했던 것, 그것은 어머니이며— 그런 안정은 그 후 어떤 애인도 내게 줄 수 없었던 것인데, 왜냐하면 인간이란 애인을 믿는 때마저 애인을 의심하는 것이어서, 내가 어머니의 입맞춤 안에서 아무런 저의가 없고 나에게 좋지 않은 의향이란 전혀 없는 어머니의 완벽한 마음을 받을 때처럼 그녀의 마음을 소유하지는 못하기 때문이다— 어머니가 그 얼굴을 내 쪽으로 기울이는 것, 눈 아래에 뭔가 흠처럼 보이는 것이 있었지만 그것마저 다른 부분과 똑같이 내가 좋아했던 그 얼굴을 내 쪽으로 기울이는 것과 마찬가지로 내가 다시 한번 보고픈 것은, 내가 잘 아는 그 떡갈나무 오솔길 입구에 서로 딱 붙어 있는 두 농장에서 좀 떨어진 곳에 농장이 있는 게르망트 쪽이다. 또 해가 늪처럼 그 주위를 반사할 때, 사과나무 잎들이 뚜렷이 그림자를 떨어뜨리는 풀밭이다. 때때로 밤에, 내 꿈속에 나타나, 그 속의 인물이 거의 믿을 수 없을 만한 힘으로 나를 조르고, 깨어나면 찾아볼 수 없는 그 풍경이다. 하기야 메제글리즈 쪽이나 게르망트 쪽은 나에게 여러 가지 인상을 한꺼번에 느끼게 한다는 이유만으로, 그와 같은 인상을 영영 파기할 수 없도록 내 마음속에 합쳐놓아, 그 두 방향은 장래에 나로 하여금 많은 실망을 맛보게 했고, 또 허다한 과오마저 범하게 만들었다. 왜냐하면 한 여성이 나에게 아가위의 생울타리를 상기시킨다는 그것만으로 분별없이 그 여성을 만나고 싶어 한다거나, 여행하고픈 단순한 욕망만으로 애정이 되돌아온 줄로 스스로 믿고, 또 상대방에게도 그렇게 여기도록 한 적이 자주 있었기 때문이다. 그러나 한편 그 때문에, 그리고 오늘날 내가 받은 인상 가운데는 그 두 방향이 결부될 인상이 언제나 존재하고 있어, 그 두 방향은 그런 인상에 토대와 깊이를 주며 다른 인상보다 한층 더 높은 차원을 준다. 또한 그 두 방향은 그런 인상에 나만을 위한 어떤 뜻과 매력을 덧붙이고 있다. 여름날 저녁, 조화로운 하늘이 날짐승처럼 으르렁거려 사람마다 뇌우를 원망할 때 쏟아지는 빗소리 너머로, 눈에 띄지 않게 언제까지나 남아 있는 라일락꽃 향기를 들이마시며 홀로 황홀해지는 것도 메제글리즈 쪽 덕분이다.

이와 같이 나는 아침까지 몽상에 잠겨 있는 때가 자주 있었다. 콩브레 시절을, 잠 못 이룬 서글픈 밤들을, 그리고 최근에 한 잔의 홍차— 콩브레에서였다면 그 '향기'라고 해야 옳을 것이다—가 그 심상을 내게 되살려놓은 여러 나날을, 그리고 그 작은 마을을 떠난 지 몇 해가 지난 후 여러 가지 추억의 연상을 통해 알게 된, 내가 태어나기 전에 있었던 스완의 사랑 들을 몽상하며. (나는 스완의 사랑에 관해, 때때로 절친한 벗들의 생애에 관해서보다는 몇 세기 전에 죽은 사람들의 생애에 대해 더 정확하고 상세한 정보를 얻을 수 있듯이, 아주 명확하고 자세하게 알게 되었는데, 그것은 서로 다른 마을 사이의 통화(通話)가 불가능하리라 여겨졌었듯이, 그 불가능을 회피하는 방법을 모르는 한 불가능하게 보이는 일이었다.) 서로서로 겹쳐버린 그 모든 추억이 이제는 한 덩어리를 이루고 있지만, 그래도 그 추억들 사이에서— 가장 오래된 것과, 향기에서 생긴 가장 최초의 것, 그리고 내가 알게 된 어떤 사람에 관한 추억 사이에서— 분명한 균열이나 단층은 아닐지라도, 적어도 몇몇 암석이나 대리석 속에서 기원과 시대와 '형성'의 차이를 드러내는 가는 금이나 얼룩덜룩한 색채는 구별되게 되어 있는 것이다.

  물론 아침이 가까웠을 때는 내가 깨어나서 느끼는 잠깐 동안의 몽롱한 상태가 가신 지 오래였다. 나는 내가 실제로 어느 방에 있는지를 알고, 어둠 속에서 그 방을 내 몸 주위에 재구성했다. 그리고— 기억만으로 방향을 잡거나, 아니면 언뜻 눈 안에 들어온 희미한 빛을 표적 삼아, 그 빛 밑에 십자형 유리창의 커튼이 있거니 생각하면서— 마치 개장 공사(改裝工事)에서 창과 문의 크기는 그대로 두는 건축가나 실내 장식가처럼, 그 방을 완전히 재구성하여 가구를 갖추고, 거울을 다시 갖다 두고, 장롱을 원래 위치에 다시 놓았다. 그러나 새벽 햇살이— 내가 햇살로 잘못 여겼던, 커튼을 끼우는 구리 막대에 비친 꺼져가는 뜬숯의 반사가 아니라— 어둠 속에, 백묵으로 그린 듯이 하얗고 고른 첫 광선을 긋자마자, 창은 커튼과 함께 내가 잘못 놓았던 문틀에서 사라지고, 한편 내 기억이 거기에 서투르게 놓아둔 사무용 책상은, 창에게 자리를 내주려고 벽난로를 그 앞으로 밀어내며, 복도의 경계벽을 헤치면서 전속력으로 도망쳤다. 조금 전까지 화장실이 있던 곳을 안마당이 차지하고, 내가 어둠 속에서 다시 지었던 처소는, 잠을 깨는 혼란 속에서 흘낏 보인 다른 장소들과 합쳐지고 말았다. 새벽 햇살이 손가락을 쳐들어 커튼 위에 그은 희끄무레한 표시에 쫓겨서.

스완의 사랑

베르뒤랭의 '작은 핵심', '작은 그룹', '작은 동아리'에 입회하려면 한 가지 조건만으로 충분했지만, 그 대신 그건 필요 불가결했다. 즉 한 가지 신조를 암암리에 지켜야만 했는데, 그 항목의 한두 가지를 열거해보면, 그해, "바그너를 그처럼 연주할 수 있다는 건 그리 쉬운 일이 아니에요!"라고 말한 베르뒤랭 부인의 보호를 받게 된 젊은 피아니스트가, 플랑테〔Planté : 프랑스의 피아니스트〕나 루빈슈타인〔Anton G. Rubinshtein : 러시아 태생의 피아노 연주가, 작곡가〕을 모두 '능가한다'는 것, 임상학에 있어서는 코타르 의사가 포탱보다 더 훌륭하다는 것 등등이었다. 베르뒤랭네 사람들이, 자기 집에 드나들지 않는 사람들의 야회란 비 오는 날처럼 권태롭다고 말해도 좀처럼 납득하려 하지 않는 '신입 회원'은 모두 즉각 제명당했다. 이 점에 있어서 여성들이 남성들보다 다루기 힘들었는데, 여성들은 온갖 세속적인 호기심과 다른 살롱의 재미를 몸소 알아보고자 하는 욕망을 버리지 않았고, 또 베르뒤랭네 사람들도 이와 같은 탐구심과 경박한 마귀가 전염되기라도 하는 날이면, 그 작은 교회의 정통파에 치명상을 입힐지도 모르겠다고 느껴, 하는 수 없이 여성 '신자'들을 차례로 추방하지 않을 수 없게 되고 말았다.

그 의사의 젊은 아내를 제외한다면 그해 여성 신자라고는 거의 없다시피 되어(베르뒤랭 부인 자신은 덕망이 높았고, 게다가 매우 부유하나 전혀 알려지지 않은 상당한 중산층 집안 출신이었지만, 그녀는 친정과의 모든 관계를 그녀 쪽에서 차츰 끊어버렸다), 남은 여성이라고는 소위 고급 화류계 여성, 베르뒤랭 부인이 오데트라는 처녀 시절의 이름으로 부르며 남들에게 '애인'이라고 소개하는 크레시 부인과, 또 아마도 전에는 문지기였을 성싶은 피아니스트의 숙모뿐이었다. 두 여인 모두 사교계에 어둡고 매우 단순하여, 사강 대공 부인이나 게르망트 공작 부인이 그들의 만찬에 손님을 모으려고 보잘것없는 사람들을 돈으로 낚아들이지 않을 수 없었다고 믿게 하기는 퍽 쉬운 일이었고, 만약 누군가 그들에게 그 두 귀부인 댁에 초대받도록 해주겠다고 제의를 했을지라도, 전직 문지기나 이 화류계 여자는 건방지게 거절했을 것이다.

베르뒤랭네는 만찬에 일부러 손님을 초대하지는 않았다. 드나드는 사람마다 '자신의 식기 한 벌'을 갖고 있는 것이다. 야회에는 프로그램도 없었다. 젊은 피아니스트가 연주할 때도 있지만, 그것도 '마음 내킬 때' 뿐이었다. 왜냐하면 억지로 강요하는 법이란 없어, 베르뒤랭 씨 말대로 "모든 게 친구들을 위해서야, 동료들 만세!"였기 때문이다. 피아니스트가 〈발퀴리〉의 기사 행진곡이나 혹은 〈트리스탄과 이졸데〉의 서곡을 연주하려고 하면 베르뒤랭 부인은 반대했는데, 그 음악이 마음에 들지 않아서가 아니라, 반대로 그녀에게 너무나 감명 깊었기 때문이다. "그럼, 여러분은 기어이 내 편두통을 재발시킬 셈인가요! 저분이 저걸 연주할 때마다 내가 어떻게 되는지 잘 아시면서. 난 내가 어떻게 될지 잘 알아요! 내일 아침 일어날 때를 생각하면, 아이 골치 아파, 잘들 있어요. 난 더는 누구의 연주도 듣고 싶지 않으니까!" 그가 연주하지 않을 때는 잡담을 나누었다.

그리고 그 가운데 한 사람, 대개는 그 당시 인기 있던 화가가, 베르뒤랭 씨 말처럼 "모든 이의 웃음보를 터뜨릴 만큼 엄청난 욕을 내뱉어", 특히 베르뒤랭 부인은—자기가 느낀 감동의 비유적 표현을 본래의 뜻으로 취하는 버릇이 매우 심해서—너무 지나치게 웃어대어, 어느 날은 코타르 의사(그 당시는 아직 젊은 신출내기 의사였다)가 너무 웃다가 빠진 그녀의 턱을 다시 끼워 맞춰야 했다.

야회복은 입지 않기로 되어 있었는데 그건 다들 '친한 친구' 사이였고, 또 그들이 흑사병처럼 경계하는, 화가를 즐겁게 해주거나 음악가의 이름을 알리려고 할 때, 그것도 되도록이면 드물게 베푸는 대야회에만 초대하는, 그 '진저리나는 무리들'과 닮지 않기 위해서였다. 그 밖의 시간은 수수께끼를 하거나, 정장 차림으로 식사를 하는 정도였는데, 그것도 그 작은 핵심에 어떤 이방인도 끼우지 않고 끼리끼리 했다.

그러나 베르뒤랭 부인의 생활 속에, 이 '친구들'이 점점 더 큰 자리를 차지하면서, 그 친구들을 그녀에게서 얼마간 멀리 떼어놓는 모든 것, 이따금 그들이 자유로운 데 지장을 주는 모든 것, 즉 아무개의 어머니, 누군가의 직업, 또 어떤 이의 시골집이나 나쁜 건강 등이 그녀로서는 모조리 진저리나는 것, 배척할 만한 것이 되고 말았다. 코타르 의사가 중환자 곁에 다시 돌아가려고 식탁에서 물러서며 나가야겠다고 생각하고 있기라도 하면, 베르뒤랭 부인은 이렇게 말했다. "누가 알아요, 오늘 저녁 그를 성가시게 굴지 않는 편이 환자를 위해 훨씬 좋을는지? 당신이 가지 않아도 환자는 오늘 밤 잘 지낼 거예요. 내일 아침 일찍 가보세요, 회복되어 있을 테니까." 12월 초부터 그 부인은 신자들이 성탄절과 정월 초하룻날 참석하지 않을 거라는 생각에 병이 날 것만 같았다. 피아니스트의 숙모가, 정월 초하루에는 조카가 오기에 자기 어머니 집에서 가족끼리 저녁 식사를 해야겠다고 말하자, "촌뜨기처럼 정월 초하룻날 모친과 함께 저녁 식사를 하지 않는다고 해서, 모친이 돌아가시기라도 할 줄 아시나 봐!" 하고 베르뒤랭 부인은 쏘아붙였다.

부인의 불안은 부활절 전 주일이 되자 다시 시작되었다.

"이봐요, 의사 선생님, 댁은 학자이시고 사물에 밝으시니까, 물론 여느 날처럼 성(聖)금요일〔그리스도의 죽음을 기념하는 부활절 직전의 금요일〕에 우리 집에 와주시겠지요!" 하고 부인은 첫해, 코타르 의사에게 마치 오겠다는 대답에 어떤 불안도 품고 있지 않은 것처럼 자신 있는 어조로 말했지만, 그의 대답을 들을 때까지는 내심 떨었다. 왜냐하면 만약 그가 와주지 않는다면 부인 혼자 있게 될 위험이 있었기 때문이다.

"성금요일에 찾아뵙겠습니다……. 작별 인사라도 해야 하니까요. 왜냐하면 부활절 축제를 오베르뉴에서 보내게 돼서요."

"오베르뉴에서요! 이나 벼룩에게 뜯어먹히러 가시나요, 재미 보시겠군요!"

그러고는 잠시 침묵을 지키다가 말했다.

"진작 한마디만이라도 비쳤다면, 우리 모두 일행을 짜서 편안한 여행을 함께 할 수 있도록 해봤을 텐데."

그와 마찬가지로, 어느 '신자'에게 친구가 생겼거나, 혹은 '단골 여자 손님'에게 연애 상대가 생겨, 이따금 그 상대 때문에 베르뒤랭네의 모임을 '포기'할 가능성이 있을 경우, 베르뒤랭 부부는 자기네 집에서 애인을 만나거나, 자기네들 속에서 상대를 좋아하는 한, 또 자기들 이상으로 상대편을 좋아하게 되는 일이 없는 한, 여성이 애인을 갖는 것을 별로 두렵게 생각하지 않아, "그럼! 당신 친구도 데리고 오세요" 하고 말하곤 했다. 그래서 그 상대가 베르뒤랭 부인에게 어떤 비밀도 갖지 않을 인물인지, 그 '작은 패거리'에 가입시켜도 무방할는지 여부를 시험해보았다. 불합격되면, 그를 소개해준 신자를 따로 불러, 그의 친구 또는 애인과 사이가 나빠지도록 힘을 썼고, 그 반대 경우라면 이번에는 그 '새 인물'이 신자가 되었다. 따라서 그해, 화류계 출신 부인이 베르뒤랭 씨에게 자기가 스완 씨라는 멋쟁이 남성과 친구라는 이야기를 하고 나서, 만일 그가 이곳에 드나들게 된다면 매우 기뻐할 것이라고 넌지시 말했을 때, 베르뒤랭 씨는 그 청원을 당장 부인에게 전했다(그는 부인을 따르지 않고서는 제 의견조차 갖지 못하는 성품의 소유자였고, 그의 특별한 소임이란 부인의 희망을 신자들의 희망과 함께 매우 재치 있게 실행에 옮기는 데 있었다).

"크레시 부인이 당신한테 부탁이 있다는군. 그분 친구 가운데 한 분인, 스완 씨를 당신한테 소개하고 싶다는군. 당신 의견은 어떻소!"

"어머나, 새삼스럽게 여보, 이처럼 완벽할 정도로 사랑스런 분에게 무엇을 거절할 수 있겠어요! 당신은 잠자코 있어요. 당신 의견을 묻는 게 아니니까. 내가 완벽하다고 한 건 오데트, 당신을 두고 한 말이에요."

"원하시는 대로," 하고 오데트는 부자연스럽게 꾸민 말투로 대답하고 나서 덧붙였다. "내가 칭찬을 '받으려고 애쓰는' 것이 아니란 걸 아실 테니까."

"좋아요! 당신 친구분을 데리고 오세요, 맘에 드는 분이라면요."

확실히 이 '작은 핵심'은 스완이 드나드는 사교계와는 전혀 관계가 없었다. 그리고 순수한 사교인이라면, 스완과 같은 특별한 지위를 차지한 몸으로서, 베르뒤랭네에 소개받으려고 따로 애쓸 필요는 느끼지 않았을 것이다. 그러나 스완은 여자들을 무척 좋아하여, 귀족계급의 온갖 여인을 거의 다 알고, 그녀들에게서 배울 것이 더는 없게 되고 나서는 생제르맹의 상류 사교계가 그에게 수여한 거의 귀족 칭호와도 같은 그 많은 귀화(歸化)면허장도, 이제 그에게는 일종의 교환가치를 지닌 신용장 정도로밖에는 보이지 않게 되었다. 하기야 그런 건 그 자체만으로는 무가치하지만, 시골 귀족의 딸이나 파리의 이름조차 모르는 구역의 재판소 서기의 딸이 그에게 예쁘게 보이는 경우엔, 그 자리에서 그의 지위를 하나 만들어내는 것이다. 왜냐하면 그런 경우, 그런 욕망이나 연정이 평소 생활에서는 없던 허영심을 만들어내기에(틀림없이 이 허영심에 의해 일찍이 그가 사교계 쪽으로 들어가게 됐고, 그곳에서 그의 타고난 정신적 재능을 하찮은 향락에 낭비하며, 미술에 관한 깊은 조예를 단지 사교계 여인들에게 어떤 그림을 사야 하는가, 저택을 어떻게 장식해야 하는가를 충고하는 데나 소용되게 했지만), 그 허영심으로 인해 그는 자기가 반해버린 미지의 여성의 눈에, 스완이라는 이름 그것만으로는 포함하고 있지 않은 어떤 멋을 발하는 존재로 보이고 싶었던 것이다. 특히 미지의 여인이 보잘것없는 신분이었을 때는 더욱 그러했다. 영리한 사람은 다른 영리한 사람에게 바보로 보이는 걸 두려워하지 않는 것과 마찬가지로, 멋쟁이가 그 멋을 인정받지 못하는 걸 두려워하는 것은, 귀족에 의해서가 아니라 시골뜨기에 의해서 그런 꼴을 당하는 경우다. 천지창조 이래로, 인간이 낭비해온 재치의 발휘나 허영심에서 비롯된 거짓의 사 분의 삼은—그런 것은 인간을 깎아내렸을 뿐인데—항상 자신보다 못한 사람에 대한 것이었다. 그래서 공작 부인을 상대할 때는 고지식하게 아무렇게나 행동하던 스완도, 몸종 앞에서는 멸시받지 않을까 두려워 점잔을 빼곤 했다.

　게을러서인지, 아니면 사회적 지위가 만들어내어 어떤 해안에 매어놓은 의무감에서 나온 체념에서인지, 많은 사람들은 그들의 사회적 지위 밖에서 현실이 모처럼 제공한 쾌락을 누리기를 삼가고, 죽을 때까지 그들의 사회적 지위를 지켜나가 드디어는 그것이 몸에 배어, 별수 없이 주위에 있는 평범한 소일거리나 웬만한 권태를 쾌락이라고 부르면서 그것으로 만족한다. 반면에 스완은 그런 사람들과는 달랐다. 스완, 그는 함께 시간을 보내는 여성이라서 예쁘게 봐주려고 애쓰는 것이 아니라, 처음부터 예쁘다고 느낀 여성과 시간을 보내려 애쓰는 그런 남성이었다. 그리고 그 상대방은 흔히 매우 저속한 아름다움의 소유자였다. 왜냐하면 스완이 자신도 모르게 구하던 육체적 특성은, 그가 애호하는 예술가들이 그리거나 조각한 여성에 대해 그가 찬미했던 특성과는 정반대였기 때문이다. 표정의 심각성이나 우수는 그의 감각을 냉각시켰지만, 반대로 건강하고 윤택한 장밋빛 피부는 그의 감각을 눈뜨게 했다.

　여행 중에 사귀려고 애쓰지 않는 게 고상하게 보일 어떤 가족을 우연히 만났을 경우라도, 그 가족 가운데 한 여자가 그가 아직 접하지 못한 매력을 발산하며 그의 눈앞에 있는데, 자기는 '멀리서 관망하기만' 하며, 그 여자로 인해 생긴 욕정을 잊고, 그 여자와 더불어 경험하게 될 쾌락을 옛날의 정부를 편지로 오라고 해서 누리는 또 하나의 쾌락과 바꾼다는 것은 스완으로서는 인생에 대한 비겁한 기권, 새로운 행복에 대한 어리석은 포기와 다를 바 없는 것이며, 마치 국내를 두루 유람하는 대신 파리의 전망을 바라보면서 방구석에 처박혀 있는 것과 마찬가지였을 것이다. 스완은 그 교제 범위라는 건물 안에 죽치고 들어앉아 있지 않았으며, 마음에 드는 여성이 있는 곳이면 어디서나 건물을 새롭게 다시 지을 준비가 돼 있도록 그것을 탐험가들이 휴대하는 분해 가능한 텐트로 만들었다. 또 그는 교제가 새로운 쾌락으로 옮겨지거나 전환될 수 없는 것이라면, 남들이 아무리 부럽게 여기는 것이라도 헌신짝처럼 버렸을 것이다. 스완에 대한 공작 부인의 믿음, 그의 마음에 들려고 했으나 기회를 얻지 못한 부인의 몇 해 동안 쌓이고 쌓인 욕망에서 생긴 믿음을 스완 그가 시골에서 목격한 아가씨의 부친뻘 되는, 부인의 집사 가운데 한 사람과 당장 친지가 될 수 있도록 소개장을 타전해달라는 무례한 전보를 공작 부인에게 침으로써 떨쳐버린 일도 한두 번이 아니었다. 마치 다이아몬드를 빵 조각과 맞바꾸는 허기진 인간의 행동처럼! 그뿐 아니라 그리고 나서도 스완은 그것을 재미있어했다. 그도 그럴 것이 그의 사람됨에는 드물게 보는 섬세함이 있었던 반면, 다소 상스러운 면도 있었으니까. 그리고 그는 하는 일 없이 세월을 보내면서, 그런 무위가 그들의 지성에 예술이나 학문이 줄 수 있는 것과 똑같은 관심의 대상을 제공한다는 생각과, 바로 그런 '삶'이 어떤 소설보다 흥미롭고 기이한 상황을 담고 있다는 생각에서 아마도 위안과 구실을 찾는 지성인에 속했다. 어쨌든 그는 사교계 친구들 중에서 가장 세련된 사람들, 특히 샤를뤼 남작에게 그 점을 단언했고 또 용이하게 납득시켰다. 스완은 자기의 자극적인 연애 이야기로 남작을 즐겁게 해주며 재미있어했다. 예컨대 기차 안에서 우연히 어떤 여자를 만나 그 여자를 자기 집으로 데려갔는데, 알고 보니 그 여자가 바로 그 당시 유럽 정치의 온갖 실마리를 손아귀에 쥐고 있던 어느 군주의 누이동생이어서, 덕분에 매우 유쾌한 방법으로 유럽의 정치 동향을 잘 알게 되었다든가, 혹은 사정이 복잡하게 돌아갔기에 그가 어느 집 식모의 애인이 될 수 있는가의 여부가 교황 선거회가 행하는 선거

여하에 따르게 된 적도 있었다는 얘기 등등으로.

스완이 파렴치하게도 중매자 역할을 해달라고 강요한 사람들은, 단지 그와 절친한 명문의 정숙한 미망인들, 장군들, 아카데미 회원들 같은 으리으리한 무리만은 아니었다. 그의 친구들은 모두가 때때로 간단한 추천이나 소개를 능란한 솜씨로 부탁하는 스완의 글월을 받곤 했었는데, 그것은 꼬리를 물고 일어나는 연애 사건과 여러 가지 구실을 통해서 지속되었고, 솜씨가 서투를 경우 나타나는 것 이상으로 분명하게, 어떤 항구적인 성격과 동일한 목적을 드러냈다. 오랜 후의 일이지만, 스완의 성격이 아주 다른 면에서 내 성격과 여러 가지로 닮아, 그 성격에 흥미를 가질 무렵, 나는 다음과 같은 이야기를 자주 들었다. 스완의 편지가 우리 할아버지(그러나 당시에는 아직 할아버지가 아니었다. 왜냐하면 스완의 유명한 정사가 시작된 것은 바로 내가 태어난 무렵이었고, 그 연애 사건 때문에 오랫동안 그런 상습적인 행위는 중단되었으니까)에게 도착하자, 할아버지는 봉투에서 그 친구의 필적을 알아보고는 이렇게 소리쳤다는 것이다. "스완이 또 뭔가 부탁해왔군! 조심해야 돼!" 그리고 경계심 때문인지 아니면 가지고 싶어 하지 않는 사람에게만 그것을 굳이 주려고 할 때와 같은 비뚤어진 심사 때문인지, 할아버지 내외분은 스완이 부탁한 쉽게 들어 줄 만한 청을 완강히 거절하곤 했다. 예를 들어, 할아버지 내외분은 일요일마다 우리 집에 와서 저녁 식사를 같이 하는 한 아가씨를 소개시켜달라는 그 쉬운 부탁을 거절했기에, 그들은 스완이 그 아가씨에 대한 말을 꺼낼 때마다 근래엔 아가씨를 통 보지 못했던 것처럼 행동해야만 했는데, 실은 그 아가씨와 함께 누구를 초대하면 좋을까 하고 일주일 내내 망설이다가, 결국 초대받았다면 매우 좋아했을 사람에게도 알리지 못한 채 마땅한 사람을 찾아내지 못한 일이 여러 번 있었다.

  때로는 할아버지 내외분과 친한 사이로, 그때까지 스완을 통 보지 못했다고 불평해오던 어느 부부가, 아마 질투심을 불러일으키려는 속셈인 듯 갑자기 만족스러운 얼굴로 요즘 스완이 자기들에게 더할 나위 없이 상냥하게 굴며, 자기네 집에서 떠나지 않을 정도라고 할아버지 내외분에게 말한 적이 있었다. 할아버지는 그들의 기쁨을 망치고 싶지 않았지만 그래도 할머니를 바라보면서 노래를 흥얼거렸다.

    도대체 이 수수께끼는 뭘까?
    난 통 이해할 수 없구나.

혹은

    덧없는 꿈이여…….

혹은

    이 사건에선
    아무것도 보지 않는 게 최선이야.

  몇 달이 지난 후, 할아버지가 스완의 새 친구에게 "스완을 여전히 자주 만나십니까?" 하고 물어보자, 상대방 얼굴이 시무룩해지더니, "제 앞에서 그 친구 이름일랑 입 밖에도 내지 마세요!"—"그렇지만 그와는 절친한 사이인 줄 알았는데……." 스완은 이처럼 몇 달 동안, 할머니의 사촌 댁 사람들과 퍽 친하게 지냈고, 거의 날마다 그 집에서 저녁 식사를 해왔다. 그런데 돌연, 그는 예고도 없이 발걸음을 뚝 끊었다. 사촌 댁 사람들은 그가 병이 난 줄로 알고, 할머니의 사촌누이가 인편을 보내 그의 소식을 알아오게 하려고 식기실로 들어간 바로 그때, 식기실에서 식모가 무심코 출납부에 끼워놓은 스완의 편지를 발견했다. 자신은 지금 파리를 떠난다, 다시는 만날 기회가 없을 것이다라고 스완이 그 여인에게 알리는 내용의 편지였다. 식모는 그의 정부였고, 헤어지는 마당에 그가 알릴 필요가 있다고 판단했던 유일한 여자였던 것이다.

이와는 반대로, 그때의 정부가 사교계 여인이거나 혹은 적어도 지나치게 비천한 가문 출신이 아니거나, 혹은 사교계에 받아들이기에 그다지 난잡하지 않은 처지의 여인이라면 스완은 그 여인을 위해 사교계로 되돌아가곤 했는데, 그것도 그 여인이 자주 드나들거나 아니면 그가 그녀를 끌어들인 특별한 범위에 한했다. "오늘 저녁은 스완에게 기대를 걸어도 소용없어요. 아시다시피 오늘 그 미국 여인과 오페라 극장〔파리에 있는 극장 이름을 말함〕에 가는 날이니까요"라고 사람들 입에 오르내리곤 했다. 스완은 특히 소수의 사람들에게만 문을 여는 살롱, 거기서 일주일에 한 번은 반드시 저녁 식사를 하고 포커를 하는 단골 살롱에 그 여인을 초대했다. 매일 저녁, 그는 다갈색 머리털을 곱슬곱슬하게 손질하고, 푸른 눈의 날카로움을 어느 정도 부드럽게 하고, 꽃 한 송이를 골라 단춧구멍에 끼우고 나선 한패거리 여인들 중 누군가의 집에서 열리는 저녁 식사에서 정부를 만나려고 집을 나섰다. 그때 그는 거기서 만날 사람들, 제멋대로 행동하는 사교계의 풍류아들이, 자기가 좋아하는 여성 앞에서 자기에게 마구 퍼부을 감탄과 호의를 생각하고는 싫증이 나 있던 사교 생활에 다시 매력을 느꼈다. 그리고 거기서 즐기던 암시의 불꽃에 젖어 따뜻하게 채색된 내용, 그 사교 생활의 내용이, 거기에 새로운 사랑이 합쳐지고 나서부터는 더욱 귀중하고 아름다운 것으로 여겨지는 것이었다.

이와 같은 여자 관계, 이와 같은 바람기 하나하나는 스완이 여자의 얼굴이나 몸매를 보며 특별히 애쓰지 않고도 저절로 예쁘다 느낄 때, 거기서 생겨난 꿈을 다소나마 완벽한 형태로 실현한 것이었는데, 그와는 달리 어느 날 극장에서 한 옛 친구에게서 오데트 드 크레시를 소개받았을 때―그 친구는 전에, 그녀가 매혹적인 여자이며 그 여자하고라면 무슨 일이 벌어질지도 모른다고 말했는데, 그녀를 소개해주는 것이 매우 친절한 일로 보이게 하려고 그녀를 실제보다 더 까다로운 여자로 평했었다―물론 그녀가 스완의 눈에 예쁘지 않게 보인 것은 아니지만, 그녀는 그의 관심을 끌지 못하는 여인, 아무런 욕망도 불러일으키지 못하고, 심지어는 일종의 육체적 혐오감마저 일으키는 미인으로 보였다. 모든 이에게는 저마다 그 형(型)이 다르긴 하지만, 자신의 직감이 요구하는 것과는 정반대 타입이 있기 마련인데, 그녀는 그런 여성 가운데 하나로 보였다. 그의 마음에 들기에는 옆얼굴이 너무 드러나고, 살갗이 너무 연약하고, 광대뼈가 너무 튀어나오고, 얼굴 모습이 전반적으로 너무 야위어 있었다. 두 눈은 아름다웠으나 너무 큰 나머지 그 부피를 견디지 못해 처져 있었고, 얼굴의 나머지 부분을 피로해 보이게 하여, 몸이 불편하거나 기분이 좋지 않은 듯한 모습을 띠게 했었다. 극장에서 소개가 있고 나서 얼마 후, 그녀는 스완에게 서신으로 그의 수집품을 보여달라고 청하면서, 그것은 '무식하지만 예쁜 것에 취미를 가진' 자신에게는 매우 흥미로운 일일 것이라고 말하며, '그의 집'에서 만나게 된다면 그를 더 잘 이해하게 될 거라고 써 보냈다. '차(茶)와 서적과 더불어 안락하게' 지내리라고 상상하고 있던 그녀는, 그가 그처럼 쓸쓸한 거리, 또 '그처럼 스마트한 그에게 너무나 어울리지 않는' 그런 거리에 살고 있다는 사실에 놀라움을 감추지 못했다. 스완이 그녀를 초대한 날, 그녀는 그와 헤어지면서, 들어가게 되어서 매우 기뻤지만 그렇게 잠시밖에는 머물지 못한 것이 섭섭하다고 말하면서, 마치 그녀에게는 그가 자기가 아는 다른 사람들 이상의 그 무엇이나 되기라도 하는 듯이 둘 사이에 일종의 소설적인 연결선을 가설하려는 것 같아 그는 고소를 머금지 않을 수 없었다. 그러나 스완에게도 이미 다가와 있던 불혹의 나이, 지나치게 상호성을 강요하지 않고도 단지 사랑하고 있다는 기쁨 때문에 사랑하는 것으로 만족할 줄 아는 그 나이에는, 마음과 마음의 접근이란 이제는 소년기처럼 반드시 사랑이 지향해야 하는 목적은 아니지만, 그 대신 그것은 강한 관념의 연상에 의해 사랑과 결부되어 있기에, 만일 그 마음의 접근이 사랑보다 앞서 일어난다면 그것이 사랑의 원인이 될 수는 있는 것이다. 처음에는 사랑하는 여인의 마음을 소유하기를 열망하지만, 좀 더 세월이 흐르면 그 여인의 마음을 소유하고 있다는 느낌만으로도 충분히 그 여인을 사랑하게 된다. 이처럼 사람은 사랑 속에서 무엇보다도 주관적인 쾌락을 추구하기에, 여성의 아름다움에 대한 취미가 사랑의 최대 부분인 것처럼 생각되는 나이에는, 사랑—가장 육체적인 사랑—이란 그 밑바닥에 미리 욕망이 존재하고 있지 않더라도 생겨날 수가 있다. 인생의 이 시기에 이른 사람은, 이미 여러 번 사랑을 경험했을 것이다. 이제는 놀라서 수동적이 돼버린 우리의 마음 앞에서 사랑도 더는 그 불가해하고 숙명적인 고유 법칙에 따라 혼자서 진전되지는 않는다. 그래서 우리 쪽에서 사랑을 도우려고 나가, 기억과 암시로 사랑을 유인해낸다. 사랑의 징후를 하나라도 알아내면, 우리는 그 밖의 다른 징후를 기억해내어 다시 태어나게 한다. 우리는 마음속에 온전히 새겨진 사랑의 노래를 가지고 있기에, 한 여인이 그 노래의 처음을—아름다움이 불러일으키는 찬미로 가득 찬—불러주지 않아도 그 뒷부분이 생각난다. 그리고 그 여인이 노래의 중간부터—마음과 마음이 서로 접근하는 곳, 둘이 서로를 위해서만 존재한다고 말하는 그곳부터—시작한다 해도, 우리는 그 음악에 매우 익숙해 있으므로 상대가 기다리는 곳에 즉시 다다르게 된다.

오데트 드 크레시는 다시 스완을 만나러 왔고, 그 후로 자주 찾아왔다. 그럴 때마다 스완은, 그사이에 그 특징을 잊어버리고 떠올리지도 않았던 그녀의 얼굴, 표정이 풍부하지도 않고 아직 젊은데도 시들어버린 그 얼굴을 마주 대하며, 아마도 새로운 실망을 느꼈을 것이다. 그녀와 이야기를 나누는 동안 그녀의 주된 아름다움이 자기가 본능적으로 좋아할 그런 유(類)의 것이 아님을 유감스럽게 생각했다. 게다가 오데트의 얼굴은 실제보다 더 여위고 더 튀어나온 듯이 보였는데, 그것은 전에는 이마와 뺨 위쪽의 고르고 평평한 부분에 덮였던 많은 머리카락을, 그때는 일부를 '앞머리'로 늘어뜨리고, 일부는 '부분 가발'로 들어 올려 양 귀를 따라 헝클어진 머리채로 흩트려놓았기 때문이다. 한편 그녀의 몸매는 매우 감탄을 불러일으키는 것이었으나 전체를 보기는 어려웠는데(이것은 당시의 유행 탓이고, 그녀는 매우 옷을 잘 입는 파리 여성 가운데 하나였다), 왜냐하면 블라우스가 있지도 않은 배 위로 불쑥 나와서는 갑자기 뾰족하게 끝나고, 그 아래쪽으로는 두 겹 스커트가 풍선처럼 부풀어, 그녀는 마치 잘못 이어진 다른 부분으로 구성된 것처럼 보였다. 또 그만큼, 주름 장식이나 밑자락 장식, 또는 속옷이 그 특이한 디자인이나 옷감의 질감에 따라 매듭이나, 레이스 주름, 세로로 달린 새까만 술 또는 코르셋의 가슴 살대에 이르는 선을 제멋대로 따라가는데, 그것이 그녀의 몸 그 어디에도 달라붙어 있지 않았기에, 그런 보잘것없는 것들의 조립이 그녀의 몸에 달라붙거나 지나치게 떨어지는 데 따라서, 그것이 어색하게 보이기도 했고 쓸데없어 보이기도 했다.

그러나 오데트가 돌아간 다음, 스완은 다음 번 또 불러줄 때까지 얼마나 지루하게 기다려야 할지 모르겠다는 그녀의 말을 상기하면서 웃음 지었다. 한번은 그녀가 너무 오래 사이를 두지 말고 초대해 달라고 청할 때의 그 불안해하고 수줍어하는 모습과, 그 순간 가슴 졸이며 탄원하듯 그를 뚫어지게 바라보던 눈길, 검은 벨벳 끈이 달린 둥글고 흰 밀짚모자 앞에 매어놓은 인조 팬지 꽃다발 아래서 잠시 애처로운 빛을 띠던 눈길을 상기했다. 그때 그녀는 "언제 한번 우리 집에 오셔서 차 한잔 드시지 않겠어요?"라고 말했다. 그는 요즘 하는 일로 바쁘다고 말하고, 델프트 페르메이르(van Delft Vermeer : 네덜란드의 화가)에 관한—실은 몇 년 전부터 내던지고 놔뒀던—연구를 구실로 삼았다. "저같이 보잘것없는 사람은 당신들처럼 훌륭한 학자님들 곁에선 아무것도 할 수 없다는 걸 알고 있어요" 하고 그녀가 대답했다. "저 같은 건 훌륭한 분들 앞에선 개구리나 마찬가지예요. 그래도 저는 뭔가를 배우고, 지식을 넓히고, 깨우침을 받고 싶어요. 고서를 뒤지고 고문서에 몰두한다면 얼마나 재미있을까!" 하고 덧붙이며 자기만족의 표정을 지었는데, 그것은 어떤 품위 있는 여인이 마치 '손수 반죽을 만들어' 요리할 때처럼 몸이 더러워지는 것에 개의치 않고 구질구질한 일에 몰두하는 것이야말로 기쁜 일이란 걸 뚜렷이 나타내려 할 때 짓는 표정과 같았다. "저를 비웃을는지도 모르지만, 당신이 저를 찾아오는 데 방해가 되는 그 화가(그녀는 페르메이르를 두고 말하는 것이었다)에 대해 한 번도 들어본 적이 없어요. 아직 생존해 있나요? 파리에서 그분의 작품을 볼 수 있나요? 볼 수 있다면, 저도 당신이 어떤 것을 좋아하는지 상상할 수 있겠는데요. 그처럼 연구만 하시는 넓은 이마 밑이나, 항상 깊은 생각을 하고 계신다고 느껴지는 머릿속에 있는 것을 알게 되어 바로 이거다, 지금 이것을 생각하고 계신다라고 조금은 짐작할 수 있겠는데요. 당신의 일에 참여하다니, 그 얼마나 멋있는 꿈이에요!" 스완은 그가 운 없는 사람이 느끼는 두려움이라고 은근하게 일컬었던 새로운 우정에 대한 두려움을 구실로 내세웠다. "사람이 두려우세요? 정말 이상해요, 저는 그것만을 찾는데, 그것을 구하기 위해서라면 목숨이라도 아깝지 않아요" 하고 그녀는 매우 자연스럽고 자신에 찬 목소리로 말했으므로, 그는 감동을 받았다. "아무래도 당신은 어떤 여인 때문에 괴로움을 받으셨나 봐요. 그래서 다른 여자들도 그 여자와 마찬가지라고 믿으시는 거죠. 그러나 그 여자는 당신을 이해하지 못했던 거예요. 그만큼 당신은 세상 여느 사람들과는 다르니까요. 제가 처음부터 좋아한 것도, 바로 그 점이에요. 당신이 여느 사람과 같지 않다는 걸 저는 금방 느꼈어요."─"그리고 당신도 역시" 하고 그가 말했다. "나는 여자들이 어떠한지 잘 압니다. 당신에겐 일이 산더미같이 많아 좀처럼 한가한 시간이 없으시겠죠."─"저요, 전 할 일이라곤 아무것도 없어요! 언제나 한가해요. 당신을 위해서라면 언제라도 한가한 시간을 만들겠어요. 저를 만나시려면 당신 편할 대로 낮이건 밤이건 어느 때라도 상관없으니 언제라도 불러주세요. 아주 기꺼이 달려갈 테니. 그렇게 해주시겠어요? 제가 무엇을 하고 싶어 하는지 아세요? 어떠세요! 만약 거기서 당신을 뵙게 되고, 또 그곳에 와주시는 게 약간은 저를 위하는 일이라고 제가 생각하고 있다면!" 확실히 그는 혼자 있을 때면, 이처럼 그녀와의 대화를 상기하며 그녀를 생각하곤 했지만, 이는 소설적인 몽상 속 다른 많은 여성들 가운데서 그녀의 영상을 떠올린 것에 지나지 않았다. 그러나 만약 어떤 상황에 의해(아니, 어쩌면 그런 상황 때문이 아닐 수도 있는데, 그건 그때까지 잠재해 있던 어떤 상태가 밖으로 드러나는 순간의 상황이 그 상태에 아무런 영향을 미치지 않을 수도 있기 때문이다) 오데트 드 크레시의 영상이 그 모든 몽상을 독차지하게 되어 그 몽상이 그러한 영상의 기억과 분리될 수 없게 된다면, 그때 그녀의 육체적인 결점이나 또는 그녀의 몸이 다른 여인보다 스완의 취미에 맞는다든가 안 맞는다든가 하는 것은 전혀 문제시되지 않을 것이다. 왜냐하면 자기가 사랑하는 여인의 몸인 이상, 그때부터는 오직 그 몸만이 기쁨과 고뇌를 일으킬 유일한 것이기 때문이다.

할아버지는, 현재의 베르뒤랭네 친구들 가운데는 아는 사람이 하나도 없을 테지만, 그 가족만은 잘 알고 있었다. 그러나 할아버지는 '젊은 베르뒤랭'이라고 불렀던 그와 완전히 교제를 끊고, 그가 거의 완전히 방종한 생활과 천박한 생활에 ― 막대한 재산을 갖고서 ― 빠져버렸다고 생각했다. 어느 날, 할아버지는 스완에게서 베르뒤랭네 사람들에게 자기를 소개해줄 수 없겠느냐는 편지를 받았다. "조심해야지, 조심! 그렇지만 별로 놀랄 것도 없군그래. 그렇지, 스완도 끝내는 그렇게 될 거야. 딱 좋은 장소라고! 아무튼 난 그의 부탁을 들어 줄 순 없어. 난 이제 그쪽 사람을 모르니까. 그리고 이 부탁에는 필시 여자 얘기가 숨어 있을 거야. 난 이젠 그런 일에 말려들기 싫다고. 아무렴! 스완이 하찮은 베르뒤랭네 사람들에게 물든다면 좋은 구경거리가 될걸" 하고 할아버지는 큰 소리로 외쳤다.

그래서 할아버지의 거절하는 답장이 가자, 오데트 자신이 스완을 베르뒤랭 씨 집으로 데려가게 되었다.

스완이 처음으로 찾아간 날, 베르뒤랭네의 저녁 식사에는 코타르 의사 내외, 젊은 피아니스트와 그 숙모, 그리고 그 무렵 그들의 애호를 받고 있던 화가가 참석해 있었고, 밤이 되자 몇몇 다른 신자들이 합석했다.

코타르 의사는 상대에게 어떤 투로 대답해야 하는지, 또 상대가 농담을 하는지 아니면 진담을 하는지 통 분간하질 못했다. 그래서 그는 어찌 되든 간에 온 얼굴에 조건부적이고 일시적인 웃음을 띠었는데, 그 웃음은 기회주의적인 미묘한 것으로, 만약 상대가 던진 말이 익살스러운 내용이었을 경우에도 얼간이라는 비난을 면하게 해주는 그런 것이었다. 그러나 그는 그 반대의 가정에 대비하려고 그 웃음을 얼굴에 뚜렷이 나타내지는 않았기에 거기에는 '그걸 진심으로 말하는 건가요?'라고 감히 물어볼 수는 없는 질문이 엿보이는 애매함이 끊임없이 감돌았다. 그는 거리에서도, 또 심지어는 일상생활에서도 살롱에서와 마찬가지로 어떻게 처신해야 할지 통 자신이 없어서 지나치는 통행인이나 자동차, 그리고 갖가지 사건에 간사한 웃음, 즉 자신의 태도에서 온갖 부적합한 것을 미리 제거해주는 웃음을 보내는 것이 보였다. 왜냐하면 설사 그 태도에 적당치 않은 점이 있었다 하더라도, 자기는 그걸 잘 알고 있으며 그런데도 그렇게 한 것은 장난일 뿐이란 걸 그 웃음이 증명해주기 때문이었다.

그렇지만 어떤 솔직한 질문을 할 수 있을 것 같을 때마다, 의사는 자신이 품고 있던 의문의 범위를 줄여, 자신의 교양을 넓히려고 애쓰는 것을 잊지 않았다.

따라서 그가 고향을 떠났을 때, 선견지명이 있는 모친이 그에게 준 교훈에 따라 그는 자신이 모르는 관용어나 고유명사를 충분히 조사해보지 않고서는 결코 그대로 사용하지 않았다.

그는 숙어를 알아보는 것에 지칠 줄을 몰랐다. 왜냐하면 그는 이따금 항간에 자주 쓰이는 관용어들, 예컨대 '악마의 아름다움'〔이팔청춘〕이라든가, '푸른 피'〔귀족 출신〕라든가, '컴상 다리의 생활'〔방탕한 생활〕, '라블레〔François Rabelais : 프랑스 르네상스 시대의 작가〕의 15분간'이라든가, '멋진 왕자'〔대단한 풍류객〕라든가, '흰 카드를 준다'〔절대 자유를 준다는 뜻〕라든가, '꼼짝 못하게 되다'〔대답이 궁해지다는 뜻〕 등의 말에 그 이상 정확한 뜻이 있으리라고 생각하여 이런 관용어가 정확히 어떤 뜻으로 사용되는지, 또 어떤 특정한 경우에 자신도 그것을 대화에 사용할 수 있는지를 알고 싶어 했기 때문이다. 그렇지 못할 경우에는 그가 전에 배웠던 멋있는 말을 사용했다. 그는 자기 앞에서 사람들이 말하는 새로운 이름에 대해 혼자 그 이름을 질문하는 투로 되풀이하는 걸로 만족했는데, 그렇게 하면 자기가 설명을 요구하는 듯한 분위기를 보이지 않고도 충분히 설명을 들을 수 있다고 생각했기 때문이다.

그에게는 자기가 만사에 그걸 행한다고 여기면서도 비평 감각이 완전히 결여돼 있었고, 실은 은혜를 베푼 사람에게 그런 기분을 갖게 하지 않으려고 오히려 은혜를 받는 쪽은 자기라고 상대방에게 믿게 하는 사교적 세련성도 전혀 없었기에, 그는 모든 걸 곧이곧대로 받아들였다. 베르뒤랭 부인은 그에 대해 자세히 몰랐기에 그를 매우 세련된 남자로 생각해왔는데, 사라 베르나르〔Sarah Bernhardt : 프랑스의 대여배우〕를 보러 무대 앞자리에 그를 초대했을 때 당한 일로 결국 화가 잔뜩 나버렸다. 그녀가 호의를 다해, "선생님, 와주셔서 정말 고마워요. 선생님께선 사라 베르나르를 이미 여러 차례 보셨겠죠. 그런데 우리 자리가 무대에서 너무 가까운 것 같군요"라고 말하자, 코타르 의사는 누구든 그 방면의 권위자가 그 연극의 가치에 대해 설명해주고 나서야 비로소 분명해지거나 아니면 사라지거나 하는 그런 웃음을 짓고 칸막이를 한 좌석으로 들어오면서 그 부인에게 이렇게 대답했다. "과연 자리가 너무 가깝군요. 또 이젠 사라 베르나르에게도 싫증이 나고요. 그렇지만 부인께서 와달라고 하시니. 나에겐 부인의 희망이 곧 명령이니까요. 이런 일이 부인에게 도움이 되다니, 정말 영광입니다. 부인같이 선량하신 분을 즐겁게 해드리는 일이라면 무슨 일인들 못하겠습니까!" 그러고는 "사라 베르나르는 정말이지 '황금의 목소리'를 가졌습니다. 안 그렇습니까? 그리고 또 음성이 무대를 불태운다는 글이 자주 실리더군요. 이상한 표현이지요, 안 그렇습니까?"라고 상대의 주석을 바라며 덧붙였는데, 아무 반응이 없었다.

베르뒤랭 부인이 남편에게 말했다. "여보, 우리가 의사에게 제의한 것을 일부러 겸손하게 낮추어 얘기한 건 확실히 잘못한 노릇인가 봐요. 그분은 실제 생활 밖에서 사는 학자라서 스스로는 사물의 가치도 모르거니와, 우리가 말하는 것을 곧이곧대로 믿어버려요." — "지금까지 당신에게 말은 꺼내지 못했지만, 실은 나도 그런 눈치는 챘었지"라고 베르뒤랭 씨는 대답했다. 그리고 다음 해 설날에는 코타르 의사에게 3천 프랑짜리 루비를 변변치 못한 것이라고 말하면서 보내는 대신 베르뒤랭 씨는 3백 프랑짜리 가짜 보석을 사보내면서 이처럼 아름다운 것은 그리 흔치 않을 것이라는 뜻을 비쳤다.

베르뒤랭 부인이 야회에서, 스완 씨가 참석할 것이라고 알렸을 때, 의사는 깜짝 놀라며 격한 목소리로 "스완?" 하고 외쳤다. 왜냐하면 만사에 늘 대비하려고 생각하는 이 남자에게는, 아주 대수롭지 않은 소식도 누구보다도 더 뜻밖의 일로 생각되었기 때문이다. 그래도 누구 하나 대꾸하지 않는 것을 보자 "스완? 도대체 누구죠, 스완이라는 사람이?" 하고 심한 불안감으로 소리쳤는데, 드디어 베르뒤랭 부인이 "오데트가 우리에게 말한 그 친구분이에요" 하고 말하자 "아, 아, 그렇군요, 좋아요" 하고 의사는 진정되어 대답했다. 화가도 스완이 베르뒤랭 부인 댁에 소개되는 걸 기뻐했다. 왜냐하면 그는 스완이 오데트를 사랑하고 있다고 추측했고, 그런 남녀 관계를 도와주는 것을 좋아했기 때문이다. "결혼하는 걸 거들어주는 것처럼 재미있는 일은 없지요"라고 그는 코타르의 귀에 대고 털어놓았다. "이미 여러 쌍 성공시켰지요. 여자들 사이의 것도 말이죠!"

오데트가 베르뒤랭 가족에게 스완이 아주 '스마트'한 사람이라고 소개함으로써, 그들은 스완이 '귀찮은 사람'이 아닐까 하고 염려했었다. 그러나 그와는 반대로 스완은 그들에게 훌륭한 인상을 심어주었는데, 그들은 모르고 있지만, 스완이 상류사회에 자주 드나든다는 사실이 그 간접적인 원인 가운데 하나였다. 그러고 보면 그는 사교계에 전혀 출입한 적이 없는 지식인에 비해서, 다소 사교계에 출입한 바 있는 사람이 지니는 장점이 하나 있었다. 그것은 사교계가 상상력 속에 불러일으키는 욕망이나 두려움에 의해 사교계를 변형시켜서 보는 법이 없이 그것을 하찮은 것으로 간주하는 그런 장점이었다. 그런 사람들이 갖춘 상냥함은, 모든 스노비즘〔속물근성〕과 지나치게 상냥하게 보이지 않을까 하는 두려움에서 벗어나 자립하여, 몸의 다른 부분이 서투르고 실없이 움직이는 법 없이, 원하는 대로 정확하게 늘씬한 사지를 움직이는 사람들이 보여주는 동작의 유연함과 우아함을 갖고 있다. 남이 소개해준 미지의 젊은이에게 쾌히 손을 내밀거나, 또 소개를 받은 대사(大使) 앞에서 정중하게 머리를 숙이는 사교인의 간단하고 기초적인 행동이 자신도 모르는 사이에 스완의 모든 사교적 태도에 배어들어서, 베르뒤랭 가족이나 그 친구와 같이 자기보다 못한 환경의 사람들과 마주 대하자 스완은 본능적으로 호의를 보이며 먼저 말을 걸었는데, 그렇게 되자 그들은 '귀찮은 사람'이라면 그렇게 처신하지 않았을 것이라고 생각하게 되었다. 코타르 의사에 대해서만은 잠시 서먹서먹했다. 아직 서로 말도 나누기 전에 자기에게 눈을 깜박거리며, 모호한 웃음을 던지는(이것은 코타르가 '유인의 수법'이라고 일컫는 표정이었다) 그를 보며, 스완은 이 의사가 아마도 어떤 홍등가에서 만난 일이 있어 자기를 알고 있지 않나 하고 생각했다. 하기야 스완 자신은 방탕한 생활과는 거리가 멀어 홍등가에 출입한 적이 거의 없었지만, 더구나 그것 때문에 자기를 좋지 않게 생각할지 모를 오데트가 있는 앞에서 악취미의 암시를 던짐을 발견하고서 그는 그를 냉랭하게 대했다. 그러나 곁에 있는 부인이 코타르 부인이라는 걸 알자, 그처럼 젊은 남편이 부인 앞에서 그런 유의 오락적인 암시를 할 리가 없다고 생각하고, 의사의 그런 표정에 대해 자신의 미심쩍은 태도를 멈추었다. 화가가 금세 스완에게 오데트와 함께 자기 아틀리에에 와달라고 초대했다. 스완은 그를 친절한 사람이라고 생각했다. "틀림없이 당신은 나보다 환영받을 거예요" 하고, 베르뒤랭 부인이 일부러 화가 난 투로 말했다. "그리고 코타르의 초상화를 보여드리겠지요(그녀는 화가에게 그 그림을 주문했었다). 주의하세요, 비시 '화백'" 하고 부인은 화가를 불렀는데, 그 화가에게 화백이라는 존칭을 붙여 부르는 것은 정해진 농담이었다. "그 예쁜 눈매, 그 재미있고 교묘한 눈꼬리를 표현하는 걸 잊지 마세요. 아실 테지만, 특히 내가 갖고 싶은 것은 그 웃음이에요. 내가 부탁한 것은 그 웃음의 초상화예요."

표현이 매우 훌륭했다 싶었던지, 그녀는 다른 손님들도 확실히 들을 수 있도록 매우 큰 목소리로 되풀이했다. 아니, 미리 막연한 구실을 만들어, 몇몇 손님을 주위에 모아놓기까지 했다. 스완은 모든 사람들과 사귀고 싶다고, 또 베르뒤랭네의 오랜 친구인 사니에트와도 사귀고 싶다고 청했다. 사니에트라는 사람은 소심함과 단순함 그리고 착한 마음씨 때문에 그가 가진 고문서에 대한 학식이나 막대한 재산, 또 그의 뛰어난 가문 등에 의해 그가 마땅히 받아야 할 존경을 도처에서 상실하는 위인이었다. 그는 말할 때면 입속에서 밀가루죽 끓이는 소리를 내는 버릇이 있었는데, 이것은 혀의 결함을 드러낸다기보다는 오히려 영영 잃어버리지 않고 남아 있는 어린 시절의 순진함과도 같은 착한 마음씨를 드러내는 것이라고 느껴지기 때문에 사랑스러운 점이었다. 그가 발음할 수 없는 자음은 모두 그가 입에 담을 수 없을 정도로 냉혹한 말같이 생각되었다. 스완은 사니에트 씨를 소개해달라고 부탁함으로써 베르뒤랭 부인에게 역할이 바뀐 듯한 인상을 주었지만(부인은 그 청에 대답하려고, 역할의 바뀜을 강조하며 말했다. "스완 씨, 우리 친구 사니에트를 소개하도록 해주세요."), 그는 사니에트의 마음속에 뜨거운 호감을 불러일으켰다. 그러나 베르뒤랭 내외는 그 사실을 스완에게 알리지 않았다. 왜냐하면 그들로서는 사니에트가 약간은 귀찮은 존재였으므로 그에게 친구를 만들어준다는 것은 어림도 없는 생각이었기 때문이다. 그러나 그 대신 스완이 그 직후 피아니스트의 숙모를 소개해달라고 청하지 않으면 안 되겠다고 생각했을 때는 그들의 마음을 무한히 감동시켰다. 검은 옷을 입고 입는 여성은 항상 아름답게 보이고 또 더욱 돋보인다고 생각하고 있기에 늘 검은 옷을 입는 이 여인은, 식사 후에는 언제나처럼 몹시 붉은 얼굴을 하고 있었다. 그녀는 스완 앞에 공손히 몸을 굽혔지만 다시 몸을 일으킬 때는 당당했다. 그녀는 전혀 교육도 받지 못했고, 프랑스 말에 서툰 것을 겁내고 있었기 때문에 혹시 연음을 실수하면 똑똑히 구별되지 않도록 애매하게 얼버무리리라고 생각하여, 일부러 확실하지 않게 발음했다. 그래서 그녀의 이야기는 분명치 않은 헛기침의 연속일 뿐이었으며, 이따금 그 속에서 그녀가 확실하다고 느낀 극소수 낱말만이 등장했다. 스완은 베르뒤랭 씨와 대화를 나누면서 그녀를 조금 무시해도 무방할 거라고 생각했는데, 반대로 베르뒤랭은 감정이 상한 듯했다.

"참으로 훌륭한 여인입니다" 하고 그는 대답했다. "저분이 아주 멋진 분이 아니라는 건 당신과 동감입니다. 그러나 당신에게 단언하지만, 저분과 단둘이 이야기할 때는 유쾌하답니다." — "그러실 테죠" 하고 스완이 서둘러 양보를 했다. "저는 저분이 '뛰어난' 사람이라고는 생각되지 않는다는 뜻으로 한 말입니다" 하고 스완은 이 형용사를 일부러 떼면서 덧붙였다. "요컨대 오히려 찬사로 한 말입니다." — "그런데 놀라시겠지만, 저분은 훌륭한 글을 쓴답니다. 저분의 조카가 하는 피아노 연주를 들으신 적이 없으시겠지요? 훌륭하답니다, 안 그래요, 의사 선생? 어떻습니까, 스완 씨, 저분에게 한 곡 연주해달라고 부탁할까요?" 하고 베르뒤랭 씨가 말했다 — "그거 참 영광이군요······" 하고 스완이 대답하는 것을 의사가 빈정거리는 투로 가로막았다. 사실 그는 이야기 중에 과장된 말투나 일부러 엄숙하게 꾸민 표현을 사용하는 걸 시대에 뒤진 것으로 기억했기에 이제 막 '영광'과 같은 엄숙한 낱말을 진지하게 말하는 걸 듣자마자, 그는 그 낱말을 입 밖에 낸 사람이 짐짓 점잔을 빼는 것이라고 생각했다. 게다가 아무리 그 말이 널리 통용되고 있어도, 그것이 그가 낡아빠진 상투적인 문구라고 일컫는 것 속에 어쩌다 들어 있기라도 하면, 의사는 상대방이 말하는 문구를 우스꽝스러운 것으로 가정해버려 그 말을 받아 상투어로 비꼬아서 끝맺었는데, 이는 아무 생각도 하지 않고 있던 상대방을 그런 상투어를 사용하려 했다고 책망하는 것 같았다.

"프랑스의 영광을 위하여" 하고 의사는 과장되게 두 팔을 들어올리며 짓궂게 소리쳤다.

베르뒤랭 씨는 웃지 않을 수 없었다. "거기 계시는 분들은 뭘 그렇게 웃고 계시죠. 매우 흥겨운가봐요" 하고 베르뒤랭 부인이 소리쳤다. "나만 혼자 벌받고 있듯 그대로 있다니, 아이 속상해" 하고 그녀는 화가 난 투로 어리광을 부리며 덧붙였다.

베르뒤랭 부인은 밀랍을 바른 전나무로 만든 높은 스웨덴풍 의자에 앉아 있었다. 그 의자는 스웨덴의 어느 바이올리니스트가 부인에게 보내온 것으로, 등 없는 의자를 연상시켜 거기에 있는 고풍스런 아름다운 가구들과 어울리지는 않았지만 그대로 간직하고 있었다. 그녀의 신자들이 때때로 보내곤 하는 선물을 자신이 이따금씩 왔을 때 보고 기뻐하도록 눈에 띄는 곳에 두고 싶은 생각에서였다. 그래서 그녀는 쉽게 없어지는 꽃이나 사탕이면 족하다고 설득해봤지만 그렇게 한 보람도 없이 그녀의 집에는 늘 같은 물건이나 새해 선물들이 쌓여, 그곳은 각로(脚爐), 방석, 괘종시계, 병풍, 청우계, 도자기, 꽃병 등의 수집장이 되어버렸다.

그녀는 그 높다란 의자에서 신자들의 대화에 열심히 끼어들어 그들의 허풍에 흥겨워했다. 그러나 턱에 발생한 그 사고 이후로, 그녀는 실제로 마음 놓고 웃음을 터뜨리는 일은 단념하고, 그 대신 피로나 위험부담 없이 눈물이 나도록 웃고 있음을 나타내는 상투적인 표현에 몰두해 있었다. 귀찮은 인물이라든가, 또는 예전에는 단골손님이었으나 이제는 귀찮은 사람의 진영으로 물러난 인물에 대해 단골손님이 사소한 말을 던지자, 부인은 작은 소리를 지르고, 눈알이 붉어지는 병 때문에 흐려지는 새의 눈과 같은 그 두 눈을 꼭 감더니,

갑작스럽게 마치 추잡한 광경을 겨우 숨겼거나 아니면 어떤 치명적인 발작을 겨우 피했을 때처럼 아무것도 보이지 않도록 두 손으로 얼굴을 가리고는 만일 거기에 빠지기라도 하는 날에는 기절하고 말지도 모르는 웃음을 꾹 참아내려고 무진 애를 쓰는 것 같았다—그런데 부인의 이런 행동에 가장 크게 실망한 이는 베르뒤랭 씨였다. 그도 그럴 것이 그는 부인처럼 상냥하게 되는 것이 오랜 숙원이었는데, 그는 일단 진심으로 웃음을 터뜨리면 금세 숨이 가빠지곤 해서, 그녀의 가장된 것이긴 하지만 그칠 줄 모르는 폭소의 책략에 압도되어 뒤떨어졌기 때문이다—이렇듯 신자들의 즐거움에 얼떨떨해지고, 우정이나 험구, 찬동 따위에 취한 베르뒤랭 부인은 따끈한 포도주에 담긴 모이를 먹을 때의 새처럼, 그 횃대에 올라앉아 애교로 흐느껴 우는 것이었다.

그러는 동안 베르뒤랭 씨는 파이프 담배를 피워도 되겠느냐고 스완에게 묻고 나서, ("여기서는 체면 차릴 필요가 없지요, 친한 사이니까.") 젊은 예술가에게 피아노 앞에 앉아달라고 간청했다.

"아, 그러지 마세요. 그분을 귀찮게 하지 말아요. 괴로움을 당하려고 이분이 여기 온 건 아니잖아요. 난 그분을 괴롭히는 게 싫어요!" 하고 베르뒤랭 부인이 소리를 질렀다.

"어째서 그게 그를 괴롭힌다는 거지? 우리가 발견한 올림 F장조 소나타를 스완 씨께선 아직 모르실 텐데, 그래서 피아노로 그 편곡을 연주해달라는 거요" 하고 베르뒤랭 씨가 말했다.

"오, 그건 안 돼요, 내 소나타만은 안 돼요! 지난번처럼 너무 울어서 안면 신경통까지 유발시킨 코감기를 앓고 싶지는 않아요. 뜻은 고맙지만 다시 듣고 싶은 생각은 없어요. 물론 여러분에겐 좋겠죠, 일주일 동안 앓아누울 사람은 여러분이 아닐 테니까요" 하고 베르뒤랭 부인이 소리를 질렀다.

　피아니스트가 연주하려고 할 때마다 되풀이되는 이 촌극이야말로, '여주인님'의 매혹적인 독창성과 음악적 감수성을 입증하기라도 하는 것처럼 좌중의 친구들을 황홀케 했다. 마치 그것이 새로운 사실이라도 되는 양. 부인 곁에 있던 사람들은 조금 떨어진 곳에서 담배를 피우거나 트럼프놀이를 하는 이들에게 마치 독일 연방의회에서 중요한 순간에 하는 것처럼 "경청, 경청" 하고 말하면서, 무슨 일이 일어나고 있으니 가까이 오라는 시늉을 했다. 그리고 그 다음 날에는, 그날 밤 올 수 없었던 사람들에게 그 촌극이 여느 때보다 더 재미있었다고 말하며 유감의 뜻을 표시했다.

　"좋소, 좋아요, 알겠소. 그럼 안단테만 연주하시라고 하지" 하고 베르뒤랭 씨가 말했다.

　"안단테만이라고요, 기가 막혀서! 바로 그 안단테가 내 사지를 꺾어놓았다고요. 참으로 훌륭하신 '주인 영감'이시군! 〈제9교향곡〉의 종장(終章)만 듣자느니, 또는 〈메트르 Les Maîtres〉의 서곡만 듣자느니 하는 것과 다를 게 뭐예요" 하고 베르뒤랭 부인이 외쳤다.

　그러는 동안 의사는 베르뒤랭 부인에게 피아니스트가 연주를 하도록 내버려두라고 권유했는데, 음악이 부인에게 주는 동요를 믿지 못해서가 아니라—그는 거기에서 신경쇠약 증상을 알아차렸다—그가 참가하는 사교 모임, 그에게는 훨씬 더 중요하게 여겨진 그 모임에 문제가 생기자, 그의 엄격한 처방을 즉각 약화시켜 그 모임의 중요한 인물인 환자에게 오늘만은 소화불량이나 유행성 감기를 잊어버리도록 권유하는 대다수 의사들이 몸에 지닌 습관 때문이었다.

　"이번에는 앓지 않으실 겁니다. 두고 보십시오. 혹시 또 병이 나시더라도 저희가 간호해드릴 테니까요"라고 말하면서 그는 눈길로 그녀에게 그런 생각을 불어넣으려고 애썼다.

"정말이세요?" 하고 베르뒤랭 부인은 그렇게까지 생각해주는 데는 굽히지 않을 수 없다는 듯이 대답했다. 아마도 그녀는 자신이 아플 것이라고 말했기에 그것이 거짓말이라는 사실을 잊고, 왠지 병자 같은 느낌이 드는 순간도 있었을 것이다. 그런데 환자들이란, 자신의 발병을 줄이기 위해서는 늘 절제하지 않으면 안 된다는 사실에 지쳐 있기에, 만일 아무 고통도 주지 않고 말 한마디나 약 한 알로 자신의 건강을 회복시켜줄 어느 전능한 존재의 손에 자기를 맡긴다면, 자신이 좋아하는 모든 것, 또 평소라면 자신을 고통스럽게 하는 그 어떤 것도 별 지장 없이 할 수 있으리라는 생각에 빠지기를 좋아한다.

오데트는 피아노 옆에 있는 장식 융단으로 된 소파에 가서 앉았다.

"보시다시피 난 내 자리를 잡았어요" 하고 그녀가 베르뒤랭 부인에게 말했다.

베르뒤랭 부인은 스완이 의자에 앉아 있는 걸 보고 일어나게 했다.

"그 자리는 편치 않으실 거예요, 어서 오데트 옆에 가서 앉으시죠. 어때요, 오데트, 스완 씨 자리를 만들어드릴 수 있겠죠?"

"정말 아름다운 보베산 장식 융단이로군요" 하고 스완이 친절하게 보이려고 애쓰면서 앉기 전에 말했다.

"어머나, 제 소파를 감상해주시다니 정말 기쁜데요. 미리 말씀드리지만, 이것보다 더 훌륭한 것을 구경하시려면 아예 당장 단념하시는 게 좋을 거예요. 이와 같은 것이 만들어진 적은 없었으니까요. 저 작은 의자들 역시 대단한 것들이랍니다. 잠시 후에 구경하세요. 청동 조각 하나하나가 그 의자의 주제와 일치하고 있어요. 그걸 구경하시면 뭔가 재미있다고 생각하실 거예요. 틀림없이 즐거운 시간이 될 거예요. 그건 그렇고, 이 가장자리 장식만 해도 그래요,〈곰과 포도〉[라 퐁텐의 우화 가운데 하나]에 나온 붉은 바탕의 작은 포도나무를 좀 보세요. 잘 그렸죠? 어떻게 생각하세요, 저는 아주 정통한 사람이 그렸다고 생각해요. 이 포도가 꽤 맛있어 보이지 않습니까? 제가 그이보다 적게 먹는다고 해서 우리 바깥양반은 제가 과일을 좋아하지 않는다고 우긴답니다. 그렇지만 그렇지 않아요, 저는 여러분 그 누구보다 과일을 더 좋아하지만, 그것을 눈으로 즐기기에 입에 넣을 필요는 없답니다. 아니, 왜들 웃으시죠? 그럼, 코타르 선생님께 여쭈어보세요, 이 포도가 내 배 속을 깨끗하게 해준다고 말씀하실 테니까요. 치료를 위해 퐁텐블로 약수터로 가는 분들도 있지만, 저는 이 보베산 융단을 보는 걸로 치료를 하고 있어요. 그건 그렇고, 스완 씨, 잊고 그냥 가시기 전에 이 의자 등의 작은 청동 조각을 만져보세요. 고색창연한 듯한 아주 부드러운 촉감이 느껴지죠? 아니 그러지 말고, 손 전체로 잘 만져보세요" 하고 베르뒤랭 부인이 말했다.

"이것 참, 베르뒤랭 부인께서 청동 조각을 어루만지셨으니, 오늘 저녁 음악 듣긴 다 틀렸군" 하고 화가가 말했다.

"잠자코 계세요. 짓궂게 구시네. 실은," 하고 그녀는 스완 쪽으로 고개를 돌리며 말했다. "우리 여성들은 이 청동보다 더 육감적이라야 해요. 그러나 이것에 견줄 만한 피부는 없답니다! 우리 집 양반 베르뒤랭 씨가 나 때문에 질투심을 느꼈을 때만 해도……. 그러지 말고 얌전히 구세요, 전혀 질투심을 느끼지 않았다고는 말 못할 테니……."

"난 한마디도 안 했는데 저러네. 여보시오, 코타르 선생, 당신이 증인이오, 내가 뭐라고 말했던가요?"

스완은 예의상 청동 조각을 쓰다듬었는데, 감히 금방 손을 뗄 수도 없었다.

"자, 그건 나중에 쓰다듬으세요. 이제는 당신을, 당신의 귀를 애무해줄 차례예요. 당신도 좋아하시겠죠, 이 젊은 분이 그 일을 맡아주실 겁니다."

그런데 피아니스트가 연주를 끝냈을 때, 스완은 좌중의 그 누구에게보다도 그 피아니스트에게 한결 정답게 대했는데, 그 까닭은 이러했다.

작년에 어느 야회에서, 그는 피아노와 바이올린으로 연주된 어떤 곡을 들은 일이 있었다. 처음에 그는 단지 악기에서 분리돼 나오는 음의 물질적인 특징밖에는 느끼질 못했다. 그러다가 가늘고, 질기고, 조밀한 바이올린의 가느다란 선 밑에서 월광에 홀려 반음이 떨어진 거대한 피아노 선율이 물결을 찰랑거리며 솟아올라와 마치 파도의 연보랏빛 소용돌이처럼 여러 가지 형태를 띠다가 합쳐지면서 잔잔해졌다가는 다시 부딪치는 것을 보았을 때, 그건 이미 커다란 기쁨이었다. 그러나 한순간, 그 윤곽을 분명하게 식별할 수도, 그를 도취시키는 것에 어떤 이름을 붙일 수도 없이 갑자기 매혹된 스완은, 흡사 땅거미가 질 무렵 축축한 대기 속에 퍼지는 장미 향기가 우리의 코를 상쾌하게 하듯, 지나가는 결에 그의 영혼을 더욱 넓혀준 그 악절이나 화성을— 자신도 그게 뭔지 모른 채— 모아들이려고 애썼다. 스완이 그처럼 어렴풋한 인상, 순전히 음악적이고 한정된 것이긴 하지만 매우 독특하고, 다른 어떤 유의 인상으로도 환원할 수 없는 어떤 인상을 느낄 수 있었던 것은 아마도 그가 음악을 몰랐기 때문일 것이다. 이런 유의 순간적인 인상은 소위 무형(無型)의 인상이다. 틀림없이 그런 순간에 우리가 듣는 음조는, 그 높낮이와 장단에 따라 우리 눈앞에 여러 차원의 세계를 가리고, 아라베스크 무늬를 그리며, 우리에게 폭과 가늚, 안정, 급변과 같은 감각을 주려고 한다. 그러나 그 음조는 우리 내부에서 충분히 형성되기도 전에 사라져버려, 그 뒤를 잇거나 또는 동시에 나온 음조가 이미 불러일으킨 감각에 휩쓸리게 된다. 그리고 그때의 인상—이는 어떤 동기가 유발시킨, 묘사할 수도 기억해낼 수도 이름을 붙일 수도 없는 특별한 쾌감에 의해 느껴지는 것으로, 말로는 표현하기 어려운 것이다—은 순간적으로 나타나서 거의 분별할 수도 없는 그 동기를 '용해된' 유동성으로 덮어 감추고, 가라앉았다 사라지고, 또다시 가라앉았다 사라지기를 계속하는 것이다. 만일 기억력이, 마치 파도 한가운데 견고한 토대를 세우는 작업을 하는 인부처럼, 이들 달아나는 악절을 복사하여 우리로 하여금 그 악절과 그 뒤에 오는 악절을 비교하고 대조할 수 있도록 하지 못한다면 말이다. 이처럼 스완이 느꼈던 감미로운 감각이 소멸되자마자, 그의 기억력은 당장에 그 감각의 간략하고 일시적인 사본을 그에게 제공해주었지만, 그는 그 악절이 계속되는 동안 지나치게 그 사본에 눈을 던졌기에 똑같은 인상이 갑자기 되돌아오게 될 때에도 이미 그 인상은 붙잡을 수 없었다. 스완은 그 인상의 넓이, 잘 어울리는 결합, 그 악보, 그 표현의 훌륭함을 상기했다. 그는 자기 앞에 이젠 순수한 음악이 아닌 것, 소묘나 건축, 사상이면서도 음악을 연상케 하는 그 무엇을 갖고 있었다. 이제야 그는 소리의 물결 위에 잠깐 동안 솟아오른 한 악절을 선명하게 구별할 수 있었다. 그것은 그에게 당장 특이한 쾌감, 그것을 듣기 전에는 생각조차 못했던 쾌감을 주어, 그 악절 외에는 어느 것도 그런 쾌감을 느끼게 하지 못할 것이라는 생각이 들었다. 그는 그 악절에서 미처 모르고 있던 애착 같은 것을 느꼈던 것이다.
 그 악절은 느린 리듬으로, 처음에는 이곳, 다음에는 저곳, 그 다음에는 또 다른 곳으로 그를 안내하며, 고상하고도 이해할 수 없는 어떤 뚜렷한 행복의 상태 쪽으로 이끌어갔다. 그러다가 그 악절은 스완이 그 뒤를 좇으려고 마음먹고 있던 그 지점에 이르자 잠시 동안 쉬고 나더니, 돌연 방향을 바꾸어 한결 빠르고, 가느다랗고, 구슬프고, 부드럽고, 끊임이 없는 새로운 움직임으로 그를 미지의 전망을 향해 데려갔다. 그러고 나서 그 악절은 사라졌다. 그는 그 악절을 다시 한번 보기를 간절히 바랐다. 그러자 과연 그 악절은 다시 나타났다. 그렇지만 이제는 전같이 분명하게 말을 건네지도 않았고, 전처럼 깊은 기쁨을 일으키지도 않았다. 그러나 집으로 돌아오자, 그에게는 다시 그 악절이 필요해졌다. 이를테면 그는 한 남자가 지나치는 결에 언뜻 본 여인, 이름도 알지 못하면서 벌써 사랑해버리고만, 다시 만날 길 없는 여인에 의해서 그의 삶 속에 새로운 아름다움이 깃들어, 감수성이 한결 더 강해진 그런 남성과 같았다.
 그와 마찬가지로, 한 악절에 대한 이런 사랑이야말로 잠시나마 스완에게 일종의 젊어질 가능성을 부여할 것같이 여겨졌다. 오래전부터 그는 자기 삶을 어떤 이상적인 목표에 적용시키기를 단념하고, 나날의 만족을 추구하는 것으로 만족했으며, 꼬집어서 그렇게 말한 적은 없었지만, 그것은 죽을 때까지 변하지 않을 거라고 믿었다. 오히려 이제는 정신 속에 고상한 이상을 품지 않게 된 그는, 그런 이상의 실재를 믿기를 그만두었으나, 그렇다고 그 실재를 전적으로 부정할 수도 없었다. 그래서 그는 사물의 본질에 무관심할 수 있게 해주는 하찮은 사상 속으로 도피하는 습관에 젖어 있었다. 따라서 그는 사교계에 출입하지 않는 것이 더 낫지 않을까라고 생각해본 적은 결코 없었으며, 대신 자신이 초대를 받았다면 거기에는 꼭 참석해야 하며, 만일 나중에 가지 못하게 되었다면 반드시 방문의 표시로 명함을 놓고 와야 한다고 확신했다. 그와 마찬가지로 그는 결코 대화 중에 사물에 관한 자신의 속마음을 진실되게 표현하지 않았지만, 그 자체만으로도 가치가 있고 또 자신의 역량을 드러내지 않아도 되는 자질구레한 일들에 대해서는 상세하게 이야기하려고 애썼다. 그는 요리 만드는 법, 어느 화가의 생일이나 사망 날짜, 그 화가의 작품 목록 따위에 관해서는 매우 정확했다. 그럼에도 그는 때때로 어느 작품이나 어떤 인물의 인생관에 관해 무심코 어떤 의견을 표시할 때가 있었는데, 그럴 때는 자신의 의견에 전적으로 동의하는 건 아니라는 듯, 그 말에 빈정거리는 투를 가미했다. 그런데 어떤 병약자들에게는 그들이 도착한 어느 고장, 다른 식이요법, 때로는 자연스럽고도 신비롭게 일어난 유기적인 변화로 인해 갑자기 그들의 병이 회복돼 가는 것처럼 보여, 그 때문에 그 후 뜻하지 않게 전혀 다른 생활을 시작할 가능성에 직면하는 일이 있는데, 마치 그런 사람들처럼 스완은 그가 들었던 그 악절의 기억 속에서 또다시 발견할 수 있지 않을까 여기고 연주를 부탁했던 어떤 소나타 속에서, 그가 믿기를 그만두었던 눈에 보이지 않는 실재 가운데 하나를 마음속에서 발견하는 일이 있었다. 그러고 나면, 마치 그 음악이 자신이 괴로워하던 무감각한 정신에 일종의 친화력을 가져다준 듯이, 그는 그런 실재에 자신의 인생을 바치고 싶다는 거의 필연적인 욕망을 새롭게 느꼈다. 그러나 그는 자기가 들었던 그 곡이 누구 작품인지 알 수 없어 손에 넣을 수 없자 마침내 그 곡에 관해 잊어버리고 말았다. 사실 그 주일에 그와 같이 야회에 왔었던 몇 사람을 만나 그것에 대해 물어보긴 했지만, 대개는 음악이 끝난 후에 왔거나 또는 그전에 돌아갔었다.

그리고 음악이 연주되는 동안, 몇몇 사람이 거기에 있긴 했지만, 어떤 사람은 다른 방에 가서 얘기를 나누었고, 또 어떤 사람은 남아서 들었어도 그 자리에 없던 이와 마찬가지로 아무것도 듣지 못했다. 살롱의 주인들도, 그 곡은 자신들이 고용한 음악가들이 연주하기를 원했던 새 작품이라는 정보밖엔 몰랐다. 게다가 음악가들이 연주 여행을 떠나버려, 스완은 그 작품에 대해 더는 알 수가 없었다. 그에게는 음악가 친구가 더러 있기는 했지만, 그 악절에서 받은 특별하고 옮기기 어려운 기쁨을 모조리 상기하여 그 악절이 그려낸 형태를 눈앞에 보면서도 그는 그것을 음악가 친구에게 들려줄 수는 없었다. 그래서 그는 악절에 대해선 더는 생각지 않기로 했다.

그런데 베르뒤랭 부인 댁에서 그 피아니스트가 연주한 지 몇 분이 지나자, 두 소절 사이에 어떤 높은 가락이 오래 계속되고 나서, 갑자기 그는 품고 있는 비밀을 숨기려고 마치 음의 장막처럼 길게 뻗은 그 울림 밑에서, 그가 사랑하던 그 향기로운 대기와도 같은 악절이 은밀하게 울려 퍼지며 분산되어 빠져나와 자신에게 다가오는 것을 보았다. 그것은 너무나 독특하고 개성적인 매력이 있어, 그 어느 것과도 바꿀 수 없을 것만 같았기에 스완으로서는 마치 거리에서 만나 반해버린 여인, 그러나 영영 다시 만날 길이 없다고 생각한 미지의 여인을 우연히 친구의 살롱에서 다시 만나게 된 것 같은 생각이 들었다. 마침내 그 악절은 그 향기의 갈라진 사이로 또렷하고 재빠르게 멀어져갔다. 스완의 얼굴에 그 웃음의 그림자를 남기면서……. 그러나 이제 그는 그 미지의 것의 이름을 물어볼 수 있었다. 그것은 뱅퇴유가 작곡한 〈피아노와 바이올린을 위한 소나타〉의 안단테라고 했다. 그는 그것을 소유했다. 이제는 집에서 원할 때마다 펴볼 수 있고, 또 그 언어와 비밀을 배우도록 노력할 수 있을 것이다.

그래서 피아니스트가 연주를 끝냈을 때, 스완은 그에게 다가가 감사의 마음을 나타냈는데, 그 표현의 열렬함이 베르뒤랭 부인을 매우 즐겁게 했다.

"정말 매혹적이군요, 그렇지 않아요?" 하고 부인이 스완에게 말했다. "아직 젊으신데도 그 소나타를 충분히 이해하고 있죠? 피아노로 이런 경지에 이를 수 있다고는 생각지 못하셨을 거예요. 그런데 피아노가 아니라면 여기까지 달할 수 있는 건 아무것도 없어요. 맹세합니다! 나는 피아노로 그걸 들을 때마다 오케스트라 연주를 듣고 있다는 느낌이 들어요. 오히려 오케스트라보다도 더 멋있고 더 완벽해요."

젊은 피아니스트는 머리를 숙였다. 그리고 웃으며 재치 있는 말을 할 때처럼 몇 마디 힘주어 말했다.

"저에겐 너무 너그러우십니다."

베르뒤랭 부인이 남편에게 "어서 그분에게 오렌지 주스를 드리세요, 그만한 가치가 있는 분이에요" 하고 말하는 동안 스완은 오데트에게 그 소악절을 좋아하게 된 까닭을 말해주었다. 베르뒤랭 부인이 좀 떨어진 곳에서 "이봐요! 뭔가 좋은 이야기를 하고 계신 것 같은데요, 오데트"라고 말하자 "네, 매우 좋은 얘기예요"라고 오데트는 대답했는데, 스완은 그런 그녀의 솔직함이 마음에 들었다. 그리고 그는 뱅퇴유에 관해서, 그의 작품에 관해서, 그 소나타를 작곡한 시기에 관해서, 그 악절이 어떤 의미를 지니는가에 관해서 여러 가지를 물어보았는데, 맨 마지막 물음은 스완이 특히 알고 싶어 한 점이었다.

그러나 그 음악가에게 공공연히 감탄하고 있던 모든 사람들은(스완이 그 소나타가 참으로 아름다웠다고 말했을 때 베르뒤랭 부인은, "네, 정말 아름다워요! 하지만 뱅퇴유의 소나타를 모른다고 시인하는 사람은 없답니다. 그걸 모를 권리는 아무에게도 없으니까요"라고 외쳤다), 그리고 화가는 "정말! 그건 아주 대단한 작품입니다. 안 그렇습니까? 그러나 '느낌이 좋다'라든가 '대중적'이라든가 하는 것과는 다릅니다. 그렇지 않습니까? 그 대신 예술가에게는 매우 강한 인상을 줍니다" 하고 덧붙였다. 모두가 스완이 한 것과 같은 질문을 자기 자신에게 한 적이 한 번도 없는 것 같았다. 왜냐하면 그들은 그 질문에 대답할 만한 능력이 없었기 때문이다.

스완이 자신이 좋아하는 그 악절에 대해 내린 한두 가지 사사로운 의견에도 베르뒤랭 부인은 이렇게 대답했다. "네, 재미있군요. 저는 미처 몰랐어요. 저는 너무 흠을 잡아내려고 애쓰거나 부질없는 일로 방황하는 걸 매우 싫어해요. 여기서는 지나치게 세밀하게 따지며 시간을 낭비하진 않는답니다. 그건 이 집에 어울리는 취미가 아니거든요."

코타르 의사는 이처럼 완벽하게 꾸며낸 수많은 표현 한가운데서 노니는 부인을, 감탄과 학구적인 열의가 담긴 시선으로 바라보았다. 그리고 코타르 내외는 어떤 부류의 서민층 사람들도 지닌 양식(良識)에 따라 어느 음악에 의견을 말하거나 감탄하는 척하기를 삼갔는데, 일단 집에 돌아간 후에는 그들은 비시 화백의 그림처럼 그 음악도 전혀 이해하지 못한다는 것을 서로 고백했다. 대중이란, 서서히 동화된 진부한 예술 작품에서 얻어진 것만이 매력과 우아함과 자연미를 나타낸다고 이해하기에 독창적인 예술이란 그런 진부함을 내던지는 데서 시작하는 것이다. 이런 점에서 대중의 전형이라 할 코타르 내외는 뱅퇴유의 소나타에서도, 화가의 초상화에서도, 그것이 그들 예술가에게는 음악의 화성이 되고 회화의 미가 되었다는 점을 발견하지 못했다. 그들 부부로서는 피아니스트가 이 소나타를 연주할 때, 그들의 귀에 실제로 익숙한 형식과는 전혀 관계없는 가락을 피아노 위에 멋대로 두드리는 것처럼 들리고, 화가는 화폭 위에 여러 색을 멋대로 문지른 것처럼 보였던 것이다. 설령 그들이 그 화폭 속에서 어떤 형태를 알아볼 수 있었다 할지라도, 그들은 그 형태를 둔하고 저속한 것으로 생각하여(즉 회화의 어떤 유파에 비추어 우아성이 결여돼 있다고 여기는 것인데, 그들은 거리를 지나가는 인간조차 그런 관점에서 보는 경향이 있다), 마치 비시 화백이 어깨의 구조가 어떠한지도 모르고, 여인의 머리칼 색이 대체로 붉은 보랏빛이 아니라는 것도 모르고 있거나 한 것처럼 그의 그림에는 진실이 담겨 있지 않다고 여기는 것이었다.

그렇지만 신자들이 흩어져 가버리자, 의사는 좋은 기회라고 느껴, 때마침 베르뒤랭 부인이 뱅퇴유의 소나타에 관해 결론을 내리는 중이라, 마치 수영 초보자가 많은 사람이 보지 않는 틈을 타서 수영을 배우려고 물에 뛰어내리듯 느닷없이 단호하게 외쳤다.

"그럼, 그 음악가는 이른바 디 프리모 카르텔로〔di primo cartello : '가장 위대한'이란 뜻의 이탈리아어〕 음악가로군요."

스완은 최근에 발표된 뱅퇴유의 소나타가 최첨단을 달리는 듯한 유파에 대단한 감명을 주긴 했으나, 아직 많은 대중에게 전혀 알려진 바 없다는 사실만을 알고 있을 뿐이었다.

"저는 뱅퇴유라는 이름을 가진 어떤 분을 아는데요……" 하고 스완이 할머니 여동생들의 피아노 선생을 생각하면서 말했다.

"아마 그분일지도 몰라요" 하고 베르뒤랭 부인이 외쳤다.

"아, 그럴 리가 없어요! 부인께서 잠시라도 그분을 보셨다면, 그런 의문을 품진 않으실 겁니다" 하고 스완이 웃으며 말했다.

"그럼 의문을 품는 게 의문을 푸는 셈인가요?" 하고 의사가 물었다.

"그렇지만 어쩜 친척일는지 모르죠" 하고 스완은 말을 이었다. "그렇다면 매우 슬픈 일입니다. 그러나 결국 천재도 바보 노인의 사촌일 수는 있으니까요. 만약 그렇다면, 어떤 고통도 감수하고 그 바보 노인에게 부탁해서 나에게 그 소나타의 작곡자를 소개해달라고 하겠습니다. 우선 그 바보 노인과 자주 만나는 괴로움도 달게 받고말고요. 몹시 진저리나는 노릇임에 틀림없지만요."

화가는, 요즘 뱅퇴유의 병이 중하며, 포탱 박사가 그를 살려낼 가망이 없어 걱정하고 있다는 것을 알고 있었다.

"뭐라고요, 아직도 포탱의 치료를 받는 사람이 있다고요!" 하고 베르뒤랭 부인이 소리쳤다.

"이봐요, 베르뒤랭 부인, 제 동료 가운데 한 분에 대해 말씀하고 계시다는 사실을 잊지 마십시오. 말씀드리겠지만, 그분은 제 은사 가운데 한 분이십니다" 하고 코타르 의사는 짐짓 과장된 투로 말했다.

화가는 뱅퇴유가 정신착란 증세를 보였다는 말을 들은 적이 있었다. 그래서 그의 소나타 중 몇몇 악절에 그런 증세가 나타난다고 단언했다. 스완에게는 이 의견이 터무니없는 것이라고 생각되지는 않았지만, 그래도 당혹감을 느끼게 했다. 왜냐하면 순수한 음악 작품이란 어떤 논리적 관계도 포함하지 않으므로, 언어 속에서라면 그런 논리적 혼란이 광기를 뜻하겠지만, 소나타에 나타나는 광기란 실제로 관찰되는 암캐나 말의 광기와 마찬가지로, 스완에게는 뭔가 신비로운 것으로 느껴졌기 때문이다.

"이제 댁의 스승들 애긴 그만해두세요. 당신이 포탱 씨보다 열

배는 더 유식하니까요" 하고 베르뒤랭 부인은, 자기 소신에 강한 자신을 가지고 자신과 다른 의견을 가진 사람에게는 대담하게 대항하는 듯한 말투로 코타르 의사에게 대답했다. "자기 환자를 죽이지는 않거든요. 적어도 당신은 말예요!"

"그렇지만, 부인, 그분은 아카데미 회원입니다" 하고 의사는 비꼬는 투로 대꾸했다. "만약 환자가 과학의 왕자님들 손에서 죽기를 택한다면……, '나를 치료해주시는 분은 포탱입니다'라고 말할 수 있는 편이 훨씬 더 멋있지요."

"어머! 그게 더 멋있다고요?" 베르뒤랭 부인이 말했다. "그럼, 요즘은 질병 속에도 멋이 있다는 겁니까? 난 미처 몰랐는데……. 그거 재밌군요!" 하고 부인은 갑자기 두 손으로 얼굴을 가리며 소리쳤다. "나도 사람은 좋은가봐요. 당신이 나를 나무에 올려놓고 흔들어대는 줄도 모르고 진지하게 입씨름을 하고 있으니."

베르뒤랭 씨는 이런 보잘것없는 얘기로 웃는 것이 다소 귀찮게 생각되어, 상냥함의 경지에서는 도저히 자기 아내를 능가할 수 없다는 사실을 서운하게 생각하며 파이프를 한 입 뿜어내는 것으로 만족했다.

"당신 친구분이 우리 마음에 꼭 들어요" 하고 베르뒤랭 부인은 오데트가 작별 인사를 할 때 말했다. "솔직하고 매력이 넘치는 분이에요. 이런 분만 소개한다면 얼마든지 모시고 와도 좋아요."

베르뒤랭 씨는 스완이 피아니스트의 숙모를 낮게 평가했음을 지적했다.

"그분은 약간 어리둥절했던 거예요. 아니, 이제 처음 오셨는데 몇 해 전부터 우리 작은 핵심에 가입하고 계신 코타르 의사처럼 우리 집 분위기에 익숙하기를 바라다니, 그건 무리예요. 첫날은 문제가 되지 않아요, 우리의 분위기를 익히는 데 필요한 거예요. 오데트, 그분이 내일 샤틀레 극장에서 우리와 만나기로 약속하셨어요. 당신이 그분을 모시러 가시겠어요?" 하고 베르뒤랭 부인이 말했다.

"아니, 그분이 원치 않아요."

"그래요! 그럼, 좋으실 대로 해요. 최후의 순간에 그분이 약속을 취소하지만 않는다면야!"

베르뒤랭 부인을 매우 놀라게 한 일이지만, 그는 한 번도 약속을 어긴 적이 없었다. 그는 어느 곳이든 그들을 만나러 왔다. 때로는 제철이 아니어서 아직은 사람의 발길이 드문 교외의 레스토랑에서 만나기도 했지만, 그래도 가장 자주 만난 곳은 극장이었다. 베르뒤랭 부인은 연극을 매우 좋아했다. 어느 날 그 부인 댁에서, 그녀가 스완 앞에서 초연(初演)이나 특별 공연이 있는 날 저녁에는 경찰이 발행한 자유 통행증이 매우 유효하다는 것, 강베타(Leon M. Gambetta : 프랑스의 정치가. 나폴레옹 3세와 대립한 공화파의 지도자)의 장례식 날엔 그것이 없어 매우 난처했다는 얘기를 했을 때, 평소 자신의 화려한 교제는 입 밖에 내지도 않고, 단지 숨기는 것이 우습다고 여겨지는 변변치 않은 교제만을 입 밖에 내던 스완은, 생제르맹 지역에서 있었던 관리들과의 교제를 변변치 않은 것으로 생각하는 버릇을 갖게 됐기에, 이렇게 대답했다.

"그 문제라면 제가 책임지겠습니다. 〈다니세프네 사람들〉(1876년에 초연된 프티 뒤마의 희극 작품) 재공연에 늦지 않도록 통행증을 지니시게 될 겁니다. 마침 제가 내일 엘리제궁에서 경찰국장과 점심 식사를 하니까요."

"뭐예요, 엘리제궁에서요?" 하고 코타르 의사가 우뢰 같은 목소리로 외쳤다.

"네, 그레비[1879~1887년까지 프랑스 대통령으로 재직함] 씨 댁에서죠" 하고 스완은, 자기가 한 말이 일으킨 결과에 약간 어색해하며 대답했다.

그러자 화가가 의사에게 놀리는 투로 말했다.

"그런 일로 자주 놀라시나?"

코타르 의사는 한번 설명을 들으면, "아, 네, 네, 좋아요" 하고 말하며 감동의 기색을 나타내지 않는 게 보통이었다. 그런데 이 경우만은 스완의 마지막 말이 그에게 여느 때와 같이 마음을 침착하게 해주는 대신, 식사를 같이 하는 남자, 공직에 있지도 않고 조금도 유명하지 않은 그 남자가 국가원수와 친교를 맺고 있다는 사실이 그에게 극도의 놀라움을 안겨주었다.

"뭐라고요, 그레비 씨라고요? 그레비 대통령과 아는 사이라고요?"라고 스완에게 말하며 얼빠지고 의심에 찬 표정을 지었는데, 그것은 어느 경찰대원이, 대통령을 만나게 해달라고 초청하는 어떤 낯선 이를 대하고는, 신문에서 흔히 쓰는 말인 '그에게 용무가 있다'는 말은 이해를 하면서도, 그 불쌍한 미치광이를 곧 면회가 될 거라고 안심시키면서 유치장의 특별 의무실로 데려갈 때 짓는 표정과 같았다.

"좀 아는 사이죠. 우리에게는 공동의 친구가 있어서요. (그는 그 친구가 영국 황태자라는 말은 감히 하지 않았다.) 게다가 그분은 아주 쉽게 사람을 초대합니다. 또 그 오찬이라고 해서 별다르게 재미있는 건 아닙니다. 게다가 매우 간소하고, 손님도 여덟 명이 넘는 경우는 없습니다" 하고 스완은 대통령과의 교제가, 상대방 눈에 너무 굉장한 것으로 보이지 않도록 하려고 애쓰며 대답했다.

그러자 코타르는 곧 스완의 말을 그대로 믿었고, 그레비 씨 댁의 초대 가치에 관해서는, 그것이 전혀 진귀한 것이 아니며 흔해빠진 것이라는 생각을 갖게 되었다. 그는 스완이 다른 사람들처럼 엘리제 궁에 자주 출입한다는 사실에 놀라지 않게 되고, 스스로 재미없다고 털어놓은 오찬에 초대되는 스완의 신세가 조금 가엾게까지 생각되었다.

"아아! 네 그렇군요" 하고 그가 말했는데, 그건 조금 전까지는 의심을 했지만, 설명을 듣고선 비자를 돌려주며 여행 가방은 열어보지도 않은 채 통과시키는 세관원 같은 말투였다.

"그렇고말고요! 그런 오찬이 무슨 재미가 있겠어요. 그런 데 가시다니 참 덕망도 높으시군요" 하고 베르뒤랭 부인이 말했다. 그녀에게는 대통령이 유달리 무섭고 진저리나는 인물로 생각되었던 것이다. 왜냐하면 자신의 신자들에게 사용한다면 금세 빠져나가고 말 유혹과 속박을, 그가 마음대로 행사하는 것처럼 생각되었기 때문이다. "그분은 귀가 아주 멀었고, 또 음식도 손가락으로 집어먹는 것 같더군요."

"사실, 그렇다면 그곳에 출입하시는 게 정말 재미없겠군요" 하고 의사가 동정 어린 어조로 말했다. 그리고 그는 여덟이라는 회식자의 수가 생각나서 "친한 사람끼리의 오찬이겠군요?" 하고, 실없이 구경하기 좋아하는 사람의 호기심이라기보다는 오히려 언어학자적인 열의를 가지고 열심히 물었다.

그러자 의사의 눈에 비친 대통령의 위광은 결국 스완의 겸허나 베르뒤랭 부인의 적의를 제압하고 말아, 코타르는 만찬 때마다 관심을 갖고 물어보곤 했다. "오늘 저녁 스완 씨를 만나게 될까요? 그가 그레비 씨와 개인적인 교제를 하고 있다니, 그야말로 그분은 신사가 아닙니까?" 그는 스완에게 치과 전람회 초대장까지 제공하기에 이르렀다.

"동반자도 입장이 됩니다만, 개는 입장시키지 않습니다. 이해하시겠죠. 이런 말씀을 드리는 것도 실은 이 점을 모르고 개를 데려갔다가 몹시 후회한 친구가 있어서 하는 소리입니다."

베르뒤랭 씨는 스완이 자기 입으로 말한 적은 없으나 그가 유력한 친구를 갖고 있다는 사실이 발견됨으로써 자기 아내에게 일어난 역효과를 주목했다.

밖에서의 파티가 계획돼 있지 않을 때면 스완은 베르뒤랭 씨 집에서 이 작은 핵심들을 만나곤 했는데, 저녁에만 갔으며 오데트가 아무리 간청해도 만찬 초대는 거의 받아들인 적이 없었다.

"당신이 좋으시다면, 저는 당신과 단둘이 저녁 식사를 할 수 있어요" 하고 오데트가 그에게 말했다.

"그럼 베르뒤랭 부인은?"

"그야 간단해요. 내 옷이 미처 준비되지 않았다든가, 내 마차가 늦게 왔다고 말하면 그만이죠. 언제든 적당히 꾸며댈 방법은 있으니까요."

"고맙군요."

그러나 스완은, 만일 자기가 오데트에게(저녁 식사 후에만 만나겠다고 하면서) 그녀와 함께 있는 것보다 더한 즐거움이 있다는 걸 나타낸다 해도 당분간 싫증을 내지는 않고 자신에 대한 그녀의 호감이 오래갈 거라고 생각했다. 그리고 한편 그는, 오데트의 아름다움보다는, 그 무렵 반해 있던 장미꽃처럼 싱싱하고 오동통한 여공의 아름다움이 더 좋았고, 또 오데트는 나중에 만날 것이 확실했으므로, 초저녁에는 그 아가씨와 함께 보내고 싶었던 것이다. 오데트가 베르뒤랭네에 가려고 그를 찾아오는 걸 한 번도 수락하지 않은 것도 같은 이유에서였다. 여공 아가씨가 그의 집 근처 길모퉁이에서 그를 기다리고 있을 때, 마부 레미가 그녀를 알아보았다. 그녀는 스완 옆에 올라타고, 마차가 베르뒤랭네 집 앞에 다다를 때까지 그의 품에 안겨 있었다. 그가 들어가자, 베르뒤랭 부인이 그가 아침에 보낸 장미를 보여주며 "야단 좀 맞아야겠어요" 하면서 오데트 옆자리를 가리키는 동안, 피아니스트는 두 사람을 위해 그들의 사랑의 주제가라고 할 만한 뱅퇴유의 소악절을 연주했다. 그는 바이올린의 트레몰로〔한 음 또는 몇 음을 되도록 빨리 반복하는 연주법〕지속부에서 연주를 시작했고, 전반부 몇 소절을 그것만으로 메웠다. 그러고 나서 그 소악절들은 갑자기 멀어져가는 듯하더니, 마치 부드럽게 새어 들어온 빛 속에서, 아주 멀리 살며시 열려 있는 문의 좁은 틀로 색다른 분위기를 표현한 피터르 더 호흐의 그림에서처럼, 왠지 다른 세계에 속한 듯한 소악절이 목가풍으로 춤을 추듯 중간에 일시적으로 나타났다. 그것은 단순하고도 끝없는 기복을 그리며, 여기저기에 그 우아함을 나누어주며 형용키 어려운 웃음을 띠고 지나갔다. 그러나 스완은 이제야 거기서 그 마법을 풀 수 있으리라는 생각이 들었다. 그 악절은, <u>스스로 그 길을 보여준 행복의 덧없음을 아는 것</u> 같았다. 그 경쾌한 우아함 속에서 그 악절은 비탄 뒤에 오는 해탈과 같은 완성된 그 무엇을 지니고 있었다. 그러나 스완으로서는 그건 아무래도 상관없었다. 그는 그 악절을 그 자체로 보기보다는— 이를테면 그것을 작곡했을 때 자신과 오데트의 존재를 알지 못했던 한 작곡가와 몇 세기가 지나 그걸 듣게 될 모든 이들을 위해 그 악절이 표현되었다고 생각하기보다는— 베르뒤랭 부부나 젊은 피아니스트에게까지도 그와 동시에 오데트를 생각나게 하는, 그들을 맺어주는 사랑의 정표, 사랑의 기념으로 생각했다. 이제 그는 오데트가 변덕을 부려 간청하는 바람에 그 소나타 전곡을 어느 음악가에게 연주시켜보겠다는 계획을 단념하고 말아, 여전히 그 소악절밖에 몰랐다. "그 밖에 또 뭐가 필요하죠? 우리의 곡, 그걸로 족해요" 하고 오데트가 그에게 말했다. 그리고 또, 그 악절이 아주 가까운 곳에서 끝없이 흘러가는 순간, 그들에게 뭔가 말이 건네지긴 하지만 그들은 그걸 느끼지 못한다는 생각에 괴로워하면서, 스완은 그것이 그들에게는 낯선 어떤 의미, 어떤 본질적이고 고정된 아름다움을 지니고 있음을 유감스럽게까지 여겼다. 마치 우리가 보석을 받거나 사랑하는 여인의 편지를 받는 경우, 그것이 진행 중인 교제의 본질적인 문제와 마음의 진수로만 이루어진 것이 아니라는 이유에서, 그 보석의 광택과 글월의 용어를 탓하듯이.

 베르뒤랭의 집에 가기 전에 여공 아가씨와 어찌나 늑장을 부렸던지, 스완은 피아니스트가 소악절을 다 연주하고 나면 오데트가 돌아갈 시간이 되었다는 것을 깨닫는 일이 자주 있었다. 그는 오데트를 개선문 뒤, 라 페루즈 거리에 있는 그녀의 작은 집 대문까지 배웅해주었다. 그리고 사실 그는 그녀의 애정 표시를 모두 받고 싶지는 않았기에, 이런 배웅으로 인해 그로서는 그다지 소중하지 않은 즐거움인, 좀 더 일찍 만나 그녀와 함께 베르뒤랭네에 이르는 즐거움을 희생하고 그녀도 고마워하는 권리, 함께 나와 돌아간다는 더욱 가치 있는 권리 행사를 택했는지도 모른다. 왜냐하면 그는 그 덕분에 자기가 그녀와 작별한 후에는 아무도 그녀를 만나지 않으며, 아무도 두 사람 사이에 끼어들지 않으며, 또한 아무도 그녀의 모습을 품은 자기를 방해하지 않는다는 인상을 받았기 때문이다.

 이와 같이, 그녀는 스완의 마차를 타고 돌아가곤 했다. 어느 날 밤, 그녀가 막 마차에서 내리고, 스완이 그녀에게 "그럼, 내일" 하고 말하자, 그녀는 급히 집 앞의 작은 뜰에서 철 늦은 국화 한 송이를 꺾어 떠나려던 그에게 건네주었다. 그는 돌아가는 동안 그것을 입술에 꼭 갖다 댔다. 며칠 뒤, 꽃이 시들어버리자 그는 책상 서랍 속에 그걸 소중히 넣어두었다.

그러나 그는 그녀의 집에는 좀처럼 들어가지 않았다. 단지 두 번, 그것도 오후에. 그녀로서는 아주 중요한 일인 '차 들기'에 참석한 적이 있을 뿐이었다. 고요하고 허전한 골목길(대부분 인접한 작은 집들이 들어차 있던 그 길의 단조로움은 불길해 보이는 어떤 노점에 의해 갑자기 깨어져버렸는데, 그 노점은 그 구역의 평판이 나빴을 당시의 역사적 표적이며 더러운 잔재였다), 정원과 수목들에 아직 남아 있는 눈, 계절에 대한 무관심, 자연과의 인접이, 그 집 안에 들어서면서 눈에 띄는 꽃이나 따사로움에 한결 더 신비스런 그 무엇을 주고 있었다.

길보다 높은 일층에는, 뒤쪽으로는 평행한 좁은 길에 면해 있는 오데트의 침실을 왼편에 두고, 우중충한 칠을 한 벽 사이에 수직 계단이 큰 객실과 작은 객실로 통하고 있었는데, 그 벽에는 동양산(産) 천과 터키산 염주실, 명주 끈으로 드리워진 일본산 큰 램프(그런데 이 램프에는 방문객들에게서 서구 문명의 최신 안락함을 빼앗지 않으려고 가스 불이 켜져 있었다)가 걸려 있었다. 또 그 두 개의 객실 앞에는 좁은 현관이 있었는데, 그 벽은 정원의 철망과 같은 금빛 격자무늬로 되어 있었고, 가장자리에는 한 군데도 빠짐없이 장방형 상자가 놓여 있었는데, 상자에는 뒤에 원예가가 재배에 성공한 것에는 미치지 못하지만, 그 당시로선 보기 드물 정도로 커다란 국화가 마치 온실에서처럼 한 줄로 나란히 피어 있었다. 스완은 지난해부터 국화로 쏠린 유행을 못마땅하게 여겨왔지만, 이때에는 우중충한 햇빛에 순간적으로 빛을 발하는 이들 별의 향긋한 광선에 의해, 장밋빛과 오렌지빛과 흰빛으로 줄무늬를 이루어 물든 방의 희미한 빛을 보고는 즐거웠다. 오데트는, 목덜미와 팔이 드러나는 장미색 비단 실내복 차림으로 그를 맞았다. 그녀는 그를 객실 안쪽에 꾸며진 많은 밀실들 가운데 후미진 한 곳으로 안내해 자기 옆에 앉게 했는데, 그 밀실은 중국식 장식 화분에 심어져 있는 커다란 야자수라든가 사진, 리본, 매듭, 부채 등이 붙어 있는 병풍으로 감싸여 있었다. 오데트가 그에게 "그렇게 계시면 편하시지가 않아요. 잠깐만 기다리세요, 제가 편하게 해드릴 테니" 하고 말하고, 무엇인가 자기 혼자 발명해낸 듯이 자랑스럽게 웃어 보이며, 마치 자기는 그런 귀중품을 아끼지 않고 그 값에도 개의치 않는다는 듯 일본식 비단 방석을 주물러대더니, 그것들을 스완의 머리 뒤와 다리 밑에 괴어주었다. 그러자 하인이 차례차례 여러 개의 등잔을 가져왔다. 거의 대부분이 중국 도자기 속에 들어 있는 그것들은 모두 따로따로 혹은 쌍으로 흡사 제단과도 같은 각기 다른 가구 위에 놓여 타오르고 있었다. 불빛은 이미 오후가 끝나갈 즈음, 거의 밤과도 같은 겨울의 황혼 속에서 석양을 더욱더 붉고 더욱더 인간적인 것으로 더욱 오랫동안 재현하고 있었다— 밖에서는, 어떤 연인으로 하여금, 타오르는 유리창이 드러내주는가 하면 동시에 감추곤 하는 존재의 신비 앞에서 걸음을 멈추어 몽상에 잠기게 하면서. 그때 그녀는 하인이 그것들을 정해진 자리에 제대로 두는지를 곁눈질로 엄하게 지켜보았다. 그녀는 단 한 개의 등잔이라도 제자리에 놓이지 않으면, 객실 전체의 조화가 망가지고, 벨벳을 두른 비스듬한 화가(畵架)에 놓인 자기 초상화가 제대로 비춰지지 못할 것이라고 생각했다. 그래서 그녀는 언제나 변변치 못한 하인의 동작을 눈여겨보다가, 깨뜨릴까 봐 그녀가 손수 청소하는 두 개의 화분 옆을 하인이 너무 바짝 붙어 지나가자 심하게 꾸짖더니, 귀퉁이가 벗겨지지는 않았나 살피려고 그 옆으로 가서 보았다. 그녀는 자신의 중국 골동품의 모양을 '재미있다'고 생각했는데, 난초과 꽃 모양, 특히 카틀레야 모양은 더욱 그러했다. 카틀레야는 국화와 더불어 그녀가 가장 좋아하는 꽃이었다. 그것은 꽃처럼 보이지 않고 비단이나 새틴으로 된 것처럼 보이는 큰 장점이 있었기 때문이다. "저 꽃은 제 외투 안감에서 오려낸 것 같아요" 하고 그녀가 난초를 가리키며 스완에게 말했는데, 그 말에는 매우 '멋있는' 그 꽃, 자연이 뜻밖에도 그녀에게 준 우아한 자매, 생물의 등급으로 본다면 그녀와 너무 다르지만 그 객실에 초대되는 허다한 여성들보다는 더 세련되고 더 위엄을 갖춘 자매인 그 꽃에 대한 존경이 담겨 있었다. 도자기 화병에 장식돼 있거나 병풍에 수놓인 불을 토하는 용머리와, 난초 꽃다발로 된 화관, 벽난로 위에 있는 경옥(硬玉)으로 된 두꺼비, 그 곁의 은으로 된 니엘로〔공예 재료의 하나. 은·구리·납·유황·붕사 등을 한데 가열하여 녹인 흑색 물질로, 금속 표면을 장식하는 데 쓰임〕세공품인, 눈에 루비가 박힌 단봉낙타 등을 차례로 그에게 보이면서, 그때마다 그녀는 그 용머리의 심술궂음을 겁내거나 그 기이함에 흥겨운 척했고, 그 꽃의 외설스러움에 얼굴을 붉히는 척하거나 그녀 스스로 '사랑하는 것'이라고 일컫는 두꺼비와 낙타에게 키스하고 싶어 못 참겠다는 태도를 지어 보였다. 그런데 이렇게 꾸민 듯한 태도는 그녀가 갖는 어떤 신앙에 대한 진실성, 특히 그녀가 니스에서 살 때, 죽을병을 낫게 해주어 그 금메달을 늘 몸에 지니고 다니면서 그것에 전지전능한 힘이 있다고 생각하는, 라게의 성모에 대한 신앙의 진실성과는 대조를 이루었다. 오데트는 스완에게 '그의' 차를 따라주고는 "레몬을 칠까요, 크림을 칠까요?" 하고 물었다. 스완이 "크림" 하고 대답하자, 그녀는 웃으면서 "구름 한 점만큼!" 하고 그에게 말했다. 그리고 스완이 맛이 좋다고 하자, "그것 보세요, 당신이 좋아하는 걸 잘 알고 있어요"라고 말했다. 사실 그 차는 그녀에게 있어서와 마찬가지로 스완에게도 무언가 귀중한 것으로 여겨졌다. 과연 사랑이란 이와 같이 여러 가지 기쁨 속에서 사랑의 증거, 지속이라는 보증을 필요로 하는 것으로(반대로 기쁨이란 사랑 없이는 존재할 수 없으며 사랑과 더불어 끝난다), 스완이 7시에 그녀와 작별하고 야회복으로 갈아입으려고 마차를 타고 돌아가는 도중, 그는 그 오후가 그에게 준 기쁨을 억누를 수 없어 "그처럼 희귀한 것, 그렇게 맛있는 차를 대접할 줄 아는 여인이 있다니 얼마나 좋은가" 하고 되뇌었다. 한 시간 뒤, 그는 오데트가 보내는 쪽지를 받았는데, 즉시 그 근사한 필적을 알아보았다. 영국풍으로 어색하게 멋을 부린 그 필적은 틀이 덜 잡힌 글자에 외형적인 규율을 부여하고는 있었지만, 스완처럼 호감을 갖지 않은 사람이 보았다면 아마도 거기에 정신의 혼잡, 충분치 못한 교육, 솔직성과 의지의 결핍이라는 것이 보였을 것이다. 스완은 오데트의 집에 담배 케이스를 두고 왔던 것이다. "왜 당신의 마음도 잊고 가시질 않았나요. 당신의 마음이라면 돌려드리지 않았을 텐데."

어쩌면 그녀에겐 스완의 두 번째 방문이 한결 더 중요했는지도 모른다. 둘이 만나기로 되어 있을 때면 늘 그렇듯이, 그날도 그는 그녀의 집으로 가는 동안 미리 그녀의 모습을 그려보았다. 그리고 그녀의 얼굴을 예쁘다고 생각하려면 반드시, 누렇고, 초췌하고, 이따금 붉고 작은 반점이 드러나는 그녀의 두 뺨에서 오직 장밋빛 싱싱한 광대뼈만을 그려야 한다는 사실이, 이상이란 접근할 수 없는 것이고, 행복이란 보잘것없는 것이라는 증거라도 되는 듯이 그를 몹시도 슬프게 했다. 그는 그녀가 보고 싶어 하던 판화를 가져갔다. 그녀는 몸이 약간 불편했다. 그녀는 붉은 보라색 크레프드신〔주름진 두꺼운 비단〕 가운을 입고, 화려하게 수놓은 천을 외투처럼 가슴 위에 여미면서 그를 맞이했다. 그의 곁에 서서, 흐트러진 머리칼을 두 뺨을 따라 드리우고, 판화 쪽으로 편안히 몸을 기울일 수 있게끔 춤을 추는 듯한 자세로 한쪽 다리를 굽히고, 머리를 숙이면서, 기력이 없을 때의 피곤하고도 침울한 큰 눈으로 판화를 들여다보는 그녀가, 시스티나 성당〔로마 바티칸 궁전에 있는 대성당〕 벽화에 나오는 이드로의 딸인 시뽀라의 얼굴을 닮아 스완을 놀라게 했다. 스완은 우리를 둘러싼 현실의 보편적인 특징뿐만 아니라, 반대로 보편성이 가장 없어 보이는 것, 우리가 아는 얼굴의 개인적인 특징을 거장들의 그림 속에서 발견해내기를 좋아하는 독특한 취미가 있었다. 이를테면 안토니오 리초〔Antonio Rizzo: 15세기 말엽의 이탈리아 조각가〕의 작품인 〈로레다노 총독〉의 흉상이 불쑥 튀어나온 광대뼈를 비롯하여 비스듬한 눈썹에 이르기까지 여지없이 자신의 마차꾼인 레미와 닮았으며, 기를란다요〔Ghirlandajo: 이탈리아 15세기 후반의 대표적 화가〕의 채색화에서 보는 색깔은 드 팔랑시 씨의 코 색깔과 닮았고, 틴토레토〔Tintoretto: 이탈리아의 화가. 르네상스 시대 베네치아파의 귀재〕 작품의 어느 초상화에서는 훌륭하게 자란 볼수염에 의해 기름져 보이는 볼이라든지, 코의 흠이라든지, 쏘아보는 눈길이라든지, 충혈된 눈꺼풀 따위가 뒤 불봉 의사와 닮았다는 사실을 알아냈다. 그가 자신의 생활이 사교계에서 교제나 담소에 한정된 것을 늘 후회하고 있어서인지, 어쩌면 위대한 예술가들이 그들의 작품에 현대적 풍취인 생명과 현실의 특이한 증명서를 부여하는 듯한 얼굴을 기꺼이 관찰하여 표현한다는 사실을 발견하곤, 그들이 자신에게 일종의 관용을 베풀고 있다고 생각했는지도 모른다. 또한 그는 사교계 인사들의 경박스러움에 빠져 있었으므로, 오늘날의 인간을 새롭게 할 만한, 미리 예상된 암시를 옛 작품 속에서 발견할 필요성을 느꼈는지도 모른다. 또 그와는 반대로, 어쩌면 그는 옛 초상화와 그 초상화의 인물도 아닌 어떤 개인이 너무 닮아서, 그런 개인적인 특징이 떨어져나가며 해방되는 것을 얼핏 보자, 그 유사함에 한결 더 보편적인 의미를 붙이며 흡족해할 정도로 예술가적 소질이 충분히 있었는지도 모른다. 어쨌든 그것은 아마도 그가 얼마 전부터 갖게 된 풍부한 느낌 때문일 것이다. 비록 그 풍부함은 오히려 음악 애호와 함께 나타난 것이지만, 그것이 그림에 대한 그의 취미를 높였기에, 그가 오데트와 산드로 디 마리아노의 시뽀라가 닮았다는 사실을 발견했을 때 그 기쁨은 더욱 깊었고, 또 틀림없이 그것은 스완에게 지속적인 영향을 미치게 될 것이었다(산드로 디 마리아노는 그 이름이 화가의 참된 작품을 환기시키는 대신 오히려 그에 대한 통속화된 진부하고 그릇된 관념을 환기시키게 되면서부터, 보티첼리〔Sandro Botticelli : 이탈리아 초기 르네상스의 대표적 화가〕라는 별명으로 더 잘 불리고 있다). 따라서 그는 이제 오데트의 얼굴을, 그녀의 두 뺨의 아름다움의 정도라든가, 언젠가는 그녀를 포옹하여 자신의 입술을 거기에 대면서 알게 된 것이라고 상상하던 살결의 정결함과 부드러움에 준하여 평가하지 않고, 오히려 그녀의 얼굴을 섬세하고 아름다운 선의 뒤섞임으로 평가하여, 그 뒤섞임을 시선으로 풀어내고 그 얽힌 곡선을 뒤쫓으며, 목의 흐름을 넘쳐흐르는 머리카락과 눈꺼풀의 곡선에 결합시키면서, 그녀를 그녀의 특징이 명백하게 이해될 것 같은 초상화 속에 넣어보았다.

그는 그녀를 바라보았다. 그녀의 얼굴과 몸속에 벽화의 일부가 나타났다. 그리고 그때부터 그는 오데트 곁에 있거나, 혼자서 그녀를 생각하거나 간에, 항상 그 벽화의 일부를 거기에서 찾았다. 그리고 그가 플로렌스파의 걸작을 존중한 것은, 물론 그녀에게서 그것을 다시 발견했기 때문인 게 틀림없지만, 그 닮음에 의해서 그는 그녀를 아름답게 생각하고, 더 소중히 여기게 되었다. 스완은 거장 산드로에게 사랑스럽게 비쳤을 인간의 가치를 인정하지 못한 자신을 책망하는 동시에, 오데트와 만나는 기쁨을 자신의 심미적 교양 안에서 정당화시킬 수 있음을 기뻐했다. 그는 오데트에 대한 생각을 행복에 대한 자신의 꿈과 결합시키면서, 자신은 지금까지 믿어온 것처럼 불안전한 최악의 경우를 감수하고 있었던 것이 아니다. 왜냐하면 그녀가 자신의 가장 세련된 예술 취미를 만족시켜주고 있었기 때문이다, 라고 생각했다. 그런데 그런 오데트이고 보면, 이제 그녀가 그의 욕정의 대상이 되는 여인이 아니라는 것을 그는 잊고 있었다. 왜냐하면 그의 욕정은 늘 그의 심미적 취미와는 정반대 방향으로 쏠리고 있었기 때문이다. '플로렌스파 작품'이라는 낱말은 스완에게는 크게 유용했다. 그 낱말은 마치 어떤 작위처럼, 오데트의 모습을, 그녀로서는 그때까지 접근할 길이 없었던 꿈의 세계로 들여보내주었고, 거기서 그녀는 고상함에 젖어들었던 것이다. 그리고 그가 이 여자에 대해 갖고 있던 순전한 육체적인 견해는, 그녀의 얼굴과 육체의 여러 가지 아름다운 특징에 관해 끊임없는 의혹을 일으키게 하면서 그의 사랑을 약화시켜왔는데, 일단 평가의 토대로서 어떤 미학(美學)에 바탕을 두자 그런 의혹이 일소되면서 사랑이 확고하게 되었다. 또한 키스나 육체적 소유는, 그것이 시든 육체에 의해 그에게 주어지는 경우에는 자연스럽고 평범한 것으로 보이지만, 그것이 미술관의 어떤 걸작에 대한 열애를 완성시키는 경우에는 그에게 이 세상 것이 아닐 정도로 감미롭게 생각됐다.

그리하여 몇 달 동안 다른 하는 일 없이 오직 오데트만 만난 것을 후회하고 싶어질 때면, 그는 아주 뛰어난 작품에 많은 시간을 보낸다는 것은 당연한 일이라고 생각했다. 단 한 번뿐인, 여느 것과는 달리 유달리 풍미 있는 재료로 만들어진 작품, 때로는 예술가의 겸양과 정신성과 무사무욕으로 응시하고, 때로는 수집가의 거만함과 이기심과 욕정으로 응시하는 하나의 극히 보기 드문 본보기가 된 걸작에 말이다.

그는 이드로의 딸의 복사화를 마치 오데트의 사진이라도 되는 것처럼 책상 위에 올려놓았다. 그는 커다란 눈, 아직 무르익지 않은 피부를 짐작케 하는 섬세한 얼굴, 피곤해 보이는 두 뺨을 따라 흘러내린 머리카락의 멋진 웨이브에 감탄했다. 그리고 이제까지 심미적인 아름다움이라고 생각해온 것을 살아 있는 여성에 대한 관념에 적용하면서, 그는 그 아름다움을 육체적 가치로 변형시켰고, 그 육체적 가치가 오래지 않아 자기 소유가 될 여인 속에 집중되어 있다는 것을 알아채고 기뻐했다. 우리가 들여다보는 어떤 걸작 쪽으로 우리를 유도하는 막연한 공감, 그것은 스완이 이드로의 딸이 지닌 관능의 모체를 알게 된 지금, 욕정이 되어, 오데트의 육체에서 처음에는 받지 못했던 욕정을 그때부터 그에게 메워주었다. 그가 보티첼리의 그림을 한참 동안 들여다보고 있을 때면, 그는 그것보다 더 아름답게 여기는 자신의 살아 있는 보티첼리를 생각했고, 시뽀라의 사진을 자기 몸 가까이로 당길 때면, 오데트를 자기 품에 꼭 껴안는 느낌이 들었다.

그러는 동안 그가 피하려고 노력한 것은 오데트에 대한 권태뿐만이 아니라, 때로는 자신에 대한 권태이기도 했다. 오데트가 자신을 쉽사리 만나게 된 뒤부터는, 그녀가 자신에게 별로 할 말이 없는 것처럼 느껴지자, 그는 단둘이 있을 때 어느샌가 자신의 태도가 무감각하고 단조롭고 결국 틀에 박힌 것처럼 되어버려, 언젠가는 그녀가 애정을 고백하고 싶은 날이 오리라는 낭만적인 희망, 그로 하여금 사랑을 하게 하고 그 사랑을 지속시키도록 할 그 유일한 희망마저 자기 마음속에서 죽어버리지나 않을까 걱정스러웠다. 그래서 너무도 응고된 오데트의 마음에 좀 생기를 불어넣으려고, 또 그대로 두었다가는 그녀에게 진력나게 될까 봐, 그는 갑자기 펜을 들어 거짓 실망과 과장된 분노로 가득 찬 편지를 써서 저녁 식사 전에 인편으로 보냈다. 그는 오데트가 깜짝 놀라 그에게 답장을 쓰리라는 걸 알고 있었고, 또 자신을 잃을 두려움에 마음 졸여서, 여태껏 그녀가 자신에게 한 번도 입 밖에 낸 적이 없는 말들을 샘솟듯 쏟아놓기를 바랐다 — 과연 그 수법으로 그는 그녀가 지금까지 쓴 것 중에서 가장 애정에 넘치는 편지를 받아보았는데, 그녀가 정오에 '메종 도르' 레스토랑에서(바로 그날이 뮈르시의 수재민을 돕기 위해 개최된 파리 뮈르시 축제일이었다) 인편으로 보내온 편지는 다음과 같은 말로 시작되어 있었다. "스완 씨, 제 손이 어찌나 떨리는지 글씨를 쓸 수가 없군요." 그는 이 편지를 시든 국화와 같은 서랍에 간직했다. 그렇지 않고 만약 그녀가 편지를 쓸 시간이 없었다면, 그가 베르뒤랭네에 도착하자마자 그녀가 재빨리 곁으로 다가와 "말씀드릴 게 있어요"라고 말했을 것이다. 그러면 그는 그녀의 표정에서, 또 그녀의 말속에서 그때까지 그녀가 마음속에 숨겨온 것을 호기심 어린 눈으로 바라보았을 것이다.

베르뒤랭네에 가까워지면서, 한 번도 덧문이 닫혀 있는 적이 없는 커다란 창문이 등불로 환히 밝혀져 있는 걸 보았을 때, 그는 그 금빛 불빛 속에서 웃음 짓는 사랑스런 여인을 만나리라는 생각으로 가슴이 두근거렸다. 이따금씩 손님들의 그림자가 영사막에서처럼 등불을 받아 가늘고 검게 드러나곤 했는데, 그것은 마치 반투명한 램프갓 군데군데에 끼인 작은 판각(板刻)들이 그 밖의 다른 밝은 부분과는 달리 뚜렷하게 드러나는 것과도 같았다. 그는 오데트의 그림자를 알아내보려고 애썼다. 그리고 그가 그 집에 도착하자마자, 자신도 모르는 사이에 두 눈이 얼마나 큰 기쁨으로 빛났던지, 베르뒤랭 씨가 화가에게 "뜨거운 사이가 되어가는군" 하고 말할 정도였다. 그리고 오데트가 와 있다는 사실이야말로 스완에게는 그 집이 그가 초대받았던 그 어느 집에도 마련되어 있지 않은 그 무엇, 즉 방마다 가지를 치고 그의 마음을 끊임없이 자극하는 일종의 감각기관이나 신경조직을 갖춘 것처럼 여겨졌다.

그처럼 이 작은 '동아리'라는 사회조직의 단순한 기능이, 스완을 위해 오데트와의 일상적인 만남을 자동적으로 주선해주었고, 한편 그에게 오데트를 만나는 데도 무관심한 체하는, 아니 더 나아가서는 더는 만나고 싶어 하지 않는 척하는 태도마저도 허락했는데, 그래도 큰 위험이 없었던 것은, 낮에 그녀에게 편지를 썼더라도 저녁이 되면 반드시 그녀를 만나서, 그녀를 집에까지 데려다주었기 때문일 것이다.

그런데 한번은 또 그렇게 함께 돌아가야 하는 것에 우울증을 느껴, 그는 베르뒤랭네에 가는 시간을 늦추려고 여공 아가씨를 부아까지 데려간 적이 있었다. 그가 어찌나 늦게 도착했던지, 오데트는 그가 이제는 오지 않을 거라고 생각하고 떠나버린 후였다. 그녀가 살롱에 없는 것을 알자 스완은 마음이 몹시 아팠다. 하나의 기쁨을 빼앗긴 데 대해 전신이 떨리는 동시에, 그때 처음으로 기쁨의 크기를 알았다. 그것은 그때까지는 자신이 원하기만 하면 언제라도 그 기쁨을 맛볼 수 있다고 확신했었기 때문이다. 그러한 확신 때문에 우리는 온갖 기쁨의 크기를 작게 보기도 하고 전혀 알아보지 못하기도 하는 것이다.

"오데트가 없다는 걸 알았을 때 그의 얼굴 표정을 보았소? 마치 꼬집힌 것 같은 표정이었어!" 하고 베르뒤랭 씨가 부인에게 말했다.

"그의 얼굴 표정이라뇨?" 하고 코타르 의사가 열을 올리며 물었다. 그는 잠깐 어떤 환자를 보러 갔다가 지금 막 아내를 찾으러 온 참이라 누굴 두고 하는 말인지 몰랐던 것이다.

"그럼 당신은 문 앞에서 대단한 얼굴을 하고 있던 스완을 못 만나셨군요……."

"못 만났는데요. 스완 씨가 왔었나요?"

"그럼요! 아주 조금 전에요. 몹시 불안해하고, 매우 안절부절못했어요. 오데트가 떠난 뒤라서요."

"그럼 그녀가 그 사람과 뜨거운 사이이며, 그와 밀회를 나누기라도 했단 말씀입니까?" 하고 의사는 이런 표현의 의미를 신중하게 확인하면서 말했다.

"천만에요. 절대로 그럴 리는 없어요. 우리끼리 얘기지만, 내 생각으로는 그녀가 몹시 잘못하는 것 같아요. 얼간이 같은 여자처럼 처신하고 있으니. 하긴 본래 그런 여자이긴 하지만."

"그만, 그만해둬요. 당신이 뭘 안다고, 아무 일도 없잖아? 우리 눈으로 본 일도 아닌데, 안 그래?" 하고 베르뒤랭 씨가 말했다.

"만일 그렇다면 나한테는 얘기해주었을 거예요" 하고 베르뒤랭 부인이 우쭐거리며 대꾸했다. "그녀는 어떤 사소한 일이라도 모두 나에게 이야기한다니까요! 아까 아무도 없길래, 스완하고 동침하면 어떠냐고 물어보았죠. 그러나 그녀는 그럴 수는 없다느니, 자기는 그분에게 홀딱 반해버렸지만 그분이 머뭇거리기에 이번에는 자기 쪽에서 겁이 난다느니, 자기는 그런 식으로 그분을 사랑하는 것이 아니라 그것은 이상적인 사랑이고, 자기로서는 그분에 대한 자기의 감정을 더럽힐까 두렵다느니, 이런 식으로 우기질 않겠어요? 제가 어찌 다 알겠어요. 어쨌든 그는 오데트에겐 더할 나위 없는 사람이에요."

"난 당신 의견에는 아무래도 찬성할 수 없는걸. 그 사람은 어쩐지 내 마음엔 절반밖에 안 차. 어쩐지 태깔스러운 사람 같단 말이야" 하고 베르뒤랭 씨가 말했다.

베르뒤랭 부인은 꼼짝 않고, 마치 조상(彫像)이 되어버리기나 한 것처럼 무표정해졌다. 그런 시늉을 함으로써, 태깔스럽다는 참을 수 없는 말, 마치 자기들에게 '태깔스러운' 사람이 있고, '자기들을 능가하는' 사람이 있다는 뜻을 풍기는 말을 듣지 못한 것처럼 여겨질 수 있기 때문이기도 했다.

"아무튼, 아무 일이 없더라도, 나는 그가 그녀를 '정숙한 여인'으로 여긴다고는 생각하지 않아" 하고 베르뒤랭 씨가 빈정거리며 말했다. "결국 우리가 뭐라 말할 수는 없어. 스완은 오데트를 총명한 여자라고 생각하는 모양이니까. 당신도 들었는지 모르겠지만, 요전 날 저녁에 그가 뱅퇴유의 소나타에 대해 그녀에게 늘어놓더군. 나도 오데트를 진심으로 좋아해. 그렇지만 그녀에게 미학 이론에 관한 강의를 하다니, 바보 천치가 아니고서야!"

"자아 그만하세요, 오데트를 나쁘게 얘기하지 말아요. 그녀는 매력적인 여자예요" 하고 베르뒤랭 부인은 아이처럼 어리광을 부리며 말했다.

"그러나 그렇다고 오데트가 매력적이 아니라는 말은 아니오. 우리가 오데트를 나쁘게 이야기하는 게 아니라, 그녀는 정숙한 여자도 총명한 여자도 아니라는 말을 한 것뿐이니까." 이번에는 베르뒤랭 씨가 화가에게 말했다. "솔직히 말해서, 당신은 그녀가 그토록 정숙하게 세상을 살아가기를 바랍니까? 그렇게 되면 그녀의 매력이 훨씬 덜할지 누가 알겠소?"

층계참에서, 스완은 뒤쫓아온 베르뒤랭네 급사장을 만났다. 그는 스완이 도착했을 때는 거기에 없었지만—벌써 한 시간도 훨씬 전에—오데트에게서, 나중에 스완이 오면 자기는 집에 돌아가기 전에 프레보에서 코코아를 마실지도 모른다고 전해달라는 부탁을 받았던 것이다. 스완은 프레보로 떠났는데, 그의 마차는 끊임없이 길을 횡단하는 마차나 사람들로 방해를 받았다. 그것들이 어찌나 밉살스러운 장애물이었던지, 만일 순경의 조사를 받는 시간이 통행인의 횡단을 기다리는 것보다 더 길어지지만 않는다면, 그것들을 기꺼이 전복시키고 말았을 것이다. 그는 걸리는 시간을 너무 짧게 계산하는 일이 없도록 확실하게 1분에 몇 초씩 덧붙여 계산했는데, 그렇게 해서 더 일찍 오데트를 만날 가능성을 실제보다 더 크게 잡고 싶었던 것이다. 그리고 한순간, 마치 잠에서 막 깨어난 열병 환자가 지금까지 분명히 판별하지도 못한 채 곰곰이 생각해온 몽상의 불합리성을 의식하듯이, 스완은 베르뒤랭네에서 오데트가 이미 돌아갔다는 말을 들은 후로 되새기던 여러 가지 생각의 야릇함과 마음의 새로운 고통을 갑자기 느끼게 되었다. 그는 그것을 괴로워했지만, 마치 이제 막 잠에서 깨어난 듯, 그렇게만 그 고통을 인정할 뿐이었다. 도대체 뭐람? 내일이 되어야만 오데트를 만나게 된다는 생각 때문에 생긴 이 온갖 마음의 동요란 바로 그가 한 시간 전에 베르뒤랭네에 가면서 스스로 바랐던 것이 아닌가! 그는 프레보로 가는 마차를 탄 자신은 이미 예전의 스완이 아니며, 자기는 이제 혼자가 아니라 새로운 존재가 거기에 함께 있어서 그에게 달라붙어 혼합되어 있다는 사실을 인정하지 않을 수 없었다. 그리고 아마도 그는 그 새로운 존재에게서 해방될 수 없을지도 모르며, 마치 어떤 주인이나 질병에 대해서 그렇듯, 그 존재에 대해서도 조심스럽게 대해야만 한다는 사실을 인정하지 않을 수 없었다. 그렇지만 그 새로운 인간이 자기에게 덧붙여졌다고 느껴진 순간부터, 그에게는 인생이 더 흥미롭게 보였다. 프레보에서 그녀를 만나게 될지도 모르지만(이러한 기대 때문에 그때까지의 시간이 뒤죽박죽이 되고 벌거벗겨져서 그의 정신을 안정시켜줄 만한 생각이나 추억을 하나도 찾아내지 못했다), 실제로 그렇게 된다면 십중팔구 다른 날처럼 별 대단치 않은 일이 되어버릴지도 모른다는 사실을 그는 거의 생각해보려고도 하지 않았다. 여느 날 저녁처럼 오데트와 함께 있게 되면, 곧 그는 그녀의 잘 변하는 얼굴에 슬그머니 시선을 던질 것이고, 그러자마자 자신의 욕망의 전조를 느껴 자신이 그녀에게 이제는 무관심하지 않음을 그녀가 눈치챌까 봐 걱정이 되어 곧바로 눈길을 돌리고는, 그녀에 대한 생각을 그만두게 될 것이다. 그리고 그는 그녀의 곁을 즉시 떠나지 않아도 좋을 구실, 거기에 집착한 듯이 보이지 않고도 다음 날 베르뒤랭네에서 다시 만날 것을 확인할 구실, 다시 말하면 가까이 있으면서 안아보지도 못하는 그 여인의 부질없는 존재가 그에게 안겨준 실망과 고통을 당장 연장시켜서 그것을 하루라도 더 되풀이할 구실을 찾기에 골몰할 것이다.

 그녀는 프레보에 없었다. 그는 대로변의 모든 레스토랑을 다 뒤져보고 싶었다. 시간을 벌려고, 그가 이쪽 식당들을 뒤지는 동안에 마차꾼 레미(리초 작 〈로레다노 총독〉)를 시켜 다른 쪽 식당을 찾아보라고 보냈다. 그는—아무것도 찾아내지 못하고—만나기로 한 장소에 와서 레미를 기다렸다. 마차는 돌아오지 않았다. 스완은 다가오는 순간을, 레미가 그에게 "부인은 저기 계십니다"라고 말하거나, 동시에 "부인은 어느 카페에도 안 계십니다"라고 말하는 두 순간으로 상상하고 있었다. 그래서 그는 그날 밤, 자신이 결국 자신의 고뇌를 씻어줄 오데트를 만나게 될 것인지, 아니면 어쩔 수 없이 그날 밤은 만나기를 단념하고 그녀를 보지 못한 채 집으로 돌아가게 될 것인지를 번갈아가며 하나씩 눈앞에 그려보았다.

마차꾼이 돌아왔다. 그러나 그가 스완 앞에서 멈춰 서는 순간, 스완은 그에게 "부인을 찾았는가" 하고 묻지는 않았다. 그 대신 "내일 장작 주문하는 걸 잊지 않게 해주게. 비축해둔 것이 바닥나는 것 같으니까"라고 말했다. 아마도 그는, 만약 레미가 어느 카페에서 그를 기다리는 오데트를 찾아냈다면, 그 불행한 밤은 행복한 밤이 실현되기 시작했으므로 이미 소멸돼버렸을 테고, 따라서 서둘러 행복에 도달할 필요는 없으며, 더구나 그 행복이 안전한 곳에 사로잡혀 있으니 더는 도망가진 못할 것이라고 생각했을는지도 모른다. 그러나 그것은 또한 무기력에서 비롯된 것이기도 했다. 그의 영혼에는 어떤 사람들의 몸속에 있는 순응성이 결핍되어 있었다. 그런 사람들은, 충격을 피하거나 옷에 붙은 불을 털려는 화급한 동작을 해내는 순간에도 천천히 여유를 갖고, 우선은 있던 위치에 잠시 그대로 남아 있는 법이다. 마치 거기서 자신의 거점, 자신의 발판을 찾으려는 듯이. 따라서 만일 마차꾼이 그에게 "부인이 저기 계십니다"라고 말하면서 그의 말을 중단시켰다면, 틀림없이 그는 "아, 그래, 정말, 내가 그걸 부탁했었지. 난 생각지도 못했군" 하고 대답하고는, 자신의 감동을 숨기려고 그에게 장작 비축에 관한 이야기를 계속했을 것이고, 그래서 불안감을 깨어버리고 행복에 빠지는 시간을 마련했을 것이다.
 그러나 마차꾼은 돌아오자 어느 곳에서도 그녀를 찾지 못했다고 말하고는, 나이 든 하인답게 자기 의견을 덧붙였다.
 "주인님께서는 이제 집으로 돌아가실 도리밖에 없는 것 같습니다."
 레미가 자신이 가져온 대답에 아무것도 덧붙이지 않았을 때는 스완은 쉽사리 담담한 태도를 꾸며 보일 수 있었지만, 레미가 자신의 희망과 탐색을 단념시키려고 애쓰는 것을 보자 담담한 태도는 사라져버렸다.
 "천만에," 하고 그는 소리를 질렀다. "부인을 꼭 찾아야 해, 매우 중대한 일이야. 그분이 나를 만나지 못한다면, 어떤 일로 인해 몹시 난처해하고 마음 상하실 거야."
 "저로서는 부인께서 마음 상하실 까닭을 모르겠는데요. 주인님을 기다리지 않고 떠나신 것도 그분이고, 프레보에 간다고 일러놓고 거기도 안 계신데 말입니다" 하고 레미가 대답했다.
 게다가 곳곳에선 이미 등불이 꺼지기 시작했다. 신비로운 어둠 속, 한길 가로수 아래에는 아주 드물게 행인들이 어슬렁거렸으나, 겨우 눈에 띨 정도였다. 이따금 여인의 그림자가 그에게 다가와서 귓가에 속삭이며 데려가달라고 애원했는데, 그것은 스완을 소름 끼치게 했다. 그는 마치 어둠의 왕국에서, 죽은 유령들 가운데서 에우리디케〔그리스 신화에 나오는 오르페우스의 아내〕를 찾고 있기라도 한 듯이 그 어두운 육체들을 불안스럽게 스치며 지나갔다.
 사랑이 생겨나는 온갖 형태, 신성한 아픔을 퍼뜨리는 온갖 원인 중에서 가장 효력 있는 것 가운데 한 가지는, 이따금 우리를 스치며 지나가는 격한 동요의 숨결이다. 그런 순간에 서로 기쁨을 나누는 인간이야말로, 운명이 결정한, 우리가 사랑하게 될 인간이다. 그 인간은 그때까지 다른 인간들보다 더, 혹은 그들과 같은 정도로 우리의 마음에 들었어야 할 필요는 없다. 필요한 것은 그 인간에 대한 우리의 기호가 배타적으로 되는 것이다. 그래서—그 인간이 우리 곁에 없을 때면—우리를 불안하게 만드는 어떤 욕구—그와 같은 인간을 대상으로 삼는 욕구이면서도, 이 사회의 법칙으로는 채워질 수도 진정될 수도 없는 당치 않은 욕구, 그 인간을 자기 소유로 하려는 고통스럽고도 지각 없는 욕구—가 그의 동의에 의해 우리에게 주어진 쾌락 추구와 대체되면서 갑자기 우리 몸 안에서 일어나게 되는데, 이때 그 사랑의 조건은 실현되는 것이다.

    스완은 아직 문을 닫지 않은 레스토랑으로 마차를 몰게 했다. 그가 조용히 주시했던 것은 행복에 대한 가정에 지나지 않았다. 그는 더는 자신의 동요, 그 만남에 건 가치를 숨기지 않았으며, 마차꾼에게 성공할 경우 보답을 하겠다는 약속까지 했으니, 그것은 마치 성공하고자 하는 소망을 그에게 불어넣음으로써 자신의 소망을 실제보다 강하게 만들어, 설령 오데트가 이미 집으로 돌아가서 자고 있다 할지라도, 그녀가 한길 어느 레스토랑에서 발견되는 것이 가능할 것처럼 보였다. 그는 메종 도레까지 마차를 몰아 토르토니 식당에 두 번이나 들렀다. 그래도 찾지 못한 채 카페 앙글레에서 막 나와, 살기등등한 표정으로 이탈리앙 가 모퉁이에서 기다리는 마차로 돌아가려고 성큼성큼 걸어갔다. 그때 그는 맞은편에서 오던 어떤 사람과 부딪혔다. 오데트였다. 나중에 그녀가 그에게 설명하기를, 프레보 식당에는 자리가 없어서 메종 도레에 가서 밤참을 들었는데, 구석자리였으므로 그의 눈에 띄질 않았으며 자기는 자신의 마차로 돌아가는 길이라고 했다.

그녀는 그를 만나리라고는 거의 기대도 하지 않았던 터라 깜짝 놀랐다. 스완으로 말하자면, 그가 파리 시내를 온통 찾아다닌 것은 그녀를 꼭 만나리라고 믿었기 때문이 아니라, 만남을 단념하기가 너무나 고통스러웠기 때문이었다. 그러나 그 기쁨, 이성적으로는 그날 밤 실현될 수 없으리라고 생각해오던 기쁨이, 이제는 오히려 그 때문에 더욱 현실적인 것으로만 보일 뿐이었다. 왜냐하면 그렇게 되리라고 예측하고 그 기쁨에 협력하고 있던 게 아니었기에, 그 기쁨이 그의 외부에 머물러 있었던 것이다. 그 기쁨을 자신에게 주려고 그의 마음에서 기쁨을 뽑아낼 필요조차 없었다. 그가 두려워하던 고독을 마치 꿈처럼 사라져버리게 할 정도로 찬란하게 빛나는 오데트를 만났다는 사실, 그 사실은 기쁨 자체에서 비롯되었고, 그 기쁨 자체가 그에게 그 사실을 던져주어, 그는 아무런 사념 없이, 그 사실에 의거하여 자신의 행복한 몽상을 확립시켰던 것이다. 그것은 흡사, 화창한 어느 날 지중해 연안에 도착한 나그네가, 자기가 막 떠나온 여러 고장의 존재가 의심스러워 그 고장 쪽으로 눈길을 던지기보다는, 오히려 퇴색할 줄 모르고 빛나는 바다의 푸르름이 그에게 보내는 빛에 눈길을 빼앗기는 것과 같았다.

그는 오데트와 함께 그녀의 마차에 올라타고, 자신의 마차를 뒤따르라고 일렀다.

그녀는 카틀레야 꽃다발을 손에 쥐고 있었다. 그리고 스완은 그녀가 같은 꽃을 레이스가 달린 머리쓰개 밑, 백조 깃털 장식에 달아 머리를 장식하고 있는 것을 보았다. 그녀는 만틸라(스페인, 멕시코 등지에서 부인들의, 머리부터 어깨까지 덮게 되어 있는 비단이나 레이스의 베일이나 스카프) 밑에 매끈한 검정색 벨벳 옷을 입었는데, 한쪽이 비스듬히 매어 달려 있어 흰 비단 스커트 자락을 널찍한 삼각형 모양으로 드러냈고, 어깨와 가슴이 드러나는 블라우스의 벌어진 틈새로 다른 카틀레야꽃들이 꽂혀 있었다. 스완이 안겨준 놀라움에서 그녀가 겨우 벗어나는 듯했을 때, 말이 어떤 장애물에 놀라 뒷걸음질을 쳤다. 그 바람에 두 사람의 몸은 몹시 흔들거렸고, 그녀는 비명을 지르고 숨이 막혀 헐떡였다.

"아무 일도 아니오. 겁낼 건 없어요"라고 그가 말했다.

그러고는 그녀의 어깨에 팔을 둘러 자기에게 몸을 기대도록 하고는 가볍게 안으며 말했다.

"무엇보다 말을 하지 말아요. 더는 숨이 차지 않도록 몸짓으로만 대답하면 돼요. 아까의 충격 때문에 블라우스의 꽃이 떨어질 것 같은데, 바로잡아드려도 되겠소? 떨어질까 두려우니, 좀 더 깊숙이 꽂아드려야겠군요."

그녀는, 남자에게서 이처럼 정중한 대우를 받는 데 익숙하지 않아서 웃으며 말했다.

"아니에요, 괜찮아요. 조금도 거북하지 않아요."

그러나 이 대답에 기가 죽은 그는, 아마 그런 구실을 만든 것이 진심이었음을 보이고 싶어서인지, 아니면 이미 그도 그것이 진정이라고 여기서 시작해서인지, 이렇게 소리를 질렀다.

"오! 안 돼요, 말하지 말아요. 또 숨이 찰 거요. 몸짓으로 대답하면 돼요. 난 충분히 알아들을 거요. 정말 거북하지 않소? 자, 뭔가 좀······. 꽃가루가 당신 몸에 흩어졌을 거요. 내 손으로 닦아드려도 괜찮겠소? 너무 세지 않아요? 너무 거칠지 않아요? 좀 간지럽소? 그건 벨벳 옷을 구기고 싶지 않아 옷에 손을 대지 않기 때문이오. 이것 좀 봐요, 정말 제대로 꽂아야겠소. 그러지 않으면 떨어질 거요. 이렇게 내가 좀 더 깊이 꽂아놓으면······, 정말 불쾌하지 않소? 정말로 향기가 나는지 냄새를 맡아도 괜찮겠소? 난 한 번도 이 향기를 맡아본 적이 없어요. 맡아도 좋겠소? 솔직히 말해봐요." 그녀는 웃으며 가볍게 어깨를 으쓱했는데, 그것은 마치 '정신이 없는 모양이군요, 내가 그런 걸 좋아한다는 걸 잘 아시면서'라고 말하는 듯했다.

그의 한쪽 손이 오데트의 뺨을 따라 올라갔다. 그녀는 엄숙하면서도 힘없는 표정으로 그를 물끄러미 바라보았는데, 그것은 그가 그녀와 닮았다고 생각했던 그 플로렌스파의 거장이 그린 여성들의 표정과 같았다. 마치 그녀들의 눈처럼, 크고 가느다란 그녀의 빛나는 두 눈은 눈꺼풀 가장자리로 쏠려 있어, 두 방울 눈물처럼 툭 튀어나올 것만 같았다. 성화(聖畵)나 이교도의 풍경 속에서 여인들이 곧잘 그런 자세를 보여주듯이, 그녀는 고개를 숙였다. 그리고 틀림없이 그녀의 몸에 밴 자세, 이런 순간에 어울린다고 생각하여 잊지 않고 취하려고 신경을 쓴 그런 자세로, 마치 눈에 보이지 않는 힘이 스완 쪽으로 자기 얼굴을 잡아당기기라도 하는 것처럼, 그녀는 얼굴을 받치는 데 온 힘을 다 들이는 듯했다. 그러다가 그 얼굴을, 그녀의 본의가 아닌 듯 어쩔 수 없이 그의 입술 위에 떨어뜨리는 순간, 약간의 사이를 두고 잠시 그 얼굴을 두 손으로 껴안은 사람은 스완이었다. 그는 그녀의 사념이 달려와서, 마치 사랑하는 아들의 성공을 축하하는 표창식에 초대된 어머니처럼, 그녀가 그토록 오랫동안 품어온 꿈을 확인하고 그 꿈의 실현에 참석할 시간을 내주고 싶었던 것이다. 스완 역시 아직 소유하지 않은, 아직 입맞춤조차 하지 않은 오데트를 보는 건 지금이 마지막이라고 생각하여, 떠나가는 날, 이제 곧 영원한 이별을 고하게 될 어떤 풍경을 간직하고 싶어 하는 사람의 눈길을 그녀의 얼굴에서 떼지 못했는지도 모른다.

그러나 그는 그녀를 대할 때면 어찌나 소심했던지, 카틀레야꽃을 고쳐 꽂아주는 것을 계기로 삼아, 그날 밤 마침내 그녀를 소유하고 나서도, 그녀의 마음을 상하게 할까 봐 두려워서인지, 아니면 나중에 거짓말한 것처럼 보일까 봐 겁이 나서인지, 아니면 그날 밤의 요구보다 더 큰 요구를 강요할 만한 용기가 없어서인지는 몰라도(첫번째 요구는 오데트를 불쾌하게 하지 않았으므로 그것을 되풀이할 수 있었다), 다음 며칠 동안 똑같은 구실을 사용했다. 그녀가 가슴에 카틀레야꽃을 꽂고 있으면, 그는 이렇게 말했다. "이것 유감인데요, 오늘 저녁엔 카틀레야를 고칠 필요가 없군요. 요전 날 저녁처럼 떨어질 것 같지 않으니. 하지만 요건 똑바르지 않은 것 같군요, 요전처럼 향기가 나는지 좀 맡아봐도 될까요?" 혹시 그녀가 꽃을 꽂고 있지 않으면, "오! 오늘 저녁엔 카틀레야가 없군요. 내가 고쳐드릴 길이 없다니." 그리하여 얼마 동안은, 첫날 저녁과 꼭같은 순서에 따라, 맨 먼저 오데트의 목덜미에 손가락이나 입술을 대는 것으로 시작되었고, 매번 그런 구실 하에 그의 애무는 시작되었다. 그리고 아주 오랜 후에, 카틀레야꽃을 고쳐 꽂아주는 일(혹은 고쳐 꽂아주는 척하는 흉내)이 이미 오래전에 폐지되고 나서도, '카틀레야를 꽂는다'라는 비유는, 육체적인 소유 행위— 한편으로 보자면 소유하는 게 아무것도 없지만— 를 의미하고 싶을 때 무심결에 사용하는 단순한 용어가 되어버려, 이 비유는 그 잊혀버린 습관을 기념하며, 두 사람의 용어 속에서 습관보다 오래 살아 있었다. 그리고 아마 '육체 관계를 맺다'라는 뜻의 이 특수한 어법은 '사랑을 나누다'라는 그 동의어와는 완전히 같은 내용을 의미하는 것은 아닐 것이다. 아무리 여자들에게 무감각해져 있다 하더라도, 또 언제나 각기 매우 다른 여자를 소유한다 해도 별다를 바가 없으며 이미 아는 것이라 간주한다 하더라도, 상대가, 마치 스완으로서는 처음에 꽃을 꽂아주는 일이 그러했듯이, 그녀와의 관계에 어떤 돌발적인 에피소드를 만들어내지 않으면 안 될 만큼 까다로운 여성— 또는 다루기에 까다롭다고 생각되는 여성—의 경우, 소유란 도리어 새로운 쾌락이 되는 것이다. 그날 밤, 그가 가슴 설레며 바란 것은(하지만 그는 마음속으로, 오데트가 내 속임수에 넘어갈망정 내 속임수를 눈치채진 못하겠지 하고 생각했다), 카틀레야의 커다란 연보라색 꽃잎 사이에서 나오려고 하는 그 여인을 소유하는 것이었다. 그리고 그가 이미 맛보고 있던 쾌락, 그의 생각으로는 아마도 오데트가 그것을 알아채지 못했기에 견디고 있다고 여겨지는 그 쾌락은, 그것으로 인해 그에게도— 마치 지상낙원의 꽃 사이에서 그걸 맛본 최초의 남자에게 그렇게 느껴졌듯이— 지금까지는 존재하지 않았던, 그가 만들어내려고 애쓰던 쾌락, 그가 붙인 특별한 이름〔'카틀레야를 꽂는다'라는 말을 일컫는 것〕에 남아 있는 흔적만큼이나 매우 특별하고 새로운 쾌락으로 느껴졌던 것이다.

이제는 매일 밤, 그가 그녀의 집까지 데려다주었을 때 그는 집 안까지 들어가지 않을 수 없었고, 또 그녀 쪽에서도 자주 실내복 차림으로 마차가 있는 곳까지 따라 나와, 마차꾼이 보는 앞에서 키스를 하며 이렇게 말하곤 했다. "상관없어요. 남들이 나에게 뭐라 하든." 그가 베르뒤랭네에 가지 않는 날 저녁(그가 다른 방법으로 그녀를 만날 수 있게 되면서부터 자주 있는 일이었다), 다시 말해서 점점 드물게 되었지만 사교계에 나가는 날 저녁이면, 그녀는 그에게 아무리 늦더라도 집에 돌아가기 전에 자기 집에 들러달라고 부탁했다. 계절은 봄, 맑고 차디찬 봄이었다. 그는 저녁 모임에서 나와 자신의 사륜마차에 올라타더니 무릎을 담요로 덮고는, 그와 함께 나온 친구들이 같이 가자고 하자, 방향이 달라 그럴 수 없다고 대답했다. 그러자 주인이 가는 곳을 잘 알고 있던 마차꾼은 속보로 말을 몰았다. 그들은 깜짝 놀랐다. 사실 스완은 이제 예전의 스완이 아니었다. 그들은 여자를 소개해달라는 스완의 편지를 더는 받지 않게 되었다. 이제 스완은 어떤 여자에게도 한눈을 팔지 않았으며, 여자들을 만나는 장소에 가는 것도 삼갔다. 어느 레스토랑에서도, 시골에서도, 그는 이제까지의 태도, 앞으로 변하지 않을 거라고 여겨지던 것과는 정반대 태도를 보였다. 이처럼 열정은 우리 몸 안에서 이제까지와는 다른 일시적인 성격으로 작용하여, 다른 성격과 대체되면서 그 성격에 이제껏 변함없이 나타나던 특징마저 없애버리는 것이다! 반면, 이제는 변할 수 없는 사실, 그건 그가 어디에 있든 스완은 반드시 오데트를 만나러 간다는 사실이었다. 그를 그녀에게서 격리시켜놓고 있는 길은, 그가 가지 않으면 안 될 길이었고, 거스를 수 없는 생의 가파른 언덕과도 같았다. 사실 그는, 늦게까지 사교계에 있게 될 때면 그 긴 길을 달려가지 않고 곧장 집으로 돌아가, 다음 날 그녀를 만나는 편이 더 낫겠다고 생각한 적이 한두 번이 아니었다. 그러나 상식을 벗어난 시간에 여자의 집을 찾아간다는 것, 또 그와 헤어진 친구들이 "너무 빠져버렸는걸, 아무리 늦어져도 집에 들러달라고 조르는 여자가 생긴 것이 확실해"라고 서로 말하리라는 것을 짐작하는 사실 자체가, 그로 하여금 정사 관계를 맺는 남자들의 생활은 그들의 존재와 통하며, 따라서 그들에게는 쾌락적인 몽상을 위해 휴식과 이해관계를 희생시키는 것이 일종의 매력으로 보인다는 사실을 느끼게 했던 것이다. 그리고 또 자신도 모르는 사이에, 그녀가 자기를 기다리고 있다는 확신, 다른 남자와 함께 다른 곳에 가 있지 않다는 확신, 그녀를 만나지 않고는 돌아가지 않으리라는 확신이, 잊어버렸지만 언제라도 다시 나타나려는 태세를 갖춘 고뇌, 이미 오데트가 베르뒤랭네에 없었던 그날 밤에 그가 겪었던 고뇌를 중화시켰던 것이다.

그리고 그 고뇌의 실제적인 진정이 어찌나 포근했던지, 행복이라고 불러도 좋을 성싶었다. 오데트가 그에게 있어 중요한 의미를 갖게 된 것은 아마도 그가 느꼈던 그 고뇌 탓일 것이다. 보통 우리 인간들은 남들에게는 무관심하기에, 그 남들 가운데 어느 한 사람에게 우리를 위한 고통과 기쁨이 될 가능성이 있다고 여겨질 때면, 우리에게는 그가 다른 우주에 속한 사람처럼 보이고, 그는 시정(詩情)으로 둘러싸여 우리 삶을 감동적인 폭으로 넓힘으로써, 우리는 그 안에서 다소나마 그에게 접근하게 된다. 스완은 앞으로 오데트가 자신에게 있어서 어떤 존재가 될 것인가를 생각하자 불안을 금할 수 없었다. 때로는 이처럼 춥고 아름다운 밤에, 그의 사륜마차 안에서, 그의 두 눈과 황량한 거리 사이에 빛을 뿌리는 반짝이는 달을 보며, 스완은 달님의 얼굴처럼 맑고 약간 장밋빛이 도는 또 다른 얼굴, 어느 날 그의 사념 앞에 불쑥 나타난 후부터 세상에 신비로운 빛을 던져, 그가 그 빛을 통해서 세상을 바라보게 된, 또 하나의 얼굴을 생각했다. 오데트가 하인들을 잠자리에 보낸 뒤에 도착하자, 그는 작은 정원 문의 초인종을 누르기 전에 우선 이웃집들의 비슷하고 어두컴컴한 창문 가운데서 유일하게 불이 켜진 아래층 그녀의 방 창문이 면해 있는 거리로 갔다. 그는 그 창문을 두드렸고, 그 소리를 들은 그녀는 대답을 하고는 반대쪽 현관문으로 가서 그를 맞이했다. 그는 피아노 위에 그녀가 좋아하는 악보가 몇 개 펼쳐져 있는 것을 보았다. 예를 들면, 〈장미의 왈츠〉나 타글리아피코의 〈가련한 미치광이〉(오데트가 미리 써놓은 유언장에 따르면, 이 곡들은 그녀의 장례식 때 연주하기로 되어 있었다) 등이었는데, 그는 이런 곡들 대신 뱅퇴유의 소나타 소악절을 연주해달라고 부탁했다. 오데트의 피아노 연주는 무척 서툴렀으나, 우리 마음속에 남아 있는 어떤 작품의 가장 아름다운 영상은, 흔히 서투른 손가락으로 음조가 맞지 않는 피아노에서 연주되어 나오는 잘못된 음을 초월한 영상인 것이다. 스완에게 있어서 그 소악절은, 언제나 오데트에 대한 사랑과 결합되어 있었다. 그는 그 사랑이 그가 아닌 다른 사람들에 의해서는 인식되지 않는 것, 외부의 어느 것과도 상응하지 않는 그 무엇이라는 것을 잘 알고 있었다. 또한 오데트 옆에서 보내는 시간에 큰 가치를 부여한다는 것은 그녀의 자질로 보아 합당치 않다는 것도 잘 알고 있었다. 그래서 스완의 마음속에 오직 실리주의적인 지성만이 지배하게 될 때면, 그는 이와 같은 가상적 기쁨을 위해 지적인 이익과 사회적인 이익을 희생시키는 것을 그만두고 싶을 때가 자주 있었다. 그러나 그 소악절, 스완이 그것을 듣자마자, 또 그의 몸 안에 그 소악절에 필요한 공간이 자유롭게 열림을 알자마자, 그의 영혼의 균형에는 변화가 일어났다. 어떤 여백이 즐거움을 위해 영혼에 남겨지면서, 이제 스완으로서는 그 즐거움을 외적인 것과는 전혀 교감되지 않지만, 사랑의 즐거움처럼 순전히 개인적인 것이 아니라, 구체적인 것을 초월한 현실로 받아들이지 않을 수 없었다. 미지의 매력에 대한 갈망, 그 소악절은 그것을 그의 마음속에 눈뜨게 했지만, 그 갈망을 채워줄 만큼 뚜렷한 것은 아무것도 가져다주지 않았다. 그래서 그 갈망이, 스완의 영혼의 그 부분, 소악절에 의해 물질적인 이익에 대한 걱정이나 모든 이에게 가치 있는 인간적인 고려가 지워진 부분을 하얀 여백으로 남겨뒀기에, 그가 거기에 오데트의 이름을 기입하는 것은 자유로운 일이었다. 더구나 조금 모자라고 실망을 안겨주는 듯한 오데트의 애정에, 소악절이 다가와 공백을 메우며 신비스런 정수를 혼합시켰던 것이다. 소악절을 듣는 동안 스완의 얼굴을 보면, 호흡을 더 폭넓게 해주는 마취제를 들이마시는 것 같았다. 사실, 그 순간, 음악이 그에게 준 기쁨, 오래지 않아 마음속에 진실한 요구를 낳게 할 그 기쁨은, 그가 여러 가지 향기를 맡을 때 느끼던 기쁨과 유사했다. 다시 말해 우리에게는 익숙하지 않은 어떤 세계, 우리 눈에 보이지 않기에 형태가 없는 것처럼 생각되고, 또 우리의 지성에서 벗어나 있어 오직 하나의 감각에 의해서만 도달할 수 있는 것이어서 의미가 없는 것처럼 보이는, 그런 세계에 접하여 들어갈 때의 기쁨과 비슷했다. 스완으로서는— 그 눈이 아무리 그림 감상에 뛰어나고, 그 정신이 제아무리 풍속 관찰에 예리하다 하더라도, 그 눈과 정신에 삶의 지울 수 없는, 무미건조한 인상을 영원히 담은 스완으로서는— 인간에게는 낯선 피조물, 눈이 멀고 논리적인 능력을 박탈당한 피조물, 거의 환상적인 일각수[一角獸: 전설상의 동물로 모양과 크기가 말과 같으며 이마에 한 개의 뿔이 있다고 함], 오직 청각으로만 세상을 지각하는 공상적인 피조물로 변신되었다고 느끼는 것이 커다란 안식이며 신비스러운 재생이었다. 자신의 지성이 거기까지 내려갈 수 없는 어떤 뜻을 소악절에서 찾았으므로, 온갖 추리력의 도움을 받아 그의 가장 내적인 영혼을 벗겨내어, 소악절 음의 은근한 여과기 속으로 오직 영혼만을 통과시키면서 스완은 얼마나 야릇하고 황홀한 감정을 느꼈던가! 그는 감미로운 악절의 바닥에 아마도 진정되지 않을 듯한 고통스러움이 살며시 깔려 있음을 이해했으나, 그것을 고통스럽게 생각할 수는 없었다. 설사 그 악절이 사랑이란 덧없는 것이라고 말한들 어떤가, 그의 사랑이 그토록 강했는데! 그는 그 악절이 펼치는 애수와 더불어 장난을 했다. 그러자 그의 마음 위로 애수가 지나감을 느꼈는데, 그것은 마치 그의 행복한 감정을 더 깊게, 더 감미롭게 해주는 애무와도 같았다. 그는 오데트에게 그 악절을 열 번, 스무 번이나 연주하게 했고, 그와 동시에 자신에게 키스하는 것도 멈추지 말라고 요구했다. 입맞춤은 또 다른 입맞춤을 부른다. 아아! 사랑이 싹틀 무렵의 입맞춤이란 얼마나 자연스럽게 생겨나는가! 그것은 서로서로 매우 바쁘다. 한 시간 동안 서로 주고받는 키스는 5월의 들판에 핀 꽃처럼 헤아리지 못하리라. 그러다가 그녀는 그만두려는 표정을 지으며, "제 몸을 풀어주지 않으면서 어떻게 피아노를 치라고 하세요? 한 번에 둘 다 할 수는 없잖아요. 어느 것을 더 원하시죠? 이 악절을 칠까요, 아니면 애무를 해드릴까요?"라고 말했고 스완은 성난 표정을 해 보였다. 그러면 그녀는 깔깔거리며 웃었고 그 웃음은 키스의 빗발로 변하여 그의 얼굴 위에 쏟아졌다. 그렇지 않고 그녀가 침울한 얼굴로 그를 쳐다보면, 그는 보티첼리의 〈모세의 생애〉에 어울릴 만한 그 얼굴을 다시 보면서, 그 얼굴을 그 그림 속에 배치하고는, 그 그림에 알맞게 오데트로 하여금 고개를 기울이도록 했다. 그리하여 그가 15세기로 거슬러 올라가, 시스티나 성당 벽 위에 데트랑프[달걀 흰자 또는 갖풀에 녹인 그림 물감의 일종]로 그녀를 그렸을 때, 그녀가 지금 거기 피아노 옆에 앉아, 언제라도 포옹받고 소유될 준비를 하고 있다는 생각, 그녀가 육체와 생명을 가지고 있다는 생각이 어찌나 강하게 그를 도취시켰던지, 그는 눈의 초점을 잃고 무엇이든 삼킬 듯이 턱을 긴장시켜, 그 보티첼리의 처녀에게 덤벼들어 그녀의 두 뺨을 물어댔다. 그리고 일단 그녀와 헤어진 후에도, 그녀의 체취와 모습의 몇 가지 특징을 깜빡 잊고 그의 기억 속에 넣어가지 못했기에 되돌아와서는 그녀에게 키스를 했다. 그러고 나서 그는 사륜마차를 타고 집으로 돌아가는 동안, 오데트가 이처럼 날마다 자기에게 방문을 허락해주는 것에 감사했다. 물론 그는 그런 방문이 오데트에게 큰 기쁨을 안겨줄 리는 만무하다는 것도 알고 있었다. 하지만 그 방문이 그를 질투에서 보호해주고—베르뒤랭네에서 그녀를 찾지 못했던 그날 밤, 그의 마음에 뚜렷이 나타난 아픔으로 다시 괴로워하는 기회를 없애주면서—그토록 고통스러웠던, 혼자 있게 되리라는 처음의 그 위기를 두 번 다시 되풀이하지 않고도, 그의 삶의 야릇한 시간, 달밤에 파리를 쏘다니던 때처럼 거의 무엇에 홀린 듯했던 시간의 종점에 도달하게끔 도와주었을 것이다. 집으로 돌아가던 중 그는 이제 달이 자리를 완전히 이동하여 거의 지평선 끝에 와 있음을 주목하면서, 그의 사랑도 역시 이 항구 불변하는 자연법칙에 지배되고 있다고 느끼며, 현재 그가 들어가 있는 이 시기가 앞으로 오랫동안 계속될 것인지, 아니면 오래지 않아 그 정다운 얼굴도 멀리서 작은 위치를 차지하게 되어, 곧 매력 발산을 멈추게 될 존재로만 여겨지는 것은 아닐지를 자문해보았다. 왜냐하면 스완은, 사랑을 하면서부터 젊을 때 자기 자신을 예술가로 여기던 시절처럼, 온갖 사물에 매력을 느꼈기 때문이다. 그러나 그것은 예전과 같은 매력은 아니었으니, 그것은 이제 오데트를 통해서만 사물에 주어졌다. 그는 경박한 생활로 잃어버리고 만 젊은 시절의 영감이 그의 마음속에 다시 살아나는 것을 느꼈다. 그러나 그 영감 하나하나에는 어떤 특정 인물의 그림자와 특징이 담겨 있었다. 그래서 이제 자기 방 안에서 회복기에 들어간 자신의 영혼과 단둘이 시간을 보내는 데 미묘한 기쁨을 맛보게 된 그는, 그 오랜 시간 동안에 차츰차츰 자기 자신으로, 하지만 예전과는 다른 자신으로 돌아갔던 것이다.

그는 그녀의 집에 저녁에만 갔으므로, 그녀가 낮 시간을 어떻게 보내는지 전혀 알지 못했고, 그녀의 과거에 대해서는 더욱더 그랬다. 우리가 알지 못하는 것을 상상케 하여, 우리로 하여금 그것을 알고 싶다는 욕망을 일으키게 하는 사소한 실마리마저 없을 정도였다. 또한 그는 그녀가 도대체 뭘 하는지, 그녀의 생활이 어떤 것인지 생각조차 해보지 않았다. 단지 그는, 몇 해 전, 아직 오데트를 알지 못했을 때, 어떤 여인에 관한 말, 그의 기억이 정확하다면 틀림없이 오데트를 두고 한 말을 생각하며 이따금 웃음 지었는데, 그건 그녀가 화류계 여자이며 누군가의 첩이라는 이야기였고, 그런 사회에는 거의 드나들지 않던 스완으로서는 오랫동안 몇몇 소설가들의 상상력에 의해 표현돼온, 본질적으로 완전히 타락한 인간으로 여길 수밖에 없는, 그런 여자 가운데 하나에 대한 이야기였다. 그는 한 인간을 정확히 판단하기 위해서는 종종 세상 사람들의 평판에 반대할 수밖에는 없다고 여기고, 오데트의 성격은 그와는 대조적인, 온순하고 솔직하고 이상에 열중하며 거의 진실을 말하지 않고는 못 배기는 성격이라고 생각했다. 그도 그럴 것이 어느 날, 그녀와 단둘이서 저녁 식사를 하려고, 그녀에게 베르뒤랭네 가족들에게는 몸이 불편하다는 내용의 글을 써보내라고 한 적이 있었는데, 다음 날, 베르뒤랭 부인이 그녀에게 몸이 좀 어떠냐고 묻자 그녀는 얼굴을 붉히고 말을 더듬거리며, 자기도 모르게 거짓말을 한 데서 나온 양심의 가책과 아픔을 얼굴에 나타내는가 하면, 또 한편으로는 어젯밤의 꾀병에 대해 있는 말 없는 말을 꾸며대며, 애원하는 듯한 시선과 비탄에 잠긴 목소리로 자신의 거짓말을 용서해달라고 비는 듯한 모습을 본 적이 있었기 때문이다. 그러나 때에 따라서는, 아주 드문 일이었지만, 그녀가 오후에 스완을 찾아와서, 그의 몽상이나 혹은 최근에 와서 다시 시작한 페르메이르에 관한 연구를 방해하는 일도 있었다. 하인이 그에게 와서 드 크레시 부인이 작은 객실에 와계신다고 알렸다. 그는 그녀를 만나러 객실로 갔다. 그가 문을 열었을 때, 스완의 모습을 보자마자 오데트의 장밋빛 얼굴에는 웃음이 — 입 모양, 눈매, 두 볼의 두드러진 선이 변하면서 — 섞였다. 그리고 일단 혼자 있게 되면, 그는 다시 그 웃음, 전날 밤에 짓던 그 웃음, 그녀가 그를 맞이할 때마다 짓던 또 다른 웃음, 마차 안에서 카틀레야꽃을 고쳐 달아주며 그녀에게 귀찮지 않느냐고 물었을 때, 그녀가 대답 대신에 짓던 웃음을 눈앞에 떠올려보았다. 그리하여 그 외 시간의 오데트의 생활에는 아는 바가 전혀 없었기에, 그에게는 그녀의 생활이 사방 여기저기 도처에서 우리 눈에 띄는, 그 배경에 특징도 빛깔도 없는 와토〔Jean A. Watteau : 18세기 초엽의 프랑스 화가〕의 몇몇 습작, 수많은 웃음이 담황색 종이에 삼색 연필로 그려진 습작과 비슷하게 여겨졌던 것이다. 그러나 비록 마음속으로는 그녀의 생활이 그리 한가롭지 않다고 여기고 있었을지라도, 스완으로서는 그건 상상할 수도 없는 일이었기 때문에, 그는 이따금씩 한구석으로는 그녀의 생활이 매우 한가로우리라 생각하곤 했는데, 그들이 서로 사랑하고 있다고 여겨 그녀에 대해 하찮은 것만 얘기해주던 어떤 친구가 스완에게, 바로 그날 아침, 오데트가 스컹크 모피가 달린 '외투'를 입고, '렘브란트풍' 모자를 쓰고, 가슴에 오랑캐꽃 다발을 달고 아바튀시 거리를 걸어가는 것을 보았다고 전해주었다. 이 단순한 말이 스완의 마음을 뒤집어놓았는데, 왜냐하면 그는 오데트가 자기에게만 전념하며 생활하는 것이 아님을 금방 알아차렸기 때문이다. 그는 그녀가 자신이 한 번도 본 적이 없는 옷차림을 하고 누구의 마음에 들려고 애쓰는가를 알고 싶었다. 그런 시간에 어디를 갔었는지 그녀에게 물어볼 생각이었다. 마치 자기 애인의 빛깔 없는 생활— 그에게는 보이지 않기에 존재하지 않는다 해도 무방한— 속에는, 그에게 보낸 그 모든 웃음을 제외한다면 단 하나의 사실, 즉 렘브란트풍 모자를 쓰고, 가슴에는 오랑캐꽃 다발을 달고 걸어가는 그녀의 모습만이 존재하는 것처럼.

〈장미의 왈츠〉 대신에 뱅퇴유의 소악절을 연주해달라고 부탁한 것을 제외하고는 그는 자기가 좋아하는 곳을 일부러 치게 하는 일은 없었고, 또 문학의 경우도 음악의 경우와 마찬가지로 그녀의 나쁜 취향을 바로잡으려 하지 않았다. 그는 그녀가 지적인 여성이 못 된다는 걸 잘 알고 있었다. 훌륭한 시인들에 관한 이야기를 해주면 정말 좋겠다고 그에게 말하면서, 그녀는 드 보렐리 자작의 노래 형식처럼 영웅적이고 공상적인 노래라면 더 큰 감동을 맛볼 것이라고 생각했다. 페르메이르에 관해서, 그녀는 그 화가가 여성 때문에 괴로워한 일이 있는지, 혹은 그에게 영감을 준 여성이 있었는지를 그에게 물었다. 그래서 스완이 그것에는 아는 바가 없노라고 솔직히 말하자, 그녀는 곧 그 화가에 대한 흥미를 잃어버렸다. 그녀는 자주 이렇게 말했다. "시(詩)란, 물론 그것이 모두 진실이고, 시인 자신이 그가 노래하는 것을 진실이라고 생각하기만 한다면 그보다 더 아름다운 게 없을 거예요. 그러나 대개의 경우, 그런 시인들보다 더 사리사욕에 급급한 사람은 없거든요. 그 점에 대해서는 저도 좀 알고 있어요. 제 친구 중 하나가 시인 같은 사람을 좋아했었어요. 그 작자는 시에서 사랑이니, 별이니, 하늘이니 하는 것밖에는 다루지 않았어요. 기가 막혀서! 그 애가 그렇게 속아 넘어갈 줄이야! 그 작자가 그녀에게서 삼십만 프랑을 해먹었다고요." 그래서 스완이 예술의 미가 어디에 있는지, 또 시나 그림을 어떻게 감상해야 하는지 가르쳐주기라도 하려 들면 그녀는 즉시, 듣지도 않고 이렇게 말했다. "그렇군요……, 난 그런 것이 있다는 걸 생각도 못했어요." 그러자 그는 그녀가 매우 실망했다는 것을 알고, 차라리 거짓말을 하는 편이 더 낫겠다고 생각하여, 지금까지 자기가 한 이야기는 하찮은 것이고, 자기에게는 그것에 깊이 몰두할 시간이 없었고, 뭔가 다른 것이 있었을 거라고 말했다. 그러자 생기가 돈 그녀는 그에게 물었다. "다른 뭐라니요? 뭔데요……? 말해주세요." 그러나 그는, 그녀에게는 그것이 그녀가 기대하던 것과 너무나 거리가 멀고 평범하며, 또 관심을 끌지 못하고 그다지 감동적이지 못하리라는 걸 알았기에 예술에 환멸을 느낀 그녀가 사랑에서도 그렇게 될까 봐 두려워서 그것에 관해 말해주지 않았다.

또 사실 그녀는, 스완이 자신이 생각했던 것보다는 지적인 면에서 열등하다고 생각했다. "당신은 늘 냉정하세요. 당신이라는 사람은 종잡을 수가 없어요." 그녀는 그런 것보다는 금전에 대한 그의 무관심, 누구에게나 상냥한 그의 태도, 그리고 그의 섬세함에 더욱 감탄했다. 그리고 스완보다 더 훌륭한 인물, 이를테면 학자라든가 예술가의 경우, 그들이 주위 사람들에게 인정을 받게 될 때, 그 주위 사람들의 마음에는 자기들이 그들의 탁월한 지성을 인정했음을 입증하는 감정이 일어나는데, 그건 그들이 그런 인물의 사상에 감탄해서가 아니라―왜냐하면 그 사상은 그들의 수중에서 빠져나가기에―그런 사람의 선량함에 대한 존경에서 비롯되는 경우가 흔히 있다. 또한 오데트는 스완이 사교계에서 누리는 지위로 말미암아 마음속에 존경심도 일어났지만, 자신이 사교계에 받아들여지도록 스완이 애쓰는 것은 원치 않았다. 아마도 그가 그 일에 성공할 리가 없다고 느꼈기에, 그리고 단지 그가 남에게 그녀에 대한 말을 하는 것만으로도 자신이 속으로 두려워하는 사태가 일어날지 모른다는 걱정 때문에 그런 것 같았다. 어쨌든 그녀는 자기 이름을 결코 입 밖에 내지 않을 것을 그에게서 약속받았던 것이다. 그녀에 따르면, 그녀가 사교계에 나가고 싶지 않은 이유는, 자신의 옛 친구와 사이가 나빠졌는데, 그 후로 그 친구가 보복으로 자기를 나쁘게 얘기하고 다니고 있다는 데 있었다. 스완은 이의를 제기했다. "하지만 모든 사람이다 당신 친구를 아는 건 아니오." — "아니에요. 분명히 알고 있어요. 그런 건 기름 얼룩과 같은 같은 거예요〔점점 퍼진다는 뜻〕. 사교계란 그처럼 고약하니까요." 한편 스완은 이 이야기를 납득하지 못했지만, 한편으론 '사교계란 그처럼 고약하다'라든가, '중상모략이란 기름 얼룩과 같다'라는 말들이 일반적으로 사실로 받아들여지고 있음은 알았다. 이런 말에 부합되는 경우가 반드시 있었을 것이다. 오데트의 경우가 그런 경우의 하나였을까? 그는 이 문제를 마음속으로 자문해보았지만 오래 지속되지는 않았다. 왜냐하면 풀기 어려운 문제에 직면하면, 부전자전 격으로 그 역시 머리가 무거워져버리기 때문이었다. 게다가 그처럼 오데트를 두렵게 하는 그 사교계는 아마도 그녀의 마음속에 그다지 큰 욕망을 불어넣지 못한 것 같았다. 왜냐하면 그 사교계는 그녀가 아는 사교계와는 너무도 거리가 멀어서, 그녀로서는 머릿속에 똑똑히 그려볼 수조차도 없었기 때문이다. 그러나 어떻게 보면 그녀는 정말 소박했지만(예를 들면 어느 퇴직한 어린 양재사를 친구로 삼아, 거의 날마다 그 집의 어두컴컴하고 악취를 풍기는 가파른 계단을 올라다녔다), 그래도 역시 멋에 대한 동경은 품고 있었고, 그 멋에 대해서 사교계 사람들과는 다른 생각을 하고 있었다. 사교계 사람들에게 있어서는 멋이란 몇몇 극소수 사람들의 발산물로, 그 극소수 사람들은 그들의 친구나 그 친구의 친구, 말하자면 그들의 이름이 일종의 명단으로 작성되어 있는 범위 안에서, 상당히 떨어진 계급에게까지 그 멋이란 걸 풍긴다. 그리고 그 멋은 그들의 친밀성의 중심에서 멀어짐에 따라서 다소 약해진다. 사교계 사람들은 그 명단을 암기하고 있고, 그런 일에 박식하여, 그들은 거기서 소위 말하는 취미라든가, 요령 같은 것을 알아내는데, 스완을 예로 들면, 별로 사교계에 관한 지식에 호소할 필요조차 없이 마치 어느 문필가가 단 한 구절만 읽어봐도 저자의 문학적 소질을 정확하게 평가할 수 있듯이, 그도 어느 산문에서 어느 만찬에 참석한 인사들의 이름만 읽어도, 금세 그 만찬이 가진 멋의 뉘앙스를 짐작할 수 있을 정도였다. 그러나 오데트는 그런 지식을 갖지 못하고, 아주 다른 멋을 상상하는 사람들(사교계 사람들의 생각이 어떻든 간에, 그런 사람들은 사회의 온갖 계급 안에 있으므로 대다수를 독점하는 사람들)에 속해 있었다. 이 아주 다른 멋이란 그들이 저마다 속한 환경에 따라 가지각색의 양상을 띠는데, 그것의 독특한 특징이라면 그것이 오데트가 꿈꾸던 멋이든 아니면 코타르 부인이 굴복한 멋이든 누구나 다 직접 접근할 수 있다는 특징을 지닌다는 것이었다. 이와는 다른 멋, 즉 사교계 사람들의 멋 역시 사실은 누구나 가까이 할 수 있지만, 단지 그것에는 약간의 기간이 필요할 따름이다. 오데트가 어떤 사람에 대해 이런 말을 한 적이 있었다.

"그분은 멋있는 곳이 아니면 절대로 가지 않아요."

그래서 스완이 그 말이 무슨 뜻이냐고 물었더니, 그녀는 약간 멸시하는 투로 대답했다.

"아니, 멋있는 장소라니까요! 당신같이 나이 드신 분에게 멋있는 장소가 어떤 곳인지 알려주어야 하다니, 제가 뭐라고 말해야 좋을까요? 예를 들면 일요일 아침의 랭페라트리스 거리, 다섯 시께의 라크〔불로뉴 숲에 있는 호수〕의 산책, 목요일의 에당 극장, 금요일의 리포드롬〔불로뉴에 있는 경마장〕, 그리고 무도회 등……."

"그런데 어떤 무도회?"

"그건 말할 것도 없이 파리에서 열리는 멋있는 무도회죠. 그런데 에르뱅제를 아시죠, 그 증권 중개인 말이에요. 물론 당신도 아실 거예요. 파리에서 가장 잘 알려진 남성 가운데 한 사람이니까요. 키가 크고 금발인 그 젊은이는 아주 멋쟁이에요. 늘 단춧구멍에 꽃 한송이를 꽂고 다니고, 등에 줄이 있는 화려한 색의 짤막한 외투를 입고 있어요. 또 그는 화장을 요란하게 한, 나이 든 여자와 같이 다니는데, 그 여자를 모든 첫 공연에 데리고 다닌대요. 그런데 그분이 요전 날 저녁에 무도회를 열었는데, 글쎄 파리의 멋쟁이라는 멋쟁이는 다 모였다나 봐요. 나도 얼마나 가고 싶었는지 몰라요! 그러나 입구에서 초대장을 보여야 들어갈 수 있는데, 저는 그 초대장을 입수하질 못했던 거예요. 사실, 거기 가지 않길 잘한 것 같아요. 인산인해를 이루었다니, 갔더라도 난 아무것도 보지 못했을 거예요. 그 모두가 에르뱅제 무도회에 갔었다고 말할 수 있기 위해서일 테죠. 당신도 그렇겠지만 난, 그게 허영심이라고 생각해요! 더구나 거기에 갔었다는 여자가 백 명이 있다면 그중 절반은 거짓말일 거예요……. 그런데 당신 같은 '멋진 사교계' 남성이 거기에 참석하지 않았다니 놀라운데요."

그러나 스완은 멋에 대한 그녀의 개념을 조금도 수정하려 들지 않았다. 자기가 가진 개념 역시 그다지 진실되지 않으며, 마찬가지로 어리석고 하찮은 것으로 생각되어, 자기 정부에게까지 자신의 생각을 가르치는 것에는 전혀 흥미를 느끼지 않았다. 따라서 몇 달이 지나자 그녀는 스완이 가깝게 지내는 사람들에 대해, 그들에게서 경마의 기수 중량 측정장 쪽 특별석 입장권, 경마 시합 입장권, 첫 공연 초대장 등을 얻어낼 때에만 그들에게 관심을 보이게 되었다. 그녀는 스완이 그처럼 유익한 교제를 돈독히 하기를 바라면서도, 또 한편으로는 어느 날, 끈이 달린 보닛을 쓰고 검정색 모직옷 차림으로 거리를 지나가던 드 빌파리지 후작 부인을 본 후로, 그런 교제가 별로 멋있는 것이 못 된다고 생각하게 되었다.

"달링, 저분은 마치 극장 안내원이나 문지기 노파 같아요! 저러고도 후작 부인이라니! 난 후작 부인은 아니지만 나를 저런 차림으로 나돌아다니게 하려면 상당한 값을 지불해야 할 거예요."

그녀는 스완이 오를레앙 강둑의 저택에 사는 것에 이해가 가질 않았고, 감히 그에게 그런 말을 하진 않았지만, 그녀는 그것이 그에게 어울리지 않는다고 생각했다.

물론 그녀는 '고미술품'을 좋아하는 척했고, 온종일 '골동품'을 수집하거나, '고물'과 '옛것'을 찾아다니는 데 시간을 보내기를 몹시 좋아한다고 말하면서, 아주 열광적이고 세련된 태도를 취하기도 했다. 그녀는 낮 시간을 어떻게 소일하느냐는 명예에 관계된 일이기나 한 것처럼 마치 어떤 가훈에 따르기라도 하는 듯이 좀처럼 대답도 하지 않고 '설명도 하지' 않았는데, 한번은 그녀가 스완에게 자기를 초대해준 여자 친구에 대해서 말하다가, 그녀의 집에 있는 것들이 모두 '당대의 것'이었다고 말한 적이 있었다. 그러나 스완으로서는 그녀로 하여금 그 시대가 어느 시대인가를 답하게 할 수 없었다. 그렇지만 심사숙고한 끝에 그녀는, '중세기 것'이라고 대답했다. 그녀가 한 대답으로 미루어볼 때 그 집 내장은 판자로 되어 있다는 셈이었다. 그리고 얼마 후 그녀는 다시 그 여자 친구 얘기를 꺼냈는데, 그녀는 간밤에 저녁 만찬에 합석은 했으나 전에는 한 번도 그 이름을 들어본 적이 없는 사람, 초대한 주인의 태도로 미루어보아 매우 유명한 인물인 듯하므로 자기가 말하려는 사람을 상대방도 잘 알고 있기를 바라는, 그런 사람에 대해 말할 때 그러듯이 머뭇거리면서도 자신만만한 투로 이렇게 덧붙였다. "그 친구네 식당 말이에요……, 그건……, 십팔 세기 것이더군요!" 게다가 그녀는 마치 집이 다 완성되지 않은 듯 드러나 있는 그 식당은 몹시 추하며, 그곳에서는 여자들도 추하게 보이므로 그런 것이 유행할 리는 없다고 했다. 드디어 그녀는 세 번째로 그 식당 이야기를 끄집어냈는데, 그 식당을 만든 사람의 주소를 스완에게 보여주고, 언제든 그녀에게 돈이 마련되면 그 사람을 불러서 그와 똑같은 식당이 아니라 그녀가 늘 꿈꾸어오던 식당을 꾸밀 수 있는지를 상의해볼 생각이라고 했다. 불행하게도 집이 작기에 아마도 블루아 성에 있는 것 같은 높다란 찬장과 르네상스풍 세간들, 그리고 벽난로를 갖춘 식당을 만들기는 무리일 거라고 그녀는 말했다. 바로 그날, 그녀는 스완 앞에서 자기가 오를레앙 강둑에 위치한 그의 거처에 대해 어떻게 생각하는지를 내비쳤다. 그것은 그가 오데트의 여자 친구를 평하여, 그 사람은 루이 16세[Louis XVI : 프랑스 부르봉 왕가의 마지막 왕]식에 심취해 있는 것이 아니라─왜냐하면 그 식은 지금에 와선 만들어내지 못한다 해도 역시 매력적인 것이기에─의고식(擬古式)에 심취되어 있는 것 같다고 말했기 때문이다. 그녀는 이렇게 말했다. "그녀가 당신처럼 부서진 세간과 다 낡은 양탄자 가운데서 살기를 바라진 않겠죠." 아직 그녀의 마음속에서는 부르주아 계층 사람들에 대한 존경심이 화류계 여인의 예술 애호보다는 우세했다.

골동품 수집을 좋아하고, 시를 좋아하고, 너절한 셈을 경멸하고, 명예와 사랑을 꿈꾸는 사람을 그녀는 다른 사람보다 뛰어난 엘리트로 여겼다. 그런 취미를 실제로 갖고 있을 필요는 없고 입 밖에 내기만 하면 그만이었다. 어떤 남성이 만찬석에서 그녀에게, 자신은 한가로이 거닐면서 골동품점에 들어가 손가락을 더럽히는 것을 좋아하며, 자신의 이해관계에는 신경을 쓰지 않기에 자기는 이 상업적인 시대에 결코 존중되지 못할 것이라고 말하자, 그녀는 집에 돌아와서 "정말 근사한 분이에요. 다정다감한 분이고요. 난 그런 분인 줄 미처 몰랐어요!"라고 말하며 갑자기 그에게 한없는 친근감을 느끼는 것이었다. 그러나 반대로 그녀는 스완처럼 그런 취미를 갖고 있으면서도 입 밖에 내지 않는 사람에게는 냉담했다. 물론 스완이 돈에 집착하지 않는 것은 인정하지 않을 수 없었지만, 그래도 그녀는 불만스런 얼굴로 덧붙였다. "그렇지만 그분의 경우는 달라요." 결국 그녀의 상상력에 작용하는 것은 실제적인 무사무욕이 아니라 그것을 말로 나타내는 것이었다.

그는 자신이 그녀의 꿈을 실현시켜줄 수 없음을 자주 느꼈고, 그래서 그는 적어도 자신과 함께 있는 시간만이라도 그녀를 즐겁게 해주려고, 여러 면에서 나타나는 그녀의 비속한 생각이나 악취미를 공격하지 않으려 애썼다. 그리고 그는 그런 것 또한 그녀가 보여주는 모든 것과 마찬가지로 사랑했고, 그것에 매혹되기까지 했다. 왜냐하면 그것은 그만큼 독특한 특징이었고 그 덕택에 그녀의 본질이 드러나, 그에게 그 본질이 목격될 수 있었기 때문이다. 그러므로 그녀가 〈토파즈 여왕〉[마세가 작곡한 3막짜리 희극]을 구경하러 간다고 좋아하고 있을 때, 그리고 꽃의 축제를 놓칠까 두려워, 또는 우아하다는 평판을 얻기 위해서는 열심히 드나들어야 한다고 믿는 '뤼 루아얄 찻집'의 머핀[살짝 구운 빵]이나 토스트를 곁들인 차 시간에 늦을까 두려워 그 시선에 진지함과 불안함, 강한 의지를 담고 있을 때, 스완은 마치 우리가 어린아이의 천진스러움이나 막말이라도 할 것 같은 어느 초상화의 생생함에 감동을 받았을 때처럼 감격하여, 애인의 마음이 그 얼굴에 뚜렷이 용해됨을 느끼며 그의 입술을 그 얼굴로 가져가 그녀의 마음과 접하지 않을 수 없었다. '아아! 귀여운 오데트, 그녀는 꽃의 축제에 데려가주기를 바라고 있군. 남들에게 경탄을 받고 싶은 거야. 좋지, 데려가야지. 난 복종할 따름이야.' 스완은 시력이 약간 나빴기에 집에서 일할 때는 싫지만 안경을 쓰지 않을 수 없었고, 사교계에 나갈 때는 알안경을 써야만 했는데, 알안경은 그의 인상을 좀 돋보이게 만들었다. 알안경을 쓴 스완을 처음 보았을 때, 그녀는 기쁨을 참을 수 없었다. "남자의 경우엔, 두말 할 것 없이 멋져요. 훌륭하군요! 정말 영국 신사다워요. 단지 작위만 없을 뿐이군요!" 하고 그녀는 유감스러운 듯 덧붙였다. 그는 그런 오데트가 좋았다. 만일 그가 브르타뉴 여자에게 반했다면, 그녀가 벙거지를 쓰는 모습을 보거나, 또는 귀신을 믿는다고 말하는 것을 듣고도 좋아하듯 말이다. 예술에 대한 취미가 관능과는 별개로 발달돼온 대다수의 사람들이 그러하듯이, 지금까지 그가 취미 하나하나에서 느끼는 만족 사이에는 묘한 부조화가 있었는데, 그것은, 그가 상대 여성은 점점 더 상스러운 사람을 찾으면서도 예술 작품에 있어서는 더욱더 세련된 것에 매력을 느낀다는 사실로, 그는 어린 하녀를 자기가 보고 싶었던 퇴폐적인 연극을 상연하는 칸막이 좌석이나 인상파 화가들의 전시회에 데려갔고, 게다가 교양 있는 상류사회의 여성이라도 그 어린 하녀 이상으로 예술을 이해하진 못할 것이며, 또한 그 하녀만큼 얌전히 입을 다물고 있지도 않을 것이라고 믿고 있었던 것이다. 그런데 이와는 반대로, 그가 오데트를 사랑하고 나서부터는, 그녀와 공감한다는 것, 그들 두 사람이 하나의 영혼만을 갖고 있다는 것이 어찌나 그에게 감미롭게 여겨졌던지, 그는 그녀가 좋아하는 것을 애써 좋아하려고 했다. 그래서 그녀의 습관을 흉내 낼 때뿐만 아니라, 그녀의 의견을 받아들일 때도 더 깊은 기쁨을 맛보았는데, 그런 습관이나 의견은 본래 그녀의 지성에 뿌리를 박은 것이 아니어서, 그것들은 오직 그녀의 애정만을 그에게 상기시켜주었고, 그는 그 애정 때문에 그것들을 그만큼 더 좋아하게 되었다. 〈세르주 파닌〉〔조르주 오네의 풍속극]을 다시 보러 가고, 올리비에 메트라의 지휘를 구경할 기회를 찾은 것도, 실은 오데트에 대한 완전한 이해 속에서 깨닫게 된 감미로움, 그녀의 온갖 취미를 나누어 가지면서 느낀 감미로움 때문이었다. 그녀가 좋아하는 작품이나 장소는 그와 그녀를 결합시키는 매력이 있었는데, 그로서는 이런 매력이, 본질적으로 더 아름답더라도 그에게 그녀를 상기시키지 못하는 매력보다 한결 더 신비롭게 보였다. 더구나 젊은 시절의 지적 신앙이 약해지는 것을 내버려두고, 또 자신도 모르는 사이에 얻게 된 사교 생활에 대한 회의가 그런 신앙에까지 침투되는 것도 그대로 내버려둔 채, 그는 우리의 취미의 대상이란 그 자체로는 절대적 가치를 갖지 못하며, 모든 것은 시대와 계급의 문제로 유행에 달려 있기에, 가장 저속한 유행이라도 가장 훌륭한 것을 인정받는 유행에 비길 만하다고 생각했다. (적어도 오랫동안 그렇게 생각해왔기에 아직도 그렇다고 말했다.) 그리고 오데트가 전람회 초대일의 입장권을 입수하는 일에 부여한 중대성 역시, 그 자체로는 그전에 자신이 웨일스 왕자와 같이 점심 식사를 하면서 느꼈던 기쁨보다 더 우스꽝스런 것은 아니라고 생각했다. 그래서 그녀가 몬테카를로나 리지에 대해 주장한 감탄 역시, 그녀가 더러운 나라로 상상하던 네덜란드와 음울한 지방으로 여기던 베르사유에 대한 그의 취향보다 더 몰상식한 것이라고는 생각하지 않았다. 그래서 그는 그런 곳에 가는 것을 자기 스스로 단념했는데, 그건 자신이 그녀와 더불어서만 느끼고 사랑하려고 하는 것은 오직 그녀 때문이라고 생각할 때 비로소 기쁨을 느끼기 때문이었다.

오데트를 둘러싼 모든 것, 말하자면 그가 그녀를 만나 이야기를 나누며 따르는 방식일 뿐인 그 모든 것과 마찬가지로, 그는 베르뒤랭 부부와의 교제를 좋아했다. 그곳의 온갖 오락, 연회, 음악, 놀이,

가장 만찬회, 야유회, 연극 구경, 이따금 '귀찮은 사람들'을 위해 열리는 '대야회' 등의 밑바탕에는 오데트란 존재가 있었고, 오데트의 눈길이 있었고, 오데트와의 밀어가 있었다. 또 이런 것들은 베르뒤랭 부부가 스완을 초대하여 그에게 준 매우 귀중한 선물이었으므로, 그는 다른 어느 곳보다 이 '작은 핵심' 안에 있는 것이 기뻤고, 또 그것의 실제적인 가치를 인정하려고 애썼다. 왜냐하면 그는 자신의 취미에 따라 평생 동안 그곳에 출입하리라는 생각이 들었기 때문이다. 그런데 그는 자신이 오데트를 영원히 사랑하리라는 것, 그것을 믿지 못하는 것이 두려워 생각하지는 못했지만, 그러나 베르뒤랭네에는 영원히 출입하리라고 가정하면서(이는 선험적으로 볼 때 그의 지성쪽에서 근본적인 이의를 제기하지 않는 명제다), 앞으로도 계속 밤마다 오데트를 만나리라고 생각했다. 아마도 이런 생각은 언제까지나 그녀를 사랑한다는 것과 완전하게 일치하지는 않겠지만, 지금으로서는 그가 사랑하는 동안만은 단 하루도 빼놓지 않고 그녀와 만나리라고 믿는 것이 그가 바라는 전부였던 것이다. '얼마나 매력적인 분위기인가!'라고 그는 생각했다. '그곳의 생활은 얼마나 참된 삶인가! 그들은 사교계 사람들보다 얼마나 더 총명하고 더 예술가다운가! 조금 우스꽝스러운 과장을 섞긴 해도, 베르뒤랭 부인은 그림과 음악에 얼마나 성실한 사랑을 바치는가! 예술 작품에 대한 그녀의 열정, 예술가를 기쁘게 해주려는 욕망! 그녀는 사교계 사람들에 대해 정확하지 못한 생각을 했다. 그러나 그렇게 본다면 사교계 사람들은 예술적 분위기를 더욱 잘못 생각하는 것이다! 아마 나는 그곳의 담소에서 더욱 큰 지적 욕구를 만족시키지 못할 것이다. 그러나 나는 코타르와 함께 있는 게 정말로 재미있다. 비록 어리석은 재담을 이따금 내뱉긴 하지만. 그리고 그 화가로 말하자면, 남을 놀라게 할 때의 그 잘난 체하는 꼴이 좀 불쾌하긴 하지만, 그래도 그는 내가 아는 사람 중에서 가장 지적인 사람이다. 그리고 또 뭐니 뭐니 해도 그곳에서는, 모든 사람들이 자유롭게, 거리낌이나 격식 없이 하고 싶은 대로 처신하고 있다. 그 살롱에서는 매일같이 상쾌한 기분이 얼마나 많이 발산되는가! 아주 드물게 있는 몇 가지 모임만 빼놓고, 나는 단연코 그곳에만 가겠다. 바로 그곳에서, 나는 점점 더 많은 습관과 생활을 갖게 될 것이다.'

그가 생각하던 베르뒤랭네 고유의 여러 강점이란, 그가 오데트에 대한 사랑을 거기서 맛보았기에 그 기쁨을 그것에 반영한 것에 지나지 않았다. 따라서 그 기쁨이 더해감에 따라, 그런 장점은 더욱 진지하고 더욱 깊고, 더욱 생명력 있게 되어갔다. 베르뒤랭 부인은 이따금 스완에게 그를 행복하게 만들 유일한 것을 주기도 했는데, 예를 들면 오데트가 다른 손님과는 얘기도 않고 어느 특정한 남자 손님과 얘기를 하기에 불안감을 느끼는 밤이나, 또는 오데트에게 화가 나서 자기 쪽에서 먼저 그녀에게 함께 돌아가자는 말을 꺼낼 마음이 들지 않는 밤이면, 베르뒤랭 부인은 "오데트, 당신이 스완 씨를 모시고 갈 거죠, 그렇죠?" 하고 말하여 스완에게 평온과 기쁨을 안겨주었던 것이다. 또 여름이 다가와 맨 먼저 오데트가 혼자서 피서를 가지나 않을까, 그녀를 날마다 만나지 못하는 것은 아닐까 걱정하고 있을 때, 베르뒤랭 부인은 그 두 사람을 자신의 시골 별장으로 데려와 여름을 함께 지내게 해줌으로써, 스완의 머리에는 자신도 모르는 사이에 감사와 호의가 스며들며 마음속에 작용하여 베르뒤랭 부인을 위대한 영혼의 소유자라고까지 언명하게 되었다. 레콜 뒤 루브르〔파리에 있는 국립 고고학 학교〕의 옛 동창생 가운데 하나가 그에게 품위 있는, 또는 뛰어난 몇몇 사람에 대해 이야기하자, 그는 "난 베르뒤랭 부부가 백

배나 더 좋아"라고 대답할 정도였다. 그리고 그에게서는 처음 보는 엄숙한 표정으로 "도량이 넓은 분들이지. 요컨대 도량이 넓다는 건 매우 중요한 것으로, 이 세상에서 사람에게 품격을 주는 유일한 것이지. 여보게, 인간에게는 두 계급밖에는 없다네. 즉 도량이 넓은 인간과 그렇지 못한 인간 말일세. 나도 이제 웬만큼 나이가 들었으니 내 노선을 정해, 좋아할 사람과 멸시할 사람을 결정짓고 좋아하는 사람들에게만 머물러서, 다른 사람들과 어울리며 낭비한 시간을 만회하기 위해서라도 죽을 때까지 그들 곁을 떠나서는 안 되겠다는 생각이 든다네. 정말 그래야지!" 하고 약간 감동하면서 덧붙였는데, 그 감동은 우리가 어떤 것을 말할 때 느끼는 것으로—그것을 뚜렷이 이해하지 못할 때마저도—그 말이 사실이기 때문이 아니라, 그것을 말하는 게 즐겁고 또 자기 자신의 목소리가 자기가 아닌 다른 곳에서 울려오는 것처럼 들리기에 느끼는 그런 감동이었다. "운명은 이미 결정되었네. 난 도량이 넓은 사람만을 사랑하고, 넓은 도량 속에서만 살기로 결정했네. 자네는 베르뒤랭 부인이 정말 총명한 분이냐고 묻는데, 단언하지만, 그분은 나에게 고결한 마음씨와 고귀한 영혼을 보여주었다네. 여보게, 그와 같은 고귀한 사상을 갖지 않고서는 거기에 이르지 못한다네. 물론 그분은 예술에 대한 깊은 이해심을 갖고 있지. 그러나 그분의 가장 훌륭한 점은 아마도 그런 면이 아닐 걸세. 그분이 사소하게나마 내게 보여준 그 섬세하고 빈틈없는 훌륭한 행동, 그 타고난 친절, 그 다정하고 숭고한 몸짓 등은 인생에 그 어떤 철학 개론보다도 더 깊은 이해를 드러내 보이는 것들이지."

그렇지만 그에게는 베르뒤랭 부부만큼 소박한 양친의 옛 친구들이 있고, 그와 똑같이 미술에 심취한 젊은 시절의 친구들이 있고, 또 그 외에도 도량이 넓은 여러 사람들을 알고 있다는 사실, 그런데 그가 소박성과 예술, 그리고 도량의 넓음을 택하고 나서부터는 그들을 전혀 만나지 않고 있다는 사실을 생각할 수도 있었으리라. 그러나 그 사람들은 오데트의 존재를 알지 못했으며, 또 알았다 해도 그녀를 그에게 접근시키는 일에는 신경을 쓰지 않았을 것이다.

이리하여 베르뒤랭 부부 주위의 그 어느 곳에도, 스완만큼 베르뒤랭 부부를 사랑하고 혹은 사랑하고 있다고 믿는 사람은 한 사람도 없었다. 그럼에도 베르뒤랭 씨가 아무래도 스완이 마음에 들지 않는다고 말했을 때, 베르뒤랭 씨는 자신의 속마음을 표명했을 뿐만 아니라 부인의 속마음까지도 짐작했던 것이다. 확실히 스완은 오데트에게 매우 유별난 연정을 품었지만, 그는 베르뒤랭 부인에게 그의 연정에 관한 일상적인 속내 이야기를 하는 일을 소홀히 했던 것이다. 틀림없이 매우 조심스럽게 베르뒤랭네의 환대를 받아놓고는, 그들이 의심하지 않는다는 이유 때문에 — 그들은 의심을 하지 않는 게 아니라, 오히려 그가 그 '귀찮은 사람들'의 초대에 빠지고 싶어 하지 않는다는 사실을 분명히 알고 있었다 — 자주 자신들 만찬에 빠지는 것이며, 또 그가 매우 신중하게 숨기려고 했음에도 점차 드러나게 된 사교계에서의 그의 눈부신 지위 등, 이 모든 것으로 인해 그들은 그에게 분통을 터뜨렸던것이다. 그러나 근본적인 이유는 다른 것이었다. 그것은 그들이 스완의 마음속에는 뚫고 들어갈 수 없는 하나의 공간이 있어, 거기서 그는 사강 대공 부인은 괴상하지 않다느니, 코타르의 익살은 재미가 없다느니 하며 말없이 자신의 주장을 계속하고 있다는 사실을 재빨리 감지했고, 드디어는 스완이 결코 상냥함을 버린 적도 없고 또 그들의 교리에 반항한 적도 없었지만, 그 교리를 그에게 강요하여 그를 완전히 개종시키는 것이 이전의 그 누구의 경우에도 없었을 만큼 불가능한 일이라고 느꼈기 때문이다. 만일 스완이 좋은 본보기로 신자들 면전에서 사교계의 그 귀찮은 존재들과 자신의 관계를 부인하는 데 동의만 했더라면, 그들은 그가 그 귀찮은 존재들(사실 스완은 마음속으로, 이들보다 베르뒤랭 부부와 작은 핵심의 사람들을 천 배나 더 좋아했다) 집에 자주 드나드는 것을 묵인했을 것이다. 그러나 그와 같은 개종을 스완에게서 끌어낼 수는 없다는 것은 그들도 알고 있었다.

그러나 오데트가 몇 번밖에 만나지 않고도 그들에게 초대해주기를 부탁했으며, 그래서 그들이 많은 기대를 걸렸던 '신입 회원' 드 포르슈빌 백작은 얼마나 달랐는가! (그는 바로 사니에트의 동서였는데, 그 사실은 신자들을 몹시 놀라게 했다. 그도 그럴 것이 그 늙은 고문서 학자는 어찌나 자기를 낮추어 처신했던지, 그들은 늘 그를 자기들보다 낮은 계급의 사람으로 여겼기에, 그가 부유하고 귀족적인 가문에 속해 있다는 사실을 알게 된 것은 뜻밖이었다.) 물론 포르슈빌은 어처구니없는 속물이었던 반면에 스완은 그렇지 않았다. 그리고 포르슈빌은 스완처럼 베르뒤랭네의 분위기를 어떤 다른 분위기보다 위에 놓으려고 하지도 않았다. 그리고 스완과는 달리, 그에게는 자기가 아는 사람들에게 베르뒤랭 부인이 명백히 잘못된 비난을 퍼부을 때 거기에 동조하지 않는 타고난 우아함도 없었다. 화가가 때때로 내어 놓는 건방지고 저속한 수다나, 코타르가 늘 위험을 무릅쓰고 하는 외판원식 농담에, 그들 두 사람을 모두 좋아하는 스완으로서는, 그것을 들어줄 핑계는 쉽게 발견했지만, 그것에 갈채를 보낼 만한 용기와 위선은 갖고 있지 못했다. 이에 반해 포르슈빌은 지적인 면에서 보면, 뜻도 모르면서 그런 농담에 얼떨떨해져서, 그저 감탄해 마지않으며 즐거워하는 정도의 수준이었다. 포르슈빌이 참석한 베르뒤랭네의 첫 만찬회는 바로 이런 차이를 명백히 드러냈는데, 그것은 포르슈빌을 두드러지게 하고 스완이 총애를 잃게 했다.

그 만찬회에는, 단골 손님 외에 소르본 대학 교수 브리쇼가 와 있었다. 그는 어느 온천장에서 베르뒤랭 부부와 알게 된 사람으로, 대학에서의 직무와 연구 때문에 거의 자유로운 틈이 나지 않는 사정만 아니었다면, 그곳에 기꺼이 자주 나왔을 것이다. 왜냐하면 그는 직업이야 어떻든 간에, 지성인에게나 의학을 믿지 않는 의사에게나 또는 라틴어의 타국어 번역을 신용하지 않는 중고등 학교 교사에게나 그처럼 폭넓고, 우수하고, 게다가 뛰어난 정신의 소유자라는 명성을 주는—그의 연구 대상에 관한 어떤 회의주의와 연결된—인생에 대한 호기심과 과도한 애착이 있었기 때문이다. 베르뒤랭 부인 댁에서 철학과 역사에 관해 말할 때, 그는 가장 실제적인 것에서 여러 가지 비교를 찾아내기를 좋아했는데, 그것은 무엇보다도 철학과 역사란 삶의 준비에 지나지 않는 것이라 여겼기 때문이고, 또 여태껏 책 속에서만 알던 것이 이 작은 동아리에서 실행되는 것을 보리라 상상했기 때문이었다. 또 어쩌면, 예전에 그것에 관한 지식을 얻게 되어 자기도 모르는 사이에 존중하고 있던 몇몇 문제를 대담하게 다룸으로써 대학 교수라는 허울을 벗을 수 있다고 느꼈기 때문인지도 모른다. 그러나 사실 그 대담성은, 그와는 반대로 그가 대학 교수라는 허울을 썼기에 그에게 대담하게 보였을 뿐이다.

식사가 시작되자마자, '신입 회원'을 위해 정성껏 몸을 단장한 베르뒤랭 부인의 오른편에 앉아 있던 드 포르슈빌 씨가 부인에게 "부인의 블랑슈 로브〔흰옷이라는 뜻〕가 독창적이군요" 하고 말했을 때, '드'라고 불리는 이유를 알고 싶은 호기심에 가득 차 그를 계속 눈여겨보면서, 그의 주의를 끌어 그와 더 친해질 기회를 엿보고 있던 코타르 의사는, 재빨리 그 '블랑슈'라는 말의 꼬리를 잡고는, 접시에서 코도 들지 않고 "블랑슈요? 블랑슈 드 카스티유〔루이 8세의 왕비. 루이 성왕의 모친〕말입니까?"라고 물었다. 그러고는 머리도 움직이지 않고, 자신 없는 시선에 웃음을 담아 그 시선을 이리저리 은밀하게 보냈다. 스완은 괴롭지만 웃으려고 너무도 애를 쓴 나머지 도리어 그가 그 말을 어리석은 재담으로 판단하고 있음을 입증한 데 반해, 포르슈빌은 그가 그 재담의 묘미를 높이 평가하고 있으며 그런 경우 어떻게 처신해야 하는지는 알고 있음을 보여주며, 동시에 즐거움도 적당히 자제했으므로 베르뒤랭 부인은 그의 진실함에 반하고 말았다.

"이런 학자를 어떻게 생각하시죠?" 하고 부인은 포르슈빌에게 물었다. "저분하고는 단 이 분도 진지하게 얘기할 수 없어요. 선생님은 병원에서도 환자들에게 그런 농담을 하십니까?"라고 부인은 의사 쪽으로 머리를 돌리며 덧붙였다. "그렇다면, 날마다 심심친 않을 거예요. 나도 입원 좀 시켜달라고 해야겠어요."

"제가 듣기로는 의사 선생께서는 블랑슈 드 카스티유라는, 제가 이렇게 말해도 될지 모르지만 성미가 까다로운 노파에 대해 말씀하신 것 같은데요. 안 그렇습니까, 부인?" 하고 브리쇼가 베르뒤랭 부인에게 묻자, 부인은 정신을 잃을 듯 두 눈을 감고 얼굴을 두 손에 파묻었는데, 그때 그 손 사이로 숨이 막힐 듯한 외침 소리가 새어 나왔다. "이런 일이 있나, 부인, 저는 경건하신 분들을 놀라게 할 의사는 조금도 없었습니다. 그런 영혼들이 이 테이블 둘레에 남 몰래 살짝 앉아 계셨다니……. 더구나 저는 우리의 이 훌륭한 아테네풍—정말 그래요!—공화국이 그 카페 왕가의 몽매주의자에게 최초의 엄격한 경시 총감의 명예를 줄 수 있으리라 생각합니다. 그렇고말고요, 주인 어른, 그렇고말고요" 하고 그는, 베르뒤랭 씨의 반박에 대꾸하면서, 철자 하나하나가 뚜렷이 드러나는 낭랑한 목소리로 말을 이었다. "기록의 정확성에 관해서는 논박할 수 없는 《생 드니 연대기》〔생 드니 수도원에서 1340년께 기록된 초기 카페 왕조의 역사서〕는 이 점에 있어서도 전혀 의심의 여지를 두고 있지 않습니다. 그리고 또, 자기 아들인 루이 성왕을 매우 혼내주었다고 쉬제〔생 드니 수도원장. 루이 6세와 7세의 친구이자 고문관이었음〕와 또 다른 사람 성 베르나르가 말했듯이, 종교를 배척하는 무산계급이 수호 성녀를 선택하는 데는 그 성왕의 어머니만큼 적합한 분도 없었을 것입니다. 왜냐하면 블랑슈 드 카스티유에게 걸리기만 하면 누구나 다 호되게 질책당했기 때문이지요."

"저분은 누구시죠?" 하고 포르슈빌이 베르뒤랭 부인에게 물었다. "권위 있는 분인 것 같은데요."

"어머나, 그 유명하신 브리쇼 교수님을 모르세요? 유럽 전체에 알려지신 분인데요."

"아아! 저분이 브레쇼 씨군요" 하고 포르슈빌이 잘 알아듣지도 못하고 외쳤다. "저분에 대해 좀 더 자세히 말씀해주시죠" 하고 그는 눈을 크게 뜨고 그 저명한 인사를 응시하며 덧붙였다. "저명한 인사와 함께 저녁 식사를 한다는 것은 언제나 즐겁지요. 정말 부인께서는 훌륭한 회식자들과 함께 우리를 초대해주시는군요. 그러니 부인 댁에서는 지루하다고 느낄 사람이 아무도 없지요."

"오, 아시겠지만 우리 집의 특징이라면," 하고 베르뒤랭 부인이 겸손하게 말을 받았다. "그건 여러분이 서로 신뢰감을 느끼는 것이지요. 여러분은 누구나 하고 싶은 말씀을 하십니다. 그래서 이야기는 자연히 불꽃처럼 솟아나오죠. 그래도 오늘 저녁 브리쇼 교수님은 보통이십니다. 우리 집에서는 그분이 너무 눈부셔서, 그분 앞에 무릎을 꿇고 싶을 때도 있어요. 그런데! 다른 집에서는 생판 딴사람이 되지 뭡니까. 재치도 없고, 억지로 말을 시켜야만 한답니다. 귀찮은 사람이 되기까지 한다니까요."

"그것 참 이상하군요!" 하고 포르슈빌이 놀라서 말했다.

브리쇼 투의 재치는 실제적인 지식과 양립될 수 있는 것이긴 하지만, 스완이 젊은 시절을 보냈던 사교계에서는 어리석기 짝이 없는 것으로 생각되었을 것이다. 아니 어쩌면 교수의 폭넓고 풍부한 지식은 스완을 재치 있다고 여긴 많은 사교계 사람들에게 선망의 대상이 되었을지도 모른다. 그러나 아무튼 사교 생활과 관련된 모든 면에서, 더 정확히 말해 지적인 영역이 강조되는 사교 생활의 부수적 부분인 대화에서 사교계 사람들의 취향과 혐오가 몸에 배어버렸기에, 스완은 브리쇼의 농담을 현학적이고, 저속하고, 구역질이 날 정도로 기름진 것으로 생각할 뿐이었다. 그리고 그는 예의범절을 지키던 습관으로 인해, 그 군국주의적인 교수가 누구에게든 말을 걸 때 애용하는 군대식 거친 어조가 비위에 거슬렸다. 마침내 스완은 그날 저녁 참을성을 잃고 말았는데, 그것은 무엇보다도 오데트가 무슨 괴상한 생각에서 데려왔는지 모르는 포르슈빌에게 베르뒤랭 부인이 매우 상냥하게 구는 것을 보았기 때문일 것이다. 오데트는 그 집에 도착하자, 스완과 마주 보는 것을 약간 거북해하면서 이렇게 물었던 것이다.

"내가 모시고 온 손님을 어떻게 생각하세요?"

그러자 그는, 오래전부터 아는 사이인 포르슈빌이, 여자의 마음에 들 수도 있고 꽤 잘생긴 사내라는 것을 처음으로 알아채고는 이렇게 대답했다. "더러운 녀석이지!" 물론 그는 오데트를 질투할 마음은 없었지만, 여느 때처럼 행복감을 느끼진 못했다. 그래서 브리쇼가 '몇 년 동안의 동거 후에 앙리 플랑타즈네와 결혼한' 블랑슈 드 카스티유의 어머니 이야기를 시작해놓고는, 스완으로 하여금 그 다음 이야기를 재촉케 하려는 속셈에서, "안 그렇습니까, 스완 씨?" 라며 농부에게나 통할 듯한, 아니면 어느 병사에게 용기를 주는 듯한 군인 같은 어투로 말을 걸었을 때 스완은 블랑슈 드 카스티유에게는 거의 흥미가 없으며 자기는 화가에게 뭘 좀 물어볼 것이 있어서 실례하겠다고 대답함으로써 이 집 안주인을 매우 화나게 했고, 브리쇼의 그런 과시를 중단시켜버렸다. 실제로 그날 오후에 화가가 베르뒤랭 부인의 친구 가운데 최근 사망한 어느 화가의 전시회에 갔었기에, 스완은 그 화가에게서(왜냐하면 그가 그 화가의 감상력을 높이 평가했기 때문에) 그의 최근 작품 속에도 이미 이전 작품에서 사람들을 경탄시켰던 그 뛰어난 솜씨 이상의 것이 정말 있었는지 듣고 싶었던 것이다.

"그런 관점에서 본다면, 이전 작품은 매우 훌륭했습니다만, 소위 말하는 아주 '높은' 예술에 속하는 것 같지는 않더군요" 하고 스완은 웃으며 말을 꺼냈다.

"높은……, 학교의 높이만큼" 하고 코타르가 짐짓 점잖은 척 두 팔을 올리면서 말을 가로막았다.

테이블에 앉아 있던 모두가 웃음을 터뜨렸다.

"저것 보세요, 저분과 같이 있으면 웃지 않곤 못 배긴다니까요" 하고 베르뒤랭 부인이 포르슈빌에게 말했다. "생각지도 않게 농담이 튀어나오거든요."

그러나 부인은 스완만이 쾌활하지 못하다는 것을 주의해서 보았다. 사실 포르슈빌이 보는 앞에서 자신이 코타르의 웃음거리가 된 것에 그다지 기분 좋을 리가 없었다. 그런데 그 화가는 스완의 마음에 드는 대답을 하는 대신 — 아마도 스완과 단둘이만 있었다면 그렇게 했을 것이다 —, 죽은 화가의 재능에 일가견을 표함으로써 동석자들을 감탄시키는 편을 택했다.

"어떻게 그려졌는지 보려고 제가 가까이 가보았죠. 코가 닿도록 말입니다. 아뿔싸! 설마하니! 나로서는 그게 갖풀로 그려진 건지 루비, 비누, 브롱즈〔동(銅)이란 뜻〕, 태양 아니면 오물로 그려진 건지 모르겠더군요" 하고 화가가 말했다.

"그러니 하나만 더하면 열둘이로군요"〔화가가 브롱즈라고 말할 때, 그 낱말 끝의 옹즈(11)에 하나를 더하면 열둘이라고 재담 삼아서 한 말〕하고 코타르가 가로막고 소리를 쳤지만, 너무 늦어 아무도 그 말을 못 알아들었다.

"그런데 그건 그 무엇으로도 그려진 것 같지 않았어요"라고 화가는 말을 이었다. "그 비법을 찾아낼 방도가 없다는 점에서는, 〈라 롱드 la Ronde〉〔렘브란트의 그림〕나 〈레 레장트 les Régentes〉〔프란츠 할스의 그림〕보다 더하고, 또 솜씨로 본다 해도 렘브란트나 할스보다 더 훌륭합니다. 빈틈이 없더군요. 아니, 정말입니다."

그러고는 마치 자기가 낼 수 있는 가장 높은 가락에 이른 가수가 높은 목소리로 약하게 노래를 계속하듯이, 그는 마치 그 그림이 너무나 아름다운 나머지 가소롭기라도 하다는 듯이 웃음을 띠며 속삭였다.

"그건 향기가 좋더군요. 그래서 머리를 돌게 하고, 숨을 못 쉬게 하며, 전신을 간질여준답니다. 뭐로 그려졌는지 통 알 수가 없어요. 그건 마술사요, 농간이요, 기적입니다(웃음을 크게 터뜨리며). 그건 불성실하다고요!" 일단 말을 멈추고, 점잖게 머리를 들고는, 듣기 좋게 하려고 애쓰며 아주 낮은 어조로 덧붙였다. "그러면서도 그건 너무나 성실하답니다!"

그가 "〈라 롱드〉보다 더 훌륭하다"라고 말하자, 〈라 롱드〉를 〈라 네비엠 la Neuvième〉과 〈라 사모트라케 la Samothrace〉[헬레니즘 시대의 대리석 조각]와 함께 세계 최대의 걸작으로 생각하고 있던 베르뒤랭 부인이 그 모욕적인 말에 항의를 했을 때와, "오물로 그렸다"라고 말하자, 그 말이 그대로 넘어가는지를 살펴보려고 포르슈빌이 좌중을 한 바퀴 둘러보며 입가에 조심스럽고도 타협적인 웃음을 지었을 때를 제외하면, 스완을 뺀 모든 회식자들은 너무도 감탄한 나머지 황홀해진 눈길로 화가를 응시했다.

"저처럼 열중하실 때 보면 정말 재미있는 분이에요"라고 베르뒤랭 부인은 화가가 얘기를 끝내자 소리쳤다. 포르슈빌이 처음으로 방문한 날에 좌중이 그처럼 흥겨운 것이 몹시 기뻤던 것이다. "그런데 당신, 왜 그러세요, 커다란 짐승처럼 멍하니 입을 딱 벌리고 계시니?"라고 그녀는 남편에게 말했다. "저분 말솜씨가 대단하다는 걸 잘 아시면서. 우리 바깥분은 선생님 말씀을 처음 듣는다는 듯 저러신다니까요. 말씀하시는 도중에 우리 바깥양반을 좀 보셨더라면 좋았을걸, 넋을 잃었다니까요. 그러니 내일이면 저분은 선생님 말씀 전부를 한마디도 빼놓지 않고 우리에게 암송하실 거예요."

"아닙니다. 아까 그 말은 허풍이 아닙니다"라고 화가는 자기 말의 성공이 너무나 기뻐서 말했다. "부인께서는 내가 허튼소리를 늘어놓는다, 저건 밑도 끝도 없는 얘기다, 라고 생각하시는 모양인데, 좋습니다. 모시고 가서 보여드리겠습니다. 그러면 제가 과장했는지 여부가 가려질 게 아닙니까. 부인께서 나보다 더 열광하여 돌아오시리라는 것을 보증합니다."

"아니에요, 당신이 과장하고 있다고는 생각하지 않아요. 다만 당신이 무얼 좀 드시기를, 또 제 바깥양반도 좀 드시기를 바랄 뿐이에요. 이 화가분께 노르망디산 넙치를 다시 가져다 드려요. 잡숫고 있는게 다 식었을 거예요. 우리 것은 그리 급하지 않으니. 왜 이렇게 발등에 불이라도 붙은 듯이 허겁지겁 시중을 들까, 샐러드는 좀 있다가 내놓아요."

코타르 부인은 겸손하고 거의 말이 없었지만, 어쩌다 그녀에게 우연한 영감이 떠올라 적절한 낱말이 생각나면 자신감을 가졌다. 그녀는 효과가 있을 것이라고 느끼면 대담해지는 것이었다. 또 그녀가 그렇게 하는 것은, 자신을 빛내기 위해서라기보다는 오히려 남편의 출세를 돕기 위해서였다. 그래서 그녀는 베르뒤랭 부인이 막 입 밖에 낸 샐러드라는 낱말을 놓치지 않았다.

"그건 일본식 샐러드 아니에요?"라고 그녀는 오데트 쪽으로 얼굴을 돌리며 낮은 소리로 물었다.

그리고 평판이 자자한 뒤마[Alexandre Dumas Fils : 프랑스의 극작가, 소설가로 《춘희 La Dame aux camélias》라는 작품으로 유명함]의 신작 희곡을 그처럼 은근하게, 그러나 분명하게 암시한 그 임기응변과 대담성에 황홀하기도 하고 당황되기도 하여, 그녀는 별로 요란하지 않은 순진하고 귀여운 웃음을 터뜨리고 말았는데, 너무나 참을 수 없었던지 웃음은 진정되지 못한 채 얼마간 계속되었다. "저 부인이 누구시죠? 재치 있는 분이군요" 하고 포르슈빌이 말했다.

"아니에요. 그러나 여러분이 금요일 저녁 식사에 와주시면 일본식 샐러드를 만들어드리죠."

"제가 퍽 시골뜨기로 보일 거예요"라고 코타르 부인이 스완에게 말했다. "요즘 사람들 입에 오르내리는 그 유명한 뒤마의 〈프랑시용〉을 아직 구경하지 못했으니 말이에요. 우리 집 의사 선생님은 이미 보고 왔어요. (그래요, 그분이 당신과 함께 그날 밤을 보내어 매우 즐거웠다고 말한 것이 생각나는군요.) 솔직히 말해서, 그분이 나와 함께 다시 한번 구경하려고 자리를 예약한다는 건 분별 있는 짓으로 보이진 않아요. 물론, 테아트르 프랑세에서 저녁 시간을 보내고 나서 후회하는 일은 좀처럼 없지요. 언제나 좋은 연극만 공연하니까요. 그러나 우리에게는 매우 친절한 친구분이 계셔서(코타르 부인이 사람 이름을 대는 것은 극히 드문 일이었으므로, 그녀는 짐짓 꾸민 듯한 말투로, 또 자기가 지적하고 싶은 사람 외에는 그 이름을 밝히지 않는 사람이 그러하듯이 거드름을 피우는 태도로 사람을 '구분'하여 '우리의 친구분'이라든가 '제 친구 가운데 한 분'이라는 표현으로만 만족했다), 그분이 자주 칸막이 좌석을 예약해서, 볼 만한 가치만 있다면 어떤 새로운 연극에라도 우리를 데려가준다는 고마운 생각을 갖고 계시기에, 저도 조만간 반드시 〈프랑시용〉을 보러 가게 될 거고, 따라서 그것에 대한 제 감상도 말할 수 있을 거예요. 고백하지만 저는 아마 좀 바보인가봐요. 왜냐하면 어느 살롱에 가보아도 사람들 입에 자연스럽게 오르내리는 것이 하필이면 바로 그 일본식 샐러드예요. 그 말에 이젠 싫증이 날 정도일 텐데요" 하고 그녀는, 스완이 열렬한 관심사가 된 그 화제에 생각했던 만큼 관심을 표하지 않는 것을 알고는 덧붙였다. "그렇지만 사실 그런 것이 이따금 매우 재미있는 생각의 실마리가 되는 수도 있답니다. 제 여자 친구 중에 매우 아름답고 남자들이 많이 따르며 교제 범위가 아주 넓은 친구가 하나 있는데, 성격이 매우 괴짜여서 자기 집에서 일본식 샐러드를 만들게 했다는 거예요. 게다가 알렉상드르 뒤마 피스가 그 희곡에서 말한 재료를 모조리 넣게 해서 말이에요. 그리고 몇몇 친구를 불러 그걸 먹게 했대요. 유감스럽게도 저는 초대를 받지 못했지만, 그 다음 방문 때, 그녀가 우리에게 그때 일을 바로 이야기해주었어요. 맛이 엉망진창이더래요. 어찌나 눈물 나도록 우리를 웃겼는지 몰라요. 아시겠지만, 모든 것은 얘기하는 어투에 달려 있거든요"라고 말한 다음 그녀는 스완을 쳐다보았는데, 그는 여전히 엄숙한 표정을 짓고 있었다.

그래서 그녀는 그것은 스완이 〈프랑시용〉을 좋아하지 않기 때문일 것이라고 생각하면서, "무엇보다 저는 그 작품에 실망할 것만 같아요. 그게 크레시 부인이 아주 좋아하는 〈세르주 파닌〉만큼 가치가 있다고는 생각되지 않아요. 적어도 거기엔 내적 의미가 있고 생각케 하는 주제를 담고 있거든요. 그런데 테아트르 프랑세의 무대에서 샐러드 요리법을 가르치다니요! 그것에 비하면 〈세르주 파닌〉은 너무 훌륭해요! 게다가 조르주 오네[Georges Ohnet : 프랑스의 소설가, 극작가]의 펜 끝에서 나온 것은 모두 그렇듯, 문장이 아주 잘돼 있어요. 〈대장간 주인〉[조르주 오네의 작품]을 알고 계시는지 모르지만, 나는 〈세르주 파닌〉보다 그걸 더 좋아해요"라고 말했다.

"용서하십시오" 하고 스완은 비꼬는 투로 말했다. "사실 저는 그 두 걸작에 거의 탄복하지 않습니다."

"정말이세요? 그 작품들의 어디가 맘에 들지 않으시죠? 그건 선입관 때문이 아닐까요? 아마 오네의 작품이 별로 보잘것없는 것이라고 생각하시나 보죠? 하기야 제가 늘 말하듯이, 소설이나 희곡에 대해서 입씨름을 할 필요는 없지요. 사람마다 보는 관점이 다르니까, 제가 제일 좋아하는 것도 선생님께서는 형편없는 것으로 볼 수 있으니까요."

포르슈빌이 스완에게 말을 걸어와 그녀의 말은 중단되었다. 사실 코타르 부인이 〈프랑시용〉에 대해 말하는 동안 포르슈빌은 베르뒤랭 부인에게 화가의 말에 대해 감탄을 표명했는데, 그는 그것을 화가의 짧은 '연설'이었다고 표현했다.

"저분은 능변이신 데다 기억력도 뛰어나시군요" 하고 그는 화가가 말을 마쳤을 때 베르뒤랭 부인에게 말했다. "저런 분은 좀처럼 만나기가 힘들죠. 허어, 참! 내게도 저런 재주가 있으면 좋겠군요. 훌륭한 선교사가 될 만해요. 댁에는 브레쇼 씨와 더불어 우열을 가릴 수 없는 두 보물이 있는 셈이군요. 능변이라는 점에서는 교수 못지않은 것 같군요. 물론 기교 면에서야 당연히 교수에 못 미치지만. 저분이 말 도중에 다소 사실적인 낱말을 쓰고 있긴 하지만, 그거야 현대적인 취향이죠. 저는 그렇게 능란하게 자기만 지껄여대는 사람은 처음 보았습니다. 군대에 대해 말하자면, 제가 군대에 있을 때 동료가 하나 있었는데, 바로 저분이 그를 생각나게 해주는군요. 부인께서 뭐라고 하실지 모르지만, 무엇에 관해서든, 예를 들면 이 컵에 관해서도 몇 시간 동안 이야기할 수 있는 친구였지요. 아니, 컵에 관해서라고 하니 좀 뭣하군요. 제 말이 어리석었군요. 그런 게 아니라, 워털루 대회전〔1815년 6월 18일, 영국의 웰링턴이 이끄는 대불 동맹군이 워털루에서, 엘바 섬을 탈출하여 복귀한 나폴레옹군을 쳐부순 큰 싸움〕이라든가 부인이 원하시는 그 무엇에 관해서든 말입니다. 그는 얘기 도중에 부인께서는 생각조차 못하실 일들을 우리에게 들려주었답니다. 게다가 스완도 같은 연대였으니 그를 알고 있을 겝니다."

"스완 씨와 자주 만나세요?"라고 베르뒤랭 부인이 물었다.

"천만에요"라고 포르슈빌이 대답했다. 그리고 오데트에게 좀 더 쉽게 접근하려면, 우선 스완의 마음에 들어야겠다는 생각이 들어, 그의 기분을 맞추려고 이 기회에 스완의 화려한 교제에 대해 말하려고 했다. 그것도 뜻하지 않은 성공을 축하하는 어투가 아니라, 같은 사교계 사람으로서 다정스럽게 평하는 어투로 말하려 했다. "안 그래요, 스완 씨? 뵙기가 힘들군요. 그런데 이분을 만나려면 어떻게 해야 하죠? 이분으로 말하면 언제나 라 트레모유 댁이나 레 롬 같은 댁에만 드나들고 있으니…….." 그러나 이런 비난은 스완이 최근 일 년 동안 베르뒤랭 씨 댁밖에는 거의 드나들지 않았으니만큼 매우 잘 못된 말이었다. 그러나 그들이 알지 못하는 사람들의 이름이라는 사 실만으로도 그들 사이에서는 비난 섞인 침묵으로 받아들여졌다. 베 르뒤랭 씨는 이런 '귀찮은 사람들'의 이름이, 더구나 모든 신자들 앞 에서 이처럼 눈치 없이 발설되자, 그의 부인에게 필연코 일어났을 괴로운 느낌을 걱정하여, 불안스런 염려로 가득 찬 시선을 슬그머니 그녀 쪽으로 던졌다. 그때, 잘못을 저지른 어떤 친구가 그의 얘기 도 중에 아무도 항의를 하지 않자 그것을 인정하는 것처럼 생각하여 어 떤 변명을 은근히 늘어놓으려고 애쓸 때나, 또는 누군가가 금기로 돼 있는 배은망덕한 인간의 이름을 우리 앞에서 입 밖에 낼 때 흔히 그러하듯, 베르뒤랭 부인은, 지금 막 들은 얘기를 인정하지 않으며, 그것에 동요되지 않겠다는 결의, 다만 아무 말도 하지 않을 뿐만 아 니라 아무것도 듣지 못한 것으로 하겠다는 결의를 굳히고, 자신의 침묵이 동의가 아니라 아무것도 모르는 무생물의 침묵인 듯이 보이 려고 갑자기 자신의 얼굴에서 일체의 생명과 일체의 움직임을 박탈 해버린 것이 그의 눈에 보였다. 볼록 튀어나온 그녀의 이마는 이제 동그란 부조(浮彫)의 훌륭한 습작에 지나지 않아, 스완이 뻔질나게 드나들던 라 트레모유 가문의 이름은 뚫고 들어갈 수도 없었다. 살 짝 주름진 그녀의 코는 인생을 그대로 복사한 듯한 두 개의 구멍을 보이고 있었다. 반쯤 벌어진 그녀의 입은 무슨 얘기를 할 것만 같았 다. 그것은 이제 허망한 밀초 인형, 아니 석고상, 기념상 같은 모형, 국립 산업관을 장식하기 위한 하나의 상반신 상에 지나지 않았다. 그 앞에서 사람들은 틀림없이 발걸음을 멈추고, 어떻게 이 조각가가

라 트레모유 가문과 레 롬 가문 사람들— 이 양가 사람들은 지구상의 온갖 '귀찮은 사람들'과 마찬가지로 베르뒤랭네 사람들과 비길 만했다— 의 위엄에 맞서서, 베르뒤랭네의 위엄을 소멸되지 않는 것으로 표현했으며, 어떻게 그 돌의 순백과 꿋꿋함에 거의 교황과도 같은 장엄함을 주었는가를 감상하리라. 그러나 이 대리석은 드디어 생기를 띠면서, 다음과 같이 말을 했다. 그런 '귀찮은 인간들' 집에 가려면 까다롭지 않아야 한다. 왜냐하면 그런 집의 마누라는 항상 자기도취에 빠져 있고, 또 그 남편으로 말할 것 같으면 코리도르〔Corridor : 복도라는 뜻〕를 콜리도르라고 발음할 정도로 무식하기 때문이다.

"무슨 값을 치르더라도 난 그런 사람들이 우리 집에 발을 들여놓게 하진 않을 거예요"라고 베르뒤랭 부인은 오만한 태도로 스완을 바라보면서 단호히 말했다.

물론 그녀는 스완이 굴복하여 피아니스트의 숙모의 성스러운 단순성을 흉내 내리라고까지는 기대하지 않았다. 피아니스트의 숙모는 방금 이렇게 외쳤다. "뭐라고요? 그런 사람들을 만나다니, 나를 깜짝 놀라게 한 건 다름이 아니라 아직도 그런 사람들에게 기꺼이 말상대가 돼주는 속물이 있다는 사실이에요! 어쩐지 소름이 끼쳐요. 좋지 못한 영향은 삽시간에 미치게 돼요! 아직도 그런 사람들 뒤를 쫓아다니는 얼간이가 있다니요?" 그런데 스완은 적어도 포르슈빌처럼 "그야 물론, 그쪽은 공작 부인이니까요. 그런 칭호에 감동되는 분이 아직 있으니까요"라고 대답하지 않았을까! 그랬다면 베르뒤랭 부인으로 하여금 적어도 "그들에겐 대단한 거겠지요!"라고 대답할 수 있도록 했을 텐데 그렇게 말하기는커녕, 스완은 그런 식의 엉뚱한 언동에는 진지하게 대하기조차 싫다는 투로 소리 내어 웃고 말았다. 계속해서 부인 쪽을 슬금슬금 훔쳐보던 베르뒤랭 씨는, 아내가 이단(異端)을 뿌리째 뽑지 못하게 된 종교재판 심문관과 같은 분노를 느끼고 있음을 너무도 잘 알아차리며 슬픈 마음으로 아내의 모습을 바라보았다. 그러고는 자신의 판단에 대한 용감성은 반대파 사람들 눈에는 반드시 타산이나 비겁으로 보이는 법이라서, 그는 스완의 의견을 철회시키려고 이렇게 말을 건넸다.

"자, 어서 당신 생각을 솔직하게 말씀해봐요. 그 사람들에게 말하진 않을 테니."

이 말에 스완이 대답했다.

"뭐 제가 공작 부인을 겁내는 건 전혀 아닙니다. (만일 당신이 말씀하시는 게 트레모유네 사람들이라면 말입니다.) 단언컨대 모두들 그분 댁에 가기를 좋아하죠. 그분이 '깊이'는 없지만(그는 이 '깊이'라는 낱말이 우스꽝스러운 낱말인 것처럼 발음했는데, 그의 말투에는 그로 하여금 잠시 잊게 했던, 음악 애호에 의해 드러난 어떤 변화, 곧 어떤 심적 습성의 흔적이 남아 있었기 때문이다―이 음악 애호 덕분에 그는 때때로 열심히 자기 의견을 표명하곤 했다), 솔직히 말해서 공작 부인은 총명한 분이시고, 부군도 실로 학식이 높은 분입니다. 훌륭한 분들이지요."

그래서 이 유일한 배교자(背敎者) 때문에 작은 핵심의 정신적 결합의 실현이 방해를 받게 된다고 느낀 베르뒤랭 부인은 자기가 한 말이 상대방을 얼마나 괴롭히는지도 알지 못하는 이 고집쟁이에게 분통이 터져, 진심으로 그에게 이렇게 외치지 않을 수 없었다.

"좋으실 대로 생각하세요. 그러나 최소한 우리에게 그걸 말하지는 마세요."

"모든 건 무얼 총명이라고 일컫느냐에 달려 있죠" 하고 자기 차례를 빛내고 싶었던 포르슈빌이 말했다. "이봐요, 스완 씨, 댁에서 말씀한 총명이란 무슨 뜻이죠?"

"바로 그거예요!" 하고 오데트가 외쳤다. "그게 큰 문제예요. 제가 아무리 설명해달라고 부탁해봤지만 영 말씀을 안 하세요."

"설명했잖소……" 하고 스완이 반박했다.

"거짓말 마세요!" 하고 오데트가 말했다.

"담배 쌈지[거짓말이라는 뜻의 프랑스어 블라그(blague)에는 담배 쌈지라는 뜻도 있음]라니?" 하고 의사가 물었다.

"당신에게 있어 총명이란 항간에서 말하는 감언이설을 뜻합니까, 교묘하게 환심을 살 줄 아는 사람들을 두고 하는 말입니까?" 하고 포르슈빌이 다시 물었다.

"접시를 거두어갈지도 모르니 어서 앙트르메[entremets: 로스트와 디저트 사이에 먹는 요리]를 끝내세요" 하고 베르뒤랭 부인이, 생각에 잠겨 먹는 것을 잊고 있던 사니에트에게 날카로운 어조로 말했다. 그러고는 아마도 자기 어조에 다소 부끄러움을 느꼈던지 "괜찮아요, 천천히 드세요. 당신께 그렇게 말한 것은 실은 다른 사람들이 들으라고 한 말이에요. 이대로 가다가는 식사가 진행되지 않겠어요"라고 말했다.

"그 온건한 무정부주의자 페늘롱[François S. M. Fénelon : 프랑스의 사교(司敎) 사상가. 보쉬에의 제자로 데카르트주의자를 논박했음]의 저서에는 말입니다"라고 브리쇼가 한 음절마다 힘을 주어 발음하면서 말했다. "총명에 대한 매우 기발한 정의가 있습니다……"

"잘 들어보세요!"라고 베르뒤랭 부인이 포르슈빌과 의사를 향해 말했다. "저분이 이제 총명에 대한 페늘롱의 정의를 말씀해주실 테니까요. 흥미롭군요. 그런 걸 배울 기회란 흔치 않으니까요."

그러나 브리쇼는 스완이 자신의 정의를 내리기를 기다렸다. 스완은 대답하지 않았다. 그리고 그것에서 빠져나옴으로써, 베르뒤랭 부인이 포르슈빌로 하여금 싸움을 걸게 해서 재미를 보려던 근사한 입씨름을 하지 않아도 되었다.

"물론 저하고도 저런 식이에요" 하고 오데트가 뾰로통하게 말했다. "저분이 자기 수준에 못 미친다고 생각하는 사람이 저 혼자만은 아니라는 것을 알아서, 저는 별로 화를 내지도 않아요."

"라 트레모유네 사람들은, 베르뒤랭 부인께서는 그다지 존경할 만한 사람들이 못 된다고 하신 그분들은 바로 선량한 속물인 세비녜〔Sévigné : 프랑스 여성 작가. 유명한 서간집이 있음〕 부인께서 알아두면 자신의 소작인들에게 유익하므로, 알게 되어 매우 다행이라고 했던 분들의 후손이 아닌지요?" 하고 브리쇼가 '라 트레모유'라고 똑똑히 발음하며 힘주어 물었다. "사실 세비녜 후작 부인에게는 또 하나의 이유가 있었습니다. 그리고 이 점이 후작 부인으로서는 더 중요했음이 틀림없어요. 왜냐하면 본래 후작 부인께서는 문학가였기에 무엇보다도 자료의 사본이 중요했거든요. 그런데 후작 부인이 규칙적으로 딸에게 써보내는 일기에 따르면, 수많은 훌륭한 인척 관계 덕분에 많은 자료를 모은 라 트레모유 부인이야말로 외교 정책의 장본인이었던 것입니다."

"천만에요, 저는 같은 집안이라고는 생각되지 않아요" 하고 베르뒤랭 부인은 무턱대고 말했다.

사니에트는 아직도 가득 남아 있는 접시를 황급히 급사장에게 돌려주고 나서, 다시 깊은 생각에 잠긴 듯 침묵 속에 빠져 있었는데, 마침내 침묵에서 벗어나, 자기가 라 트레모유 공작과 함께했던 저녁 식사 이야기를 하며, 그날 저녁 공작은 조르주 상드가 어떤 여성의 필명인 것을 모르고 있더라고 웃으면서 말했다. 사니에트에게 호의를 품고 있던 스완은 공작이 그처럼 무식하다는 건 사실상 불가능한 일임을 알려주고, 그에게 공작의 교양에 관해 자세하게 설명해주어야겠다고 생각했다. 그러나 그는 별안간 말을 멈추었다. 그는 사니에트가 그런 증거를 필요로 하지 않으며 그 이야기가 거짓말이라는 사실을 알아차렸던 것이다. 그건 그가 즉흥적으로 지어낸 것이었다. 이 호인은 베르뒤랭네 사람들에게 자신이 별 볼일 없는 인간으로 취급되는 것이 참을 수 없었던 것이다. 더구나 그날 저녁 식사에서는 자기가 여느 때보다 더 광채 없는 존재임을 깨달았기에 그는 회식자들을 재미있게 해주지도 못하고 식사를 끝내고 싶지는 않았던 것이다. 그는 금세 스완에게 항복했고, 기대하던 효과가 일어나지 않자 몹시 슬픈 표정을 지었다. 그러곤 스완이 악착스럽게 반박해봐야 헛수고일 뿐이라고 여겨질 정도로 힘없는 말투로 "그렇군요, 그래요, 아무튼 제가 착각을 했다 해도 그게 죄는 아니죠"라고 대답을 했기에, 스완도 그 말이 사실이며 또 재미있는 이야기라고 말해줄 수 있었으면 얼마나 좋을까 하고 생각했다. 그들의 말에 귀를 기울이고 있던 의사는 세 농 에 베로[se non è vero : '사실이 아니더라도'라는 뜻의 이탈리아 말]라고 말할 만한 때라고 생각했지만, 그 말에 대한 완전한 확신도 없었고, 또 뒤죽박죽이 되는 것도 겁이 났다.

식사 후, 포르슈빌은 친히 의사 쪽으로 다가갔다.

"그리 기분 나쁘지 않았을 겁니다, 베르뒤랭 부인은. 그리고 또 대화 상대자로서 부족함이 없는 여성이고요. 제 마음엔 꼭 듭니다. 분명히 조금씩 늙어가고 있긴 하지만요. 그러나 크레시 부인을 보세요, 얼마나 총명하고 귀여운 여성이에요. 물론, 그렇죠! 그녀가 눈치가 빠르다는 것도 금방 알 수 있죠. 그분 말이에요! 우린 크레시 부인에 대해 얘기하고 있답니다" 하고 그는 입에 파이프를 물고 가까이 다가온 베르뒤랭 씨에게 말했다. "제 생각으로는 여성의 육체로는……."

"큰소리를 치는 것보다는 내 잠자리에서 그녀를 갖는 게 나을 듯싶군요" 하고 코타르가 황급히 말했다. 코타르는 이 낡은 농담을 꺼내 보이려고 아까부터 포르슈빌이 숨 돌릴 사이를 엿봐왔는데, 혹시 대화의 흐름이 바뀌면 적절한 때를 놓칠까 봐 두려워하면서 암송에 따르기 마련인 불안과 말의 생기 없음을 감추려고 애쓰며, 지나치게 자연스럽고도 확신에 찬 듯이 말했다. 포르슈빌은 이미 그 농담을 알고 있었고, 그래서 알아듣고는 재밌어했다. 베르뒤랭 씨도 쾌활함을 아끼지 않았다. 요즘 그는 쾌활함을 나타내려고 자기 부인이 사용하는 것과는 다르지만 똑같이 단순하면서도 뚜렷한 상징을 찾아냈던 것이다. 그는 웃음을 터뜨릴 때 사람들이 그러하듯, 머리와 어깨를 흔들어대자마자, 마치 너무 웃다가 파이프 연기를 삼키기라도 한 듯이 쿨럭쿨럭 기침을 해댔다. 그래도 여전히 파이프를 입 한구석에 물고서 그는 질식과 폭소 흉내를 한없이 연장시켰다. 이리하여 그와, 또 그 맞은편에서 화가의 수다를 들으면서 눈을 감고 드디어는 재빨리 손바닥에 얼굴을 파묻고 만 베르뒤랭 부인은, 쾌활함을 다른 모양으로 표현하는 연극의 두 가면처럼 보였다.

하기야 베르뒤랭 씨가 파이프를 입에서 떼지 않은 것은 현명하게 처신한 것이었다. 왜냐하면 잠깐 자리를 뜨지 않으면 안 되었던 코타르가, 요즘 배운, 그리고 같은 장소에 가게 될 때마다 번번이 되풀이한 그 농담을 작은 목소리로 다시 했기 때문이었다. "저는 잠시 도말 공작과 이야기하러 갔다 와야겠습니다〔entretenir le duc d'Aumale : 화장실에 다녀온다는 뜻〕." 그래서 또 베르뒤랭 씨의 심한 기침이 시작되었다.

"그만, 입에서 파이프를 치우세요. 그처럼 웃음을 참다가는 숨이 막힐 게 뻔하잖아요"라고 리큐어〔혼성주의 하나. 알코올에 설탕, 식물성 향료 따위를 섞은 것〕를 따라주려고 온 베르뒤랭 부인이 남편에게 말했다.

"댁의 바깥분은 정말 재미있는 분입니다. 네 사람 몫의 재기를 다 가지고 계십니다. 아, 고맙습니다. 부인, 나 같은 노병은 한 방울도 마다하질 않지요" 하고 포르슈빌이 코타르 부인에게 말했다.

"드 포르슈빌 씨는 오데트가 매력적이라더군" 하고 베르뒤랭 씨가 부인에게 말했다.

"마침 오데트도, 언제 한번 당신과 점심 식사라도 했으면 하더군요. 우리가 주선해보죠. 그러나 스완은 모르도록 해야 해요. 당신도 아시다시피 그 사람은 찬물을 끼얹으니까요. 그렇다고 해서 당신이 저녁 식사에 오시지 않을 필요는 없어요. 물론 자주 와주시길 바라요. 이제 좋은 계절이 오면, 자주 야외에 나가 식사를 합시다. 불로뉴 숲에서 가벼운 식사를 하는 것을 싫어하진 않으시겠죠? 아아, 그러세요, 아주 재미있을 거예요"라고 말하고, 이번에는 젊은 피아니스트에게 "왜 시작을 안 하시죠, 당신은!" 하고 소리 질렀다. 그녀는 포르슈빌과 같은 소중한 신입 회원 앞에서, 자신의 재치와 신자들에 대한 폭군적인 권력을 과시해 보이고 싶었던 것이다.

"포르슈빌 씨가 나에게 당신 악담을 하시던 참이었어요" 하고 코타르 부인이 남편이 객실에 돌아오자 그에게 말했다.

그런데 코타르는 저녁 식사가 시작될 때부터 마음이 쓰이던 포르슈빌의 귀족 신분에 대한 생각을 계속하면서 그에게 말했다.

"저는 요즘 어떤 남작 부인, 퓌트뷔스 남작 부인을 치료하는데요, 퓌트뷔스 가문으로 말하자면, 십자군에 참전한 집안이었죠, 안 그렇습니까? 그 가문은 포메라니아 지방에 콩코르드 광장의 열 배나 되는 호수를 소유하고 있습니다. 제가 남작 부인의 건성 관절염을 치료하고 있습니다만, 아름다운 여성이죠. 게다가 제가 짐작컨대, 그분은 베르뒤랭 부인을 잘 아는 것 같습니다."

이 이야기에, 포르슈빌은 잠시 후 코타르 부인과 단둘이 있을 때, 지금까지 그녀의 남편에 대해 가졌던 호의적인 생각을 보충하게 되었다.

"그리고 바깥분은 재미있는 분이군요. 그분은 사교계 인사들과도 친한 것 같군요. 부인, 의사라는 분들은 모르는 게 없다니까요."

"스완 씨를 위해 그 소나타의 악절을 연주하겠습니다!"라고 피아니스트가 말했다.

"허어! 저런! 설마하니 '세르팡 아 소나트'〔Serpent à Sonates : 소나타에 사용하는 뱀 모양으로 된 관악기〕는 아니겠죠?" 하고 포르슈빌이 효과를 노리고 물었다.

그런데 여태껏 이런 재담을 들어본 적이 없던 코타르는 그것이 무슨 뜻으로 쓰인 말인지를 알지 못해 포르슈빌 씨의 착오라고 생각했다. 그는 그것을 정정하려고 씩씩하게 나섰다.

"천만에요. 그건 세르팡 아 소나트라고 하지 않아요. 방울뱀은 세르팡 아 소네트(Serpent à Sonettes)라고 한답니다"라고 그는 성급하게 열을 올리고는 의기양양한 말투로 말했다.

포르슈빌이 그에게 재담의 뜻을 설명했다. 의사는 얼굴을 붉혔다.

"재미있지 않습니까, 의사 선생님?"

"뭐! 그거라면 저도 오래전부터 알고 있습니다"라고 코타르는 대답했다.

그러나 그들은 입을 다물었다. 두 옥타브에 걸쳐 살랑거리는 지속부로 소악절을 감싸고 있던 바이올린 트레몰로의 소요 아래서—흡사 산악 지방의, 현기증이 날 정도로 기세 사납게 낙하하는데도 보기에는 꼼짝도 않는 듯이 보이는 폭포 뒤편에서, 그보다 두 걸음 정도 낮은 곳에서 산책하는 여인의 가냘픈 모습이 보이듯이—그 소악절이 방금 끊임없이 투명하게 울리는 긴 물결의 장막으로 보호되어, 멀리서, 우아하게 그 모습을 드러냈던 것이다. 그리고 스완은 마음속으로 마치 자신의 사랑 얘기를 들어주는 여인을 대하듯이, 아니면 저런 포르슈빌 같은 인간에게 신경 쓰지 말라고 다정스레 말해줄 오데트의 여자 친구를 대하듯이 그 소악절에 말을 건넸다.

"어쩜! 늦으셨군요" 하고 베르뒤랭 부인은 '이쑤시개'를 사용할 시간[식사가 끝나갈 무렵이라는 뜻]에만 초대했던 한 신자에게 말했다. "이 자리에는 비길 데 없이 훌륭한 웅변가이신 브리쇼라는 분이 계셨지요. 그런데 이미 떠나셨어요. 안 그래요, 스완 씨? 그분과 만난 건 처음이시죠?"라며, 부인은 그가 브리쇼를 알게 된 것은 자기덕분임을 환기시키면서 말했다. "브리쇼 씨는 호감이 가는 분이에요, 안 그래요?"

스완은 공손히 머리를 숙였다.

"그렇지 않나요? 그분이 재밌지 않았나요?"라고 부인은 쌀쌀하게 물었다.

"천만에요, 부인. 매우 즐거웠습니다. 제 취향에는 그분이 좀 지나치게 단호하고 다소 지나치게 쾌활한 것 같습니다. 저는 그분에게 좀 주저하는 빛과 상냥함이 있었으면 합니다만. 그래도 아는 것이 많고, 매우 충직한 분인 듯하더군요."

일동은 매우 늦게 돌아갔다. 코타르가 아내에게 한 첫마디는,

"오늘 저녁처럼 활기에 찬 베르뒤랭 부인은 거의 본 적이 없었지" 하는 말이었다.

"베르뒤랭 부인은 정확히 어떤 사람이죠, 조금 수상쩍은 사람 아닌가요?" 하고 포르슈빌이 화가에게 같이 돌아가자고 제의하면서 물었다.

오데트는 포르슈빌이 멀어져가는 것을 섭섭한 마음으로 바라보았다. 그러나 스완과 함께 돌아가지 않겠다는 말은 감히 꺼내지 못했다. 마차 안에서 기분이 좋지 않았던 그녀는, 스완이 그녀의 집에 들러도 좋겠느냐고 물었을 때 참을성 없게 어깨를 으쓱해 보이며 "물론이죠"라고 말했다. 모든 손님들이 떠나자, 베르뒤랭 부인이 남편에게 말했다.

"우리가 라 트레모유 부인에 대해 말했을 때, 스완이 바보 같은 웃음을 터뜨린 걸 눈치채셨어요?"

그녀는 라 트레모유라는 이름을 말할 때 스완과 포르슈빌이 몇 번이나 '드'를 생략하는 것을 주목했었다. 그들이 작위를 겁내지 않는다는 것을 보이려고 그런 것이라고 확신한 그녀는 자기도 그들의 자존심을 흉내내고 싶었지만, 어떤 문법적 형식을 취해야 그것이 표현되는지 전혀 알 수가 없었다. 그리하여 부인의 저속한 어투가 그녀의 강경한 공화주의 정신보다 더 강해지면서, 그녀는 드 라 트레모유(de La Trémoïlle) 가문이라고 말했다. 아니 오히려 '드' 자를 희미하게 하며, 마치 카페에서 부르는 샹송 가사라든가, 만화가들이 설명 부분에 사용하는 식의 생략문처럼 드 라 트레모유(d' La Trémoïlle)라고 말했다. 그러다가 그녀는 새삼 '라 트레모유 부인(Madame La Trémoïlle)'이라고 고쳐 불렀다. 그녀는 '스완식으로 말해 공작 부인'이라고, 그런 천진난만하고 우스꽝스러운 칭호는 인용

할 따름이지 자기 의사로 택한 것이 아니라는 것을 증명하는 웃음을 입가에 띠며, 비꼬는 듯한 어투로 덧붙였다.

"여보, 난 그 사람을 아주 바보라고 생각했다우."

그러자 베르뒤랭 씨가 대답했다.

"그 사람은 솔직하지 못해. 교활한 데다 늘 이럴까 저럴까 망설이는 사내야. 항상 쌍방에 좋게 말하려 하지. 하지만 그는 포르슈빌과는 얼마나 다르냐 말야! 그는 적어도 당신에게 자신의 생각을 솔직하게 말하는 사람이지. 그게 당신 마음에 들건, 들지 않건 간에 말이야. 이래도 좋고 저래도 좋다고 하는 스완과는 달리. 게다가 오데트도 포르슈빌 쪽을 더 좋아하는 것 같아. 당연하지. 요컨대, 스완은 우리에게 자기가 사교계의 인사인 척하고, 여러 공작 부인들에 대해 일인자인 척하지만, 적어도 포르슈빌에게는 작위가 있거든. 그분은 항상 포르슈빌 백작이시란 말이야." 베르뒤랭 씨는 미묘한 표정을 지으며 덧붙였다. 마치 그 백작 집의 역사에 정통해 있어, 그 집안 특유의 가치를 손으로 세밀하게 재어보기라도 하는 듯이.

"여보," 하고 베르뒤랭 부인이 말했다. "스완이 아주 우스꽝스럽고 독살스러운 빈정거림을 브리쇼에게 쏘아대야겠다고 생각했나 보죠. 물론 그는 브리쇼가 우리 집에서 애호받는다는 걸 알았고, 따라서 그건 결국 우리 얼굴에 먹칠을 하고 우리 만찬회를 헐뜯으려는 수작이었던 거예요. 선량하고 친한 친구가 집을 나가면서 욕하는 듯한 기분이에요."

"그러니까 당신에게 말하지 않았소"라고 베르뒤랭 씨가 대답했다. "조금이라도 훌륭한 사람이면 누구든 시기하는 작자이며 인생의 낙오자라고."

사실 스완만큼 악의가 없는 신자도 없었다. 그러나 그들 모두는 잘 알려진 농담으로, 또 약간의 감동과 다정스러움으로 그런 험구에 주의 깊게 양념을 쳤던 것이다. 스완이 대담하게 입 밖에 내는 어떤 겸손에도 "우리가 말하는 건 나쁜 게 아닙니다"라는 식의 습관적인 형식이 없었는데, 그는 그런 식으로 자신을 낮추기를 싫어했고, 따라서 그들에게는 그것이 하나의 배신으로 보였던 것이다. 세상에는 독창적인 작가들이 있어, 그들은 무엇보다도 대중의 취미에 아부하려 하지 않으며, 대중에게 익숙한 상투어를 쓰지 않기에 그들 문체가 조금만 독창적이어도 대중의 노여움을 사는 경우가 있는데, 스완이 베르뒤랭 씨를 분개하게 만든 것도 그것과 마찬가지였다. 스완의 경우도 그런 작가의 경우와 마찬가지로, 그를 뱃속이 검은 사람으로 여기게 만든 것은, 그 용어의 독창성이었다.

스완은 아직 자신이 베르뒤랭네에서 총애를 잃어간다는 사실을 몰랐으며, 그의 사랑을 통해서 그들의 우스꽝스러움을 계속 좋게만 보았다.

오데트와의 거듭되는 밀회는 거의 밤에만 이루어졌다. 그런데 낮 동안에 그녀의 집을 방문한다면 그녀를 귀찮게 구는 것은 아닐까 두려워하면서도, 어쨌든 그녀의 생각만은 언제나 자기가 차지하고 싶었다. 그래서 그는 그녀의 마음속에 들어갈 기회를, 그것도 그녀의 마음에 드는 방법으로 찾으려고 끊임없이 애를 썼다. 꽃가게나 보석상 진열창 앞에서 마음에 드는 작은 관목이나 보석을 보면, 그는 곧바로 그것을 오데트에게 보내야겠다고 생각하고, 그것으로 인해 그에게 일어난 기쁨이 그녀에게도 느껴질 것이며, 그렇게 되면 그에 대한 그녀의 사랑이 증대될 것이라고 상상했다. 그리고 그녀가 그가 보내는 선물을 받는 순간, 왠지 자신이 그녀 곁에 있다는 느낌을 받는 그런 순간을 늦추지 않으려고 당장 라 페루즈 거리로 그걸 배달하도록 했다. 특히 그는 그녀가 외출하기 전에 그것들을 받기를 바랐다. 그렇게 되면 그녀가 느낀 감사의 마음 때문에, 베르뒤랭네에서 그를 만났을 때, 그녀가 그를 더욱 다정스럽게 맞아줄지도 모르는 일이었다. 또 누가 알겠는가? 가게 주인만 서둘러준다면, 어쩌면 저녁 식사 전에 그녀의 편지가 날아올지도 모르고, 혹은 그녀가 고마움을 표시하려고 특별히 몸소 그의 집을 방문할지도 모르지 않는가. 오래전에 오데트의 성격을 알려고 그녀가 화났을 때의 반응을 시험해봤을 때처럼, 그는 그녀가 고맙게 느낄 때의 반응을 통해, 그녀가 아직 그에게 드러내지 않는 감정의 내적인 면을 그녀에게서 조금이라도 끌어내고 싶었던 것이다.

돈이 궁했던 그녀는 빚 독촉을 받게 되면 그에게 도움을 청하러 오는 일이 자주 있었다. 그는 그것이 기뻤다. 자신이 그녀에게 품는 사랑, 또는 단지 자신의 위력, 또 자신이 그녀에게 해줄 수 있는 도움을 오데트로 하여금 명백하게 느끼도록 하는 그 모든 것이 그에게는 기뻤다. 처음에 누군가가 스완에게 "그녀의 마음에 든 것은 자네 지위라네"라고 말했더라도, 또 지금에 와서는 "그녀가 자네를 좋아하는 건 자네 재산 때문이야"라고 말하더라도, 그는 그 말을 곧이듣지 않을 것이며, 또 속물주의나 돈만큼 강한 그 무엇에 의해 그녀가 그에게 사로잡혀 있다고 사람들이 상상하더라도—그런 무엇에 의해 두 사람이 결합되어 있다고 사람들이 느끼더라도 그다지 불만스럽게 여기지 않을 것이다. 또 그걸 사실로 생각했다 해도, 아마도 그는 그녀가 그에게서 느낄 매력이나 장점보다도 더 지속적인 지주(支柱), 즉 그녀가 그를 만나기를 그만두려고 할지도 모르는 그날이 오는 걸 영원히 막아주게 될 이해관계를, 오데트의 사랑 속에서 발견했다고 해서 괴로워하진 않았을 것이다. 그는 당분간 그녀에게 한껏 선물을 바치고 여러 가지를 돌봐주면서, 스스로 그녀의 마음에 들려고 하는 그 힘든 배려를, 자신의 인품이나 지성과는 무관한 여러 가지 우월성에 맡기는 것으로 만족할 수 있었다. 그리고 사랑에 빠져 있으며 사랑만으로 산다는 쾌락, 이 쾌락의 현실성이 이따금 그에게는 의심스럽게 보이기도 했지만 결국 그런 쾌락, 무형의 감동에서 일어난 향락에 그가 지불하는 대가가 그로 하여금 그 쾌락의 가치를 더하게 해주었다. 마치 바다의 풍경과 물결 소리가 그 정도로 매혹적인 것인가 하고 의심스러워하던 사람들이, 그런 것을 맛볼 호텔 방을 하루에 1백 프랑씩으로 빌림으로써 그 아름다움을 이해하는 동시에 돈에 개의치 않는 자신들의 취미가 장점도 된다는 사실을 확신하듯이.

어느 날, 그는 그런 유의 생각을 하던 중 오데트가 누군가의 정부인 것 같다는 옛 기억으로 빠져들어가서, 몇 번인가 누군가의 정부라는 이 야릇한 인물을, 귀스타브 모로가 그린 환상의 여인처럼, 갖가지 고귀한 보석으로 얽은 악의 꽃을 몸에 달고 뭔지 알 수 없는 악마적인 뭇 요소들을 반짝이는 이 혼합체를, 그 옛날 그가 친히 어머니나 친구들의 얼굴에서 보았던, 불행에 대한 연민의 정, 불의에 대한 노여움, 호의에 대한 감사의 정과 같은 그런 감정을 얼굴에 나타내는 오데트와 비교하며 재미있어했다. 그리고 지금 그런 정부와 자신이 가장 잘 아는 것들, 즉 그의 수집품, 그의 방, 그의 늙은 하인, 그가 증권을 맡긴 은행가 따위에 자주 화제를 돌리는 오데트를 비교해보았다. 그러자 마지막으로 생각난 은행가의 얼굴이 그로 하여금 은행에서 약간의 돈을 찾아야 한다는 사실을 생각나게 해주었다. 사실, 만약 5천 프랑을 준 지난달처럼, 이달에도 오데트의 물질적인 궁핍을 아낌없이 도와주지 않거나, 또 그녀가 갖고 싶어 하는 다이

아몬드 목걸이를 사주지 않는다면, 그의 아량에 대한 그녀의 감탄이나 감사의 마음, 그를 그토록 행복스럽게 만드는 이들 감정을 그녀의 마음속에서 새롭게 하기는 힘들 것이며, 뿐만 아니라 사랑의 표시가 줄어든 것을 보면, 그녀로 하여금 자신에 대한 그의 애정이 감소된 줄로 생각하게 할 위험마저 생길 것이 아니겠는가. 그러자 돌연, 돈을 보낸다는 것, 이것이 바로 그녀를 '거느리는 것'이 아닌가(마치 실제로, 거느린다는 관념은 신비하지도 사악하지도 않은, 자신의 일상생활 밑바닥에 속해 있는 여러 요소에서 뽑아낼 수 있는 것으로, 가령 그의 하인이 생활비와 방세를 내고 난 후에 그의 오래된 사무용 책상 서랍 속에 넣어두었던 것을 다시 꺼내, 거기에 다른 넉 장을 첨부해서 오데트에게 보내준 1천 프랑짜리 지폐라는 요소에서 추려낼 수도 있는 것처럼) 하고 자기 자신에게 묻고, 그리고 또 그녀와 친하게 지내면서부터(그녀가 그전에 남의 돈을 받았으리라고는 꿈에도 생각하지 않았기에) 그녀와 양립할 수 없는 것으로 믿어온 이 '정부(情婦)'라는 낱말이 그녀에게도 해당되는 것은 아닌가 하고 그는 자문해보았다. 그는 그 생각을 더 깊게 할 수 없었다. 왜냐하면 그때, 마치 한참 뒤에 도처에 전등 설비가 되었을 때 스위치 하나로 집 안의 전등을 끌 수 있게 되었듯이, 그의 선천적이고 간헐적이고 숙명적인 우둔한 정신이 폭발하면서 그의 지성 속에 있는 모든 빛을 꺼버렸기 때문이다. 그의 사고는 잠시 어둠 속을 더듬었다. 그는 안경을 벗어 알을 닦고, 손으로 눈을 비볐다. 그러나 그가 그 빛을 다시 본 것은, 아주 다른 생각에 직면해 있다는 걸 깨달았을 때였다—오데트를 깜짝 놀라게 해주려고, 다음 달에는 그녀에게 5천 프랑이 아니라 6천이나 7천 프랑을 보내야겠다는 생각이 들었던 것이다.

저녁에 그가 베르뒤랭네에서, 아니 오히려 그들 두 사람이 좋아하는 부아나 특히 생 클루의 여름철 레스토랑에서 오데트를 만나게 될 시간을 기다리며 집에 있지 않을 때면, 그는 예전에 단골손님이던 운치 있는 집 가운데 한곳으로 저녁 식사를 하러 가곤 했다. 그는 언젠가는 오데트에게 도움이 될지도 모르는—누가 알랴?—사람들과 교제를 끊고 싶지 않았으며, 또 그동안 그들 덕분에 그녀를 즐겁게 해주는 데 자주 성공했다. 그리고 오랫동안 사교계나 사치스런 생활에 젖어버린 습관 때문에, 그는 멸시는 하면서도 그와 동시에 그것을 필요로 했으며, 매우 수수한 오두막집도 제후의 궁전과 같이 하나의 집이라고 생각은 하면서도 그의 감각은 너무나 궁전에 익숙해 있었으므로, 초라한 집에 있게 되면 불쾌감마저 느꼈다. 그는 데(D) 계단의 육층, 층계참의 왼쪽에 있는 방에 손님을 초대하여 댄스파티를 여는 소시민이나, 파리에서 제일가는 향연을 베푸는 파름 대공비를 똑같은 계급으로 생각했다. 누가 양자를 동일시하겠는가? 하지만 스완은 그 정도로 양자를 동일시했다. 그러나 그는 그런 집 여주인의 침실에서 영감쟁이들과 같이 있다 보면, 아무래도 무도회에 와 있다는 느낌이 들지 않았다. 또한 수건이 잔뜩 걸려 있는 세면대, 침대보 위에 외투와 모자가 수북이 쌓여 있어 갱의실로 둔갑해버린 침대를 보면, 오늘날 20년 동안 전기에 익숙해져 있는 사람에게 그을음을 내며 타는 램프나 야등 냄새가 일으킬 질식감과 똑같은 느낌이 들었다.

    시내에 나가서 저녁 식사를 하는 날이면, 그는 7시 30분에 마차를 준비시켰다. 그는 늘 오데트를 생각하며 옷을 갈아입었고, 따라서 혼자라는 느낌은 들지 않았다. 그도 그럴 것이 오데트에 대한 끊임없는 생각이 그녀가 곁에 있을 때와 마찬가지로 그녀에게서 멀리 있는 순간에도 특이한 매력을 주었기 때문이다. 마차에 몸을 실었다. 그와 동시에 그녀에 대한 생각도 마차로 뛰어오르는 것을 느꼈다. 그러고는 그 생각이 어디든지 데리고 다니고, 식사 때도 회식자 몰래 테이블까지 데리고 다니는 애완동물처럼 그의 무릎 위에 자리 잡는 것을 느꼈다. 그는 그것을 쓰다듬으며, 그 따스한 기운으로 그의 몸을 데웠다. 그리고 일종의 무력감을 느끼며 매발톱꽃 한 송이를 단춧구멍에 꽂았을 때, 그는 목과 코를 경련시키는, 처음으로 느끼는 가벼운 떨림에 몸을 맡겼다. 얼마 전부터, 특히 오데트가 베르뒤랭네에 포르슈빌을 소개하고 나서부터 괴로움과 비애감을 느끼던 스완은, 될 수 있으면 잠깐 시골에 가서 마음을 안정시키고 싶었다. 그러나 오데트가 파리에 있는 동안은 단 하루도 파리를 떠날 용기가 나지 않았다. 날씨는 따뜻했다. 매우 화창한 봄 날씨였다. 그는 어느 돌투성이 시가를 지나 아무도 모르는 집으로 가고 싶었지만 헛수고였다. 끊임없이 눈앞에 아른거리는 것, 그것은 그가 콩브레 근처에 소유한 어느 정원이었다. 거기서는 4시가 지나면, 아스파라거스 묘목에 이르기도 전에 메제글리즈 들판에서 불어오는 바람 덕분에 마치 물망초와 글라디올러스에 둘러싸인 연못가에 있는 듯이 나무 정자 밑에서도 시원함을 맛볼 수 있었으며, 또 거기서 저녁 식사를 들 때면 정원사가 서로 얽어놓은 까치밥나무 열매와 장미 향기가 식탁 주변에 감돌았다.

저녁 식사 후에, 만약 부아나 생 클루에서 조금 일찍 만나기로 약속되어 있을 때면, 그는 식탁에서 물러나 매우 황급히—특히 당장에 비라도 내릴 듯하여 여느 때보다 일찍 '신자들'이 돌아갈 것 같은 날에는 더욱더—떠났기에, 한번은 롬 대공 부인(이 댁에서의 저녁 식사가 늦었기에 스완은 부아 섬에 있는 베르뒤랭네 사람들과 만나려고 커피가 나오기 전에 떠났던 것이다)이 이렇게 말했다. "정말이지,

만약 스완이 지금보다 서른 살은 더 먹어 당뇨병에라도 걸렸다면, 그가 저렇게 빠져나가는 것을 용서할 수 있을 거예요. 아무튼 그는 사교계를 무시하고 있어요."

봄의 매력, 그는 그것을 콩브레에 가서 맛볼 수는 없지만, 그래도 백조의 섬이나 생 클루에서 찾을 수는 있겠거니 하고 생각했다. 그러나 그는 오데트밖에는 생각할 수 없었으므로 자신이 나뭇잎 향기를 맡았는지, 거기에 달빛이 있었는지조차 통 모르고 있었다. 정원에서, 레스토랑의 피아노로 연주되는 소나타의 소악절이 그를 맞이했다. 만약 정원에 피아노가 없을 때는, 베르뒤랭 부부는 방이나 식당에서 그것을 운반해오느라고 보통 수고를 하는 것이 아니었다. 그러나 그것은 스완이 그들에게서 환대를 받기 때문이 아니라 그 반대였기 때문이다. 말하자면, 누군가를 위해, 그들이 좋아하지 않는 누군가를 위해서조차 빈틈없는 오락을 마련해놓자는 생각이, 그런 준비를 하는 동안에, 일시적으로 일어난 공감과 온정의 감정을 그들 마음속에 키워놓았던 것이다. 이따금 그는 또다시 새봄의 하룻저녁이 지나감을 느끼고, 억지로라도 수목과 하늘에 눈을 돌리려고 했다. 그러나 오데트의 존재가 그에게 일으킨 동요와 아까부터 그를 떠나지 않는 약한 열병은, 자연이 줄 수 있는 인상의 필수 불가결한 배경인 고요와 안락을 그에게서 빼앗았다.

어느 날 저녁, 스완이 베르뒤랭네 만찬에 초대되어 식사를 하던 중 내일은 옛 친구의 연회가 있다고 말하자, 오데트는 식탁 한복판에서 이제는 신자의 한 사람이 된 포르슈빌과 화가, 그리고 코타르 앞에서 이렇게 대답했다.

"네, 연회가 있는 줄 저도 알고 있어요. 그럼 우리 집에서만 뵙겠군요. 하지만 너무 늦게 오진 마세요."

오데트가 어느 신자에게 우정을 보이더라도 스완이 진심으로 시기한 일은 한 번도 없었지만, 그녀가 이렇듯 모든 사람들 앞에서 태연하고 자연스럽게 두 사람의 매일 밤의 밀회, 그녀의 집에서 그가 차지하는 특권적인 지위, 거기에 포함된 그에 대한 그녀의 편애 등을 인정하는 걸 듣자, 깊은 감미로움을 느꼈다. 물론 스완은 오데트가 어느 모로 보나 이목을 끌 만한 여자는 아니라고 생각했었고, 또 그는 자기보다 열등한 자에게 절대권을 행사해왔기에 그 권리가 '신자'들 면전에서 발표되는 걸 보아도 전혀 흡족할 만한 까닭이 없었으련만, 오데트가 많은 남성들에게 매혹적이고 탐나는 여성으로 보인다는 걸 알고부터는, 다른 사람들이 느끼고 있는 그녀의 육체적 매력이 그로 하여금 그녀 마음의 아주 작은 구석까지도 완전하게 지배하고 싶다는 괴로운 욕망을 그의 마음속에 눈뜨도록 했던 것이다. 그리고 그는 그녀의 집에서 보낸 밤의 시간, 그녀를 무릎에 앉혀놓고, 이것저것 그녀가 생각하는 바를 얘기하도록 하고, 이제 이 지상에서 그가 유일하게 소유하고 싶어 하는 단 하나의 보배를 살펴보던 그 순간들에 대단히 귀중한 가치를 부여하기 시작했다. 그래서 그 만찬 후, 그녀를 따로 데려가서, 그가 느끼는 감사의 정도에 따라 그에게 준 기쁨의 정도— 최상의 기쁨은 그의 사랑이 변함없이 계속되어, 그의 사랑이 상처를 받기 쉬운 동안은 그가 질투를 일으키지 않도록 해주는 것이었다—를 알고자 애쓰면서, 그는 진심으로 그녀에게 감사하는 걸 잊지 않았다.

그 다음 날, 그가 연회에서 나왔을 때는 비가 억수로 내리고 있었는데, 공교롭게도 그에게는 무개 사륜마차밖에 준비되어 있지 않았다. 한 친구가 타고 온 마차로 집까지 데려다주겠다고 했고, 또 오데트가 스완에게 와달라고 청한 사실로 미루어보아, 그녀가 다른 놈팡이를 기다리지는 않는다는 확신이 있었기에, 이렇게 빗속에 나돌아 다니느니 집으로 돌아가서 자는 편이 정신도 안정되고 마음도 편할 것 같았다. 그러나 혹시 자기가 늦은 밤 시간을 언제나 예외 없이 그녀와 함께 보내고 싶어 하는 것은 아닌 것 같다고 보인다면, 그녀는 스완이 유달리 원하는 날, 그를 위해 시간을 남겨두는 일을 소홀히 할 것이 아니겠는가.

그는 11시가 넘어서 그녀의 집에 이르렀다. 그가 좀 더 빨리 올 수 없었던 이유를 변명하니까, 그녀는 사실 너무 늦었다고 불만스러워하면서, 벼락 때문에 마음이 편치 않으며, 두통이 나서 30분 이상은 못 모시니, 자정에는 돌아가셔야 한다고 미리 말했다. 그리고 잠시 후에 그녀는 피곤을 느끼며 자고 싶어 했다.

"그럼, 오늘 밤엔 카틀레야가 없는 거요?" 하고 그는 그녀에게 물었다. "난 감미롭고 귀여운 카틀레야를 바랐는데."

그러자 오데트는 좀 뾰로통하고 신경질적인 투로 대답했다.

"안 돼요, 오늘 밤엔 카틀레야가 없기에요. 몸이 좋질 않아요!"

"카틀레야로 좋아질지 누가 알아요. 아무튼 강요하지는 않겠소."

그녀는 스완에게 돌아가기 전에 불을 꺼달라고 부탁했다. 스완은 손수 침대의 커튼을 내리고 밖으로 나왔다. 그러나 집에 돌아오자마자 갑자기 필시 오데트는 오늘 밤 어느 놈팡이를 기다리는 것이고, 그녀는 단지 피곤한 체했을 뿐 불을 꺼달라고 부탁한 것도 실은 그녀가 잠을 자려 한다는 걸 자신에게 믿게 하려 했을 뿐이며, 자기가 나오자마자 곧 불을 다시 켜고, 그녀 곁에서 밤을 보내기로 되어 있는 놈팡이를 불러들였을 거라는 생각이 떠올랐다. 그는 시계를 보았다. 그녀의 곁을 떠난 지 겨우 한 시간 30분가량 되었다. 그는 다시 집을 나와 삯마차를 타고, 그녀의 집 뒤쪽에 있는 거리, 그가 여러 번 침실의 창문을 열도록 창을 두드리러 가던 거리와 수직으로 난 골목길에 마차를 세우고 내렸다. 그 거리의 사방은 적막하고 캄캄했다. 몇 걸음도 채 걷지 않고 그는 그녀의 집 앞에 이르렀다. 그 거리에 있는 모든 창문은 이미 오래전에 불을 꺼 캄캄한 가운데, 단 하나의 창에서 그 덧문 사이로 신비로운 금빛 과육(果肉)을 짜내면서 방 안에 가득 찬 불빛이 넘쳐 나오는 게 눈에 띄었는데, 그 불빛이야말로 지나간 숱한 밤마다 그 거리에 이르러 멀리서 그것을 바라볼 때마다 그를 기쁘게 해주며 '그녀가 바로 여기서 당신을 기다리고 있어요' 하고 알려주었던 것인데, 지금은 '그녀는 기다리던 사내와 함께 바로 여기 있어요'라고 말하면서 그를 괴롭혔다. 그는 그 사내가 누군지 알고 싶었다. 벽을 따라 슬그머니 창문까지 다가갔으나, 덧문의 비스듬한 금속판 사이로는 아무것도 보이지 않았다. 단지 밤의 고요 속에서 속삭이는 듯한 말소리만이 들려올 뿐이었다.

물론 그는 창틀 뒤, 황금빛 분위기 속에서, 보이지 않는 미운 한 쌍의 움직임을 보는 것이 괴로웠다. 또 자기가 떠난 후에 온 사내의 존재와, 오데트의 위선과, 그녀가 그 사내와 맛보는 행복을 드러내 주는 속삭임을 듣는 것이 괴로웠다. 그렇지만 그는 오기를 잘했다고 생각했다. 그로 하여금 집 밖으로 나오게 한 그 고뇌는, 이제 그 어렴풋함을 잃으면서 동시에 그 격렬함도 잃었던 것이다. 그도 그럴 것이 조금 전에 갑작스럽게 아무런 증거도 없이 의심해보았던 오데트의 또 다른 생활이 바로 그의 눈앞에서 등불에 의해 환히 드러나 있고, 아무것도 모르는 여죄수처럼 갇혀 있어 그가 바라기만 하면 언제라도 들어가 그 현장을 붙들 수도 있기 때문이었다. 그러나 그는 그렇게 하기보다는 차라리 그가 매우 늦었을 때 자주 그랬듯이 덧문을 두드리기로 마음먹었다. 그렇게 하면 오데트는 적어도 자기

2부 스완의 사랑 397

가 안다는 것, 자기가 불빛을 보았고 속삭임을 들었다는 것을 알 테니까. 그리고 오데트가 자기를 속인 일에 대해 다른 사내와 웃고 있겠거니 하고 생각하던 그는, 이제는 그들 두 사람이 자기가 이곳에서 멀리 떨어져 있으리라 여기고, 이미 덧문을 두드리려 마음먹는 자기에게 오히려 속았다는 사실도 모르고 저렇게 야단들이라고 생각했다. 또 그 순간 그가 매우 기분 좋게 느꼈던 것, 그것은 아마도 의혹과 고통이 진정될 때에 느끼는 것과 비슷한 그 무엇, 곧 이지적인 기쁨이었던 것이다. 그가 사랑에 빠지면서부터 여러 가지 사물이 그로 하여금 예전에 느끼던 매혹감을 어느 정도 되찾게 해주기는 했지만, 그것은 어디까지나 오데트의 추억을 통해 비춰진 경우에만 국한된 것이었는데, 지금 그의 질투가 소생시킨 것은 학구적인 젊은 시절에 지녔던 또 다른 정신 작용, 곧 진실에 대한 열정이었다. 그러나 이 역시도 그와 그의 애인 사이에 개입되어 있어서 그녀에게서밖에는 그 빛을 받지 못하는 것이었으므로, 그것은 오데트의 행동이나 그녀의 교제, 그녀의 계획, 그녀의 과거를 그 유일한 대상— 무한한 가치와 거의 모든 이해 관계를 떠난 아름다움을 지닌 대상— 으로 삼는, 완전히 개인적인 진실이었다. 그의 생의 다른 시기에는, 한 인간의 일상적인 사소한 일들과 행동 따위는 스완에게 언제나 무가치하게 보였었다. 그런 것에 대한 수다란 무의미한 것이라고 여겼고, 또 그것을 듣는 동안은 그의 가장 비속한 주의력만이 그 말에 관심을 보였던 것이다. 그럴 때면 그는 자기를 가장 평범한 인간으로 생각했다. 그러나 사랑을 하는 이 야릇한 시기에는 한 개인은 매우 뜻깊은 그 무엇이 되기에, 그 역시 한 여성의 사소한 일에 호기심이 일어나는 것을 느꼈는데, 그것은 지난날 그가 역사에 품었던 호기심과 같았다. 그리고 이제까지는 수치스럽게 여겼을 모든 것, 즉 창문 앞에서 이처럼 동정을 살피거나, 어쩌면 내일은 무관할 제3자로 하여금 교묘하게 발설하도록 하거나, 하인을 매수하거나, 문에서 엿듣거나 하는 이 모든 것이, 이제는 고문서의 판독, 여러 증언의 비교, 기념비의 해석과도 같이 지적이고 참으로 가치 있는 과학적 조사 방법이며, 진실 탐구에 가장 적절한 방법인 것처럼 생각되었던 것이다.

막상 덧문을 두드리려고 하니, 순간 그는 오데트가 자기가 의심을 품고 다시 되돌아와 길에 서 있다는 사실을 알게 된다는 것이 부끄러웠다. 오데트는 그에게, 질투심이 강한 남자와 상대방의 비밀을 살피는 애인은 소름이 끼친다고 자주 말해왔었다. 그러니 자기가 지금 하려고 하는 것은 극히 졸렬한 짓이며, 이 이후로 그녀는 자기를 싫어하리라. 그러나 한편 이 순간 창문을 두드리지 않는다면, 어쩌면 그녀는 자기를 속이면서까지 그를 사랑해줄지도 모른다. 당장 목전의 욕망을 참지 못함으로써 실현될지도 모르는 행복이 얼마나 많이 희생될 것인가. 그러나 그는 진실을 알고픈 욕망이 더욱 강했고, 그에게는 그것이 더 고귀하게 생각되었다. 정확하게 알아내기 위해서라면 목숨이라도 던지고 싶은 이런 상황의 현실은, 마치 예술적인 풍부함 자체가 소중하게 여겨진 원고— 이 원고를 참조해본 학자가 그런 예술적 풍부함을 귀하게 여길 수밖에 없는 원고— 중에서 어느 한 원고의 금박 표지를 볼 때처럼, 불빛으로 줄무늬가 진 창 뒤에서도 쉽게 읽을 수 있는 것임을 알고 있었다. 또한 그는 순간적으로 지나갈 이 유일하고 귀중한 사건 속에서, 자기를 이처럼 열렬하고 강렬하게 반투명한 내용에 열중시키게 만든 그 진실을 알아내려는 데 기쁨을 느꼈다. 그리고 그가 방 안의 두 사람에게 느낀 우월감— 그는 매우 그렇게 느끼고 싶어 했다— 은 아마도 그가 그것을 알고 있었기 때문이라기보다는 그가 알고 있다는 걸 그들에게 보여줄 수 있기에 일어난 것인지도 몰랐다. 그는 발돋움을 했다. 문을 두드렸다. 안에서는 듣지 못한 것 같았다. 다시 더욱 세게 두드렸다. 대화가 그쳤다. 사내의 목소리, 스완이 자기가 아는 오데트의 친구들 중 누구의 목소리인지 알아내려고 애쓰던 그 목소리가 물었다.

"누구요?"

그는 누구의 목소리인지 분간하지 못했다. 또 한 번 두드렸다. 창이 열리고 덧문이 열렸다. 이제는 물러설 방도도 없었다. 그녀에게 다 알려지고 말 테니, 지나치게 볼꼴 사납고, 시기심 많고, 캐기 좋아하는 꼴로 보이지 않도록 그는 아무렇지도 않은 쾌활한 음성으로 소리치기로 했다.

"그대로 자요, 이 앞을 지나가다가 불이 켜져 있기에, 이제 몸이 좀 나아졌는지 알고 싶었소."

그는 바라보았다. 그의 앞에 늙은 신사 두 사람이 창가에 있었고, 그중 한 사람이 등불을 들고 있었다. 그때 그는 방 안을 보았다. 한 번도 본 일이 없는 방이었다. 밤 늦게 오데트의 집에 오곤 했을 때, 아주 똑같은 창문 중에서 유일하게 불이 밝혀진 것이 그녀 창이라고 알아보는 데 습관이 들어 있던 그가 착각을 하여, 그 다음 창인 이웃집 창문을 두드렸던 것이다. 그는 사과한 후 그곳을 떠나 집으로 돌아왔다. 그의 호기심을 충족시킨 결과 그들의 사랑은 안전하다는 사실과, 오래전부터 오데트와 마주할 때면 일종의 냉담함을 가장해왔는데, 질투 때문에 자신이 그녀를 매우 사랑하고 있다는 증거, 즉 두 여인 중에서 그 증거를 잡는 쪽은 언제까지나 매우 열렬히 사랑하지 않아도 무방한, 그런 증거를 그녀에게 보이지 않았다는 사실이 기뻤다.

그는 이 불상사에 관해 오데트에게 말하지 않았고, 자신도 더는 생각하려 하지 않았다. 그러나 이따금 생각에 잠길 때면, 그의 머리는 뜻하지 않던 그 기억을 우연히 만나, 그것과 부딪치며, 그것을 더 깊은 의식 속으로 몰고 가는 일이 있었는데, 그럴 때면 스완은 느닷없이 심한 고통을 느꼈다. 마치 육신의 아픔처럼, 스완의 사고력은 그것을 줄일 수 없었다. 그러나 아무튼 육신의 아픔은 사고력과는 무관한 것이므로, 사고력을 그 아픔에 집중시키게 되면 그 사고력으로 인해 아픔이 줄었다. 잠시 멎었다 할 수도 있을 것이다. 그러나 스완의 아픔은 생각에 잠겨 단지 상기만 해도 다시 일어나곤 했다. 생각하지 않으려는 것 또한 그것을 생각하는 것이고, 고통을 받는 것이었다. 또 친구들과 얘기하며 아픔을 잊고 있을 때, 누군가의 말 한마디가, 마치 조심성 없는 사람이 부상자의 아픈 사지를 조심성 없이 건드렸을 때처럼, 갑자기 그의 안색을 변하게 하는 것이었다. 그러나 오데트를 만나고 돌아올 때, 그는 행복하고 평온했다. 그리고 이러저러한 사람에 대해 얘기할 때는 비웃는 듯하던, 그러나 자기에게는 다정스럽던 오데트의 웃음을 상기했다. 그녀가 처음 마차 안에서 했던 것처럼 얼굴을 기울이면서, 거의 본의가 아닌 것처럼 그의 입술 위로 떨어지려고 중심에서 벗어나게 했던 그녀의 머리 무게를, 또 숙인 머리를 추운 듯 어깨에 파묻고는 그의 팔에 안겨 있는 동안 그를 바라보던 초췌한 눈길을 상기했다.

그러나 곧 그의 질투는, 마치 그의 사랑의 그림자인 양, 그날 밤 그녀가 그에게 던진 새로운 웃음─지금은 거꾸로 되어, 스완을 비웃고 다른 사내에 대한 사랑으로 가득 차 있는─과, 다른 사내의 입술을 향해 기울어진 그녀의 머리와, 또 전에는 그에게 주었지만 이제는 다른 사내에게 주는 온갖 애정의 표시 등으로 뒤범벅이 되었다. 그리고 그가 그녀의 집에서 가져온 관능적인 온갖 기억은, 실내 장식가가 제출한 것과 비슷한 여러 가지 스케치나 '초안'과 같은 것으로, 그녀가 다른 사내들과 함께 있을 때 해 보일 수도 있는 열정적이고 넋을 잃을 듯한 자태를 스완에게 생각나게 해주었다. 그래서 그는 그녀의 곁에서 맛본 쾌락, 자신이 생각해내어 경솔하게도 그녀에게 감미로움을 알려주고 만 애무라든가 그녀의 육체에서 찾아낸 매력 등 그 하나하나를 후회하기에 이르렀다. 왜냐하면 조금만 지나면 그런 것들이 새로운 도구가 되어 그의 고통을 더해줄 것임을 알았기 때문이다.

이러한 고통은, 며칠 전에 오데트의 눈에서 처음으로 본 짧은 시선이 그에게 생각났을 때 더욱 잔혹해졌다. 그것은 베르뒤랭네에서의 저녁 식사가 끝난 후의 일이었다. 포르슈빌은 동서인 사니에트가 베르뒤랭네에서 호의를 받고 있지 못하다는 걸 눈치채고 그를 좌중의 웃음거리로 만듦으로써 그의 희생에 의해 자기 자신을 빛내 보려는 속셈에서였는지, 아니면 사니에트가 그에게 방금 한 말, 그것도 참석자들은 그 뜻을 몰라 눈치채지 못하고 넘겨버린, 아무런 악의 없이 내뱉은, 당사자의 본의와는 어긋나게 어떤 불쾌한 암시가 함축되어 있다고도 볼 수 있는 그 어설픈 한마디에 화가 나서였는지, 아니면 그가 자기를 너무 잘 알고 있고 또 너무나 까다로운 사람이어서 어떤 때는 그의 존재만으로도 거북스럽게 느껴지는 그를 그 집에서 내쫓을 기회를 얼마 전부터 노렸기 때문이었는지, 아무튼 포르슈빌은 사니에트의 그 어설픈 말에 매우 무례하게 대답하고 그에게 모욕을 주는데, 고래고래 소리를 질러대면서 상대의 공포와 고통과 애원에 어찌나 대담해졌던지, 드디어 불쌍한 사니에트는 베르뒤랭 부인에게 남아 있어도 좋겠느냐고 묻고는, 대답을 얻지 못하자 눈물이 글썽해져 뭐라고 중얼거리면서 물러갔었다. 오데트는 표정 하나 변하지 않고 그 장면을 목격했는데, 사니에트의 뒤에서 문이 닫혔을 때 그녀는, 말하자면 비열함에 있어서 포르슈빌과 호흡을 맞출 수 있도록 평소의 얼굴 표정을 몇 단계로 낮추고는 그의 무지막지함을 치하하는 앙큼한 웃음과 희생자에 대한 빈정거림으로 눈동자를 반짝였다. 그녀는 그런 나쁜 짓에 가담한 공범자의 눈길을 포르슈빌에게 던졌는데, 그 눈길은 너무도 분명하게 "이건 사형 집행이군요. 제가 잘못 알았는지는 모르지만. 그 어쩔 줄 몰라하는 표정을 보셨죠? 울고 있었어요"라고 말했다. 포르슈빌은 그런 눈길과 마주치자, 계속 충천해 있던 노기, 아니면 그런 척하고 있던 노기에서 깨어나 웃음을 지으며 대답했다.

"그가 상냥하기만 했어도 아직 이 자리에 있었을 텐데. 진심에서 우러난 징계란 나이가 어떻든 간에 유익한 것이죠."

어느 날 스완은 방문할 곳이 있어 오후에 외출했는데, 만나려던 사람을 만나지 못하자, 오데트의 집에 들러야겠다고 생각했다. 이런 시각에 그녀의 집에 간 적은 한 번도 없었지만 지금쯤은 그녀가 집에서 낮잠을 자거나 차(茶) 시간에 앞서 편지를 쓸 거라고 생각했기에, 폐가 되지 않을 정도로 그녀를 잠깐만 만나는 것도 즐거울 거라고 생각했다. 문지기는 마님이 안에 계시는 줄로 안다고 그에게 말했다. 스완은 초인종을 눌렀다. 인기척이 들리고 발소리가 들린 듯했지만 문은 열리지 않았다. 근심스러우면서도 화가 난 그는 집의 맞은편에 나 있는 골목길로 가서 오데트의 방 앞에 섰다. 커튼에 가려 아무것도 보이지 않았다. 창을 세게 두드렸고, 이름을 불렀다. 아무도 문을 열지 않았다. 이웃 사람들이 자신을 바라보고 있다는 것을 알았다. 발소리가 들린 듯이 여겨진 것은 아마도 자신의 착각인 것 같다고 생각하면서 그는 그 자리를 떠났다. 그러나 그 일에 너무 신경이 쓰여 다른 생각은 전혀 할 수도 없었다. 한 시간 후에 다시 가보았다. 그녀가 있었다. 그녀는 그에게 아까 초인종이 울렸을 때 집에 있긴 했지만 잠이 들어 있었는데, 초인종 소리에 잠이 깨어 스완이라고 짐작하고 달려나갔지만 이미 떠나버린 후였다고 말했다. 그녀는 그가 창을 두드리는 소리를 분명히 들었던 것이다. 스완은 이 말속에 어떤 정확한 사실의 한 토막이 들어 있다는 것을 곧 알아챘다. 그것은 허를 찔린 거짓말쟁이가 그 허위 사실을 거짓과 함께 어울리게 하여 감춰버리면, 그것이 진실처럼 보일 것이라고 생각하여, 자신이 꾸며낸 거짓 사실의 구성 속에 그 허위 사실을 집어넣음으로써 위안받는 사실의 한 토막이었다. 확실히 오데트는 자신이 드러내고 싶지 않은 무슨 일을 하고 났을 때면, 곧잘 마음속에 감추곤 했다. 그러나 그녀는 속이고자 하는 사람 앞에 있기는 해도, 곧 마음이 흔들리고 온갖 사념이 무너져내려, 속임수와 추리 능력은 마비되어버리고 머릿속은 텅 빌 뿐이었다. 그래도 뭔가를 꾸며대야만 했기에, 그녀의 능력과 감추고 싶었던 바로 그것이 맞부딪치고, 결국 진실이기에, 그것만이 거기에 남았다. 그녀는 거기서 그녀 자신에게는 중요치도 않은 작은 토막을 떼어내어, 그것은 진짜 조각이어서 거짓 조각보다는 덜 위험할 것이므로 무엇보다도 그것이 더 낫겠다고 속으로 생각했다. '적어도 이건 정말이니까' 하고 그녀는 스스로에게 말하고, '아무튼 득이 되겠지, 조사해 볼 테면 조사해보라지. 그래 봐야 정말이란 걸 알 뿐일 테니. 언제라도 진실이 나를 배신하진 않을 거야.' 이건 잘못된 생각이었다. 그것이 그녀를 배신했다. 그 진짜 조각은 여러 개의 각을 가지고 있어서, 그녀가 임의로 떼어낸 진짜 사실에 인접된 조각들 속에밖에는 끼워 넣을 수 없는 것이었으므로, 그녀가 그 조각을 아무리 꾸며낸 틀 사이에 끼워 넣는다 해도,

그것이 늘 삐져나오든가 아니면 제대로 끼워지지 않기에 그녀가 꾸며낸 그 사실 속에 들어갈 수 없다는 것을 그녀는 알지 못했다. '내가 초인종을 누르고, 그 다음에 창을 두드린 것을 들었다고 그녀는 실토하고 있다. 또 그것이 나인 줄 알았고, 나를 보고 싶었다고 실토하고 있다.' 스완은 마음속으로 말했다. '그런데 이것은 그녀가 문을 열어주지 않았던 사실과 앞뒤가 맞지 않는다.'

그러나 그는 그녀에게 그런 모순을 지적하지는 않았다. 왜냐하면 그대로 내버려두면, 어쩌면 오데트가 진실의 조그만 실마리가 될 만한 거짓말을 하게 될지도 모른다고 생각했기 때문이다. 그녀는 나오는 대로 지껄였다. 그는 그녀의 말을 가로막지 않았다. 그녀가 그에게 들려주는 말을 가슴은 아팠지만 경건한 마음으로 열심히 주워 모았다. 그리고 그 말에는 매우 소중하지만, 슬프게도, 간파할 수 없는 현실─아까 3시에 그가 왔을 때 그녀가 하고 있던─, 그 현실의 흔적이 마치 거룩한 장막처럼 모호하게 담겨 있으며, 또 그 현실의 어렴풋한 윤곽이 표현되어 있음을 느꼈다. (그것은 그녀가 말을 하면서도 그 말속에 그 현실을 감추었기 때문이다.) 또한 그것에 관한 한 그런 거짓말, 즉 알아차릴 수 없는 완전무결한 자취밖에는 얻지 못할 그 현실은, 그것을 평가할 줄도 모르면서 그것을 바라보며, 더구나 그것을 그에게 넘겨주려고 하지도 않는 그녀의 은닉자와 같은 기억 속에는 더는 존재하고 있지도 않았던 것이다. 물론 그는 일상적인 오데트의 행위 자체는 열정적인 흥미를 끄는 것도 아니며, 또 그녀가 다른 뭇 사내들과 맺고 있을지도 모르는 관계도, 일반적으로 보아 사고력이 있는 인간에게 자살 충동을 일으킬 정도로 병적인 슬픔을 발산하는 것은 아니란 걸 이따금 확신하곤 했다. 그런 생각이 들 때면 그는, 그런 관심이나 슬픔은 마치 어떤 질병처럼 단지 자기 몸

안에만 있는 것으로, 병이 낫게 될 때는 오데트의 여러 행위나 뭇 사내들에게 줄지도 모르는 키스가, 다른 많은 여자들의 경우처럼 그의 마음을 괴롭히지 않으리라는 생각이 들었다. 그러나 그렇다고 지금 스완이 품은 괴로운 호기심의 원인이 단지 그의 내적인 문제일 뿐이라는 사실, 그 사실이 그로 하여금 그 호기심을 중요하게 여기는 것이나 그 호기심을 충족시키려고 전력을 기울이는 건 어리석은 일이란 걸 깨우쳐준 것은 아니었다. 그것은 스완이 어떤 나이에 이르렀기 때문인데, 그 나이 정도에 이른 사람의 철학—당시의 철학, 또 스완이 오랫동안 살아온 사회의 철학, 롬 대공 부인 일파의 철학(스완은, 인간의 총명이란 만사를 의심하는 정도에 따른 것이며, 사실이면서도 이론의 여지가 없는 것은 각자의 취미밖에는 없다는 이 일파의 의견에 동의했었다)에 의해 뒷받침된 것이었는데, 그것은 이미 젊은이의 철학이 아니라, 그들이 열망하는 대상을 객관화하기보다는, 남아 있는 정열이나 습관의 잔재를 이미 흘러가버린 세월에서 끌어내려 하고, 또한 그런 정열이나 습관을 그들의 영원한 특징으로 간주하여, 자신들의 생활 방식이 그런 것을 만족시킬 수 있는지를 무엇보다도 곰곰이 생각하는 그런 사람들의 거의 의학적인 실증철학인 것이다. 스완은 오데트가 무엇을 하는지 모르기에 느끼는 괴로움을 생활하는 가운데 염두에 두는 것이 슬기로운 일이며, 습한 날씨가 일으키는 그의 지병인 습진 재발에 대해서 그러듯이, 오데트의 일상생활에 대한 정보를 얻기—얻지 못하면 비참한 마음이 들 것이다—위한 중요한 예비금을 그의 예산 속에 마련해두는 것이 지혜로운 일이라고 생각했다. 마치 적어도 그가 사랑에 빠지기 전에, 기쁨을 기대할 수 있으리라고 생각한 미술품 수집이나 식도락 등과 같은 그의 다른 취미를 위해서 그랬을 때처럼.

그가 돌아가려고 오데트에게 작별 인사를 하자, 그녀는 더 있어 달라고 부탁하며 스완이 나오려고 문을 여는 순간, 그의 팔을 붙잡으며 강경하게 만류했다. 그러나 스완은 그것을 개의치 않았다. 왜냐하면 우리는, 대화를 이루는 수많은 몸짓과 화제의 사소한 사건들 속에서, 우리의 의혹이 무턱대고 찾아 헤매는 진실을 감추는 것들의 곁은, 주의를 환기시키는 그 무엇도 알아채지 못한 채 그냥 지나쳐 버리고, 그 반대로 그 속에 아무것도 없는 것들 앞에서는 걸음을 멈추는 일이 흔히 있기 때문이었다. 오데트는 그에게 계속 되풀이했다. "낮에는 좀처럼 오시지 않았는데, 모처럼 오셨을 때 뵙지 못하다니, 운이 너무 나빠요." 그는 모처럼 찾아온 그를 만나지 못했다고 해서 그녀가 그토록 애달프고 섭섭해할 정도로 자기가 사랑받고 있진 않다는 것을 잘 알고 있었다. 그러나 그녀는 마음이 착했고, 그를 기쁘게 해주려고 애를 썼고, 또 그를 괴롭혔을 적에는 여러 번 슬픈 표정을 짓곤 했기에, 한 시간쯤을 함께 보낸다는, 그녀보다는 오히려 그에게 있어 매우 큰 기쁨을 빼앗은 것에 그처럼 슬퍼하는 것은, 극히 당연한 일이라고 생각했다.

그는 그것을 그다지 대수롭지 않게 여겼으나, 계속해서 짓고 있던 그녀의 가슴 아픈 표정이 결국 그를 동요시키고 말았다. 그 표정이 〈봄〉〔보티첼리 작품〕의 화가가 그린 여인들의 얼굴을 여느 때보다 더욱 생각나게 했다. 그녀는 그 순간, 보티첼리가 그린 여인들의 표정, 단지 아기 예수에게 석류를 갖고 놀게 하거나 혹은 여물통에 물을 붓는 모세를 바라보는 것만으로도 그녀들에게는 지나치게 심한 고통이 되어, 곧 쓰러질 것만 같은 그 여인들의 의기소침하고 슬픔에 잠긴 표정을 짓고 있었다. 그는 전에 언젠가 이런 슬픈 표정을 짓는 그녀를 본 적이 있었는데 그것이 언제였는지는 기억나지 않았다.

그러다가 갑자기 기억이 되살아났다. 그것은 오데트가 몸이 아프다는 걸 구실 삼아, 실은 스완과 함께 지내기 위해서였지만 만찬회에 가지 않았던 다음 날, 베르뒤랭 부인과 이야기를 나누면서 거짓말을 하고 있던 때였다. 하기야 오데트가 아무리 소심한 여자라고 하더라도, 그런 악의가 없는 거짓말에 양심의 가책을 느끼진 않았을 것이다. 그러나 사실 오데트가 거침없이 하는 거짓말이 그 정도로 악의가 없는 것은 아니었고, 그것은 만일 탄로가 나면 여러 사람들과의 관계가 굉장히 난처하게 될지도 모르는 파탄을 막는 데 도움이 되었다. 그래서 그녀는 거짓말을 할 때면, 자신을 방어할 만큼 충분히 무장돼 있지 않다고 느끼며, 성공할 것인가 아닌가를 확신할 수 없어 겁을 먹고는, 잠 못 이루는 어린애처럼 피곤에 지쳐 울고 싶어지는 것이었다. 그녀는 그 거짓말이 보통 상대방 남자를 심하게 해치며, 또 그 거짓말이 서투르기라도 하면 자신이 그 남자의 손아귀에 들 것이란 사실을 알고 있었다. 그때 그녀는 그 남자 앞에서 자신이 보잘것없는 사람이며 동시에 죄를 지은 사람처럼 느끼는 것이었다. 또 하찮은 사교상의 거짓말을 해야만 할 때 거짓말에 따르는 여러 감각과 기억이 합쳐지면서, 그녀는 정신 과로로 인한 불쾌감과 나쁜 짓을 하고 있다는 죄책감을 느끼는 것이었다.

그녀는 스완에게 얼마나 의기소침할 정도의 거짓말을 꾸며대고 있기에, 애써 노력하는 데 지쳐 호의를 구하는 듯이 보이는, 그런 고통스러운 시선과 애처로운 말을 보내고 있는 것일까? 그는 그녀가 숨기려고 하는 것은 오후의 사건에 대한 진상뿐만이 아니라, 좀 더 실제적인, 아직 일어나진 않았지만 곧 일어날 것 같은 어떤 일이며, 그것이 그 진상을 밝혀줄지도 모른다고 생각했다. 그 순간, 초인종이 한 번 울렸다. 오데트는 말을 멈추지 않았지만, 그녀의 말은 단지 신음 소리에 지나지 않았다. 오후에 스완을 만나지 못한 것, 또 그에게 문을 열어주지 못한 것에 대한 그녀의 후회감은 완전한 절망으로 변해버렸다.

현관문이 닫히는 소리가 들리더니, 누군가, 아아 스완이 만나서는 안 되는 누군가가 오데트가 외출했다는 말에 돌아가는 듯, 마차 소리가 들려왔다. 그때 그는 평소와는 다른 시간에 온 탓으로, 그녀가 그에게 알리고 싶어 하지 않는 여러 가지를 방해한 것 같아 거의 비탄에 가까운 실망을 맛보았다. 그러나 그는 오데트를 사랑했고 온갖 사념을 그녀 쪽으로 돌리는 습관이 있었으므로, 마땅히 자신에 대해 품었어야 할 연민의 정을 그녀에 대해 느끼고는 중얼거렸다. "가엾은 여인!" 작별 인사를 할 때, 오데트는 테이블 위에 있던 여러 통의 편지를 들고 우체통에 넣어주겠느냐고 그에게 물었다. 그는 그것들을 떠맡았는데, 집에 돌아와서야 그대로 가지고 왔다는 것을 알았다. 그래서 우체통까지 되돌아가, 주머니에서 꺼내, 그것을 통 속에 넣기 전에 보내는 곳을 훑어보았다. 그것은 모두 출입 상인들에게 보내는 것이었고, 한 통만이 포르슈빌 앞이었다. 그는 그것을 손에 쥐었다. 그리고 속으로 말했다. '만약 내가 이 안에 있는 내용을 본다면, 오데트가 그를 뭐라고 부르는지, 무슨 얘기를 하는지, 둘 사이에 어떤 일이 있는지 알 것이다. 비록 이것을 보지 않는다고 해도 분명 오데트에게 무례함을 범한다는 점에 있어서는 마찬가지다. 왜냐하면 읽어보는 것만이 그녀를 중상하는 의심, 어쨌든 그녀를 괴롭게 만드는 의심에서 나를 해방시키는 유일한 방법이기 때문이다. 일단 이 편지를 넣고 나면, 아무것도 이 의심을 풀어주진 못할 것이다.'

그는 우체통에서 떠나 집으로 돌아왔으나, 그 마지막 편지는 몸에 지니고 있었다. 그는 촛불을 켜고 감히 뜯지는 못한 봉투를 거기에 가까이 가져갔다. 처음에는 아무것도 읽을 수 없었지만 봉투가 얇아서 안에 들어 있는 딱딱한 종이에 들러붙자, 끝에 있는 말들만 이 겨우 읽혔다. 그것은 매우 어색한 끝 인사말이었다. 만약에 그가 포르슈빌에게 보내는 편지를 읽는 것이 아니라 스완에게 보내는 편지를 포르슈빌이 읽었다면, 그것과는 다른 애정이 담긴 낱말들을 볼 수 있었을 텐데! 그는 편지보다 큰 봉투 속에서 춤추는 편지지를 움직이지 않게 해놓고 그것을 엄지손가락으로 미끄러뜨리면서, 봉투가 두 겹으로 돼 있지 않은 부분, 즉 그 봉투를 투시해서 읽을 수 있는 유일한 부분으로 차례차례 한 줄씩 밀어 내렸다.

그렇게 해보았지만, 잘 읽을 수 없었다. 그래도 상관은 없었다. 그 내용이 애정 관계와는 아무런 관계가 없는 별로 중요하지 않은 사소한 얘기에 불과하다는 것이 유심히 보던 중에 확인되었기 때문이다. 그것은 오데트의 숙부에 관한 얘기였다. 스완은 첫 부분에서 똑똑히 읽었다. "저로서는 당연했습니다." 그러나 그는 오데트가 어떻게 한 것이 당연했다는 것인지는 이해하지 못했다. 그러다가 느닷없이, 처음에 판독할 수 없었던 어떤 낱말이 나타나며, 그 문장의 의미를 완전히 해명해주었다. "저로서는 문을 여는 것이 당연했습니다. 그분은 저의 숙부님이셨으니까요." 문을 연 것이라! 그럼, 아까 스완이 초인종을 눌렀을 때 거기에는 포르슈빌이 있었고 그녀는 그를 떠나게 했다. 그래서 그런 인기척이 났던 것이다.

그는 편지를 모조리 읽었다. 끝 부분에서 그녀는 그에게 그처럼 실례한 것을 사과하고, 또 그녀의 집에 그의 담배를 놓고 갔다고 적었다. 그것은 스완에게 적어 보낸 것과 똑같은 구절이었다. 그러나 스완에게는, 왜 당신의 마음은 잊고 가시질 않았나요, 마음이라면 돌려드리지 않았을 텐데, 라는 구절이 덧붙여져 있었다. 포르슈빌에게는 그런 구절이 전혀 없었다. 두 사람 사이의 정사를 짐작케 하는 암시라곤 아무것도 없었다. 사실, 오데트가 포르슈빌로 하여금 찾아온 손님이 숙부인 줄로 믿게 하려고 애쓰고 있으므로, 스완보다는 포르슈빌 쪽이 더 속는 셈이었다. 요컨대, 그녀가 소중하게 생각하는 사람은 그, 즉 스완이고, 그녀는 그를 위해 또 다른 사내를 내보냈던 것이다. 그렇지만 오데트와 포르슈빌 사이에 아무 일도 없었다면 왜 당장 문을 열지 않았을까? 왜 "저로서는 문을 여는 것이 당연했습니다. 그분은 저의 숙부님이셨으니까요"라고 적었을까? 만약 그녀가 그때 전혀 나쁜 짓을 하고 있지 않았다면, 어떻게 포르슈빌이 문을 열지 않을 수도 있지 않았느냐고 따질 수 있었겠는가? 스완은 오데트가 아무런 염려도 없이 그에게 맡겼던—그만큼 그의 양심에 대한 그녀의 신뢰의 정은 절대적이었다—그 봉투를 앞에 놓고, 가슴이 아프고 마음이 혼란스러우면서도 왠지 행복감을 느끼며 서 있었다. 그러나 그 봉투의 투명한 유리창을 통해, 영영 알아낼 수 없으리라고 여기던 한 사건의 비밀과 함께 오데트의 생활이 마치 미지의 세계에 마련된 비좁지만 환한 단면처럼, 어느 정도 드러났던 것이다. 그리고 그의 질투심은 마치 자기 자신이 희생된다 할지라도 자양분이 되는 것이라면 몽땅 먹어 삼키는 독립적이고 이기적인 생활력을 갖고 있기라도 한 것처럼 그 비밀을 즐기는 것이었다. 이제 그 질투심은 먹이를 얻었다. 스완은 오데트가 매일 5시쯤에 받는 방문에 불안해할 것이고, 그 시간에 포르슈빌이 어디에 있는지 알려고 할 것이다. 왜냐하면 스완의 애정이, 처음부터 그의 마음에 강하게 새겨져 있는 특징, 즉 오데트의 일상생활에 대한 무지와 그 무지를 상상력으로 메우는 걸 방해하는 지적 태만을 그대로 간직하고 있었기 때문이다. 그가 처음부터 오데트의 모든 생활을 질투한 것은 아니었다. 다만 오해를 하여 자신이 오데트에게 속았을지도 모른다고 가정한 경우에만 질투를 했었다. 그의 질투심은 낙지가 첫 번째, 두 번째, 세 번째 촉수를 뻗치듯, 저녁 5시라는 시간에, 다음엔 다른 시간에, 그리고 또 다른 시간에 찰떡같이 달라붙었다. 그러나 스완은 자기 스스로의 고통을 만들어낼 줄은 몰랐다. 그런 고통은 오로지 추억에 지나지 않았고, 외부에서 온 고통의 끊임없는 연속에 지나지 않았다.

그런데 외부에서의 모든 일이 그에게 고통을 가져다주었다. 그는 오데트를 포르슈빌에게서 멀리하고 싶어, 그녀를 며칠 동안 남프랑스 지방에 데려가려 했다. 그러나 그녀가 그 호텔에 묵는 뭇 사내들의 욕망의 대상이 될 것이고, 또 그녀 자신도 그들을 원할지 모른다는 생각이 들었다. 또한 예전에는 여행 중에 새로 만난 사람들이나 수많은 모임을 찾아다니던 스완이, 사람들과의 교제가 그의 마음을 심하게 상하게 만들기나 한 듯 그런 교제를 피하자, 사람들은 그를 비사교적인 사내라고 생각했다. 사내란 사내는 모두 다 오데트의 애인이 될 것 같은 생각이 들 때, 어찌 그들을 싫어하지 않을 수 있었겠는가? 이처럼 그의 질투심은 처음에 오데트에게 느꼈던 육감적이고 즐거운 취미가 그랬던 것 이상으로 스완의 성격을 바꾸어놓았고, 또 그 성격을 드러내는 표정이나 거동마저도 남들의 눈에 완전히 달리 보이게 했다.

오데트가 포르슈빌 앞으로 보낸 편지를 읽은지 한 달쯤 후, 스완은 베르뒤랭 부부가 부아에서 베푼 만찬회에 나갔다. 돌아갈 준비를 하고 있을 때, 스완은 베르뒤랭 부인과 몇몇 손님들 사이에 오가는 속삭임에 귀를 기울이게 되었다. 피아니스트에게 내일 샤투〔파리 근처의 명승지〕 야유회에 꼭 나오라는 다짐을 하는 것 같았다. 그러나 스완은 초대를 받지 못했다.
 베르뒤랭네 사람들은 나지막한 목소리로 조용조용 속삭였는데, 아마도 화가가 방심했던지 큰 소리로 이렇게 말했다.
 "불빛이 전혀 없어야 합니다. 삼라만상이 밝혀지는 것을 더 잘 보기 위해 어둠 속에서 〈월광〉을 연주시킵시다."
 베르뒤랭 부인은 스완이 바로 곁에 있는 것을 눈치채고 복잡한 표정을 지었는데, 말하는 사람의 입을 다물게 하고 싶어 하는 마음과, 듣는 사람에게는 아무것도 모르는 듯이 보이고 싶어 하는 마음이 뒤섞인 매우 멍청한 시선이 된 표정, 공범자가 공모의 신호를 보낼 때 그 신호를 순진한 웃음 속에 감추며 짓는 표정, 결국 실수를 알아챈 사람이면 누구나가 짓는 표정, 즉 실수를 저지른 본인에게가 아니라, 그 대상이 되는 사람에게 순간적으로 그것을 드러내는 그런 표정을 지었다. 그때 오데트는 갑자기 희망을 잃은 여인이 삶을 짓누르는 어려움과 맞서 싸우기를 단념한 듯한 표정을 지었고, 한편 스완은 이제부터 이 레스토랑을 떠나 그녀와 함께 돌아가는 동안 그녀에게 설명을 해달라고 하여, 내일 그녀가 샤투에 가지 않겠다든가 아니면 그녀가 그를 초대시키도록 하겠다는 약속을 받아서 지금 느끼고 있는 이 고통을 그녀의 힘으로 진정시킬 시각이 될 때까지 몇 분이 남았는지 근심스럽게 계산하고 있었다. 드디어 마차가 왔다. 베르뒤랭 부인이 스완에게 말했다.
 "그럼, 안녕, 다음에 또 봐요, 네?" 평소대로라면 부인은 "그럼, 내일은 샤투에서 만나요. 모레는 우리 집에서고요"라고 말했을 텐데, 그렇게 하지 않은 것을 그가 눈치채지 못하게 하려고, 상냥한 시선과 부자연스러운 웃음으로 얼버무리려고 애쓰면서 말했다.
 베르뒤랭 부부는 포르슈빌을 그들과 같은 마차에 올라타게 했다.

스완의 마차는 그 뒷줄에 있었기에, 그는 오데트를 자기 마차에 태우려고 그 마차가 떠나기를 기다리고 있었다.

"오데트, 우리가 바래다드리죠"라고 베르뒤랭 부인이 말했다. "자리를 비워두었어요, 포르슈빌 씨 옆자리에."

"그러세요, 고마워요" 하고 오데트가 대답했다.

"아니, 내가 바래다드리려고 했는데" 하고 스완은 필요한 말을 숨김없이 입 밖에 내며 소리쳤다. 그럴 수밖에 없는 것이 마차의 문이 이미 열려 주저할 틈이 없었고, 그런 마음의 상태로 그녀와 헤어져 그대로 돌아갈 수는 없었기 때문이다.

"그러나 베르뒤랭 부인의 말씀인데요……."

"자아, 혼자 돌아가실 수 있잖아요. 그렇게 많이 이분과 함께 가시게 해드렸는데"라고 베르뒤랭 부인이 말했다.

"그러나 크레시 부인과 나눌 중요한 얘기가 있습니다."

"그러세요! 그럼 편지로 하시면……."

"안녕" 하고 오데트가 스완에게 손을 내밀었다.

그는 웃으려고 했으나, 매우 낙담한 기분을 숨기지 못했다.

"아까 스완이 우리에게 보인 그 태도를 보셨어요?" 하고 베르뒤랭 부인은 집에 돌아가자 남편에게 말했다. "우리가 오데트를 바래다준다는 것뿐이었는데, 나를 잡아먹을 것 같더군요. 그런 실례가 어디 있담, 정말! 차라리 그 자리에서 우리에게 뚜쟁이 노릇을 하고 있다고 말하는 편이 낫지! 오데트가 어떻게 그런 태도를 참고 있는지 모르겠어요. 그 사람, 당신은 내 것이다라고 단호하게 말하는 태도니 말이에요. 오데트에게 내가 생각한 바를 말해야겠어요. 알아들으면 좋으련만."

그리고 조금 있다가, 그녀는 분에 못 이겨 덧붙였다.

"정말, 사람을 어떻게 보는 거야, 더러운 녀석 같으니!" 그녀는 이런 욕의 뜻도 생각하지 않고서, 그리고 아마도 마치 콩브레에서 병아리가 죽지 않으려고 기를 쓸 때 프랑수아즈가 하던 것처럼 자신을 정당화시키고 싶다는 막연한 욕망에 따라, 죽어가는 무해한 생물의 마지막 몸부림이 그 목을 비틀고 있는 농부의 입에서 내뱉게 하는 그런 욕을 입 밖에 냈던 것이다.

그래서 베르뒤랭 부인의 마차가 떠나고, 스완의 마차가 앞으로 나가기 시작했을 때, 마차꾼은 스완을 바라보며 몸이 편치 않은지 아니면 무슨 언짢은 일이라도 있었는지 물었다.

스완은 마차꾼을 돌려보냈다. 그는 걷고 싶었다. 그리고 걸어서 부아를 지나 집으로 돌아가고 있었다. 그는 혼자 얘기하고 있었다. 큰 소리로, 그리고 이때까지 그가 작은 핵심의 매력을 자세히 이야기하거나, 베르뒤랭네 사람들의 관용성을 칭찬할 때와 같은 다소 부자연스러운 말투로 이야기했다. 그러나 그토록 감미롭게 여겨지던 오데트의 이야기나 웃음, 입맞춤 등 자기 이외의 다른 사내들에게 주어진다면 그만큼 더 밉살스럽게 생각되는 것과 마찬가지로, 예술에 대한 참된 취미와 일종의 기품마저 어리어 조금 전까지만 해도 재미있는 곳처럼 보이던 베르뒤랭네 살롱은, 거기서 오데트가 자기 이외의 사내와 만나 자유롭게 사랑하려고 한다는 것을 알게 된 지금은, 그 우스꽝스러움, 쑥스러움, 상스러움이 눈앞에 드러나기 시작했다.

내일 샤투에서의 야회를 생각하자 구역질이 났다. "무엇보다도, 샤투에 간다는 생각만 해도! 방금 문을 닫고 나온 잡화상들 같군! 정말이지, 그치들은 부르주아 근성에 속물근성을 덧붙인 것들이야. 실제로 존재한다고는 믿어지지 않는 것들이야. 라비슈[Eugéne M.

Labiche : 프랑스의 통속 희극작가)의 연극에서 뛰어나온 것들임에 틀림없어!"

거기엔 코타르 부처도, 아마 브리쇼도 갈 것이다. "서로서로 달라붙어 살면서 내일 샤투에서 모두 만나지 못한다면, 정말로 끝장이라고 여기는 그 천한 것들의 생활만큼 괴상망측한 것이 어디 있겠는가!" 아! 거기에 '뚜쟁이 노릇하기'를 좋아하는 화가도 갈 것이다. 그는 오데트와 함께 자기 아틀리에에 와달라고 포르슈빌을 초대할 것이다. 스완은 야유회 복장으로는 너무 화려하게 차린 오데트를 눈앞에 그려보았다. "그렇겠지. 너무나 저속하고, 더구나 어리석기 짝이 없는 그녀니까!"

그의 귀에는 베르뒤랭 부인이 틀림없이 만찬 후에 할 농담이 들려왔다. 귀찮은 사람들 가운데 누가 그런 농담의 과녁이 되든 간에, 그에게는 그것으로 인해 오데트가 웃고, 그와 함께 웃고, 거의 그와 일체가 되어 웃는 것을 보는 것이 늘 재미있었던 것이다. 지금 그들은 아마도 자신을 웃음거리 삼아 오데트를 웃기고 있을 거라는 생각이 들었다. 그가 "얼마나 구역질나는 즐거움이람!" 하고 내뱉으면서 그 혐오감을 입가에 어찌나 심하게 지었던지, 와이셔츠 깃이 닿아 주름진 목줄기의 근육마저 찌그러지는 느낌이 들었다. "하나님의 영상에 의해 빚어진 얼굴을 한 인간이, 어떻게 그처럼 구역질나는 농담에서 웃음거리를 찾아낸단 말인가? 다소나마 민감한 콧구멍을 갖고 있다면, 그런 냄새로 인한 불쾌감을 느끼지 않으려고 누구나 다 겁을 내며 머리를 돌릴 텐데. 성실하게 손을 내민 어떤 동료에게 충분한 대접도 없이 웃음만 보이는 한 인간이, 언젠가는 자신이 깊은 죄악의 구렁텅이에 떨어져 세상의 가장 착한 의지로도 구해 올려질 수 없게 된다는 것을 깨닫지 못하다니, 정말 믿을 수 없는 노릇이다.

나는 그런 더러운 수다의 물결이 시끄럽게 떠들어대는 바다에서 몇 천 미터나 더 높은 곳에 살고 있으므로, 베르뒤랭 부인 따위의 농담에 그렇게 쉽게 몸을 더럽히지 않는다"라고 스완은 머리를 쳐들고 몸을 자랑스럽게 뒤로 젖히면서 소리를 질렀다. "내가 오데트를 그런 곳에서 구해내어, 더욱 고상하고 더욱 맑은 대기 속으로 끌어올리려고 성실하게 노력한 것은, 신이 알고 계신다. 그러나 인간의 인내에는 한계가 있는 법, 나의 인내도 이젠 끝장이다"라고 그는 스스로 말했다. 마치 빈정거림을 일삼는 환경에서 오데트를 빼낸다는 사명감이 그 몇 분 사이가 아니라 오래전부터 시작돼온 듯이, 또 그런 빈정거림이 아마도 자기 자신이 대상이 되고 자기에게서 오데트를 떼어놓기 위한 것이라는 생각이 들면서부터 이제는 자신에게 주어진 것이 아니라는 듯이.

그는 〈월광〉을 연주하려고 하는 피아니스트와, 베토벤의 음악이 신경에 미칠 해로움을 겁내는 베르뒤랭 부인의 얼굴을 눈앞에 그려보았다. "백치 같은 여자, 거짓말쟁이 같으니라고!" 하고 그는 외쳤다. "그러면서도 예술을 좋아한다고 믿다니!" 그녀는 오데트에게 포르슈빌에 대한 칭찬을 능숙하게 몇 마디 던지고 나서, 스완에게 누누이 했던 것처럼 "당신 곁에 포르슈빌 씨 자리를 좀 마련해주세요" 하고 말할 것이다. "어둠 속에서 말이야! 갈보집 마누라, 뚜쟁이 할멈 같으니!" '뚜쟁이 할멈'이란, 그 두 사람을 스스로 침묵시키며, 함께 꿈꾸게 하며, 서로 얼굴을 바라보게 하며 손을 맞잡게 하기에 알맞은 그 음악에 스완이 붙여준 이름이기도 했다. 그는 플라톤과 보쉬에〔Jacques-Benigne Bossuet: 프랑스의 신학자, 웅변가, 유명한 주교〕, 그리고 옛 프랑스 교육의 예술에 대한 엄격성에 좋은 점이 있다고 생각했다.

결국 베르뒤랭네에서의 생활, 그가 전에 그렇게 자주 '참다운 생활'이라고 불렀던 그 생활이 이제 그에게는 매우 고약한 것으로 보였고, 그 작은 핵심은 가장 속된 것으로 보였던 것이다. "그렇다" 하고 스완은 말했다. "그야말로 사회 계급에서 가장 낮은 곳이야. 단테의 지옥이다. 그 거룩한 고전은 바로 베르뒤랭네 사람들에 의한 것이다! 사실 사교계 사람들에게도 비방할 점은 있으나, 아무튼 그 깡패 무리들과는 하늘과 땅 사이다. 그 무리와 친해지거나, 그 사람들에게 손가락 하나라도 더럽혀지기를 거절하는 것이야말로 그들의 깊은 지혜를 나타내는 것이다! 저 생제르맹 지역의 '나를 만지지 말라'〔〈요한복음〉 20장 17절〕라는 계율에는 얼마나 심오한 통찰력이 있는가!" 그는 이미 한참 전에 부아의 가로수길에서 나와 거의 집에 다 와 있었는데, 아직도 고민과 변덕스러운 홍분에서 깨어나지 못한 채 거짓 억양과 일부러 꾸며낸 자기 목소리의 울림에 더욱더 도취되면서, 밤의 고요 속에서 큰 소리로 계속 장광설을 늘어놓았다. "사교계 사람들은 누구나 결점을 갖고 있다. 그건 누구보다도 내가 잘 알고 있다. 그러나 그래도 그들에게는 어떤 것에 한해서는 절대 범하지 않으려는 것이 있다. 나와 가깝게 지내던 아무개 멋쟁이 여인만 하더라도, 완벽하지는 못했지만, 그래도 역시 깊은 섬세함이 있고 그 태도에도 성실함이 있어, 어떤 일이 있어도 남을 배반하는 일은 없었는데, 그런 점에서 그런 여인과 베르뒤랭 부인 따위 같은 영악한 여자 사이에는 큰 차이가 있는 것이다. 베르뒤랭, 무슨 이름이 그래! 아! 그래도 그들 딴에는 그녀가 더할 나위 없이 완전무결하다, 아름답다, 어쩌고저쩌고 하겠지! 멋대로 하라지. 지금이야말로 그런 추잡함과 비열함이 뒤섞인 곳에서 발을 씻어야 할 때야."

그러나 스완이 조금 전까지 베르뒤랭네 사람들에게 부여하던 미덕, 비록 그들이 그것을 실제로 소유하고 있다 할지라도, 그들이 그의 사랑을 아껴주고 보호해주지 않는다면, 그 미덕은 그가 그들의 큰 도량에 감동될 때의 도취, 남들을 통해 전파됐다 해도 결국 오데트에게서밖에는 올 수 없는 도취를 스완의 마음에 일으키기에 충분치 못했을 것이다. 그와 마찬가지로, 지금 베르뒤랭네 사람들에게서 발견한 배반도, 그들이 실제로 그것을 범했다 해도, 그들이 그를 빼돌리고 오데트를 포르슈빌과 함께 초대하지만 않았다면, 그것이 그의 노여움을 건드려 '그들의 비열함'을 탄핵할 정도의 것은 아니었을 것이다. 그러고 보면 틀림없이 스완의 목소리 쪽이 스완 자신보다 더 총명했다. 왜냐하면 그때 그의 목소리는 베르뒤랭네 주위에 대한 혐오와 그들과 절교하는 기쁨으로 가득 찬 그런 말들을, 마치 그것이 그의 마음을 표현하기 위해서라기보다는 오히려 그의 노기를 풀려고 선택된 것처럼, 오직 부자연스런 어투로만 길게 늘어놓았기 때문이다. 사실, 그가 그런 욕설에 골몰하는 동안에도, 그의 마음은 자기 자신도 모르게 전혀 다른 어느 대상에 점유되어 있었는지도 모른다. 왜냐하면 그는 일단 집에 이르러 대문이 닫히자마자, 갑자기 이마를 탁 치더니 문을 다시 열고 이번에는 자연스러운 목소리로 "내일 샤투의 만찬에 초대받을 방법을 알아낸 것 같군!" 하고 외치면서 다시 밖으로 나갔다. 그러나 그 방법도 신통치 못했던지 스완은 초대받지 못했다.

그런데 코타르 의사는, 어떤 중대 사건으로 지방에 불려가 며칠 동안 베르뒤랭네 사람들과 만나지 못했고 샤투에도 가지 못했는데, 샤투 만찬이 있었던 다음 날 베르뒤랭네 식탁에 앉으며 이렇게 말했다.

"그런데 오늘 저녁 스완 씨가 보이지 않는 것 같군요? 그분이 개인적으로 사귀는 그……."

"더 말하지 않는 게 좋겠어요"라고 베르뒤랭 부인이 소리쳤다. "신이여, 우리를 그에게서 지켜주시옵소서. 그는 귀찮고 어리석고 버릇없는 사람이에요."

이 말에 코타르는, 지금까지 그가 갖고 있던 소신에 어긋나는 진실, 그러나 항변할 여지가 없는 명백한 진실을 앞에 둔 것처럼, 경악과 순종을 동시에 표시했다. 그리고 놀라고 겁먹은 표정을 짓더니 접시 위에 고개를 숙이고는 겨우 "아! 하! 하! 하!"라고 대답하면서, 목소리의 온 음정의 영역을 내리받이 음계를 따라 순서대로 쭈욱 내려가서 자기 목소리의 가장 밑바닥에까지 이르렀다. 그 후로 베르뒤랭네에서 스완이 화제에 오르는 일은 없었다.

이제 스완과 오데트를 맺어준 그 살롱은 그들의 밀회에 장애물이 되었다. 이제 그녀는 두 사람이 처음 사랑을 나누던 때처럼, "아무튼 우린 내일 저녁에 만날 수 있을 거예요. 베르뒤랭네에서 저녁 식사가 있으니까요"라고 말하지 않게 되었고, "내일 저녁엔 만날 수 없을 거예요. 베르뒤랭네에서 저녁 식사가 있으니까요"라고 말하게 되었다. 또는 베르뒤랭 부부가 〈클레오파트라의 하룻밤〉[빅토르 마세의 작품]을 보러 오데트를 오페라 코미크 극장에 데려가기로 되어 있어, 스완이 오데트의 눈 속에서 그가 자기에게 가지 말라고 하는 것은 아닐까 하는 두려움을 읽게 되면, 옛날 같았으면, 그는 그런 그녀의 얼굴에 살짝 입맞추지 않고는 배길 수 없었겠지만, 이제는 그것이 그를 몹시 화나게 했다. '그렇지만' 하고 그는 자신에게 타일렀다. '그런 오물 같은 음악 속에서 먹이를 얻으러 가고 싶어 하는 여인을 보며 느끼는 건 절대로 노여움이 아니야. 비애감이지. 물론 내가 아니라 그녀에 대한 비애감이란 말이야. 여섯 달 이상이나 매일같이 나와 접촉하며 살아왔으니, 빅토르 마세 따위는 거들떠보지도 않는 것이 당연하련만 그렇게 되지 않으니, 비애감을 느낀단 말이다! 특히, 어느 정도 품위 있는 본질을 가진 인간은 청을 받았을 때 자신의 기쁨을 단념해야만 하는 밤도 있다는 것을 아직 모르고 있다는 것이 비애롭단 것이야. 그녀는 비록 인사말에 지나지 않더라도 가지 않겠어요라고 말할 줄 알아야 해. 왜냐하면 그런 대답 여하에 따라서 그녀의 마음이 훌륭한지 아니면 그렇지 않은지를 평가받기 때문이지." 그리고 그날 저녁 그녀가 오페라 코미크 극장에 가지 않고 자신과 함께 있어주기를 바라는 것도, 실은 오데트의 정신적인 가치에 더욱 호의적인 판단을 내리기 위해서일 뿐이라고 자기 자신에게 납득시키면서, 그와 똑같은 억설을 그녀에게도 고집했는데, 그것은 자기 자신에게만큼이나 불성실한, 아니 그보다 더 불성실한 것이었다. 왜냐하면 그는 그런 이기심으로 그녀를 잡아두려는 욕망에 복종했기 때문이다.

"단언하지만" 하고 그는 그녀가 극장으로 나가기 직전에 말했다. "나는 당신에게 나가지 말라고 부탁하지만, 만일 내가 정말로 이기주의자라면, 마음속으로는 당신이 내 말을 거절해주기를 바라마지 않을 게요. 왜냐하면 오늘 저녁 나는 할 일이 태산 같으니 말이오. 뜻하지 않게 당신이 가지 않겠다고 대답하기라도 하면, 스스로 함정에 빠져 매우 난처했을 거요. 그러나 나 자신의 일, 내 즐거움 같은 건 아무래도 좋아요. 나는 당신을 생각하지 않을 수 없어요. 언젠가는 당신에게서 영원히 떠나가는 나를 보며, 왜 미리 경고해주지 않았느냐며 당신이 나를 책망할 권리를 가질 날이 올지도 모르오. 당신에게 사랑의 힘으로는 어쩔 수 없는 엄격한 판단을 내려야 한다고 느껴지는, 그런 결정적인 순간에 말이오. 뭐, 〈클레오파트라의 하룻밤〉(무슨 놈의 제목이 이렇담!)과는 아무 관계도 없어요. 알아야 하는 건, 정말로 당신의 정신이, 또 그 아름다움마저도 최하 계급에 속한 인간인가, 그런 오페라 구경을 단념할 수 없을 정도로 경멸할 만한 인간인가 하는 거요. 만약에 그렇다면, 어찌 당신을 사랑할 수 있겠소? 당신에게는 인간의 자격도 없고, 그나마 한정되고 불완전하면서도 완전하게 될 가능성조차 없는 인간이니 말이오. 당신은 비탈에 놓으면 비탈을 따라가는 형태 없는 물이고, 수족관 속에서 사는 한, 하루에도 몇백 번이나 물로 착각하여 유리에 부딪히는, 기억력도 사고력도 없는 물고기요. 당신의 대답 여하에 따라, 내가 당장 당신을 사랑하지 않게 된다는 것은 물론 아니오. 그러나 이 대답을 통해 당신이 인간답지 못하고 모든 것에 뒤떨어지고 자신의 수준을 높이고자 하는 마음이 하나도 없는 것을 알았을 때, 내 눈에는 당신의 매력이 점점 덜해갈 것이 아니겠소? 물론 나로서도, 〈클레오파트라의 하룻밤〉(이 상스러운 제목으로 내 입술을 더럽히는 것은 당신 때문이오)에 대한 단념을 중요치 않은 일인 듯 요구하는 게 좋았을 거요. 가고 싶으면 가봐요. 그러나 당신의 대답을 고려하여, 거기에서 어떤 결론을 끌어내려고 결정한 이상, 그걸 당신에게 미리 알려두는 게 더 성실한 행동이라고 생각한 거요."

오데트는 조금 전부터 감동과 불안의 빛을 보였다. 그 연설의 뜻은 알지 못했으나, 그녀는 그것이 일반적인 '연설'과 같은 유의 것으로 책망이나 애원 장면에 들어갈 것이라고 생각했다. 또한 남성들의 그런 태도를 수차 겪은 바 있는 그녀로서는 그런 말의 세세함에 구애됨이 없이, 남자란 반해 있지 않고서는 그런 말을 내뱉지 않는 법이고, 반해 있는 이상, 시간이 지나도 더욱 반할 뿐이므로 지금 복종할 필요는 없다는 결론에 이르렀다. 따라서 시간이 흐르고 있고, 스완이 조금이라도 더 얘기하면 '결국 서곡을 놓치고 만다!' — 그녀는 다정하고 집요하게, 당황한 듯한 웃음을 지으며 이렇게 말했었다 — 는 사실을 그녀가 알아차리지 못했다면, 매우 침착하게 스완의 말에 귀를 기울였을 것이다.

또 한 번은 스완이, 자기가 그녀를 사랑하지 않게 된다면 그것은 무엇보다도 그녀가 거짓말을 그만두지 않으려 하기 때문이다, 라고 그녀에게 말한 적이 있었다. "단지 여자의 애교라는 견지에서 보더라도" 하고 그는 말했다. "거짓말을 해서 스스로의 품위를 떨어뜨리면, 얼마나 매력을 잃는지 모른단 말이오? 털어놓으면, 그 많은 결점이 메워질 텐데도! 정말 당신은 생각보다도 머리가 둔하군!" 그러나 스완이 그녀에게 거짓말을 해서는 안 되는 까닭을 아무리 설명해주어도 허사였다. 그 이유는, 오데트의 거짓말이 그녀의 몸속에서 어떤 광범위한 체계를 갖추었다면 그 체계를 무너뜨렸을 수도 있지만, 그녀에게는 그런 체계가 없었다. 그녀는 자기가 한 어떤 일을 알게 하고 싶지 않을 때마다, 그것을 스완에게 말하지 않았을 뿐이다. 그러므로 그녀에게 있어 거짓말이란 그때그때의 궁여지책이었다. 그리고 단지 그때그때의 상황적 근거만이, 궁여지책을 쓸 것인가 아니면 사실을 털어놓을 것인가를 결정지을 수 있었다. 즉 그것은 그녀가 사실을 말하지 않았다는 것을 스완이 눈치챌 가능성이 어느 정도나 큰가 하는 것에 달려 있었다.

육체적으로 오데트는 고약한 판국에 이르고 있었다. 살이 찌기 시작했다. 예전의 애달프고 풍부한 표정이 지닌 매력, 놀란 듯하고 꿈꾸는 듯한 시선은 초기의 젊음과 함께 사라져버린 듯했다. 그래서 이를테면 그녀의 아름다움이 훨씬 없어졌다고 생각되던 바로 그 순간에, 그녀가 스완에게는 매우 소중한 존재가 되었던 것이다. 그는 전에 그녀에게서 느꼈던 매력을 다시 찾아내려고 오랫동안 그녀를 바라보았지만, 그것을 되찾진 못했다. 그러나 이 새로운 껍질 밑에서 사는 것은 여전히 오데트이며, 여전히 변하기 쉽고, 포착할 수 없고, 앙큼스러운 그녀의 의지라는 걸 아는 것만으로도, 스완에게는 그녀의 마음을 손에 넣으려고 예전과 똑같은 정열을 계속 기울이기에 충분했다. 그리고 그는 2년 전에 찍은 사진을 바라보며, 그녀가 얼마나 우아했던가를 상기해보았다. 그렇게 함으로써 그녀 때문에 자기가 받는 그 많은 고통이 다소나마 위로되었던 것이다.

베르뒤랭네 사람들이 그녀를 데리고 생제르맹이나 샤투, 또는 묄랑에 갔을 때, 계절이 아름답기라도 하면, 즉석에서 그날은 거기서 묵고 다음 날 돌아가자는 제안이 나올 때가 흔히 있었다. 그러면 베르뒤랭 부인은, 숙모를 파리에 남겨두고 와서 주저하는 피아니스트를 달래느라 애썼다.

"그분은 하루쯤 당신에게서 해방된 것이 매우 좋으실 거예요. 그리고 당신이 우리와 함께 있는 걸 아는데 무슨 걱정을 하시겠어요. 모든 것은 제가 책임질게요."

그렇게 해서도 그를 설득하지 못하면, 이번엔 베르뒤랭 씨가 신자들 중에서 누군가에게 미리 연락해줘야 할 이가 없는지 묻고 나서, 전화국이나 인편을 찾으러 시골길을 떠나는 일도 있었다. 그러나 오데트는 그에게, 고맙지만 아무에게도 전보 칠 일은 없다고 대답했다. 모든 사람 앞에서 일단 스완에게 전보를 쳐달라고 부탁한다면, 자신의 체면이 떨어질 것이라고 미리 스완에게 말해두었던 것이다. 때때로 그녀는 여러 날 집을 비우는 일도 있었다. 베르뒤랭네 사람들이 그녀를 데리고 능(陵)을 구경하러 드뢰에 가거나 아니면 화가의 권유로 숲속으로 지는 석양을 보러 콩피에뉴에 가거나, 또는 더 멀리 피에르퐁 성까지 나아가는 일도 있었기 때문이다.

'십 년 동안이나 건축에 관한 연구를 했고, 최고 명사들에게서 보베나 생루드노에 안내해달라고 매번 부탁을 받지만, 그녀를 위해서가 아니라면 그런 일을 하지 않을 나와 그녀가 여행을 한다면 진짜 명승고적을 구경할 텐데도, 그런 교양 없는 것들하고 어울려 루이 필리프의 배설물 앞에서부터 비올레 르 뒤크의 배설물 앞까지 오락가락하며 연방 감탄사를 연발할 걸 생각하니! 그렇다면 예술가가 될 필요가 없고, 또 유별나게 예민한 후각을 갖지 않고도 그 냄새를 맡을 수 있을 텐데, 그 냄새를 맡으러 일껏 고르고 골라서 시골 변소까지 갈 필요는 없지 않은가.'

그러나 그녀가 드뢰나 피에르퐁으로 떠났을 때— 무정하게도 그녀는, 그가 우연한 일인 것처럼 가장하여 그녀 곁을 따라가려 하자 "한심한 인상을 줄 거예요"라는 이유로 허락지 않았다— 그는 가장 도취될 만한 연애 소설을 탐독하거나 열차 시간표에 정신을 쏟았는데, 그것은 그날 오후에도, 저녁에도, 아침에마저도 그녀를 뒤따라갈 방편을 그에게 가르쳐주었던 것이다! 방편? 아니, 거의 그 이상의 것, 즉 권리다. 왜냐하면 결국 그 시간표와 열차 그 자체는 개를 위해 만들어진 것이 아니기 때문이다. 아침 10시에 피에르퐁에 도착하는 열차는 8시에 발차한다고 인쇄물로 공표되어 있는 이상, 피에르퐁에 가는 것은 합법적인 행위이며 따라서 오데트의 허락 따위는 필요치 않았다. 그것은 또한 오데트를 만나고 싶다는 욕망과는 전혀 다른 동기에서 나왔을지도 모르는 행위였다. 왜냐하면 오데트를 알지 못하는 수많은 사람들이 매일 그런 동기에서 열차를 타고, 그 때문에 기관차에 석탄을 때는 수고를 하고들 있으니까.

결국 스완이 피에르퐁에 가고 싶어 한다면 그녀 역시 그것을 막을 수는 없었을 것이다! 그런데 바로 지금, 그는 가고 싶다고 생각했고, 또 오데트와 아는 사이가 아니었다면 확실히 갔을 것이라고 생각했다. 오래전부터 그는 비올레 르 뒤크의 복원 공사에 대한 의견을 더 정확히 하고 싶다는 생각을 해왔기 때문이다. 또 날씨가 좋았으므로, 그는 콩피에뉴 숲을 산책하고픈 강렬한 욕망을 느꼈기 때문이다.

오늘 그를 유혹하는 유일한 장소에 가는 것을 그녀가 금하다니, 참으로 불행한 노릇이었다. 하필 오늘! 만일 그녀가 금지했음에도 그곳에 간다면, 바로 오늘 그녀를 만날 수 있을 것이다! 그러나 만약 그녀가 피에르퐁에서 어떤 딴 사람을 만난다면 명랑하게 "어머, 이곳에 오셨군요!" 하고 말을 건네며, 그녀가 베르뒤랭네 사람들과 함께 묵는 호텔에 놀러오라고 했겠지만, 반대로 그, 즉 스완을 만난다면, 그녀는 뾰로통해져서 자기를 뒤따라다닌다고 투덜거리며 그를 덜 사랑하게 될 것이다. 또 어쩌면 그의 모습을 보자마자 골이 나서 머리를 돌려버릴지도 모른다. 그리고 "그러니까 이제 내겐 여행할 권리도 없다는 거군요" 하고 그녀가 파리로 돌아오는 길에 말할지도 모른다. 한마디로 진짜 여행할 권리를 빼앗긴 쪽은 스완인데도!

한순간 그의 머리에 좋은 생각이 떠올랐다. 즉 오데트를 만나러 가는 티를 내지 않고 콩피에뉴와 피에르퐁에 갈 수 있도록 그 부근에 성을 가진 친구 드 포레스텔 후작에게 자기를 그곳에 데려가달라고 부탁하는 일이었다. 스완이 후작에게 동기는 말하지 않고 그 계획만 입 밖에 내자, 후작은 기뻐하는 동시에 스완이 15년 이래 처음으로 자신의 소유지를 구경하러 가겠다고 하는 것에 몹시 놀라워했다. 오래 묵겠느냐고 하기에, 스완은 적어도 며칠 동안은 함께 산책도 하고 유람도 하겠노라고 약속했다. 스완은 벌써 드 포레스텔 씨와 함께 그 고장에 가 있는 자기 모습을 그려보았다. 거기서 그가 오데트를 만나기에 앞서, 비록 그녀를 못 만나더라도, 어느 때 어느 곳에서 그녀가 나타날지 정확히 알지 못한 채, 도처에서 느닷없이 그녀가 나타날 가능성으로 가슴을 두근거리게 될 그 땅 위에 발을 딛다니 얼마나 행복한 일일까. 그녀 때문에 보러 갔기에 더욱 아름답게 보이는 성의 정원, 낭만적으로 보이는 동네의 모든 거리, 그윽하고 부드러운 석양에 장미색으로 물든 숲 속의 모든 오솔길—불확실하지만 도처에 편재해 있는 희망 속에서, 부풀고 행복으로 들뜬 그의 마음은 그처럼 번갈아가며 나타나는 무수한 은신처로 일제히 피신하리라. "무엇보다"라고 스완은 드 포레스텔 씨에게 말할 것이다. "오데트와 베르뒤랭네 사람들과 마주치지 않도록 주의합시다. 그들이 바로 오늘 피에르퐁에 와 있다는군요. 모처럼 파리를 떠나왔는데, 그곳에서 지나칠 정도로 많이 만난 사람들과 또 서로 마주친다면야 어디."

그리고 후작은 이해하지 못하겠지만, 그는 일단 그곳에 도착하면, 그의 계획을 몇 번이나 변경하여 콩피에뉴의 여관이란 여관, 식당이란 식당은 모조리 조사하고, 베르뒤랭네 사람들의 흔적이 보이지 않는 식당에는 잠시도 앉으려 하지 않으면서, 자기 입으로 피하고 싶다고 말한 그 사람들을 찾아다니고 또 그들을 보게 되면 금방 피하려고 할 것이다. 왜냐하면 그가 그 작은 무리를 만나면, 자기가 오데트를 만나고, 그녀에게 자기를 보인다는 사실, 특히 자기가 그녀에게 신경을 쓰지 않는 것을 보인다는 사실에 만족해하면서 짐짓 그 무리를 피하는 척할 것이기 때문이다. 그러나 천만에, 그녀는 그가 거기에 온 것이 그녀 때문이란 걸 뻔히 알 것이다. 그래서 그는,

드 포레스텔 씨가 출발하자고 막상 그를 찾아왔을 때 이렇게 말했다. "이런, 어떡하나, 오늘 피에르퐁엔 갈 수 없겠는데요. 오데트가 바로 거기에 있어서요." 이렇게 해서 스완은, 모든 사람들 가운데 자기만이 그날 피에르퐁에 갈 권리를 갖지 못한다면, 그것은 자신이 오데트에게 있어 남들과는 다른 존재, 즉 그녀의 애인이기 때문이며, 또 누구나 다 자유롭게 여행할 권리를 갖고 있음에도 자신에게만 가해진 그 속박은, 그의 노예 상태, 즉 자신에게는 매우 귀중한 사랑의 한 형태에 지나지 않는다고 생각하여 행복감에 잠긴 것이다. 확실히 그녀와 사이가 나빠질 위험을 무릅쓰느니보다는 참아내어, 그녀가 돌아오기를 기다리는 편이 나았다. 그는 콩피에뉴 숲의 지도가 마치 사랑의 나라의 지도이기나 한 것처럼 그것을 들여다보면서 나날을 보냈고, 또 피에르퐁 성의 사진에 파묻혀 있었다. 그리고 그녀가 돌아올 예정된 날이 오자, 다시 열차 시간표를 펼치고는, 그녀가 어느 열차에 탔을까, 만약 그녀가 늦어진다면 아직 어느 열차에 남아 있을까를 생각했다. 혹시 부재중에 전보가 올까 봐 외출도 하지 않았고, 막차로 돌아온 오데트가 한밤중에 와서 자기를 놀라게 할 경우를 생각하여 잠도 자지 않았다. 바로 그때, 대문에서 초인종이 울리는 소리가 들렸다. 문을 여는 것이 지체되는 것 같아 문지기를 깨우고 싶었다. 만약 오데트라면 이름을 부르려고 창가로 갔다. 그가 스스로 열 번도 더 내려가 주의를 주었음에도, 문지기가 부재중이라고 말할 가능성이 있었기 때문이다. 들어온 이는 하인이었다. 그는 몇 대의 마차가 끊임없이 달리는 소리에 귀를 기울였다. 전에는 그런 것에 신경을 쓴 적이 없었다. 그는 멀리서부터 다가와서는 그의 집 대문 앞에서 멈추지 않고 그대로 지나서, 그에게 보내는 것이 아닌 전언을 더 멀리 싣고 가버리는 마차 소리 하나하나에 귀를 기울였다. 그는 밤새 기다렸지만, 완전한 헛수고였다. 베르뒤랭네 사람들이 돌아오는 시간을 앞당겨, 오데트는 이미 정오부터 파리에 있었기 때문이다. 그녀는 그에게 알린다는 생각을 하지 못했다. 그리고 무엇을 할지 몰라, 저녁 시간을 혼자 극장에서 보내고 나서 집에 돌아와 잠자리에 들어 잠에 빠진 지 이미 오래였던 것이다.

 그녀는 그를 생각조차 하지 않았던 것이다. 또 그녀가 스완의 존재를 망각하는 그 순간이야말로 오데트에게는 더욱 유리한 것으로, 그 순간은 그녀의 어떤 애교보다도 스완의 마음을 끌어당기는 데 더욱 도움이 됐다. 그럴 때의 스완은, 아주 오래전에 베르뒤랭네에서 오데트를 만나지 못해 밤새도록 그녀를 찾아다니던 밤과 같이, 그의 연정을 꽃피울 정도로 너무나 강렬했던 그 고통스러운 번민 속에서 살아가기 때문이었다. 그리고 그에게 행복한 낮은 없었는데, 그건 콩브레에서의 나의 어린 시절처럼 밤이면 되살아나는 고뇌를 잊어버리지 못하기 때문이었다. 스완은 낮 동안 오데트 없이 지냈다. 그리고 그는 이따금씩 그처럼 귀여운 여인을 그렇게 혼자 파리에 나돌아다니게 내버려둔다는 것은 패물로 가득 찬 보석함을 길 한가운데 놓아두는 것 못지않게 경솔한 짓이라고 생각했다. 그럴 때면 모든 행인에게 마치 도둑에게 품는 듯한 노여움이 일었다. 그러나 그들의 얼굴은 그의 상상력으로는 잡히지 않는, 집합적이고 형태를 알 수 없는 것이었으므로 그의 질투심을 부채질하진 못했다. 그러나 그것은 스완의 사고력을 지치게 했고, 그래서 그는 손을 눈 위로 가져가며, "하나님의 은총이 있기를!" 하고 외쳤다. 마치 외계의 실재성이나 영혼 불멸의 문제를 규명하는 데 열중하고 나서, 신앙 행위로 지친 두뇌에 휴식을 주는 사람처럼. 그러나 곁에 없는 오데트에 대한 생각은 스완의 생활에서 가장 단순한 행동—식사를 하고, 우편물을 받고, 외출을 하고, 잠자리에 드는 일—에 이르기까지, 그녀 없이 하지 않으면 안 된다는 슬픔에 의해 굳게 얽혀 있었다. 마치 마르그리트 도트리슈가 필리베르 르 보〔사부아 공작으로, 사냥을 하던 중 비명횡사했으며, 공비였던 마르그리트가 그를 기념하기 위해 브루 성당을 지음〕를 애통해하는 마음에서 그의 머리글자와 자기 머리글자를 합쳐 브루 성당 안 곳곳에 새겨놓았듯이. 어떤 날은 집에 있는 대신, 아주 가까운 레스토랑에 가서 점심 식사를 했다. 전에는 음식이 맛있다고 생각했기에 그곳에 갔었지만, 지금은 단지 소설적이라고나 할 신비롭고도 우스꽝스런 이유 가운데 한 가지, 즉 그 레스토랑(아직 현존하고 있다) 이름이 오데트가 사는 거리와 똑같은 이름인 '라 페루즈'라는 이유에서였다. 그녀는 짧은 여행을 하고 와서, 이따금씩 며칠이 지나서야 비로소 자기가 돌아왔다는 사실을 그에게 알리려고 하는 적이 있었다. 그리고 그녀는 예전처럼 진실에서 빌려온 작은 조각으로 어떻게 해서든 자신을 방어해보려는 신중함도 없이, 아침 열차 편으로 방금 돌아오는 길이라고 아주 간단히 말할 뿐이었다. 그 말은 거짓이었다. 어쨌든 오데트에게 있어 그 말은 거짓이었고, 일관성이 없었다. 또한 사실을 말할 때처럼, 그녀가 역에 도착했을 때의 기억 속에 확고한 기반도 갖지 못한 말이었다. 그리고 그녀는 그런 말을 내뱉는 순간 그녀가 말하는 것을 머릿속에 그려내지 못했는데, 그것은 그녀가 열차에서 내렸다고 우기는 바로 그 시간에 그녀가 했던 매우 다른 일의 영상, 말하는 것과는 모순된 영상이 머리에 떠올랐기 때문이다. 그러나 반대로 스완의 정신 속에서는, 그런 말이 아무런 장애에도 부딪히지 않고 박혀들어, 추호도 의심할 바 없는 확고한 진실이 되어버렸으므로, 혹시 어떤 친구가 자기도 그 열차를 타고 왔으나 오데트를 보지 못했노라 말하더라도, 그의 말이 오데트의 말과 부합되지 않는 것은 친구가 날짜나 시간을 착각하는 거라고 믿었을 것이다. 그녀의 말은 그가 처음부터 그것이 거짓이 아닌가 하고 생각할 때에만 거짓으로 보였던 것이다. 그녀가 거짓말을 하고 있다고 여기려면, 미리 의심을 하는 것이 필수 조건이었다. 게다가 그것은 또한 충분한 조건이기도 했다. 그런 때는 오데트가 하는 모든 말이 의심스러웠다. 그녀가 어떤 이름을 예로 들며 얘기하는 것을 들으면, 그 이름의 당사자는 반드시 그녀의 애인 가운데 하나가 되었다. 일단 그런 추측이 일어나면, 그는 몇 주일 동안 비탄에 빠져 지냈다. 한번은 흥신소에 의뢰해서, 여행이라도 떠나지 않는다면 그를 숨도 제대로 못 쉬게 만들, 그 미지의 사내의 주소와 일상생활을 알아내려고 한 적도 있었다. 결국 그는 그 사내가 20년 전에 죽은 오데트의 아저씨란 사실을 알아냈다.

 그녀는 남들 입에 오르내릴 거라며 좀처럼 공공연한 장소에 그와 함께 동석하기를 허락하지 않았지만, 그는 그녀와 마찬가지로 그도 초대된 야회—포르슈빌네, 화가네, 혹은 어느 장관 댁에서 베푸는 자선 무도회—에는 그녀와 동석하게 되었다. 그는 그녀의 모습을 지켜보았지만, 그녀가 다른 사람들과 어울리는 즐거움을 몰래 염탐하는 듯하여 그녀를 화나게 하는 것은 아닌가 하는 두려움 때문에 감히 오래 남아 있지 못하고, 홀로 집에 돌아와 불안한 마음으로 잠자리에 들었는데—마치 그 후 몇 해가 지나, 콩브레에서 스완이 저녁 식사를 하러 오는 날 저녁마다 내가 그랬듯이—그녀의 즐거움이 끝나는 것을 보지 않고 돌아왔기에, 그에겐 그녀의 즐거움이 한없는 것으로 여겨졌다. 그런데 그는 한두 번 그런 날 밤에 잔잔한 기쁨을 경험했었는데, 그것은 마음의 안정에서 생겨난 것이었으므로, 만일 갑자기 멈춘 불안이 다시 사납게 일지만 않는다면, 잔잔한 기쁨이라고 이름 짓고 싶은 그런 것이었다. 그가 화가의 집에서 열린 야회에 잠시 들렀다가 막 떠날 채비를 할 때의 일이었다. 오데트를 뭇 남자들 한가운데 남겨두고 홀로 돌아간다고 생각하자, 갑자기 그녀가 주위 사내들 가운데서 낯설고 화려한 여인으로 바뀌면서, 그녀의 눈길과 명랑한 웃음— 그에게 보내는 것이 아닌— 이 그 사내들에게 어떤 관능적 쾌락, 즉 이곳이나 또는 다른 곳(어쩌면 나중에 그녀가 가지 않을까 하여 그가 몸서리친 '엉망진창인 무도회')에서 맛볼지도 모를 육체의 향락에 대해 말하는 것처럼 보였다. 그러자 그것은 스완에게 육체적 결합 이상의 질투심을 불러일으켰는데, 왜냐하면 그는 그것을 더욱 납득하기 어려웠기 때문이다. 그가 막 아틀리에 문을 나서려는데, 그는 이런 말로 그를 부르는 소리를 들었다. (즉 그가 두려워하던 연회의 마지막을 기우로 끝내며, 그로 하여금 그녀를 그 이전의 순진한 사람으로 여기게 함과 동시에 오데트의 귀가를 상상할 수 없는 무서운 것이 아닌 감미롭고 친숙한 것으로 생각케 하는 말, 그리고 그의 일상생활의 일부처럼 함께 마차를 타고 그녀와 나란히 앉게 해주는 말, 또 오데트 자신에게서 지나치게 화려하고 쾌활한 외양을 벗겨내어, 그녀의 그런 태도는 비밀스런 쾌락을 목적으로 한 것이 아니라, 그녀가 스완 때문에 잠깐 걸쳤던 위장에 불과한 것으로 이젠 그러기에도 지쳤다는 걸 뜻하는 말.) 오데트는 그런 말을 그에게 던졌는데, 그때는 그가 이미 문지방에 다다랐을 때였다. "오 분만 기다려주시지 않겠어요. 저도 가야겠어요. 함께 나가 우리 집까지 바래다주세요."

사실 어느 날 포르슈빌이 자기도 함께 태워달라고 부탁한 일이 있었는데, 오데트의 집 앞에 이르러 포르슈빌이 자기도 집 안에 들어가게 해달라고 간청하자 오데트는 스완을 가리키며 "아! 그건 이분에게 달렸어요. 이분에게 부탁해보세요. 굳이 원하신다면 잠시 들어오세요. 하지만 오래는 안 돼요. 이분은 저와 조용히 얘기하는 걸 좋아하시니까요. 게다가 이분은 제 곁에 있고 싶을 때 여러 손님이 와 있는 걸 좋아하시지 않는답니다. 아! 제가 이분을 아는 만큼 선생님께서 알고 계신다면! 안 그래요, 마이 러브, 나만큼 당신을 아는 이가 또 있겠어요?" 하고 말했다.

그리고 스완은 그녀가 포르슈빌이 보는 앞에서 애정과 편애로 가득 찬, 하지만 약간의 꾸지람이 섞인 다음과 같은 말을 했을 때 더욱 감동받았다. "당신은 분명히 일요일 저녁 식사에 초대한 당신 친구분에게 아직 답장을 보내지 않았을 거예요. 가시기 싫으면 가지 마세요. 하지만 적어도 예의만은 지키셔야죠"라든가 "그 페르메이르에 관한 당신의 시론(試論)은 내일도 할 수 있다는 핑계로 우리 집에다 팽개쳐둔 건가요? 너무 게으르세요! 제가 당신을 자꾸 공부시켜야겠군요, 제가 말이에요!" 이런 말들은 오데트가 스완이 사교계에서 받는 초대와 그의 예술에 관한 연구 동향을 잘 안다는 것과, 또 그 두 사람 사이에는 둘만의 생활이 있다는 것을 밝혀주었다. 그리고 그녀는 그런 말을 하면서 그녀가 완전히 그의 것임을 뜻하는 듯한 의미심장한 웃음을 보냈다.

그래서 그들이 오데트의 집에 들어오게 되어 그녀가 그들을 위해 오렌지 주스를 만드는 동안, 마치 바르게 끼워지지 않은 램프의 반사갓이 처음에는 벽 위 어떤 물체의 주위에 커다랗고 환상적인 그림자를 떠돌게 하다가 곧이어 갓이 바로 끼워짐에 따라 그 그림자가 물체 속으로 사라져버리듯이, 그가 오데트에게 품었던 무섭고 불안한 온갖 사념이, 그 앞에 있는 그 귀여운 여인과 하나가 되어 일시에 사라져버렸다. 그러자 갑자기 그에게 다음과 같은 의혹이 일었다. 그는 오데트의 집 램프 밑에서 보내는 이 시간이 그를 위해 연극 소도구와 마분지로 만든 과일로 일부러 꾸민 인공적인 시간(늘 염두에 두고 있으면서도 뚜렷하게 상상할 수 없는, 그 두렵고도 감미로운 일, 자기가 그곳에 있지 않을 때의 오데트의 생활, 오데트의 실생활을 숨기려는 거짓 시간)이 아니라, 아마도 지금이야말로 오데트의 진실한 실제 생활이 아닐까 하는 생각이 들었다. 만약 그곳에 자기가 없었더라도, 그녀는 포르슈빌에게 이와 같은 팔걸이의자를 권하면서, 잘 모르는 음료수가 아닌 바로 이 오렌지 주스를 따라주었을까, 오데트가 사는 세계란 밤낮 내가 그녀를 거주시키는, 상상 속에서만 존재하는 그 무시무시하고 초자연적인 별세계가 아니라, 어떤 유별난 슬픔도 발산하지 않으며, 내가 앞으로 글을 쓸 이런 책상과 이제 맛을 보게 될 이런 음료가 있는 현실 세계가 아닐까라고 생각하면서, 스완은 그런 모든 물건들을 감사의 마음 못지않게 호기심과 감탄이 어린 눈으로 바라보았다. 왜냐하면 그런 물건들이 그의 몽상을 흡수하면서 그를 몽상에서 해방시켜주는 동시에, 대신 그 물건들은 그와는 반대로 그 몽상으로 풍요롭게 되어 그에게 그 몽상의 명백한 현실을 보여줌으로써, 그의 정신을 흥미롭게 하여 그것들이 그의 눈앞에 뚜렷이 새겨짐과 동시에 그의 마음을 평안하게 해주었기 때문이다. 아! 운명이 그로 하여금 오데트와 한집에서 살기를 허락해주어, 그녀의 집에 있는 것이 곧 그의 집에 있는 것이 된다면, 하인에게 물어본 점심 요리가 모조리 오데트가 짠 메뉴라는 대답을 듣게 된다면, 아침에 오데트가 부아 드 불로뉴 가(街)를 산책하고 싶어 할 때, 비록 나가고 싶진 않더라도 좋은 남편의 의무감에서 그녀와 동반해주고 그녀가 더워하면 외투를 들어주고, 또 밤에 저녁 식사를 마친 후 그녀가 평상복을 입은 채 집에 그냥 있고 싶어 하면, 할 수 없이 그녀 곁에 남아 그녀가 바라는 대로 해주게 된다면, 그렇게 된다면 스완에게 그토록 쓸쓸하게 여겨지는 생활의 온갖 사소한 일들은, 그것들이 동시에 오데트의 생활의 일부가 되기에 오히려 친밀하게까지 느껴짐으로써—그 램프, 그 오렌지 주스, 그 팔걸이 의자가 수많은 몽상을 품고, 많은 소망을 구현시키고 있듯이—얼마나 풍요로운 따사로움과 신비스러운 밀도를 갖게 될 것인가!

그렇지만 그가 그토록 바라 마지않는 것, 즉 마음의 안정과 평화가 그의 사랑을 위해서는 바람직스럽지 못한 분위기가 아닐까 하는 회의가 많이 일었다. 오데트가 그에게 있어서 언제나 곁에 없어 안타까운 상상의 여성이 아닐 때, 그녀에 대한 그의 감정이 그 소나타 악절이 그의 마음속에 야기시켰던 신비로운 불안이 아니라 애정과 감사가 될 때, 두 사람 사이에 그의 광기와 비탄을 끝맺게 될 정상적인 관계가 맺어질 때, 그때가 되면 그에게는 틀림없이 오데트의 일상적인 행동거지가 그 자체로는 흥미 없게 보일 것이다—그가 이미 여러 번 그런 것에 대해 의심을 했었듯이. 예를 들어 겉봉투를 투시해서 포르슈빌 앞으로 보낸 편지를 읽던 날도 그랬었다. 그는 병을 연구하기 위해 스스로 세균 접종을 하는 사람만큼이나 초연한 태도로 그의 고뇌를 생각해보며, 자신의 그런 고뇌가 낫게 된다면 그때는 오데트의 어떤 행위도 자신과 무관해질 것이라고 생각했다. 솔직히 말하자면, 그가 병적인 상태 한가운데서 죽음과 똑같이 두려워했던 것은, 사실상 죽음과 마찬가지인, 그가 현재 처해 있는 모든 상태의 회복이었던 것이다.

이런 평온한 밤이 지나면 스완의 의혹은 가라앉았다. 그러면 그는 오데트에게 고마워했고, 그 다음 날은 아침이 되자마자 그녀에게 가장 아름다운 보석들을 보냈다. 왜냐하면 간밤의 그녀의 친절함에 자극을 받았거나, 아니면 그녀에 대한 감사의 마음이나 친절을 다시 보고 싶다는 욕망, 혹은 소비될 필요가 있는 격정적인 사랑이 되살아났기 때문이다.

그러나 그런 순간이 지나면 그에겐 그런 고뇌가 되살아났고, 그러면 그는 이렇게 상상했다. 오데트는 포르슈빌의 정부임에 틀림없으며, 또 자신이 초대받지 못했던 샤투에서의 연회 전날 밤, 그가 부아에서 마차꾼마저 알아차린 절망적인 표정으로 그녀에게 자신과 함께 돌아가자고 애원한 것이 허사로 돌아가 혼자 무거운 걸음을 옮기는 꼴을 그 두 사람이 베르뒤랭네의 사륜마차 안에서 보았을 때, 그녀는 포르슈빌에게 자신을 가리키며 "저것 좀 보세요. 단단히 화가 났군요!"라고 말하면서, 포르슈빌 때문에 사니에트가 베르뒤랭네에서 내쫓기던 날 짓던 것과 똑같이 눈을 반짝이며 간사스럽고, 음험하고, 경멸하는 듯한 눈초리를 보냈음이 틀림없다고 상상했다.

그럴 때 스완은 그녀를 미워했다. '그래 내가 너무 바보야' 하고 그는 속으로 말했다. '내 돈으로 남의 즐거움을 사주고 있다니. 아무튼 오데트도 주의하고, 돈줄을 지나치게 잡아당기지 않는 게 좋을 거야. 그렇지 않으면 한푼도 안 줄 테니까. 어쨌든 쓸데없는 친절은 당분간 중지야! 어제만 해도 그녀가 바이로이트[독일 바이에른 지방의 도읍지로 바그너 작품 상연을 위한 극장이 있음] 음악제에 참석하고 싶다고 하기에, 나는 바보처럼 우리 둘을 위해 그 부근에 있는 바이에른 왕의 아름다운 성(城) 중 하나를 빌리자고 제의했었지. 그런데도 그녀는 그다지 기뻐하는 것 같지도 않았어. 아직 싫다, 좋다 말이 없었으니까. 부디 거절해주기를 하나님께 비나이다! 물고기에게 사과를 주는 격이지. 바그너에겐 아무 관심도 없는 그녀와 이 주일 동안이나 바그너의 음악을 듣다니, 그렇게 된다면 정말 재미있겠군!' 그런데 그의 증오는 그의 사랑과 똑같이 시위하며 행동할 필요가 있었으므로 그는 그의 졸렬한 상상력을 더 멀리 밀고 나가는 데 더욱 기쁨을 느꼈다. 왜냐하면 오데트에게 덮어씌운 배신 덕분에 그는 그녀를 더욱 미워하게 되고, 그리고 만약—그가 애써 상상해낸—그 배신이 사실이라면 그는 그녀를 벌주고 참을 수 없을 만큼 커진 분노를 그녀에게 풀 기회가 올 것이기 때문이었다. 그래서 그는 그녀에게서 편지가 오고, 그 편지에는 바이로이트 근처 성을 빌리기 위한 돈을 부탁하면서 단, 포르슈빌과 베르뒤랭네 사람들에게 그들을 초대하겠다고 약속했기에 그가 거기에 와서는 안 된다는 내용이 씌어 있었으면, 하는 가정에까지 이르렀다. 아아! 그는 그녀에게 그런 대담성이 있기를 얼마나 바랐던가! 그렇다면 얼마나 기뻐하며 그것을 거절하고, 앙갚음의 답장을 썼을 것인가! 마치 실제로 그런 편지를 받기라도 한 듯, 그는 답장에 무슨 말을 쓸 것인가를 곰곰 생각하고는 큰 소리로 그 말들을 내뱉으며 즐거워했다.

그런데 바로 그 다음 날 그런 일이 실제로 일어났다. 그녀는 베르뒤랭네 사람들과 그 친구들이 바그너 공연에 참석하고 싶어 한다면서 만일 그가 자기에게 그 돈을 보내준다면, 이제까지 그들에게 자주 대접받아온 그녀로서는 이번에야말로 자기 쪽에서 그들을 초대하는 기쁨을 가질 수 있겠다는 내용의 편지를 보내왔다. 스완, 그에 대해서는 한마디도 언급하지 않았다. 그들이 있는 이상 그는 제외된다는 것을 암시한 글이었다.

그래서 그는 이처럼 언젠가 사용되길 진정으로 바라진 않았던, 그러나 어젯밤에 생각했던 한마디 한마디로 된 심한 답장을 그녀에게 써 보내는 기쁨을 갖게 되었다. 아, 슬프도다! 바흐〔Johann S. Bach : 바로크와 고전파를 대표하는 독일 최대의 음악가〕와 클라피송〔Antonin L. Clapisson : 프랑스 작곡가〕의 차이조차 구별 못하는 그녀였지만, 일단 하고 싶은 바가 있으면 그녀는 소지한 돈으로라도, 또는 쉽사리 손에 들어오는 돈으로라도 바이로이트에서 성을 빌릴 것이라는 것을 그는 잘 알고 있었다. 그러나 그렇다고 해도 그녀는 그 성에서 간소하게 지내야 할 것이다. 이번에도 1천 프랑짜리 지폐를 몇 장 보내준다면 모르지만, 그 성에서 저녁마다 훌륭한 만찬을 차리진 못할 것이다. 만찬이 끝난 후 그녀는 아마도 변덕스러운 기분에 — 아마도 이제까지는 아직 한 번도 없었던 것 같다 — 포르슈빌의 품 안에 안길지도 모른다. 그래도 어쨌든 그 저주스런 여행의 비용을 댈 사람은 그, 스완이 아니다! 아! 그녀를 가지 못하게 할 수만 있다면! 떠나기 전에 그녀가 발이라도 삐어주었으면. 그녀를 역까지 태워다줄 마차꾼이, 비용이야 얼마가 들든, 포르슈빌에게 보낸 공범의 웃음을 보내며 두 눈을 번득이던 그 불성실한 여인을 얼마 동안 감금 장소로 데려가는 데 동의해준다면! 마흔여덟 시간 전부터 스완에게는 오데트가 그런 여인으로 생각되었던 것이다!

그러나 오데트가 오랫동안 그런 여인으로 보인 것은 아니었다. 며칠이 지나자, 교활스럽게 번득이던 그녀의 두 눈은 광채와 위선을 잃고, "단단히 화가 났군요!"라고 포르슈빌에게 말하는 데 익숙한 오데트의 모습은 희미해지면서 지워졌다. 그러자, 또 다른 오데트의 얼굴이 서서히 되살아나며 그의 눈앞에서 살그머니 환하게 떠올랐다. 그 오데트도 포르슈빌에게 웃음을 보내고 있긴 하지만, 그 웃음에는 그녀가 "오래는 안 돼요. 이분은 제 곁에 있고 싶을 때 여러 손님이 와 있는 걸 좋아하시지 않는답니다. 아! 제가 이분을 아는 만큼 선생님께서 알고 계신다면!" 하고 말할 때의 그 다정함만이 스완을 위해 있을 뿐이었다. 그것은 그녀가 몹시 높이 평가하던 스완이 보여준 몇 가지 친절함이나 또는 의지할 곳이 스완밖에 없는 중대한 일에 관해 그녀가 그에게 구한 어떤 조언에 감사할 때 짓던 것과 똑같은 웃음이었다.

그럴 때면 그는 속으로 생각했다. 그런 오데트에게 틀림없이 그녀가 이제까지 꿈에도 생각지 못했을, 또 너그러움과 성실성으로 그녀의 존경심 속에 그가 획득해놓은 높고 독자적인 위치에서 자기를 전락시킬 것이 틀림없는 그런 무례한 편지를 어떻게 써 보낼 수 있었단 말인가. 또 그녀는 자신을 이전보다 덜 소중하게 여길 것이다. 왜냐하면 그녀가 자신을 사랑한 것은 포르슈빌에게도, 그 외의 누구에게도 없는 너그러움과 성실성이라는 장점이 자신에게 있었기 때문이다. 그런 장점 덕분에 오데트가 그처럼 자주 상냥하게 군 것이 아니었던가. 하기야 그가 질투에 불타는 순간에는 그런 상냥함도 하찮은 것으로 생각되었지만. 그건 욕망의 표시가 아니었고 또 사랑보다는 오히려 감동의 표시였기에. 그러나 예술 서적을 읽거나 친구와 대화를 나누면 기분이 전환되어 그런 상냥함이 다시 중요하게 느껴지고, 그의 의혹이 저절로 풀어짐에 따라, 상호성에 대한 그의 열정은 덜 까다롭게 되었다.

그러한 마음의 동요를 겪고 난 후, 스완의 질투 때문에 잠시 쫓겨났던 오데트가 제자리로, 그에게 매력적으로 보이던 그 각도로 자연스럽게 되돌아온 지금, 그가 머릿속으로 그녀를 그려보자, 애정이 넘치고 동의의 시선을 한 그 모습이 어찌나 아름답던지, 마치 그녀가 그 자리에 있어서 키스라도 할 수 있는 듯 그녀 쪽으로 입술을 내밀지 않을 수 없었다. 그리고 넋을 홀리는 그 다정한 눈길에 그는 마치 실제로 그런 눈길을 막 받기라도 한 듯, 또 그것이 단지 자신의 욕망을 만족시키려고 그려낸 상상만은 아니라는 듯, 그녀에게 강한 감사의 정을 품었다.

그는 얼마나 그녀를 괴롭힌 것인가! 물론 그가 그녀를 그렇게 원망하는 데는 그럴 만한 이유가 있었다. 그러나 그런 이유들이란, 만약 그가 그녀를 그토록 뜨겁게 사랑하고 있지 않았다면, 그것만으로 그런 원망을 품기에 충분한 것은 아니었을 것이다. 그는 다른 여자들에게도 그 정도로 깊은 불만을 품은 적이 있지 않았던가? 그러면서도 그런 여성들에 대해서 지금도 마다하지 않고 도와주고 화내지 않는 것은, 결국 이제는 그 여자들에게 애정을 느끼지 않기 때문이 아닌가? 언젠가 그가 오데트에 대해서도 이와 똑같은 무관심한 상태에 있게 된다면 그때는 그도 이해하게 될 것이다. 말하자면 그녀의 다소 어린애 같은 생각과, 타고난 영혼의 섬세함에서 생겨난 자연스러운 희망, 즉 마침 좋은 기회이므로 이번에 베르뒤랭네 사람들의 은혜에 보답하고 싶다, 또는 여주인 노릇을 하고 싶다는 그 희망을 그가 뭔가 무서운, 용서할 수 없는 것으로 느끼게 된 것은 단지 그의 질투의 소행이란 것을.

그는 이런 관점—그의 사랑이나 질투와는 대립된 관점, 그리고 그가 이따금 일종의 지적인 공정성에 의해 세웠던, 또 여러 가지 가능성을 계산해보려고 세웠던 관점—으로 되돌아왔고, 이 관점에서 그는, 마치 자신이 그녀를 사랑하지 않았던 것처럼, 자신에게 있어 그녀도 다른 여자와 똑같은 여자인 것처럼, 그리고 자신이 그녀 곁에 없을 때 그녀의 생활이 즉시 달라져, 자기 몰래 거짓을 꾸미고 그에게 거역하는 음모를 짠 적이 없었던 것처럼 오데트를 판단해보려고 애썼다.

어떻게 그녀가 포르슈빌이나 다른 사내들과 어울려, 그녀가 자기 곁에서는 느끼지 못했던, 오로지 그의 질투심에 의해서만 완전하게 날조된 그 매혹적인 쾌락을 맛볼 거라고 믿을 수 있겠는가? 바이로

이트에서도, 파리에서와 마찬가지로 만일 포르슈빌이 스완이라는 존재를 생각해보는 일이 있다면 그를 오데트의 생활에서 중요한 위치를 차지하는 사람, 그녀의 집에서 마주쳤을 때 자리를 양보해야만 하는 사람으로 생각하는 데는 변함이 없을 것이다. 만일 포르슈빌과 그녀가 그런 그의 뜻에 반하여 그곳에 간 것을 기뻐한다 해도, 그녀가 못 가도록 헛되이 방해하려 한 것이 그였으니, 결국 그렇게 만든 것은 바로 스완인 셈이었다. 그렇지만 만일 그가 그녀의 계획에 찬성한다면—하기야 못 가게 할 수도 있긴 하지만—그녀는 자신이 그의 의사에 따라서 간다는 듯한 태도를 취할 것이고, 그에 의해 거기에 가게 됐고 성도 빌리게 되었다고 느낄 것이며, 또 자주 그녀를 초대해준 사람들을 접대하면서 그녀가 느낄 기쁨에 감사하게 여길 사람이 바로 스완이었을 것이다.

그러면 그녀가 그와 사이가 틀어져 그를 만나지도 않은 채 떠나 버리는 대신에—그가 비용을 보내주고, 그 여행을 격려하고, 즐거운 여행이 되도록 돌봐준다면, 그녀는 기쁨에 가득 차 감사하는 마음에서 달려올 것이다. 그리고 스완도 일주일이 가깝도록 맛보지 못했던 그녀와 만나는 기쁨, 무엇에도 비길 수 없는 그 기쁨을 맛볼 것이다. 그도 그럴 것이, 스완이 그녀를 아무런 증오심 없이 상상할 수 있고, 그가 그녀의 웃음에서 선량함을 다시 보게 되고, 또 그녀를 다른 모든 사람에게서 떼어놓고자 하는 소망이 질투심에 의해 그의 사랑에 덧붙여지는 일이 없게 되면, 곧 그 사랑은 무엇보다 오데트라는 인간이 그에게 준 여러 가지 감동에 흥미를 느끼고, 눈길을 쳐드는 것, 웃음 짓는 것, 목소리의 억양 등을 어떤 경치를 대하듯이 감탄하고, 또는 어떤 현상을 마주했을 때처럼 살펴 생각하게 되는 기쁨에 대해 흥미를 느끼게 되기 때문이다. 그리고 다른 모든 기쁨들과는 달리 그 기쁨은, 결국 그의 마음속에 그녀를 갖고 싶다는 욕구, 즉 그녀와 함께 있거나 그녀의 편지를 받는 데서 얻어지는, 그녀만이 채워줄 욕구를 만들어내고 말았는데, 그 욕구는 스완의 생애 가운데서 그 새로운 시기 — 즉 그 이전의 무감각과 우울증의 시기에 뒤이어 온, 정신이 과도하게 충만해지고, 마치 몸이 허약한 사람이 어느 순간부터 튼튼해져서 살이 찌고 얼마 동안 완치를 향해 한 걸음씩 나아가는 것처럼 생각되듯이, 스완 자신도 그 내적 생활의 뜻하지 않은 풍요로움이 무엇 때문인지 몰랐던 시기 — 를 특징짓고 있던 또 하나의 욕구와 마찬가지로 똑같이 비타산적이고, 예술적이고, 비뚤어진 것이었다. 그리고 역시 현실 세계 밖에서 전개되어가던 그 또 하나의 욕구란, 음악을 듣고 싶고 또 음악을 알고 싶다는 욕구였던 것이다.

이처럼 고뇌라는 화학 작용 자체를 통해 애정으로 질투를 만들어냈던 그는, 그 다음에 다시 오데트에 대한 사랑과 연민의 정을 만들어냈던 것이다. 그녀는 또다시 매력적이고 착한 오데트가 되어갔다. 그는 오데트에게 심하게 군 것을 후회했다. 그는 그녀가 곁에 와주기를 바랐고, 고마움 때문에 얼굴을 펴고 웃음꽃을 피우는 그녀의 모습을 볼 수 있도록 어떤 즐거운 일을 그녀에게 미리 마련해주고 싶었다.

따라서 오데트는, 며칠이 지나면 그가 틀림없이 찾아와 그전처럼 다정하고 온순하게 화해를 요청하리라는 것을 확신했으므로, 이제는 그의 마음을 언짢게 하거나 화를 돋우는 것마저도 두려워하지 않게 되었고, 형편에 따라서는 그가 무엇보다도 소중히 여기는 사랑의 표시마저도 거절했다.

스완이 그녀에게 돈을 보내주지 않겠으며 오히려 고생하는 꼴을 보겠노라고 써 보냈을 때, 그가 그런 불화의 기간 동안에도 그녀에게는 얼마나 성실했는지 아마 그녀는 알지 못했을 것이다. 또 아마 오데트는, 두 사람의 장래를 생각한 그가 그녀 없이도 지낼 수 있다는 것, 언제라도 인연을 끊을 수 있다는 것을 그녀에게 보여주려고 며칠 동안 그녀의 집에 가지 않겠다고 결심했었을 때, 그가 비록 그녀까지는 아니라 해도 적어도 그 자신에게는 얼마나 성실했던가 하는 것도 그 이상으로 몰랐던 것이다.

이따금 그녀가 그에게 새로운 걱정을 일으키지 않고 며칠이 지나는 때가 있었다. 그러면 그는 다음 방문에서는 아무런 큰 기쁨도 얻지 못할 것이고, 도리어 지금의 안온한 상태에 종지부를 찍을 어떤 고통이 닥쳐올 것 같은 느낌이 들어, 매우 바빠서 약속한 어느 날에도 그녀를 만나지 못할 것 같다는 뜻의 편지를 써 보냈다. 그런데 그의 편지와 엇갈려온 그녀의 편지에는 만날 날을 연기해달라는 내용이 쓰여 있었다. 그러자 그는 무슨 영문일까 하고 생각해보고 다시 의혹과 고통에 빠져드는 것이었다. 뿐만 아니라 그는 새로운 불안 상태에 빠져 그때까지 비교적 안온한 상태 속에서 취해온 마음의 확고한 태도를 더는 지키지 못하고 그녀에게 달려가, 다음부터는 날마다 만나자고 강요하는 것이었다. 또 그녀 쪽에서 먼저 편지를 써 보내지 않더라도, 며칠 동안의 이별을 부탁하는 그의 물음에 그녀가 단지 동의한다는 뜻의 답장을 보내오면 그것만으로도 그는 그녀를 보지 않고 그대로 있을 수 없었다. 왜냐하면 스완의 속셈과는 어긋나게도, 오데트의 동의가 그의 마음을 완전히 바꾸어버렸기 때문이다. 어느 한 가지에 매혹당한 사람들이 다 그렇듯이, 그는 잠시 동안 그것을 잊어버리면 어떻게 될까 알고 싶어, 나머지 전부를 그대로 둔 채 그 한 가지만을 마음속에서 제거했다. 그러나 한 가지의 제거란 그것만으로 끝나는, 단순한 부분의 결핍으로 끝나는 것이 아니었고, 그것은 나머지 전체에 혼란을 가져와 미리 예측할 수 없었던 새로운 상태를 초래했다.

그러나 또 어떤 때는 그와는 반대로— 오데트가 막 여행을 떠나려던 때— 스완은 구실을 만들어 약간의 입씨름을 벌인 끝에, 그녀가 돌아올 때까지 편지도 하지 않고 만나러 가지도 않겠다고 결심하고, 그렇게 함으로써 그녀로 하여금 그 이별— 가장 길었던 이별은 그녀의 여행 때문에 생긴 불가피한 것이었고, 그는 그것을 단지 좀 더 빨리 시작되게 만들었을 뿐이다— 을 모든 게 끝장나는 큰 불화로 여기도록 꾸미서, 그 이득을 보려고 했다. 벌써 그는 방문도 편지도 받지 못해 불안해하고 괴로워하는 오데트의 모습을 머리에 그렸다. 그러면 그 영상은 그의 질투심을 진정시키고, 그로 하여금 그녀를 만나는 습관을 버리는 것을 용이케 했다. 물론 이따금은 약속받은 3주일 동안의 이별을 기회 삼아 그녀 생각을 머리에서 떨쳐버리리라고 결심하는 순간도 있지만, 그렇게 생각하는 마음 한구석에서는 오데트가 돌아오면 기꺼이 다시 만날 것이라는 생각을 했다. 그러나 그녀가 돌아오기를 기다리는 것이 그다지 초조한 감이 들지 않자, 그녀 없이 지내기가 이처럼 쉽다면 그 기간을 기꺼이 두 배로 늘릴까 하는 생각도 들었다. 그런데 아직 사흘밖에는 지나지 않았던 것이고, 또 미리 각오한 바도 없이 더 오랜 기간을 오데트를 만나지 않고 지낸 적도 종종 있었던 것이다. 그러나 생각에 가벼운 충돌이 생기거나 육체적으로 불편한 점이 생기면, 그것이— 그로 하여금 현재의 순간을 규칙을 벗어난 예외적인 순간, 즉 현명함이란, 어떤 쾌락이 가져다주는 마음의 안정을 받아들이는 데 있고, 노력이 다시 필요하게 될 때까지 의지에 휴가를 주는 데 있다고 간주하도록 자극하여ㅡ의지의 작용을 정지시키고, 또 의지도 그 억압 작용을 중지하는 것이었다. 그리하여 그녀가 마차에 다시 칠하고 싶은 색을 결정했는지 아니면 몇몇 주식 투자에 있어서 그녀가 사고 싶은 것이 보통 주인지 아니면 특별 주인지 그녀에게 물어보는 것을 깜박 잊었다는 사실이 머리에 떠오르자(그런 걸 묻지 않고, 그녀 없이도 생활할 수 있다는 것을 그녀에게 보이는 것도 매우 유쾌한 일이지만, 나중에 칠을 다시 해야 하고, 주 배당이 없기라도 하면 지나친 일이 될 테니까), 팽팽한 고무줄을 손에서 놓아버리듯, 아니면 구멍난 기압 펌프 속에 들어있는 공기처럼, 그녀를 만나겠다는 생각이 이제까지 매여 있던 먼 곳에서 갑자기 현재의 시야로, 즉각적인 가능성을 가진 영역으로 돌아왔다.

그 생각은 아무 저항감 없이, 게다가 억제할 수 없게 돌아왔기에, 스완은 오데트와 떨어져 있어야만 했던 이주간의 종말이 하루하루 다가오고 있다고 느끼는 편이 마차꾼이 그를 그녀에게 데리고 갈 마차에 말을 다는 10분ㅡ그녀를 만난다는 생각이 멀리 있다고 여겼는데, 그것이 느닷없이 돌아와서 그의 곁 가장 가까운 의식 속에서 새롭게 나타나자, 그녀에게 애정을 마구 쏟아주려고 초조와 기쁨으로 어쩔 줄 몰라 하면서 보내지 않으면 안 되는 10분ㅡ을 기다리는 것보다 덜 고통스러웠다. 왜냐하면 그 생각이 그에게 장애가 되는 것, 즉 즉각 그것에 저항하려는 욕구를 발견하지 못한 이상, 자신이 그녀를 만나지 않는 것은 매우 쉬운 일ㅡ적어도 그는 그렇게 믿었다ㅡ이라고 자신에게 증명해 보이고 나서부터 이제 자신이 원하기만 하면 그것을 실행에 옮길 수 있다는 확신이 들자, 스완으로서는 이별의 시도를 더 연기해도 아무런 지장이 없다고 생각했기 때문이다. 그리고 또 그녀를 다시 만난다는 생각이 그에게 있어 새로움과 매혹으로 단장되고, 신랄함을 부여받고 돌아왔기 때문이다. 그런데 이런 새로움이나 매혹이나 신랄함은 이제까지 그의 습관에 의해 무디어져 있다가, 3일 동안이 아니라 2주일 동안(왜냐하면 그 금욕 기간을 정해진 여행의 마지막 날까지 계속되는 것으로 계산해야 하니까) 그 생각이 상실된 사이에 다시 기운을 얻어, 그때까지는 마음 편히 희생시킨 즐거움을 물리칠 수 없는 뜻밖의 행복으로 길러냈던 것이다. 마지막으로 또 하나의 이유는, 그에게서 아무런 소식도 없다는 것을 안 오데트가 무슨 생각을 하며, 무슨 짓을 하는지 스완으로서는 알 도리가 없었기에, 그녀를 다시 만난다는 생각은 곱게 몸단장을 하고 돌아왔고, 그래서 스완이 발견하려고 한 것은 거의 생면부지인 오데트의 격정적인 계시라는 데 있었던 것이다.

그러나 그녀는 그의 송금 거절을 핑계에 지나지 않는다고 생각한 것과 마찬가지로, 스완이 그녀에게 마차에 다시 칠할 색이나 사야 할 주식에 관해서 물어온 것도 단지 구실로밖에 보지 않았다. 왜냐하면 그녀는 스완이 지나가고 있는 위기의 여러 국면을 다시 정리하려 들지 않았고, 또 그런 생각이 들었을 때도 그 구조를 이해하려고 애쓰지 않고 그녀가 전부터 알아온, 필연적이고 틀림없고 늘 동일했던 결과밖에는 믿지 않았던 것이다. 틀림없이 자신이 오데트에게 진가를 인정받지 못하고 있다고 생각하는 스완의 관점에서 판단하건대 그것은 불완전한— 아마도 그보다 더 심각한— 견해로 마치 모르핀 중독자가 고질적 악습에서 벗어나려는 찰나에 발생한 어떤 외부적인 사건 때문에, 혹은 결핵 환자가 병이 완쾌되어가는 찰나에 우연히 일어난 몸의 불편 때문에 병이 재발되었다고 저마다 확신하면서, 의사가 외부 사건이나 우연한 몸의 불편에 대해 그들이 생각하고 있는 만큼 중요하게 보지 않는 것은 환자에 대한 몰이해라고 생각하는 것과 마찬가지였다. 그러나 의사의 관점에서 본다면, 환자들은 정상적인 상태나 회복의 꿈에 매혹돼 있지만 사실 그런 것은, 치유될 수 없는 악습이나 병적 상태로, 그들이 병을 느낄 수 있도록 촉진하는 변형된 형태이자 우발적 사건인 것이다. 그리고 사실 스완의 사랑은 내과의사나 몇 가지 병에는 가장 대담한 외과의사마저도 환자의 악습을 없애거나 그 병을 제거하는 것이 과연 합리적이며 가능한 것인가를 숙고해볼 정도로 중증의 단계에까지 이르렀던 것이다.

물론 스완에겐 그 사랑의 정도에 대한 올바른 의식이 없었다. 그가 그것을 측정하려고 하면, 때때로 그것은 줄어들다가는 거의 흔적조차 없어지는 듯이 보였다. 예를 들면, 오데트를 사랑하기 전에는 표정이 풍부한 그녀의 얼굴 모습이나 신선하지 못한 안색에서 전혀 호감을 느끼지 못했고, 거의 혐오감까지도 일었었는데, 그런 감정이 어느 날 되살아나는 일이 있었던 것이다. 그럴 때면 '정말이지 나도 눈에 띄게 발전했군' 하고 그는 그녀와 함께 지낸 다음 날 생각했다. '정확히 생각해본다면, 어젯밤의 동침에서 거의 아무런 쾌락이 없었거든. 그녀가 추하게까지 보였으니 참 이상한 일이란 말이야.' 물론 이 생각은 진정에서 우러나온 것이었다. 그러나 그의 사랑은 육체적인 욕망의 영역 훨씬 너머까지 뻗어 있었다. 오데트의 육체는 그 사랑에서 더 큰 자리를 차지하지 못했다. 그의 눈길이 테이블 위 그녀의 사진과 마주쳤을 때나 그녀가 그를 만나러 왔을 때, 그는 실체의 그녀나 인화지 속 그녀를 그의 마음속에서 끊임없이 살고 있는 괴로운 혼란과 동일한 것으로 여길 수 없었다. 그래서 그는 마치 갑자기 누군가가 우리의 눈앞에 우리의 병 중에서 한 가지를 객관화시켜 우리에게 보여주자, 그것이 우리가 고통을 느끼던 병과 전혀 유사하지 않은 병임을 알았을 때처럼 매우 놀라워하며 중얼거렸다. 그래서 그는 '그녀, 그녀란' 하고 자문해보려고 애썼다. 왜냐하면 그것은 너무 병과 막연하게 비슷하여 우리가 늘 반문하는 것이라기보다는 오히려 사랑이나 죽음과 비슷한 신비스러운 인격으로, 우리로 하여금 그녀의 실체가 사라질까 두려워 더욱더 깊이 캐어보게 하는 것이었기 때문이다. 스완의 상사병은 너무나 복잡하여, 그의 모든 습관, 모든 행위, 그의 생각, 건강, 수면, 생활, 그리고 그가 죽은 다음을 위해 소망하는 것까지도 매우 밀접하게 혼합돼 있고, 그와는 완전한 일체가 되어 있었기에, 자신 전체를 완전히 파괴하지 않는다면 그에게서 그것을 떼어놓을 수는 없었을 것이다. 외과의사들이 흔히 말하듯, 스완의 사랑은 이미 수술 불능이었던 것이다.

이런 사랑 때문에 스완은 모든 이해관계에서 손을 끊게 되었는데, 사교계에서의 교제가 오데트의 눈에 마치 멋진 보석 장식(하기야 그녀는 이것도 정확하게 평가할 줄 몰랐지만)처럼 어느 정도 자신을 돋보이게 해줄 것이라는 생각이 들어(그의 교제가 그 사랑 때문에 품위를 잃게 된 것이 아니라면 아마 그랬을지 모르지만, 오데트에게는 그가 그 사랑보다 더 귀한 것은 없다고 공언하는 듯이 보인다는 사실 때문에 그가 접촉하는 모든 것의 가치가 떨어져 보였다) 그가 우연한 기회에 사교계로 돌아가게 됐을 때, 그는 자신이 그녀가 모르는 장소와 사람들 가운데 있다는 비통함과 더불어 유한계급의 놀이를 그린 소설이나 그림에서 맛보는 어떤 초연한 즐거움도 느꼈다. 예를 들면 그가 자신의 집안 살림이 돌아가는 형편이나 자신의 의복과 하인들이 입은 제복의 품위, 또 자신이 한 투자의 가치 따위를 생각하며 만족할 때의 즐거움, 또 그와 마찬가지로 좋아하는 작가 가운데 하나인 생시몽〔Duc de Saint Simon : 프랑스의 작가·정치가〕의 저서에서 맹트농〔Marquise de Maintenon : 루이 14세의 첩이었던 프랑스의 교육자이자 문학가〕부인의 기계적인 일상생활이나 식사 메뉴, 륄리〔Jean-Baptiste Lully : 프랑스의 작곡가〕의 빈틈없는 인색함과 화려한 생활 등을 읽을 때의 즐거움과 똑같은 즐거움을 느꼈던 것이다. 그 이탈이 거의 절대적이었음에도 스완이 사교계에서 새로운 즐거움을 맛볼 수 있었던 이유는, 그가 그의 사랑이나 고뇌와는 거의 관계없이 남아 있는 자기 내부의 희귀한 터전에 잠시 동안 옮겨 살 수 있었기 때문이다. 그런 점에서 본다면, 나의 대고모가 그에게 부여한 사람됨, 즉 '아들 스완'으로서의 사람됨은 샤를 스완이라는 더욱더 개인적인 사람됨과는 별개이며, 지금 그의 마음에 꼭 드는 것은 전자였다. 어느 날, 그는 파름 대공 부인의 생일을 위해(부인은 자신이 베푸는 대연회나 금혼식에 오데트가 참석할 수 있도록 주선해주어, 간접적으로 오데트에게 친절을 베풀었기 때문이다) 그녀에게 과일을 선물로 보내고 싶었는데, 그것들을 어떻게 주문해야 할지를 몰라서 자신의 사촌 이모에게 그 일을 맡겼다. 그러자 그의 심부름을 하게 된 것이 매우 기뻤던 그녀는, 더 좋은 걸 사려고 과일 전부를 한 상점에서 사지 않고 포도는 포도 전문점인 크라포트 상점에서, 딸기는 조레 상점에서, 배는 슈베 상점에서 샀으며, '그것들은 몸소 각 상점을 방문하여 일일이 고른 과일'이라고 그에게 서신으로 알려온 적이 있었다. 그리고 실제로 대공 부인의 사례 편지를 통해 딸기의 풍미와 배의 달콤함을 판단할 수 있었다. 그런데 특히 '몸소 상점을 방문하여 일일이 고른 과일'이라는 글귀가 그의 의식을, '좋은 상점'에 관한 지식이나 주문 방법을 대대로 이어받아 필요할 경우 당장 하인에게 일러주는, 유복하고 훌륭한 부르주아 가정의 후계자로, 그런 계급에 속해 있었음에도 거의 드나들지 않던 상류사회로 그를 인도함으로써, 그의 고뇌에 한 알의 진정제를 준 셈이었던 것이다.

확실히 그는 자기가 '아들 스완'임을 너무 오랫동안 잊고 있었다. 그래서 그가 잠깐 '아들 스완'으로 되돌아올 때면, 다른 때 느끼던 기쁨, 환락에 싫증이 났을 때 느끼던 여러 기쁨보다 더 강렬한 기쁨을 느꼈다. 그리고 비록 특히 '아들 스완'으로 통하던 부르주아계급 사람들의 친절이 귀족들의 친절보다 덜 화려한 것이긴 했지만(그러나 더욱 즐거운 것이었다. 왜냐하면 그들 부르주아계급에서는 친절과 존경이 분리돼 있지 않기 때문이다), 그래도 호화로운 놀이에 참석해달라는 어느 왕에게서 온 편지보다는 증인이 되어달라든가, 아니면 단지 그의 양친의 옛 친구 집에서의 결혼식에 참석해달라는 등의 편지가 그를 훨씬 더 즐겁게 해주었다. 그의 선친의 옛 친구 가운데 이런 몇몇은 그와 계속 교제해왔으며 — 예를 들어 우리 할아버지는 이 사건이 있기 일년 전에 그를 우리 어머니의 결혼식에 초대했었다 — 다른 몇 사람은 그와 개인적으로는 알지 못했지만, 그래도 그의 아들, 즉 고(故) 스완 씨의 훌륭한 후계자에게 예의를 지키는 것이 의무라고 믿었다.

그러나 스완이 사교계 사람들과 사귀고 나서도 오랜 시간이 흘렀고, 따라서 그들 역시 어느 정도는 그의 집과 가정과 가족의 일부가 되어 있었다. 그는 자신의 빛나는 친교를 생각해볼 때, 자신이 선조에게서 물려받은 훌륭한 소유지, 훌륭한 은식기, 훌륭한 탁상보 등을 바라볼 때와 똑같은 외적인 후원과 안락함을 느꼈다. 그래서 만약 자신이 집에서 급병으로 쓰러지면, 하인이 급히 부르러 갈 상대는 당연히 샤르트르 공작, 뢰스 대공, 뤽상부르 공작, 샤를뤼 남작이 될 것이라는 생각이 들자, 우리 집의 늙은 하녀인 프랑수아즈가 자기는 자기 이름이 새겨진, 꿰맨 자리가 없는(꿰맨 곳이 있더라도 어찌나 솜씨 있게 꿰맸던지 꿰맨 사람의 자상한 솜씨에 탄복하는 마음밖에 일어나지 않는) 훌륭한 수의 — 그녀는 끊임없이 이 수의를 상상하면서 그때마다 안도감까지는 아니더라도 적어도 자부심에서 생기는 만족감을 느꼈다 — 에 싸여 매장될 것이라고 생각할 때와 똑같은 위안감이 그에게 느껴졌다. 그러나 특히 오데트와 관계되는 그의 모든 생각과 행동에 있어서, 스완은 입 밖에 내지는 않았지만, 자신이 그녀의 눈에 다른 누구보다, 예컨대 베르뒤랭네 사람들 중에서 가장 귀찮은 신자보다 더 귀한 사람으로 보이진 않더라도 혹시 그보다 더 마음에 들지 않는 사람으로 보이지는 않을까 하는 감정에 늘 지배되고 조종됐기에, 자신이 세련된 취미를 가진 멋있는 인간으로 통하고 그를 끌어당기기 위해서라면 누구나 온갖 수단을 다 쓰고 그를 만나지 못하면 슬퍼하기까지 하는 사교계를 회고하자, 그는 더욱 행복한 생활이 있음을 다시 믿기 시작하여 마치 여러 달 전부터 몸져누워서 절식(節食)해오던 환자가 신문에서 정부의 오찬회 메뉴나 시칠리아행 해상 여행 광고를 언뜻 보았을 때처럼, 사교계에 대한 욕망을 다시 느끼기 시작했다.

  사교계 인사들에게는 방문치 못한 데 대한 핑계를 대야만 하는 스완이지만, 오데트만큼은 방문하는 데 대한 구실을 찾아야 했다. 뿐만 아니라 그는 방문에 대한 돈까지 주었고(그는 월말이 되어, 그가 그녀의 인내심을 약간 악용하여 너무 자주 그녀를 찾아간 듯하자, 4천 프랑을 보내는 것으로 충분할까 하고 생각했다) 찾아갈 때마다 선물을 가져왔다느니, 그녀가 알고 싶어 하던 걸 알아냈다느니, 그녀의 집으로 가던 드 샤를뤼 씨를 우연히 만나 그가 같이 오자고 해서 왔다느니 하는 구실을 반드시 찾아내곤 했다. 또 구실이 바닥나면 그는 드 샤를뤼 씨에게, 그녀의 집으로 빨리 가서 얘기 도중 자연스럽게, 스완에게 할 말이 생각났으니 인편을 보내 그가 곧 그리로 오게끔 수고 좀 해주지 않겠느냐고 말해달라고 부탁했다. 그러나 대개의 경우 스완은 헛되이 기다리다가 저녁때에 드 샤를뤼 씨에게서 그 수작이 돼먹지 못했다는 소식을 듣는 것이었다. 그래서 그녀가 자주 파리를 떠나게 되면서부터, 아니 파리에 그대로 있을 때조차, 그녀는 거의 그를 만나주지 않았다. 그를 사랑하던 무렵에는 "저는 언제나 한가해요"라든가 "다른 사람들 의견이 나와 무슨 상관이 있나요?"라고 말하던 그녀였는데, 지금은 그가 만나고 싶다고 할 때마다 교제상의 예의를 내세우거나 할 일을 핑계로 삼았다. 그녀가 가기로 되어 있는 자선회나 미술 전시회 초대일, 혹은 연극 공연의 첫날에 그도 가겠다고 말을 꺼내기라도 하면, 그녀는 그가 두 사람의 관계를 공개적으로 내보여 자신을 거리의 여자로 취급하고 싶어 한다고 말했다. 그래서 그 무렵, 어느 곳에서도 그녀를 만나지 못할 것 같자 스완은 그렇게 되지 않으려고 그녀가 그의 친구인 우리 작은할아버지 아돌프를 알고 있으며 또 그를 매우 좋아한다는 사실을 생각해내어, 어느 날 벨르샤스 거리에 있는 작은할아버지의 조그만 아파트로 그를 찾아가서 그의 영향력을 오데트에게 행사해달라고 부탁했다. 스완에게 작은할아버지에 대한 얘기를 할 때면 그녀는 늘 시라도 읊조리는 가락으로 "아? 그분은 당신과는 달라요. 그분이 내게 베푸는 우의란 참으로 멋지고, 관대하고, 아름다워요! 모든 공공연한 장소에서 나와 함께 있는 것을 보이고 싶어 할 정도로 나를 생각하지 않는 분이 아니라는 말이에요"라고 말했기에 스완은 작은할아버지에게 그녀에 대한 얘기를 하기 위해 어느 정도로 어조를 높여야 할지를 몰라 당황해했다. 그는 우선, 경험에 의한 오데트의 뛰어남, 그녀가 최고의 천사 같은 초인간성을 구비하고 있다는 것에 대한 자명한 이치와, 증명될 수 없고 그 개념을 경험에서는 끌어낼 수 없는 그녀의 미덕에 대해 말을 꺼냈다. "실은 상의하고 싶은 게 있습니다. 선생께서는 오데트가 다른 여성들보다 얼마나 뛰어난지, 얼마나 사랑스러운지, 또 얼마나 천사 같은지 알고 계십니다. 그리고 파리 생활이 어떤 것인지도 알고 계십니다. 모든 사람이 선생과 제가 오데트를 아는 만큼 그녀를 알진 못하거든요. 그래서 제가 다소 어리석은 역할을 하고 있다고 생각하는 사람들도 있는 것 같습니다. 그녀는 제가 밖에서, 예를 들면 극장에서 그녀를 만나는 걸 허락하지 않습니다. 그녀는 선생을 매우 신뢰하고 있으므로, 선생께서 저를 위해 그녀에게 몇 말씀 해주셔서, 밖에서 제가 하는 인사가 그녀가 생각하는 만큼 그녀에게 큰 해를 끼치진 않는다는 사실을 인정하도록 해주실 수는 없는지요?"

작은할아버지는 스완에게 잠시 동안 오데트와 만나지 않고 지내면 그 결과 그녀가 오히려 그를 사랑하게 될 것이라고 충고했고, 또 한편 오데트에게는, 스완이 만나고 싶어 하는 곳에서 만나주라고 충고했다. 며칠 후 오데트는 스완에게 작은할아버지가 다른 남성들과 똑같다는 사실을 알게 되어 실망했다고 말했다. 작은할아버지가 그녀를 겁탈하려고 했다는 것이었다. 스완은 그 순간 작은할아버지에게 결투하러 가겠다고 했으나 그녀가 말렸다. 그 후로 그는 작은할아버지를 만나면 악수도 거절했다. 그러나 그는 작은할아버지와 자주 만나 아주 친밀한 얘기를 나눌수 있었다면, 지난날 오데트가 니스에서 보낸 생활과 관계된 소문이 밝혀질 것이라는 생각이 들어 아돌프 작은할아버지와의 불화를 안타까워했다. 아돌프 작은할아버지는 매해 겨울을 니스에서 보냈던 것이다. 그래서 스완은 작은할아버지가 처음으로 오데트를 만나게 된 곳도 아마 니스가 아닐까 하고 생각했다. 스완의 마음은 자기보다 먼저 오데트의 애인이었던 것처럼 여겨지는 사람에 관련된 말만 나오면 뒤흔들렸다. 그러나 진상을 알기 전에는, 사실을 듣는 것이 가장 두렵고 그 사실을 믿는 것이 너무나 불가능할 것처럼 여겨지던 일들도 막상 그 진상이 알려지면 그의 슬픔과 영혼이 혼합되어버려, 그는 그것들을 인정하는 동시에 그것들이 사실이 아니었다고는 다시금 생각할 수 없게 되어버렸다. 때문에, 그런 사실 하나하나는 그의 애인에 대한 사념에 지울 수 없는 수정을 만들어놓았던 것이다. 한번은, 그가 꿈에도 의심치 않던 오데트의 품행이 경박하다는 것이 너무나 분명하며, 그녀가 예전에는 바덴이나 니스에서 몇 달 동안 지내면서 파다하게 염문을 뿌렸으리라는 생각까지도 들었다. 그는 그것을 알아내려고 호색가들에게 다시 접근하려고 했다. 그러나 그들은 그가 오데트와 그렇고 그런 사이라는 것을 알고 있었거니와, 또 그 역시 혹시 그들이 그녀를 다시 떠올리게 되어 그녀의 꽁무니를 따라다니지 않을까 겁이 났다. 그러나 그때까지 바덴이나 니스에서의 국제적인 생활에서 상기되는 것만큼 진절머리나는 것도 없을 것이라고 여기던 그였지만, 필시 오데트가 예전에 그런 환락가에서 놀아났을 거라는 사실을 알게 되자, 그런 행동이 그가 아직 돌봐주지 않던 시절이라 단지 물질적인 욕구를 충족시키기 위해서였는지, 아니면 그때그때 되살아나는 일시적인 들뜬 기분을 만족시키기 위해서였는지를 영영 알 길이 없어, 이제 그는 무기력하고 맹목적이고 어지러운 고뇌에 휘말려, 끝없는 심연으로 빠져들어갔다. 그 심연은 그들이 7년 정치〔1873년부터 1879년까지 막 마옹 원수의 독재 시기〕의 초기, 겨울은 니스에 있는 영국인 산책로에서 지내고, 여름은 바덴의 보리수 그늘 아래서 지내던 그 몇 년을 삼켜버렸던 것이다. 그러자 그는 그 몇 해에서 어느 시인이 그 세월에 부여한 것과 똑같은, 침통하지만 장엄한 깊이를 발견했다. 그리고 만일 당시의 《코트 다쥐르》 신문 기사가 오데트의 웃음이나 눈길—매우 정숙하고 순진한—속 그 무언가를 이해하는 데 도움이 될 수 있는 것이라면, 그는 보티첼리의 〈봄〉이나 〈벨라 반나〉, 또는 〈비너스〉와 같은 그림의 정수를 더 깊이 규명하려고 현존해 있는 15세기 피렌체에 관한 기록을 조사하는 미학자보다도 더 열심히 그 신문 기사의 자질구레한 사실을 재정리하기 시작했을 것이다. 그는 곧잘 아무 말 없이 그녀를 바라보다 생각에 잠기곤 했다. 그러면 그녀는 "매우 슬퍼 보이시는군요"라고 말했다. 그녀는 착한 여자이며, 그가 알고 지낸 가장 훌륭한 여자들과 똑같은 여자라는 생각에서 그녀가 누군가의 첩이라는 생각으로 변한 것은 아직은 그렇게 오래전 일이 아니었다. 그러나 그 후 그와는 반대로 그에게 있어서의 그녀는 건달이나 방탕아들에게 잘 알려진 오데트 드 크레시라는 여인에서, 이따금 참으로 부드러운 표정을 짓는 얼굴과, 너무나 인간적인 품성을 지닌 여인으로 되돌아가게 되었다. 그는 혼자 중얼거렸다. "니스에서의 오데트 드 크레시가 어떤 여자였는지 알아낸다는 것이 도대체 무슨 의미를 지니는가? 비록 그것이 사실이라 하더라도, 그런 평판은 남들의 생각으로 만들어진 것이다." 그는 그런 소문은—설령 사실이라 해도— 오데트의 외부에 존재하는 것이지, 돌이킬 수 없는 해로운 품성으로 그녀의 몸 안에 존재하는 게 아니며, 그녀가 나쁜 짓을 하라는 유혹에 빠졌을지는 모르지만, 그래도 그녀는 아름다운 눈을 가진 여인이며, 괴로워하는 사람을 불쌍히 여기는 마음을 가지고 있으며, 자기가 품속에 안고 애무해온 온순한 육체를 가진 여인이어서, 언제고 자신이 그녀에게 없어서는 안 될 존재가 되기만 하면, 완전히 소유할 수 있게 될 여인이라고 생각했다. 그녀는 자주 피곤해하며 그의 곁에 와 있었는데, 그럴 때 그녀의 얼굴은 스완을 고민케 하는 미지의 사실에 마음을 빼앗겨 즐겁고 열에 들뜬 듯했다. 그녀는 손으로 머리카락을 쓸어 올렸다. 이마와 얼굴이 더 널찍해 보였다. 그러자 느닷없이, 소박하고 인간적인 어떤 사념과, 안식과 명상에 자신을 떠맡길 적에 어느 누구의 마음속에나 존재하는 선량한 마음이 노란 광선처럼 그녀의 눈에서 분출되었다. 그러자 즉시 그 얼굴 전체가, 마치 구름에 덮여 잿빛이 된 들판이 갑자기 석양빛에 의해 구름이 벗겨지면서 변모하듯이 금세 환해졌다. 그 순간, 스완은 오데트의 내적 삶을, 또한 그녀가 꿈꾸듯 바라보고 있을 미래마저도 그녀와 공유할 수 있었을 것이다. 그리고 어떤 고약한 불안도 그런 삶에 자신의 잔재를 남겨둔 것 같지는 않았다. 매우 드문 일이긴 했어도, 그런 순간은 무익하지 않았다. 스완은 추억을 통해 그러한 순간들의 조각을 잇고 그 사이를 없애면서, 마치 금을 틀에 넣어 주조해내듯이, 착하고 온순한 오데트라는 여성을 만들어냈고, 먼 훗날 그 오데트를 위해(이 작품의 2편〔《아가씨들 꽃그늘에》를 가리킴〕에서 보겠지만) 또 다른 오데트에 대해 치르지 못했던 여러 가지 희생을 치렀다. 그러나 그런 순간은 얼마나 드물었고, 이제 그가 그녀와 만나는 기회는 얼마나 적은 것인가! 그들이 갖는 밤의 밀회까지도 그녀는 마지막 순간에 가서야만 비로소 승낙 여부를 말했다. 왜냐하면 그녀는, 그에게는 늘 시간이 있다고 믿었으므로 자신에게 아무도 방문을 청하는 사람이 없는지를 먼저 확인하고 싶었기 때문이다. 그녀는 자신에게 가장 소중한 어떤 분의 대답을 기다려야만 한다는 핑계를 댔다. 또 스완을 오게 한 후일지라도, 친구가 그들과 어울리러 극장이나 만찬에 와달라는 청을 해오면, 야회가 이미 시작되었는데도 오데트는 기분이 좋아서 펄쩍 뛰며 서둘러 옷을 갈아입었다. 그녀의 몸치장이 진행돼감에 따라, 그녀의 동작 하나하나는 그녀 곁을 떠나야만 하는 시각을 스완에게 접근시켰다. 그녀는 그 시각이 되면 참을 수 없는 충동심으로 사라져버릴 것이다. 마침내 준비가 다 되자, 긴장되고 반짝이는 두 눈으로 정성스럽게 거울을 다시 한번 들여다보면서, 입술에 루주를 살짝 덧바르고, 이마에는 머리를 한 가닥 고정시킨 다음 금술이 달린 하늘색 야외용 외투를 가져오게 했을 때, 스완이 매우 불만스러운 표정을 짓자 그녀는 참을 수 없다는 듯 감정을 억제하지 못하고 말했다. "지금까지 함께 있어드렸는데 이런 식으로 고맙다는 인사를 하다니요. 저는 친절하게 대접해드렸다고 생각해요. 후일을 위해 잘 기억해두세요!" 이따금 그는 그녀를 화나게 하는 위험을 무릅쓰고라도 그녀가 어디에 갔었는지 알아보자고 결심하고는 혹시 정보를 제공해줄지도 모르는 포르슈빌과 동맹을 맺어볼까 하는 생각도 해보았다. 하기야 그녀가 누구와 함께 저녁 시간을 보냈는지 그가 알았을 때, 비록 간접적인 것이긴 해도 그가 하고 있는 모든 교제를 통해 그녀와 함께 외출한 사내를 알아낼 수 없었던 적은 거의 없었으며, 그 사내에 관한 이러저러한 정보를 쉽게 얻을 수 있었다. 그래서 그가 그의 친구 가운데 한 사람에게 어떠어떠한 점을 조사해달라고 부탁하는 편지를 쓰는 동안, 자신으로서는 풀지 못할 문제를 스스로에게 제기하는 걸 그만두고 남에게 조사하는 수고를 떠맡겼다고 생각하자 마음이 평안해졌다. 그러나 사실 스완이 어떤 정보를 얻었다 해도 그것이 그에게 그다지 도움이 된 것은 아니었다. 안다는 것이 언제나 방해가 되는 것은 아니지만, 그러나 적어도 우리가 알고 있는 것, 즉 우리의 손안이 아니라 우리 마음대로 배열하는 우리의 생각 속에 간직하고 있는 것, 그것은 우리로 하여금 우리가 그 사실에 일종의 힘을 행사할 수 있다는 착각을 일으키도록 하는 법이다. 오데트가 드 샤를뤼 씨와 함께 있을 경우에는 언제나 마음이 편했다. 드 샤를뤼 씨와 그녀 사이에서는 아무 일도 일어날 수 없다는 것, 또 드 샤를뤼 씨가 그녀와 함께 외출하는 것은 스완에 대한 우정 때문이며, 그는 그녀가 무엇을 했는지 주저 없이 이야기해주리라는 것을 스완은 알고 있었다. 때로 그녀는 어느 날 저녁, 그를 만날 수 없다고 명확히 의사를 표명하고는 몹시 외출을 기다리는 눈치였는데, 그때 그는 드 샤를뤼 씨가 그녀와 자유로이 동반할 수 있다는 사실이 정말 다행이라고 생각했다. 그 다음 날, 그는 감히 드 샤를뤼 씨에게 여러 가지를 꼬치꼬치 묻지는 못하고 첫 대답을 알아듣지 못한 듯한 표정을 지어 그로 하여금 다시 말하지 않을 수 없게 만들었는데, 그러면서 그는 그 대답 하나하나에 안도의 한숨을 내쉬었다. 왜냐하면 그날 저녁 오데트가 아주 순진한 오락에 열중했었다는 것을 금세 알았으니까. "뭐라고, 이봐, 메메〔Mémé: 샤를뤼스의 세례명〕, 난 잘 모르겠는데…… 오데트 집에서 나와 곧바로 그레뱅 미술관〔몽마르트르에 있는 미술관〕에 간 건 아닐 테지. 그전에 다른 곳엘 갔을 테지. 안 그래? 그거, 이상한데! 자네 놀리는 건 아니겠지, 메메. 그러고 나서 샤 누아르에 갔다니, 그녀도 괴상한 생각을 다 해냈군. 그녀가 가자고 했겠지……. 아니라고? 자네가 그랬다고? 놀랐는걸! 아무튼 나쁜 생각은 아니지. 거기에는 그녀가 아는 사람이 많이 있었을 테니까. 안 그렇다고? 그녀가 누구와도 얘길 나누지 않았어? 그것 참 이상한데, 그럼 단둘이만 그런 식으로 거기 있었단 말인가? 여기서도 그 광경이 보이는 것 같군. 자넨 친절해, 메메, 정말 좋은 친구야." 스완은 마음이 진정됨을 느꼈다. 그는 그의 사랑에 대해서 아무것도 모르는 어느 친구와 이야기를 나누며 듣는 둥 마는 둥 하고 있을 때, 이따금 어떤 말(예를 들면 '난 어제 크레시 부인을 보았는데, 내가 모르는 어떤 남자와 같이 있더군' 따위의 말)

을 듣는데, 그때의 그런 말은 당장 스완의 마음속에서 응고되고, 거기서 코끼리 눈(象嵌)처럼 굳어져 그의 마음을 찢고 다시는 밖으로 나가지 않는가 하면, 그와는 반대로 "그녀가 아는 사람은 한 사람도 없었네. 그녀와 얘기를 나눈 사람은 없었어"라는 말은 얼마나 감미로운 말이며, 얼마나 체내에서 쉽게 순환되는 말이며, 얼마나 유연하고 편하게 숨쉴 수 있는 말인가! 그렇지만 잠시 후 그는 자신을 상대하는 것보다 그런 장소에서 누리는 오락을 더 좋아하는 오데트라면, 자신을 아주 지루한 인간으로 보는 게 아닐까 하고 생각했다. 그런 오락은 하찮은 것이어서 안심은 되었지만, 그래도 어쩐지 배신을 당한 것만 같아서 화가 치밀었다.

그녀가 어디에 갔었는지 알 수 없었을 때, 그때 그가 느끼는 고뇌를 진정시키는 유일한 특효약이란 오데트라는 존재, 즉 그가 그녀 곁에 있다는 아늑함이었으므로(이 특효약은 길게 본다면 병을 더 심하게 하지만, 적어도 일시적으로는 고통을 진정시켜주었다), 그는 오데트가 허락만 해준다면, 비록 그녀가 집에 없더라도 그녀가 돌아올 때까지 그녀의 방에 남아서 기다리고도 남았을 것이다. 그리하여 그녀가 돌아올 때 그의 고통도 가라앉으며, 그녀가 집을 비운 몇 시간은 그의 몸과 마음이 마술과 주술에 걸린, 여느 때와는 다른 시간이었다고 생각했을 것이다. 그러나 그녀는 그러기를 원치 않았다. 그러면 그는 집으로 돌아왔다. 돌아오는 도중에 그는 억지로 여러 가지 계획을 세움으로써 오데트에 대한 생각을 그만두게 되었다. 옷을 갈아입을 즈음에는 꽤 즐거운 생각이 머릿속에 떠오르고, 그가 잠자리에 들어가 불을 껐을 때는 내일은 걸작 미술품을 보러 가야겠다는 희망으로 가슴이 부풀었다. 그런데 잠을 청하려고 그가 아무 의식 없이 평소 하던 대로 자기 자신에게 가하고 있던 속박을 풀자, 그 순간 전신에 오한이 솟구치며 흐느낌이 와락 복받쳐올랐다. 그는 까닭조차 알려 하지 않고, 눈물을 닦고 웃으면서 혼잣말로 지껄였다. "이거 재미있는걸, 나에게 신경쇠약 증세가 있나 보군." 그러고 나서 내일 또다시 오데트가 무엇을 했는지 알려고 애써야 하고, 그녀를 만나려고 여러 가지 수단을 동원해야만 한다고 생각하자 크나큰 피로가 몰려왔다. 휴식도, 변화도, 성과도 없는 이와 같은 어쩔 수 없는 행위가 어찌나 그를 견딜 수 없게 만들었던지, 어느 날 배 위에 난 종기를 보고, 그는 자신에게는 어쩌면 목숨을 앗아갈지도 모르는 종기가 생겼으며, 자신은 이제 아무 일에도 신경 쓰지 않아도 될 것이고, 그 병은 다가올 마지막 날까지 자신을 지배하여 장난감으로 삼을 것이다라고 생각하며 진정한 기쁨을 느꼈다. 또 사실 이 시기에, 그가 고백하진 않았지만, 죽고 싶어 한 적이 자주 있었는데, 그것은 격심한 고통에서 벗어나기 위해서라기보다는 오히려 보람도 없는 노력의 지루함에서 벗어나기 위해서였다.

그래도 그는 자신이 더는 그녀를 사랑하지 않게 되고, 그녀가 그에게 거짓말을 할 까닭이 없게 되고, 또 그녀를 만나러 갔던 날 오후에 그녀가 포르슈빌과 동침했는지 어쨌는지를 그녀에게서 듣게 될 때까지는 살아 있기를 바랐을 것이다. 며칠 동안 그녀가 또 다른 누군가를 사랑하는 것은 아닌가 하는 의혹 덕분에 포르슈빌에 대한 의혹을 다른 곳으로 돌려 그 의혹에는 거의 무관심하게 되어버리는 일이 자주 있었다. 그것은 마치 똑같은 병에서 나타난 새로운 징후가 일시적으로나마 우리를 그전의 용태에서 구해줄 것처럼 보이는 것과 같았다. 때로는 전혀 의혹에 시달리지 않는 날도 있었다. 그러면 그는 병이 완쾌되었다고 믿었다. 그러나 그 다음 날 아침 눈을 뜨면 그는 같은 곳에서 같은 아픔을 느꼈는데, 그것은 전날 그것과는 다른 여러 가지 인상이 쏟아져 나오는 바람에 그 감각이 약화되었기 때문이다. 그러나 그 감각은 그 자리에서 한 걸음도 움직이지 않고 있었던 것이다. 뿐만 아니라, 스완의 잠을 깨운 것은 바로 그 격심한 고통이었다. 이처럼 날마다 그의 마음을 차지하고 있던 중대사에 관해 오데트가 아무 정보도 제공해주지 않았으므로(하기야 그도 충분한 경험을 통해 그것이 쾌락 이외의 어떤 것도 아니라는 것 정도는 알았지만), 그는 그것을 오랫동안 연달아 상상해볼 수 없었다. 그의 머리는 헛되이 움직였다. 그때 그는 코안경의 알을 닦으려고 할 때처럼 피곤한 눈꺼풀로 손가락을 가져가면서 생각하기를 완전히 그만두었다. 그러나 그 미지의 사실에서 몇몇 사실이 떠올랐고, 그 사실은 때때로 오데트가 의리를 지켜야 한다고 말하던 그녀의 먼 친척이나 옛 친구들— 이들은, 그녀가 스완을 만나지 못한다고 말할 때 구실로 쓰여지던 유일한 사람들이었기에 스완에게는 그들이 오데트의 생활에서 불변의 필연적인 틀을 이루는 것처럼 보였다—과 막연하게 이어지면서 되살아났다. 이따금 그는 몸이 불편함을 느끼며 '혹시 오데트가 들러주지 않을까'라고 생각했는데, 그때 그는 그녀가 '여자 친구와 함께 경마장에 가는 날'이라고 그에게 말하던 어투로 보아, 오늘이 바로 그날이란 것을 돌연히 머리에 떠올리곤 이렇게 중얼거렸다. '아! 아냐. 와달라고 할 필요는 없어. 진작 생각해냈어야 했지. 오늘은 그녀가 여자 친구와 이포드롬[경마장을 말함]에 가는 날이야. 가능한 일만을 기대하자꾸나. 받아들여질 수 없거나, 미리 거절당할 일을 제안해서 힘을 소모하는 건 쓸데없는 일이야.' 이처럼 경마장에 가야 하는 오데트의 의무, 이렇게 스완을 굴복시킨 이 의무가 스완에게는 회피할 수 없는 것으로 보였다. 뿐만 아니라, 그 의무에 찍힌 필연이라는 글자는 많게든 적게든 그것에 관련된 것이라면 모두 다 그럴듯하고 정당한 것으로 만드는 것 같았다. 혹시 오데트가 길에서 어느 행인의 인사를 받아 그것이 스완의 질투심을 일으켰을 때, 그녀는 그 미지의 존재를 전에 말해둔 두세 가지 중요한 의무 가운데 한 가지와 연관시키면서 그의 물음에 대답하기를, 예를 들어 "나와 경마장에 같이 간 그 여자 친구의 칸막이 좌석에 있던 분이에요"라고 하면, 그 설명으로 스완의 의심은 풀렸고, 사실 그 여자 친구가 경마장 칸막이 좌석에 오데트 이외의 다른 손님도 초대했다면 그것은 별수 없는 일이라고 여겼다. 그러나 그는 그들이 어떤 사람들인지 상상하려고 하지도 않았으며, 했다 해도 성공하지 못했을 것이다. 아아! 경마장에 가는 그 여자 친구, 자신을 오데트와 함께 그곳에 데려갈 수도 있는 그녀를 그는 얼마나 사귀고 싶었던가! 오데트를 늘 만나는 여자를 위해서라면 매니큐어 담당 미용사건, 여점원이건 상관 않고 그의 모든 교제를 포기했을 것이다! 그런 여자들을 위해서라면 여왕을 위해 치르는 희생보다 더 많은 수고도 마다하지 않았을 것이다. 그녀들이야말로 오데트의 생활에 관해 그녀들이 간직한 것 중에서 그의 고통을 진정시킬 유일한 진통제를 그에게 제공하지 않을까? 오데트가 이해관계 때문인지 아니면 진정한 소박함 때문인지 모르지만, 어쨌든 교제를 계속하는 그런 하류계급 여자들 집에서 시간을 보내게 된다면 그는 얼마나 기뻐하며 달려갔겠는가! 오데트가 그를 데려가지 않는, 누추하지만 그에겐 부러운 어느 아파트의 육층, 그곳을 자신의 영원한 처소로 정하고, 그곳에서 거의 매일 오데트의 방문을 받게 된다면, 그는 얼마나 기꺼이 일을 그만둔 보잘것없는 양장 재단사와 함께 살면서 그녀의 애인인 척하겠는가! 그는 거의 빈민굴과 같은 그런 구역에서, 비록 수수하고 비참하다 할지라도 안온과 행복으로 가득 찬 다사로운 생활이 끝없이 영위되는 데 동의했을 것이다.

 아직도 이따금, 그녀가 스완과 만나는 자리에서, 그에게는 낯선 어떤 사내가 그녀에게 다가오는 것을 보았을 때, 그는 포르슈빌이 그녀의 집에 있는 동안 자신이 찾아간 날 보였던 것과 똑같은 침울함이 그녀의 얼굴에 떠오르는 걸 눈치챌 수 있었다. 그러나 그런 일은 드물었다. 왜냐하면 해야 할 모든 일을 제쳐두고, 또 세상 사람들의 이목에 대한 두려움을 무릅쓰고 그녀가 스완을 만나는 날, 이제 그녀의 태도를 지배하는 것은 자신만만함이었기 때문이다. 그 자신만만함은 그녀가 그를 처음 사귀던 무렵 그의 곁에서, 또 멀리 떨어져 있을 때조차 느끼던 조심스럽던 감정과는 대조를 이루는 것이고, 어쩌면 그것은 그런 감정에 대한 무의식적인 앙갚음이나 자연스러운 반동이었는지도 모른다. 그 무렵 그녀는 편지 서두를 다음과 같이 시작했다. "나의 벗이여, 손이 너무 떨려 편지를 쓸 수가 없습니다."(그녀는 적어도 그런 척했고, 또 그녀가 그런 외양을 꾸미고 싶어 했던 것으로 보아 그 감동의 약간은 진정이었을 것이다.) 그 시기에는 스완이 그녀의 마음에 들었던 것이다. 인간은 오직 자기 자신을 위해서만, 자신이 사랑하는 사람을 위해서만 몸을 떠는 법이다. 우리의 행복이 더는 사랑하는 이의 손안에 있지 않을 때, 우리는 그 곁에서 얼마나 침착하고, 편하고, 대담하게 행동하는가! 이제 그녀는 그에게 말을 할 때나 편지를 쓸 때나, "당신은 저의 보배예요. 이건 우리 우정의 향기예요. 제가 영원히 간직하고 있겠어요"라고 말하여 '저의' '저의 것'이라고 말할 기회를 만들어냄으로써, 또 그들 두 사람에게 공통된 문제인 양 그에게 미래와 죽음까지도 말할 기회를 만들어냄으로써, 그로 하여금 그가 자신의 것인 양 착각을 일으키게 하는 말들을 사용하지 않았다. 그 무렵의 그녀는 스완이 말하는 모든 것에 감동하며 대답했었다. "정말이지 당신 같은 분은 세상에 흔치 않아요." 그리고 약간 대머리인 그의 긴 얼굴을, 스완의 성공을 아는 사람이라면 '이 사람은 전형적인 미남이라고 할 순 없지만 멋이 있군. 이 머리카락, 이 외눈안경, 이 웃음!'이라고 생각할 그 기다란 얼굴을 유심히 바라보았다. 그러고는 그의 애인이 되고 싶어 하는 것 이상으로 그에 관해 알고 싶다는 듯이 그녀는 "제가 이 머릿속에 든 것을 알 수만 있다면 얼마나 좋을까요!"라고 말했다. 그러나 이제는 스완이 하는 모든 말에 때로는 화가 난 투로, 때로는 이해한다는 듯한 투로 "아! 그래서 당신은 다른 사람들같이 되진 못할 거예요"라고 대답했다. 단지 고민으로 약간 더 늙었을 뿐인(그러나 이제는 프로그램을 읽는 것만으로 교향곡의 의도를 알거나, 또 혈족 관계를 아는 것만으로 어떤 아이의 닮은 점을 발견하는 능력에 의해서, 모든 사람들은 암시를 받은 각자의 상상력 속에서 몇 달 사이에 진정으로 사랑받는 사람의 얼굴과 화냥기 있는 애인을 둔 사람의 얼굴을 갈라놓는 무형의 경계선을 실감하면서 생각했다. '이 사람은 한마디로 추남이라고 말할 순 없지만, 꼴불견이야, 이 머리카락, 이 외눈안경, 이 웃음!') 그의 얼굴을 바라보면서, 그녀가 말했다. "아! 내가 저 머릿속에 든 것을 모조리 바꾸어, 좀 분별 있게 만들 수 있다면 얼마나 좋을까!"

오데트의 행동에 미심쩍은 점이 있어도 언제나 그것을 자기가 원하던 바라고 믿을 준비가 돼 있었기에, 그는 그 말에 아주 열심히 덤벼들었다.

"그러길 바란다면 할 수 있고말고" 하고 그가 그녀에게 말했다.

그리하여 그의 마음을 안정시키는 것, 그를 조종해서 일을 하도록 만드는 것은, 그녀 이외의 다른 여성들이 헌신적으로 하고 싶어 할 정도로 고귀한 소임이며, 정직하게 덧붙여 말하자면 다른 여성들의 손에 의해서 그렇게 된다면, 그런 고귀한 소임도 그의 자유에 대한 무례하고 참지 못할 침해로밖에는 생각되지 않을 것이라는 점을 그녀에게 보여주려고 애를 썼다. '만일 그녀가 나를 조금도 사랑하지 않는다면, 나를 변형시키고 싶다는 생각은 하지 않을 거야. 나를 변형시키려면 그녀가 나를 더 자주 만나야 할 테니까' 하고 그는 중얼거렸다. 이처럼 그는 그녀가 그에게 내린, 이러저러한 일은 하지 말라는 몇 가지 금지 사항조차도 사랑의 증거로 간주하는 형편이었다. 어느 날, 그녀는 그의 마차꾼이 마음에 들지 않는다며, 그가 스완을 충동질해서 그녀를 배신케 할지도 모르며, 아무튼 그녀가 바라는 만큼 그에게 충실하지도 공손하지도 않다고 그에게 일렀다. 그때 그녀는 스완이 마치 입맞춤이라도 바라는 듯이 그녀의 입에서 "저희 집에 오실 때는 그 사람을 부리지 마세요"라는 말을 듣고 싶어 한다는 것을 눈치챘다. 마침 기분이 좋았으므로, 그녀는 그렇게 말했고, 그 말에 그는 감동되었다. 그날 저녁, 그녀에 대해서 마음 터놓고 얘기를 나눌 수 있는 샤를뤼 씨와 말을 나누던 끝에(샤를뤼의 이야기에는, 그것이 아무리 짧고, 오데트를 알지 못하는 사람들에 대한 이야기일지라도 어떤 형식으로든 그녀와 관계 있는 무언가가 포함되어 있었기 때문이다) 그는 샤를뤼에게 이렇게 말했다.

"그녀는 역시 나를 사랑하나 봐. 나에겐 정말 상냥하거든. 확실히 내가 하는 일에 무관심하지 않단 말야."

그런데 그녀의 집에 갈 때, 도중에 내릴 어떤 친구와 함께 마차에 탔을 경우, 만약 그 친구가 그에게 "저런, 마부석에 있는 건 로레당〔마차꾼 레미의 별명〕이 아니군?" 하고 말하면, 스완은 매우 기뻐하며, 그렇지만 애석해하며 그에게 대답했다.

"제기랄! 그렇게 됐다네! 라 페루즈 거리에 갈 때는 로레당을 못 부리게 되었어. 오데트는 로레당을 부리는 걸 싫어한다네. 나에게 좋지 않다는 거야. 그러니 어쩌나, 여자들이란 자네도 알다시피 그런 게 아닌가! 오데트가 녀석을 몹시 싫어하거든. 그렇고말고, 레미를 데려간다면 한바탕 야단이 날 걸세!"

요즘 오데트가 그에게 취하는 무관심하고, 소홀하고, 신경질적인 또 다른 태도가 스완에게는 물론 고통스러웠다. 그러나 그가 그 고통을 훤히 깨달은 것은 아니었다. 오데트는 하루하루가 지날 때마다 그에게 점점 냉랭해져갔으므로 처음의 그녀와 요즘의 그녀를 비교해보지 않는다면, 어느 정도의 변화가 있었는지 그로서는 그 깊이를 알아볼 길이 없었을 것이다. 그런데 그 변화는 그의 마음속 깊은 곳에 숨어 있는 상처에 접근해갔다고 느끼면, 너무 심한 고통을 받는 게 아닌가 하여 재빨리 생각을 다른 방향으로 돌렸다. 그는 멍하니 중얼거리곤 했다. "오데트가 나를 더 사랑한 때도 있었지." 그러나 그는 한 번도 그 시절을 돌이키지 않았다. 그의 서재에는 서랍 달린 옷장이 하나 있고, 그 서랍 속에는 그가 처음으로 그녀를 배웅해주던 날 밤에 그녀에게서 받은 국화와 편지 — "왜 당신의 마음도 잊고 가시질 않았나요. 당신의 마음이라면 돌려드리지 않았을 텐데" 또 "저를 만나시려면 당신 편할 대로 낮이건 밤이건 어느 때라도 상관없으니 언제라도 불러주세요. 아주 기꺼이 달려갈 테니"라고 쓰여 있던 — 가 간직되어 있었기에, 그는 그것을 보지 않으리라 마음먹고 그곳을 드나들 때면 방향을 바꾸어 그것을 피해갔는데, 그와 마찬가지로 그의 마음속에도 절대로 그의 정신을 접근시키면 안 될 어떤 장소가 있어, 어쩔 수 없는 경우에는 그로 하여금 장황한 이유를 내세워 돌아가게 함으로써 그의 정신이 그 앞을 지나가지 않도록 했다. 그곳에는 행복했던 나날의 추억이 살고 있었던 것이다.

그러나 이처럼 용의주도한 그의 조심성도, 어느 날 밤 그가 사교계에 나갔을 때 좌절되고 말았다.

그것은 생퇴베르트 후작 부인이 나중에 그녀의 자선 음악회에 출연해주기로 돼 있던 음악가들의 연주를 들려주면서, 그해 마지막으로 부인 댁에서 야회를 베풀었을 때의 일이었다. 스완은 야회가 열릴 때마다 계속 가고는 싶었지만 아직 결정을 내리지 못하고 있다가, 그날은 가려고 준비를 하는데 샤를뤼 남작이 찾아왔다. 그는 자신이 동반해서 다소나마 지루함을 덜 수 있고 쓸쓸함이 적어진다면 후작 부인 댁에 함께 가주겠다고 말했다. 그러나 스완은 이렇게 대답했다.

"자네와 함께 간다면, 그 기쁨이야 자네도 짐작하겠지. 그런데 말이야, 나를 더욱더 기쁘게 해주는 건 오히려 자네가 오데트를 만나러 가주는 것일세. 자네도 알다시피 자네에게는 그녀의 마음을 움직일 만한 영향력이 있으니까. 오늘 저녁 오데트는 전에 양장 재단사를 했던 여자 친구 집에 가기로 돼 있어. 그때까지는 외출하지 않을 테니, 자네가 거기에 가주면 틀림없이 기뻐할 걸세. 어쨌든 그전에 가서 그녀를 만나게. 그녀의 기분을 전환시켜 주고 또 사리에 맞는 얘기를 들려주게. 내일 그녀를 만날 수 있게 조처해주지 않겠나. 뭔가 그녀를 기쁘게 해주고, 우리 세 사람이 함께할 그 무엇을……, 또 올여름 계획 같은 것도 대충 의논해봐주게. 어떤 계획이 있는지, 우리 셋이서 함께할 뱃놀이라든가, 뭐든지 좋아. 오늘 밤에 그녀를 만날 생각은 없지만, 그래도 혹시 그녀가 만나고 싶어 한다거나 혹은 그런 기색이 보이거든 밤 열두 시까지는 생퇴베르트 부인 댁에, 그 후에는 우리 집에 인편으로 한마디 일러주게. 여러 가지로 고맙네. 다 자네를 믿기 때문일세."

　남작은 생퇴베르트 저택 정문까지 그를 바래다준 다음, 거기서 스완이 바라는 대로 방문을 해주겠다고 약속했다. 마차가 대문 앞에 이르자, 스완은 샤를뤼 씨가 라 페루즈 거리에서 그날 저녁을 지내 줄 것이라는 생각에 마음이 가라앉으면서도, 오데트와 아무런 관계가 없는 일, 특히 사교계의 일에 대해서는 무관심하고 우울한 상태에 놓여 있었다. 이제 사교계는 의지를 갖고 목표를 세운 대상이 아니라, 다만 그 자체로 사람 앞에 나타나는 것이 지니는 매력을 주었던 것이다. 연회가 있는 날이면, 그 집 여주인은 손님들에게 보이려고 자기 집의 격식을 어떤 모습으로 꾸며, 자기 가정에서는 복장이나 장식의 진면목을 존중하려 애쓰고 있음을 보여주려 하는데, 스완은 마차에서 내리자마자 그와 같은 광경 속에서 제일 먼저 발자크가 묘사한 바 있는 '호랑이'〔굽실굽실하는 하인의 속칭〕의 후계자들, 즉 산책하는 주인의 뒤를 늘 따라다니는 하인들을 보고 즐거웠다. 그들은 모자를 쓰고 장화를 신은 채, 저택 앞 도로 위나 마구간 앞에 마치 정원사들이 화단 입구에 늘어서 있듯이 서 있었다. 산 인간과 미술관에 있는 초상화의 유사성을 찾아내려는 그의 별난 버릇은 여기서도 역시, 아니 더욱더 끈기 있고 더 광범위하게 작용했다. 사교계 생활에서 벗어난 지금, 사교 생활 전체가 마치 일련의 유화처럼 그의 눈앞에 전개되었던 것이다. 그가 사교 인사였던 시절, 외투를 입고서 들어갔다가 연미복 차림으로 나오던 현관, 그러나 거기에 있는 잠시 동안도 생각은 늘 이제 막 나온 연회에, 또는 이제부터 안내를 받게 될 연회에 가 있어 눈앞에서 벌어지는 일들은 알지 못하던 현관, 그 현관에서 처음으로 그는 이처럼 늦게 온 손님의 뜻하지 않은 도착으로 잠이 깬 덩치 크고 당당한 하인들 한 무리를 주목했다. 그들은 여기저기에 있던 걸상이나 상자 위에서 졸고 있다가, 그를 보자 사냥개들처럼 날카롭고 번드르르한 옆얼굴을 쳐들며 벌떡 일어나 달려들어 그의 주위를 둘러쌌던 것이다.

그들 중에서 특히 사납게 생겨서 문예 부흥기의 사형 장면을 그린 그림 속 망나니와 꼭 닮은 하인 하나가, 그의 휴대품을 맡으려고 어정어정 걸어나왔다. 그런데 그 강철 같은 눈초리의 냉혹함은 그의 부드러운 장갑으로 완화되고 있어서, 그가 스완의 옆에 왔을 때, 스완이라는 인물에게는 경멸을, 그 모자에는 경의를 표하는 것 같았다. 그는 그의 모자를 공손히 받았는데, 손에 꼭 끼는 그의 손장갑으로 인해 그런 공손함에는 어딘지 모르게 지나치게 꼼꼼한 일종의 섬세함이 깃든 것처럼 보였고, 그 섬세함은 그의 터질 것같이 커다란 덩치 때문에 거의 눈물겹게 보이기까지 했다. 그는 그 모자를 겁 많은 신출내기 어린 종자(從者)에게 넘겼는데, 신출내기는 거친 눈길을 두리번거리면서 그가 느끼는 공포심을 나타냈고, 사로잡힌 야생동물이 처음 길들여질 무렵에 보이는 듯한 동요를 보였다.

몇 걸음 떨어진 곳에서는, 하인 제복을 입은 키가 큰 사내 하나가 마치 조각처럼 꼼짝도 않고 하는 일 없이 꾸벅꾸벅 졸고 있었는데, 그 모양은 만테냐(Andrea Mantegna : 15세기 이탈리아 화가, 조각가) 작품의 소란스런 그림에서, 곁에 있는 다른 전사들은 서로 달려들어 서로의 목을 베는데 순전히 장식을 위해 그려진 어떤 전사가 방패에 몸을 기대고 생각에 잠겨 있는 모습과 비슷했다. 스완의 주위에 몰려든 동료들 무리에서 홀로 떨어져 있던 그는 잔혹스러운 초록빛 눈으로 멀거니 그 장면을 바라보면서, 마치 그 장면이 〈유아의 학살〉이나 〈성 야곱의 순교〉인 것처럼 그 장면에 관심을 표하지 않겠다고 결심하는 것 같았다. 그는 이미 지상에서 사라진 종족—혹은 살아 있다

고 해도 어쩌면 상 제노 성당 제단의 벽면 그림이나 에레미타니 성
당의 벽화에 겨우 모습을 남기고 있을 뿐이며, 지난날 스완이 찾아
가 구경했던 그때 아직 꿈꾸고 있던 그 종족— 에 거장 만테냐가 사
용한 파두아[이탈리아의 도시] 사람의 모델, 또는 알브레히트 뒤러
[Albrecht Dürer : 독일 르네상스 회화를 완성한 독일의 화가, 판화가]가 사용한
작센인 모델이 고대 조각을 잉태시켜 태어난 종족의 한 사람처럼 보
였다. 그리고 자연스럽게 곱슬거리는 그의 머리는 기름을 발라, 만
토바[이탈리아의 도시로 만테냐는 이곳 태생임] 태생의 화가가 끊임없이 연
구하던 그리스 조각의 머리 다발처럼 여유 있게 처리되어 있었는데,
그 조각이 단지 인간의 모습만을 나타내는 것이라 하더라도, 어쨌든
그 단순한 형태에서 참으로 변화무쌍한 풍요로움과 살아 있는 자연
에서 빌려온 듯한 풍요로움을 이끌어낼 수 있었는데, 머리카락만 하
더라도, 컬 끝을 뾰족하게 하여 매끈매끈하게 감아 올렸으며, 머리
를 세 번 땋아 왕관형 머리로 장식하여 해초 다발처럼 보이기도 하
고, 한둥우리 속의 비둘기 새끼처럼 보이기도 하고, 히아신스 꽃다
발처럼 보이기도 하고, 뒤얽혀 있는 뱀처럼 보이기도 했다.

그 밖에도 역시 거대한 하인들이 기념 건축물 같은 계단의 층계
위에 서 있었는데, 그들은 마치 장식물처럼 그리고 대리석처럼 꼼짝
않고 서 있어서 그 계단을 베네치아에 있는 총독 관저의 계단처럼
'거인의 계단'이라고 불러도 무방하리라는 생각이 들었다. 스완은
그 계단을 밟고 올라가면서, 오데트가 한 번도 그곳에 오르지 못한
것이 생각나서 슬퍼졌다. 아! 그가 그 계단이 아니라, 일을 그만둔
하찮은 양장 재단사가 사는 우중충하고 악취가 풍기는, 발 딛기도
위험스런 계단을 올라가는 것이라면 얼마나 기뻤을까. 그 '육층'으
로 오데트가 찾아오는 날, 아니 찾아오지 않는 날에도, 그가 없는 곳

에서 그녀가 늘 만나는 사람들, 그렇기에 그녀의 생활에 자기가 아는 것보다 더 현실적이고, 더 접근하기 어렵고, 더 신비로운 무언가를 숨기는 듯이 보이는 사람들과 함께 저녁 시간을 지내면서 그녀에 관해 이야기할 권리를 얻을 수만 있다면, 그는 거기에 매주 오페라 극장의 무대 앞 칸막이 좌석을 빌리는 요금보다 더 비싼 대가라도 지불했을 것이다. 옛 양장 재단사의 전염병균이 있을 것 같은 처소, 그래도 올라가고픈 그 계단에는 서비스를 위한 보조 계단이 없었기에, 저녁 무렵이면 어느 문 앞에나 신발을 터는 거적대기 위에 더러운 빈 우유통이 나와 있었던 반면, 스완이 지금 올라가는, 화려하지만 그에게는 멸시받는 이 계단에는, 수위실 창문이나 응접실 문이 이쪽저쪽 서로 다른 높이로 벽에 만들어놓은 후미진 곳 앞에서, 수위와 우두머리 하인과 집사(이 충직한 사람들은 그 주일의 나머지를 그들의 소유지에서 얼마간 독립된 생활을 하면서 구멍가게 주인 정도의 식사도 하지만, 그 주일이 지난 다음 날에는 의사나 실업가 같은 중산계급의 가정에서 일해야 하는 사람들이었다)가 그들에게 맡겨진 집 안일에 어울릴 만한 관록을 보이면서 손님들에 대한 경의를 표했다. 또한 그들은 극히 이따금밖에는 입지 않는, 몹시 거북해 보이는 화려한 제복으로 갈아입고, 미리 일러둔 분부에 어긋남이 없도록 조심하면서 그 눈부신 치장을 서민적인 우직함으로 완화시키면서 마치 벽감 속의 성인상처럼 정면 현관 통로에 서 있었다. 그리고 몹집이 거대한 수위가 성당의 예장 순경(禮裝巡警) 같은 복장을 하고 도착한 손님이 지나갈 때마다 지팡이로 돌바닥을 두드렸다. 고야[Francisco José de Goya : 스페인 태생의 유럽 근세의 대표적 화가]가 그린 성당지기나 고전극에 나오는 공증인 서기처럼, 리본으로 묶은 머리를 뒤통수에 내려뜨린 창백한 얼굴의 하인을 따라 계단 위에 이르른 스완이 어느 책상을 지나가자, 커다란 장부를 앞에 놓고 공증인처럼 앉아 있던 하인들이 일어나 그의 이름을 기입했다. 그 다음에 그는 작은 방— 이를테면 집주인이 단 하나의 걸작품만을 장식하여 그 작품의 배경이 되도록 꾸민 방으로, 그 작품의 이름을 따서 부르고, 그 작품 외에는 아무것도 놓아두지 않고 일부러 아무 장식도 하지 않은 방— 을 지나가려는데, 그 방 입구에서는 파수꾼을 묘사한 벤베누토 첼리니[Benvenuto Cellini : 16세기 피렌체파의 이탈리아 조각가]의 귀중한 조상(彫像)처럼 몸을 앞으로 가볍게 구부린 젊은 하인 하나가 붉은 목가리개 위에 그보다 더 붉은 얼굴을 세우고 있었으며, 그 얼굴에서는 두려움과 열성의 불꽃이 쉴 새 없이 튀어나왔다. 하인은 음악이 연주되는 살롱 앞에 드리운 오뷔송[중부 프랑스의 도시. 벽걸이로 유명]산 벽걸이를 열성적이고 주의를 게을리하지 않는 필사적인 눈길로 뚫어보면서 군대식 무감동이나 초자연적인 신념—마치 경계의 인간화, 기다림의 화신(化神), 전투 준비의 기념상처럼— 을 가지고, 마치 파수꾼이나 천사가 성(城)의 큰 탑이나 대성당 종탑에서 적의 내습이나 최후의 심판을 내릴 시기를 엿보는 것과 비슷한 모습을 하고 있었다. 이제 스완에게는 연주실에 들어가는 일만이 남아 있었다. 은사슬을 목에 건 안내원이 머리를 숙이며, 마치 그에게 어느 도시의 열쇠를 건네주기라도 하는 듯이 문을 열었다. 그런데 그는 오데트만 허락해주었다면 그 순간에 자기가 가 있었을지도 모르는 집을 생각했다. 그러자 그 신발 터는 거적때기 위에 놓인 빈 우유통을 흘 끗 본 기억이 그의 가슴을 죄어왔다.

　벽걸이의 장막 안쪽으로 들어서서 많은 하인을 구경해온 눈을 초대객들 쪽으로 돌렸을 때, 스완은 갑자기 남성이 추하다는 느낌을 받았다. 그러나 그가 그처럼 잘 알고 있던 사람들의 얼굴이었음에도, 그들의 얼굴 모습이 개개인을 구별하는 데 실제적인 도움을 주는 표적이 되는 대신에—지금까지는 그 얼굴 모습에 따라 기쁨을 함께 누린다거나, 지루한 관계를 피한다거나, 또는 예의를 지켜야 한다거나 하는 느낌을 받게 되었었다—단지 미적인 관계만으로 정리되고, 다른 모든 관계에서는 떨어져나와 개개인의 얼굴 선으로 눈이 가면서부터, 그 추함조차 신선하게 느껴졌다. 그래서 이제 스완에게는 자신을 둘러싼 사람들 가운데 대다수의 사람들이 걸치고 있는 외눈안경마저(전 같으면 기껏해야 외눈안경을 걸치고 있군, 하고 생각하는 정도에서 그쳤을 것을) 누구에게나 똑같은 단순한 습관으로 보이지 않고 일종의 개성으로 보였다. 입구에서 담소하고 있는 프로베르빌 장군과 브레오테 후작은 예전에는 스완의 유익한 친구로서, 그를 자키 클럽 회원으로 추천도 해주고 결투의 참관자도 되어준 사람들인데, 지금은 그림 속의 두 인물로밖에 보이지 않아서인지, 로마 신화에 나오는 키클로프스〔그리스 신화에 나오는 외눈 거인〕의 외눈처럼 애꾸눈이 되어 상스럽고, 칼자국이 있고, 의기양양한 얼굴의 이마 한가운데 양 눈꺼풀 사이에 포탄의 파편처럼 걸쳐져 있는 장군의 외눈안경이 스완의 눈에는 마치 무시무시한 상처처럼 보였다. 그야 물론 장군으로서는 그런 상처를 입은 것이 영광이겠지만, 그것을 과시하는 것이 추잡스러워 보였다. 한편 브레오테 씨의 외눈안경은, 그가 사교계에 나갈 때(스완 자신도 그렇게 하듯이) 연회의 표시로 진줏빛 장갑과 '오페라 모자'와 흰 타이 등과 함께 늘 사용하는 코안경 대신에 걸치는 것으로, 그 외눈안경은 마치 현미경 밑에 놓인 박물학 표본처럼, 애교라는 균이 우글우글하는 무한히 작은 눈길을 안경알 뒷면에 붙이고는, 천장의 높이와 연회의 훌륭함과 프로그램의 재미와 양질의 청량음료에 끊임없이 웃음을 보냈다.

"아니, 오셨군요, 정말 너무 오래간만인데요" 하고 스완에게 말을 건넨 장군은 그의 야윈 얼굴을 보고, 그동안 사교계에 그림자도 보이지 않은 것이 아마 중병 탓이었으리라 지레 짐작하고 덧붙였다. "혈색은 좋으시군요!" 그러는 사이에 브레오테 씨가 어떤 소설가를 붙잡고, "아니, 여길 오시다니, 어떻게 여기엘 다 오셨죠?"라고 묻자, 그 사교통 소설가는 그가 자부하는 심리 탐구와 무자비한 분석의 유일한 도구인 외눈안경을 이제 막 한쪽 눈에 끼우고는, 은근하게 거드름을 피우며 에르(r)음을 굴리면서 대답했다.

"관찰하려고요(J'observe)."

포레스텔 후작의 외눈안경은 매우 작고 테가 없었고, 아픈 듯 어쩔 수 없이 계속 꿈뻑거리던 그의 눈은, 마치 어떻게 들러붙었는지 설명할 길 없는 희귀한 물체인 여분의 연골(軟骨)로 박혀 있는 듯했는데, 그 외눈안경으로 인해 후작의 얼굴은 우수에 잠긴 듯한 격조를 띠게 되어 여자들에게는 그가 깊은 사랑의 고민에 빠진 사람이라는 느낌을 주었다. 그런데 토성(土星)처럼 큼직한 테로 둘러싸여 얼굴의 중심을 이루던 생캉데 씨의 외눈안경은 언제나 얼굴을 독차지하고 있으며, 파르르 떠는 붉은 코와 비꼬기를 잘하는 입답게 아랫입술이 두꺼운 입이 설사 얼굴이 쭈그렁 밤송이가 될지언정, 재기가 번쩍번쩍하는 동그란 안경알까지 올라가려고 애쓰는데, 그런 그의 외눈안경이 속물근성을 가진 타락한 젊은 여인들에게는 세상에서 가장 아름다운 시선보다 더 바람직스럽게 보여, 그녀들에게 인공적인 매력과 세련된 관능을 꿈꾸게 했다. 한편 이에 반해 그 뒤에 있던 팔랑시 씨는 둥근 눈을 가진 잉어처럼 커다란 머리로 여기저기 연회장 한가운데를 천천히 헤엄치면서 이따금 길의 방향을 찾기 위해서인 듯 큰 아래턱을 뻐끔뻐끔 벌렸는데, 그것은 마치 전에 그가 있던 수족관 유리벽에서 우연히 얻은 완전히 상징적인 한 단면을 그의 몸에 옮겨다놓은 듯했고, 그 단면은 그 수족관 유리의 전경(全景)을 상상할 수 있게 해주어, 파두아에 있는 조토의 〈미덕〉과 〈악덕〉의 찬미자인 스완에게 그 〈악덕〉 옆에 있는 잎이 무성한 잔가지는 〈악덕〉의 소굴을 숨기는 숲을 암시한다는 것을 상기시켜주었다.

스완은 생퇴베르트 부인의 권유에 못 이겨 플루트로 연주되는 〈오르페우스〉의 아리아를 들으려고 앞으로 나가 한쪽 구석에 자리를 잡았는데, 공교롭게도 그 자리는 그 앞에 나란히 앉아 있는, 이미 나이가 지긋한 두 부인, 캉브르메 후작 부인과 프랑크토 자작 부인에 의해 가려져 있었다. 두 부인은 사촌 자매지간으로, 야회 때마다 핸드백을 들고 딸을 데리고 나와 마치 정거장에서 사람을 찾듯 서로를 찾는 데 시간을 보냈으며, 게다가 부채나 손수건을 놓아 이웃한 두 자리를 잡아두어야만 마음이 편안했다. 캉브르메 부인은 교제 범위가 좁았기에 그런 동반자가 있는 것이 그만큼 더 든든했고, 그와는 반대로 매우 활동적인 프랑크토 부인은 그 훌륭한 친구들 모두에게 자기가 그들보다는 젊은 시절의 추억을 공유하는 무명의 부인을 더 소중히 여긴다는 것을 보이는 것이 뭔가 좀 세련되고, 독특한 것이라고 생각했다. 스완은 플루트의 아리아에 이어 연주되는 피아노 간주곡(리스트의 〈새들에게 말하는 성프란체스코〉)을 듣는 두 부인이, 능숙한 연주자의 어지러운 손놀림을 눈으로 쫓고 있음을 우울한 빈정거림에 가득 차 물끄러미 바라보았다. 프랑크토 부인은 마치 연주자의 손가락이 경쾌하게 달리고 있는 건반이 긴 사닥다리로 보이기라도 하는 듯, 80미터 높이에서 떨어지지는 않을까 조마조마한 듯 눈길이 격렬해지면서 옆에 있는 사촌에게 '믿을 수 없는 일이야, 사람이 이렇게 할 수 있으리라고는 생각도 못 했어'라는 뜻이 내포된

경악과 의혹의 눈길을 던지지 않을 수 없었으며, 캉브르메 부인은 충실하게 음악 교육을 받은 부인답게 메트로놈〔악곡의 박자의 속도를 재거나 템포를 지시하는 기구〕의 추로 둔갑한 머리로 박자를 맞췄는데, 한쪽 어깨에서 다른 쪽 어깨로 흔들거리는 넓이와 속도가 점점 커지더니, 드디어는(스스로 고통을 억제할 길도 없고 또 억제하려고도 하지 않게 된 이가 "어찌 할 수가 없군!" 하고 내뱉을 때와 같은 될 대로 되라는 식의 멍한 눈길로) 끊임없이 다이아몬드 귀걸이가 드레스 어깨 끈에 걸려 그럴 때마다 머리카락에 꽂은 검은 포도 열매 머리 장식을 고치지 않을 수 없었는데, 그러는 동안에도 머리 박자는 계속 빨라졌다. 프랑크토 부인의 맞은편 약간 앞쪽에서는 갈라르동 후작 부인이 그녀가 게르망트 가문과 일가친척이 된다는 가장 기분좋은 생각에 빠져 있었다. 부인은 그런 인척 관계를 세상에 대한, 그리고 자기 자신에 대한 커다란 영광이라고 자랑삼아왔지만, 약간의 굴욕 또한 면치 못했다. 그것은 게르망트 집안사람들 중에서 특히 유명한 사람들은 그녀가 귀찮아서인지, 아니면 마음이 고약한 여자라서인지, 아니면 지체가 낮아서인지, 이렇다 할 까닭도 없이 그녀를 좀 멀리했기 때문이다. 그녀는 지금 프랑크토 부인처럼 자기를 잘 모르는 사람이 곁에 있을 때면, 마치 비잔틴식 성당 모자이크에서 어떤 성인상(聖人像) 옆에 서 있는 수직 기둥에 그 성인의 말씀으로 여겨지는 말이 새겨져 있듯이, 그녀가 게르망트 가문과 인척 관계가 된다는 자랑스러움이 그처럼 눈에 보이는 글자로 외부에 나타나지 않는 것이 안타까웠다. 지금 그녀는 사촌동생뻘 되는 롬 대공 부인이 결혼한 지 6년이 지났는데 한 번도 자기를 초대하거나 방문하지 않았음을 생각하고 있었다. 이 생각은 그녀를 노여움으로 가득 차게 했으나, 그와 동시에 자랑스러움도 느끼게 했다. 왜냐하면 그녀를 롬 대공 부인 댁에서는 만날 수 없다고 놀라워하는 사람들에게 하는 수 없이 거기에 가면 마틸드 대공 부인〔제롬 보나파르트의 딸〕을 만날지도 모르기—과격 정통 왕조파인 자기 가족이 용서할 리 만무한 일이다—때문이라고 말해온 탓에, 이젠 그녀도 그것이 사촌동생 집에 가지 않는 이유라고 믿게 되었기 때문이다. 그래도 몇 번인가 롬 부인에게 자신이 어떻게 하면 그녀를 만날 수 있을지 물어보았던 일이 머리에 떠올랐다. 그러나 그것은 막연하게 떠오른 것에 지나지 않았으며, 게다가 '어쨌든 내가 먼저 수그려서는 안 돼. 내가 스무 살이나 위니까 말이야'라고 중얼거리면서 약간 창피스런 그 추억을 상쇄해버렸다. 이러한 마음속 말에 힘을 얻은 그녀가 자랑스럽게 상반신에서 떨어져 나온 두 어깨를 뒤로 젖히자, 어깨 위에 거의 수평으로 놓였던 머리는 자랑삼아 깃털까지 그대로 식탁에 내놓는 '사냥해 온' 꿩 머리를 연상시켰다. 그것은 그녀가 딱 벌어진 남자 같은 뚱뚱한 체격이었기 때문이 아니다. 남들에게서 받는 모욕은, 마치 고약하게도 낭떠러지 끝에 서 있는 나무가 균형을 잃지 않으려고 뒤쪽으로 뻗어나가지 않을 수 없는 것처럼 그녀의 어깨를 뒤로 젖히게 했다. 그녀는 다른 게르망트 사람들과 어깨를 나란히 하지 못하는 그녀 자신을 위로하려고 그들과 거의 교제가 없는 것은 기본 방침과 자존심에 대한 자기의 완강함 때문이라고 끊임없이 자기에게 타이르지 않을 수 없었는데, 마침내 그런 생각이 그녀의 몸을 빚어서 그녀의 몸에 일종의 위엄을 만들어냈고, 그것이 부르주아 여인들의 눈에는 귀족 혈통의 표시로 보였고, 때로는 모임에 온 여러 사내들의 피곤한 눈길을 덧없는 욕망으로 괴롭히기도 했다. 만일 갈라르동 부인의 회화에서 비교적 빈번하게 사용되는 낱말을 하나하나 적어 그 암호의 열쇠를 찾아내는 분석법을 응용한다면, 그녀가 사용하는 일체의 표현, 그녀가 평소에 가장 잘 쓰는 표현조차도 '나의 게르망트 사촌 댁에서', '나의 게르망트 숙모 댁에서', '엘제아르 드 게르망트의 건강', '나의 게르망트의 사촌동생의 칸막이 좌석'이라는 구절만큼 빈번하게 사용되진 않는다는 걸 알게 될 것이다. 누군가가 그녀에게 어떤 저명인사에 대한 이야기를 꺼냈을 때, 그녀는 친히 알고 지내는 사이는 아니지만 그분을 나의 게르망트 숙모 댁에서 여러 번 만났다고 대답하기가 일쑤였는데, 그녀가 어찌나 쌀쌀한 어투로 시큰둥하게 대답했던지, 그녀가 그들과 개인적으로 알고 지내지 못하는 것은 마치 체조 선생이 학생의 가슴을 발달시키려고 사닥다리에서 몸을 젖히게 하듯이 그녀의 양 어깨를 뒤로 젖히게 만든 확고하고 완고한 모든 원칙 때문임이 분명해 보였다.

그런데 마침 아무도 생퇴베르트 부인 댁에서 보리라고는 생각하지 못했던 롬 대공 부인이 도착했다. 단지 겸허한 마음으로 방문한 것에 지나지 않으므로, 그 살롱에서 자신의 뛰어난 혈통을 의식하지 않도록 애쓰고 있음을 보이려고, 대공 부인은 제치고 걸어갈 만큼 사람들도 없거니와 앞을 양보할 만큼 사람도 없는 장소인데도 양 어깨를 움츠리고 들어와서는, 마치 당국조차도 거기 있음을 미리 알지 못했던 극장 입구에 서 있는 국왕처럼, 그곳이 자신의 자리라는 듯이 일부러 뒤쪽에 가서 섰다. 그리고 그녀는 그 눈길로—자신이 와 있음을 눈에 띄게 하거나 정중한 대접을 구하는 것처럼 보이지 않으려고—양탄자나 자기 스커트의 무늬만 바라보면서 가장 겸손하게 보이는 장소(만일 생퇴베르트 부인이 알아보기만 한다면 기쁜 나머지 감탄사를 연발하면서 자신을 그곳에서 끌어내리란 걸 그녀도 잘 아는 장소), 그녀에게는 낯선 캉브르메 부인 옆에 서 있었다. 롬 대공 부인은 자기 옆에 있는 그 음악광 부인의 몸짓을 바라보았지만, 그녀를 모방하지는 않았다. 그렇다고 해서 잠깐이지만 처음으로 생퇴베르트 부인 댁에 들른 롬 대공 부인은 자신의 예의가 두 배가 되어 보이도록 되도록이면 친절하게 보이기를 바라지 않은 것은 아니었다. 그러나 천성적으로 그녀는 소위 '과장'이라는 것은 딱 질색이었고, 또 자기가 사는 세계의 '예법'에 어울리지 않는 감정 표현에 몸을 맡겨서는 '안 된다'는 것을 보이려 애썼다. 그렇지만 또 한편으로, 새로운 환경에 있게 되면, 그것이 아무리 자신들보다 지체가 낮은 사람들의 모임일지라도, 어떤 자신만만한 사람의 마음에도 파고드는—고독감에서 오는 소심함이라고 해도 무방할 것이다—모방 정신 덕택에 그와 같은 감정 표현이 그녀에게도 영향을 미치지 않을 순 없었다. 그녀는 이 부인의 몸짓은 지금 연주되는, 지금까지 내가 들어온 음악과는 종류가 다른 듯한 이 곡에 필요한 응수가 아닐까, 몸짓을 삼가는 것은 작품에 대한 몰이해나 이 댁 부인에 대한 무례의 표시가 아닐까 하고 생각했다. 그래서 일종의 '타협'에서 모순된 자기의 느낌을 나타내려고, 열광하는 옆의 부인을 냉정한 호기심으로 살펴보면서 어떤 때는 어깨받이를 치켜올리기도 하고, 그녀의 머리 모양을 자연스러우면서도 예쁘게 해주던 작은 산호알이나 작은 장밋빛 칠보, 또는 서리처럼 박힌 작은 다이아몬드 알을 금발 머리에 고쳐 꽂는 것으로 만족스러워하기도 하며, 또 어떤 때는 부채로 잠시 동안 박자를 맞추기도 했는데, 그것도 그녀의 자립성을 버리지 않으려고 들어맞지도 않게 박자를 쳤다. 피아니스트가 리스트의 곡을 끝내고 쇼팽의 전주곡을 연주하자, 캉브르메 부인은 음악 감상가다운 만족과 과거의 암시에 감동한 웃음을 프랑크토 부인에게 던졌다. 부인은 젊은 시절에 길고 구불구불한 골목 같은 쇼팽의 곡을 이해하는 것을 배웠는데, 그 곡들은 너무나 자유롭고, 너무나 유연하고, 너무나 감미로운 곡들이어서, 처음 출발한 방향과는 전혀 다른 아주 먼 곳, 또 사람들이 닿을 수 있으리라고 예상하던 지점에서도 아주 멀리 떨어진 장소를 찾으면서 환상의 사잇길에서 날개를 치다 끝내는 단호하게 돌아와— 마치 듣는 이가 감탄을 자아낼 때까지 울려대는 수정과 같이, 더욱 그윽하고 더욱 맑은 울림이 되어 돌아와— 듣는 이의 마음에 강한 인상을 심어주었다.

  친지가 적은 시골 가정에서 자라나 무도회에 가본 일이 거의 없던 캉브르메 부인은, 그녀의 한적한 옛 저택에서 가상(假想)의 남녀 몇 쌍을 꽃처럼 따 모아, 그들에게 빨리 혹은 느리게 춤추게 하면서 외로움을 달래기도 했고, 또 어떤 때는 그 무도회에서 빠져나와 호숫가에 서서 전나무 숲에서 불어오는 바람 소리를 들으면서, 거기서 지상의 애인들과는 전혀 다른, 언젠가 꿈에서 한번 본 애인과도 전혀 다른 모습의 젊은이가 날씬한 몸매에 흰 장갑을 끼고, 이상야릇하고 꾸민 듯이 노래하는 듯한 음성으로 느닷없이 다가오는 것을 보고 황홀해하던 때도 있었다. 지금 그 쇼팽 곡의 아름다움은 유행에 뒤져 신선한 맛을 잃은 듯했다. 몇 해 전부터 정통한 사람들에게서 존경을 박탈당하고 명성과 매력을 잃어, 감상력이 부족한 사람들마저도 하찮고 변변치 못한 기쁨밖에는 느끼지 못하게 되었다. 캉브르메 부인은 뒤쪽으로 슬쩍 눈길을 던졌다. 그녀는 함께 온 젊은 며느리(이 며느리는 화성학과 그리스어까지 알고 있었는데, 자신이 전문 지식을 가진 지적인 면에 관계된 것만 제외한다면, 시집 식구들에 대한 충분한 존경심으로 가득 차 있었다)가 쇼팽을 멸시하고 있어, 그 연주를 들으며 불쾌해하고 있다는 것을 알고 있었다. 그러나 바그너 예찬가인 며느리는 같은 나이 또래의 젊은이들과 더불어 멀리 떨어져 있었기에 감시에서 벗어났으므로, 캉브르메 부인은 감미로운 감상에 몸을 내맡겼다. 롬 대공 부인도 같은 인상을 받고 있었다. 천부적으로 음악적인 재능을 부여받진 못했지만, 그녀는 15년 전 생제르맹 거리에 사는 피아노 선생에게서 개인 교습을 받은 적이 있었다. 그 천재적인 여선생은 만년에 매우 궁색하게 되어, 일흔이라는 고령을 무릅쓰고 옛 제자들의 딸이나 손녀들에게 다시 피아노를 가르쳤다. 여선생은 이제 고인이 되었지만 그 연주법, 그 고운 음향은 그녀의 옛 제자들, 다른 일에는 평범한 주부가 되고 말아 음악도 팽개치고 피아노 뚜껑도 거의 여는 일이 없는 옛 제자들의 손가락 끝에서 이따금 소생하곤 했다. 그러므로 롬 부인은, 그녀가 암기하고 있던 그 전주곡을 연주하고 있는 피아니스트의 연주법을 올바르게 감상하고 완전히 이해하면서, 머리로 박자를 맞출 수가 있었던 것이다. 막 시작되던 악절의 마지막 부분이 그녀의 입술 위에서 흘러나왔다. 그리고 그녀는 "언제 들어도 매혹적(charmant)이야"라고 중얼거리면서, 세련미의 표시로, '쉬(ch)'를 이중 발음했는데, 그 때문에 자기 입술이 예쁜 꽃처럼 로맨틱하게 쫑긋거리는 것을 느끼자, 순간 본능적으로 일종의 감상적이고 막연한 분위기를 자신의 시선에 부여해 눈과 입술을 조화시켰다. 한편 갈라르동 부인은 롬 대공 부인을 좀처럼 만날 기회가 없음을 유감스럽게 생각하고 있던 참이었다. 왜냐하면 그녀는 대공 부인의 인사에 응하지 않음으로써 그녀를 징계하겠다고 별러왔기 때문이다. 그녀는 사촌동생인 롬 대공 부인이 그곳에 와 있다는 걸 알지 못했다. 그러다가 프랑크토 부인의 머리가 잠시 움직이는 순간, 대공 부인의 모습이 그녀에게 발견되었다. 그러자 그녀는 곧 사람들을 헤치고 그쪽으로 성급히 걸어갔다. 그러나 자신은 마틸드 공주와 코를 맞댈 정도로 가까이 지내는 사람과는 그 누구와도 교제하고 싶지 않으며, 대공 부인은 '자신과 동시대인'이 아니므로 자신이 그녀 앞으로 가지는 않는다는 것을 사람들에게 상기시킬 정도의 거만하고 냉담한 태도를 유지하고 싶어 하면서도, 한편으로는 그런 거만하고 신중한 태도에 어떤 말을 보충함으로써 그녀가 먼저 대공 부인 쪽으로 걸어나갈 명분을 세우는 동시에, 대공 부인으로 하여금 먼저 말을 걸도록 만들고 싶었다. 그래서 갈라르동 부인은 사촌동생인 롬 부인 곁에 이르자 냉엄한 표정으로, 마지못해 하는 것처럼 손을 내밀고는 "바깥어른은 어떠시지?" 하고 마치 롬 대공이 중태에 빠져 있기라도 한 듯이 걱정스런 목소리로 물었다. 대공 부인은 누군가를 비웃고 있음을 나타내는 동시에, 자기 얼굴의 특징을 생기 있는 입과 빛나는 눈 주위에 집중시켜 더 예쁜 자태를 보이려는 데 목적이 있는 그녀 특유의 웃음을 터뜨리며 대답했다.

"아주 잘 있어요!"

그러고 나서도 그녀는 계속 웃었다. 그러는 동안에 갈라르동 부인은, 다시 몸을 뒤로 젖히고 외모 또한 다시 쌀쌀해지면서, 여전히 대공의 용태를 걱정하며 그의 사촌에게 말했다.

"오리안(이 말에 롬 부인은 놀라움과 비웃음이 섞인 얼굴로 눈에 보이지 않는 제삼자를 쳐다보았는데, 그 제삼자에게서 그녀가 갈라르동 부인에게 자신을 세례명으로 부르는 것을 허락해준 적이 없다는 증언을 듣고 싶어 하는 듯이 보였다), 내일 저녁에 잠시 우리 집에 와서 모차르트의 클라리넷을 위한 오중주를 들어주었으면 좋겠어. 네 감상을 듣고 싶구나!"

그녀는 초대하는 말을 하는 것이 아니라 무언가를 부탁하는, 모차르트의 오중주곡에 대한 대공 부인의 의견을 구하는 것같이 보였다. 마치 그 오중주곡이 새로 고용한 요리사가 만든 음식으로, 그 요리사의 솜씨에 대해 미식가의 의견을 듣는 것이 필요하기나 한 것처럼.

"그러나 그 오중주곡이라면 잘 알고 있어요. 지금이라도 말할 수 있어요…….제가 좋아하는 곡이니까요!"

"알다시피, 우리 집 바깥분이 편찮으셔. 간이 나쁜가봐……. 너를 보게 된다면 몹시 기뻐할 거야" 하고 말함으로써, 갈라르동 부인은 이제 대공 부인이 그녀의 야회에 나타나는 것이 대공 부인의 의무인 듯한 투로 말을 이었던 것이다.

대공 부인은 댁의 집에 가고 싶지 않다는 말을 남들에게 하기를 싫어했다. 날마다 그녀는—시어머니의 뜻하지 않은 방문 때문에, 시누이 남편의 초대 때문에, 오페라 극장이나 야유회에의 초대 때문에—댁의 야회에 참석할 수 없었음을 유감스럽게 생각한다는 뜻의 편지를 써 보냈지만, 사실 그런 야회에 가려고 생각해본 적은 한 번도 없었던 것이다. 이렇게 하여 그녀는 많은 사람에게, 대공 부인은 그들과 친한 사이고, 대공 부인이 기꺼이 그들 집에 와주었을 것인데, 그렇게 하지 못한 데는 대공 부인다운 무슨 사정이 있어서 그랬던 것이라고 믿게 하는 기쁨을 주어, 그들의 야회가 대공 부인의 다른 용무와 맞먹었다는 자랑스러움을 갖게 해주었다. 그리고 나서 상투적인 말이나 판에 박힌 감정을 홀가분히 던져버린—메리메에서 비롯되어 메야크와 알레비의 희곡에서 그 마지막 표현을 찾아낸—민첩한 정신을 그대로 이어받은 재치 있는 게르망트 가문의 일원으로서, 그녀는 그 정신을 사회관계에도 적용하고, 그녀의 예의범절에까지 그 정신을 옮겨놓음으로써 적극적이고 정확하려고, 또 겸허한 진실에 접근하려고 노력했다. 그녀는 여주인에게 초대한 야회에 가고 싶었다는 희망을 구구하게 늘어놓진 않았다. 갈 수 있을지 없을지를 좌우하는 몇 가지 사소한 일을 얘기하는 편이 상대방을 더욱 기쁘게 한다는 것을 알고 있었던 것이다.

"그런데요"라고 그녀는 갈라르동 부인에게 말했다. "내일 저녁엔, 오래전부터 틈을 내달라고 청해온 친구집에 가야만 해요. 만일 그분이 극장에라도 데려간다면, 아무리 애를 써도 댁에는 못 갈 것 같아요. 그러나 그분 댁에서 계속 시간을 보내게 된다면, 아마 우리 밖에는 없을 테니까 빠져나올 수도 있겠죠."

"그런데 네 친구인 스완 씨를 만났어?"

"아뇨, 내가 좋아하는 샤를, 그가 이곳에 와 있는 줄은 몰랐는데요. 이쪽을 봐주었으면 좋겠군요."

"그분이 생퇴베르트 아주머니 댁에 오다니 이상한 일이군" 하고 갈라르동 부인이 말했다. 그리고 "그렇지. 그분이 총명하다는 건 내가 알지" 하고 덧붙였는데, 그녀는 총명하다는 걸 간책을 잘 부린다는 뜻으로 말하고 싶었던 것이다.

"아무리 총명하다 해도, 유태인인 스완이 대주교의 친누이이자 시누이의 집에 오다니!"

"부끄러운 말인지는 모르지만, 난 그런 것이 아무렇지도 않아요"라고 롬 부인이 말했다.

"그분이 개종했다는 사실은 나도 알아. 그의 양친과 조부모도 벌써 개종했었지. 하지만 개종한 자들은 다른 사람들보다도 더 그들의 이전 종교를 그리워한다고 하더군. 그렇지 않니?"

"그런 문제는 아는 게 없어요."

피아니스트는 쇼팽의 곡 두 가지를 연주하기로 되어 있었으므로, 전주곡을 끝내자마자 폴란드 무도곡을 연주했다. 그러나 갈라르동 부인이 사촌동생에게 스완이 와 있음을 알려준 후부터는, 설사 쇼팽이 다시 살아나 작품 전부를 몸소 연주한다 해도, 롬 부인의 주의를 끌진 못했을 것이다. 인간을 크게 두 가지로 분류하는데, 그 한 가지는 모르는 사람에 대한 호기심을 잘 아는 사람에 대한 관심으로 대치하는 것으로, 그녀는 바로 여기에 속했다. 생제르맹 거리에 사는 귀부인들 대다수가 그렇듯이, 그녀도 자기 무리 가운데 누군가가 그녀가 있는 곳에 와 있을 때, 특별하게 말할 것은 없는데도 오직 그 사람에게만 주의가 쏠려 다른 사람들은 아랑곳하지 않는 성격이었다. 스완이 그곳에 와 있다는 말을 들은 순간부터 그가 자신을 봐주기를 바라던 대공 부인은, 마치 설탕 덩어리를 코끝에 내밀었다가 거둬들이는 데 길들여진 흰 쥐처럼 쇼팽의 〈폴로네즈〉가 자아내는 감정과는 동떨어진, 절친한 사람들끼리 주고받는 여러 가지 표현으로 가득 찬 얼굴을 스완이 있는 쪽으로만 돌렸고, 스완이 자리를 옮길 때마다 자기(磁氣)를 띤 그 웃음도 동시에 움직였다.

"오리안, 화내지 마. 스완은 자기 집에 초대할 수 없는 사람이라고 주장하는 사람들이 많던데, 그게 정말일까?" 하고 무언가 상대방을 언짢게 하는 말을 함으로써 얻는 막연하고 즉흥적이고 사사로운 기쁨 때문에, 언젠가는 사교계를 깜짝 놀라게 하겠다는 사교상의 가장 큰 야심을 희생시키지 않을 수 없었던 갈라르동 부인이 말했다.

"글쎄요……. 그건 언니가 더 잘 아는 바가 아니겠어요" 하고 롬 대공 부인이 대답했다. "그를 오십 번이나 초대했는데 한 번도 오지 않았다니 말이에요."

이렇게 모욕을 당한 언니 곁을 떠나면서 그녀는 웃음을 터뜨렸는데, 그것은 음악을 경청하고 있던 주위 사람들의 눈살을 찌푸리게 했으나, 그 때문에 예의상 피아노 곁에 가 있던 생퇴베르트 부인의 주의를 끌었고, 그녀는 그때 비로소 대공 부인을 알아보았다. 롬 대공 부인이 병중에 계신 시아버지 간호 때문에 아직 게르망트에 가 있는 줄 알았으므로 생퇴베르트 부인은 대공 부인의 모습을 보자 그만큼 더 반가웠다.

"어머, 대공 마님, 여기 와계셨군요!"

"네, 구석에 있었어요. 아름다운 곡들을 들었어요."

"어머나, 그럼 오신 지 오래되었군요!"

"네, 오래됐지만, 그 시간이 아주 짧게 느껴졌어요. 단지 부인을 뵙지 못해 길게 느껴지긴 했지만요."

생퇴베르트 부인이 그녀의 안락의자를 대공 부인에게 양보하려 하자, 대공 부인이 대답했다.

"천만에요! 왜 그러세요? 전 괜찮아요!"

그러고는 귀부인의 소박함을 좀 더 돋보이게 하려고 일부러 등없는 작은 의자를 보면서 말했다.

"보세요, 이 의자면 충분해요. 이것이면 바르게 앉을 수 있어요. 오! 이런, 또 소란스럽게 굴다니. 망신당하겠군요."

그러는 동안, 피아니스트는 연주 속도를 배로 빨리하여, 듣고 있던 사람들의 감동이 극도에 이르렀는데, 그때 하인 하나가 쟁반 위에 청량음료를 들고 지나가다가 스푼 소리를 내서 생퇴베르트 부인이 여느 때처럼 물러가 있으라고 손짓을 했으나 그는 알아보지 못했다. 젊은 여성이란 싫증 난 모습을 해 보여서는 안 된다고 배운 듯한, 새댁처럼 보이는 한 여인이 아까부터 재미있다는 듯한 웃음을 지으며 끊임없이 그 댁 여주인을 눈으로 쫓았는데, 그런 잔치에 '자신을 생각하여' 참석시켜준 데 대한 고마움을 눈으로 나타내 보이려 하고 있는 것이었다. 그러면서도 그 곡들을 불안스럽게 들었는데(프랑크토 부인보다는 침착했지만), 젊은 여인이 불안해하는 대상은 피아니스트가 아니라 피아노였던 것이다. 왜냐하면 피아노 위에 놓인 촛불이 포르티시모〔매우 강하게라는 뜻의 음악 용어〕 때마다 튀어올라 갓에 불이 붙을 정도는 안 되지만, 그래도 자단(紫檀) 위에 얼룩을 낼 것만 같았기 때문이다. 드디어 더 보고만 있을 수 없었던 그녀는 피아노가 놓인 단상의 두 계단을 올라가 성급히 그 촛대를 들어 올리려고 했다. 그런데 그녀의 손이 그것에 닿자마자 마지막 화음과 더불어 곡이 끝났고, 피아니스트가 일어섰다. 그렇지만 젊은 여인의 대담한 행동과 그 결과로 인해 여인과 피아니스트 사이에 생긴 순간적인 혼잡은 대체로 호감이 가는 인상을 자아내었다.

"대공 부인, 저 부인이 한 거동을 보셨습니까? 이상한데요. 저분도 예술가인가요?" 하고 롬 대공 부인에게 인사하러 왔던 프로베르빌 장군이, 생퇴베르트 부인이 잠시 자리를 뜬 사이에 말했다.

"아뇨, 저분은 캉브르메 댁의 새댁이에요" 하고 대공 부인이 얼떨결에 대답하고는 생기 있게 덧붙였다. "저는 다른 분들의 얘기를 들은 대로 전하는 거예요. 저는 어떤 분인지 전혀 몰라요. 내 뒤에서 어떤 분이 말하기를, 생퇴베르트 부인의 고향 근방 태생이라고 하지만, 내가 알기로는 아무도 잘 모르나 봐요. 틀림없이 '시골 사람'일 거예요! 게다가, 저는 장군님처럼 이와 같이 화려한 사교장에는 발이 넓지 못해서, 저 놀라운 분들의 성함을 상상도 할 수 없군요. 저런 사람들이 생퇴베르트 부인의 야회 밖에서는 어떤 생활을 하리라고 생각하세요? 틀림없이 생퇴베르트 부인은 저분들을 음악가들과, 의자들과, 청량음료와 함께 주문했을 거예요. '벨루아의 손님들'이 굉장하다고 생각하지 않으세요? 정말 부인에게는 매주 저런 단역을 고용할 용기가 있을까요? 불가능해요!"

"아, 하지만 캉브르메라면 유서 깊은 가문이죠"라고 장군이 말했다.

"옛 가문이라는 점에 이의가 있는 건 아니에요" 하고 대공 부인은 통명스럽게 대답했다. "그러나 어쨌든 그 이름의 **음조가 좋지 않아요**" 하고 마치 **음조가 좋지**라는 낱말을 인용 부호 사이에 넣는 것처럼 분리하면서, 그녀는 게르망트 가문 특유의 약간 허식적인 어조로 덧붙였다.

"어떻습니까? 저 부인은 대단한 미인 아닙니까?" 하고 장군은 캉브르메 새댁에게서 눈을 떼지 않고 말했다. "그렇게 생각하지 않으십니까, 대공 부인?"

"저분은 지나치게 나서는 것 같아요. 저렇게 젊은 여자인 경우엔 좀 보기가 좋질 않죠. 저 부인이 나와 같은 세대는 아닐 테니까요" 하고 롬 부인이 대답했다. (이런 말투 역시 갈라르동 가문과 게르망트 가문에 공통된 것이었다.)

그러나 프로베르빌 씨가 계속 캉브르메 부인을 주시하고 있음을 보자, 대공 부인은 절반은 캉브르메 새댁에 대한 악의에서, 절반은 장군에 대한 예의로써 다음과 같이 덧붙였다. "보기에 좋지 않다는 건……, 그녀의 남편 처지에서 한 말이에요! 그래도 저분과 아는 사이가 아니라 유감인데요. 장군께서 마음에 들어하시니 내가 아는 사이라면 소개해드릴 텐데 말예요" 하고 대공 부인이 말했지만, 설령 젊은 여인과 아는 사이였다 해도 그런 수고는 하지 않았을 것이다. "작별 인사를 해야겠군요. 이제 친구 생일에 가서 축하를 해주어야 하니까요" 하고 그녀는 겸허하고 진실된 어조로 말하면서, 지금 가려 하는 사교 모임을 귀찮지만 의리에 못 이겨 어쩔 수 없이 가야만 하는 변변치 못한 것으로 만들어버렸다. "게다가 거기서 바쟁과 만나기로 되어 있어요. 제가 이곳에 있는 동안 그분은 다른 친구를 만나러 가셨거든요. 그렇지, 장군도 아시는 분이에요, 다리 이름과 똑같은 분, 이에나 댁 말예요."

"다리보다는 전쟁의 승리에서 그 이름이 먼저 나왔죠.〔1806년 나폴레옹이 프로이센군을 무찌른 싸움터. 그 이름을 따 이에나란 다리가 1813년 파리에 준공되었음〕대공 부인. 저와 같은 노병에게야 무얼 바라겠습니까마는" 하고 덧붙이면서, 마치 붕대를 바꾸어 감듯이 외눈안경을 벗어 닦으려고 하자, 대공 부인은 본능적으로 눈길을 돌렸다. "그러나 제정(帝政) 시대의 귀족은 물론 다르지요. 결국 그들은, 그들 나름대로 참으로 훌륭했습니다. 요컨대 영웅답게 용감히 싸운 분들이지요."

"저도 영웅에게는 충분한 경의를 표해요" 하고 대공 부인은 약간 빈정거리는 투로 말했다. "제가 바쟁과 함께 그 이에나 대공 부인 댁에 가지 않은 건 결코 그 때문이 아니에요. 다만 제가 그분들과 아는 사이가 아니기 때문이죠. 바쟁은 그분들을 잘 알고, 또 아주 좋아하죠. 오! 그렇게 생각하시면 곤란해요. 바람이라도 피우러 가는 게 아니에요. 제가 반대할 이유가 없지요! 게다가 반대해봐야 소용도 없고요!"라고 그녀는 우울한 목소리로 덧붙였다. 그도 그럴 것이 롬 대공이 그의 매력적인 사촌 누이와 결혼한 다음 날부터 줄곧 아내를 속이고 있다는 사실은 세상이 다 아는 바였기 때문이다. "어쨌든 그건 아니에요. 그분들은 바쟁의 옛 친지이며, 그는 그들에게 많은 도움을 받아왔어요. 저는 그 점을 매우 기쁘게 생각해요. 우선 그 집에 대해 바쟁이 제게 들려준 것만을 말씀드려도……, 그 집 세간이란 세간은 모두 다 '제정 시대' 때 것이래요!"

"그야 당연하죠, 대공 부인. 그건 조부모 대에서 내려온 세간들이니까요."

"그렇겠지요. 그러나 그런 세간이라고 해서 덜 흉한 건 아니에요. 누구나 다 예쁜 세간을 소유하지 못한다는 건 잘 알아요. 그러나 적어도 우스꽝스런 것만은 갖지 말아야 할 것 같아요. 어떻게 생각하세요? 욕조처럼 백조의 머리가 달린 옷장, 그런 보기에 사나운 양식보다 더 진부하고 더 부르주아적인 건 없다고 생각해요."

"그러나 그 댁에도 훌륭한 것이 있는 걸로 아는데요. 그……, 뭐라고 하던 조약의 조인에 사용되었던 유명한 모자이크 테이블이 있을 텐데요."

"아, 물론 역사적인 관점에서 본다면 흥미있는 것들이 여러 개 있을 거예요, 그렇고말고요. 그러나 그렇다고 해서 아름다운 것일 수는 없어요……. 끔찍스런 거니까요! 저도 역시 바쟁이 몽테스키외 가문에서 상속받은 것들과 비슷한 것들을 가지고 있어요. 그러나 그것들은 아무 눈에도 띄지 않는 게르망트 집안 다락방 속에 처박혀 있을 뿐이에요. 어쨌든 그래도 그건 문제가 되지 않아요. 내가 그분들과 잘 아는 사이라면, 바쟁과 함께 서둘러 그 댁에 가서 그들의 스핑크스라든가 구리로 만든 것들 한가운데서라도 그들을 만날 테지만……. 그러나 저는 그분들을 잘 몰라요! 저는 어렸을 때, 알지 못하는 분들 댁에 가는 것은 실례라고 늘 들어왔거든요"라고 그녀는 어린애 같은 말투로 말했다. "그래서 저는 배운 대로 처신하는 거예요. 나 같은 생면부지의 여자가 뛰어들어간다면, 그 친절한 분들이 어떻게 할까요? 틀림없이 고약한 대접을 할 거예요!" 하고 대공 부인은 말했다.

그리고 애교 삼아, 그녀는 장군을 물끄러미 바라보던 푸른 눈에 꿈을 꾸는 듯한 부드러운 표현을 띠면서, 그와 같은 추측이 자아낸 웃음을 아름답게 꾸몄다.

"허어! 대공 부인, 모두들 무척 기뻐하리란 걸 아시면서도……."

"천만의 말씀이에요, 왜 그렇죠?"라고 한편으로는 자신이 프랑스에서 가장 품위 있는 귀부인들 가운데 한 사람이기 때문이라는 것을 모르는 척하려고, 또 한편으로는 그 점을 장군의 입에서 듣는 기쁨을 맛보려고, 매우 쾌활하게 물었다. "왜죠? 어째서 그렇게 생각하시죠? 그들에겐 오히려 더할 나위 없이 불쾌한 일일지도 모르는데요. 저는 잘 모르긴 하지만, 제 처지에서 판단해보면 아는 사람들을 보는 것만으로도 벌써 진저리가 나는데, 생면부지의 사람들을 만나야 할 경우에는 비록 그들이 '영웅적인 분들'이라 할지라도 저는 미쳐버릴 거예요. 더구나 그렇지 않다는 걸 아는 장군님과 같은 옛 친구분들은 빼놓고 하는 말이지만, 영웅의 기풍이란 휴대용 포켓판 책처럼 누구나 다 사교계에서 휴대하고 있는 게 아니라고 생각하니까요. 이제 만찬을 베푸는 일이 지겨울 때가 자주 있답니다. 게다가 스파르타쿠스〔Spartacus : 노예를 모아 반항한 로마의 영웅으로 패배하여 처형당함〕 같은 분에게 팔을 내주고 식탁으로 안내해야 한다면……, 정말이지 열셋이라는 숫자를 피하기 위해 한 분이 더 필요하다 해도 베르생제토릭스〔Vercingétorix : 로마군에 반항한 골로아의 마지막 족장〕 같은 분을 초대하지는 않겠어요. 저는 그런 분이라면 성대한 야회를 위해 따로 남겨두겠어요. 그런데 저는 그런 성대한 야회는 좀처럼 마련하지 않기에……."

"허어! 대공 부인, 부인께서는 영락없는 게르망트 가문의 한 분이십니다. 부인에게서는 게르망트 가문의 재치가 넘쳐흐르고 있군요!"

"여러분께서 늘 '게르망트 가'의 재치라고 말씀들 하시지만, 저는 그 까닭을 이해하지 못하겠어요. 장군님은 재치 있는 '다른 가문' 분들도 알고 계시잖아요" 하고 그녀는 명랑한 웃음을 물방울처럼 뿌리고, 얼굴의 특징을 흥분된 혈관 조직 속으로 연결시키고 집중시키면서, 두 눈이 빛나더니 기쁨의 빛으로 불타올랐는데, 그 눈을 그토록 빛나게 할 수 있었던 힘은 그녀의 재치나 미모를 추어올린 말―비록 그것이 대공 부인 자신의 입에서 나온 말이라 해도―뿐이었던 것이다. "저길 보세요, 스완이 당신의 캉브르메에게 인사를 하는 것 같군요. 저기……, 생퇴베르트 아주머니 곁이에요. 안 보이시나 보군요! 저분에게 부탁해서 캉브르메를 소개받으시지요. 서둘러야겠어요. 저분이 가버릴 것 같은데요!"

"스완의 안색이 얼마나 형편없는지 보셨습니까?" 하고 장군은 말했다.

"나의 가엾은 샤를! 아! 드디어 이리로 오네요. 스완이 나를 만나기 싫어하는 줄 알았는데!"

스완은 롬 대공 부인을 매우 좋아했다. 그리고 부인을 보면, 콩브레 근방의 게르망트 대지, 그토록 좋아하면서도 오데트의 곁을 떠날 수 없어 돌아가지 않는 그 고장의 구석구석이 그의 머릿속에 떠올랐다. 그런 옛 분위기 속에 잠시 잠겨 있을 때면, 그는 아주 자연스럽게, 반은 예술가답고 반은 멋쟁이다운 말투를 되찾아냈는데, 그렇게 하면 대공 부인이 기뻐하리란 걸 분명히 알고 있었고, 다른 한편으로는 자신이 품은 전원에 대한 향수를 표현하고 싶었으므로.

"아!" 하고 대사를 읊듯이 표면상 말상대인 생퇴베르트 부인과 진정한 말상대인 롬 부인에게 동시에 들리도록 말했다. "아름다운 대공 부인께서 오셨군요! 보세요, 부인께서는 리스트의 〈아시시의 성 프란체스코〉를 들으려고 일부러 게르망트에서 오시느라고, 들장미와 아가위 열매를 쪼러 갔던 예쁜 박새처럼 그 몇 알을 머리에 장식하셨군요. 아직도 몸에는 작은 이슬방울이 묻어 있고, 또 하얀 서리도 약간 남아 있어요. 그 때문에 틀림없이 대공 부인께서는 몸을 떠셨을 거예요. 정말 아름다우시군요, 친애하는 대공 부인."

"뭐라고요, 대공 부인께서 게르망트에서 일부러 와주셨다고요? 어쩌면! 저는 전혀 몰랐어요. 황송해서 어쩌죠" 하고, 스완의 재치 있는 표현법에 익숙지 못한 생퇴베르트 부인이 순진하게 소리를 질렀다. 그리고 대공 부인의 머리 장식을 찬찬히 살펴보면서, "어머나 정말, 비슷하군요……. 뭐라고 할까, 밤나무 열매도 아니고. 아니지! 정말 기발한 아이디어군요. 그런데 대공 부인께서는 어떻게 우리 집의 연주회 프로그램을 아셨을까요! 음악가들은 제게도 그걸 알려주지 않았는데."

스완은 멋들어진 말로 공손히 응대하기로 마음먹은 여성 곁에 있을 때면, 대부분의 사교계 사람들도 이해하지 못하는 미묘한 말로 표현하는 버릇이 있었는데, 그는 자신이 단지 비유로 말했을 뿐이란 걸 생퇴베르트 부인에게 일부러 설명하지 않았다. 대공 부인은, 스완 정도의 재치라면 그녀 주위에서 매우 존중되는 것이었고, 또한 자신에게 보낸 찬사를 듣고 거기서 더욱 세련된 호의와 견딜 수 없는 익살을 발견할 수밖에 없었으므로 웃음을 터뜨렸다.

"아, 그럼요! 샤를, 매우 기뻐요. 나의 작은 아가위 열매가 당신 마음에 들었다면요. 그런데 왜 저 캉브르메에겐 인사하셨죠? 당신도 저분의 시골 이웃인가요?"

생퇴베르트 부인은 스완과 이야기를 하며 만족스러워하는 공작 부인의 모습을 보고는 자리를 떴다.

"그렇게 말씀하시는 부인께서도 이웃입니다, 대공 부인."

"제가요? 그럼 저분들은 도처에 시골을 갖고 있는 게로군요! 저도 그렇게 되고 싶은데요!"

"캉브르메 가문 사람들을 두고 하는 말이 아니라, 저 부인의 친정 부모님을 두고 하는 말입니다. 저분은 르그랑댕 씨 따님으로, 콩브레에 자주 오셨습니다. 잘은 몰라도 부인께서는 콩브레 백작 부인 신분이고, 그래서 교회 참사회가 부인에게 납부금을 치러야 하지 않습니까?"

"교회 참사회가 제게 무엇을 납부해야 하는지는 몰라도, 난 해마다 사제님께 백 프랑씩 기부금을 내고 있지요. 사실 그런 일을 겪지 않아도 될 텐데. 그건 그렇고, 캉브르메라니 참으로 놀라운 이름인데요. 바로 위태스러운 곳에서 끝나버리지만 그래도 끝이 좋질 않아요!" 그녀는 웃으며 말했다.

"첫 부분도 좋지 않습니다"라고 스완이 대답했다.

"사실 그 이중 생략법이라니……!"

"첫마디를 끝까지 발음하려 하지 않다니, 심하게 골을 내면서도 심하게 예의 바른 사람인가 봅니다."

"그렇지 않고서는 뒷말을 시작할 수 없잖아요. 차라리 첫 마디를 단숨에 끝까지 해버리는 편이 좋았을걸. 그러면 속시원하게 결말이 나잖아요. 어머 우리는 재치 있는 농담을 하고 있군요. 그러나 샤를 씨, 요즘 당신을 만날 수 없어 얼마나 지루한지 몰라요"라고 부인은 애교 섞인 말투로 덧붙였다. "저는 당신과 이야기하는 게 참 좋아요. 생각해보세요. 저 바보 같은 프로베르빌에게는 캉브르메라는 이름이 엉뚱한 것이란 것조차 이해시키지 못하겠더라니까요. 사실 삶이란 지긋지긋한 거예요. 제가 지루하지 않은 시간은 당신을 만났을 때뿐이랍니다"라고 그녀는 말했다.

물론 그것은 사실이 아니었다. 그러나 스완과 대공 부인은 일상다반사를 같은 식으로 판단했는데, 그 결과 — 그것이 원인이 아니라면 — 표현 방식과 발음까지 매우 비슷했다. 그러나 이런 유사성이 남들 눈에 띄진 않았다. 그들 두 사람의 목소리만큼 상이한 목소리는 없었기 때문이다. 그러나 상상을 통해, 스완의 말에서 그 말을 감싸는 소리의 울림과, 그 말이 빠져나오는 물결을 제거하게 된다면, 그것이 똑같은 말이며, 똑같은 억양이며, 게르망트 집안의 표현법이라는 것을 알아차릴 수 있었다. 중대사에 관한 한 스완과 대공 부인은 같은 견해를 가진 적이 한 번도 없었다. 그러나 스완은 깊은 슬픔에 잠겨 와락 울음이 터져나오기 직전의 몸서리 같은 것을 오래전부터 느끼고 있어서, 마치 살인자가 저지른 죄를 말해버리고 싶듯이 애절한 심정을 하소연하고 싶은 상태에 있었다. 그래서 대공 부인이 삶이란 지긋지긋한 것이라고 한 말을 들으면서 스완은 마치 그녀가 오데트에 대한 말이라도 한 것처럼 달콤한 위안을 느꼈다.

"정말 그래요. 인생이란 끔찍한 겁니다. 그러니 소중한 나의 부인이시여, 우린 서로 만나야 합니다. 부인과 함께 있어서 좋은 것은 부인께서 침울하다는 바로 그 점입니다. 함께 즐거운 저녁 시간을 보낼 수 있을 겁니다."

"저도 그렇게 생각해요. 게르망트에 안 오시겠어요? 우리 시어머님이 몹시 기뻐하실 텐데. 흔히 게르망트는 보잘것없는 고장이라고들 하죠. 그러나 제겐 그곳이 나쁘지 않아요. 전 오히려 '그림 같은' 고장은 질색이거든요."

"그렇습니다. 참으로 좋은 곳입니다" 하고 스완이 대답했다. "지금의 저에게는 지나치게 아름답고, 지나치게 생기있는 곳이죠. 그곳은 행복에 잠기기 위한 곳이에요. 아마 제가 그곳에서 살았었기에 그런지는 몰라도, 그곳의 풍물들은 저에게 여러 가지 얘기를 들려주지요. 바람이 일고 밀이 나부끼면, 곧 누가 찾아올 것 같기도 하고, 제가 어떤 소식을 받을 것 같은 느낌이 들기도 하지요. 그리고 그 물가의 작은 집들……. 아, 전 정말 불행한가 보군요!"

"어머나! 샤를, 주의하세요. 저기 그 지긋지긋한 랑피용이 저를 본 모양이에요. 저를 좀 가려주세요. 저분에게 무슨 일이 있었다는데 뭐더라, 자기 딸을, 아니 자기 애인을 결혼시켰다던가, 아니지 아마 그 두 사람을…… 함께 맺어주었다던가! ……아! 아니야, 생각났어요. 남편인 대공에게서 이혼당했대요……. 저 베레니스〔라신 작 〈베레니스〉의 주인공. 유태계 여왕으로 로마 황제와의 사랑을 단념함〕가 저를 만찬에 초대하지 못하도록 저와 이야기하는 척해 보이세요. 그건 그렇고, 저는 가봐야겠군요. 샤를, 만난 김에 제가 당신을 납치하여 파름 대공 부인 댁에 모시고 가면 어떨까요? 대공 부인은 틀림없이 기뻐하실 거예요. 또 거기서 만나기로 한 바쟁도. 만약 메메에게서 당신 소식을 듣지 못한다면……. 이제 제가 다시는 당신을 만나게 될 수 없다면 하고 생각해보세요!"

스완은 사양했다. 그는 생퇴베르트 부인 댁에서 나오면 곧장 집으로 돌아가겠다고 샤를뤼 씨에게 일러두었기에, 야회에 와 있는 동안 하인 편에 전해지기를 마음속으로 고대하던 샤를뤼의 전갈, 어쩌면 자기 집 문지기에게 전달돼 있을지도 모르는 그 전갈을 파름 대공 부인 댁에 감으로써 못 받는 위험을 무릅쓰고 싶지는 않았던 것이다. "불쌍한 스완" 하고, 그날 밤 롬 부인은 남편에게 말했다. "늘 상냥한 분인데, 몹시 불행한가봐요. 당신도 그분을 만나게 될 거예요. 가까운 시일 내에 만찬에 오겠다고 약속했으니까요. 그처럼 총명한 분이 그런 유의 여자 때문에 괴로워하다니 이상한 일이에요. 이목을 끌 만한 점도 없는데 말이에요. 바보 같은 여자라는 소문이 자자하던데" 하고 부인은 재치 있는 남자라면 그런 수고를 할 가치도 없는 여자 때문에 불행하게 돼서는 안 된다고 생각하는, 사랑이 뭔지도 모르는 사람들의 예지로 덧붙였다. 그것은 마치 왜 콤마 모양의 박테리아 같은 미생물 때문에 콜레라에 걸려 고통을 받아야만 하는가라며 놀라는 것과도 같았다.

스완은 떠나고 싶었다. 그러나 막상 빠져나오려는 찰나, 프로베르빌 장군이 캉브르메 부인을 소개해달라는 바람에 그와 함께 다시 살롱으로 돌아가 그 부인을 찾지 않을 수 없었다.

"그런데 스완, 난 말이오, 야만인들에게 학살되기보다는 저런 부인의 남편이 되고 싶은데, 당신 의견은 어떻소?"

이 '야만인들에게 학살되다' 하는 말이 스완의 가슴을 아프게 찔렀다. 그러자 곧 그는 장군과 이야기를 계속하고 싶다는 생각이 들었다.

"그렇죠! 그런 식으로 인생을 끝낸 훌륭한 사람도 많으니까요……. 예컨대 잘 아시는……, 뒤몽 뒤르빌〔Dumont d'Urville : 프랑스의 항해가〕이 유골을 가져온 항해가 라 페루즈〔La Pérouse : 프랑스의 항해가로 바니코로 군도에서 학살됨〕 같은……. (이때 스완은 마치 오데트에 대한 말이라도 하는 것처럼 벌써 행복했다.) 그분은 훌륭한 인물이죠. 라 페루즈는 제게 큰 흥미를 줍니다"라고 그는 우울한 어조로 덧붙였다.

"어허! 지당한 말씀입니다. 라 페루즈는 유명한 이름이죠. 거리 이름으로도 쓰이고 있고요" 하고 장군이 말했다.

"라 페루즈 거리에 누구 아는 분이 계십니까?"라고 스완은 흥분된 어조로 물었다.

"그 친절한 쇼스피에르의 누이 되시는 샹리보 부인뿐이에요. 요 며칠 전에 그분이 멋진 희극 야회를 베풀어주셨지요. 그분의 살롱은 오래지 않아 매우 멋진 장소가 될 것입니다. 두고 보십시오!"

"그렇군요! 그분이 라 페루즈 거리에 사시는군요. 마음에 드는 거리죠. 정말 아름답고 동시에 쓸쓸한 거리입니다."

"천만에, 가보신 지가 오래돼서 그런 거죠. 지금은 쓸쓸하지 않습니다. 그 구역 전역에 집들이 건축되기 시작했으니까요."

드디어 스완이 프로베르빌 씨를 캉브르메 부인에게 소개했을 때, 그 장군의 이름을 듣는 게 처음이었으므로, 부인은 집안사람들이 그녀에게 늘 장군의 이름밖에는 입 밖에 내지 않기라도 하는 것처럼 놀라움과 기쁨의 웃음을 과장해 보였다. 왜냐하면 그녀는 그녀의 시댁 친지를 통 몰랐으므로, 소개받는 사람마다 그 사람을 시댁 친지들 가운데 한 사람으로 여겼기 때문이다. 또 결혼 후 늘 그 사람에 대한 말을 들어온 것처럼 해 보이는 것이 재치 있게 처신하는 증거라고 생각한 그녀는, 이럴 때는 깨뜨려야 한다고 배운 수줍음과, 그 수줍음을 이겨낸 데서 우러나오는 친밀감을 보여주려는 듯 망설이면서 한 손을 내밀었다. 따라서 그녀가 아직도 프랑스에서 가장 훌륭한 분들이라고 믿고 있던 그녀의 시부모는 그녀를 천사 같다고 떠들어댔고, 따라서 그녀의 막대한 재산보다는 오히려 그때의 그런 장점에 마음이 끌려 그녀를 며느리 삼았다고 얘기하기를 그만큼 더 좋아했다.

"부인께서는 훌륭한 음악가 정신을 갖고 계시는군요" 하고 장군이 무의식중에 조금 전 촛불 사건을 암시하며 말했다.

그때 연주가 다시 시작되어, 스완은 프로그램의 새로운 순서가 끝나기 전에는 나갈 수 없으리라 생각했다. 그런 사람들 가운데 갇혀 있는 것이 스완에겐 고통스러웠다. 그들은 스완의 사랑도 모르고, 설사 알아도 그것에 관심도 갖지 않고, 어린애 장난하듯이 싱글벙글 웃던가 아니면 미친 짓을 보듯이 개탄하는 것밖에는 할 줄 모르는 사람들인 데다가, 그에게는 그들이 그의 사랑을 그에게만 존재하는 주관적인 상태, 외부의 그 무엇도 그에게 그 실재(實在)를 설명해줄 수 없는 주관적인 상태로 보는 것 같아, 그들의 어리석음과 우스꽝스러움이 그의 마음을 더욱더 아프게 때렸던 것이다. 그는 무엇보다도 결코 오데트가 오지 않을 그 장소, 누구 한 사람 무엇 하나도 그녀를 알지 못하고, 그녀의 모습도 그림자도 찾아볼 수 없는 그 장소에 더 오래 갇혀 있게 된 것이 너무나 고통스러워, 악기 소리마저도 그에게 울고 싶은 심정을 일으켰다.

그런데 갑자기 그녀의 모습이 나타난 듯한 느낌이 들었다. 그리고 그 출현이 그에게 어찌나 심한 아픔을 주었던지, 그는 자기 가슴에 손을 대야만 했다. 바이올린이 높은 음으로 올라가, 마치 무엇을 기다리는 듯이 그대로 계속되었는데, 그 기다림은 가까이 다가오는 대상을 이미 알아보고는, 열광 속에서, 그 대상이 자기 곁에 도달할 때까지 살고 있다가 숨지기 전에 그 대상을 맞이하려는 듯이, 아니면 놓으면 곧 닫힐 문을 애써 버티고 있듯이, 있는 힘을 다해 그 대상이 지나갈 수 있도록 잠시 동안 길을 열고 있으려고 필사적인 노력으로 고음(高音)의 가락을 계속해서 켰다. 그리하여 스완이 그 곡을 알아내고, '이건 뱅퇴유 소나타의 소악절이야. 듣지 말아야지!'라고 마음속으로 말할 틈도 없이, 오데트가 그에게 반했던 시절의 모든 추억, 지금까지 그 모습이 보이지 않도록 의식의 바닥에 짓눌러두고 있던 그 추억이, 그 시절의 사랑의 빛줄기가, 느닷없이 사랑이 다시 찾아온 듯한 착각을 일으키게 하자 눈을 뜨고 날개를 치며 과거로 거슬러 올라가, 현재의 그의 불행에는 아무런 연민도 없이, 잊고 있던 행복의 후렴을 노래하기 시작했다.

이제야 그는 '내가 행복했던 시절', '내가 사랑받던 시절'이라는 추상적인 표현— 스완이 이런 표현을 그때까지 자주, 별로 괴로워하지 않고 입 밖에 낼 수 있었던 것은 그의 지성이 이른바 과거의 정수라는 것만을 그런 표현에 넣어두긴 했지만, 그 정수에는 과거의 그 어느 것도 포함돼 있지 않았기 때문이다―대신에, 그 잃어버린 행복의 특수하고도 증발되기 쉬운 정수(精髓)를 영원토록 고정시켜주는 모든 것을 알아차렸다. 모든 것이 그의 눈에 떠올랐다. 마차에 몸을 싣던 그에게 그녀가 던져주어 입술에 대고 돌아갔던 하얗게 물결치던 국화 꽃잎―"당신에게 이 글을 쓰면서 너무나 손을 떨고 있습니다" 하는 글귀를 읽었던 편지 봉투에 두드러지게 보이던 '메종 도레'의 주소―그녀가 애원하는 모습으로 "소식 주시는 걸 너무 오래 끌진 않으시겠죠?"라고 말했을 때 좁혀져 있던 눈썹들이. 그리고 로레당이 그 귀여운 여공 아가씨를 데리러 간 동안에 그의 '짧은 머리'를 손질해주던 이발사의 인두 냄새, 그해 봄 자주 내리던 소나기, 달밤에 무개 사륜마차를 타고 올 때의 얼음같이 쌀쌀하던 귀로(歸路), 또 감정적인 온갖 습관과 계절의 인상과 피부에 남은 촉감 등이 몇 주에 걸쳐 똑같은 그물을 펼치고 그의 육체를 그 속에 잡아두고 있던 그런 그물코 전부를 그는 감지할 수 있었다. 그 무렵, 그는 사랑으로 사는 인간의 쾌락을 깨달음으로써 관능적인 호기심을 만족시켰던 것이다. 그는 그 정도로 끝나버리려니라고만 생각했지 어쩔 수 없이 그런 고통을 느끼게 될 것이라고는 생각조차 하지 못했다. 그러나 지금은, 오데트의 매력을 어슴푸레한 달무리처럼 펼치는 이 끔찍한 공포, 그녀가 매 순간 무엇을 하는지 모르고, 언제 어디서나 그녀를 소유할 수 없는 데서 오는 이 엄청난 고통에 비한다면, 오데트의 매력은 얼마나 하찮은 것이었던가! 아! 그는 지금은 시간이 없다고 거절하는 그녀가 지난날 "당신을 뵙기 위해서는 전 언제라도 한가한 시간을 만들겠어요!"라고 외치던 어조를, 그의 생활에 대해서 그녀가 품던 흥미와 호기심, 그리고 그로서도 그의 생활에 침투하도록 내버려둘 만큼 호의를 베풀어야 했던 그 정열적이던 그녀의 욕망—그 당시엔 그가 귀찮은 방해물처럼 두려워했지만—을 상기했다. 그 무렵 그녀는 베르뒤랭네에 함께 가려고 그에게 얼마나 애절하게 부탁해야만 했고, 또 겨우 한 달에 한 번씩 그녀를 집에 오게 했을 때도, 그녀는 그가 응할 때까지 그것이 매일의 습관이라면 얼마나 즐겁겠느냐고 입에 침이 마르도록 그를 설득하려 들지 않았던가! 그녀가 매일 만나는 습관을 꿈꾸던 그 당시, 그것이 그에게는 귀찮은 일로 여겨졌고, 그 다음에는 그녀 쪽에서 혐오감을 느껴 결국 그녀가 그 습관을 깨뜨리고 말았는데, 그러는 동안 그에게는 그녀가 그토록 떨쳐버릴 수 없는 안타까운 욕구의 대상이 되어 있었던 것이다. 세 번째로 만났을 때 그녀는 "왜 저를 더 자주 오게 해주시지 않으세요?"라는 말을 되풀이했으므로, 그는 웃으면서 친절하게 "고통을 받을까 두려워서요"라고 대답했는데, 그때의 그 말이 이렇게 진실이 될 줄은 미처 몰랐던 것이다. 아! 요즘도 이따금씩은 그녀가 레스토랑이나 호텔에서 그 주소가 인쇄된 종이로 그에게 편지를 써 보내는 일이 있다. 그러나 그것은 그를 불사르는 불의 서신이었다. '이건 부이유몽 호텔에서 쓴 것 아냐? 도대체 무얼 하러 그녀가 거기엘 갔을까? 누구하고? 거기서 무슨 일이 일어났을까?' 그는 배회하던 그림자들 사이에서 방황하다 모든 희망을 버린 끝에 그녀를 만났던 그날 밤, 이탈리앙 거리에서 차례로 꺼져가던 가스등을 생각했다. 그날 밤이 그에게는 초자연적인 것처럼 느껴졌다. 또 사실 그날 밤은—그 무렵의 오데트에게는 그를 만나 함께 돌아가는 것보다 더 큰 기쁨은 없다는 것을 그가 확신했던 만큼, 그녀를 찾아 헤매다가 찾아내어도 그녀를 괴롭히는 것이 아닐까 하는 걱정은 하지 않아도 무방한 밤이었기에— 일단 그 밤의 문이 닫히고 나면 다시는 영영 돌아갈 수 없는 신비스러운 세계에 속해 있었던 것이다. 스완은 이렇게 되살아난 행복 앞에 꼼짝도 않고 서서 어떤 불행한 사내를 보게 되었고, 그 사내가 눈물 가득한 눈을 보이지 않으려고 두 눈을 내리감지 않을 수 없었을 때 그 사내에 대한 연민의 정이 일어났다. 그것은 그가 그 사내를 금방 알아보지 못했기 때문이다. 그것은 바로 그 자신이었던 것이다.

그런 것을 알자 연민의 정은 멎었지만, 동시에 스완은 그녀에게 사랑받았던 또 하나의 자신에게 질투를 느꼈고, 예전에는 별다른 고통 없이 종종 '어쩌면 그녀가 좋아할 사람인지도 모르겠군' 하고 말하곤 했던 사내들에게도 질투를 느꼈다. 또 속에 사랑이 들어 있지도 않은, 사랑한다는 막연한 관념을 사랑으로 가득 찬 국화 꽃잎이나 '상호'가 박힌 메종 도레의 편지지와 바꾸어버렸다. 그러자 고통이 너무나 격심해져 그는 이마로 손을 가져가 외눈안경을 벗고 알을 닦았다. 이때 만일 그에게 자신의 모습이 보였다면, 틀림없이 그는 그가 수집해둔 특징 있는 외눈안경들에, 마치 골치 아픈 생각을 떨쳐버리듯이 알을 손수건으로 문질러 근심을 지워버리려 애쓰던 그의 외눈안경을 첨가시켜버렸을 것이다.

바이올린 소리에는— 만약 악기를 보지 않고, 들리는 소리와 그 울림을 수식하는 영상을 연결시키지 않을 수 있다면— 콘트랄토〔여성의 가장 낮은 음역의 소리〕소리와 상당히 공통된 가락이 있어서, 마치 그 연주에 여가수가 끼인 듯한 착각이 들 정도다. 눈을 들면 중국산 함처럼 값진 악기의 몸통만이 보일 뿐이다. 그래도 이따금 사람의 마음을 홀리는 세이렌〔그리스 신화에 나오는 반인반조의 미녀〕의 목소리가 들리는 듯한 느낌이 들었다. 때로는 그 훌륭한 상자 밑바닥에서, 성수반 속의 악마처럼 주문에 걸려 가늘게 떨며 몸부림치는 어떤 갇혀 있는 영혼의 신음 소리가 들리는 것 같았다. 또 때로는 이 세상 것이 아닌 순수한 넋이 눈에 보이지 않는 메시지를 대기 속에 퍼뜨리면서 지나가는 것 같기도 했다.

　마치 연주자들은 소악절을 연주하고 있다기보다는 오히려 그 소악절이 강요하는 대로 그것이 모습을 드러내는 데 필요한 의식을 거행하는 것같이 보였고, 또 그것을 불러내는 기적을 일으켜 잠시 동안 기적을 연장시키려고 필요한 주문을 외는 것처럼 보여서, 마치 그 소악절이 자외선의 세계에 속해 있는 듯이 더는 그것을 볼 수 없고, 또 그것에 접근했을 때 그에게 엄습한 일시적인 실명 속에서 변신의 산뜻한 쾌감 같은 것을 맛보던 스완은, 그 소악절은 그의 은밀한 사랑 이야기를 들어주는 수호 여신으로서, 청중 앞, 자기 옆에까지 와서는 그를 외딴 곳으로 데려가 이야기하려고 그런 음악으로 변장해 있는 듯한 느낌이 들었다. 그리고 그 여신이 그에게 해야 할 말을 들려주면서 경쾌하게, 위로하듯 속삭이며 지나가는 동안, 그는 그 말 하나하나를 자세히 살피면서 또 낱말이 그처럼 빨리 날아가버리는 것을 섭섭해하면서, 덧없이 사라지는 조화로운 모습에 자신도 모르는 사이에 입맞춤을 보냈다. 이제 그는 혼자라거나 유배되어 있다는 느낌은 들지 않았다. 왜냐하면 소악절이 그에게 말을 건네면서 오데트에 대한 이야기를 낮은 목소리로 속삭였고, 이제 그에게는 예전과 같이 오데트나 자신이 그 소악절에 알려져 있지 않다는 인상이 없었기 때문이다. 소악절은 그처럼 자주 그들의 기쁨의 증인이 되었던 것이다. 그러고 보니 사실 그것은 그들 사랑의 덧없음에 대해서도 그에게 자주 경고했다. 그 무렵엔 소악절의 웃음 속에서, 맑지만 환멸을 느끼게 하는 가락 속에서 고통을 알아냈다면, 지금은 그 안에서 오히려 거의 명랑하다고 할 만한 체념의 매력을 찾아냈던 것이다. 지난날 소악절이 그에게 들려주던 우수, 그가 영향을 입지 않고도 바라보던 소악절이 웃음 지으며 그 구불구불하고 신속한 진행 속에 끌어들이던 우수, 지금에 와서는 그의 것이 되어버려, 단 한시도 거기서 벗어날 가망이 없을 정도가 되어버린 그 우수에 대해서, 소악절은 행복에 대해 옛날에 얘기했던 것과 같이 "그게 다 뭐냐? 그런 건 다 하찮은 일들이야"라고 그에게 말하는 것 같았다. 그리고 그의 생각은 연민과 애정의 비약 속에서 처음으로 뱅퇴유 쪽으로, 스완 자신과 마찬가지로 역시 크게 괴로워하지 않으면 안 되었던 그 미지의 훌륭한 형제쪽으로 향하게 되었다. 그의 생활은 어떠했을까? 어떤 고뇌의 밑바닥에서, 그 신과 같은 힘, 그 한없는 창조력을 길러냈을까? 그의 우수의 공허함을 말해준 것이 그 소악절이라는 것을 알게 되었을 때, 스완은 그런 사실을 알게 된 것이 매우 즐거웠다. 그리고 그는 조금 전까지만 해도 그의 사랑을 중요치 않은 잡담처럼 여기는 것 같던 그 무관심한 이들의 표정에서 그들도 그런 걸 알고 있는 듯한 느낌이 들었을 때 견딜 수 없을 것만 같았다. 오래 지속되지 못하는 그런 영혼의 상태에 대해서는 의견이 어떻든 간에, 그와는 반대로 소악절은 사교계 사람들처럼 거기서 실제 생활보다도 덜 진실된 무언가를 보여주는 것이 아니라, 반대로 실제 생활보다 훨씬 훌륭한, 그것만으로도 표현할 만한 가치가 충분히 있는 유일한 것을 보여주었다. 내심의 비애가 갖는 매력, 바로 그것을 소악절이 모방하고 다시 창조하려 애썼던 것이다. 뿐만 아니라 그 매력을 느끼지 못한 인간에게는 공감되지 않는 아름다움이자 하찮게 보이는 아름다움의 본질마저도 소악절은 용케 잡아 눈에 보이게 했다. 따라서 소악절은 청중에게—그들이 조금이라도 음악을 이해하는 사람들이라면—그런 아름다움의 가치를 인식시키고, 성스러운 쾌감을 맛보게 했던 것인데, 그들은 실제 생활로 돌아가면 그들 주변에서 일어나 알게 되는 각각의 고유한 사랑에 대해서는 그런 아름다움의 가치를 인정하지 않을 것이다. 물론 소악절이 짜낸 아름다움의 형식은 이론상으로는 풀 수 없었다. 그러나 그것이 한 해 남짓 스완 자신에게 그의 영혼의 풍요로움을 보여주면서 잠시 동안이라도 음악에 대한 사랑을 그의 마음속에 심어준 이래로, 스완은 음악의 여러 주제를 현실 세계와는 다른 세계, 다른 질서 속의 진실된 표상, 어둠으로 덮인 미지의, 지성으로는 뚫고 들어갈 수 없으면서도 각각이 완벽하게 구별되고, 각각의 가치와 의미가 같지 않은 여러 표상으로 간주해왔었다. 베르뒤랭네에서의 야회가 끝난 다음, 그 소악절이 다시 연주되는 것을 들으면서, 왜 음악이 향기롭거나 애무하는 듯이 그를 둘러싸고 감금하는가를 밝혀내려고 했을 때, 그는 몸을 죄는 듯하고 냉기가 도는 듯한 쾌감이 생기는 것이 그 악절을 구성하는 다섯 음의 근소한 차이와, 그 사이에서 부단하게 반복되는 두 음조에 있다는 것을 이해했다. 그러나 사실, 그가 이와 같은 결론을 내린 것은, 악절 자체를 바탕 삼은 것이 아니라 베르뒤랭 부부를 알기 전의 어떤 야회에서 소나타를 처음으로 들었을 때에 그가 인식한 그 소나타의 신비로운 실체를 대신해 그의 지성이 이해하기에 알맞도록 마련된 단순한 가치에 바탕을 둔 것임을 알아냈다. 그는 또 피아노에 대한 기억 자체가 음악에 품은 관념을 망가뜨린다는 것도 알고 있었고, 또 음악가에게 개방된 영역은 쩨쩨한 일곱 음의 건반이 아니라 무한히 넓은, 아직도 거의 다 알려지지 않았을 정도로 폭이 넓은 건반이며, 그 건반에서는 그것을 구성하는 애정, 정열, 용기, 평온 등의 몇백만 건반 중에서 몇 개는 탐험되지 않은 짙은 어둠에 의해 단지 여기저기 서로 떨어져 있으면서—그 각각은 마치 하나의 우주가 또 하나의 우주와 다르듯이 다른 것이었는데—몇몇 위대한 예술가들에 의해서 발견되었고, 그 예술가들은 우리 마음속에 그들이 찾아낸 주제와 호응하는 것을 일깨워주면서, 우리도 모르는 사이에, 우리가 공허나 무(無)라고 간주하는 영역의 불가해하고도 절망적인 광대한 어둠이 어떤 풍요로움과 어떤 변화를 감추는지를 우리에게 보여주는 데 기여하고 있다는 것을 알았다. 뱅퇴유는 그런 예술가 가운데 하나였다. 그의 소악절은 이성적으로는 모호한 외관을 보이지만, 거기서는 매우 견실하고 명확한 내용이 감지되고 또 그 내용에 아주 새롭고 아주 독창적인 힘을 부여하고 있어서, 그것을 듣는 사람들은 그 소악절을 그들 지성의 여러 관념과 함께 마음속에 간직하는 것이었다. 스완은 그 소악절을 마치 사랑과 행복의 개념인 양 회상했는데, 《클레브 공작 부인》이나 《르네》라는 소설 제목이 기억에 떠오를 때와 마찬가지로 그는 금방 그 개념의 특수한 점을 발견했다. 비록 그가 소악절에 대한 생각을 하고 있지 않을 때라도, 그것은 동등하지 않은 어떤 다른 관념, 이를테면 우리의 내부 세계를 가지각색으로 꾸며주는 풍요로운 재산인 빛, 소리, 원근, 육체적 쾌락 등의 관념과 같은 자격으로 그의 정신 속에 잠재하고 있었던 것이다. 만약 우리가 허무로 돌아간다면, 아마 우리는 그런 것들을 잃어버릴 것이고 또 그것들은 사라져버릴 것이다. 그러나 우리가 살아 있는 한, 현재 눈앞에 있는 어떤 물체를 부정할 수 없듯이, 예를 들어 불을 밝혔을 때 어둠 속에서의 기억은 남아 있지 않을 정도로 방안의 물건들이 변해 있다 해도 우리가 그 램프 불빛을 의심할 수 없듯이, 우리가 그런 개념을 모른다고는 할 수 없는 일이다. 따라서 뱅퇴유의 그 악절은, 예를 들어 〈트리스탄과 이졸데〉의 어떤 테마가 애정에서 얻게 된 그 무엇인가를 우리에게 표현하듯이, 인간의 숙명적인 조건과 결부되어 우리를 감동시키는 무언가 인간적인 면을 간직하고 있었던 것이다. 그 악절의 운명은 우리 영혼의 미래와 현실에 연결되어 있어 우리 영혼의 가장 특이하고 또 가장 현저한 장식 가운데 하나가 되었던 것이다. 아마도 허무가 바로 진실이며, 우리의 온갖 꿈은 실존하지 않는 것인지도 모른다. 그렇다면 꿈을 위해 존재하는 이런 음악의 악절과 이와 같은 여러 관념 역시 아무것도 아닌 것으로 간주해야만 할 것이다. 우리는 죽을 것이다. 그러나 우리가 인질로 삼은 이 성스러운 포로들 또한 우리와 운명을 같이하리라. 그런데 그들과 함께하는 죽음은 덜 괴롭고, 덜 수치스럽고, 아마도 덜 일어날 법한 그 무엇을 가지고 있다.

따라서 소나타의 악절이 실제로 존재한다고 믿은 스완이 잘못된 것은 아니었다. 물론 그런 견지에서 본다면 그 악절은 인간적인 것이었지만, 또 한편으로는 초자연적인 존재의 세계에도 속해 있었다. 그런 초자연적인 존재는 보통 우리 눈에는 결코 보이지 않는 법이지만, 그럼에도 보이지 않는 세계의 어떤 탐험자가 그런 성스러운 세계에 접근하여, 그중 한 가지를 교묘하게 움켜쥐고 끌고 와 잠시 동안 우리의 하늘 위에서 빛나게 될 때, 우리는 그 초자연적인 존재를 감지하고 황홀해지는 것이다. 뱅퇴유가 그 소악절로 만들어낸 것이 바로 그런 것이다. 스완은 작곡가가 악기를 가지고 소악절의 너울을 벗겨 눈에 보이게 하면서, 그 윤곽을 너무도 부드럽고, 조심스럽고, 섬세한 솜씨로 소중하게 따라가는 데 기쁨을 느꼈기에, 그 소리가 끊임없이 전조를 되풀이하면서, 음영을 나타내려고 가냘프게 약해지다가 더 대담한 윤곽을 남겨야 할 때는 다시 힘차게 생동하는 것도 느꼈다. 그리고 스완이 그 악절을 현실적인 존재로 믿은 것이 잘

못된 생각이 아니었다는 증거는, 만약 뱅퇴유가 그 악절의 형태를 찾아내어 표현하는 데 있어서, 그에 비견할 만한 재능 없이 본래의 표현법 대신 자기 멋대로의 표현법을 여기저기 붙여 자기 시각의 약점과 솜씨의 부족함을 감추려 했었다면, 그런 속임수는 조금이라도 세련된 음악가의 눈에는 당장 드러났을 것이라는 점이었다.

소악절은 사라졌다. 스완은 베르뒤랭 부인의 피아니스트가 늘 건너뛰던 매우 긴 곡에 뒤따르는 마지막 악장 후반부에서 소악절이 다시 나타나리라는 것을 알고 있었다. 거기에 감탄할 만한 여러 사상들이 있었는데, 스완은 처음 들었을 때는 그 사상을 뚜렷이 판별하지 못했으나 이제는 마치 그것이 스완의 기억의 탈의실에서 새로움이라는 일정한 변장을 벗어버린 듯 그 사상을 감지할 수 있었다. 스완은 마치 필연적인 결론 속에 들어 있는 여러 가지 전제들에 관심을 쏟듯 악절의 구성 속에 산재해 있는 모든 테마에 귀를 기울이고 있었다. 이제 그는 그것의 생성(生成)에 참여하는 것이다. '오오, 이 대담성' 하고 그는 중얼거렸다. '라부아지에[Antoine L. Lavoisier : 18세기 프랑스의 화학자]나 앙페르[André M. Ampére : 프랑스의 물리학자. '앙페르의 법칙'을 발견하여 전자기학의 기초를 확립]에 견줄 만한 비범한 대담성으로, 뱅퇴유는 미지의 힘의 비밀스런 법칙을 실험하고 발견하면서, 눈에 보이지 않는 마차, 그가 믿고는 있지만 결코 그의 눈에 띄지는 않는 마차를 몰고, 가능성이 있는 유일한 목적지를 향해 가보지 않은 지역을 헤쳐나가고 있구나!' 마지막 악장의 첫 부분에서 스완이 들은 피아노와 바이올린의 아름다운 대화! 인간의 언어를 없애면, 환상이 우리를 지배할 것이라고 생각하기 쉽지만, 그와는 반대로 환상마저도 없애버린다. 입을 통한 언어는 여태껏 이처럼 굽힐 수 없는 필요성이 되어본 적도 없었고, 그러한 언어를 통해 이처럼 적절한 물음과 대답의 명확성을 느껴본 적도 없었다. 맨 먼저 외로운 피아노가 애인에게 버림받은 한 마리 새처럼 탄식했고, 그 소리를 들은 바이올린이 이웃 나무에서 말을 건네듯이 그에게 응했다. 그것은 마치 세계의 시초와 같이, 마치 이 지상에 그들 둘밖에 없는 듯한 느낌을 주었다. 아니 오히려, 다른 일체의 것에 닫혀 있는 그 세계는 어느 창조자의 논리에 의해 세워져, 앞으로 그 둘 외에는 절대 그곳에 들어갈 수 없을 것 같았다. 그 소나타, 그것은 새인가? 소악절의 미처 완성되지 못한 혼인가? 요정인가? 눈에 보이지 않게 신음하는 존재, 탄식에 뒤이어 피아노가 부드럽게 되풀이해준 그 존재는? 피아노의 외침 소리가 어찌나 갑작스러웠던지 바이올리니스트는 그 음을 붙잡으려고 잽싸게 활을 휘둘러야 했다. 놀라운 새여! 바이올리니스트는 그 새를 홀리고 길들여서, 잡아두고 싶어 하는 듯했다. 이미 그 새는 바이올리니스트의 넋 속에 날아들었고, 이미 불러일으켜진 소악절이 강신자(降神者)가 몸을 흔들어대듯이, 정말로 홀린 바이올리니스트의 몸을 흔들었다. 스완은 소악절이 다시 한번 말을 건네오리라는 것을 알았다. 그리고 스완, 그는 완전히 둘로 나뉘었으므로, 그 소악절을 다시 대면하려는 절박한 순간에 대한 그의 기대는, 문득 아름다운 시구나 슬픈 소식이 우리 마음속에 불러일으키는 그런 흐느낌으로 그를 감동시켰다. 그 흐느낌은 우리가 혼자 있을 때 터뜨리는 것이 아니라, 우리가 슬픈 소식을 친구들에게 알려주면서 자신의 그럴듯한 감동이 측은한 감정을 불러일으킨 그 친구들의 마음속에서 마치 타인처럼 제 모습을 알아보는 경우에 터뜨리는 것이었다. 소악절이 다시 등장했다. 그러나 이번에는 허공에 걸려 있다가 단지 한순간 연주되더니 꼼짝도 않는 듯하다가 곧 사라졌다. 그래서 스완은 그것이 계속되고 있던 그 짧은 순간을 조금도 허비하지 않았다. 그것은 공중에 떠 있는 무지개색 비눗방울처럼 계속 떠 있었다. 그것은 광채가 엷어지면서 낮아지다가 다시 올라가서 사라지기 직전에 잠시, 한결 강하게 빛나는 무지개였다. 소악절은 그때까지 내보여주던 두 가지 색깔에 그와는 다른 알록달록한 색채, 프리즘의 온갖 색채를 덧붙여 그것들을 노래하게 했다. 스완은 꼼짝도 할 수 없었다. 그리고 다른 사람들도 조용히 있게 하고 싶었다. 마치 아무리 하찮은 움직임이라도 그 초자연적이고 감미롭고 연약한 곡조를 휩쓸어버릴지도 모른다는 듯이. 사실, 그 누구도 말하려 들지 않았다. 그곳에 없던 유일한 사람, 어쩌면 고인이 됐을지도 모르는 사람(스완은 뱅퇴유가 아직 살아 있는지 아닌지 알지 못했다)의 미묘한 말은 사제들이 올리는 성례 의식 위로 발산되면서 3백 명의 주의력을 충분히 억제해놓았고, 또 하나의 영혼이 불려 나온 그 무대를 초자연적인 예식이 거행될 수 있을 정도로 거룩한 제단으로 만들었던 것이다. 그래서 소악절이 그 다음 모티브 안에서 이미 그 자리를 차지하고 조각조각 떠다니다가 마침내 멸하고 말았을 때, 순진하기로 유명한 몽트리앙테 백작 부인이 아직 소나타가 다 끝나지도 않았는데, 자신의 인상을 털어놓으려고 스완 쪽으로 몸을 기울이는 것을 보고, 스완은 처음에 잠시 화가 났지만 곧 웃음 짓지 않을 수 없었고, 또 그녀가 사용한 말 중에서 어쩌면 그녀 자신도 깨닫지 못했을 깊은 뜻마저 알아낼 수 있었다. 연주자들의 뛰어난 솜씨에 탄복해 마지않던 백작 부인은 스완에게 이렇게 외쳤다. "굉장하군요. 이렇게 강한 것은 아직 본 적이 없어요……." 그러나 더욱 명확하게 표현하고자 하는 세심함에서 첫 마디를 고치면서, 부인은 이런 조건을 덧붙였던 것이다. "이렇게 강한 것은……, 회전식 식탁〔기도로 식탁을 움직이는 점술〕 이래로 처음이에요!"

이 야회 이후로 스완은 오데트가 자신에게 품었던 애정이 되살아나지 않을 것이라는 사실과, 행복에 대한 자신의 희망이 더는 실현되지 않으리라는 것을 알았다. 그리고 어쩌다 그녀가 또다시 상냥하고 다정하게 그를 대해주던 날이 있어 비록 그녀가 어떤 친절을 베푼다 해도, 그는 겉치레로 자신에게 돌아온 그녀의 명백한 거짓 거동을 간파했는데, 그것은 마치 죽음의 날이 가까워진 불치병 친구를 간호하면서, 귀중한 사실이라도 이야기하듯이 "어제, 그가 계산을 했는데요, 바로 우리가 한 덧셈이 틀린 것을 지적했어요. 그는 달걀을 맛있게 먹더군요. 그게 잘 소화되면 내일은 갈비를 한 대 주어봅시다"라고 말하는 사람들이 품는 것과 똑같은, 측은함과 회의 섞인 염려와 절망적인 기쁨과 더불어 나타났다. 가령 지금 스완이 오데트 곁을 떠나 먼 곳에 살았다면, 그녀는 그를 관심 밖에 둘 것이며, 그가 영원히 파리를 떠난다 해도 그녀는 슬퍼하지 않을 게 틀림없었다. 그러나 스완에겐 그대로 남아 있을 용기는 있었지만, 떠나가버릴 용기는 없었다.

떠나가버리자는 생각을 자주 하긴 했었다. 페르메이르에 관한 연구를 다시 시작한 지금, 적어도 며칠 동안만이라도 헤이그나 드레스덴에, 브룬스비크에 다시 한번 가고 싶었다. 그는 골트슈미트가 팔고 마우리트하위스(Mauritshuis : 헤이그에 있는 미술관)가 산 니콜라스 마스(Nicolas Maes : 네델란드의 초상화가)의 작품 〈다이애나의 화장〉이 실상은 페르메이르의 작품이라고 확신했다. 그래서 그는 그 확신을 굳히려고 당장 그 그림을 연구할 수 있기를 원했다. 그러나 오데트를 파리에 남겨둔 채 떠난다는 것은 설사 그녀가 파리에 부재중이라 하더라도—감정이 습관으로 무디어지지 않는 새 장소에서는 옛날의 괴로움이 다시 강해지고 생기를 띠니까—그로서는 너무나 가혹한 계획이었으므로, 자신이 언제까지나 그런 생각을 품을 수 있으리라고는 생각하지 않았다. 왜냐하면 자신에겐 영영 그 일을 실행할 결심이 서지 않으리란 걸 잘 알고 있었기 때문이다. 그런데 수면 중에 여행을 하고 싶다는 마음이 — 그 여행의 불가능성은 무시되고 — 그의 머릿속에 되살아나 꿈속에서 실현됐다. 어느 날인가는 한 해 예정으로 떠나는 꿈을 꾸었다. 스완은 열차 승강구에서 몸을 내밀고, 역에서 울면서 작별을 고하는 젊은이에게 함께 떠나자고 설득했다. 열차가 움직이자 불안감으로 잠에서 깨었다. 그는 자신이 떠나지 않았다는 사실과 오늘 밤도, 내일도, 그리고 거의 매일 오데트를 볼 수 있으리라는 사실을 생각해냈다. 그러자 아직도 꿈 때문에 놀란 상태에 있던 그는 자신을 거기서 벗어나게 해준 여러 가지 특별한 상황, 덕분에 오데트 곁에도 있을 수 있고, 이따금 그녀를 만나게 해줄 수도 있는 특별한 상황에 감사했다. 그리고 그에게 있어서의 온갖 유리한 조건들, 즉 자신의 지위, 자신의 재산 — 파탄 직전에 그녀로 하여금 그에게 결혼해달라는 속셈마저 갖게 했던 — 그리고 샤를뤼의 우정 — 솔직히 말해서, 이 우정은 오데트의 사랑을 얻는 데 큰 도움이 되진 않았지만, 그녀가 매우 존경하는 이 공통의 친구를 통해서 그녀가 그에 대해 아주 좋게 이야기한다는 소리를 듣는 기쁨을 그에게 안겨주었던 것이다 — 그리고 마지막으로 그의 총명함 — 그의 방문을 오데트 쪽에서는 별로 달갑게 여기지 않더라도 적어도 필요한 것이 되도록 날마다 새로운 줄거리를 꾸며내는 지혜를 짜냈었다 — 등등을 헤아리면서 그는 만일 이런 것들이 하나도 없었더라면 어찌 되었을까 하고 생각해보았다. 그리고 자신이 만일 다른 사람들처럼 가난하고, 천하고, 헐벗고, 어떤 일에라도 종사해야만 하고, 또 부모나 아내에게 매여 산다면, 자신은 오데트와 헤어져야 했을는지도 모르며, 또 지금 막 깨어난 무서운 꿈이 사실이 될지도 모른다는 생각이 들었다. 그리고 그는 "인간은 자신의 행복에 대해서는 알지 못한다. 결코 스스로 믿는 것만큼 불행하진 않다"라고 중얼거렸다. 그러나 또 그는 이런 생활이 이미 몇 해 동안 계속되고 있으며, 그가 아무리 원한들 결국 이런 생활은 영원히 계속될 수밖에 없으며, 날마다 아무런 행복도 가져다주지 않는 여인과 만나기를 기대하느라 일과 향락과 친구, 마침내는 온 생애마저도 희생시킬지 모른다는 것도 생각해냈다. 그러고는 그가 잘못 생각하는 것이 아닐까, 그녀와의 사이를 미화시켜 그녀와의 파탄을 막아온 것이 그의 운명을 해친 것이 아닐까, 그리고 바람직스러운 것은, 그가 꿈속에서만 있었던 일이라고 생각하여 좋아하던 일, 즉 그의 떠남이 아닐까라고 생각했다. 그래서 그는 인간이란 자신의 불행을 알지 못하며, 자신이 믿는 만큼 행복하지도 않다고 중얼거렸다.

이따금 그는 그녀가 아침부터 저녁까지 밖에 나돌아다니다 길이나, 큰 도로에서 뜻하지 않은 사고로 고통 없이 죽어주기를 원한 적도 있었다. 그럴 때마다 그녀는 언제나 탈없이 돌아왔으므로, 그는 인간의 몸은 너무나 유연하고 강하여, 그 주위의 온갖 위험(그가 그것을 남몰래 바라면서부터 계산해보니 무수한 위험이 있었다)을 끊임없이 막고, 미연에 방지할 수 있으며, 그리하여 인간은 날마다 거의 아무 탈 없이, 그들의 거짓된 행실과 쾌락의 추구에 몰두할 수 있다는 사실에 탄복했다. 그래서 그는 벨리니〔Gentile Bellini : 이탈리아 베네치아 파 화가. 마호메트 2세에게 불려가 콘스탄티노플에서 초상화를 많이 그림〕가 그린, 그가 좋아하는 초상화의 주인공 마호메트 2세의 마음을 깊이 이해할 수 있었는데, 이 인물은 자신의 아내들 가운데 한 여자를 미칠 듯이 사랑하게 된 것을 깨닫고, 자신의 정신적 자유를 되찾기 위해서 — 베네치아의 그의 전기 작가가 솔직히 말했다 — 그 아내를 찔러 죽였던 것이다. 그러나 스완은 자신이 그처럼 자신만을 생각하는 것에 화가 났으며, 여태까지 그가 겪었던 괴로움은, 자신이 오데트의 목숨을 그처럼 개의치 않는 이상 그 어떤 동정도 받을 가치가 없다고 생각했다.

영원히 그녀와 헤어질 수 없을 바에야 헤어짐 없이 언제라도 그녀를 만날 수 있다면, 그의 괴로움은 결국 가라앉았을 것이고, 또 어쩌면 그의 애정도 식어버렸을지도 모른다. 또 그녀에게 영원히 파리를 떠날 마음이 없는 한, 스완 역시 그녀가 파리를 떠나지 않기를 바랐을 것이다. 그러나 어쨌든 스완은 해마다 있는 오데트의 유일한 장기 부재가 8월과 9월이라는 것을 알고 있었으므로, 그때까지는 아직 몇 개월 여유가 있으니, 머리에서 떠나지 않는 씁쓸한 생각은 앞으로 다가올 모든 시간 속에 조금씩 녹여 없애버리겠다고 마음먹었다. 그의 마음속에 이미 깃들어 있던 그 미래의 시간은 그가 지내는 현재의 나날과 동질의 나날로 구성되어, 슬픔이 끊이지 않는 그의 마음속에 투명하고 차갑게, 그러나 지나치게 생생한 아픔을 일으키지는 않을 정도로 흐르고 있었다. 그런데 느닷없는 오데트의 말 한 마디가 스완의 몸속으로 들어와, 그 내부의 미래, 그 생기 없는 자유로운 흐름에까지 이르러, 그 물을 움직이지 않게 하고, 그 유동성을 막아 그것을 마치 하나의 얼음 덩어리처럼 완전히 얼어붙게 만들고 말았다. 그래서 스완은 갑자기 깨뜨릴 수 없는 거대한 덩어리 하나가 몸 안에 가득 차 있음을 느꼈는데, 그것이 그의 의식의 내벽을 짓눌러 마침내 그를 파멸시킬 것 같았다. 왜냐하면 오데트가 엉큼하고 웃음 띤 눈길로 그를 바라보며, "포르슈빌이 성령 강림제에 멋진 여행을 떠난대요. 이집트로 간다는군요" 하고 말했기 때문이다. 스완은 곧 그 말을 '난 포르슈빌과 함께 이집트에 가려고 해요'라는 뜻으로 받아들였다. 과연, 며칠 후 스완이 "저어, 당신이 포르슈빌과 가겠다고 말한 그 여행 말이오……" 하고 말을 꺼내자 그녀는 얼떨결에 대답하고 말았다. "그래요, 우린 십구 일에 떠나요. 피라미드 그림 엽서를 보내드릴게요." 그러자 그는 오데트가 포르슈빌의 정부인지 아닌지를 알고 싶었고, 그것을 그녀 자신에게 물어보고 싶었다. 그는 그녀가 미신을 믿는 여자이므로 거짓 맹세 같은 건 하지 않으리란 걸 알고 있었고, 게다가 지금까지는 그런 질문을 해서 그녀를 화나게 만들면 미움을 받지 않을까 하여 참아왔었지만, 언젠가는 그녀의 사랑을 받게 되리란 희망을 모두 다 잃어버린 지금에 와서는 그런 두려움도 모두 사라져버렸던 것이다.

어느 날 그는 익명의 편지를 한 통 받았는데, 그 내용인즉 오데트는 수많은 사내의 정부이며(그 인명을 인용한 몇 사람 가운데 포르슈빌과 브레오테 씨 그리고 화가의 이름도 들어 있었다), 여인들의 애인이기도 하며, 홍등가에 빈번히 출입하고 있다는 것이었다. 그는 자신의 친구들 중에서 이런 편지를 보내주는 따위의 인간이 있었는가 하고 생각하며 가슴 아파했다. (왜냐하면 편지 내용 가운데 몇 가지 점으로 보아 그 글을 쓴 사람은 스완의 사생활을 잘 알고 있음이 드러났기 때문이다.) 그는 누가 써 보냈을까 하고 생각해보았다. 그러나 그는 이제까지 한 번도, 말하는 걸로 보아서는 뚜렷한 관련이 없는 사람들, 그런 사람들이 행하는 불분명한 행위에 의심을 품어본 적은 없었다. 그런 비열한 행위가 생겨난 미지의 출처는 샤를뤼 씨나, 롬 씨나, 오르상 씨의 외면적인 성격 밑에 숨어 있는 게 아닌가, 알고 싶어 했을 때, 이 사람들 중 누구도 그의 앞에서 그 익명의 편지 내용을 인정하지 않았고 그들이 하는 모든 말 역시 그 내용을 부인하는 뜻을 담고 있어서, 그는 그 비열한 짓을 그들 중 어느 한 사람의 성격과 결부시킬 만한 근거를 찾아내지 못했다. 샤를뤼 씨는 성격에 다소 고르지 못한 점이 있긴 하지만 근본은 선량하고 다정스런 사람이었다. 롬 씨의 성격은 약간 무뚝뚝했지만 건전하고 고지식했다. 오르상 씨로 말하자면, 아무리 슬픈 상황 속에서도 그처럼 진심에서 나온 말과 그처럼 신중하고 바른 거동을 하는 인물을 아직까지 만나본 적이 없을 정도였다. 따라서 항간의 소문이 어느 부유한 여성과의 관계에서 오르상 씨에게 부여하는 품위 없는 역할을 스완은 이해할 수 없었고, 그의 인품을 생각할 때마다, 그 사람됨을 나타내는 수많은 확고한 증거에 어울리지 않는 그런 악평을 도외시하지 않을 수 없었다. 스완은 한순간 정신이 멍해지는 것을 느껴, 맑은 정신을 되찾으려고 생각을 다른 데로 돌렸다. 그러다가 용기를 내어 다시 그 생각으로 돌아왔다. 그러나 그때는 이미 아무도 의심할 수 없게 된 다음이었으므로, 그는 모든 사람들을 의심해야만 했다. 누가 뭐라 해도 샤를뤼 씨는 스완을 좋아했고 선량한 마음씨의 소유자였다. 그러나 그는 일종의 신경성 환자로, 만일 내일이라도 자신의 병을 알면 눈물을 흘릴지 모르지만, 오늘은 어떤 뚱딴지같은 생각에 사로잡혀, 질투와 노기에서 스완에게 해를 입히려 할는지도 모른다. 요컨대 이런 유의 인간들이 가장 고약하다. 물론 롬 대공은 스완을 좋아한다는 점에서는 샤를뤼 씨를 따르지 못했다. 그러나 바로 그 때문에 그는 스완의 일거일동에 샤를뤼 씨만큼 민감하지는 않았다. 게다가 그의 성격은 확실히 차가웠고, 대범한 행동을 못하는 만큼이나 비열한 짓도 못 했다. 스완은 이제까지 살아오면서 이런 인간들밖에는 사귀지 못한 것이 후회스러웠다. 그리고 그는 인간으로 하여금 자신의 이웃에게 해를 끼치지 못하게 막는 것, 그것이 바로 선의이며, 그러므로 그는 결국 자신과 비슷한 본성의 사람밖에는(이를테면 감정적인 면에서 샤를뤼 씨의 본성이 그렇듯이) 알 수 없다고 생각했다. 샤를뤼 씨라면 스완에게 그런 아픔을 주었다는 생각만으로도 격분했을 것이다. 그러나 감각이 둔한 인간, 종류가 다른 인간, 다시 말해 롬 대공과 같은 경우에는, 본성이 다른 것이 원인이 되어 그가 어떤 행동을 하게 될지 어찌 예측할 수 있겠는가? 정이 있는 것, 그것이면 다 된다. 그리고 샤를뤼 씨에게는 그것이 있었다. 오르상 씨에게도 그런 점이 있었다. 그리고 오르상 씨와 스완의 교제는 친밀하진 않았지만 진심에서 우러나온 것으로, 본래 모든 것에 같은 생각을 품었던 두 사람이 함께 이야기한다는 기쁨에서 비롯된 관계였는데, 좋든 나쁘든 정열적인 행동으로 나가기 쉬운 샤를뤼 씨의 흥분된 애정에 비하면 훨씬 더 안정된 것이었다. 스완이 늘 누군가에게 이해되고, 알뜰한 마음씨로 호의를 받아왔다고 한다면, 그것은 바로 오르상 씨한테서였다. 그렇다. 그러나 오르상 씨가 영위하는 명예롭지 못한 일상생활은? 스완은 그런 생활을 참작하지 못하고, 그런 하찮은 족속의 사회 속에 있을 때만큼 공감과 존경심을 생생하게 느껴본 적이 없었노라 몇 차례 농담 삼아 고백했던 것이 후회스럽기 짝이 없었다. 그는 그제야 비로소 인간이 가까운 사람을 판단할 때, 그의 행동을 기준으로 삼아야 하는 데는 그럴 만한 이유가 있다고 생각했다. 뜻이 있는 것은 오직 행동일 뿐이며, 우리가 하는 말이나 우리가 하는 생각이 아니다. 샤를뤼와 롬은 이런저런 결점을 갖는지는 몰라도 성실한 사람들이다. 오르상은 아마 그런 결점을 갖고 있지 않을지는 모르지만 성실한 사람은 못 된다. 그는 또 한 번 그런 못된 짓을 했는지도 모른다. 그 다음 스완은 레미를 의심해보았다. 사실, 이 사내는 편지를 쓸 생각만을 할 수 있었을 것이다. 이러한 짐작은 스완에게 그럴 법하게 여겨졌다. 첫째 로레당에게는 오데트를 원망할 여러 가지 이유가 있었다. 그리고 하인들이란 우리보다는 낮은 생활을 하면서, 우리의 재산을 실제보다 몇 배는 크게 상상하고 또 결점을 마치 악처럼 상상하며, 우리를 부러워하기도 하고 경멸하기도 하는데, 어찌 그들이 우리 같은 세계에 사는 인간과는 숙명적으로 다르게 행동하게끔 되어 있다고 가정하지 못하겠는가? 스완은 또 우리 할아버지를 의심해보았다. 할아버지는 스완이 그에게 무언가 부탁할 때마다 번번이 거절하지 않았던가? 부르주아다운 관념에서 할아버지가 자신이 스완의 행복을 위해 처신한다고 믿을 수도 있는 일이었기 때문이다. 스완은 계속해서 베르고트와 화가와 베르뒤랭 부부를 의심해보았다. 그런 의심을 하던 중에 그런 예술가 무리와 사귀려고 하지 않던 사교계 사람들의 슬기로움에 다시 한번 감탄했다. 왜냐하면 그런 사회에서는 그런 일이 일어날 수도 있고, 오히려 그것이 재미있는 장난으로 인정될 수도 있기 때문이다. 그러나 그는 방종한 생활을 하는 사람들의 정직함을 떠올렸다. 그리고 그것을 흔히 귀족 사회가 금전의 결핍과 사치에 대한 욕망, 그리고 향락에서 오는 타락 때문에 빠져들던, 그럭저럭 둘러맞춰 가는 생활, 속임수에 가까운 생활과 비교해보았다. 요컨대 그 익명의 편지는, 그가 아는 사람 가운데 악랄한 짓을 할 인간이 있음을 입증해준 것이었다. 그러나 그는 왜 그런 악랄함이 냉담한 인간이나 다정한 인간, 부르주아나 예술가, 하인이나 귀족의 본성(本性) — 남의 눈에 띄지 않는 — 속에 감추어져 있는지 그 이유는 알 수 없었다. 인간을 판단하는 데 어떤 기준을 채택해야 한담? 결국 스완이 아는 사람치고 그런 비열한 짓을 할 것 같지 않은 사람은 하나도 없었다. 그렇다면 그들 모두와 만남을 중단해야 하는가? 그의 정신은 또다시 멍해졌다. 두세 번 손을 이마로 가져가, 손수건으로 외눈안경의 알을 닦았다. 그리고 아무튼 자신과 같은 정도의 사람들이 샤를뤼 씨나 롬 대공, 또 그 밖의 사람들과 자주 만나고 있다는 사실을 생각하면서, 그 사실은 앞서 말한 사람들이 비열한 짓을 할 인간이 아님을 뜻하는 것이 아니라, 각각의 사람들은 생활의 필요에 의해서 그런 짓을 할지도 모르는 인간과 하는 수 없이 교제해야만 한다는 것을 뜻한다고 생각했다. 그래서 그는 그가 의심하던 친지들과 계속 악수를 나누었다. 아마도 그들이 자신을 절망에 빠뜨리려고 그렇게 했을지도 모른다는 순전히 형식적인 신중성과 함께.

사실 그는, 편지 내용 자체는 별로 불안해하지 않았다. 왜냐하면 오데트에 관해서 일일이 진술된 비난들 중 어느 하나도 사실로 여겨지는 것이 없었기 때문이다. 스완은 많은 사람들이 그렇듯이 방만한 정신의 소유자이며 창의력이 없는 사람이었다. 그는 인간의 삶이란 모순으로 가득 차 있다는 것을 보편적인 진리처럼 알고 있었다. 그러나 그는, 각각의 개개인에 이르면 그 개인의 생활 가운데서 자기가 알고 있지 못한 모든 부분을 아는 부분과 동일한 것으로 상상했다. 그는 어떤 사람이 그에게 말한 것을 바탕으로 하여 말하지 않은 것도 상상하는 것이었다. 오데트가 그의 곁에 있을 때, 두 사람이 함께 어떤 사람이 저지른 야비한 행동이나 그 사람 때문에 상한 감정을 이야기할 때면, 그녀는 늘 스완이 그의 부모님에 의해 가르침을 받아왔고, 또 스완 자신도 충실히 지켜오던 것과 똑같은 원칙에 의거하여 그런 것을 비난했다. 그리고 나서 그녀는 자신의 꽃들을 매만졌고, 홍차를 마셨고, 스완이 하던 연구를 걱정해주곤 했다. 따라서 스완은 이런 습관을 오데트의 생활에서 그 이외의 부분까지 넓혀 그녀가 그의 곁에 없을 때의 모습을 그려보려 할 때도, 그와 똑같은 행동들을 되풀이하여 떠올렸다. 누군가가 그와 이야기하면서, 그녀의 생활을 그가 상상하던 바와 똑같이, 아니 조금 더 정확하게 그녀가 매우 오랫동안 그와 함께 지낼 때의 생활을 있는 그대로 묘사하면서, 그녀가 다른 남자의 곁에서도 그랬다는 말이라도 한다면 그는 괴로웠을 것이다. 왜냐하면 그런 상상은 그에게 사실일 법하게 보일 것이기 때문이다. 그러나 그녀가 홍등가에 드나들면서 다른 여자들과 어울려 술을 마시며 수선을 떨었다든가, 천한 계집들이 영위하는 음탕한 생활을 했다든가라고 말했다면, 그것은 얼마나 주책스런 헛소리였겠는가! 천만다행으로, 그녀의 가슴에 단 국화꽃이나 그녀가 매일 마시는 홍차, 그녀의 도덕적인 분개를 상상하기만 해도, 그런 헛소리가 차지할 자리는 하나도 없었던 것이다! 단지 이따금 스완은, 어떤 사람이 악의에서 그녀가 하는 짓을 모조리 자기에게 고해바친다는 것을 오데트에게 암시했다. 또 우연히 알게 된, 대수롭지 않은 것이긴 하지만 틀림없는 사실을 시기적절하게 꺼내어, 마치 그것이 그가 오데트의 생활을 완전하게 재구성하여 마음속에 몰래 간직한 허다한 사실 중에서 본의 아니게 나오게 된 아주 작은 부분일 뿐이라는 듯이 보임으로써, 실제로는 그가 알지도 못하려니와 의심한 일조차 없는 어떤 것을 자세히 알고 있기나 한 것처럼 그녀를 속여 넘기려고 했다. 왜냐하면 그가 자주 오데트에게 사실을 왜곡하지 말라고 간청한 것은, 그가 그런 사실을 알고 있으면서 그랬든 아니면 알지 못해서 그랬든, 아무튼 그것은 단지 그녀가 하는 것을 실토하도록 하려는 것에 지나지 않았기 때문이다. 물론 오데트에게 자주 말했듯이 그는 성실한 것을 좋아했지만, 그것은 자기 정부의 일상생활을 시시각각으로 알려주는, 말하자면 뚜쟁이 여자와 같은 성실함을 좋아한 것이다. 따라서 성실함에 대한 그의 애호 또한 이해관계를 초월한 것이 못 되었으므로, 그를 더 훌륭하게 만들지는 못했다. 그가 소중하게 여기는 진실이란 바로 오데트가 그에게 말해줄 진실이었다. 그러나 그는 그 진실을 얻으려고, 자신이 늘 오데트에게 인간 타락의 원인이라고 일러온 거짓말을 이용하는 데 주저하지 않았다. 결국 그는 오데트 못지않게 이기주의자였기 때문이다. 한편 오데트는 스완이 그런 식으로 그녀가 행한 것들에 대해 그녀에게 이야기하는 것을 들으면서, 그 행위를 창피하게 여기거나 낯을 붉히거나 하는 기색을 보이지 않으려고 자못 의심스런 태도와 무턱대고 골난 표정으로 그를 바라보곤 했다.

어느 날, 심한 질투를 다시 느끼지 않은 채 조용히 지낼 수 있었던 가장 긴 시기 가운데 어느 날, 그는 저녁에 롬 대공 부인과 함께 극장에 가는 데 동의했다. 공연하는 것이 무엇인지 찾아 보려고 신문을 펼치자 테오도르 바리에르(Théodore Barrière: 19세기 프랑스의 파리 태생 극작가)의 〈대리석의 아가씨들〉이라는 제목이 눈에 띄었는데, 그는 너무나 심한 충격을 받아 몸을 뒤로 젖히며 머리를 돌렸다. 그때까지는 매우 자주 습관적으로 보아왔기에 식별력을 잃어버린 그 '대리석'이라는 낱말이, 각광을 받은 듯이 환히 빛나면서 인쇄돼 있던 새 자리에서 느닷없이 뚜렷이 드러났고, 그것은 금세 스완으로 하여금 전에 오데트가 그에게 들려준 이야기를 생각나게 했다. 베르뒤랭 부인과 함께 산업 전람회를 구경하러 갔었는데, 거기서 부인은 오데트에게 "조심해요. 내가 당신을 눈처럼 녹일 수 있어요. 당신은 대리석이 아니니까"라고 말했다는 것이다. 오데트는 그에게 그건 농담으로 한 말에 지나지 않는다고 단언했고, 그도 전혀 대수롭지 않게 들은 이야기였다. 그러나 그 당시에 그는 오늘날보다 오데트를 훨씬 더 신뢰하고 있었다. 게다가 마침 그 익명의 편지는 이런 유의 연애에 대해 말하고 있었던 것이다. 그는 감히 신문 쪽으로 눈을 들지도 못한 채 그것을 접었고, 더는 〈대리석의 아가씨들〉이라는 낱말을 보지 않으려고 한 장을 넘겨 기계적으로 뉴스를 읽었다. 영불 해협에 폭풍우가 일어나 디에프, 카부르, 뵈즈발 등에 끼친 피해를 알리고 있었다. 그때 그는 또다시 몸을 뒤로 움직였다.

뵈즈발이라는 이름이 그에게 또 하나의 고장, 뵈즈빌이라는 이름을 상기시켰던 것이다. 뵈즈빌에는 브레오테라는 이름이 하이픈으로 연결돼 붙어 있었다. 이것은 지도에서 흔히 보는 지명으로, 그 익명의 편지가 오데트의 정부라고 지적한 브레오테 씨의 이름과 같다는 것을 그는 지금 처음으로 깨달았던 것이다. 요컨대 브레오테 씨가 오데트의 애인이라는 고발은 사실이 아닌 것 같지는 않았으나, 베르뒤랭 부인에 관한 한 그것은 불가능한 일이었다. 이따금 거짓말을 한다고 해서 오데트가 사실을 말한 적이 전혀 없다는 결론을 내릴 수는 없었으므로, 스완은 그녀 스스로 스완에게 들려준, 전람회에서 베르뒤랭 부인과 나누었다는 대화는, 생활 속 경험의 부족과 악덕에 대한 무지에서 나온 순진함을 드러내는 여자들이나 또는 다른 여자에 열정적인 애정을 느끼는 여자들과는 거리가 먼 여자들― 예를 들면 오데트와 같은― 이 입 밖에 내는 무익하고 위험하기 짝이 없는 농담이라고 생각했다. 한편 그와는 반대로 본의 아니게 얘기 도중에 잠시 스완의 마음에 일게 한 의혹을 싹 쓸어버릴 수단으로 오데트가 내던 화는, 스완이 알고 있던 자기 정부(情婦)의 취미나 성격에 완전히 일치했다. 그러나 그 순간, 아직 하나의 운(韻)밖에는 얻지 못한 시인이나 아직 한 번밖에 실험을 하지 못한 학자에게 그들의 온갖 능력을 발휘시켜줄 주제나 법칙을 가져다주는 영감과 비슷한, 일종의 질투하는 자의 영감으로 스완은 이미 2년 전에 오데트가 그에게 했던 말을 처음으로 기억해냈다. "아이 끔찍해! 요즘엔 베르뒤랭 부인이 나 없인 못 살겠다는 거예요. 나를 사랑한다고 하면서, 입을 맞추지 뭐예요. 그리고 함께 쇼핑도 다니고 싶다고 했어요. 또 말을 낮추라고도 했고요." 이 말을 듣던 당시, 그는 그 말이 오데트가 나쁜 짓을 감추려는 속셈에서 한 상식 밖의 이야기라고 연관시키기는커녕, 뜨거운 우정의 표시로 받아들였었다. 그러나 그때 갑자기 그와 같은 베르뒤랭 부인의 애정에 대한 기억이 그녀의 좋지 못한 대화의 기억과 연결되었다. 그는 이제 그 두 가지를 마음속에서 분리할 수 없었고, 동시에 현실 속에서도 애정 쪽이 그런 농담에 무언가 진지하고 중대한 의미를 부여하자, 농담 쪽은 그 대가로 애정으로 하여금 순진성을 잃게 하면서 서로 얽히고 있는 것을 보았다. 그는 오데트의 집으로 갔다. 일부러 그녀에게서 멀리 떨어져 앉았다. 그는 감히 키스를 할 수 없었다. 그것이 오데트의 마음과 그의 마음속에 애정을 눈뜨게 할지 노여움을 눈뜨게 할지 알 수 없었기 때문이다. 그는 말없이 그들의 사랑이 죽어가는 것을 바라보았다. 문득 그는 결심했다.

"이봐요, 오데트" 하고 그가 말을 꺼냈다. "내가 가증스런 인간일지는 몰라도, 몇 가지 좀 물어봐야겠소. 내가 전에 당신과 베르뒤랭 부인에 관해 어떻게 생각했는지 당신, 기억이 나요? 말해봐요. 그 부인하고, 아니면 다른 여자하고 그런 일이 있었던 게 사실이오?"

그녀는 입을 삐죽거리면서 머리를 좌우로 흔들었다. 그것은 "기마 행렬이 지나가는 걸 구경가지 않겠어요? 열병식에 가보지 않겠어요?"라고 묻는 사람에게 시시해서 안 가겠다고 대답할 때 곧잘 쓰는 그런 태도였다. 그러나 그런 고갯짓은 보통 앞으로 닥칠 일을 부인하는 데 쓰이기 마련이고, 그러므로 과거를 부인하는 데 쓰이면 어떤 불확실성을 섞게 된다. 뿐만 아니라 그것은 배척이나 도덕적인 불가능성보다는 오히려 개인적인 편의 때문임을 나타낼 뿐이다. 오데트가 사실무근이라는 뜻을 그런 표시로 해 보이는 것을 보면서, 스완은 그것이 아마 사실일 것이라고 생각했다.

"제가 벌써 말했잖아요. 다 알면서 그러세요" 하고 그녀는 화가 나 불쾌한 표정을 지으며 덧붙였다.

"그럼, 알기는 알지. 하지만 그게 확실한가? '다 알면서 그러세요'라고 하지 말고 '난 어떤 여자하고도 그런 짓을 한 적이 없어요'라고 말해봐요."

그녀는 어느 학과를 암송하듯이, 비꼬는 말투로, 그리고 그를 떨쳐버리고 싶다는 듯이 반복했다.

"전 어떤 여자하고도 그런 짓을 한 적이 없어요."

"당신이 가진 라게의 성모 마리아 메달을 걸고 맹세할 수 있겠소?"

스완은 오데트가 그 성스러운 메달에 대고 거짓 맹세를 하지는 못하리라는 걸 알고 있었다.

"아, 정말 당신 어쩌면 저를 이처럼 불행하게 만들죠!" 하고 그녀는 그의 질문의 압박에서 빠져나오려고 애쓰며 외쳤다.

"이젠 끝났나요? 오늘은 왜 그러시죠? 제가 당신을 미워하고, 당신을 싫어하도록 할 작정인가요? 저는 그전처럼 당신과 함께 좋은 시절을 되찾고 싶었는데, 이것이 당신의 사례인가요!"

하지만 마치 환자의 경련으로 중단된 수술을 단념하지 않고 경련이 끝나기를 기다리는 외과의사처럼 스완은 고삐를 늦추지 않고, "오데트, 내가 당신을 눈곱만큼이라도 원망한다고 생각한다면, 그건 큰 잘못이오" 하고 그는 그녀를 납득시키려고 마음에도 없는 다정함을 가지고 말했다. "난 결코 내가 아는 것밖엔 당신에게 말하지 않아요. 그리고 난 늘 내가 당신에게 이야기한 것보다 많은 걸 알고 있소. 그러나 나로 하여금 당신을 미워하게 하는 것, 그것이 단지 남들에 의해서 밀고된 것이라 할지라도, 당신의 입으로 고백만 해준다면, 그것으로 인한 나의 괴로움은 가벼워질 거요. 그것은 오직 당신만이 할 수 있소. 당신에 대한 내 노여움은 당신의 행동에서 온 것이 아니라오. 난 당신을 사랑하니까 당신의 모든 것을 용서하오. 내가 분노를 터뜨리는 것은 내가 아는 바를 끝끝내 부인하려고 드는 당신의 허위, 당신의 그 터무니없는 허위 때문이오. 그러니 내가 거짓이라고 아는 것을 당신이 우기며 맹세하는 것을 보면서, 내가 어떻게 당신을 이대로 계속 사랑할 수 있겠소? 오데트, 우리 두 사람 모두에게 괴롭기 짝이 없는 이런 순간을 더는 연장시키지 맙시다. 당신만 그러길 원한다면, 이런 일은 삽시간에 끝나고, 당신도 영원히 해방될 것이 아니오? 자, 어서, 당신의 그 성스러운 메달에 걸고, 그런 일이 있었는지 없었는지 여부를 말해봐요."

"하지만 전, 그런 건 몰라요. 전, 아마 오래전에, 무얼 하는지도 모르고 얼떨결에 두세 번" 하고 그녀는 화가 나서 소리를 질렀다.

스완은 이미 온갖 가능성을 다 시험해보았다. 이렇게 되고 보니 현실이란 가능성과는 하등의 관계가 없는 것이다. 마치 우리 가슴에 닥친 칼부림이 우리 머리 위에 떠도는 구름의 가벼운 움직임과 아무 상관이 없듯이. 왜냐하면 '두세 번'이라는 말이 그의 가슴에 일종의 십자가를 깊이 새겼기 때문이었다. 참으로 이상하다. 이 '두세 번'이라는 말, 단지 말에 지나지 않으며, 멀리 떨어진 공중에서 발음된 이 낱말이 실제로 그의 심장에 닿기라도 한 것처럼 그의 가슴을 찢고, 독약을 삼킨 것처럼 그를 병들게 할 수 있다니! 무의식중에 스완은 생퇴베르트 부인 댁에서 들었던 "이렇게 강한 것은……, 회전식 식탁 이래로 처음이에요"라는 말이 생각났다. 그가 느끼는 이 고뇌는 그가 생각했던 것과 전혀 달랐다. 그도 그럴 것이 그녀를 가장 심하게 의심했을 때에도 이처럼 지독한 불행을 상상해본 적은 거의 없었을 뿐만 아니라, 설사 이런 불행을 상상했다 하더라도 그 상상은 늘 막연하고 불확실한 것이었으므로 거기에는 '두세 번'이라는 말에서 오는 것과 같은 유별난 끔찍함이라든가, 처음으로 걸린 질병처럼 이제까지의 그 어떤 질병과는 다른 독특한 잔인성이 없었기 때문이다. 그렇다고 해서, 그런 불행을 골고루 겪게 한 오데트가 그에게 덜 소중하게 생각된 것은 아니었다. 마치 고뇌가 커져감에 따라서 동시에 그 여인만이 소유한 진통제적이고 해독제적인 가치도 커져가듯이, 더욱더 소중하게 여겨졌다. 그는 갑자기 더 악화되었음을 발견한 어떤 질병을 대하듯, 그녀를 더욱 돌봐주고 싶었다. 그녀가 '두세 번' 했다고 말한 그 무시무시한 일이 다시는 일어나지는 않도록 해주고 싶었다. 그러려면 오데트를 감시하지 않으면 안 되었다. 친구에게 그의 애인의 못된 소행을 알려주면, 상대방은 그 말을 그대로 믿지 않기에 더욱더 그를 애인에게 접근시킬 따름이라고 흔히들 말한다. 그러나 만일 그 말을 믿게 되면, 얼마나 더 상대방을 그 애인에게 접근시키는 것일까! 스완은 어떻게 하면 오데트를 잘 보호할 수 있을지 궁리해보았다. 오데트를 어느 한 여자에게서 보호할 수 있을지는 모르지만, 그 밖에도 여자들은 수없이 많지 않은가. 그는 베르뒤랭 씨 댁에서 오데트를 만나지 못했던 날 저녁, 그가 다른 존재를 소유한다는, 절대로 불가능했던 일을 자기가 바라기 시작할 때, 어떤 광기가 그의 마음을 스쳐갔던가를 깨달았다. 스완에게는 다행스럽게도, 침입자들의 무리처럼 방금 그의 영혼 속에 들어온 새로운 여러 가지 고통 밑에, 더욱 오래된 유순한 본성이 존재하여, 마치 침해된 조직을 당장이라도 회복시킬 힘을 가진 상처받은 기관의 세포처럼, 또 그 운동을 되찾으려는 마비된 사지의 근육처럼 묵묵히 활동하고 있었다. 그의 영혼 속에 사는 가장 오래된 본토박이들은 회복기 환자나 수술받을 환자에게 안식의 환각을 일으켜주는 그런 은밀한 회복 작용에 잠시 동안 스완의 온 힘을 사용했다. 그 결과, 피곤에 뒤따르는 이완 상태가 나타난 곳은 여느 때처럼 스완의 머릿속이 아니고, 오히려 그의 마음속이었다. 그런데 인생에서 한번 일어난 사건들은 곧잘 되살아나는 경향이 있기 마련이므로, 죽어가던 동물이 멈춘 줄 알았던 경련이 일어 새로 꿈틀하듯이, 한순간 아픔이 덜하던 스완의 가슴에 그전과 똑같은 고통이 찾아와 그 위에 똑같은 십자가를 긋는 것이었다. 그러자 그는 달 밝은 밤마다, 그를 라 페루즈 거리로 싣고 가던 무개 사륜마차 속에서 관능적인 기쁨에 취해 몸을 길게 뻗고, 그것이 필연적으로 독이 든 열매를 맺게 될 것이란 것도 모르고 사랑에 빠진 남자의 여러 가지 감동에 젖어 있던 것이 생각났다. 그러나 이런 생각은 그가 손을 가슴으로 가져가 한숨 돌리며, 고통을 감추려고 억지로 웃음을 지어 보이던 단 한순간밖에 계속되지 않았다. 그는 이미 질문을 다시 시작하려 들었다. 왜냐하면 그의 질투, 그의 어떤 적(敵)도 받아보지 못했을 정도의 고통으로 그에게 심한 타격을 가함으로써 그가 지금까지 겪은 것 중에 가장 잔인한 고통을 맛보게 한 그의 질투가, 그가 충분한 고통을 받지 않았다고 생각하여 그에게 더욱더 깊은 상처를 입히려 들고 있기 때문이다. 이처럼 그의 질투는 마치 심술궂은 신(神)처럼, 스완을 부추겨 파멸로 밀고 나갔다. 처음에는 그의 고통이 그렇게 심하지 않았는데도, 파멸까지 가게 된 것은 그의 잘못이 아니라 오직 오데트의 잘못이었다.

"이봐요, 마지막으로 묻겠는데, 그게 내가 아는 여자와의 일이오?" 하고 그가 물었다.

"아니라니까요, 맹세해요. 제가 과장해서 말한 거예요, 저는 거기까지 이르진 않았더랬어요."

그는 웃음 짓고 말을 이었다.

"어쩌겠소? 그런 건 별게 아니지만, 당신이 이름을 대주지 않는 게 유감이군. 분명히 누구라고 말해준다면, 더는 누굴까 생각하지 않아도 될 텐데. 이건 당신을 위해서 하는 말이라오. 더는 당신을 귀찮게 굴기 싫으니까. 만사가 머릿속에 환히 드러난다는 것은 정말 마음을 진정시켜주거든! 끔찍한 것, 그것은 바로 상상할 수 없는 것이오. 하지만 당신이 날 아주 친절하게 대해주었으니, 더는 짓궂게 굴진 않겠소. 내게 베풀어준 당신의 친절에 진심으로 감사하오. 이게 전부요. 다만 한 가지 '얼마 전의 일이지?'"

"오! 샤를, 당신이 저를 얼마나 못살게 구는지 모르시는군요! 모두 다 매우 오래전 일이에요. 그 일을 한 번도 떠올려본 적이 없었는데, 당신은 어찌 됐건 그 일을 기억나게 하고 싶은가 보군요. 무의식적으로 어리석게 굴고, 고의적으로 심술궂게 나오는 당신은 너무 지나치세요" 하고 그녀가 말했다.

"아니, 난 단지 그 일이 내가 당신을 알고 난 뒤의 일인지 그게 궁금했던 것뿐이야. 당연한 일 아니오. 이 집에서 있었던 일이오? 어느 날 저녁이었다고 말하지 말고, 그날 저녁 내가 무얼 했는지 생각나게 해달란 말이오. 여보, 누구와 그랬는지 당신이 생각나지 않을 리가 없잖소, 오데트."

"그래도 전 모르겠어요. 당신이 섬으로 우리를 만나러 오시던 날 저녁, 부아에서였어요. 그래요, 당신이 거기에 오시기 전에 롬 대공 부인 댁에서 저녁 식사를 했던 저녁이었어요" 하고 그녀는 자신의 진실성을 증명하는 명확한 사실을 소상히 말하는 것이 즐겁다는 듯 말했다. "바로 옆 테이블에 아주 오랫동안 만나지 못했던 한 여자가 있었어요. 그 여자가 나에게 이렇게 말하지 뭐예요. '작은 바위 너머로 물 위에 달빛이 곱게 비치는 걸 보러 갈래요?' 전 처음에는 하품을 하고 나서 대답했어요. '아뇨, 난 피곤해요. 여기가 좋은데요.' 그 여자는 그렇게 아름다운 달빛을 한 번도 본 적이 없다고 단언하더군요. 나는 '거짓말 마세요!' 하고 말했어요. 그 여자가 무엇을 하려고 하는지 잘 알았거든요."

오데트는 그 이야기를, 그렇게 하는 것이 그녀에게는 매우 자연스럽게 보여서인지, 그렇게 함으로써 내용의 중대성이 약화된다고 생각해서인지, 아니면 부끄러워하는 모습을 보이기 싫어서인지, 거의 웃으면서 말했다. 그러다가 스완의 얼굴을 보고는 어투를 바꿨다.

"딱한 사람이에요. 나를 괴롭히고, 나에게 거짓말을 하게 만들며 기뻐하시다니. 난 당신이 나를 그냥 내버려두게 하려고 거짓말을 하는 거예요."

스완의 가슴을 때린 이 두 번째 타격은 처음 것보다 더 심했다. 그 일이 알지 못하는 과거지사가 아니고, 그처럼 뚜렷하게 생각나는 날 저녁 — 그가 오데트와 같이 보냈고, 서로를 잘 아는 줄로 믿었는데 이제 와서 과거를 돌아다보니 사기성이 짙고 잔인한 그 무엇을 당한 느낌을 주는 저녁 — 에, 그처럼 최근에, 몰래, 눈에 띄지 않게 일어난 일이라고는 꿈에도 생각해본 적이 없었다. 그 숱한 저녁들 한가운데 갑자기 널따랗게 뚫린 구멍, 그건 부아의 섬 속에 있었던 순간이었다. 오데트는 총명한 여자는 아니었지만, 자연스런 매력을 지니고 있었다. 그녀는 그때의 광경을 매우 솔직하게 그대로 표현했으므로 스완은 숨을 헐떡이며 모든 것을 눈앞에 그려보았다. 오데트의 하품, 그리고 작은 바위를. 그녀가 아, 슬프게도! 쾌활하게— "거짓말 마세요!"라고 대답하는 소리가 들리는 것 같았다. 오늘 저녁엔 그녀가 더는 말하지 않으려니와, 말하는 순간을 기다려보았자 그 밖의 새로운 사실을 알아내지 못할 것으로 생각되어 그는 말했다. "나의 가련한 오데트, 용서하오. 내가 당신을 괴롭히고 있다는 걸 나도 알아. 이젠 끝났어. 더는 이런 걸 생각하지 않겠소."

그러나 그녀는 스완의 눈이 그가 알지 못하고 있던 여러 가지 사실과, 그 두 사람의 사랑의 과거에 쏠려 있음을 눈치챘다. 그 과거는 막연했기에 그의 기억 속에서 단조롭고 달콤하게 보이던 것이었으나 지금은 롬 대공 부인 댁에서의 만찬회가 끝난 후, 달 밝은 밤의 부아 섬에서 보낸 시각에 의해 상처처럼 찢기고 만 것이다. 그러나 그는 인생을 흥미 있는 것으로 보는 습관— 인생에서 찾아낸 진귀한 발견에 감탄하는 습관— 이 있었으므로, 그와 같은 고통을 오래 견딜 수 없을 것이라고 생각할 만큼 괴로워하면서도 속으로 이렇게 말했다. '인생이란 참 놀라운 것이야. 생각지도 못한 굉장한 일들을 간직하고 있으니. 결국 악덕만 해도 우리가 생각하는 것보다 더 널리 퍼져 있단 말이야. 여기 내가 신뢰하던 한 여인이 있다. 경박하지만 매우 단순하고 성실해 보였고, 취미도 아주 고귀하고 건실해 보였다. 사실 같지도 않은 남의 고자질을 구실 삼아 내가 그녀를 심문하고 있다. 그런데 그녀가 한 약간의 고백은 내가 의심할 수 있었던 것보다 더 많은 것을 드러내 보여주는군.' 그러나 그는 아무래도 그런 초연한 고찰로 그칠 수는 없었다. 그녀는 지금까지 그런 짓을 자주 했고, 앞으로도 그런 짓을 되풀이할 것이라고 단정해야 할지 어떨지를 알려고, 그는 그녀가 한 이야기의 가치를 정확하게 평가하려고 했다. '그 여자가 무엇을 하려고 하는지 잘 알고 있었거든요.' '두세 번', '거짓말 마세요!' 라고 그녀가 한 말을 스완은 마음속으로 되뇌었다. 그런데 그런 말 하나하나는 스완의 기억 속에 저마다 칼을 들고 나타나 그에게 새로운 일격을 가했다. 한참 동안, 그는 마치 환자가 고통스러워도 끊임없이 몸을 움직이려 들지 않을 수 없듯이 '여기가 좋은데요.' '거짓말 마세요!' 라는 말을 되뇌었는데, 너무나 고통이 심해서 그는 그것을 멈추지 않을 수 없었다. 늘 그처럼 가볍고 태평하게 판단해오던 행동들이 이제 와서 그에게 치명적인 질병처럼 중대하게 된 것에 그도 놀랐다. 그는 오데트를 감시해달라고 부탁할 만한 여자들을 많이 알고 있었다. 그러나 어떻게 그 여자들이 그녀가 매우 오랫동안 그의 사람으로 있으면서 끊임없이 그의 향락 생활을 이끌어왔다는 종래의 견지에 머무르지 않고, 그와 똑같은 견지에 서서 그를 보고 웃으며 "당신도 다른 사람의 즐거움을 빼앗는 고약한 질투쟁이인가요?" 하고 말하지 않기를 바랄 수 있겠는가? 갑자기 어떤 함정에 걸렸기에(전에는 오데트에 대한 사랑에서 섬세한 쾌락만을 느끼던 그가) 느닷없이 이런 지옥에 떨어지고 말았는가, 한 번 떨어지자 전혀 빠져나올 길을 알 수 없는 이 새로운 지옥에. 불쌍한 오데트! 스완은 그녀를 원망하지 않았다. 그녀에게는 죄가 반밖에 없었으니까. 아직 어린 그녀를 니스에 사는 어느 영국인 부호에게 내준 것은 바로 그녀의 생모였다고 사람들이 말하지 않았던가? 그러나 전에 무관심하게 읽었던 알프레드 드 비니(Alfred Victor de Vigny : 프랑스의 시인, 소설가, 극작가)의 〈어느 시인의 일기〉의 한 구절, "한 여인에게 사랑을 느꼈을 때 그 여자 주위는 어떠한가, 그녀의 생활은 어떠한가, 하고 자문해볼 필요가 있다. 인생의 온갖 행복이 거기에 달려 있으니"라는 구절이 그에게는 너무나 뼈아픈 진리였다.

스완은 '거짓말 마세요!' '그 여자가 무엇을 하려는지 나는 잘 알았거든요' 같은 말 하나하나를 마음속에서 떼어 되뇌었을 때 그 단순한 말에 그토록 그의 마음을 아프게 하는 힘이 있다는 것이 놀라웠다. 그러나 그는 그가 단순한 구절로 여기던 것은 뼈대 부분이며, 그 뼈대 사이에는 오데트가 이야기하는 동안에 겪었던 고통이 들어 있어서 언제라도 그에게 돌아올 수 있다는 것을 알게 되었다. 왜냐하면 지금 그가 새로 느끼는 것이 바로 그 고뇌였기 때문이다. 이제 아무리 안들 무엇하랴— 또 세월이 흘러감에 따라 조금 잊어버린들, 용서한들 무슨 소용이 있으랴. 그 말을 되뇌는 순간, 예전의 고뇌가 오데트가 그 이야기를 고백하기 이전의 상태, 그가 아무것도 알지 못한 채 믿고 있던 상태로 그를 다시 끌고 갔다. 그 잔혹한 질투는 오데트의 고백에 의해 그에게 타격을 주려고 또다시 그를 아직 그 진상을 모르던 인간의 상태로 데려다놓았다. 그리하여 몇 개월이 지나면 그 오래된 이야기는 마치 의외의 새로운 사실인 양 늘 그의 심기를 뒤덮어놓았다. 그는 자기 기억의 무서운 재현력에 탄복해 마지 않았다. 고통이 진정되길 기대하려면 나이와 더불어 그 풍부한 번식력을 감소시킬 모태의 쇠약을 기다릴 수밖에는 없었다. 그러나 오데트가 입 밖에 낸 말 가운데 하나가 그를 고통스럽게 하는 힘을 거의 다 써버린 듯이 보일 때면, 그때까지 스완이 그다지 신경 쓰지 않던 말 가운데 하나, 거의 새로운 어떤 말이 금세 교대로 나타나, 새로운 힘을 가지고 그에게 충격을 가했다. 그가 롬 대공 부인 댁에서 저녁 식사를 한 날 저녁의 기억은 그에게 고통스러웠으나, 그것은 단지 그의 아픔의 중심에 지나지 않았다. 그리고 그 중심은 그것을 둘러싼 앞뒤의 나날로 희미하게 번져갔다. 그러자 그가 그 기억 가운데 어떤 것에 마음을 쓰든, 베르뒤랭네 사람들이 자주 부아 섬에서 저녁 식사를 하던 그 계절 전체가 그를 아프게 했다. 그것이 어찌나 고통스러웠던지, 그의 질투 때문에 일어난 여러 가지 호기심은, 그것을 채우려면 또 새로운 고통을 짊어져야 하는 게 아닌가 하는 두려움에 의해 서서히 중화되어갔다. 그는 오데트가 자신을 만나기 이전에 영위했던 삶의 모든 기간, 그가 한 번도 상상해보려고 한 적이 없던 그 기간은, 그가 막연히 생각하는 것과 같은 추상적인 시간의 연속이 아니라, 역시 특별한 한 해 한 해로 이루어져 있고, 구체적인 사건들로 가득 차 있음을 깨달았다. 그러나 그것을 알게 되면서, 그는 그 빛깔 없고, 유동적이고, 묵인할 만한 과거가 명백하게 더러운 육체와 개성 있는 악마의 얼굴을 갖지나 않을까 겁이 났다. 그래서 그 후로 그는 과거를 상상하려고 하지 않았는데, 그건 생각하는 것이 귀찮아서가 아니라 괴로워하는 것이 겁나서였다. 그는 결국 언젠가는 부아 섬이라든가, 롬 대공 부인이라는 이름을 그전처럼 가슴이 찢기는 듯한 고통 없이 듣게 될 수 있으리라는 희망을 품고 있었다. 그리고 그의 고통이 가라앉게 되면, 또 다른 형태로 고통을 소생케 할 새로운 이야기나 장소의 이름, 또는 여러 가지 다른 상황을 그에게 말하도록 오데트를 부추기는 것은 신중하지 못한 짓이라고 생각하게 되었다.

그런데 바로 오데트 자신이 자기도 모르게, 그런 줄도 모르고, 그가 몰랐지만 이제는 알기를 꺼려하는 사실들을 자주 그에게 드러내곤 했다. 사실 오데트의 실제 생활과 스완이 그렇게 믿고 있던, 또 아직도 종종 그러리라고 믿는 비교적 순진한 생활과의 사이에 놓인 그녀의 악덕의 차이, 그 차이의 크기를 오데트 자신도 전혀 몰랐던 것이다. 행실이 바르지 못한 인간들이란 다른 사람들 앞에서 늘 변함없이 정숙한 체하면서 자신의 악덕에 의심을 품지 않기를 바라는

데, 그 악습이 자신도 모르는 사이에 계속 늘어감에 따라, 자신이 올바른 생활에서 얼마나 멀리 이탈해가는지를 인식시켜주는 조절기를 갖지 못하게 되는 법이다. 그런 악습이 오데트의 정신 속에서, 스완에게 감추고 있던 여러 행동에 대한 기억과 동거하는 동안, 그녀의 다른 순진한 행동은 점점 그 행동의 영향을 받아 악습에 물들어갔는데, 그녀는 그런 작용을 하나도 이상하게 생각하지 않았거니와, 그 작용 또한 그것들을 만들어내는 그녀 마음속 특별한 환경 가운데서 활동하며 폭발하지도 않았다. 그러나 그녀가 그런 것들을 스완에게 이야기할 때, 그는 그런 행동이 드러내는 환경에 소름이 끼쳤다. 어느 날, 그는 오데트의 마음을 상하지 않게 하면서, 혹시 그녀가 뚜쟁이 집에 가본 적이 있느냐고 물어볼 참이었다. 사실, 그는 그럴 리가 없다고 확신했다. 익명의 편지를 읽음으로써 그런 가정이 그의 지성에 기계적으로 야기되었고, 지성은 그 가정을 믿을 바 못된다고 일소해버렸으나, 그래도 그대로 남아 있었던 것이다. 그래서 스완은 의혹이라는 완전히 야비하고 거추장스런 것에서 벗어나려고 오데트가 그것을 없애주기를 바랐다. "어머! 천만에요! 그런 것 때문에 시달리지 않은 것도 아니지만요" 하고 그녀는 그녀의 행위가 스완의 눈에 정당하게 보이지 않을 리 없다는 자만감을 웃음 속에 드러냈다. "어제만 해도 나를 두 시간 이상이나 기다린 여자가 하나 있었지요. 그녀가 값은 얼마라도 좋다고 제의하지 뭐예요. 어느 대사가 그 여자에게 '당신이 그녀를 내게로 데려와주지 않는다면 자살하고 말 테야' 하면서 부탁했다나 봐요. 하인이 외출 중이라고 말해도 봤지만, 결국엔 제가 나가서 돌아가달라고 말해야 했어요. 제가 그 여자를 어떤 식으로 대해주었는지 당신에게 보이고 싶을 정도예요. 옆방에서 내 말을 듣던 하녀가 나중에 들려준 말로는, 제가 목청을 돋우

어, '싫다고 말하고 있잖아요! 별수 없어요, 싫으니까. 아무튼 내게도 내 마음대로 할 자유가 있다고 생각해요! 내게 돈이 필요하다면 모를 일이지만……' 하고 소릴 질렀대요. 문지기에게 다시는 그런 여자를 들여보내지 말라고 일러놓았어요. 다시 오더라도 수위는 내가 시골에 내려갔다고 말할 거예요. 아! 정말 당신이 어느 한구석에 숨어 있었다면 하고 바랐어요. 그랬다면 만족하셨을 텐데……. 그것 보세요. 역시 좋은 점이 있어요. 당신의 귀여운 오데트에게도. 안 그래요? 남들 눈에는 그토록 밉살스럽게 보일 테지만."

더구나 오데트가 혹시 스완에게 탄로나지는 않을까 하는 추측에서 제 잘못을 고백하면, 그 고백 자체는 스완에게 있어서 오래된 의심의 종지부를 찍는 게 아니라 도리어 새로운 의혹의 출발점이 됐다. 왜냐하면 그 고백이 결코 그의 의심과 꼭 들어맞지 않았기 때문이다. 오데트가 그 고백에서 가장 중요한 요점을 생략하려고 한 것은 허사였다. 그 고백은 그것의 부수적인 부분에 스완이 미처 상상하지 못했던 그 무엇을 남겨뒀고, 그 새로움은 그를 압박하면서 질투라는 문제의 한계를 변경시키려 들었다. 그러면 그는 그런 고백을 다시는 잊어버릴 수 없었다. 그의 영혼은 그것을 마치 물에 뜬 시체처럼 물결에 떠내려보내고 내던져두었다가는 다시 그의 내부에 잠재웠다. 그러면서 그의 영혼은 그 독기에 물들어갔다.

한번은 오데트가 스완에게 파리 뮈르시 축제일에 포르슈빌이 그녀를 방문했었다고 말했다. "뭐요, 그렇게 오래전부터 그 사람과 아는 사이였소? 아, 그래, 그랬었지"라고 그는 몰랐던 티를 내지 않으려고 고쳐서 말했다. 그렇지만 갑자기 그의 몸은 떨리기 시작했고, 그것은 그처럼 소중히 간직해온 그녀의 글월, 그것을 받았던 파리 뮈르시 축제일에 아마도 그녀가 메종 도레에서 포르슈빌과 함께 점심을 들었을 것이라는 생각이 들었기 때문이다. 그녀는 그렇지 않다고 맹세했다. "그런데 말이야, 메종 도레라고 하니까 생각나는데, 좀 이상한 일이 있었던 것 같군" 하고 그는 그녀의 허를 찌르려고 말했다. "네, 그건 말예요, 당신이 프레보로 저를 찾으러 왔다가 돌아가면서 저와 마주쳤을 때, 제가 당신에게 메종 도레에서 막 나오는 길이라고 말한 밤이었잖아요. 사실 그날 밤 저는 거기에 가지 않았거든요"라고 그녀는 (그의 태도로 보아 그 사실을 알고 있다고 생각하며) 대답했는데, 거기에는 파렴치함보다는 차라리 소심함과 스완의 마음을 거스르지나 않을까 하는 조바심(자존심 때문에 숨기려고 하던 조바심)과, 그리고 자신도 솔직해질 수 있다는 배짱을 나타내고 싶은 희망이 들어 있었다. 이처럼 그녀는 망나니와도 같이 단호하고도 기세등등하게 타격을 가했는데, 거기에 잔인성은 없었다. 왜냐하면 오데트는 그녀가 스완에게 끼치고 있던 고통을 의식하지 못했기 때문이다. 그것을 의식하기는커녕 그녀는 깔깔거리며 웃기까지 했는데, 사실은 아마 창피스러워하거나 당황해하는 모습을 보이고 싶지 않아서였을 것이다. "실은 저는, 메종 도레에 가지 않고 포르슈빌 씨 댁에서 나오던 길이었어요. 물론 그전에 프레보에 가 있었던 건 정말이고요. 그것만은 거짓말이 아니에요. 거기서 그분을 만났고, 그분이 저에게 집에 가서 판화 구경을 하지 않겠느냐고 하더군요. 그런데 그 댁에는 어떤 분이 그분을 만나러 와계시더군요. 당신에게 메종 도레에서 막 나온 길이라고 말한 건 당신의 마음을 언짢게 할까 봐였어요. 그것 보세요. 제가 얼마나 친절한 여자예요! 거짓말을 한 건 제 잘못이에요. 그러나 저는 적어도 모두 정직하게 이야기하는 편이거든요. 파리 뮈르시 축제일에 그분과 점심을 든 것, 설사 그것이 사실이었다 해도, 그 사실을 당신에게 숨겨서 무슨 이득이 있겠어요? 게다가 그 무렵에는 두 분이 잘 아는 사이도 아니었고요. 그렇잖아요, 내 사랑." 그는 그와 같은 압도적인 말에 맥을 못 추는 그런 인간이 되어 갑자기 비겁한 웃음을 지었다. 이처럼, 너무나 행복스러웠기에 한 번도 곰곰이 생각해보려고조차 하지 않았던 그 몇 개월, 그녀가 그를 그토록 사랑해주던 그때마저도 그녀는 이미 그를 속이고 있었던 것이다. 메종 도레에서 오는 길이라고 말했던 그때 (그들이 처음으로 '카틀레야를 하던' 밤) 벌써 그랬으니, 하물며 그 몇 개월 동안 스완이 꿈에도 의심치 않았던 거짓말을 얼마나 많이 숨겨뒀겠는가! 그는 어느 날엔가 그녀가 "베르뒤랭 부인에게 옷이 미처 준비가 안 되었다든가, 마차가 늦게 왔다든가 하면 그만이에요. 언제든 적당히 꾸며댈 수는 있어요"라고 말했던 일을 기억해냈다. 이와 마찬가지로 지각한 이유를 변명하거나, 약속 시간 변경에 대한 변명을 속삭일 때, 대개 거기에는 그 무렵의 그로서는 꿈도 못 꾸었을 딴 남자와 그녀가 하기로 한 어떤 것이 숨어 있었던 것으로, 그 남자에 대해 그녀는 이렇게 말했을 것이 틀림없었다. "스완에게는 제 옷이 준비되지 않았다든가, 마차가 늦게 왔다든가 하면 그만이에요. 언제든 적당히 꾸며댈 수는 있어요." 스완이 가장 그리워하는 온갖 추억들의 이면에, 지난날 오데트가 한, 그가 복음서처럼 믿고 있던 그 가장 단순한 말들 이면에, 그녀가 그에게 이야기해준 그날그날의 행동들 이면에, 그리고 그녀가 자주 드나들던 장소들, 말하자면 그 양장점 여직공의 집, 부아의 큰길, 경마장 등의 이면에는, 하루하루 무엇을 하고 지냈는지 세밀하게 조사해보면 그녀의 행동이나 그 자리에는 아직도 빈 틈이 남아 있으며, 또 어떤 행동을 몰래 감출 여분의 시간이 남아 있다는 생각이 들었다. 그리고 그는 그것을 이용하여 대충 짐작은 가지만 표면에 나타나지 않는 여러 가지 거짓말이 가능한 존재로 끼어드는 것을 느꼈는데, 그것은 그의 기억에 가장 값진 것으로 남아 있던 것을(가장 행복하던 밤들, 늘 그에게 오라고 말한 때와는 다른 시간에 오데트가 떠났을 라 페루즈 가 자체를) 하나같이 더러운 것들로 만들어버렸다. 또 그녀는 메종 도레에 관한 고백을 들으면서 그가 느꼈던 그 암흑 같은 공포의 분위기를 곳곳에 조금씩 뿌렸고, 또한 통곡의 도시 니네베에 쏘다니는 추악한 짐승들처럼 그의 모든 과거를 이루는 돌 하나하나를 흔들어댔다. 그래서 그의 기억이 메종 도레라는 끔찍한 이름을 말할 때마다 그는 마음을 딴 곳으로 돌리곤 했는데, 그것은 아주 최근에 있었던 생퇴베르트 부인의 야회에서와 같이 그에게 오래전에 잃어버린 행복이 상기되었기 때문이 아니라, 이제 막 알게 된 불행이 상기되었기 때문이다. 이윽고 메종 도레라는 이름도 부아 섬이라는 이름과 마찬가지로 점차 스완을 괴롭히는 일을 멈추었다. 왜냐하면 우리가 사랑이나 질투라고 믿는 것은 연속적이거나 불가분의 열정이 아니기 때문이다. 그것들은 연속되는 사랑, 색다른 질투로 끊임없이 구성되어, 저마다 덧없는 것인데도 그 끊임없는 다양성으로 말미암아 계속되는 듯한 인상과 단일성인 듯한 착각을 불러일으키는 것이다. 스완의 사랑의 생명, 그의 질투의 끈질김은 무수한 욕망과 허다한 의심에서 나온 죽음과 불신감으로 이루어져 있었는데, 그것들은 모두 오데트를 대상으로 한 것이었다. 만일 스완이 오랫동안 그녀를 만나지 않는다 해도, 그동안 그런 욕망이나 의심이 없어져 다른 것들로 대치되진 못했을 것이다. 오데트의 존재는 스완의 마음에 어떤 때는 애정을, 어떤 때는 의심을 계속 번갈아가며 뿌렸던 것이다.

가끔씩 어떤 날 저녁이면 그녀는 갑자기 그에게 상냥하게 굴면서 그가 그것을 곧 이용하지 않는다면 앞으로 몇 해 동안은 그런 상냥함을 볼 수 없을 것이라고 냉혹하게 경고하곤 했다. 그러면 그는 '카틀레야를 하러' 그녀의 집으로 즉시 들어가야만 했다. 그런데 그에게 요구하는 그녀의 욕망이 너무나 갑작스럽고 설명할 수 없고 명령적인 것이며, 그에게 퍼붓는 그녀의 애무 또한 너무나 감정을 드러내는 대담한 것이어서, 그와 같이 난폭하고 진실성이 없는 애정은 거짓과 심통스러움 못지않게 스완의 마음을 괴롭게 했다. 어느 날 밤, 그가 그런 식으로 그녀가 내린 명령대로 그녀와 함께 그 집으로 돌아왔고 그녀가 그의 입맞춤 사이사이에 평소의 쌀쌀함과는 정반대인 열정적인 말들을 속삭이고 있었는데, 그때 갑자기 무슨 기척이 난 것 같았다. 그가 벌떡 몸을 일으켜 주위를 살폈지만 아무도 없었다. 그러나 그에게는 다시 그녀 곁으로 돌아갈 용기가 없었다. 그때 그녀는 화가 머리끝까지 나서, 화병을 깨뜨리며 스완에게 대들었다. "당신과는 아무것도 할 수 없군요!" 그래서 그는 그녀가 어떤 사내의 질투를 일게 하여 괴롭힘으로써 그의 관능에 불을 붙이려 했던 누군가를 방 안에 숨겨뒀는지 아닌지 여부를 끝내 알지 못하고 말았다.

이따금 그는 오데트에 관한 무슨 소리를 들을 수 있을까 하는 기대에서 사창가에 가보기도 했지만, 그녀의 이름을 댈 만한 용기는 없었다. "당신 마음에 들 귀여운 아가씨가 있어요" 하고 뚜쟁이 아줌마가 말했다. 그리하여 아무것도 하지 않는 데 놀라움을 금치 못하던 어느 가련한 아가씨와 구슬픈 이야기를 나누느라 한 시간을 보내기도 했다. 어느 날 아직 어리고 귀여운 아가씨가 그에게 말했다. "저의 소원은 좋은 남자 친구를 갖는 거예요. 믿을 수 있는 남자라면, 다른 남자들은 거들떠보지도 않겠어요." "정말, 한 여자가 한 남자의 사랑에 감동될 수 있다고 믿어? 당신이 착각하는 게 아닐까?"

하고 스완은 근심스럽게 물었다. "물론 믿어요! 그건 각자의 성격에 달린 거예요!" 스완은 롬 대공 부인이었더라도 기뻐할 만한 말을 그런 아가씨에게도 하지 않을 수 없었다. 좋은 남자 친구를 찾고 있다는 아가씨에게 스완은 웃으며 말했다. "귀엽군! 당신은 벨트색과 똑같은 푸른 눈을 가졌군그래." —"당신 역시 푸른 커프스와 똑같은 색의 눈을 가지셨군요." —"우린 이런 장소치고는 너무 훌륭한 대화를 나누고 있군! 내가 귀찮진 않아? 할 일이 있는 건 아니야?" —"아뇨, 전 한가해요. 당신이 저를 지루하게 했다면, 그렇다고 말했을 거예요. 그 반대예요. 저는 당신 이야기를 듣는 게 참 좋아요." —"그렇다니 좋군. 저희가 지금 너무 점잖게 이야기하고 있지 않습니까?" 하고 그는 막 방 안으로 들어오던 뚜쟁이 아줌마에게 말했다. "정말이에요. 저도 바로 그렇게 생각했어요. 어쩌면 이렇게들 점잖으실까! 정말, 요즘엔 손님들이 이야기를 나누려고 여기에 오신다니까요. 요전 날 대공님께서도 말씀하셨지요. 부인의 살롱보다 저희 집이 훨씬 더 좋다고요. 요즘 사교계 부인들께선 모두 그런 식인가 봐요, 정말 어처구니없는 일이죠! 실례해요, 방해가 되었군요"라고 말하며 뚜쟁이 아줌마는 푸른 눈의 아가씨와 스완만 남겨두고 나가버렸다. 그러나 얼마 있지 않아 스완도 몸을 일으켰고, 그 아가씨에게 작별 인사를 했다. 그 아가씨는 그와 인연이 없었다. 그녀는 오데트를 알지 못하고 있었으니까.

화가가 병이 나자, 코타르는 그에게 바다 여행을 권했다. 대부분의 신자들이 그와 동행하겠다고 말했다. 베르뒤랭 부부는 그들만 남아 있을 수 없어서 우선 요트 한 척을 빌렸고, 결국 그걸 사고 말았다. 그래서 오데트는 자주 해상 여행을 할 수 있었다. 그녀가 떠나고 나면 그때마다 스완은 그녀에게서 떨어져나온 느낌이 들었는데, 그 정신적인 거리가 마치 물리적인 거리에 비례하기라도 하듯이, 오데트가 파리에 돌아와 있다는 사실을 알자마자, 그는 그녀를 만나지 않고는 못 견디는 것이었다. 한번은, 단지 한 달 예정으로 떠났는데, 도중에 마음이 끌려서인지, 아니면 베르뒤랭 씨가 부인을 기쁘게 하려고 미리 엉큼하게 짜놓은 계획을 단지 그때그때만 신자들에게 알려주어서인지, 일행은 알제리에서 튀니지로, 다음에는 이탈리아로, 다음에는 그리스, 콘스탄티노플, 소아시아에까지 가게 되었다. 여행은 거의 일년 가까이 계속되었다. 스완은 완전히 마음이 평온했고 거의 행복스럽기까지 했다. 베르뒤랭 부인은 피아니스트와 코타르 의사에게 피아니스트의 숙모와 코타르의 환자들이 그들을 필요로 하지 않으며, 또 베르뒤랭 씨가 혁명 중이라고 단언한 파리로 코타르 부인이 돌아가게 내버려두는 것은 무모한 짓임을 납득시키려고 애썼음에도, 결국 콘스탄티노플에서 그들을 자유롭게 해주지 않을 수 없었다. 그리고 화가도 그들과 함께 파리로 떠났다. 어느 날, 그 네 명의 여행자가 파리로 돌아오고 얼마 후에 스완은 뤽상부르 공원행 합승 마차가 지나가는 것을 보고 그 방면에 볼일이 있어 거기에 올라 탔고, 우연히 코타르 부인 맞은편에 앉게 되었다. 코타르 부인은 깃 달린 모자와 비단 드레스, 토시, 양산 겸 우산, 명함집과 하얗게 세탁한 장갑 등으로 성장을 하고, 그날을 '방문일'로 정해놓은 사람들의 집들을 순례하고 있었다. 그녀는 그런 상류사회 부인의 표시를 몸에 걸치고, 날이 청명하고 같은 동네일 경우엔 한 집에서 또 한 집으로 걸어서 다녔다. 그리고 나서 다른 구역으로 나갈 때는 바꿔 탈 수 있는 합승 마차를 이용하는 것이 보통이었다. 여자의 타고난 상냥함이 그 소시민 여인의 딱딱함을 뚫고 나타나기 전 처음 얼마 동안은, 베르뒤랭네 사람들에 대한 이야기를 스완에게 꺼내야 좋을지 어떨지 몰라 하며, 그녀는 이따금 합승 마차의 우레 같은 소음에 완전히 사라지고 말 것 같은 정도의 느리고 어색하고 조용한 목소리로 그녀가 그날 하루 동안 층계를 밟았던 스물다섯 집에서 듣고 되뇌었던 몇 가지 화제를 골라 매우 자연스럽게 말을 건넸다.

"스완 씨처럼 활동 범위가 넓으신 분에게 이런 걸 물어보는 것이 좀 뭣하지만요, 미를리통〔Mirliton : 1887년 이래 해마다 2월에 개최되었던 미술전〕에서, 파리 전체에 자자하게 소문난 마샤르의 초상화를 보셨습니까? 그 그림을 어떻게 생각하세요? 칭찬하시는 편인가요, 아니면 비난하시는 편인가요? 어느 살롱에서나 그 마샤르의 초상화 이야기 밖엔 화제에 오르지 않더군요. 마샤르의 초상화에 대해서 일가견을 갖고 있지 않으면 멋도 없고, 순수하지도 않고, 유행에 뒤떨어진 사람이 되고 만답니다."

스완이 그 초상화를 아직 구경하지 못했다고 대답하자, 코타르 부인은 그런 말을 하도록 강요한 셈이 되어버려 그 때문에 그의 감정이 상하지 않았을까 걱정스러웠다.

"아! 그러세요, 댁에선 적어도 솔직하게 말씀하시는군요. 마샤르의 초상화를 아직 구경하시지 못했다고 해서 수치스럽게 생각하시진 마세요. 스완 씨의 그런 점을 저는 아주 훌륭하다고 생각한답니다. 그런데 저는 구경했거든요. 의견이 구구하더군요. 너무 지나치게 공을 들였다느니, 거품이 인 크림처럼 속 알맹이가 없다느니 하고 말씀하시는 분들도 있습니다만, 저는 그것이 매우 이상적인 작품이라고 생각해요. 분명히 그 그림의 여인은 우리의 친구 비시 화백이 그린 푸른색과 노랑색의 여인들과는 닮지 않았더군요. 그런데 제가 솔직하게 말씀드리면, 스완 씨는 저를 아주 시대에 뒤떨어진 사람으로 여기시지는 않으실 거예요. 그러나 제 생각을 말씀드리면,

저는 비시 화백의 그림을 이해할 수가 없어요. 지난번에 그분이 그려준 우리 집 바깥양반의 초상화에 훌륭한 점이 있다는 건 저도 알지요. 그 그림은 그분이 항상 그리는 것에 비하면 이상한 점이 가장 적은 편인데요, 우리 집 바깥양반 얼굴에 푸른 수염이 솟도록 했으니, 기가 막혀서! 그런데 마샤르 말입니다, 들어보세요, 제가 지금 방문하러 가는 친구의 바깥양반 되시는 분이 말입니다(이 방문 때문에 선생님과 합승 마차에 동승하는 기쁨을 얻게 된 것이죠), 그분이 만약 아카데미 회원으로 뽑히면(그분은 의사회의 일원이에요), 마샤르에게 자신의 초상을 그리게 하겠다고 약속했대요. 분명 그건 멋진 꿈 아니겠어요! 그런데 또 다른 친구 하나는 를루아르 편이 더 좋다고 우기지요. 저야 보잘것없는 문외한에 지나지 않지만, 그래도 기교 면에서는 아직 를루아르 쪽이 마샤르보다 낫다고 생각해요. 아무튼 가장 훌륭한 초상화란, 더구나 그 값이 일만 프랑일 경우엔, 닮아야 한다는 것, 그것도 보기 좋게 닮아야 한다고 저는 생각해요."

뻣뻣이 선 모자의 깃, 명함집에 쓰인 이름의 첫 글자, 세탁업자가 양쪽 장갑의 안쪽에 잉크로 표시해둔 작은 번호 등의 성장(盛裝)과 스완에게 베르뒤랭네 사람들에 대해 얘기해야 하는 난처함, 이런 것들 때문에 그녀는 머리에 떠오르는 그런 얘기로 수다를 떨었던 것인데, 코타르 부인은 마차몰이꾼이 그녀를 내려줘야 할 보나파르트 거리 모퉁이까지는 아직 멀었음을 알고, 이제 다른 이야기를 하라고 부추기는 마음의 소리를 듣게 되었다.

"귀가 퍽 간지러우셨죠, 스완 씨?" 하고 그녀가 말했다. "저희들은 베르뒤랭 부인과 여행하는 동안에 선생님에 대한 이야기밖엔 안 했으니까요."

스완은 깜짝 놀랐다. 베르뒤랭네 사람들 앞에서는 그의 이름이

나올 리가 없을 거라고 생각했기 때문이다.

"게다가" 하고 코타르 부인은 덧붙였다. "크레시 부인도 거기 계셨으니 말 다했지 뭐예요. 오데트는 글쎄 어디에 가나 스완 씨 이야기를 하지 않고서는 못 배긴다고요. 아시다시피, 험담은 아니에요. 어머나! 그 점에 대해서 의심하시나요?" 하고 스완의 의심쩍어하는 몸짓을 보며 그녀가 말했다.

그리고 자신의 소신에 대한 신념을 가지고, 더구나 그 말뜻에 하등의 악의도 내포시키지 않고, 오직 친구 사이를 맺어주는 애정을 위해 사용하는 말만을 골라 말했다.

"그녀는 당신을 열렬히 사랑해요! 정말이지, 그녀 앞에선 당신에 대한 얘기를 꺼내지도 못한답니다! 당장에 혼이 나니까요! 만사에 다 그래요. 예를 들어 그림을 볼 때면 그녀는 '아! 그이가 여기 계셨다면, 이것이 진짜인지 아닌지 정확하게 말할 수 있을 텐데요. 이 방면엔 그이만한 분이 없으니까요'라고 말한답니다. 그리고 시간시간마다 물어보곤 했어요. '지금쯤 그분이 무얼 하고 계실까? 공부를 좀 더 해주셨으면 좋겠는데! 그처럼 재능이 있는 분이 그처럼 게으르니 슬퍼해요! (용서하세요, 괜찮죠?) 지금 그이가 보이는 것 같아요'라고요. 또 그녀는 제가 생각하기에 아주 재미있는 말도 했답니다. 베르뒤랭 씨가 오데트에게, '아니 팔천 리에〔거리의 단위. 1리에는 약 4km〕나 떨어져 있는데, 지금 그가 하는 게 어떻게 눈에 보인다는 거지요?'라고 묻자, 오데트는 '친한 친구의 눈에는 불가능한 것이란 없는 법이지요'라고 대답하지 뭐예요. 정말이고말고요. 선생님께 아첨하느라 이렇게 말하는 건 아니에요. 그러니까 당신은 그리 흔치 않은 진정한 친구를 가진 셈이에요. 이 점을 모르는 사람은 오직 당신 혼자뿐이지요. 제가 그분들과 헤어지는 마지막 날 베르뒤랭 부인께서 저에게 또 한 번 이런 말씀을 하셨지요. (아시다시피 작별 전날에는 이야기가 잘 나오는 법이니까요.) '오데트가 우리를 좋아하지 않는다는 말은 아니지만, 우리가 오데트에게 하는 말은 스완 씨가 그녀에게 하는 말에 비하면 비중이 덜한가봐요.' 어쩌나! 마차가 멈췄네. 선생님과 이야기하는 바람에 하마터면 보나파르트 거리를 지나칠 뻔했군요……. 미안하지만 제 모자 깃이 똑바로 섰는지 좀 봐주시겠어요?"

그리고 코타르 부인은 토시에서 흰 장갑을 낀 손을 빼내 스완에게 내밀었는데, 갈아타는 차표와 함께 빠져나온 흰 장갑은 상류 생활의 단면을 합승 마차 안에 가득 채우며 세탁소 냄새와 섞여 있었다. 그러자 스완은 코타르 부인에 대해 베르뒤랭 부인에 대해서와 같은 정(또 오데트에 대한 것과 거의 동일한 정, 왜냐하면 요즘 그가 느끼는 그녀에 대한 감정에는 더는 고통이 섞여 있지 않았으므로 거의 사랑이라고 할 수도 없는 것이었기에)이 마음속에 넘쳐흐르는 것을 느끼면서, 스완은 마차 출구에 서서, 감동 어린 시선으로 그녀의 뒷모습을 물끄러미 지켜보았다. 코타르 부인은 모자 깃을 높이 세우고, 한 손으로는 치맛자락을 쳐들고, 또 한 손으로는 청우 겸용 우산과 이름 첫 글자가 환하게 보이는 명함집을 쥐고, 자기 앞에 토시를 축 늘어뜨린 채 활기찬 모습으로 보나파르트 거리로 들어섰다.

스완이 오데트에게 갖고 있던 병적인 감정과 경쟁시키려고, 그녀의 남편보다 더 뛰어난 임상의인 코타르 부인은 그런 감정들 곁에 다른 감정을 접붙였던 것이다. 그 다른 감정이란 감사와 우정의 정상적인 감정으로, 그것은 스완의 머릿속에서 더욱 인간적인(다른 여자들도 그에게 그런 감정을 불러일으킬 수 있기에, 더욱 다른 여자들을 닮은) 오데트를 만들어내고, 평온한 사랑을 받는 오데트로 그 결정적인 변모를 서두르게 하여, 어느 날 저녁, 화가의 집에서 있었던 연회 후에 포르슈빌과 함께 그를 집으로 데리고 가서 오렌지 주스를 마시게 하던 오데트, 스완이 이 사람이라면 그 곁에서 행복하게 살수 있겠다고 생각하던 그런 오데트로 되돌려놓았던 것이다.

예전에 그는 자주, 언제건 그가 오데트를 더는 사랑하지 않게 될 날이 오리라고 생각하며, 두려운 마음에서 주의를 게을리하지 않아야겠다고 결심했었다. 그래서 사랑이 도망칠 것 같은 느낌이 들면, 그것에 매달리며 붙잡으려 했다. 그러나 이제는 사랑이 약해져감에 따라서 동시에 사랑을 받고 싶은 욕망도 약해졌다. 왜냐하면 인간의 감정이란 임의로 변할 수 없는 것이므로, 이를테면 그는 이미 옛날의 그가 아닌데 그 옛 감정에 계속 복종하면서 아주 다른 사람이 될 수는 없기 때문이다. 이따금 그는 오데트의 애인일지도 모른다고 추측되는 사내 중 한 명의 이름을 신문에서 보면 또다시 질투에 빠지곤 했다. 그러나 그것은 아주 가벼웠다. 그리고 그 질투는 그가 그토록 괴로워하던 시기 — 그러나 또한 그처럼 관능적인 감각을 알게 된 시기 — 에서 아직 완전히 빠져나오지 못했다는 것과, 또 그 중간에 있었던 우연한 일들이 그에게 그 시기의 아름다움을 멀리서 슬그머니 바라볼 수 있게 해준다는 것을 입증했으므로, 그의 마음속에 오히려 즐거운 흥분을 불러일으켰다. 그것은 베네치아를 떠나 프랑스로 되돌아가는 서글픈 심정의 파리지앵에게 마지막 남은 모기 한 마리가 이탈리아와 여름이 아직은 그리 멀리 떨어져 있지 않음을 증명하는 것과도 같았다. 그러나 그가 빠져나온 매우 특별한 삶의 시기, 그는 그 시기에 머물기 위해서가 아니라 그렇게 할 수 있는 동안만이라도 그 시기의 뚜렷한 영상을 가지려고 매우 자주 노력했지만, 그때마다 그것이 이미 불가능하다는 것을 깨달았다. 그는 사라져가는 풍경을 바라보듯, 자신이 방금 떠나온 그 사랑을 바라보고 싶었다. 그러나 그가 이중의 상태가 되어 잃어버린 감정의 진실된 모습을 자신에게 재현시킨다는 것은 너무나 어려운 일이었으므로, 이윽고 그의 머릿속은 흐려지며 더는 아무것도 보이질 않아, 그는 보기를 단념하고 코안경을 벗어 알을 닦았다. 그리고 그는 잠시 쉬는 게 좋겠다, 조금 후에도 시간은 있을 테니까 하고 혼자서 중얼거렸다. 그러고는 자신이 고향 산천에 마지막 작별 인사를 하기 전에는 떠나게 내버려두지 않겠다고 다짐했던 기차가 매우 오랫동안 살았던 고장을 뒤로하고 점점 더 빠른 속도로 달리고 있음을 느끼며, 그 안에서 졸음이 와서 모자를 눈 위에 내리고 잠에 빠져버리는 나그네의 무심함과 무감각에 빠져 스완은, 몸을 한구석에 틀어박았다. 또한 우연히 포르슈빌이 오데트의 정부였다는 증거를 얻었을 때도, 스완은 마치 기차가 프랑스에 들어서서야 비로소 잠에서 깨어난 나그네처럼 아무런 고통도 느끼지 않았으며, 이제 사랑은 멀어졌다고 생각했다. 그러자 그 사랑과 영원히 작별하는 순간이 미리 예고되지 않은 것을 아쉬워했다. 그래서 그는 그가 처음으로 오데트와 입을 맞추기 전, 매우 오랫동안 그를 위한 것이었던 그녀의 얼굴— 그 입맞춤 이후를 회상해보면 이미 변해 있던 그 얼굴— 을 그의 기억 속에 새겨 넣으려고 애쓰던 때와 마찬가지로, 그녀가 아직 존재하는 동안 적어도 생각 속에서만이라도, 자신에게 사랑과 질투를 일으키고 그 많은 고통을 안겨준 오데트, 이제 다시는 만나지 못할 그 오데트에게 작별 인사를 할 수 있었으면 하고 바랐다. 그것은 착각이었다. 몇 주일 후, 그는 다시 한번, 그녀를 만나지 않을 수 없었다. 그것은 잠을 자면서 꾼 꿈의 황혼 속에서였다. 그는 베르뒤랭 부인, 코타르 의사, 누군지 잘 알 수 없는 터키 모자를 쓴 젊은이, 화가, 오데트, 나폴레옹 3세, 그리고 우리 할아버지와 함께 바닷가를 따라 나 있던 길을 산책했는데, 그 길은 어떤 곳은 수직으로 매우 높이 불쑥 솟아 있었고, 또 어떤 곳은 단지 몇 미터밖에는 솟아 있지 않아 그들은 계속 올라갔다 내려왔다 하고 있었다. 아직 오르고 있는 사람에게는 이미 내려가는 사람의 모습이 보이지 않았다. 조금밖에 남아 있지 않던 햇빛마저도 희미해지더니, 곧바로 어두운 밤이 펼쳐질 것 같았다. 이따금 파도가 바닷가에까지 튀어올라 스완은 뺨 위에서 차가운 물방울을 느꼈다. 오데트가 그에게 그것을 닦으라고 말했는데, 그는 그럴 수가 없어서 그녀와 얼굴을 마주하는 게 창피스러웠고, 또 잠옷 바람으로 있는 것도 그러했다. 어두웠기에 남들에게 자기 모습이 눈에 띄지 않기를 바랐지만, 베르뒤랭 부인이 놀란 눈으로 한참 동안 그를 응시했다. 그러는 동안 부인의 얼굴 모습이 달라지더니 코가 길어지고 덥수룩한 수염이 나는 것을 그는 보았다. 머리를 돌려 오데트를 바라보니, 두 뺨은 창백하고, 작고 붉은 반점이 군데군데 돋아나 얼굴이 핼쑥하고 초췌했으나, 그래도 그를 바라보는 눈은 사랑이 가득 차 마치 눈물방울처럼 당장 떨어져 그의 몸에 흘러내릴 것만 같았다. 그는 그녀를 매우 사랑하고 있다고 느껴 그녀를 당장 데려가고 싶어졌다. 갑자기 오데트는 손목을 돌려 조그만 손목시계를 들여다보고는 "저는 가봐야겠어요"라고 말했다. 그녀는 모두에게 그와 똑같은 방식으로 작별 인사를 했다. 스완에게 따로 작별 인사를 하지도 않았고, 그날 저녁이나 다른 날 다시 만나자는 말도 하지 않았다. 그는 감히 물어보지 못했으며, 그녀 뒤를 따라가고 싶었지만 그녀 쪽을 돌아보지 못한 채 베르뒤랭 부인의 질문에 웃으며 대답하지 않을 수 없었다. 그러나 그의 가슴은 무서울 정도로 두근거렸으며, 오데트에겐 증오감을 느꼈다. 조금 전 그처럼 사랑스럽던 그녀의 두 눈을 파내고 시든 그 두 뺨을 짓이기고 싶을 정도였다. 그는 베르뒤랭 부인과 함께 계속 올라갔다. 즉 반대쪽으로 내려가던 오데트와는 한 걸음 두 걸음 멀어져가는 셈이었다. 얼마 후 그녀가 떠난 지 꽤 많은 시간이 흘렀다. 화가는 스완에게, 나폴레옹 3세가 오데트가 떠난 직후에 자취를 감추었다고 알려주었다. "분명히 둘이서 짰던 겁니다"라고 그가 덧붙였다. "둘이서 저 아래 해변에서 만나기로 했던 모양입니다. 그런데 우리에게 실례가 되니까, 둘이 똑같이 작별 인사를 하지는 않은 거지요. 오데트는 그 사람의 정부입니다." 낯선 젊은이는 울음을 터뜨렸다. 스완은 그를 위로해주려고 했다. "누가 뭐래도 그녀가 옳은 거요" 하고 스완이 젊은이의 눈물을 닦아주며 마음을 편하게 갖도록 터키 모자까지 벗겨주면서 말했다. "나는 오데트에게 그걸 열 번이나 권했다오. 왜 그런 일로 슬퍼하는 거요? 그녀를 이해할 수 있는 건 그 사람뿐인데." 스완은 이렇게 자기 자신에게 말했다. 왜냐하면 처음에 누군지 알아볼 수 없었던 그 젊은이 역시 그였기 때문이다. 어느 소설가처럼 그는 자기 인격을 두 인물로, 즉 꿈을 꾸는 인물과, 그가 눈앞에서 보고 있는 터키 모자를 쓴 젊은이로 갈라놓았던 것이다.

나폴레옹 3세는 바로 포르슈빌로, 어떤 어렴풋한 연상과, 그 남작의 평소의 용모에 가한 다소의 수정과, 목에 늘어뜨린 레종 도뇌르 훈장〔프랑스 최고 훈장〕 때문에 스완이 그 남작에게 붙인 별명이었다. 그런데 사실 꿈속에서의 그 인물이 스완에게 보여주고 기억나게 한 그 모든 것으로 미루어보아도, 그건 확실히 포르슈빌이었다. 그것은 잠자는 스완이 몇몇 하등 유기물(有機物)처럼 간단한 분할에 의해 제 몸을 증식할 수 있는 거대한 창조력을 일시적으로 발휘하여, 불완전하고 시시각각으로 변하는 심상에서 위조된 추론을 끌어냈기 때문이다. 제 손바닥의 열을 느끼면, 그는 그것을 남의 손바닥으로 여겨 그것과 악수한다고 생각하기도 했고, 또 아직 분명히 의식치 못하는 막연한 감정이나 인상에서 여러 가지 돌발 사건을 만들어내어, 그들의 논리적인 연결이 스완의 수면 속에 필요한 인물을 데려와 그의 사랑을 받게 하기도 하고, 그의 잠을 깨우게 하기도 했다. 갑자기 어두운 밤이 되었다. 경종이 울렸다. 마을 사람들이 화염에 싸인 집에서 뛰쳐나와 달리고 있었다. 스완의 귀에는 부서지는 파도 소리가 들렸고, 또 그의 가슴에서는 불안에 싸여 파도 소리만큼이나 격렬하게 두근거리는 심장 소리가 들렸다. 별안간 심장 박동 소리가 배로 뛰었고, 그는 설명할 수 없는 고통과 구토를 느꼈다. 온몸에 화상을 입은 농부 하나가 지나가면서 그에게 소리쳤다. "오데트가 어디에 가서 그 친구와 밤을 지냈는지 샤를뤼에게 물어보러 갑시다. 그전에는 그녀와 함께 곧잘 지냈고, 그녀는 그에게 무슨 얘기나 다 했으니까 말이오. 불을 지른 건 그들이오." 그의 하인이 그를 깨우러 와서 이렇게 말했다.

"주인님, 여덟 시입니다. 이발사가 왔었습니다. 한 시간 후에 다시 오라고 일러두었지요."

그러나 그런 말들은 스완이 빠져 있던 잠의 물결 속으로 들어오면, 물 밑바닥으로 비쳐든 한줄기 햇살처럼 굴절 작용을 받아야만 비로소 그의 의식에까지 이르게 되었다. 그래서 조금 전에 울린 초인종 소리가 그의 수면의 심연에서 화재 경보가 되어 화재라는 삽화를 만들어냈던 것이다. 그러는 동안 그가 눈앞에서 보고 있던 광경은 먼지처럼 날아갔다. 그는 눈을 뜨고, 멀어져가는 바다의 물결 소리를 마지막으로 들었다. 자신의 뺨을 만져보았다. 뺨은 젖어 있지 않았다. 그렇지만 그는 차가운 물의 감각과 소금의 맛을 기억하고 있었다. 그는 몸을 일으키고 옷을 입었다. 이발사를 일찍 부른 것은 캉브르메 부인—그전의 르그랑댕 양—이 앞으로 며칠 동안 콩브레에 머물러 있을 거라는 소식을 듣고, 그가 전날 밤 우리 할아버지에게 그날 오후 안으로 콩브레로 가겠다는 서신을 보냈기 때문이다. 그는 그의 기억 속에서, 그 젊은 부인의 얼굴의 매력에서 그가 너무 오랫동안 가지 못하고 있던 시골의 매력을 연상했고, 완전히 그 매력에 이끌려 며칠 동안 파리를 떠날 결심을 하게 되었던 것이다. 우리를 어떤 사람들과 대면시키는 여러 가지 우연사는 우리가 그 인물을 사랑하는 시기와 일치하지 않고, 그 시기의 전후에 불쑥 나와 사랑이 시작되기 전에 일어나기도 하고 사랑이 끝난 후에 되풀이되기도 하는 것이어서, 후에 우리의 마음에 들 운명을 타고난 사람을 우리의 생에서 처음 보는 순간은, 후에 가서 보면 우리의 눈에 일종의 예고나 전조로서의 가치를 주게 된다. 이제 스완은 극장에서 만난 오데트, 그날 밤 이후로 또다시 만나리라고는 생각도 하지 못했던 그 최초의 밤의 그녀 모습을 자주 회상했고, 또 그가 프로베르빌 장군을 캉브르메 부인에게 소개해주던 생퇴베르트 부인의 야회도 상기했다. 우리 생활의 관심사는 너무나 다양하여, 같은 상황 속에서 아직은 존재하지 않는 어떤 행복의 푯말이 지금 우리를 괴롭히는 심각한 고뇌 바로 곁에 세워져 있는 것이 그렇게 드문 일은 아니다. 그리고 틀림없이 그런 일은 스완이 생퇴베르트 부인 댁이 아닌 다른 곳에 있었더라도 그에게 일어났을 것이다. 그날 밤 그가 어디에 있었다 하더라도 또 다른 행복, 또 다른 고뇌가 그에게 찾아왔을 것이며, 그 후에 보면 그것은 그에게 불가피한 것으로 보였을 것이다. 그리고 그에게 그 불가피한 것으로 생각되던 일이 실제로 일어났다. 그는 생퇴베르트 부인의 야회에 갈 결심을 하게 된 사실 속에서 무언가 신의 섭리 같은 것을 감지하지 않을 수 없었는데, 왜냐하면 삶의 풍부한 창작을 찬미하고 싶어 하지만, 그가 가장 바라는 것이 무엇인지 알려고 하는 것과 같은 어려운 문제에는 오랫동안 파고들 수 없는 그의 정신이 그날 밤 그가 겪은 고통과, 이미 싹트고 있었지만 그 당시에는 아직 깨닫지 못하던 기쁨 사이에서 — 그 두 가지를 저울질하기란 매우 어려운 일이지만 — 일종의 필연적인 연결을 느꼈기 때문이다.

그러나 잠에서 깨어난 지 한 시간이 지나서 열차 속에서 머리가 흐트러지지 않게 해달라고 이발사에게 지시하는 동안, 스완은 다시 그 꿈을 생각해보았다. 그는 오데트의 창백한 얼굴빛, 지나치게 야윈 두 뺨, 초췌한 얼굴, 피곤한 눈 등 그들이 처음 관계를 맺은 후부터 — 그녀에게서 받은 그런 첫인상을 그렇게 오래 잊고 있을 정도로 오데트에 대한 사랑이 솟구쳐 계속 사랑에 빠졌던 동안— 주의해 보지 않게 되었던 그 모든 것들을 바로 자기 곁에서 보는 듯한 느낌이 들었다. 틀림없이 그의 기억은 그가 잠을 자는 동안 그들이 알게 된 첫 무렵까지 거슬러 올라가 그 모든 것의 정확한 감각을 되찾으려 했던 것이다. 그리하여 그가 더는 불행하지 않게 되고 그와 동시에 그의 도덕심의 정도가 낮아지면서부터 다시 그에게 나타난 간헐적인 상스러움을 가지고, 그는 마음속으로 이렇게 외쳤다. '정말이지 난 내 마음에 들지도 않고, 내 취향에 맞지도 않는 한 여자 때문에 내 생애의 몇 해를 망쳤고, 죽고 싶어 했고, 나의 가장 큰 사랑을 바친 셈이군.'

고장의 이름들

이름

 잠 못 이루는 밤에 내가 가장 자주 상기한 방들 중에서, 발베크에 있는 그랑 오텔 드 라 폴라쥐의 방만큼, 꽃가루를 뿌린 듯 오톨도톨하고도 먹음직스럽고도 경건한 분위기가 감도는 콩브레의 방들과 비슷하지 않은 방도 없었는데, 에나멜 칠을 한 벽들은 마치 물이 푸른 수영장의 반들반들한 안벽처럼 소금기 있는 하늘빛 맑은 공기를 품고 있었다. 이 호텔의 설비를 도맡았던 바바리아 태생의 실내 장식가는 방마다 장식을 다르게 했는데, 내가 묵게 된 방에는 삼면 벽을 따라 유리창이 달린 낮은 책장들이 줄지어 있었고, 그 유리창 안에는 장식가도 예상하지 못했던 효과로 위치에 따라 변화하는 바다의 갖가지 부분이 반영되어 맑은 바다 풍경 장식을 펼쳐놓았는데, 다만 마호가니 나무가 끼인 곳에서는 그 장식이 중단됐다. 그 때문에 '현대식' 가구 전람회에서 볼 수 있는 공동 침실 같은 그 방의 전경(全景)은 거기서 묵는 이의 눈을 즐겁게 해주는 동시에, 주택이 있는 곳의 경치에 알맞은 소재를 가진 예술품으로 장식돼 있는 듯이 보였다.
 그러나 폭풍우가 불던 날, 즉 프랑수아즈가 나를 샹젤리제로 데려가면서 바람이 너무 심하게 불어 머리 위에 기와가 날아오면 다칠지도 모르니 너무 벽 가까이 걸어가지 말라고 충고하거나, 신문에 보도된 큰 재난과 파선에 탄식하면서 이야기하던 날이면, 내가 자주 몽상하던 그 발베크만큼 실제의 발베크와 다른 것도 없었다. 나에겐 폭풍우를 웅대한 광경으로서보다는 자연의 진실된 생명을 드러낸 순간으로 보고 싶은 것보다 더 큰 욕망은 없었다. 아니 더 정확히 말하자면 나에겐 쾌감을 위해 인공적으로 꾸민 것이 아니라 필연적이고 변경할 수 없는 것이라고 내가 아는 것, 즉 풍경이나 위대한 예술의 아름다움보다 더 웅대한 광경은 없었던 것이다. 나는 나 자신보다 더욱 진실되다고 믿어지는 것, 위대한 천재의 사상이라든가 아니면 자연이 인간의 간섭 없이 뜻대로 행하고 있음을 나타내는 위력이나 은총에만 호기심을 품고 있었고, 또 알기를 열망하고 있었다. 축음기에서 외롭게 들려오는 돌아가신 어머니의 아름다운 목소리가 우리에게 어머니를 여읜 슬픔에 대한 위안을 주지 못하듯, 기계로 흉내 낸 폭풍우 소리 역시 박람회에 있는 전광(電光) 분수와 마찬가지로 내게는 무관심하게 여겨졌을 것이다. 또한 나는 폭풍우가 완전한 진실이 되려면 바닷가 자체가 최근 그 고장 행정기관의 손으로 만들어진 방파제가 아니라 자연 그대로의 바닷가이기를 바랐다. 더구나 나에게는 자연이란, 그것이 내 마음속에 깨우쳐준 모든 감정으로 미루어보건대, 인간의 기계적 산물과는 가장 반대되는 것으로 생각되었다. 자연에 인위적인 흔적이 적으면 적을수록, 내 마음의 확장에 더 넓은 공간을 제공해주었다. 그런데 나는 르그랑댕이 우리에게 인용했던 발베크라는 이름을 '난파선이 많기로 유명하며, 한 해의 절반은 안개의 수의(壽衣)와 파도의 거품으로 감싸인 을씨년스러운 바닷가'와 아주 유사한 해안의 이름으로 기억해왔었다.

"거기서는 아직도 피니스테르(finistère : 땅의 끝이라는 뜻)에서보다 훨씬 더 강하게 발 밑에서 느낄 수 있습니다(하기야 지금 그곳에는 여러 호텔이 서 있지만, 그래도 그 토지의 가장 오래된 골격을 변경시키지는 못했다)"라고 르그랑댕은 잘라 말했었다. "그곳이 프랑스, 유럽, 아니 옛 땅의 진짜 끝이라는 것을 말입니다. 그리고 그곳은 어부들의 최종 야영지이며, 또 그 어부들은 세계의 시초부터 바다 안개와 망령들의 영원한 왕국을 앞에 두고 살아온 모든 어부들과 똑같은 사람들입니다."

어느 날 콩브레에서, 발베크가 가장 기세 사나운 폭풍우를 구경하기에 알맞은 지점인지 알아보려고 발베크에 대한 이야기를 스완 씨에게 했을 때, 그는 나에게 이렇게 대답했었다. "난 발베크에 관해선 잘 안다고 자부하네! 발베크의 성당, 그것은 십이삼 세기 것으로, 아직도 절반은 로마네스크식인데, 아마 노르망디 지방 고딕 예술의 가장 진귀한 견본일 걸세. 그건 페르시아 예술이라고 할 정도로 특이하다네." 그래서 그때까지만 해도 내가 지리학적 대변동 때의 모습 그대로 오늘날에 이른 태고의 자연이라고밖에 생각하지 않던 고장, 게다가 그곳에 거주하는 미개한 어부들─고래와 마찬가지로 그들에게는 중세라는 것이 존재하지 않는─과 함께, '대양(大洋)'이나 '북두칠성'처럼 인간 역사의 바깥에 있다고 생각해왔던 고장, 그 고장의 어부들이 로마네스크 시대에 있었음을 알고 나서, 그것이 단번에 세기의 계열 속에 들어서는 것을 보며, 고딕 건축의 클로버 무늬가 마치 봄이 되자 극지(極地)의 눈(雪)을 여기저기 별 모양으로 금이 가게 하는 나약하지만 생명력이 강한 클로버처럼 필요한 시간에 나타나, 또한 그 자연의 암석에 새겨졌음을 알게 된 것이 나에겐 커다란 매력이었다. 그리고 만약 고딕 예술이 그 고장과 주민에게 이제껏 결핍돼 있던 어떤 결정적인 요소를 가져다주었다고 한다면, 그들 또한 그에 대한 보답으로 고딕 예술에 하나의 결정적인 요소를 주었던 것이다. 나는 그 어부들이 어떤 생활을 영위했었는지 생각해 보았고, 중세기 동안 그 '지옥'의 바로 옆 지점, 죽음의 절벽 발치에 모여, 거기서 그들이 시도했던 상상할 수 없을 만큼 무기력한 노력을 그려보았다. 그러자 고딕 예술이 이제까지 내가 늘 그 소재지로 상상해오던 여러 도시들에서 분리되면서, 나로 하여금 특별한 경우, 그것이 어떻게 미개지의 암석 위에서 싹터 아름다운 종탑으로 꽃피어나는가를 알 수 있게 해준 지금, 그것은 나에게 더욱더 생생한 예술처럼 느껴졌다. 집안 식구들이 나를 데려가 고수머리에 코가 납작한 사도들, 성당 입구의 성모상 등 발베크에서 가장 유명한 조각상의 복사품들을 보여주었을 때, 나는 그 조각들이 소금기 있는 영원한 안개를 배경 삼아 두드러지게 떠오르는 것을 보게 될 것이라는 생각에 기쁜 나머지 가슴속 호흡이 멎어버리는 것이었다. 그 후, 뇌우가 몰려올 듯한 2월의 감미로운 밤이면, 바람이— 내 방 굴뚝을 흔들어댈 정도로 강하게 내 마음을 흔들어대며, 발베크행 여행 계획을 불어넣으면서— 고딕 건축에 대한 동경과 바다 위 폭풍에 대한 동경을 내 마음속에 뒤섞어놓았다.

빨리 내일이 되어, 1시 22분발 빠르고 쾌적한 기차를 탔으면 하고 바랐다. 그래서 철도 회사의 광고나 유람 여행 안내에 실린 기차의 발차 시각을 가슴을 두근거리지 않고는 결코 읽을 수 없었다. 출발 시간, 그것이 그날 오후의 바로 그 점에 하나의 즐거운 금, 하나의 신비스런 표적을 새기는 것 같았다. 또 그 시간이 지나면, 기차가 우리로 하여금 선택하도록 한 여러 도시들 가운데서, 그 기차가 지나는 어느 한 도시에서 그날 저녁이나 그 다음 날 아침을 맞이하게 될 것이다. 왜냐하면 나로서는 그 도시 가운데 어느 한 도시도 희생할 수가 없어 결국 어느 곳을 택해야 좋을지 몰랐기 때문이며, 따라서 기차는 나에게 제공해준 여러 이름을 싣고 바이외, 쿠탕스, 비트레, 케스탕베르, 퐁토르송, 발베크, 라니옹, 랑발, 브노데, 퐁타방, 캥페를레에 정차하면서 당당히 앞으로 나아갈 것이기 때문이었다. 그러나 그 기차를 기다리지 않고 만약 우리 부모님이 허락해주어 서둘러 옷을 입고 그날 저녁에 출발한다면, 물결 사나운 바다 위에 여명이 솟아오를 즈음엔 발베크에 도착할 수 있었을 것이며, 설령 노도가 심하더라도 페르시아풍 성당 안으로 몸을 피할 수 있었을 것이다. 그런데 부활제 휴가가 가까워져 이번 휴가는 이탈리아 북부로 보내주겠다는 부모님의 약속이 있을 때면, 이제까지 동경해온 절벽처럼 깎아 세운 듯한 꺼칠꺼칠한 성당, 종탑 안에서는 바닷새들이 울어대는 성당 근처의 한적한 바닷가에 서서 사방에서 몰려와 점점 높아져가는 파도를 보고 싶어 한 나머지 품어왔던 폭풍우에 대한 꿈이 단번에 사라지고 그들의 모든 매력을 떨쳐버리고 물리치면서, 그런 경치가 이탈리아 북부와는 어울리지 않으며 남국의 느낌을 감퇴시킬지도 모른다고 배척하면서 나는 그것과는 정반대되는 알록달록한 빛깔의 봄, 아직도 빙화(氷花)의 바늘이 따갑게 찌르는 콩브레의 봄이 아니라 이미 백합과 아네모네가 만발한 피에솔 들판의 봄, 그런 봄에 대한 꿈을 마음속으로 그리는 것이었다. 이제 나는 단지 햇살과 향기 그리고 색채만이 귀하게 여겨졌다. 왜냐하면 영상의 변화가 내 마음속에 정면으로 욕망의 변화를 일으켰고, 또—음악에서 이따금 일어나는 것과 같이 갑자기—나의 감수성 속에 가락의 완전한 변화를 가져왔기 때문이다. 그때부터 나는 계절의 변화를 기다릴 필요 없이 단순한 공기의 변화만으로도 그런 변조를 내 몸속에 충분히 일으킬 수 있게 되었다. 그것은 어떤 계절 속에 다른 계절의 하루가 길을 잃고 있는 것을 종종 보게 되는데, 그때 우리가 금세 그 계절 속에 있는 듯한 착각을 일으켜 그 계절 특유의 기쁨을 바라게 되면서 한창 빠져 있던 몽상을 중단하게 되는 것과 같은 이치로, 마치 '행복'의 말을 써 넣은 달력 속에 다른 달에서 떼어낸 종이를 그 행복의 날보다 더 빠른 곳이나 더 늦은 곳에 삽입하는 것과 같은 것이다. 그러나 머지않아 과학이 자연현상을 정복하여 마음대로 그것을 일으키고 우연이라는 것의 보호나 승낙 없이도 쉽게 그것을 발생시킬 날이 오겠지만, 우리의 안락함과 건강이 거기서 우발적이고 아주 작은 은혜밖에는 끌어낼 수 없는 자연현상, 그런 자연현상과 마찬가지로 나의 대서양에 대한 꿈과 이탈리아에 대한 꿈의 발생도 드디어는 계절과 시간의 변화에만 좌우되지는 않게 되었다. 그런 꿈을 재생시키려면 단지 그 지명을 발음하는 것만으로 충분했다. 발베크, 베네치아, 피렌체, 이들 지명의 내부에는 그 이름이 지시하는 장소들이 나에게 불러일으킨 동경이 축적되어 있었기 때문이다. 심지어는 봄날, 책 속에서 발베크라는 이름을 보는 것만으로도 폭풍우와 노르망디 지방의 고딕 예술에 대한 동경을 일으키기에 충분했고, 폭풍우 치는 날, 피렌체나 베네치아라는 이름만으로도 나에게 태양, 백합, 총독의 궁전과 산타 마리아 델 피오레 성당〔'꽃의 성모 마리아'라는 뜻을 지닌 성당〕에 대한 동경을 갖게 했다.

    그러나 그런 이름들이 내가 품어온 그 도시들의 영상을 영구히 흡수했다 하더라도, 그것이 내 마음속에 그 영상을 재현시킬 때는 그 이름 각각의 특성에 따라 영상을 변모시키면서 흡수한 것에 지나지 않았다. 그래서 그런 이름들은 노르망디나 토스카나의 도시들을 실제보다 더욱 아름답게, 또 더욱 다르게 만들어서 내 상상력에 멋대로의 즐거움을 증가시킴으로써, 앞으로의 여행에서 있게 될 실망을 더욱더 크게 만들었다. 그 이름들이 더욱 특수한, 따라서 더욱 현실적인 것으로 되면서, 내가 지상의 여러 곳에 품었던 관념을 자극시켰던 것이다. 나는 그 도시들과 풍경, 그리고 사적들을, 다소 마음에 들어 같은 재료의 여기저기에서 오려낸 그림들로 상상한 것이 아니라, 그들 각각이 다른 것들과는 근본적으로 다른 것, 내 영혼이 갈망하고 또 알아두면 도움이 될 미지의 것으로 상상했다. 그 이름, 그것만이 갖는 이름, 즉 익명처럼 고유한 이름에 의해 지칭됨으로써, 그것들은 얼마나 더 개성적인 그 무엇인가를 갖고 있었던가! 낱말이란, 그것이 지칭하는 사물들—예컨대 작업대, 새, 개미집이 어떤 것인지를 아이들에게 보여주려고 견본으로 학교 벽에 걸어놓는 그림들처럼—즉 같은 종류로 된 모든 것의 표준으로 선택한 사물들의 뚜렷하고 평범한 조그만 영상을 우리에게 보여준다. 그러나 이름들이란 사람이나 도시—도시도 그 이름으로 불려지기에 우리에게는 그것이 사람처럼 유일하고 개성을 가진 것으로 생각하는 습관이 있다—의 어떤 어렴풋한 영상을 보여주는데, 영상은 그 이름과 그 소리의 맑거나 또는 침울한 울림에서 색채를 끌어낸다. 그러면 영상은 그 색채에 의해 마치 전지(全紙)가 온통 푸른색이나 붉은색으로 그려진 포스터처럼, 그것도 쓸 재료의 형편이나 손의 제한 때문에, 또는 장식가의 변덕 때문에, 하늘과 바다뿐만 아니라 쪽배도, 성당도, 행인들도 모두가 푸른색이나 붉은색으로 된 포스터처럼 단조롭게 칠해지게 된다. 《파름의 수도원》을 읽고 나서 가장 가보고 싶은 도시들 가운데 하나가 된 파름이라는 이름이 나에게는 오밀조밀하고, 반들반들하며, 연보랏빛 포근한 것으로 느껴져서, 내가 묵게 될지도 모를 파름의 어느 집에 대한 이야기만 나와도 나에게는 반들반들하고, 오밀조밀하고, 연보랏빛 포근한 느낌이 드는 숙소에 묵게 되리라고 생각하는 기쁨이 생겨났다. 그런 숙소는 이탈리아의 어떤 도시의 숙소와도 닮은 데가 없을 텐데도, 나는 단지 아무런 억양도 없는 파름이라는 이름의 묵직한 철자의 도움과, 스탕달〔Stendhal : 프랑스의 소설가, 문예비평가, 외교관.《파름의 수도원》,《적과 흑》등의 작품이 유명함〕풍 감미로움과 오랑캐꽃들의 반사광으로 말미암아 내가 파름이라는 이름에 담은 온갖 영상의 도움을 받고 나서야 비로소 그 숙소에 대해 상상했기 때문이다. 또 내가 피렌체를 떠올릴 때, 그것은 야릇한 향기를 풍기는 도시, 꽃관과 비슷한 도시가 되었으니, 그건 내가 피렌체를 백합의 도시라고 부르고, 그 대성당을 꽃의 성모 마리아라고 불렀기 때문이다. 발베크로 말하자면, 그것은 마치 노르망디의 옛 도자기가 그것이 발굴된 땅의 색깔을 지니듯, 그 이름 속에 폐지된 습관, 봉건제도의 한 부분, 고장의 옛 모습, 불규칙하게 변화하는 음절로 형성된 낡아빠진 발음 방식을 지닌 이름 가운데 하나였다. 그래서 나는 훗날 내가 발베크에 가서 성당 앞 광분하는 바다가 보이는 곳에 안내될 때, 그곳에서 밀크커피를 내 앞에 가져다줄 여관집 주인, 우화시(寓話詩)에 나오는 인물처럼 입씨름하기를 좋아하고, 점잔을 빼는 중세기 사람다운 풍모를 풍길 여관집 주인의 말투에서 그 낡아빠진 발음 방식을 다시 듣게 되리란 걸 의심하지 않았다.

내 건강 상태가 좋아져서 부모님이 나에게 발베크에 가서 체류하라고까지 허락하지 않더라도, 적어도 노르망디나 브르타뉴 지방의 건축과 풍경을 알아두라면서, 내가 상상을 통해 그처럼 몇 차례 올라 탔던 1시 22분발 기차를 한 번 타도록 허락해준다면, 나는 우선 가장 아름다운 도시에 내리고 싶었으리라. 그러나 막상 그 도시들을 비교하는 마당에는 비교를 할 수 없었으니, 다른 도시의 것과는 바꿀 수 없는 개성을 가진 것들 사이에서 어떻게 더욱 아름다운 도시를 고를 수 있겠는가. 예를 들어 가장자리가 불그스름하고 우아하게 장식돼 있고 꼭대기가 마지막 철자를 오래된 황금빛으로 번쩍거리며 그처럼 높이 솟아 있는 바이외(Bayeux). 악상테귀〔프랑스어의 부호로 ′ 표시〕모양 검은 나무로 고풍의 유리창을 마름모꼴 무늬로 장식한 비트레. 달걀 껍데기의 노랑색에서 진줏빛 회색에 이르기까지 희끄무레하고 부드러운 랑발(Lamballe). 쿠탕스(Coutances), 그 기름지고 노르스름한 끝의 이중모음이 버터빛 탑의 꼭대기를 장식한 노르망디의 대성당, 한적한 마을의 고요 속에서 파리가 뒤따르는 역마차 소음이 들리는 라니용(Lannion). 흰 깃털과 노란 부리가 시적(詩的)이며 하천이 있는 길가에 흩어져 있는, 우스꽝스럽고 소박한 케스탕베르(Questambert)와 퐁토르송(Pontorson). 겨우 매어놓긴 한 이름이지만 그 시냇물이 해초 한가운데로 끌어들이고 싶은 듯이 보이는 브노데(Benodet) 시가. 운하의 초록빛 물속에서 경쾌한 부인용 모자의 희고 불그스름한 날개를 파르르 떨면서 비추다가 날려버린 퐁타방(Pont-Aven). 캥페를레(Quimperlé), 그곳은 중세기 이래로 시냇물에 뿌리를 깊이 내리고 끊임없이 시냇물과 속삭이면서, 끝이 희뿌연 은빛으로 둔하게 변해버린 햇살이 스테인드글라스의 거미줄 너머로 그려내는 것과 똑같은, 그리자유 화법〔회색 농담(濃淡)만으로 그리는 화법〕으로 그려진 곳이 아닐까?

이런 연상들은, 또 하나의 이유로 인해 잘못된 것이었다. 왜냐하면 그것들이 어쩔 수 없이 매우 단순화되었기 때문이다. 말하자면 나의 상상력이 갈망한 것, 그리고 나의 감각이 실질적인 기쁨도 없이 불완전하게 겨우 감지한 것을 내가 이름이라는 은신처 속에 가두어두었기 때문이다. 내가 그 이름에 꿈을 축적해두었기에 틀림없이 그것들은 아직도 내 소망을 자화(磁化)시키고 있다. 그러나 그 이름들이 아주 광대한 것은 아니다. 그 이름에는 기껏해야 두세 군데의 주요 '명소'가 들어 있을 뿐이다. 게다가 그것들은 아무런 중개물도 없이 나란히 놓여 있었다. 발베크라는 이름 속에서는, 흡사 해수욕장에서 산 펜대에 달린 확대경 속에서처럼 페르시아풍 성당 주위에 이는 파도가 보였다. 아마도 그러한 영상의 단순화, 그것이 바로 나에게 위력적이 된 이유 가운데 하나였을 것이다. 어느 해인가, 우리 식구가 부활절 휴가에 피렌체와 베네치아에 가기로 아버지가 정했을 때, 나는 그 피렌체라는 이름 속에 평소에 그런 도시를 이루던 여러 요소를 넣을 여지가 없어서, 하는 수 없이 그 핵심이 조토[이탈리아 피렌체파 화가, 건축가]의 정신이라고 믿어왔던 것을, 봄의 향기로 수정하여 초자연적인 도시로 만들어내지 않을 수 없었다. 결국— 한 이름 속에 공간적인 것보다 시간적인 것을 더 많이 포함시킬 수 없었으므로—예를 들면, 조토의 어떤 그림에서도 동일 인물의 동작을 다른 두 시점으로 나누어 한쪽은 잠자리에 누워 있는 장면, 또 한쪽은 말을 타려고 하는 장면을 나타내고 있듯이, 피렌체라는 이름도 두 부분으로 나뉘어 있었다. 그중 한편에서는 건물의 차일 밑으로, 먼지를 반짝이며 비스듬하게 서서히 비쳐오는 아침 해의 휘장이 화면 일부에 겹쳐 있는 벽화가 보였다. 그리고 또 한편에서는(고장의 이름을 가까이 다가갈 수 없는 이상(理想)으로 생각하지 않고 내가 그 안에 잠기려는 현실적인 상황으로 생각함으로써, 아직 살아보지 못한 삶, 내가 그 고장의 이름 속에 가두어놓은 완전무결하고도 순수한 삶이, 더욱 속된 기쁨과 더욱 단순한 정경에 르네상스파 직전의 화가들 작품 속에 있는 매력을 주고 있었기 때문에), 나는 빨리 — 과일과 시에나산 포도주를 차려놓고 나를 기다리는 아침 식탁 앞에 빨리 앉으려고 — 황수선화와 수선화와 아네모네꽃이 만발한 퐁트 베키오를 건너갔다. 그런 것들이 (몸은 파리에 있으면서) 내가 본 것인 동시에 내 주위에 없는 것이었다. 현실주의적인 단순한 관점에서 보더라도, 언제나 우리가 동경하는 지방들은 우리의 실생활 속에서 실제로 우리가 사는 지방보다 훨씬 더 넓은 장소를 차지하고 있다. 내가 '피렌체에, 파름에, 피사에, 베네치아에 간다'라는 말을 입 밖에 냈을 때 만일 내가 나 자신이 생각하고 있던 바에 좀 더 주의를 기울였다면, 내가 보는 것은 하나의 도시가 아니라, 내가 아는 모든 것과 전혀 다른 매우 아름다운 그 무엇, 예컨대 늘 겨울날의 늦은 오후 속에서 인생을 흘려보낼 것 같은 사람에게는 미지의 경탄할 만한, 곧 화창한 봄날 아침과 같은 그 무엇이란 걸 이해했으리라. 이러한 비현실적이고 늘 비슷비슷한 불변의 심상들이 나의 밤과 낮을 가득 채우며, 당시의 나의 삶과 그 이전의 삶을 구분해놓았다. (그리고 그 두 개의 삶은 사물을 외부에서만 보는, 다시 말해서 아무것도 보지 못하는 관찰자의 눈으로는 구별하기 어려웠으리라.) 마치 어떤 듣기 좋은 주제가 각본만 읽은 사람에게는 짐작되지 않을, 더구나 단지 15분가량 극장 밖에 서 있기만 한 사람에게는 더더욱 짐작되지 않을 새로운 분위기를 자아내는 어느 오페라에서처럼. 또한 단순한 양(量)이라는 관점에서 보더라도 우리의 생의 나날은 동일하지 않다. 나날을 보내는 데 있어서 나처럼 다소 신경질적인 성격의 소유자는 자동차처럼 다양하게 '속도'를 조절한다. 기어오르는 데 한없이 시간이 걸리는 기복이 심한 힘든 날도 있고, 노래를 부르면서 전속력으로 내려갈 수 있는 평탄한 비탈길 같은 날도 있다. 한 달 동안— 언제 들어도 질리지 않는 멜로디처럼 피렌체와 베네치아와 피사의 영상을 되풀이하면서, 한편으로는 내 마음속에 그런 영상을 불러일으킨 열망이 마치 그것이 사랑, 어떤 사람에 대한 사랑이기라도 한 듯, 그 영상에서 매우 개성 있는 그 무엇을 꺼내어 간직하던 그 한 달 동안— 나는 그런 영상이 나와는 관계없는 어떤 현실에 상응하고 있어 천국에 막 들어가려는 초기 기독교도의 마음에 생길 수 있는 아름다운 희망을 나에게도 깨닫게 해주리라고 계속 믿었다. 그리하여 몽상을 통해 공들여 만들었지만 감각기관을 통해서는 지각되지 않았던 것 — 따라서 감각기관으로서는 그만큼 더 매혹적이고, 감각기관이 감지하던 것과는 더욱 다른 것 — 을 내가 일부러 그 감각기관으로 바라보고 싶어 하거나 만져보고 싶어 할 모순에 대한 염려 없이, 그것이 나에게 영상의 현실을 상기시켜 나의 욕망을 더욱 불타오르게 했는데, 왜냐하면 그것은 나의 욕망을 만족시킬 약속과 같은 것이었기 때문이다. 내가 이렇게 흥분하게 된 동기는 예술을 즐기려는 욕망에 있었지만, 그런 욕망을 길러낸 것은 미학 서적보다는 명소 안내서였고, 명소 안내서보다는 기차 시간표였다. 내 마음을 움직이고 있던 것은 상상 속에서는 가까이 보면서도 다가갈 수 없었던 피렌체에, 만일 나와 피렌체를 갈라놓고 있던 도정(道程)이 나의 내부에서 통과될 수 없다면, 하나의 방책으로 '육로'를 잡아서 우회하면 거기에 도달할 수 있으리라는 생각 바로 그것이었다. 사실, 이처럼 구경 가려고 하는 것에 어떤 중요성을 부여하면서 베네치아는 '조르조네〔da Castelfranco Giorgione : 베네치아 태생의 화가〕화파의 고장이며, 티치아노〔Vecellio Tiziano : 베네치아파 화가〕가 거주하던 곳이요, 중세기 가옥 건축의 완벽한 미술관'이라고 마음속으로 되풀이했을 때, 나는 행복한 느낌이 들었다. 그렇지만 그보다 더 행복한 느낌이 들었던 것은, 볼일이 있어 거리로 나와 철 이른 봄기운이 며칠 동안 계속된 후 (콩브레에서 부활절 전후에 곧잘 겪듯) 다시 겨울로 되돌아간 듯한 날씨 때문에 걸음을 재촉하면서 거리 위의 마로니에를 구경하고 있을 때, 그 마로니에가 물처럼 차갑게 흐르는 대기 속에 잠겨 있었지만, 철을 어기지 않는 봄의 초대를 받아 이미 몸단장을 시작했고, 또 수목을 시들게 하는 한기(寒氣)가 그것을 잠깐 괴롭히고 있기는 했지만 점차 싹터 나오는 저항할 수 없는 힘을 가진 억센 초록빛을 그 얼어붙은 마디마디에 펼치며 아로새기는 기운을 잃지 않는 것을 보면서, 이미 퐁트 베키오는 히아신스와 아네모네로 수북이 덮였을 것이며, 봄날의 태양이 이미 티치아노의 그림 밑으로 몰려와 부서지면서 그 그림과 견줄 수 있을 정도로 아름답게 채색된 짙은 하늘빛과 고상한 에메랄드 빛깔로 대운하의 물결을 물들이고 있겠거니 하는 생각이 들었을 때였다. 아버지가 청우계를 자주 바라보고 추위를 탓하면서 어떤 열차가 가장 좋을지 고르기 시작했을 때, 그리고 점심 식사 후 주변 경치를 모조리 변경시키는 장치가 있는 마법의 방인 석탄 실험실에 들어가면서, 다음 날이면 '벽옥(碧玉) 무늬가 뚜렷하게 눈에 띄고, 에메랄드 포석(鋪石)이 깔린' 대리석과 황금의 도시에서 잠을 깰 것이란 걸 알았을 때, 나는 기쁨을 억제할 수 없었다. 그래서 그 대리석과 황금의 도시, 그리고 백합의 도시는 단지 마음대로 상상해서 만들어낸 가공의 장면이 아니라, 만일 가보고 싶으면 반드시 그 거리를 통과해야 하는, 파리에 있는 어느 거리의 한 지점에 실재하는 도시, 한마디로 말해 그 밖의 어느 곳에도 없는 지구의 일정한 한 지점에 존재하는 실재의 도시가 되었다. 이런 도시들이 나에게 더욱더 현실화된 것은, 아버지가 "결국 모두들 사월 이십 일부터 이십구 일까지 베네치아에서 머물다 부활절 아침에 피렌체에 도착하게 될 거야" 하고 말했을 때였는데, 아버지가 그렇게 말함으로써 그 두 도시를 추상적인 '공간'에서 벗어나게 했을 뿐만 아니라, 가상의 '시간' — 우리가 한 번에 단 한 곳뿐만이 아니라 동시에 다른 여러 곳도 여행할 수 있는, 그러나 현실적으로 가능한 일이 아니기에 커다란 감동은 없는 시간, 또 얼마든지 만들어낼 수 있어 한 도시에서 지낸 동일한 시간을 또 다른 도시에서도 지낼 시간—에서도 벗어나게 하여 우리가 그곳에서 사용하는 여러 대상의 진정한 증명서인 특별한 나날에 헌신하도록 했다. 왜냐하면 단 한 번밖에 없는 나날은 실제로 소비해버리면 다시는 되돌아오지 않으므로, 이곳에서 영위하는 나날을 저곳에서도 동시에 영위할 수는 없기 때문이다. 내가 기하학에 너무 감동을 받은 나머지, 나 자신의 삶의 설계도 안에 그려 넣으려던 둥근 지붕과 탑을 가진 도시 중에서 두 '여왕' 격인 베네치아와 피렌체가 아직은 비현실적인 존재라는 관념적인 시간에서 벗어나 그 두 도시에 이끌려 흡수돼버린 것은, 세탁소 아줌마가 잉크투성이던 내 흰 조끼를 가져다주던 월요일이 시작되던 그 주쯤이었다. 그러나 아직 나는 환희의 절정에 이르는 도중에 있는 데 불과했다. 그러던 중 아버지가 내게 "대운하 근방은 아직도 추울 테니까, 네 겨울 외투와 두터운 윗도리를 가방 속에 넣는 것이 좋겠다"라고 말하는 것을 들었을 때, 나는 다음 주 부활절 전날 물결이 찰랑거리는 거리, 조르조네의 벽화의 반사로 붉게 물든 베네치아 거리를 산책하는 사람은, 내가 상상하던 바와 같은 '핏빛 외투의 주름 밑에 청동이 번쩍거리는 갑옷을 입은, 바다처럼 위엄 있는 무시무시한' 사람들—나는 매우 많은 충고를 받았으면서도 언제나 이렇게 상상해 왔다—이 아니라 분명 자신일 것이며, 또한 지난날 내가 보았던 산마르코 성당[이탈리아 베네치아의 중앙 강당에 있는 성당]의 커다란 사진 안에는 중산모를 쓰고 현관 앞에 서 있는 어떤 사람이 아주 작게 찍혀 있었는데, 나도 그런 인물이 되어 베네치아에 가 있을 것이라는 생각이 처음으로 문득 떠오르며, 마침내 환희가 극에 이르렀다. 아버지의 그 말에 나는 일종의 황홀 상태에 도달했다. 그때까지 불가능하다고 믿어오던 것이 '인도양의 암초와 같은 자수정 빛깔의 바위' 사이로 빠져들어가는 듯한 느낌이 들었다. 내 힘을 초월한 최상의 체조로 나를 둘러싸고 있던 방의 공기를 쓸데없는 껍질처럼 벗어버리자, 그곳은 베네치아의 대기와 같은 분위기로 채워졌는데, 그것은 내 상상력이 베네치아라는 이름 속에 가둬두었던 꿈의 분위기처럼 뭐라고 형용할 수 없는 유별난 분위기였다. 나는 내 속에서 영과 육이 분리되는 느낌이 들었다. 그것은 심하게 목을 앓고 있을 때 느끼는 토하고 싶다는 막연한 욕구와 겹쳐졌다. 그래서 나는 침대로 옮겨졌고, 열이 어찌나 끈질겼던지 의사는 당분간 베네치아와 피렌체로 떠나는 것을 단념해야 할 뿐만 아니라, 완쾌되고 나서도 적어도 앞으로 일년 동안은 여행 계획이나 흥분의 원인이 되는 일은 일체 피해야만 한다고 경고했다.

게다가 슬프게도, 그는 내가 라 베르마를 보러 극장에 가는 것도 완강히 금지했다. 베르고트도 천재라고 말했던 그 뛰어난 여배우는, 그와 똑같이 중요하고 똑같이 아름다운 그 무엇을 나에게 일깨워주어, 피렌체와 베네치아에 가지 못한 것과 발베크에 가지 못하는 나를 위로해주었으련만. 집안 어른들은 날마다 나를 샹젤리제에 보내는 걸로 만족시키려 했다. 게다가 내가 과로하지 못하도록 감시인을 딸려 보냈는데, 그 사람은 레오니 고모가 돌아가신 후 우리 집에 하인으로 들어온 프랑수아즈였다. 나에겐 샹젤리제에 가는 것이 견딜 수 없었다. 혹시 베르고트가 그의 저서 가운데 한 권에 샹젤리제를 묘사했더라면, 지금까지 상상 속에서 '사본'을 떠두었던 모든 것들과 마찬가지로 나도 틀림없이 샹젤리제를 알고 싶었을 것이다. 나의 상상력은 모든 것에 활기를 주고, 생기를 주고, 인격마저 부여했다. 그래서 나는 그러한 모든 것을 현실 속에서 다시 발견하고 싶었다.

그러나 그 공원에서는 아무것도 나의 몽상과 연결되는 것이 없었다.
　어느 날, 목마(木馬) 옆 우리가 늘 가는 장소에서 내가 진저리를 치자, 보다 못한 프랑수아즈가 나를 데리고— 보리로 만든 사탕을 파는 아줌마들의 가게가 똑같은 간격을 유지하고 있는 경계선을 넘어— 소풍을 나갔다. 우리는 아는 얼굴이 없고 염소가 끄는 수레가 지나가는, 이웃 마을이지만 처음 보는 고장으로 들어갔다. 프랑수아즈는 월계수 숲을 등지고 있던 의자로 소지품을 가지러 되돌아갔다. 그녀를 기다리며, 나는 햇빛에 시들어 말라버린 짧게 깎인 누런 잔디밭을 짓밟고 있었는데, 그 잔디밭 끝에는 석상 하나가 연못을 굽어보고 있었다. 그때 수반(水盤) 앞 산책로에서 볼랑〔날개 달린 코르크를 라켓으로 쳐서 날려보내는 놀이〕놀이를 하던 갈색머리 소녀에게 또 다른 소녀 하나가 자기 외투를 입고 라켓을 집어 들며 퉁명스런 목소리로 소리쳤다. "잘 가, 질베르트, 나 갈게. 오늘 저녁 식사하고 나서 우리가 너희 집에 가는 거 잊지 마." 질베르트라는 이름이 내 곁을 스쳐 지나갔다. 그 자리에 있지 않은 사람을 말할 때처럼 단지 이름만 부른 것이 아니라 직접 그 사람을 향해 소리쳐 말을 건넸기에 그 이름으로 불린 당사자의 존재를 그만큼 더 강하게 환기시키며 지나갔다. 이처럼 그 이름은, 말하자면 동적으로, 투사된 곡선을 따라 과녁에 가까워짐에 따라서 힘이 증가되면서 내 곁을 지나갔다. 내가 느끼기에는, 내가 아니라 그 이름을 부른 여자 친구가 그렇게 불려진 대상에 대해 갖고 있는 지식과 관념과 그 밖의 모든 것을 그 이름이 도달하는 기슭에 옮기면서, 예를 들면 그 소녀가 질베르트라는 이름을 발음함으로써 두 소녀 사이의 일상적인 친밀감이라든가, 두 소녀 사이의 방문이라든가, 내게는 알려지지 않은 질베르트의 생활(그 이름을 대기 한가운데 외친 그 행복한 소녀에게는 매우 친근하겠지만, 반대로 그 이름 속으로 뚫고 들어가지 못한 채 피부를 스쳐 지나간 것에 불과한 나에게는 그만큼 가까이 할 수 없는 안타까운 생활) 등 소녀가 눈앞에 환히 보이진 않더라도 적어도 기억 속에서만큼은 간직한 온갖 것을 옮기면서—불려진 이름이 눈에 보이지 않는 스완 아가씨의 생활의 어떤 부분과, 저녁 식사 후(오늘 저녁이 그렇겠지만) 그녀의 집에 다다랐을 때 풍기게 될 향기로운 냄새를 벌써 대기 속에 퍼뜨리면서—아이들과 하녀들 한가운데로 멋진 빛깔의 작은 구름이 푸생[Nicolas Poussin : 17세기 프랑스의 대표적 화가]이 그린 것 같은 아름다운 정원 위로 부풀어오르며, 오페라에 나오는 구름처럼 수많은 말과 마차를 거느린 신들이 영위하는 생활의 어떤 부분을 세밀하게 반영해주는 듯한 작은 구름을 형성하면서—듬성듬성한 잔디 위, 비할 데 없이 아름다운 해바라기 빛깔의 시든 잔디밭의 일부와 볼랑 놀이를 하던 금발머리 소녀(그녀는 모자에 푸른 깃을 단 여자 가정교사에게 불려 즉시 볼랑 놀이를 그쳤다)가 놀던 오후 한나절에 반사광처럼 감촉할 수 없는 귀여운 빛의 띠를 던지면서, 향수병에 걸린 듯 이교도 같은 느린 발걸음으로 내가 아무리 걸어다녀도 질리지 않던 융단처럼 겹쳐져 있던 빛의 띠를 던지면서. 그러고 있는데 프랑수아즈가 나에게 "자, 외투 단추를 채우고, 빨리 꺼집시다"라고 소리를 질렀다. 그제야 비로소 나는 프랑수아즈의 속된 말씨와, 그리고 슬프게도 그녀의 모자에 푸른 깃이 달려 있지 않은 것을 보고 화가 났다.

그녀가 샹젤리제로 다시 되돌아올 건가? 그 다음 날 그녀는 거기에 없었다. 그러나 며칠 후 나는 거기서 그녀를 보았다. 나는 그녀가 여자 친구들과 놀고 있는 주위를 계속 빙빙 돌아다녔다. 그래서 드디어 술래잡기 놀이의 인원수가 모자랐을 때, 그녀는 친구를 시켜 내가 놀이에 들어오겠느냐고 물어왔다. 그래서 그 후로 나는 그녀가 거기에 있을 때마다 매번 그녀와 함께 놀았다. 그러나 매일 노는 것은 아니었다. 그녀는 레슨이나 교리문답 혹은 간식 시간 때문에, 이를테면 나의 생활과는 완전히 동떨어진 생활, 질베르트라는 이름 속에 응축된 채 콩브레의 가파른 언덕길과 샹젤리제의 잔디밭 위에서 두 번이나 그토록 안타깝게 내 곁을 지나갔다고 느껴졌던 그 모든 생활 때문에 오지 못하는 날도 있었다. 그런 날이면 그녀는 만나지 못하리란 걸 미리 알려주었다. 만약에 그것이 공부 때문이면, 그녀는 "아이, 속상해. 내일은 못 올 거예요. 나 없이도 재미있게 놀아요" 하며 다소 나를 위로해주는 섭섭한 표정을 지으며 말했다. 그러나 반대로 그녀가 오후 모임에 초대를 받았는데 그런 줄도 모르고 내가 놀러올 거냐고 물으면, 그녀는 "못 오게 됐으면 싶어요. 엄마가 나를 내 친구네 집에 가게 해주시면 좋겠거든요"라고 대답했다. 어쨌든, 나는 그런 날엔 그녀를 만나지 못하리란 걸 알고 있었다. 그런데 그 밖에 예고 없이 그녀의 어머니가 그녀를 데리고 장을 보러 가는 적이 있을 때면, 그 다음 날 그녀는 "아! 그래요, 난 엄마하고 같이 외출했었어요"라고 마치 당연한 일인 듯, 어느 누구에게도 폐를 끼치고 있지는 않다는 듯 말했다. 또 날이 궂을 때면, 그녀의 가정교사는 자기 자신이 비를 두려워했으므로 질베르트를 샹젤리제에 데려오려고 하지 않았다.

그래서 하늘이 수상하면, 나는 아침부터 계속 하늘을 살펴보고 온갖 전조를 참작했다. 만약 맞은편 집 부인이 창가에서 모자를 쓴 것이 보이면 나는 속으로, '부인께서 이제 외출하시려 하는군. 그러니까 외출할 날씨로군. 질베르트가 저 부인처럼 외출하지 않을 까닭이 있을까?'라고 말했다. 그러나 날씨가 점점 흐려지기라도 하면,

어머니는 갤지도 모르지만 그러려면 좀 더 햇빛이 나야 하는데, 아마도 비가 오기 쉽겠다고 말했다. 만일 비가 온다면 샹젤리제에 가본들 무슨 소용이 있겠는가? 그리하여 아침 식사를 하고 나서부터 근심스러워진 내 시선은 구름 낀 불확실한 하늘에서 떨어질 줄을 몰랐다. 하늘은 계속 흐려 있었다. 창문 앞 발코니는 회색이었다. 갑자기 그 침침한 돌 위에서 덜 흐릿한 빛깔이 아니라, 덜 흐릿한 빛깔이 되려고 노력하는 것 같은 머뭇거리는 광선이 빛을 발하려고 고동치고 있음을 나는 느꼈다. 잠시 후, 발코니는 새벽 광선에 빛나는 물처럼 희미한 빛을 반사했고, 격자무늬로 된 발코니 철망의 수많은 그림자가 그 위에 휴식을 취하러 와 있었다. 한바탕 바람이 일어 그것들을 흩어버리자 돌 위는 다시 어두워졌는데, 그래도 그 철망 그림자는 길든 생물처럼 다시 나타나곤 했다. 돌은 눈에 보이지 않을 정도로 희어지기 시작했다. 그리고 음악에서 서곡 맨 끄트머리의 어느 한 가락을, 모든 중간 음정을 통해 급속하게 포르티시모〔아주 강하게라는 뜻의 이탈리아 말〕까지 이끄는 크레셴도〔점점 세게라는 뜻의 이탈리아 말〕처럼, 나는 그 돌이 맑은 날씨에 보게 되는 불변의 금빛에 이르는 것을 보았다. 그 금빛 위에는 세공한 난간 기둥의 들쭉날쭉한 그림자가 멋대로 자란 식물처럼 검게, 화가의 열성과 만족을 토로하는 것 같은 구도 속에서 섬세하게, 그리고 어두컴컴하고 안락한 그늘에서 휴식을 취하는 부조나 벨벳처럼 뚜렷하게 드러나 있었는데, 그 빛의 호수 위에서 쉬고 있던 넓고 무성한 잎의 반영은 자신들이 고요와 행복의 담보물이란 걸 알고 있는 듯했다.

순간적인 송악이여, 덧없는 그림자 같은 식물이여! 벽에 덩굴을 뻗고 창문을 장식하는 송악 중에서, 가장 색깔이 없고 가장 보잘것없는 식물, 그러나 나에게는 그것이 발코니에 나타난 날부터 가장 정다운 식물, 샹젤리제에 이미 나와 있을지도 모르는 질베르트의 현존의 그림자와 같은 식물, 나를 기다리며 나에게 "어서 술래잡기를 해요. 내 편이에요"라고 말할 질베르트의 그림자와도 같은 식물, 가냘프고 산들바람에도 휩쓸리는 그림자 같은 식물, 그 때문에 계절에 살지 않고 시각에 사는 그림자의 식물, 가까운 행복에의 약속, 날에 따라 거절되기도 하고 이루어지기도 하는, 그래도 그만큼 더욱더 절박한 행복에의 약속, 행복한 사랑에의 약속, 돌 위에 있으면서 이끼보다 더 부드럽고 더 따뜻한 식물, 한겨울에도, 한줄기 햇살에 족히 싹터 나오며 기쁨의 꽃을 피우는 생명력이 강한 식물.

다른 식물도 다 사라진 나날 속에서, 노목들의 줄기를 둘러싼 초록빛 고운 껍질도 눈 밑에 묻혀 있었다. 눈이 그쳐도 날씨는 그대로 흐려서 질베르트가 외출하기를 바라지 못하는 나날이었다. 그러던 어느 날 갑자기 나타난 태양이 어머니로 하여금 "저것 좀 보렴, 날씨가 좋겠구나. 어쨌든 샹젤리제에 나가보려무나"라고 말하게 하면서, 발코니를 덮고 있던 눈의 외투 위에 어느새 금빛 실을 섞어 짜며 검은 그림자를 수놓았다. 그런 날 우리는 아무도 보지 못하거나, 아니면 막 돌아갈 참이던 어느 소녀를 만났는데, 그녀는 질베르트가 오지 않을 것이라고 나에게 단언했다. 위엄은 있으나 추위를 타는 여가정교사들의 모임에 의해 버림받은 의자들이 텅 비어 있었다. 잔디밭 가까이에 나이 든 부인이 한 분 앉아 있었는데, 그 부인은 어떤 날씨에도 빠지지 않고 오는 분으로 항상 멋있고 그윽한 옷차림을 하고 있었다. 그 당시 만일 교환이 허락됐다면, 나는 그 부인과 사귀려고 장래의 삶에 있어 가장 큰 행운마저도 아낌없이 희생했을 것이다. 왜냐하면 질베르트가 매일 그 부인에게 인사하러 갔기 때문이다. 부인은 그때마다 질베르트에게 '사랑스런 그녀의 어머니'에 대한 소식을 묻곤 했다. 그래서 내가 그 노부인과 사귀게 된다면, 나는 질베르트에게 있어 아주 다른 인간, 즉 그녀 부모의 친척 되는 사람을 아는 사람이 되었다. 부인은 손자들이 멀리서 노는 동안 그녀가 '나의 정든 데바'라고 부르던 《데바》지를 늘 읽었고, 또 순경이나 의자를 빌려주는 여자에 대한 이야기를 할 때면, 귀족적인 품위를 가지고 "나의 오랜 친구인 그 순경", "의자 빌려주는 아주머니는 나의 오랜 친구죠"라고 말하곤 했다.

프랑수아즈는 너무 심하게 추위를 타서 움직이지 않고 그대로는 있지 못했다. 그래서 우리는 콩코르드 다리까지 얼어붙은 센 강을 구경하러 가곤 했다. 우리들 각자는, 애들까지도, 흡사 암초에 걸려 사로잡힌 거대한 고래에 접근하여 그것을 찔러보기라도 하려는 듯 겁 없이 강물에 다가섰다. 우리는 샹젤리제로 돌아왔다. 움직이지 않는 회전목마와 눈이 치워진 오솔길의 검은 망 안에 갇혀 있는 하얀 잔디밭 사이에서 나타나는 고통에 대해 나는 괴로워했다. 잔디밭 위의 석상은 그 공적을 설명하는 듯한 고드름을 손에 달고 있었다. 노부인은 《데바》지를 접고 나서, 지나가던 아이 보는 하녀에게 시간을 묻고는 "어쩜 친절하기도 하지!"라고 감사의 말을 했다. 그러고는 도로 청소부에게 추우니까 손자들이 되돌아오도록 일러달라고 부탁하고는 "정말 고마워요. 송구스러울 뿐이에요!"라고 덧붙여 말했다. 그때 갑자기 하늘이 갈라졌다. 인형 극장과 곡예장 사이의 맑게 갠 지평선에서, 방긋이 열린 하늘을 배경으로 '마드무아젤'의 푸른 깃털 장식이 우화에 나오는 신비한 표시처럼 언뜻 보였다. 이미 질베르트는 전속력으로 내 쪽으로 달려오고 있었는데, 네모난 모피 모자 밑에서 그녀의 얼굴은 추위와 지각과, 놀고 싶은 욕망으로 상기되어 반짝거렸다. 질베르트는 바로 내 앞까지 얼음 위로 미끄럼을

탄 채 다가왔는데, 몸의 균형을 잡기 위해서인지, 아니면 그렇게 하는 것이 더욱 귀엽게 보일 거라고 생각해서인지, 아니면 스케이팅 솜씨를 과시하고 싶어서인지, 웃으며, 나를 껴안아 맞이하고 싶은 듯 두 팔을 벌린 채 미끄럼질쳐 다가왔다. "브라보! 브라보! 참 잘했어. 멋진데. 대담하다고 말하고 싶은 장면이야. 너희들 말마따나, 내가 구세대 사람이 아니라면 말이야"라고 노부인은 질베르트가 날씨에 겁내지 않고 나온 것을 칭찬하려고 침묵하는 샹젤리제를 대신해서 소리쳤다. "아가씨도 나처럼 역시 정든 샹젤리제에게 충실하군요. 우리 두 사람 다 용감해요. 이럴 때 역시 내가 샹젤리제를 사랑한다고 말한다면 아가씨는 어떻게 생각할지. 이런 말을 하는 나를 비웃을지 모르지만, 나에게는 이 눈이 흰 담비털 같아 보인다오!"라고 말하면서 노부인은 웃음을 터뜨렸다.

눈— 나로 하여금 질베르트를 만나지 못하게 할 힘의 상징이 된 눈은 함께 있을 수 없는 날의 슬픔을 주고, 별리하는 날의 양상까지 자아냈으니, 그것은 눈이 형체를 변경시키면, 우리의 유일한 단골 장소 또한 모습을 달리해, 온통 하얀 덮개로 덮여 거의 이용하기가 불편했기 때문으로— 그러나 그런 눈이 내린 첫날, 나의 사랑은 한 걸음 나아가게 됐으니, 그것은 그 첫 슬픔을 그녀가 나와 함께 나누었기 때문이다. 놀이 친구는 우리 둘밖에 없었다. 따라서 그처럼 질베르트와 함께 있는 것이 나 혼자라는 사실, 그것은 단지 친밀한 사이의 시초가 되는 것일 뿐만 아니라, 또 한편으로 보면 그런 날씨에도 마치 그녀가 오직 나만을 위해 와주기라도 한 듯— 그것이 내게는, 그녀가 오후 모임에 초대받은 날 그걸 단념하고 나를 만나러 와주는 것만큼이나 감동적이었다. 주위 사물의 동면과 적막, 그리고 황폐의 한가운데 강인하게 살아남은 우리 우정의 생명력과 미래에 나는 더 큰 자신감을 갖게 되었다. 그래서 그녀가 내 목덜미에 눈덩이를 집어넣는 동안에도, 내게는 그것이 그녀가 나를 이 겨울의 새 고장을 여행하는 동반자로 인정함으로써 나타내는 편애인 동시에, 불행의 한가운데에서 내게 바치는 진심이라고 생각되어 그저 감격스러워하며 깔깔거렸다. 이윽고 그녀의 친구들이 참새들처럼 주저주저하며 한 명씩 눈 위로 까맣게 모여들었다. 우리는 놀이를 시작했다. 그리고 그토록 슬프게 시작된 그날이 기쁨 속에서 끝나갈 때, 또 내가 술래잡기를 하기에 앞서 첫날 무뚝뚝한 목소리로 질베르트의 이름을 소리쳐 부르던 여자 친구 쪽으로 가까이 갔을 때, 그 소녀는 나에게 말했다. "아냐, 아냐, 네가 질베르트 편에 들고 싶어 하는 걸 다 알고 있어. 게다가 저것 봐, 그 애가 네게 손짓을 하고 있잖아." 실제로 그녀가 눈 덮인 잔디 위에서 그녀 편으로 오라고 나를 부르고 있었고, 태양이 그녀의 조(組)에 장밋빛 반짝임과 옛날 비단의 낡은 금속 빛을 비추며 금실로 된 캉 뒤 드라 도르〔camp du drap d'or : 1520년 프랑수아 1세와 헨리 8세가 회견한 호화로운 진영(陳營)〕를 만들어내고 있었다.

그토록 걱정했던 그날은 도리어 그다지 불행하지 않은, 며칠 안 되는 날 가운데 하루였다.

왜냐하면 이제 질베르트를 보지 않고는 하루도 못 견딜 정도가 된 나(언젠가 한번 할머니가 저녁 식사 시각에 돌아오시지 않았을 때, 나는 할머니가 마차에 치였다면 당분간 샹젤리제에는 가지 못하겠구나 하는 생각을 막을 수 없었다. 결국 누구나 사랑을 하면 그 밖의 사람은 아무도 사랑하지 않는 법이다), 그렇지만 나에게는 그녀 곁에 있는 순간, 전날 밤부터 그토록 고대하던 순간, 그 생각에 가슴 설레던 순간, 다른 모든 순간을 아낌없이 희생시키던 순간이 전혀 행복스럽지 않았다. 난 그 이유를 잘 알고 있었다. 그것은 그 순간이 내가 뜨겁고도 세심한 주의를 기울인 내 생활의 유일한 순간이었음에도, 나의 주의력에서 기쁨의 분자를 찾아내지 못했기 때문이다.

질베르트에게서 멀리 있을 때마다, 나는 언제나 그녀를 보고 싶어 했다. 그것은 끊임없이 그녀의 모습을 눈앞에 그려보려고 애쓰지만 끝내는 그려내지 못한 채 내 사랑이 어떤 것에 응하는지도 정확히 알 수 없게 되었기 때문이다. 또한 그녀는 나를 사랑한다고 말한 적이 한 번도 없었다. 반대로 그녀는 몇 차례나 나보다 더 자신을 좋아하는 남자 친구들이 있다든가, 내가 너무 멍청해서 놀이에는 맞지 않지만 장난 상대로는 좋은 친구라고 강조했다. 마침내 그녀는 내가 그녀에게 있어 다른 아이들과는 다른 존재라는 나의 믿음— 만일 그것이 질베르트가 내게 품었을지도 모를 사랑에서 나온 것이라면 무너졌을 테지만, 그와는 반대로 내가 그녀에게 품은 사랑에서 나온 것이어서 그만큼 저항력이 강했던 믿음, 내 사랑이 내가 어쩔 수 없는 내적 필요성에 의해 질베르트를 생각하지 않을 수 없다는 식으로 방어해주었던 믿음— 을 동요시킬 정도의 명백한 무관심을 나에게 자주 표현하곤 했다. 그러나 나 역시 내가 그녀에게 품고 있던 여러 감정을 표명하지 않았다. 물론 수첩 페이지마다 그녀의 이름과 주소를 수없이 적었지만, 그렇게 적어놓아도 그녀가 나를 더 생각해주지 않는 것으로 보아, 또 그런 필적은 단지 표면적으로 그녀를 내 주위에 있게 할 뿐 실제적으로 그녀를 나의 삶에 결부시키고 있지는 않은 것으로 보아, 그런 필적은 나에게 질베르트에 대한 것을 말해주는 것이 아니라 나 자신의 소망을 말해주는 것이고, 그 소망이란 순전히 개인적이고 비현실적이며 싱겁고 무력한 것으로 보였기에, 나는 맥이 탁 풀렸다. 가장 급한 일은 우리, 질베르트와 내가 서로 만나 사랑을 고백하는 것이었다. 사실 그때까지는 사랑이 시작되지 않은 것이나 마찬가지였다. 물론 나로 하여금 그처럼 참을 수 없이 그녀를 보고 싶게 만드는 여러 가지 이유들이 성숙한 남성에게는 덜 절대적인 것들이었을 것이다. 그 후, 나이가 들어 기쁨을 연마하는 기술을 쌓게 되면, 그 여인의 영상이 실물과 일치하는지 어떤지를 알려고 걱정하는 일 없이 내가 질베르트를 생각하듯 한 여성을 사랑한다는 기쁨만으로 만족하리라. 또 그녀에게서 사랑을 받으려고 애쓸 필요도 없이 그녀를 사랑하는 기쁨만으로 만족하리라. 또는 그녀가 품고 있는 감정을 더 깊게 하려고, 더욱 아름다운 꽃 한 송이를 피우려고 다른 꽃봉오리를 희생시키는 일본식 원예가를 흉내 내며, 그녀에 대한 사랑을 고백하는 기쁨을 포기하리라. 그런데 내가 질베르트를 사랑하던 무렵, 나는 아직도 '사랑의 신'이 우리 바깥에 실제로 존재하고 있다고 믿었다. 우리에게서 여러 가지 장애물을 제거해 주면서 인간의 힘으로는 아무것도 바꾸지 못하는 정해진 질서 속에서 그의 뜻대로 행복을 부여하고 있다고 믿었다. 그래서 독단적으로 달콤한 고백을 가장된 무관심으로 바꾸어버린다면, 내가 가장 자주 꿈꾸던 기쁨 가운데 한 가지를 빼앗기게 될 뿐만 아니라, 부자연스럽고 가치 없고 진실과는 상통하지 않는 사랑을 내 멋대로 꾸며내게 되어, 그 결과 예정된 신비로운 사랑의 행로를 따라가는 것을 포기해야만 할 것이라는 생각이 들었다.

그러나 내가 샹젤리제에 도착했을 때— 우선 그녀에게서 필요한 수정을 가하려고 내 사랑을, 나와는 무관한 그녀의 실물과 대조할 수 있도록— 나는 나의 피로한 기억력이 이미 잃어버리고 만 모습을 다시 선명하게 만들려고, 질베르트 스완을 눈앞에 보고 싶었다. 어제도 나와 함께 놀았던 질베르트 스완, 내가 마치 우리가 길을 걸어갈 때 무의식중에 한쪽 발을 다른 쪽 발 앞에 내딛는 그 반사작용과도 같은 무의식적인 본능으로 알아보고 인사하는 그녀 앞에 있게 되면, 나는 곧 그 소녀와 내 꿈의 대상인 어린 소녀를 두 개의 다른 존재로 느끼는 것이었다. 예를 들면, 나는 전날 밤부터 팽팽하게 빛나는 두 볼과 불덩이같이 빛나는 두 눈을 기억 속에 지니고 있었지만, 막상 그녀를 대하자 질베르트의 얼굴은 내가 정확하게 상기해 내지 못한 그 무엇, 끝이 뾰족한 코를 강하게 내 눈앞에 보여주는 것이었다. 그 코는 곧 다른 얼굴 모습과 결합되어 자연과학에서 종족을 정의할 때 이용되는 중요한 특징을 지니면서, 그녀를 뾰족한 코를 가진 소녀라는 종류의 소녀로 변형시켜놓았다. 나는 학수고대하던 이 순간을 이용해 오기 전부터 준비해왔지만 이미 머릿속에서 생각나지 않는 질베르트의 모습에 초점을 맞추려고 했다. 그렇게 해두면, 혼자 있는 기나긴 시간 동안 내가 기억하는 것은 바로 그녀이며, 제작하듯 조금씩 확장시켜나가는 것은 바로 내 사랑일 것이 확실할 테니까. 내가 초점을 맞추려고 하는 순간, 그녀가 내게 공을 던져 보냈다. 하지만 이성으로는 외계를 믿지 않지만 육신은 외계를 참작하는 관념론적인 철학자처럼, 내 경우에도 조금 전에 그녀임에 틀림없다고 확인하기에 앞서 그녀에게 인사하게 한 나의 자아가 나로 하여금 그녀가 던진 공을 지체 없이 받게 했고(그때의 그녀는 마치 함께 놀러온 단순한 여자 친구인 것 같았으며, 마음을 서로 나누려고 온 영혼의 누이는 아닌 것 같았다), 가는 시간까지 그녀에게 상냥하지만 하찮은 말로 예절을 지키게 했다. 그 때문에 잃어버린 소중한 모습을 재빨리 되찾을 수 있도록 잠시 동안 침묵을 지킬 수도, 우리의 사랑을 결정적으로 진전시킬 만한 말을 나눌 수도 없었다. 그래서 그때마다 나는 그 다음 날 오후에 기대를 걸 수밖에 없었다.

그렇다고 우리의 사랑에 약간의 진전이 없었던 것은 아니었다. 어느 날 우리가 질베르트와 함께 우리에게 유달리 친절한 아주머니의 구멍가게—스완 씨가 이 가게에 생강이 든 과자 빵을 사러 보냈던 것으로, 그는 건강상 그 빵을 많이 먹었는데, 그것은 그가 그 종족의 습진과, 선조인 예언자들에게서 물려받은 변비(습진과 변비는 유태인에게 많음)에 시달렸기 때문이다—에 갔을 때, 질베르트가 웃으면서 그림책에 나오는 꼬마 색채 화가와 꼬마 자연과학자와 같은 꼬마 소년 두 명을 나에게 가리켰다. 왜냐하면 한 꼬마는 보라색 사탕이 더 좋다고 하면서 붉은색 보리 사탕을 거절했고, 또 한 꼬마는 눈에 눈물을 글썽이며 하녀가 사주려는 서양자두가 싫다고 하다가 반감에 찬 목소리로 "난 다른 자두가 좋아, 이건 벌레 먹었어!"라고 말했기 때문이다. 나는 1수(프랑스의 화폐 단위. 1수는 5상팀)짜리 구슬을 두 개 샀다. 나는 나무 그릇에 포로처럼 따로 넣어둔 반짝거리는 마노들을 유심히 바라보았는데, 그것들이 마치 처녀처럼 웃으며 황금빛을 내고 있고, 그것 하나의 값이 50상팀이나 나가, 나에겐 보석처럼 여겨졌기 때문이다. 나보다 용돈을 많이 받는 질베르트가 어느 것이 가장 예쁘게 보이느냐고 나에게 물었다. 구슬 하나하나에 생명의 명암과 투명함이 있었다. 나는 그 가운데 어느 것도 그녀에게 버림받게 하고 싶지 않았다. 그녀가 그것들을 모두 사서 놓아주기를 원했다. 그래도 나는 그중에서 그녀의 눈빛과 같은 빛을 가진 한 알을 손가락으로 가리켰다. 질베르트는 그것을 손에 들고는 그 금빛 줄기를 살펴보고 쓰다듬더니 값을 치렀다. 그러고는 곧 그 포로를 나에게 맡기며 "자아, 이거 가져요. 내가 주는 거니까 기념으로 간직해요"라고 말했다.

또 언젠가 한번, 고전극에 출연하는 라 베르마를 늘 보고 싶어 하던 나는, 라신에 대해 베르고트가 쓴, 지금은 절판된 가철본을 혹시 질베르트가 가지고 있는지 물어본 적이 있었다. 그녀는 나에게 정확한 제목을 일러달라고 했다. 그래서 나는 그날 저녁 속달을 보내면서, 그처럼 여러 번 수첩에 기입했던 그 질베르트 스완이란 이름을 겉봉투에 썼다. 그 다음 날, 그녀는 가철본을 찾아내 가느다란 연보라색 비단 리본으로 맨 후, 흰 봉랍(封蠟)으로 봉인된 꾸러미 속에 넣어서 내게 가져다주었다. "아마 이게 부탁한 것일 거예요" 하고 그녀는 내가 보낸 속달을 토시에서 꺼내면서 말했다. 그러나 나는 그 속달 우편—어제까지만 해도 아직 아무 뜻도 없고, 단지 내가 쓴 것에 지나지 않던 것, 그러나 그것이 배달부의 손을 통해 질베르트네 문지기에게 전해져, 그 다음에 하인의 손으로 그녀의 방에까지 전달되면서부터 아주 중요하게 된 것, 즉 그날 그녀가 받은 속달 가운데 하나가 된 것—의 주소 기입란에서 내가 쓴 그 공허하고도 고독한 글자를 나 자신도 거의 알아보지 못했으니, 그것은 실제로 실현되었다는 표시인 우체국에서 찍은 동그란 소인과 배달부 가운데 하나가 연필로 써넣은 것과 외부의 스탬프와 인생을 상징하는 보라색 띠 밑에 적혀 있는 그 글자들이 처음으로 내 꿈과 결합하고, 유지되면서 그것에 활기를 주며 흥겹게 해주었기 때문이다.

그리고 또 어느 날 그녀는 나에게 "저, 나를 질베르트라고 부르세요. 나도 어쨌든 당신을 세례명으로 부를 테니까. 성을 부르는 건 거북스러워요"라고 말했다. 그러고 나서는 그녀는 한동안 계속해서 나를 '당신'이라고 불렀다. 그래서 내가 그 점을 주의시키자, 그녀는 웃으며 마치 우리가 외국어 문법 시간에 단지 새로 배운 낱말 하나를 사용하려고 만드는 문장 같은 것을 구성하여 지어내면서, 결국 나의 세례명으로 끝을 맺었다. 시간이 지나 그때 내가 느꼈던 감정을 회상해보면서, 나는 그녀가 내 성을 말할 때 우리 부모님과 또한 그녀의 다른 친구들에게 속해 있던 나의 사회적 신분을 하나도 걸치지 않은 채 나 자신이 그녀의 입속으로 잠깐 들어간 듯한 느낌을 받았다. 그리고 그때 그녀의 입술— 약간 부친을 닮아, 의미를 부여하려는 단어들을 똑똑히 떼어서 발음하는 버릇을 갖고 있던— 이 과육 밖에 먹을 것이 없는 과일의 껍질처럼 나의 사회적 신분을 벗겨 노출시키는 것 같았다. 그러는 동안 그녀의 눈길은 그 말이 담고 있던 것과 똑같은 정도의 친밀감을 보내면서 본심을 드러내는, 웃음까지 덧붙인 기쁨과 감사의 뜻을 내게 직접 던지고 있었다.

    그러나 그 무렵의 나는 그런 새로운 기쁨의 가치를 평가할 수 없었다. 그런 기쁨은 내가 사랑하는 소녀에게서 그 소녀를 사랑하는 나에게 주어진 것이 아니라, 다른 사람, 즉 내가 함께 놀고 있을 뿐인 소녀에게서 다른 나, 즉 진실된 질베르트에 대한 기억도, 확고한 애정— 이것은 행복의 가치를 알 수 있는 유일한 것인데, 왜냐하면 이것만이 그 행복을 갈구하기 때문이다— 도 갖고 있지 못한 나에게 보내진 것이었다. 집에 돌아온 후에도, 나는 그 새로운 기쁨을 음미해보지 않았다. 왜냐하면 내일은 질베르트를 정확하고 침착하고 즐겁게 관조해보리라는, 또 마침내 그녀가 내게 사랑을 고백하며 왜 이제까지 그걸 숨겨왔는지 내게 설명해주리라는 등의 기대를 나에게 품게 한 어쩔 수 없는 욕구, 그와 같은 욕구가 매일 나로 하여금 과거를 가치 없는 것으로 여기게 하고, 언제나 앞만을 바라보게 하고, 모처럼 그녀가 나에게 준 그 많은 자질구레한 기쁨을 그 자체로 만족하지 않고 그것들을 계단으로, 즉 한 층 한 층 그 위에 발만 딛고 올라가면 머지않아 이제까지는 경험하지 못한 행복에 이르게 하는 계단으로만 여기게 했기 때문이다.

  이따금 그녀는 그와 같은 우정의 표시도 보여주었지만, 또 그 반대로 나를 만나도 기쁘지 않은 모습을 보여 내 마음을 괴롭히기도 했는데, 게다가 그런 일은 오늘이야말로 품어온 희망을 실현해야겠다고 작정한 바로 그런 날 유달리 자주 일어나곤 했다. 나는—아침 일찍, 몸단장을 끝내고 검은 머리를 탑처럼 틀어 올린 엄마, 희고 통통한 손에서 아직도 비누 냄새가 나는 엄마에게 키스하려고 응접실로 들어가면서—피아노 바로 위에 먼지 기둥이 서 있는 것을 보며, 또 창 밑에서 손잡이를 돌려 소리를 내는 바바리아 풍금이 연주하는 〈관병식에서의 귀로〉〔드레퓌스 사건 때 유행하던 샹송〕를 들으며, 겨울이 예기치 않은 찬란한 봄날의 방문을 저녁까지 받고 있음을 알았을 때, 질베르트가 틀림없이 샹젤리제에 나오리라는 확신이 들었다. 그래서 나는 나에겐 단지 크나큰 행복의 어렴풋한 전조로만 보이던 설렘을 느꼈다. 우리가 점심 식사를 하는 동안, 앞집 부인이 십자형 유리창을 열자, 지금까지 거기서 낮잠을 자고 있던 광선이—단번에 우리 집 식당 전체에 줄무늬를 그으며—내 걸상 곁에서 삽시간에 쫓겨나고 말았는데, 조금 지나자 그 광선은 다시 돌아와 계속 낮잠을 잤다. 학교에서 1시 수업을 하는 동안, 태양은 내 책상 위에까지 환한 황금빛을 끌고 들어와, 마치 어쩌면 갈 수 없을지도 모르는 축제에 초대받았을 때처럼 초조와 권태로 내 마음을 애태웠다. 3시까지는 프랑수아즈가 교문 앞까지 나를 마중 나오기로 되어 있었기 때문이다. 거기서 우리는 빛으로 장식되고 군중이 들끓는 샹젤리제 거리를 향해 걸었는데, 그곳에선 발코니가 태양에 의해 열려 줄기를 뿜으며 마치 금빛 구름처럼 집들 앞에 둥둥 떠 있었다. 슬프게도, 샹젤리제에는 질베르트가 없었다. 그녀는 아직 오지 않았다. 눈에 보이지 않는 태양에 의해 자라나는 잔디 위에 꼼짝 않고 서서, 나는 지평선을 뚫어지게 바라보았다. 태양은 잔디의 새싹 끝을 여기저기에서 불길처럼 번득이게 만들었고, 그 위에 내려앉아 있던 비둘기들은 정원사의 곡괭이로 존귀한 땅의 표면에 파낸 옛 조각과 같았다. 나는 질베르트의 모습이 여가정교사를 따라 조각상 뒤쪽에 나타나는 걸 보려고 줄곧 기다리고 있었는데, 그 조각상은 팔에 안은 어린애를 앞으로 내미는 것 같았고, 태양의 축복을 받아 빛으로 번쩍이고 있었다. 《데바》의 애독자인 노부인이 늘 같은 장소의 안락의자에 앉아 정답게 손을 흔들면서 어떤 관리인에게 큰 소리로 말을 했다. "날씨가 정말 화창하군요!" 그리고 의자 빌려주는 여인이 안락의자 요금을 받으러 가까이 오자, 노부인은 갖가지 애교를 떨면서 10상팀짜리 표를 마치 꽃다발이기라도 한 듯 그녀의 장갑 틈 사이에 끼웠다. 그것을 준 사람에 대한 배려에서 될 수 있는 한 그 사람의 마음에 들 만한 장소에 놓고 싶었던 것이다. 그리고 나서 노부인은 목운동을 한 번 하더니, 모피 목도리를 바로 하고는 손목에 비죽 나와 있는 노란 표 끝을 드러내 보이면서, 의자 빌려주는 여자의 얼굴에 아름다운 웃음을 심었다. 그 웃음은 마치 한 여인이 젊은이에게 자신의 코르사주〔여자들이 가슴, 허리 등에 다는 꽃묶음〕를 가리키며 "당신이 준 장미를 분간해보세요!"라고 말할 때 짓는 웃음과도 같았다.

나는 프랑수아즈와 함께 질베르트를 맞으러 개선문까지 갔으나 만나지 못한 채 이제는 그녀가 오지 않을 거라는 생각이 들어 잔디밭으로 되돌아왔다. 그때 회전목마 앞에서, 무뚝뚝한 목소리의 소녀가 나에게로 달려왔다. "빨리, 빨리, 질베르트가 온 지 벌써 십오 분이나 되었어. 곧 돌아가야 한대. 술래잡기 하려고 다들 너를 기다리고 있어." 내가 샹젤리제의 가로수길을 걷는 동안, 질베르트는 부아시 당글라 거리로 해서 왔던 것이다. '마드무아젤'께서 자기 볼일을 보느라 좋은 날씨를 이용해 여기저기 돌아다녔던 것이다. 그리고 스완 씨가 딸을 데리러 올 것이다. 그러니 그건 내 잘못이었다. 잔디밭을 떠나지 말았어야 옳았다. 왜냐하면 질베르트가 어느 방향에서 올지, 더 빨리 또는 더 늦게 올지 정해져 있지 않았으니까. 결국 그런 기다림을 통해 나에게는 샹젤리제의 모든 거리와 오후의 모든 시간이 더욱더 안타깝게 되었다. 질베르트의 모습은 샹젤리제의 어느 지점에서도 또 오후의 어느 순간에도 나타날 수 있기에 나에게는 그것이 끝없는 공간과 시간으로 보였기 때문이다. 뿐만 아니라 질베르트의 모습 자체마저도 내게는 더욱 안타깝게 되었다. 그녀가 야외용 베레모 대신에 외출용 모자를 쓰고, 2시 30분 대신에 4시에, 두 개의 인형 극장 사이가 아니라 '앙바사되르'〔샹젤리제 공원에 있던 극장과 레스토랑의 이름〕앞에서 내 심장의 한복판을 쏜 이유가 그녀의 모습 이면에 숨어 있다고 느꼈기 때문이다. 그리고 나는 내가 질베르트와 함께 할 수 없는 일, 즉 그녀를 외출시키거나 집에 그대로 남아 있게 하는 일 중 하나를 예측하여 미지의 그녀 생활의 비밀과 접촉했던 것이다. 무뚝뚝한 목소리를 가진 소녀의 명령에 따라 곧 술래잡기 놀이를 하러 달려갔을 때, 나는 우리와 있을 때는 그처럼 쾌활하고 거친 질베르트가 《데바》 애독자인 노부인 앞에서 얌전히 인사를 하고 수줍은 웃음과 함께 어색한 표정을 지으며 말하는 것을 보았는데(부인은 질베르트에게 "태양이 정말 아름답군. 불과 같아"라고 말했다), 그때 내 마음이 설렌 것도 역시 그 비밀 때문이었다. 그녀가 그렇게 어색해하는 모습은 나에게 다른 소녀를 상상하게 했다. 아마 그런 모습은 질베르트가 그녀의 양친을 방문한 손님들과 함께 양친 곁에 있을 때 취하는, 내가 알지 못하는 그녀의 생활의 한 면임에 틀림없었다. 그런데 그런 생활에 대해서, 잠시 후 자기 딸을 데리러 온 스완 씨만큼 나에게 강한 인상을 준 사람은 없었다. 왜냐하면 스완 씨와 그의 부인―질베르트는 이 두 사람과 같이 살고 있고, 그녀의 공부와 놀이, 교우 관계까지도 그녀의 부모의 권한 밑에 있었으므로―이 나에게는 질베르트와 마찬가지로, 아니 오히려 딸을 마음대로 다룰 수 있다는 점에서는 아마 질베르트 이상으로 접근하기 어려운 미지와 고통스러운 매력(물론 그 원천은 질베르트였을 테지만)을 간직한 대상이었기 때문이다. 그분들에 관한 모든 것이 늘 관심거리가 되어왔었다. 그래서 그날처럼 스완 씨(그가 우리 부모님과 교제했을 때인 지난날엔 그렇게 자주 보아도 호기심이 일지 않던 스완)가 질베르트를 데리러 샹젤리제에 오는 날, 그의 모습은 그 회색 모자와 두건 달린 외투의 출현이 내 가슴에 불러일으킨 심장의 고동을 일단 가라앉히고 나서 보아도 내게 강한 인상을 주었다. 마치 어떤 인물에 관한 몇 권의 책을 읽고 난 후에도 그것의 매우 사소한 특징들이 우리를 감격시키는 역사상의 인물처럼 그가 맺고 있는 파리 백작과의 교제만 해도, 콩브레에서 그걸 들었을 때 나는 아무런 관심도 표하지 않았던 것 같은데, 이젠 그것이 마치 스완 씨 혼자만이 그 오를레앙 가문과 친지이기라도 한 듯 뭔가 근사한 것으로 보였다. 스완 씨의 그런 교제는 샹젤리제 공원의 작은 길에 들끓는 각기 다른 계층의 산책자들이 만드는 저속한 배경 속에서 그를 생생히 돋보이게 했는데, 나는 그가 그들에게 특별한 존경심을 요구하지도 않은 채 너무 철저히 신분을 감추어, 누구 하나 그에게 경의를 표해야 한다고 생각하지도 않는 그런 곳에 스스럼없이 모습을 드러내는 데 대해 감탄해 마지않았다.

그는 질베르트 친구들의 인사에도, 내 인사에도 공손히 답례해주었다. 우리 집 식구들과는 사이가 틀어졌지만 아마 나를 알아보지 못한 모양이었다. (그래도 나는 이 인사로 해서 시골에서 그와 여러 번 만난 것을 상기해냈는데, 그것은 추억으로 남아 있기는 했지만 매우 어렴풋한 추억이었다. 왜냐하면 질베르트를 다시 보면서부터 스완은 내게 있어 무엇보다 질베르트의 아버지였으며, 이미 콩브레의 스완은 아니었기 때문이다. 내가 지금 그의 이름에 연결시켜놓는 관념과 지난날 그의 이름 속에 포함돼 있던 관념과는 별개의 것이고, 또 지금 그에 대해 생각할 때도 더는 그 옛 관념을 적용하진 않았기에 그는 새로운 인물이 되고 말았던 것이다. 그래도 나는 그를 일부러 제2의 횡단선을 통해 우리 집의 옛 손님인 스완에게 연결시켰다. 그리고 지금의 나에게는 내 사랑에 도움이 되는 것이면 무엇이든 다 가치가 있는 것이었기에, 샹젤리제에서 지금 내 앞에 있는 이 스완, 다행히 질베르트가 내 이름을 알리지 않은 듯한 이 스완의 면전에서, 지난날 저녁, 스완과 아버지와 조부모와 함께 정원의 테이블 앞에 둘러앉아 커피를 마시고 있던 엄마에게 밤 인사를 하러 내 방에 와달라고 하녀를 심부름시키곤 하던 나의 어리석은 짓이 생각났을 때, 나는 그것을 지워버릴 수 없다는 후회감과 부끄러움에 마음이 찔렸다.) 그는 질베르트에게 한 게임 더 해도 된다고, 15분 정도 기다려주겠다고 말하고는 다른 사람들과 마찬가지로 철제 의자에 앉으며 필리프 7세와 자주 정답게 악수를 나눈 손으로 표값을 치렀다. 한편 우리는 잔디밭 위에서 놀이를 시작했다. 그 때문에 쫓겨 날아간 비둘기들은 하트 모양의, 새들 세계에서의 라일락꽃이라고 부르고 싶을 만큼 고운 무지갯빛 몸을 날리며 피난처로 가기라도 하듯 도망쳐 갔는데, 어떤 새는 커다란 돌 수반에 내려앉아 수반에 부리를 처넣고 열매나 씨앗을 쪼아 먹는 듯한 몸짓을 해, 열매와 씨앗을 수북이 담아 바치는 듯한 몸짓을 수반에게 시키는 동시에, 그것을 바치는 곳을 수반에 지시하는 것처럼 보였다. 또 어떤 새는, 그 머리 위에 알록달록하게 석재의 단조로움을 없애는 고대 석상의 칠보 단장과 여신에게 으레 있는 상징적인 장식 — 여신을 특이하게 장식해주어, 그 여신에게 인간이 갖는 각기 다른 이름과 같은 새로운 신성을 부여하는 장식 — 이 있는 듯이 보이는 조각 석상의 이마 위에 앉아 있었다.

내 희망이 아직도 이루어지지 않은 채 햇볕이 계속 내리쬐던 어느 날, 마침내 나는 질베르트에게 나의 실망을 감출 용기를 잃고 말았다.

"질베르트에게 물어볼 게 여러 가지 있어요"라고 내가 그녀에게 말했다. "우리의 우정에 있어 오늘이 매우 중요한 날이 되리라고 믿어요. 그런데 오자마자 질베르트가 떠나가다니! 내일은 좀 일찍 오도록 해봐요. 내가 질베르트에게 말할 수 있도록."

그녀의 얼굴은 빛났고, 그녀의 대답 또한 기쁨에 넘친 것이었다. "내일은 말이에요, 잘 기억해두세요, 난 못 나와요! 중요한 오찬에 초대받았으니까요. 모레도 못 올 거예요. 친구 집에 가서 창문으로 테오도시우스 왕〔러시아 마지막 황제 니콜라이 2세의 프랑스 방문을 가리키는 듯함〕이 도착하는 장면을 볼 거예요. 멋있는 구경일 테죠. 그리고 그다음 날은 《미셸 스트로고프》〔쥘 베른의 멜로 드라마〕 구경을 가고, 또 그러고 나면 성탄절이 되고, 곧 정월 초하루 방학이 되겠죠. 아마 식구들은 나를 남불 지방으로 데려갈 거예요. 아주 신이 날 거예요! 그 대신 크리스마스 트리가 없어 쓸쓸하겠지만. 그대로 파리에 있다 해도 어차피 이곳엔 못 올 거예요. 엄마하고 여기저기 방문하러 다녀야 할 테니까요. 안녕, 아빠가 날 부르네요."

나는 프랑수아즈와 함께 귀로에 올랐다. 거리마다 끝나버린 축제날 저녁때처럼 아직 햇살의 깃발이 장식되어 있었다. 나는 다리를 끌고 갈 기운마저도 없었다.

"놀랄 일도 아니지. 제철에 맞는 날씨가 아니야. 너무 더워. 딱하게도 여기저기 불쌍한 병자들이 많이 생기겠구먼. 하늘도 머리가 돈 모양이야" 하고 프랑수아즈가 말했다.

나는 흐느낌을 억누르면서, 오랫동안 샹젤리제에 오지 못하는 기쁨을 표현하던 질베르트의 말을 입속으로 되뇌어보았다. 그러나 생각을 그녀에게 돌리자마자, 그 단순한 작용만으로도 내 정신을 채우던 그녀의 매력과, 마음속 깊은 곳의 내적인 구속에 의해 어쩔 수 없이 질베르트에 대해 취하던 — 그것이 아무리 비통하다 해도 — 특별하고 유일한 나의 관점이, 어느 새 그녀가 나타낸 무관심의 표시에 마저 무언가 소설적인 것을 덧붙였다. 그리하여 눈물을 흘리는 동안에 어설픈 입맞춤의 스케치에 불과한 웃음이 형성되었다. 그리고 우편 배달부가 오는 시간이 되자, 나는 여느 때처럼 그날 저녁도 혼자 중얼거렸다. "질베르트의 편지를 받게 될 거야. 드디어 그녀가 한 번도 나를 싫어해본 적이 없었노라고 말해올 거야. 그리고 여태까지 그녀가 어쩔 수 없이 연정을 감추어야 했던 이유, 나를 만나지 않고서도 행복한 척 꾸며야 했던 이유, 오직 친구로서의 질베르트라는 외양을 하지 않으면 안 되었던 그 비밀스런 이유를 나에게 설명하리라."

저녁마다 나는 그런 편지를 상상하며 즐거워했고, 그러면 그것을 읽는 듯한 느낌이 들어 그 문장을 암송하곤 했다. 그러다가는 갑자기 겁이 나서 멈추었다. 설혹 질베르트의 편지를 받게 된다 해도 꼭 그런 내용일 수만은 없다는 생각이 들어서였다. 방금 그 편지를 쓴 사람은 그녀가 아니고 바로 나 자신이었으니까. 그리고 그때부터 나는 내 생각을 그녀가 내게 써 보내주기를 바라던 말에서 딴 데로 돌리려고 애를 썼다. 그런 말을 스스로 입 밖에 냄으로써, 그런 말—가장 그립고 가장 바람직한 말—을 실현 가능한 범위 밖으로 쫓아낼까 봐 겁이 났기 때문이다. 또 설령 있을 것 같지도 않은 우연의 일치에 의해 내가 생각해낸 편지가 질베르트 쪽에서 내게 보낼지도 모르는 편지와 일치한다 해도, 거기서 당장 내가 쓴 글을 알아보게 됨으로써, 나는 나 자신에게서 생겨나지 않은 그 무엇, 실감나는 새로운 그 무엇을 받는다는 느낌을 갖지 못할뿐더러, 내 정신의 외부에 있는 나의 의지와는 독립된 행복, 사랑에 의해 실제로 주어지는 행복을 느끼지도 못할 것이었기 때문이다.

그러면서 내가 읽고 또 읽은 것, 그건 질베르트가 내게 써 보낸 글은 아니지만 적어도 그녀가 내게 보내온 글로, 라신에게 영감을 불어넣어준 고대 신화의 아름다움에 관해 베르고트가 쓴 것인데, 나는 그걸 마노 구슬과 함께 늘 몸에 지니고 있었다. 나는 나에게 그것을 발견하게 해준 벗의 친절에 감동했다. 그리고 사람이라면 누구나 독서나 대화를 통해 사랑을 불러일으킬 만한 것이라고 배운 장점, 그 장점을 사랑하는 상대에게서 확인하고는 기뻐하며, 마치 지난날 스완이 오데트의 아름다움에서 심미학적 특징을 추구했던 것처럼 자신의 사랑에 새로운 이유를 붙이려고, 그 상대를 모방함으로써 그 장점—사실 그런 일부러 찾아낸 장점과, 그 사랑이 깊어짐에 따라 스스로 상대에게서 알아내는 장점이 정반대 것이긴 하지만—에 자신을 동화시킬 때까지는 자신의 열정에 그럴듯한 이유를 붙이고 싶어 하는 법이므로, 나, 이미 콩브레에서부터 질베르트를 사모했고 그녀의 삶이 미지의 세계였기에 이제 내게는 아무것도 아닌 나의 삶을 내던지고 될 수만 있다면 그 미지의 세계로 뛰어들어가 거기서 다시 소생하고 싶어 하던 나는, 지금 어느 날 질베르트가 이렇게 너무 드러나 멸시받는 내 인생의 겸허한 종으로서 온순하고 편리한 협력자가 되어 저녁마다 내 일을 도와주고, 나를 위해 여러 가철본을 대조해줄 수 있다면 그건 굉장한 행복일 거라고 생각했다. 베르고트, 대단히 현명하고 거의 신에 가까운 그 노인을 그녀를 만나기 이전부터 좋아했지만, 내가 처음에 질베르트를 좋아하게 된 것도 그 때문이었고, 지금 내가 그를 좋아하는 것 역시 무엇보다도 질베르트 때문이었다. 라신에 관해 저술한 글을 볼 때와 같은 기쁨으로 나는 그 가철본을 싼 포장지를 바라보았다. 흰 봉랍으로 봉인되고, 가느다란 연보랏빛 비단 리본이 물결 모양으로 매여 있는 그 포장지를. 나는 내 친구의 마음 중 가장 뜨거운 부분, 즉 경박하지 않고 성실한 마음의 한 부분인, 질베르트의 삶의 신비로운 매력으로 장식되어, 내 방 안에서 묵으며 내 침대에 누워 있던 마노 구슬에 입을 맞추었다. 그러나 그 돌의 아름다움과, 내 연정이 허무로밖에 보이지 않던 순간에 그것이 내 연정에 일종의 신빙성을 주기라도 하는 듯, 내가 질베르트에 대한 사랑과 연결하기를 좋아하던 그 베르고트 글의 아름다움, 나는 그것이 내 연정 이전의 것이며, 내 연정과는 닮은 데가 없다는 걸 알았고, 또 그런 아름다움의 여러 가지 요소들은 질베르트가 나를 알기 이전에 한편으로는 재능에 의해서 또 한편으로는 광물학적인 법칙에 의해서 이미 정해져 있던 것으로, 설령 질베르트가 나를 사랑해주지 않았더라도 그 책이나 돌에는 아무런 변화가 없었을 것이며, 따라서 그런 것 속에서는 행복의 메시지를 읽어낼 수 없다는 사실을 깨달았다. 그런데 질베르트의 사랑의 고백을 그 다음 날로, 또 그 다음 날로 끊임없이 기대하면서 나의 사랑이 매일같이 그날의 잘못된 작업을 풀어놓았다가 철회하는 동안, 내 마음의 그늘 속에는 한 낯선 직녀(織女)가 생겨났는데, 그녀는 나를 기쁘게 한다든가 나의 행복을 위해 일한다든가 하는 것에는 신경을 쓰지 않은 채, 그녀가 그녀의 모든 일에 부여한 여러 가지 다른 순서에 따라 뜯어낸 실을 쓰레기로 처리하지 않고 다시 쓸 수 있도록 추려놓았다. 나의 연정에 특별한 관심을 품지도 않고, 애초부터 내가 사랑받는지 여부를 생각하지도 않고, 직녀는 내게는 설명할 수 없는 것처럼 보이는 질베르트의 행동과, 내가 용서한 과오를 주워 모았다. 그러자 그 하나하나에 의미가 생겨났다. 그렇게 새로이 정돈된 질서는, 질베르트가 샹젤리제에 오지 않고 오후의 초대에 가거나, 여가정교사와 함께 볼일을 보러 가거나, 새해 휴가 여행을 준비하는 걸 보고, '그건 그녀가 변덕스럽지 않으면 온순하기 때문이다' 하고 내가 생각한 것이 잘못이라고 말하는 것 같았다. 왜냐하면 만일 그녀가 나를 사랑했다면 그 변덕스러움이나 온순함을 당장 중지했을 것이며, 또 만일 그녀가 집안 어른의 분부에 어쩔 수 없이 순종하는 것이었다면 내가 그녀를 만나지 못하는 날마다 내가 맛보았던 것과 똑같은 절망을 그녀 역시 느끼며 그것에 따랐을 것이 틀림없었기 때문이다. 또 그 새로운 질서는, 질베르트를 사랑하는 이상 사랑한다는 게 무엇인지 다소는 알아야 한다고 말하고는, 그녀의 눈에 그럴듯한 존재로 보이고 싶은 마음에서 생겨난 영원한 걱정거리를 나에게 주었는데, 그 때문에 나는 어머니를 설득해서 프랑수아즈에게 고무 입힌 외투와 푸른 깃털 장식 달린 모자를 사주든지, 아니면 오히려 내 낯이 뜨거워지기만 하는 하녀를 샹젤리제에 딸려 보내지 말아달라고 우겼다. (이 말에 어머니는 그건 내가 프랑수아즈를 잘못 보는 것이며, 그녀는 우리 식구에 대해 헌신적이고 충직한 여자라고 대답했다.) 그것은 또한 질베르트를 보고자 하는 나의 유일한 욕구, 나로 하여금 질베르트가 언제 파리를 떠나 어디로 갈 것인지 알아내는 데 몇 달 전부터 몰두케 하여, 그녀가 없는 곳이라면 아무리 쾌적한 고장이라도 유배지처럼 여기고, 샹젤리제에서 만날 동안은 늘 파리에 그대로 있고 싶어 하던 나의 유일한 욕구를 나로 하여금 주목케 했다. 그런데 나는 질베르트의 행동에는 그런 걱정거리나 욕구가 없음을 어렵지 않게 깨달았다. 그러기는커녕 질베르트는 내가 그녀의 가정교사에 대해 어떻게 생각하는지 아랑곳하지 않고 자신의 가정교사를 눈에 띌 정도로 존중했다. 그래서 그녀는 가정교사와 함께 물건을 사러 가기 위해서라면 샹젤리제에 오지 않는 것을 당연한 일로 생각했고, 또 자기 어머니와 함께 나들이하는 편을 훨씬 더 즐겁게 여겼다. 따라서 그녀가 나에게 자신과 같은 곳으로 가서 겨울방학을 보내는 걸 허락해준다고 가정하더라도, 그녀는 막상 장소를 고를 때 자기 부모님의 희망이나 사람들이 말해준 재미만을 참고로 할 뿐, 우리 가족이 나를 보내고 싶어 하는 장소는 전혀 고려하지 않을 것이다. 그녀가 나를 다른 친구들보다 덜 좋아한다고, 그리고 나의 부주의로 인해 자기 편이 게임에서 졌기에 어제저녁보다도 덜 좋아한다고 이따금 털어놓았을 때, 나는 용서를 구하며 그녀가 다른 친구들만큼 나를 다시 한번 좋아해주고, 다른 친구들보다 나를 더 좋아하게 되려면 내가 어떻게 해야 좋은지 그녀에게 물어보곤 했다. 나는 그녀가 이미 지나간 일이야, 라고 말해주기를 바랐다. 그것만이 나의 소원이었다. 마치 내가 기쁘기 위해서라면, 나의 좋고 나쁜 행동에 대한 그녀의 말 몇 마디가 나에 대한 그녀의 애정을 그녀 마음대로, 혹은 내 마음대로 변경시킬 수 있기라도 한 듯 말이다. 그렇다면 나는 내가 그녀에 대해 느끼는 것이 그녀의 행동이나 나의 의사와는 무관하다는 사실을 몰랐단 말인가?

보이지 않는 직녀에 의해 이루어진 새로운 질서는 끝으로 이렇게 말했다. 만일 우리가 그때까지 우리를 괴롭히던 한 여성의 행동에, 그것이 진심에서 우러나온 것이 아니라는 희망을 가질 수만 있다면, 앞으로 그 여성의 행동에서 한줄기 빛을 바랄 수 있다. 우리의 희망은 그 한줄기 빛이 없이는 아무것도 할 수 없을뿐더러, 우리는 희망보다도 오히려 그 빛에게 그녀가 내일 어떤 행동을 할 것인지 물어봐야 한다고.

그런 새로운 충고, 나의 연정은 그것을 귀담아들었다. 그 충고는 나의 연정을 설복시켰는데, 즉 내일이란 흘러간 나날과 다르지 않을 것이란 것, 새로 변하기에는 너무 오래된 나에 대한 질베르트의 감정, 그것은 무관심에 지나지 않는다는 것, 질베르트와의 우정에 있어서 사랑하는 것은 나 혼자뿐이라는 것을. "그렇다"라고 나의 연정이 대답했다. "그 우정에서 생긴 건 아무것도 없다. 그것은 변하지 않을 것이다." 그러므로 내일이 되면, 아니 가까운 날 중에, 명절이나 기념일, 혹은 정월 초하룻날 같은, 말하자면 다른 날과는 다른 하루, 즉 과거의 슬픔의 유산을 받지 않고 과거의 상속을 던져버린 채 다시 새롭게 시작되는 그런 하루를 기다려 나는 우리의 옛 우정을 던져버리고, 새로운 우정의 기초를 다질 것을 질베르트에게 청하려 했다.

나는 파리 지도를 늘 손이 닿는 곳에 두었다. 스완 부부가 사는 거리를 식별해낼 수 있던 그 지도가 나에게는 보물이라도 담긴 듯 느껴졌기 때문이다. 그래서 남모르는 기쁨에서, 또 일종의 기사도적 열성에서 내가 말끝마다 그 거리의 이름을 들먹이자, 어머니나 할머니처럼 내 사랑에 무감각한 아버지가 내게 물었다.
"그런데, 넌 무엇 때문에 늘 그 거리를 들먹이는 거지? 조금도 별다른 곳이 아닌데. 하긴 부아에 가까우니까 살기에는 쾌적한 곳이지만. 그래도 그런 정도라면 열 군데 정도는 더 있단다."
나는 얘기를 할 때마다 스완 씨 이름이 부모님 입에서 나오게 하려고 부추겼다. 물론 나는 마음속으로 끊임없이 그 이름을 되뇌었지만, 그것만으로는 만족할 수 없어 그 이름의 감미로운 울림을 듣고 싶었던 것이다. 게다가 그렇듯 오래전부터 알아온 그 스완이라는 이름이, 예를 들면 일종의 실어증 환자가 매우 흔히 사용되는 낱말에 대해 그러듯이, 지금의 나에겐 아주 새로운 이름이 되었다. 그것은 항상 머릿속에는 있으면서도 친숙해질 수는 없는 그런 것이었다. 나는 그것을 분해하여, 한 자씩 떼어 읽었다. 그러자 그 철자는 내게서 하나의 경악이 되었다. 그것은 친근하게 되면서, 동시에 결백하게 보이는 걸 멈추었다. 내가 그 이름을 들으며 갖는 기쁨에 죄가 있다고 느껴져, 나는 다른 사람들이 내 속셈을 눈치채어 내가 그 이름 쪽으로 대화를 끌고 가려고 애쓰면 누군가 그것을 딴 데로 돌리는 듯한 생각이 들 정도였다. 그래도 나는 여전히 질베르트가 언급되는 화제로 이야기를 돌려 끊임없이 같은 말을 되풀이했는데, 그것이 단지 말—그녀에게서 멀리 떨어져 발음되어 그녀의 귀에는 들리지 않는 말, 있는 그대로를 되풀이할 뿐 그것을 변경시킬 수는 없는 효력 없는 말—에 불과하다는 걸 깨달아도 별수 없었다. 그렇지만 나는 이처럼 질베르트에게 인접돼 있는 모든 것을 마구 다루어보고 휘저어봄으로써, 무엇인가 행복한 것을 만들어낼 수 있을 것 같은 생각이 들었다. 나는 부모님에게 질베르트가 자신의 여가정교사를 매우 좋아하고 있다는 말을 되풀이해서 했다. 마치 그 구절을 1백 번 정도 발음하면, 그것이 느닷없이 질베르트를 우리 집에 오게 하여 영원히 우리와 함께 살도록 하는 효과를 주기라도 하는 듯. 나는 《데바》지를 읽던 노부인을 다시 한번 칭찬하며(나는 그분이 대사 부인 아니면 어느 전하비일지도 모른다고 부모님께 넌지시 암시해두었다), 그녀의 아름다운 모습과 훌륭하고 고귀한 태도 등을 입에 침이 마르도록 찬양해 마지않았다. 어느 날, 나는 질베르트가 입 밖에 낸 이름을 듣고 나서, 그 노부인이 블라탱이라는 이름을 가졌음에 틀림없다고 말했다.

"어머나! 그분이었어"라고 어머니가 소리쳤다. 그와 동시에 나는 부끄러움에 얼굴이 화끈 달아오르는 것을 느꼈다. "조심해라, 조심해! 할아버지 말씀처럼. 그 여자를 네가 아름답게 보았다니! 어림도 없어. 무서운 여자야. 예전에도 그랬고. 집달리의 과부지. 넌 생각이 안 나겠지만, 네가 어렸을 때, 체조 시간에 그 여자를 피하느라고 내가 얼마나 고생했는지 모른단다. 그때 나와는 생면부지인데도, 너를 보고는 '남자 아이치곤 너무 예쁘다'는 구실로 내게 말을 건네려고 하질 않겠니. 그 여자는 늘 미친 듯이 사교계 사람들과 사귀고 싶어 했으니까. 만일 그녀가 정말로 스완 부인과 아는 사이라면 그녀는 내가 늘 생각하던 대로 일종의 미치광이야. 왜냐하면 그 여자는 매우 평범한 계급 출신이지만 별로 이렇다 할 흠은 없었는데도, 늘 억지로라도 교제를 하지 않고서는 못 배겼으니 말이야. 무섭고, 끔찍스러울 만큼 저속하고, 게다가 문제 덩어리 여자지."

스완에 대해서 말하자면, 나는 그의 버릇을 흉내 내려고, 식탁 앞에 남아 있는 동안 코끝을 잡아당기거나 눈을 비비거나 하는 짓으로 시간을 보내곤 했다. 보다 못해 아버지가 말했다. "이 애는 백치야. 형편없는 녀석이 될걸." 특히 나는 스완처럼 대머리가 되고 싶었다. 내게는 그가 어찌나 비범한 인간으로 보였던지, 내가 자주 만나는 친구가 그를 알고 있다거나, 어느 날 아무개가 바깥에서 우연히 그를 만났다거나 하는 것이 신기하게 여겨질 정도였다. 그래서 한번은 어머니가 보통 때처럼 저녁 식사 중에 그날 오후에 있었던 일을 이야기하다가, "그런데 말예요, 트루아 카르티에 백화점 우산 매장에서 내가 누구를 만났는지 알아맞혀보세요. 스완을 만났다고요"라고 말함으로써, 내게는 아주 무미건조하게 들리던 어머니의 이야기 속에서 신비로운 꽃 한 송이가 피어났다. 그날 오후, 군중 속에 그의 초자연적인 모습을 드러내며, 스완이 우산을 사러 갔다는 말을 듣는 것은 얼마나 우울한 쾌락이람! 한결같이 무미건조한 일상의 크고 적은 사건 가운데서 그 일만이, 질베르트에 대한 나의 연정을 끊임없이 움직이던 특수한 진동을 내 마음속에 불러일으켰던 것이다. 그때 우리 식구들은 당시 프랑스의 국빈이자 프랑스의 동맹자라고들 하던 테오도시우스 왕의 방문 사실이 끼칠지도 모르는 정치적인 영향을 이야기하고 있었는데, 내가 귀담아듣지 않았기에 아버지는 날더러 아무것에도 관심이 없는 아이라고 말했다. 나는 그 대신, 스완이 두건 달린 외투를 입었는지 여부를 얼마나 알고 싶어 했던지!

"그분에게 인사하셨어요?" 하고 내가 물어보았다.

"물론이지" 하고 어머니는 대답했는데, 그렇게 말하는 어머니의 표정에는 스완과의 사이가 냉랭해진 것을 입 밖에 내기라도 하면, 원치도 않는 화해를 시켜주겠다는 사람이 나타날까 봐 두려워하는 빛이 역력했다. 어머니는 스완 부인과는 아는 사이가 되고 싶지 않았던 것이다. "그분이 먼저 내게 인사하더군. 난 그분을 보지 못했거든."

"그럼, 사이가 나빠진 게 아니로군요?"

"사이가 나빠지다니? 무엇 때문에 사이가 나빠졌다고 말하는 거지?" 하고 어머니는 내가 스완과의 허구적인 관계에 일격을 가하여, '화해'를 시도하기라도 한 것처럼 열심히 대답했다.

"이제는 그분을 초대하지 않으니까, 그분이 어머니를 원망할지도 모르죠."

"누구나 다 초대해야만 한다는 법은 없어요. 그분이 언제 나를 초대하던? 난 그의 부인을 몰라."

"그러나 콩브레에서는 그분이 자주 왔었잖아요."

"그야 그렇지! 콩브레에서는 그분이 오셨더랬지. 그렇지만 파리에서는 할 일이 많으시니까. 나도 마찬가지고. 그렇다고 우리가 사이가 나빠진 사람들 같은 표정을 지은 적은 한 번도 없어요. 점원이 그분이 산 물건 꾸러미를 가져다주는 동안, 우리는 잠시 함께 있었지. 네 소식을 물어보셨어. 네가 그분의 따님과 자주 놀더라고 말씀하시던걸" 하고 어머니가 덧붙였다. 내가 스완의 정신 속에 존재했다는 사실, 그것도 내가 샹젤리제에서 그가 보는 앞에서 연정으로 몸을 떨고 있을 때, 그가 내 이름도, 나의 어머니가 누구인지도 알고 있을 만큼, 또 딸의 놀이 친구라는 나의 신분 둘레에, 나의 조부모, 가족, 우리가 사는 장소, 지난날 우리의 생활 가운데 몇 가지 특수성, 어쩌면 나는 모를지도 모르는 특수성까지도 혼합시킬 수 있을 만큼, 그토록 완벽하게 그의 정신 속에 존재했다는 사실은 나를 경탄케 만들었다. 그러나 어머니는 트루아 카르티에 백화점 매장에 특별한 매력을 느끼지 못하는 것 같았다. 그녀가 스완의 눈에 띈 순간, 어머니를 특정한 어떤 인물로 표현하여, 그 인물과 스완이 갖는 공동 추억 때문에 스완으로 하여금 어머니 곁으로 다가가 인사하게 한 그 판매장 말이다.

 게다가 어머니도 아버지도 질베르트의 조부모에 대해서, 또 무엇보다도 내가 좋아하던 증권거래소의 명예 중개인이라는 칭호에 대해서 더는 이야기할 것이 없는 것 같았다. 그래서 나의 상상력은 사회상으로서의 파리 안에 한 가정을 따로 떼어놓아 신성화시키는 동시에, 건축상으로서의 파리 안에 한 저택을 지어내어 그 저택의 대문을 특히 멋있게 조각하고 그 창문들을 아름답게 꾸며냈다. 그러나 그런 장식은 내 눈에만 보일 뿐이었다. 스완이 사는 집을 부아 구역에 있는 동시대에 건축된 다른 집들과 동일시하던 아버지나 어머니로서는, 그와 똑같이 스완의 가정도 증권거래소 중개인의 가정과 같은 종류로 여겨졌던 것이다. 그리고 그 가정을 세상의 어느 가정이나 갖는 가풍 정도에 따라 다소 호의적으로 판단했을 뿐, 그 가정의 독특한 점은 하나도 인정하지 않았다. 인정하기는커녕, 스완의 가정에서 평가한 미풍을 다른 가정에서도 그와 같은 정도로, 또는 그 이상으로 인정하고 있었다. 따라서 스완의 집이 좋은 위치에 놓여 있다는 걸 알고 나면, 그분들은 더 좋은 위치에 있는, 그러나 질베르트와는 아무런 관계가 없는 다른 집이나 그녀의 할아버지보다 더 높은 지위에 있는 금융업자에 대해 이야기했다. 그리고 그분들의 이야기가 잠시 나와 같은 의견인 것처럼 보일 때가 있어도, 그것은 오해에 의한 것으로 금세 사라지고 말았다. 왜냐하면 질베르트를 둘러싼 모든 것 속에서, 색채계의 적외선이라고 할, 감정 세계에 있어서의 미지의 특질을 지각하기에는, 우리 부모님은 내가 연정에서 부여받은 일시적으로 보충된 감정을 갖고 있지 못했기 때문이다.

 질베르트가 샹젤리제에 못 올 거라고 내게 미리 말한 후부터 나는 날마다 조금이라도 그녀와 접근된 산책을 하려고 애썼다. 때로는 프랑수아즈가 여가정교사의 입을 통해서 스완 부인에 관해 들었던 얘기를 그녀에게 끊임없이 되풀이하게 했다. "스완 씨 부인은 무척이나 운을 믿는 것 같아요. 올빼미 소리를 듣거나, 벽에서 큰 시계가 똑딱거리는 소리 같은 기척이 들리거나, 오밤중에 고양이를 보거나, 세간이 삐걱거리거나 하면, 결코 여행을 가시지 않는답니다. 정말, 대단히 믿는 것 같아요." 나는 어찌나 질베르트를 사모했던지, 거리에서 스완네의 늙은 우두머리 하인이 개를 데리고 산책하는 것이라도 언뜻 보면 감동으로 걸음을 멈추지 않을 수 없었다. 그리고 그 늙은이의 흰 구레나룻 수염에 열정으로 가득 찬 내 시선을 고정시키곤 했다. 그러면 프랑수아즈가 내게 말했다.

"왜 그러죠?"

다음에 우리는 스완네 대문 앞까지 계속 걸었다. 그곳엔 세상의 어느 문지기와도 다른, 게다가 질베르트의 이름 속에서 내가 느꼈던 것과 똑같은 안타까운 매력이 제복의 금줄 속까지 스며들어 있는 문지기 하나가 서 있었는데, 그는 나 따위는 아무리 힘을 써봐도 자신이 수위를 맡은 그 신비스러운 생활 속에 들어갈 자격이 없는 인간이라고 뽐내는 듯이 보였다. 모슬린 커튼이 품위 있게 늘어져 있던 일층과 이층 사이의 창문은, 그것이 창문과 비슷하다고 하기보다는 질베르트의 눈길과 훨씬 비슷해서, 그것을 감추려고 그 커튼 사이에서 닫혀 있다는 걸 의식하는 듯이 보였다. 또 한 번은, 큰 거리를 걸어가다 뒤포 거리 입구에서 걸음을 멈추었다. 치과의사에게 가는 스완의 모습을 거기서 자주 보았다는 말을 누군가에게 들었기 때문이다. 게다가 나의 상상은 질베르트의 부친을 다른 인간들과 너무 다르게 생각해왔고, 현실 세계 속에서의 그의 모습은 대단한 경탄을 자아냈기에, 마들렌 광장에 이르기 전부터 나는 뜻밖에 초자연적인 모습이 나타날지도 모르는 거리에 내가 접근해가고 있다는 생각에 감격해했다.

그러나 보통—내가 질베르트를 못 만날 거라는 걸 알았을 때—나는 스완 부인이 거의 날마다 '아카시아'의 소로(小路)나 그랑 라크〔대호수라는 뜻〕 주변, 또는 렌 마르그리트의 작은 길을 산책한다고 들었기에 프랑수아즈를 부아 드 불로뉴 쪽으로 끌고 가곤 했다. 나에게 있어 부아 드 불로뉴는 다양한 식물군과 또 그와 대조적인 풍경을 볼 수 있고, 언덕을 하나 넘으면 동굴과 작은 목장, 바위, 시내, 구덩이, 야산, 늪 등이 있지만, 그곳은 하마나 얼룩말, 악어, 러시아산 토끼, 곰, 왜가리 등만이 뛰어놀 수 있는 동물원과 같은 곳으로 하나의 적절한 환경, 그림처럼 아름다운 구역이었다. 뿐만 아니라, 부아 그 자체는 작은 울타리를 둘러친 여러 가지 작은 세계를 종합하고 있어서—버지니아의 개간지처럼, 단풍나무와 아메리카 떡갈나무가 심겨 있는 평지가 호숫가 전나무 숲이나 또는 부드러운 모피로 몸을 감싼 채 산책하는 여인이 야수 같은 아름다운 눈길을 던지며 빠른 걸음으로 느닷없이 나타나는 나무 숲에 닿아 있음으로써—차라리 그건 '여인의 정원'이었다. 또—〈아에네이드〉〔베르길리우스의 서사시〕에 나오는 '도금양(桃金孃)의 소로'처럼—그녀들을 위해 향나무를 심어둔 아카시아 소로에는 이름난 미인들의 발걸음이 끊이지 않았다. 멀리서, 물에 잠겨 있는 바위 꼭대기가 아이들로 하여금 물개를 보게 될 거라는 생각에 기뻐 흥분케 하듯, 아카시아는 내가 그 소로에 닿기도 전에 멀리서부터 부근에 향기를 풍기면서 나로 하여금 그 강하고도 유연한 개성 있는 식물에 접근케 하여 그 독특함을 감촉케 했고, 그리고 나서 내가 가까이 갔을 때, 정다운 운치와 예쁘장한 윤곽과 가느다란 결이 눈에 띄는, 가볍게 하늘거리는 아카시아 잎들과, 그리고 그 잎들 위에서 마치 날개를 팔랑거리는 진귀한 기생충 무리처럼 뒤덮여 있는 빽빽한 잎이 드러나는 그 꼭대기가, 또 심지어는 어딘지 모르게 한가로운 여인의 감미로움을 연상케 하는 아카시아라는 이름까지도, 마치 접대원이 무도회 입구에서 알리는 아름다운 여자 손님의 이름밖에는 상기시키지 않는 왈츠처럼 내 가슴을 어떤 사교적인 욕망으로 두근거리게 했다. 그 길에서 몇몇 멋쟁이 여인들을 구경하게 될 거라는 이야기를 들은 것은 이미 오래였다. 그 여자들 모두가 다 결혼한 사람들은 아니었으나, 사람들은 스완 부인에 대해 이야기하면서 대개 가명으로 그 여인들의 이름을 인용하곤 했다. 새 이름으로 부르기라도 하면 귀에 익지 않아 일종의 익명으로밖에는 생각되지 않았기에, 그녀들에 대해 말하는 사람은 상대방에게 누구를 가리켜 하는 말인지 알아듣게 하려고 새 이름을 버려야만 했다. 나는 '아름다움'이란—여성적인 멋의 세계에서는—여러 가지 신비한 법칙의 지배를 받으며 그것을 깨닫게 됨으로써만 멋의 깊은 뜻을 터득할 수 있고, 그럼으로써 비로소 멋의 아름다움을 실현할 수 있다고 생각하여, 우선 하나의 계시로 그 여자들의 몸단장, 마차 차림새, 그 밖의 많은 세부적인 외형을 눈여겨보아 마음속에 새겨두고는, 일시적이고도 흔들리기 쉬운 여러 구상을 하나의 걸작으로 응집시키는 내적인 영혼처럼 나의 믿음을 그 세부적인 외형의 내부에 결부시켰다. 그렇지만 내가 보고 싶어 한 건 스완 부인이었고, 그 부인이 질베르트이기라도 한 것처럼 나는 떨리는 가슴을 안고 그녀가 지나가기를 기다렸다. 그녀를 둘러싼 모든 것이 다 그렇듯이, 그 부인에게도 질베르트의 매력이 스며들어 있어 그녀의 부모는 내 마음속에 질베르트에 대한 연정과 같은 정도의 연정을, 그리고 더욱더 고통스런 혼란을 일으키더니(왜냐하면 질베르트와 그 부모가 접해 있는 점은 내가 엿볼 수 없는 그들 생활의 내부였기 때문이다), 드디어는(왜냐하면 나중에 알게 되겠지만 내가 질베르트와 노는 것을 그들이 달갑지 않게 생각하는 것을 곧 알아차렸으므로), 우리가 우리를 해치는 힘을 마구 부리는 인간에 대해 반드시 바치는 그런 존경의 감정을 내 마음속에 불러일으켰다.

모직 폴로네즈〔곧은 깃과 장식 단추가 달린 프록코트〕를 입고, 꿩의 날개를 하나 단 챙 없는 작은 모자를 머리에 쓰고, 가슴에는 오랑캐꽃 다발을 꽂은 스완 부인이 걷는 모습을 멀리서 보았을 때, 나는 심미적 가치와 사교적 존엄의 세계에서는 청초함이 최고라고 판단하고 말았는데, 그녀는 자신의 집으로 돌아가는 데는 그 길이 가장 가까운 길이기나 한 것처럼 그런 차림새를 하고 빠른 걸음걸이로 아카시아 소로를 걸어가면서, 그녀의 모습을 멀리서 알아보고 그녀에게 인사를 건네며 그녀만큼 멋있는 여성은 아무도 없을 것이라고 서로 말을 주고받던 마차 속의 신사들에게 묵례로 응하고 있었다. 그런데 내가 청초함 대신에 호화로움을 최고로 삼았던 것은, 더는 기운이 없어 다리가 "몸 안에 틀어박혔다"고 투덜거리던 프랑수아즈를 억지로 한 시간 동안이나 더 이리저리 끌고 다니다가, 마침내 이러한 광경을 목격한 후부터였다. '도핀 문'을 막 나와 부아로 이어지는 작은 길로 들어서면서 나는— 그 어떤 여왕도 나에게 그만큼 강한 인상을 주지 못할 영상, 눈부신 왕실의 위광을 풍기는 여왕이 도착하는 영상을 보았는데, 그것은 내가 그런 위력에 더욱 뚜렷하고 더욱 경험적인 관념을 가지게 되었기 때문이다— 마치 콩스탕탱 기〔Constantin Guys : 프랑스의 풍속 화가〕의 그림에서 볼 수 있는, 날씬한 체구에 윤곽이 뚜렷한, 나는 듯이 뛰는 말 두 필에 이끌려, '고(故) 보드노르'〔발자크 소설에 나오는 인물〕의 '호랑이'를 연상케 하는 키 작은 하인 곁에 카자흐 병사처럼 모피를 외투에 두른 덩치 큰 마차꾼을 태운 비할 바 없이 훌륭한 무게 사륜마차를 보고 나서— 아니 오히려, 그 형태가 선명하고 불치의 상처로 내 마음속에 찍힌 것을 느끼고 나서— 그 마차가 일부러 다소 극단적으로 치우친 '최신식' 사치스런 장식을 통해 구형 마차를 넌지시 빗대고 있다는 걸 알았다. 그리고 그 안에서는, 애교 머리를 한 다발 만들어 거기에 가느다란 오랑캐꽃 띠를 두른, 금발 머리에 긴 베일을 늘어뜨리고 손에는 연보라색 파라솔을 들고 입가에는 애매한 웃음을 지으며 편히 쉬는 스완 부인의 모습이 보였는데, 그녀는 나로서는 여왕이 표현하는 호의로밖에 받아들일 수 없는 그 웃음 속에 특히 화류계 여자가 풍기는 선정(煽情)을 담으면서 인사해오는 사람들에게 다정하게 머리를 끄덕였다. 그 웃음은 사실 어떤 사람들에게는 "나도 아주 잘 기억해요. 정말 멋있었어요!"라고 말했고, 또 어떤 사람들에게는 "그랬으면 얼마나 좋았겠어요! 운이 나빴어요!" 또 어떤 사람들에게는 "그런데 원하신다면! 아직은 좀 더 열을 지어 가겠어요. 그러다가 가능하면 앞지르겠어요"라고 말했다. 낯선 사내들이 지나갈 때도 그녀는 여전히 친구를 기다리는 듯한, 혹은 친구를 회상하는 듯한, 그리고 "얼마나 아름다운 여인이람!" 하고 감탄케 하려는 듯한 유한부인다운 웃음을 입가에 지어 보였다. 그런데 단지 어떤 유의 사내들에게만은 가시가 돋치고, 거북살스럽고, 겁먹은 듯한 차가운 웃음, "그래, 이 녀석아, 나도 너의 독설이 잠시도 쉬지 않고 지껄인다는 걸 알고 있어! 내가 너의 말에 아랑곳할 것 같으냐?"라는 뜻이 숨어 있는 웃음을 보냈다. 코클랭〔프랑스의 배우〕이 열심히 그의 말을 듣고 있는 친구들 한가운데서 무언가를 이야기하면서, 마차를 탄 사람들에게 극장 무대에서 해 보이는 그 커다란 손짓으로 인사를 보내며 지나갔다. 그러나 나는 오직 스완 부인에게만 관심을 두고 있었고, 그러면서도 그녀를 못 본 척했다. 왜냐하면 나는 '티르 오 피종'〔Tir aux pigeons : 부아에 있는 사적인 클럽〕높이에 이르면, 그녀가 마차 몰이꾼에게 열에서 빠져나가 마차를 세우라고 이르고, 거기서부터 소로 쪽으로 걸어 내려오리라는 걸 알고 있었기 때문이다. 그래서 나는 그녀 곁을 지나갈 용기가 나는 날이면, 프랑수아즈를 끌고 그쪽으로 가곤 했다. 과연 한번은 보행자 전용 도로에서 우리 쪽을 향해 걸어오는 스완 부인의 모습이 언뜻 보였다. 부인은 다른 여인들이 갖지 못한 비단 옷과 값진 노리개로 사람들의 눈에 여왕으로 보일 정도의 몸단장을 하고, 연보랏빛 드레스 자락을 길게 끌며, 이따금 눈길을 파라솔 손잡이 위로 내려뜨리면서 지나가는 사람들을 거의 거들떠보지 않고 있었다. 마치 그녀의 중대한 용무와 목적은, 자신이 남의 눈에 뜨이고 있다는 것과 만인의 얼굴이 모두 자기 쪽으로 쏠리고 있다는 건 생각하지 않고, 오로지 운동을 하는 데 있기나 한 것처럼. 그래도 이따금 데리고 온 토끼 사냥개를 부르려고 뒤돌아섰을 때, 그녀는 슬그머니 주위에 눈길을 던지곤 했다.

스완 부인이 누군지를 모르는 사람들까지도, 기이하고도 강한 그 무언가에 의해서—아니 그보다는 아마도 라 베르마의 연기가 극치에 이르는 순간 무지한 관중 속에서 열렬한 박수를 터뜨리게 만드는 그 감응적인 방사(放射)에 의해서—그녀가 틀림없이 잘 알려진 부인일 거라고 짐작했다. 그들은 제각기 '누굴까!' 하고 생각해보았다. 때로는 지나가는 사람에게 물어보기도 하고, 때로는 그런 방면에 정통한 친구들에게 자세한 이야기를 들으려고 표적이 될 만한 그녀의 몸치장을 기억해두기도 했다. 또 어떤 산책자들은 반쯤 멈춰 서서 말하기도 했다. "저 여자가 누군지 아시오? 스완 부인이야! 그 것만으로는 생각나는 게 없소? 오데트 드 크레시지?"

"오데트 드 크레시? 그렇지, 나도 그렇게 생각했네. 그 슬픈 듯한 눈길⋯⋯. 그러나 이제는 그녀도 그 무렵처럼 앳된 청춘은 아닐 걸세! 난 말이야, 막마옹 대통령이 사직하던 날 그녀와 동침했던 것이 생각나네."

"그런 일은 기억해내지 않는 게 좋아. 지금은 어엿한 스완 부인, 자키 클럽의 회원이자, 영국 황태자 친구의 안사람이니까. 그건 그렇고, 그녀는 아직도 굉장한 미인인걸."

"그건 그래, 하지만 자네가 그녀를 그 무렵에 알았더라면. 정말 예뻤다고! 당시 그녀는 지저분한 세간이 있는 아주 괴상한 작은 집에 살았지. 신문팔이의 외침이 들려와 우리가 난처해하던 일이 생각나네. 결국 그녀가 나를 일어나게 하고 말았지만."

이런 추억담 같은 이야기들은 귀담아듣지 않은 채, 나는 그녀의 평판에 그 주변에서 감도는 잘 들리지 않는 속삭임에 귀를 기울였다. 그 사람들은 모두가 나를 모르는 사람들로, 그 가운데 나를 항상 업신여기는 듯하던 그 흑백 혼혈 은행가가 없다는 것을 알고는 분풀이를 못해 좀 낙심이 되었지만, 그래도 그 모든 사람들에게 그들이 전혀 거들떠보지도 않던 한 낯선 청년인 내가, 미모와 단정치 못한 행실과 멋으로 평판이 자자한 그 부인에게 인사하는 장면(솔직히 말해서 나는 그녀와 아는 사이는 아니지만, 우리 부모님은 그녀의 남편과 아는 사이고 나도 그녀의 딸과 친구인 이상, 나에게는 인사할 만한 권리가 있다고 나는 생각했다)을 보여주는 것도 잠시 후라고 생각되었을 때, 내 가슴은 초조함으로 두근거렸다. 그런데 나는 벌써 스완 부인의 바로 옆까지 가 있었다. 그래서 나는 그녀에게 모자를 벗고 큰

절을 넙죽 했는데, 그 모습이 너무도 과장되고 그 시간이 너무도 길어서 그녀는 웃지 않을 수 없었다. 주위 사람들도 웃음을 터뜨렸다. 그녀는 내가 질베르트와 함께 있는 현장을 한 번도 본 적이 없었을 뿐더러 내 이름조차 몰랐으니, 그녀에게 있어 나라는 존재는ㅡ부아의 감시원 가운데 한 사람이나 뱃사공, 혹은 그녀가 빵 부스러기를 던져주는 호수의 오리같이ㅡ부아의 산책장의 부수적이고 평범한 무명 인물이자, '말단 역'을 맡은 사람처럼 개성 없는 인물 가운데 하나에 지나지 않았던 것이다. 아카시아 소로에서 그녀를 보지 못했던 어느 날, 나는 렌 마르그리트 길에서 그녀를 만난 적이 있었는데, 그 길은 혼자 있고 싶어 하는 여자들, 혹은 고독을 즐기는 척하고 싶어 하는 여자들이 즐겨 찾는 곳이었다. 스완 부인은 그런 외양을 오래 유지하지 못하고, 이윽고 한 남자친구, 대개 회색 실크 모자를 쓴 내가 알지 못하는 어느 남자와 만나 한참 동안 이야기를 나누었는데, 그러는 동안 그들 두 사람의 마차는 그들 뒤를 따라가고 있었다.

부아 드 불로뉴의 복합성, 인공 장소이자 그 단어의 동물학적인 의미나 신화적인 의미상으로는 '하나의 정원'인 부아 드 불로뉴의 복합성을 올해 11월 초 어느 날 아침, 트리아농에 가느라 그곳을 지나가다 나는 다시 느꼈다. 그 무렵, 파리에서의 나는 가까이 다가오자 구경할 새도 없이 지나가버린 가을 풍경을 집 안에서 빼앗기고 나서 향수와 낙엽에 대한 열병에 사로잡혀 잠마저 이룰 수 없었다. 닫힌 내 방 안에서 낙엽은, 그걸 보고 싶어 하는 내 욕망에 의해 환기되어, 한 달 전부터 내 생각과 내가 주의하던 어떤 대상 사이로 끼어들어와, 이따금 아무리 눈을 똑바로 뜨고 봐도 눈앞에서 춤추는 노란 반점 모양으로 맴돌았다. 그리고 그날 아침, 며칠 계속되던 빗소리도 더는 들리지 않고, 행복의 비밀을 누설하는 꼭 다문 입술처럼 닫혀 있는 커튼 구석에서 화창한 날씨가 웃고 있음을 보며, 나는 그 단풍들이 햇살에 의해 꿰뚫리는 모습을 구경한다면 그 경치가 얼마나 아름다울까 생각했다. 그러자 그 옛날 내 방 벽난로 속에서 바람이 몹시 불어댔을 때 바닷가로 떠나고 싶어 하던 이상으로 수목을 보러 가고 싶은 마음을 가눌 수 없어, 나는 부아 드 불로뉴를 지나서 트리아농으로 가려고 집을 나섰다. 그때는, 부아가 가장 세분되어 있을 뿐만 아니라 그 세분된 모양 또한 각각 달라서, 아마 부아가 가장 복합적으로 보일 시각이요, 또 그런 계절이었기 때문이다. 잎이 다 졌거나 아직 여름의 잎을 그대로 단 저 멀리 어두운 나무숲 맞은편 여기저기, 큰 공간을 볼 수 있는 확 트인 부분에서도, 두 줄로 늘어선 오렌지빛 마로니에 나무들이 마치 방금 그리기 시작한 화폭처럼, 나머지 부분은 채색하지 않을 배경화가에 의해 일부만 채색돼 있는 듯했고, 아직 채색되지 않은 남은 부분은 나중에야 첨가될 인물들의 삽화적인 산책을 위해 그 작은 길을 훤히 드러내 보여주고 있었다.

좀 더 멀리, 나무들이 온통 푸른 잎으로 덮인 곳에서, 단 한 그루, 작고 땅딸막하고 꼭대기가 잘린 고집불통 나무가 보기 흉한 붉은 머리털을 바람에 흩날리고 있었다. 또 다른 곳에서는 그 5월의 신록의 첫 깨어남이 있었고, 또 겨울철의 붉은 아가위꽃 모양으로 신비롭게 반짝이며 웃고 있는 머루잎들은 이미 그날 아침부터 활짝 피어 있었다. 그리고 부아는, 식물학적 흥미에서건 아니면 축제 준비를 위해서건, 그 주위에 공간을 두어 공기를 통하게 함으로써 빛을 만들어 내는 듯한 기이한 잎이 달린 귀중한 식물 두세 그루를, 아직 다른 곳으로 이식하지 않아 그대로 남아 있는 흔한 종류의 나무들 한가운데에 막 심어놓은 묘목원이나 공원의 일시적이고 인위적인 모습을 하고 있었다. 이처럼 때는 불로뉴 숲이 복합적으로 조립되면서 가장 다양한 특성을 드러내고 가장 두드러진 부분을 나란히 높이게 되는 계절이었다. 시간 또한 그러했다. 아직 나뭇잎들이 달려 있는 곳에는 아침 햇살이 거의 수평으로 닿고 있었는데, 거기서부터 나무들은 점점 변질되어가는 것 같았다. 그 햇살은 몇 시간 후 땅거미가 내리기 시작하고 태양이 전등처럼 빛을 발하며 먼 거리에서 그 잎 위에 인공 조명과도 같은 따뜻한 반사광을 투사하여, 어느 나무—꼭대기의 잎은 불타고 있어도 기둥은 불타오르지 않고 컴컴하게 남아 있는 나무—꼭대기에 붙어 있는 잎을 활활 불태우게 될 순간에도 그와 똑같을 햇살이었다. 이쪽에서는 햇살이 벽돌처럼 두꺼워지더니, 마치 푸른 무늬가 그려진 페르시아의 노란 벽처럼 마로니에 잎들을 하늘에 거칠게 칠해놓았고, 또 그와는 반대로 저쪽에서는 하늘을 향해 금빛 손가락을 떨고 있던 마로니에 잎들을 하늘에서 떼어놓았다. 포도나무 덩굴에 감겨 있는 어떤 나무의 중간 높이에서, 눈이 부셔서 똑똑히 분간할 순 없었지만, 햇살은 카네이션의 변종 같기도 한 커다란 붉은 꽃다발 하나를 접붙여 꽃피웠다. 여름날, 푸른 나뭇잎의 무성함과 단조로움 속에서 매우 혼동되던 부아의 여러 다른 부분이 지금은 하나하나 뚜렷이 보였다. 더욱 밝아진 공간이 거의 모든 틈새를 보여주었다. 마치 원색 지도를 보듯 아르므농빌, 르 프레 카틀랑, 마드리드, 경마장, 호숫가〔이상의 지명은 모두 부아에 있는 곳임〕등을 구분할 수 있었다. 이따금 쓸데없는 건물, 인공적인 동굴, 풍차 따위가 나타나곤 했는데, 수목이 몸을 비켜서면서 그것들에 자리를 내주거나, 아니면 잔디가 그 푹신푹신한 자리 위에 그것들을 올려놓아주었다. 내게는 부아가 단순한 숲이 아니라 그 수목의 삶과는 상관없는 어떤 사명에 응답하는 것처럼 느껴졌다. 그리고 내가 느끼고 있는 감격 또한 단지 가을 경치의 아름다움에 의해서가 아니라 더욱 깊은 욕망에 의해서 일어난 것이었다. 욕망, 그것은 기쁨의 크나큰 원천으로, 영혼은 그 원인을 깨닫지 못한 채 또한 외부적인 어떤 것도 그것의 동기가 아니란 걸 이해하지 못한 채 그것을 먼저 느끼고 만다. 이처럼 만족되지 않은 그리움으로 수목을 바라보던 나는 그 수목을 지나, 그 수목들이 매일 몇 시간씩 숨겨두는 매우 아름다운 훌륭한 산책로 쪽으로 나도 모르는 사이에 향하고 있었다. 나는 아카시아 소로를 향해 걸었다. 크게 자란 나무숲 몇 군데를 가로질러 지나갔다. 거기서는 아침 햇살이 숲을 새롭게 구분하면서, 나뭇가지를 쳐내고 가지각색 줄기를 한 다발로 묶어 여러 가지 꽃다발을 꾸미고 있었다. 아침 햇살이 자기 쪽으로 나무 두 그루를 솜씨 좋게 끌어당기고 있었다. 빛과 그늘의 힘찬 끝을 사용해, 햇살은 수목마다 줄기와 가지를 반으로 나누어 남은 두 개의 반 동강이를 한데 엮으면서, 어떤 때는 주위 햇볕의 범위를 정하는 하나의 그림자 기둥을 만들기도 했고, 또 어떤 때는 그 검은 그늘망이 부자연스럽게 흔들리는 윤곽을 둘러싼 한 줄기 빛의 도깨비를 만들기도 했다. 햇살이 더 높다란 가지들을 금박으로 입힐 때, 가지들은 반짝이는 이슬에 젖으면서 숲 전체를 바다에 담그고 있기라도 한 듯한 에메랄드빛 유동적 분위기에서 솟아오르는 것 같았다. 왜냐하면 수목은 자체의 생명력으로 계속 살고 있어, 이미 잎이 떨어져 없다 해도 그 생명력은 그 줄기를 싼 초록빛 벨벳 같은 나무 껍질 위나, 포플러나무 꼭대기에 뿌려져, 마치 미켈란젤로의 〈천지창조〉에 등장하는 해와 달처럼 겨우살이 식물의 구형(球形)으로 된 하얀 법랑질 속에서 오히려 잎이 있을 때보다 더 빛나고 있었기 때문이다. 그러나 여러 해 전부터 일종의 접붙임에 의해 여성과 공동생활을 하지 않을 수 없었던 그 수목들은, 나에게 화려한 치장을 하고 빠른 걸음으로 세속적 쾌락을 좇는 미녀인 숲의 여신을 연상케 했는데, 그 여신이 지나갈 때면 가지로 그녀를 숨기고, 수목들과 마찬가지로 그녀에게서도 계절의 힘을 느끼지 않을 수 없게 했다. 무의식중에 공범이 된 잎 사이로, 이제라도 멋지고 우아한 여성들이 잠시 동안 나타날 것 같은 장소에 내가 탐욕스럽게 다가갔을 때, 수목들은 나에게 성실했던 내 젊은 시절의 행복했던 때를 상기시켜주었다. 그러나 내가 이제부터 찾아가려는 트리아농의 마로니에와 라일락꽃보다 그 점에 있어서는 나의 심정을 더 흔들어놓던 불로뉴 숲의 전나무와 아카시아가 나로 하여금 갈망케 하던 아름다움으로 말하자면, 그것은 나의 외부에, 역사상 시대에 대한 회상이나, 예술품 속이나, 황금빛으로 물든 손바닥 모양의 잎새들이 그 문 앞에 쌓인 '사랑'의 작은 신전 속 같은 데 고정돼 있지는 않았다. 나는 호숫가를 따라 티르 오 피종까지 걸어갔다. 내 마음속에 지니고 있던 완벽함이라는 개념, 지난날 나는 그것을 무개 사륜마차의 높이에, 혹은 디오메데스〔그리스 신화에 나오는 트로이 원정군의 영웅〕왕의 사나운 말처럼 핏발이 선 눈에, 혹은 말벌처럼 날뛰던 경박한 말의 여윈 모습에 두었었기에, 지금 나는 지난날 내가 좋아하던 것을 다시 보고픈 욕망, 여러 해 전 바로 이 길로 내 육신을 끌고 나갔던 것과 똑같은 뜨거운 욕망에 사로잡혀, 스완 부인의 덩치 큰 마차꾼이 주먹처럼 통통하고 그림에 나오는 성(聖) 조르주처럼 어린애 같은 키 작은 하인의 감시하에 성이 나서 사납게 날뛰던 말의 강철 같은 다리를 다스리려고 하던 순간의 마차와 말 두 필을 다시 한번 눈앞에 보고 싶었다. 슬프게도! 거기에는 이제 키 큰 하인들을 동반한 콧수염 달린 운전사들이 모는 자동차들밖엔 없었다. 너무 낮아 단순한 꽃관처럼 보이던 그 귀여운 부인용 모자가 내 기억의 눈이 그것을 볼 때와 똑같이 예쁘게 보일지 알아보려고 그것을 내 육신의 눈앞에 붙잡아두고 싶었다. 그런데 요즈음엔 모든 모자가 다 넓적했고, 나무 열매와 꽃과 다양한 종류의 새들을 달고 있었다. 스완 부인이 여왕처럼 차려입은 아름다운 드레스 대신에 그리스색슨풍 튜닉〔부인용 웃옷〕이 타나그라풍 주름과 함께 유행했고, 또 간간이 디렉투아르〔프랑스 혁명 후의 정부를 말함〕시대 스타일에 색종이처럼 꽃무늬를 뿌린 시퐁 리베르티〔옷의 이름. 자유로운 누더기 조각이란 뜻〕도 보였다. 그 무렵 렌 마르그리트의 소로를 스완 부인과 함께 산책했을지도 모르는 신사들 머리 위에서 이제는 그때의 그 회색 실크 모자가 보이지 않게 되었을 뿐만 아니라, 그 어떤 다른 모자도 보이지 않게 되었다. 그들은 이제 모자를 쓰지 않고 외출했다. 그 새로운 광경의 어느 부분을 보아도 이제 나는 그것에 영속성을 주기 위해 거기에 조화와 생명을 들이밀 정도의 신뢰감을 더는 갖고 있지 못했다. 그런 것들이 내 앞을 어수선하게, 아무렇게나 부질없이 지나가곤 했다. 그런 것들 속에는, 내 눈이 지난날처럼 구성해보려고 애썼을지도 모르는 아름다움이 하나도 포함돼 있지 않았다. 그것은 특징 없는 여인들이었고, 나는 그녀들의 멋이라는 것에 대해 아무런 신뢰감도 갖지 않았고, 그 몸치장 역시 아무런 가치가 없어 보였다. 그러나 신뢰감이 사라지고 나면, 그 신뢰감이 불러일으킨 옛 사물에 대한 물신숭배적인 애착이 살아남고, 그것은 새로운 사물에 현실성을 부여하기에는 이미 쓸모없어진 우리의 부족한 힘을 감추려고 점점 더 생생하게 되살아난다. 마치 신이 존재하는 건 우리의 한가운데서가 아니라 그런 옛 사물 속이기라도 한 것처럼, 또 현재 우리가 신뢰감을 상실하게 된 우연한 이유가 신의 죽음 때문이기라도 한 것처럼.

얼마나 두려운 일인가! 하고 나는 속으로 중얼거렸다. 그 옛 마차의 차림새에 비한다면 누가 이 자동차를 멋지다고 생각할 수 있겠는가? 확실히 나도 이젠 너무 늙었다. 아니면 나는 여자들이 천으로 만들지 않은 옷을 입는 세상에 살려고 태어난 사람이 아닌가 보다. 지난날 붉게 물든 우아한 단풍 밑에 모여 있던 것이 이제는 하나도 남아 있지 않다면, 단풍이 틀을 이루던 그 아름다운 그림을 비속함과 광기가 대신하고 있다면, 그 나무 밑에 찾아온들 무슨 소용이 있겠는가? 얼마나 끔찍한 일이람! 멋이라고는 찾아볼 수 없는 오늘날, 나에게 위안이 되는 것이라고는 내가 알고 있는 여성들을 생각하는 것뿐이라니. 그러니 새장이나 채소밭의 약탈물로 덮인 모자를 쓴 저 꼴사나운 여자들을 바라보는 남자들이, 어떻게 간단한 연보라색 카포트〔챙 없는 부인용 모자〕나 단 한 송이 붓꽃이 똑바로 비죽 나온 아담한 모자를 쓴 스완 부인이 지니고 있던 그 매력을 나와 똑같이 느낄 수 있겠는가? 겨울날 수달피 외투를 입고 자고새 깃털 두 개가 달린 간단한 베레모를 쓰고 아침마다 걸어가던 스완 부인, 블라우스에 납작하게 꽂혀 있던 오랑캐꽃 한 다발—이 꽃은, 잿빛 하늘과 얼어붙은 대기와 벌거벗은 나뭇가지의 면전에 생생하게 피어나, 계절과 날씨를 단지 배경으로만 이용하여 인간적인 분위기 속에서, 여성적인 분위기 속에서, 살아 있을 때의 아름다움과 똑같은 매력을 간직하고 있었고, 또 닫힌 창 너머로 눈이 내리는 걸 바라보며 거실의 꽃병과 화분 속에서, 활활 타오르는 불가에서, 비단으로 덮인 소파 앞에서 품고 있던 아름다움과 똑같은 매력을 간직하고 있었다—만으로도, 그녀 둘레에 그녀의 저택의 따스함을 상기시키던 스완 부인을 마주쳤을 때 내가 느꼈던 감동을 어떻게 그들에게 이해시킬 수 있겠는가? 하기야 차림새가 옛날 그대로였다고 해도 나는 만족하지 않았을 것이다. 어떤 기억의 서로 다른 여러 부분이 그들 상호 간에 맺는 연대 관계, 또 우리의 기억이 어느 하나라도 떼어내거나 넣지 않거나 할 수 없는 하나의 조립 속에서 균형을 유지하는 연대 관계에 의해, 나는 그런 여자들 가운데 한 분의 집에 가서 한나절을 보낼 수 있기를 바랐다. 차 한 잔을 앞에 놓고 침침하게 채색된 벽으로 둘러싸인 거실—예를 들면 스완 부인의 거실(이 이야기의 1부가 끝나는 다음 해까진 아직 그러했듯이)과 같은—, 11월의 저녁노을 속에서 국화의 장밋빛과 흰빛이 결합된 붉은 불꽃, 즉 오렌지빛 불꽃이 빛나던 거실 안에서, 내가 갈구하던 쾌락을 아직도 찾아내지 못하던 무렵(나중에 보겠지만)의 나날과 비슷한 순간을 보내고 싶었다. 그러나 그 순간은 나를 아무것으로도 이끌고 가지 못했지만 이제 그 순간은 그 자체만으로도 충분한 매력을 지닌 것처럼 보였다. 나는 그 순간을 내가 기억하고 있던 그대로 되찾고 싶었다. 아, 슬프다! 이제는 푸른 수국을 총총 박은 새하얀 루이 16세풍 거실밖에는 볼 수 없으니. 게다가 사람들은 아주 늦게야 파리에 돌아왔다. 만일 내가 스완 부인에게 머나먼 옛날에, 거슬러 올라갈 수 없는 옛 시대에 연결되어 있다고 느껴지는 그 추억의 요소들, 마치 지난날 헛되게 추구하던 기쁨과 마찬가지로 그 자체에 접근할 수 없게 된 그 욕망의 요소들을 나를 위해 다시 한번 회복시켜 달라고 부탁했다 해도, 그녀는 어느 성(城)에서 국화 피는 계절이 훨씬 지난 2월께나 파리로 돌아가겠노라는 답장을 보내왔을 것이다. 또한 나에게는 그녀들이 멋진 몸치장으로 내 관심을 끌던 바로 그 여자들이어야만 했는데, 그것은 아직도 내가 신뢰감을 가지고 있던 시절에, 내 상상력이 그녀들에게 개성을 부여하면서 그녀들에 대한 전설 같은 이야기를 만들어냈기 때문이다. 아, 슬프다! 아카시아 거리— '도금양의 소로'—에서 나는 그중 몇몇 여인을 보았는데, 그것은 이제는 늙어서 그녀들의 과거의 끔찍한 망령에 불과한 모습이었고, 베르길리우스 시(詩)의 작은 숲속에서 무언가를 찾으려고 절망적으로 헤매는 모습이었다. 그녀들이 가버린 오랜 후에도 나는 여전히 인기척 없는 길에서 헛되이 질문을 던졌다. 태양은 이미 모습을 감추었다. 자연이 다시 부아를 다스리고, 그때부터 부아가 '여인의 낙원'이었다는 관념은 날아가버렸다. 인공 풍차 저너머, 자연의 하늘은 잿빛이었다. 바람이 그랑 라크에 마치 자연의 호수처럼 잔잔한 물결을 일으키고 있었다. 커다란 새들이 자연의 숲에서처럼 부아 숲을 빠르게 날아다니더니, 날카로운 비명을 지르며 한 마리씩 커다란 떡갈나무 위에 앉곤 했다. 드루이드교〔영혼의 불멸, 윤회, 전생을 믿었던 종교의 일파〕 교도풍 관을 쓰고 있던 떡갈나무는 도도나〔그리스 서북부의 나라. 현재 알바니아 소속으로 주피터 신전으로 유명함〕 성역의 존엄성과 더불어 용도가 변경된 숲의 인적 없는 공허를 알리는 듯했고, 그것은 나에게 기억의 여러 장면을 현실 세계에서 구한다는 것이 모순이라는 사실을 더욱 뚜렷이 이해시켜주었다. 왜냐하면 그런 장면에는 인간의 감각을 통해서 지각될 수 없는 매력, 기억 자체에서 생겨난 매력이 늘 결여되어 있으므로. 내가 전에 알고 있던 현실은 더는 존재하지 않았다. 스완 부인이 같은 몸치장을 하고 같은 시각에 나타나지 않는 것만으로도 큰 거리의 모습이 달라지기에 충분했으니, 우리가 아는 장소들은 단지 우리가 편의상 배치한 공간 세계에만 속해 있는 게 아니다. 그 장소들은, 그 당시 우리의 삶을 구성하던 인접된 여러 가지 인상 한가운데 있는 한 토막

얇은 조각에 불과할 따름이다. 어떤 영상에 대한 추억은 어느 한순간에 대한 그리움일 뿐이다. 따라서 집들, 도로들, 큰 거리들, 이 모든 것이, 슬프게도! 세월처럼 덧없는 것이로다!

작가와 작품 해설

마르셀 프루스트는 1871년 파리 교외 라퐁텐에서 태어났다. 어린 시절 마르셀은 유모를 따라 샹젤리제 쪽으로 자주 산책을 나갔고, 거기서 종종 어린 소녀들과 만나 숨바꼭질을 하며 놀곤 했는데, 그 소녀들이 후일 작품 속에서 '꽃피는 아가씨'의 이미지로 그려지게 되었다.

여름방학 때가 되면 마르셀은 동생 로베르, 그리고 부모님과 함께 아버지의 고향인 일리예(Illiers)에서 보냈다. 일리예는 대성당으로 유명한 샤르트르 시 서남쪽, 루아르 강가에 있는 시골이다. 그곳에는 그의 고모가 살았는데, 그녀는 작품 속에서 '레오니 고모'로 등장하고 있다.

일리예는 작품 속에서 '콩브레(Combray)'라는 이름으로 묘사되어 있다. 이 작품 덕분에 유명해진 일리예는 콩브레라고 이름을 바꾸어 오늘날에는 콩브레라고 불린다. 작품 속에서는 이 콩브레를 중심으로 양쪽으로 길이 뻗어 있는데, 한쪽은 교양 높은 유태계 스완네, 즉 메제글리즈로 향하고 또 한쪽은 황실의 귀족인 게르망트네로 향해 있다. 말하자면 콩브레는 양쪽으로 뻗어나가는 분기점이라고 할 수 있다. 이 두 방향은 그의 작품에 일관된 두 줄기 길로 상징적인 의미를 지니며, 주인공 '나'의 성장과 형성에 중요한 역할을 하고 있다.

그에게 작가가 되는 결정적인 계기를 만들어준 것은 그의 천식이다. 아홉 살 때 신경성 천식에 걸리면서 그것이 지병이 되어 건강하지 못한 체질을 타고난 그를 평생 동안 괴롭히게 된다. 그런데 역설적으로, 그 지병 때문에 그는 살아가는 데 있어서 외향적이고 적극적인 인생관이나 직업관을 갖는 대신 창작에 몰두하게 된다. 그리하여 참여보다는 관찰을, 행동보다는 내면적인 분석에 전념하게 되었으며, 어머니에 대한 애정과, 좋지 않은 건강이 그의 인간 조건 형성과 그의 일생에 가장 중요한 역할을 하게 된다.

열한 살이 되면서 그는 콩도르세 중·고등학교에 입학하여 많은 고전 작품을 탐독했다. 그가 즐겨 읽은 프랑스 작가로 17세기의 세비녜, 생시몽, 위고, 발자크, 보들레르, 스탕달 등이 있고 엘리엇과 도스토옙스키 같은 외국 작가들도 즐겨 읽었다. 프랑스의 현대 작가로는 프랑스(Anatole France)를 좋아했고, 그 밖에 르메트르(François E. J. Lemaître), 로티(Pierre Roty), 바레스(Auguste M. Barrès) 등을 읽었다.

마르셀에게 있어서 글을 쓴다는 것은, 잠시 후면 사라져버릴 시간과 공간의 실재를 되살려 거기에 생명을 불어넣는 작업이었고, 자신도 모르게 그는 어느덧 그러한 재창조 작업에 이끌려들었다.

고등학교 시절에 그는 알레비(Daniel Halévy), 그레그(Fernand Gregh), 플레르(Robert de Flers), 드레퓌스(R. Dreyfus) 같은 뛰어난 친구들과 함께 인생과 문학을 논하면서 이미 《르뷔 릴라 Revue Lilas》지에 작품을 기고했다.

프루스트는 여러 가지로 베르그송의 영향을 많이 받았는데, 그것은 〈창조적 진화 L'Evolution Créatrice〉의 생의 약동보다는 〈의식의 직접 여건에 관한 시론 Essai sur les données immédiates de la Conscience〉

이나 〈물질과 기억 Matière et Mémoire〉에 제시된 시간과 기억력에 대한 이론에 의한 것이었다. 그렇다고 베르그송의 이론을 그대로 소설화할 수는 없었다. 프루스트는 우리의 자아(le Moi)란 시간 속에 매몰되면서 해체된다고 믿었다.

우리가 어린 시절에 좋아하던 곳에 다시 가게 됐을 때, 우리는 거기서 오직 물질적인 장소만이 남아 있음을 보게 된다. 하지만 다행스럽게도 우리에게는 기억이 있다. 그리고 그 기억은 우리가 우연이라고 믿는 어느 순간, 어떤 예기치 않은 일이 그것을 연상시켜줌으로써 다시 살아난다. 그러므로 시간, 그것은 파괴의 주인공인 데 반하여 기억은 보존과 회생의 마법사이고 작가의 재창조 작업은 그 기억에 의하여 시간 속에 묻힌 과거의 재생이 가능한 경우에만 이루어질 수 있다. 우리는 그러한 예를 마들렌 과자가 작가에게 지워져버린 어린 시절을 회상시켜주는 너무나 유명한 일화를 통하여 잘 알고 있다.

한때 프루스트는《향연 Le Banquet》,《르뷔 블랑슈 Revue Blanche》,《르 골루아 Le Gaulois》등의 문학지에 기고하기도 했다. 스물다섯 살에는 비록 자비 부담이긴 했지만,《즐거움과 나날 Les Plaisirs et les Jours》을 출판했다.

그 후 베네치아 여행을 다녀오고, 그에게 많은 영향을 끼치는 심미론자 러스킨(John Ruskin)을 발견, 탐독했다. 그리고《아미앙의 성서 La Bible d'Amiens》를 번역했는데, 본문보다 더 자세한 주를 달고 서문을 썼다.

프루스트는 파리의 오스망 가 아파트에서, 그리고 여름에는 노르망디 해변의 카부르 항에 가서 사력을 다해 일생일대의 대작《잃어버린 시간을 찾아서 À la Recherche du Temps perdu》를 쓰기 시작했다.

첫째 권 《스완네 쪽으로 Du côté de chez Swann》가 완성되었다. 이 책의 출판을 위해서 새 문단의 기수 역할을 하던 《엔 에르 에프 N. R. F.》사를 찾았다. 당시 《엔 에르 에프》의 가장 영향력 있는 편집인은 프랑스 문단의 대부 격인 앙드레 지드였다. 그는 작가로서뿐만 아니라 작품 발굴에도 비범한 감식력을 가진 것으로 유명했다. 그러한 지드가 레오니 고모의 머리를 묘사한 구절을 읽다가 자신이 싫어하는 어휘가 나오자 읽다 말고 집어던지고 말았다. 결국 그 작품을 자비 출판으로 그라세(Grasset)사에서 1913년에 내놓았는데, 다음 해 1월호 《엔 에르 에프》지에는 그에 대한 호의적인 평이 실렸다.

전쟁이 끝난 다음 해에 그에게 명예가 찾아온다. 그해 프랑스의 대표적인 소설가에 주는 공쿠르 상을 그가 수상하게 되었다. 그러나 그에게는 그러한 열광보다 그 대하소설을 끝내지 못하는 것이 아닐까 하는 조바심이 엄습한다. 죽음의 그림자가 다가오는 것을 느꼈던 것이다. 결국 죽기 전에 그는 자신이 그처럼 사력을 다해 완성하려고 했던 작품에 '끝'이라고 쓸 수 있었다. 그것은 작가 프루스트의 죽음에 대한 승리지만, 무엇보다 20세기 소설 문학의 승리요, 대 행운이었던 것이다.

이 책에 소개되는 부분은 1편 《스완네 쪽으로》이지만, 《잃어버린 시간을 찾아서》의 전체의 흐름을 파악하는 것이 1편의 내용을 이해하는 데 도움이 될 것이므로 여기에 그 전편의 줄거리를 소개하겠다.

1편 《스완네 쪽으로 Du côté de chez Swann》

1부 콩브레

1) 작품의 배경은 1910년 전후, 파리에 있는 '나'의 침실. 일찍 잠드는 습관 탓에 한밤에 깨어난 내가 그 순간에 느끼는 어렴풋한 느낌들. 더불어 여태껏 내가 지내온 여러 방과 고장에서의 생활에 대한 회상들. 콩브레에서 보낸 어린 시절의 추억. 조부모, 대고모, 레오니 고모, 여러 방문으로 인해 어머니를 독점하지 못하는 나의 고뇌. 그러나 이러한 추억도 모두 토막 난 단편일 뿐이다. 어느 날, 차에 적시어 먹는 마들렌 한 조각에서 느낀 맛이 옛 콩브레 시절 내가 느꼈던 것과 같은 감각을 일으키게 하여, 그 순간 과거 전체가 시간을 뛰어넘으며 본질 그 자체로 내 기억 속에서 부활하게 된다. 무의식적인 회상의 마법과 같은 힘.

2) 어린 시절 콩브레 생활에 대한 서술. 레오니 고모와 그의 하녀인 프랑수아즈 사이에서 벌어지는 시골 부르주아 생활의 한 단면이 펼쳐진다. 아돌프 작은할아버지 댁에서 마주쳤던 장밋빛 여인(그녀는 후에 스완의 아내가 된 오데트의 전신), 친구 블로크의 영향을 받아 '나'는 그 당시 문학의 대가인 베르고트를 탐독하게 된다. 아울러 음악가 뱅퇴유와 그의 딸도 만난다. 매번 하는 산책의 두 방향—메제글리즈 쪽(스완네 쪽)과 게르망트 쪽—중 메제글리즈 쪽에서 스완과 오데트 사이의 딸인 질베르트를 보고, 또 그곳에서 한 남자(샤를뤼 남작)를 언뜻 보게 된다. 산책 도중 상상의 시골 아가씨에게서 처음으로 욕망을 느끼고, 뱅퇴유 아가씨의 비밀스런 장면을 엿보게 된다.

비본 시내를 거슬러 가는 게르망트 쪽. 문학에 대한 열정과 동시에 자신의 재능에 대한 회의, 전설의 옷을 걸친 게르망트 공작 부인에 대한 동경이 묘사되며, 마르탱빌과 비외비크의 종탑(鐘塔) 세 개가 마차가 지나감에 따라 미묘하게 변화된다.

2부 스완의 사랑

'나'는 부유한 증권 중개인 아들인 유태인계의 스완과 고급 창부였던 오데트에 관한 이야기를 집안 식구들에게서 들어왔다. 그에 대한 회상을 객관적 3인칭 수법으로 서술한다.

친구 소개로 알게 된 오데트를 통해 스완은 비속한 부르주아 살롱—베르뒤랭 부인 댁—에 드나들게 된다. 그곳에서 듣는 뱅퇴유의 소악절이 스완과 오데트를 육체적으로 결부시키게 된다. 오데트에 대한 스완의 정열, 남녀간에 느끼는 애욕(愛慾)의 과정이 날카롭게 묘사된다. 오데트는 포르슈빌 백작과 사귀고 거기에 샤를뤼 남작까지 등장하게 된다. 그에 대한 스완의 질투, 고뇌. 마침내 그는 베르뒤랭 살롱에서 소외된다. 한 야회에서 다시 뱅퇴유의 소악절을 듣는데, 젊은 캉브르메 부인에 대한 연모의 정이 싹트는 것과 동시에 오데트에 대한 사랑은 무관심으로 변한다.

3부 고장의 이름들

인간이나 사물은 이름에서 비롯된다. 게르망트네 사람들, 샤를뤼 남작, 스완 부인, 질베르트 스완 등의 이름에 살이 덧붙여지게 된다. 때문에 '나'는 이름을 통해 꿈꾼다. 노르망디 발베크 해안, 피렌체, 베네치아의 시적 분위기, 그러나 병 때문에 여행은 실현되지 못한다. 스완은 오데트에게 무심하게 된 후 그녀와 결혼하고 질베르트란 딸을 낳게 된다. 질베르트는 '나'의 친구가 되며 '나'는 그녀에 대한 연모의 정에 고뇌를 느낀다.

가을 어느 날, 아카시아 소로를 따라 지나며 시간의 흐름에 깊은 애수를 느낀다.

2편 《아가씨들 꽃그늘에 À l'Ombre des Jeunes Filles en Fleurs》

1부 스완 부인 주변

'나'는 파리에서 라 베르마가 연기하는 〈페드르 Phèdre〉를 구경하고 환멸을 느낀다. 파리의 스완네에서 대문호 베르고트를 만나, 그의 모습에 환멸을 느낀다. 블로크의 안내로 창녀굴에 가게 되어 그곳에서 유태계 창부 라셀을 알게 된다. 질베르트와의 불화가 싹트고, 이별의 괴로움을 느낀다.

2부 고장의 이름

2년 후 할머니와 노르망디 해안 발베크로 여행을 한다. 도중에 새벽에 기차가 정거하고, 거기서 우유 파는 시골 아가씨를 보고 그 고장 특유의 매력을 느낀다. 발베크 성당을 보고 실망하지만, 산책길에 본 나무 세 그루가 불현듯 알 수 없는 무언가를 계시하는 듯한 느낌이 든다. 그러나 그 뜻을 잡아내지 못한 채 다음으로 미룬다. 게르망트네의 로베르 생루와 친해져서, 그의 외숙부 샤를뤼 남작에게 소개된다. 샤를뤼의 능변과 아리송한 언동을 목격한다. 블로크 집에서 저녁을 먹는다. 바닷가 아가씨에게 연정을 느낀다. 그녀는 호텔 침대에서 입맞춤을 거절하고 떠난다. 그리고 발베크의 여름도 끝난다.

3편 《게르망트 쪽으로 Le côté de Guermantes》

1〉 파리, 게르망트네 저택의 일부에 '나'의 가족이 이사온다. 오페라 극장에 가서 〈라 베르마〉를 다시 보고는 그 진가를 깨닫게 된다. 그곳에 들어온 게르망트 공작 부인의 아름다움, 산책하는 그녀의 모습을 다시 보고 나의 가슴은 고동쳐 생루를 찾아가 그의 외숙모를 소개해달라고 조른다. 파리로 돌아와 '나'는 생루와 같이 그의 정부를 만나러 가는데, 그녀는 라셸이었다. 드디어 게르망트 공작 부인을 소개받게 된다. 드레퓌스 사건에 대한 대화를 나눈다. 샤를뤼 남작은 '내'게 기괴한 우정을 청한다. 할머니의 노쇠가 점점 심해지더니 뇌일혈 발작을 일으킨다.

2〉 할머니에 대한 애정이 깊어감을 느끼지만, 끝내 할머니의 임종을 맞게 된다. 알베르틴이 찾아와 그녀와 입을 맞추고 산책도 하게 된다. 샤를뤼는 그를 방문한 '나'에게 기괴한 행동을 한다.

4편 《소돔과 고모라 Sodome et Gomorrhe》

1〉 샤를뤼와 쥐피앙과의 사이에서 벌어지는 동성애 장면을 중심으로 한 사디즘에 대한 고찰.

2〉 두 번째로 발베크에 도착한 날, 느닷없이 밀어닥친 회상으로 할머니에 대한 온갖 추억이 되살아난다. 그로 인한 고통이 차차 가라앉으면서 알베르틴이 찾아와 평온을 되찾는다. 매일 알베르틴과

지내며, 그녀의 행동에 의혹을 품는다. 알베르틴의 동성애적 경향이 드러난다. 그녀에 애정을 느끼는 동시에 절교하고 싶은 마음을 느낀다. 그녀와 절교하려고 할 때, 그녀 입에서 뱅퇴유 아가씨의 여자 친구와 아는 사이라는 말을 듣는 순간 질투심에 사로잡혀 알베르틴과 결혼하겠다는 승낙을 어머니에게서 얻어낸다. '나'의 유일한 소망은 그녀를 세상에서 격리시키는 일이었다. 할머니의 죽음을 슬퍼하는 어머니, '나'는 깊은 죄의식과 슬픔을 느끼며 발베크를 떠난다.

5편 《갇힌 여인 La Prisonnière》

알베르틴을 파리의 집에 데리고 와서 보내는 생활이 전개된다. 겉으로는 평화스러운 생활 같지만, 그 속에서 끊임없이 다른 이들의 모습, 간헐적인 질투, 알베르틴에 대해 품는 의혹과 파리의 고모라 여성들에게서 느끼는 두려움 때문에 베네치아 여행을 단념해야 하는 권태감이 나타난다. 피아노를 치는 그녀 모습을 보며 그녀 마음속에 이는 변화를 추측해보지만 알아낼 수 없어서 안타까워하며 그녀가 부르는 애칭을 통해 처음으로 화자(話者)가 '마르셀'로 불린다는 사실이 드러난다. 봄이 오고 베네치아로 여행하고 싶은 생각이 간절해지면서 알베르틴과 작별할 시기를 기다린다. 어느 날 그녀가 떠나가버렸다는 사실을 프랑수아즈를 통해 알게 된다.

6편 《도망간 여인 La Fugitive》

어떤 수단을 쓰더라도 알베르틴을 다시 데려오고 싶은 마음에 격렬한 고통을 느낀다. 생루에게 그 일을 주선해달라고 했지만 그녀는 돌아오지 않는다. 그녀가 남의 것이 되기보다는 죽기를 바란다. 일찍이 스완이 겪었던 애증을 느끼던 어느 날, 그녀가 산책 도중 말에서 떨어져 죽었다는 사실을 듣게 된다. 절망감이 엄습하고, 모든 게 추억거리가 되고 만다. 그녀의 죽음을 접하게 됨으로써 더욱 그녀를 생생하게 느낀다. 소생되는 그녀의 추억으로 인해 그녀를 잃었다는 슬픔에 잠기게 된다. 그러던 중 예전에 부탁했던 알베르틴에 대한 정보— 품행에 관한— 가 도착되어 그녀의 본색이 드러난다. 다시 질투와 애정이 엄습하게 된다. 그녀를 생각하지 않으려면 모든 것을 잊어야 하고, 그렇게 되면 자신이 죽어야 한다. 게르망트네를 방문하여 그곳에서 몰라보게 변한 질베르트를 만난다. 스완이 죽은 후 오데트가 포르슈빌과 결혼함으로써, 질베르트는 포르슈빌 아가씨가 된 것이다. 베네치아를 방문하게 되어 그곳에서 받은 인상과 콩브레에서의 인상을 비교한다. 분명히 죽은 알베르틴에게서 전보가 오지만, 받는 순간 이미 고뇌에서 완전히 회복된 자신을 발견한다. 베네치아의 모든 풍경이 덧없는 것으로 여겨지며, 그 전보가 잘못된 것임을 알게 된다. 한편 생루가 질베르트와 결혼한다. 시간이 흐르고, '나'는 탕송빌의 질베르트 집에서 머문다.

7편 《되찾은 시간 Le Temps retrouvé》

로베르 생루는 성격에 변화를 일으켜 모델과 동성애적인 쾌락을 즐기고 다른 한편으로는 여러 여성들을 쾌락 없이 상대하여 아내인 질베르트를 괴롭힌다. 이런 증세는 옛 귀족 혈통에서 나타나는 복잡한 유전병의 일종이다. 탕송빌을 떠나는 마지막 날 밤, 질베르트가 빌려준 공쿠르(Goncourt)의 《미발표일(未發表日) 일기》를 읽고 자신에게 문학적 소질이 결여돼 있음을 알게 된다. 마침내 글 쓸 계획을 단념하고 요양 생활을 하려고 파리로 떠난다. 그사이에 1차 세계대전이 일어난다.

1916년 다시 파리로 돌아온 어느 날 저녁, 전쟁에 관한 이야기를 듣고 싶어서 베르뒤랭 부인을 만나러 외출한다. 가는 도중 거리에서 샤를뤼를 만난다. 그는 독일 예찬론자가 되어 있었다. 내습하는 독일 비행기와 그 탑승자에 대한 샤를뤼의 예찬이 계속된다. 음료를 마시려고 들어간 호텔은 쥐피앙이 샤를뤼의 노후의 낙을 위해 경영하는 소돔과 같은 곳이었다. 그곳에서 쇠사슬에 묶인 샤를뤼 남작이 젊은 남자의 채찍에 맞아 피를 흘리며 즐기는 모습을 엿보게 된다. 로베르 생루는 전쟁으로 죽게 된다.

두 번째 전지 요양에서 다시 파리로 돌아오던 기차 안에서 석양에 물든 나무를 보며, 글에 대한 소질이 없음을 다시 뼈아프게 실감한다. 집에 돌아와보니, 게르망트 대공 부인에게서 초대장이 와 있다. 자동차를 타고 가는 도중, 어릴 때 놀던 거리를 지나면서 감회에 젖는다. 샹젤리제에서, 중풍이 들어 비참해진 샤를뤼를 쥐피앙이 시중드는 모습을 목격하게 된다. 대공 부인 저택의 문전에서 문학적 재질의 고갈에 대해 생각하다가 반듯하지 못한 포석에 부딪힌다. 그 순간 어떤 행복감이 엄습하며 그 반듯하지 않은 포석의 감각이 산 마르코 성당의 영세소의 감각에 이어지고, 그 후 그 감각과 결부되었던 다른 모든 감각이 베네치아를 소생시킨다. 그것은 마들렌에서 태어나던 콩브레의 추억과 같았다. 그렇다면 어째서 콩브레와 베네치아의 심상이 그 각각의 순간에 다른 표적이 없는데도 죽음 따위는 아랑곳하지 않는 확신과 같은 기쁨을 가져다주었을까? 바로 그 답을 찾고야 말겠다고 결심하면서 저택 안으로 들어선다. 계시가 계속된다. 접시에 숟가락이 닿는 소리, 풀 먹인 냅킨의 딱딱함, 수도관 소리, 서가에서 다시 보는 책, 이 모두가 제각기 동일한 인상을 바탕 삼아 과거와 현재의 초시간적인 공통됨 속에서 존재의 정수를 보여준다. 오직 이 기적만이 참된 과거인 잃어버린 시간을 되찾을 수 있는 힘을 갖는다. 이러한 감각과 인상과 이미지들을 그것과 동일한 사상을 가진 형상으로 번역하는 것, 다시 말해서 고뇌로 가득 찬 정신적 등가물로 전환시키는 것이야말로 잃어버린 시간을 되찾는 유일한 방법이며, 예술이 존재한 이래 여태껏 실현하지 못한 작품을 완성시킬 유일한 길이다.

옮긴이 김인환

마르셀 프루스트 연보

1871	7월 10일, 파리 교외 라퐁텐에서 태어남.
1880	최초로 천식 발작이 일어남.
1882	콩도르세 중학에 입학함. 이때부터 세비녜, 생시몽, 위고, 발자크, 보들레르, 스탕달, 엘리엇, 도스토옙스키를 애독함. 당시 작가로는 아나톨 프랑스, 르메트르, 로티, 바레스 등을 탐독함.
1887	콩도르세 수사학급에서 고세(Gaucher) 선생 밑에서 배움.
1890	병역을 마치고 파리 대학 법학부에 입학.
1892	동료들과 《향연 Le Banquet》지 발간, 《문학과 비평》 5월 25일자에 〈동방(東方)의 갖가지〉를 발표.
1894	10월 15일, 드레퓌스 대위가 체포되고, 열렬한 드레퓌스파가 됨.
1895	《르 골루아 Le Gaulois》지에 〈파리의 명사 카뮈 생상스〉를 발표함.
1896	카르망 레비에서 그의 첫 작품 《즐거움과 나날 Les Plaisirs et les Jours》 출판함. 이해부터 그가 죽은 후 '장 상퇴유 Jean Santeuil'란 제목으로 발표될 미완성 소설을 구상함. 7월 15일 《르뷔 블랑슈 Revue Blanche》지에 〈모호성에 반박한다〉를 발표함.
1897	1월, 《르뷔 다르 드라마티크 Revue d'Art Dramatique》지에 〈예술가의 실루엣〉을 발표함.
1900	러스킨에 관한 첫 작품 《러스킨풍의 순례 Pèlerinages Ruskiniens en France》를 《피가로 Le Figaro》지에 발표. 노르드링거의 도움을 얻어 《아미앙의 성서 La Bible d'Amiens》 번역 · 정정(訂正).

1902	러스킨의 《아미앙의 성서》 번역으로 성서 연구에 몰두함.
1904	메르퀴르(Mercure)사에서 《아미앙의 성서》 번역판을 출판함.
1905	《르네상스 라틴 La Renaissance Latine》지에 《독서에 관해 Journées de Lecture》를 발표함. 이 글은 후에 러스킨의 《참깨와 백합 Sésame et les Lis》 번역의 서문이 됨. 어머니의 사망에 심한 충격을 받아 정신병적 증상을 나타내 요양원에 들어감.
1906	메르퀴르사에서 그가 번역한 러스킨의 《참깨와 백합》을 출판함.
1908	생트뵈브(Charles A. Sainte-Beuve)에 관한 평론을 쓰기 시작함.
1912	《피가로》지에 《잃어버린 시간을 찾아서》를 발췌, 부분 발표함.
1913	그라세사와 출판 계약을 맺어 11월 14일 《잃어버린 시간을 찾아서》 1편, 《스완네 쪽으로》를 출판함.
1914	6, 7월 두 번에 걸쳐 《엔 에르 에프》에 《게르망트 쪽으로》의 단문을 발표함.
1918	3월께 실어증과 안면 신경마비의 공포에 시달림.
1919	엔 에르 에프사에서 《스완네 쪽으로》 신간을 발행함. 이어서 《아가씨들 꽃그늘에》가 발간됨. 《모작과 잡록 Pastiches et Mélanges》(이전에 써둔 모작과 러스킨 번역 서문) 출판함. 12월 10일, 《아가씨들 꽃그늘에》로 공쿠르 상을 수상함.
1920	엔 에르 에프사에서 《아가씨들 꽃그늘에》의 호화판, 《게르망트 쪽으로》(I)을 출판함.
1921	엔 에르 에프사에서 《게르망트 쪽으로》(II), 《소돔과 고모라》(I)을 출판함. 〈보들레르에 대해서 À propos de Baudelaire〉를 《엔 에르 에프》에 발표함.
1922	독일 비평가 쿠르티우스(Ernst R. Curtius)가 〈프루스트 론(論)〉을 씀. 엔 에르 에프사에서 《소돔과 고모라》(II)를 출판함. 11월 18일, 새벽 3시까지 〈갇힌 여인〉을 추고하다가 극심한 피로 때문에 호흡곤란을 일으켜 같은 날 오후에 사망함.

1924	엔 에르 에프사에서 《즐거움과 나날》이 출판됨.
1925	'사라진 알베르틴 Albertine Disparue'이라는 표제가 붙은 《도망간 여인》이 출판됨.
1927	엔 에르 에프사에서 《되찾은 시간》을 간행함으로써 《잃어버린 시간을 찾아서》 완간됨. 엔 에르 에프사에서 프루스트 총서 간행을 시작함. 1권은 '프루스트 송(頌)'으로 《엔 에르 에프》지 '프루스트 호(號)'의 재간(再刊)이며, 1935년 8권 '프루스트의 우정까지' 간행됨.

옮긴이 **김인환**

이화여대 불어불문학과를 졸업하고 프랑스 소르본느 대학에서 박사학위를 받았다. 현재 이화여대 명예교수. 지은 책으로 《줄리아 크리스테바의 문학 탐색》, 《프랑스 문학과 여성》(공저) 등이 있으며 옮긴 책으로는 《연인》, 《온종일 숲속에서》, 《복도에 앉은 남자》, 《언어 그 미지의 것》(공역), 《사랑의 정신분석》, 《포세시옹, 소유라는 악마》, 《시적 언어의 혁명》, 《검은 태양》 등이 있다.

스완네 쪽으로

1판 1쇄 발행 2011년 8월 30일
2판 1쇄 발행 2025년 10월 27일

지은이 마르셀 프루스트 | 옮긴이 김인환
펴낸곳 (주)문예출판사 | 펴낸이 전준배
출판등록 2004. 02. 11. 제 2013-000357호 (1966. 12. 2. 제 1-134호)
주소 04001 서울시 마포구 월드컵북로 21
전화 02-393-5681 | 팩스 02-393-5685
홈페이지 www.moonye.com | 블로그 blog.naver.com/imoonye
페이스북 www.facebook.com/moonyepublishing | 이메일 info@moonye.com

ISBN 978-89-310-2598-9 04800
ISBN 978-89-310-2365-7 (세트)

• 잘못 만든 책은 구입하신 서점에서 바꿔드립니다.

문예출판사® 상표등록 제 40-0833187호, 제 41-0200044호

■ 문예 세계문학선

★ 서울대, 연세대, 고려대 필독 권장도서
▲ 미국 대학위원회 추천도서 ● 《타임》 선정 현대 100대 영문 소설
▽ 《뉴스위크》 선정 세계 100대 명저

	1 젊은 베르테르의 슬픔 괴테 / 송영택 옮김	34 지상의 양식 앙드레 지드 / 김붕구 옮김
▲▽	2 멋진 신세계 올더스 헉슬리 / 이덕형 옮김	35 체호프 단편선 안톤 체호프 / 김학수 옮김
▲●▽	3 호밀밭의 파수꾼 J. D. 샐린저 / 이덕형 옮김	36 인간실격·사양 다자이 오사무 / 오유리 옮김
	4 데미안 헤르만 헤세 / 구기성 옮김	37 위기의 여자 시몬 드 보부아르 / 손장순 옮김
	5 생의 한가운데 루이제 린저 / 전혜린 옮김	●▽ 38 댈러웨이 부인 버지니아 울프 / 나영균 옮김
	6 대지 펄 S. 벅 / 안정효 옮김	39 인간희극 윌리엄 사로얀 / 안정효 옮김
●▽	7 1984년 조지 오웰 / 김병익 옮김	40 오 헨리 단편선 O. 헨리 / 이성호 옮김
▲●▽	8 위대한 개츠비 F. 스콧 피츠제럴드 / 송무 옮김	★ 41 말테의 수기 R. M. 릴케 / 박환덕 옮김
▲●▽	9 파리대왕 윌리엄 골딩 / 이덕형 옮김	42 파비안 에리히 케스트너 / 전혜린 옮김
	10 삼십세 잉게보르크 바흐만 / 차경아 옮김	★▲▽ 43 햄릿 윌리엄 셰익스피어 / 여석기 옮김
★▲	11 오이디푸스왕·안티고네 소포클레스·아이스퀼로스 / 천병희 옮김	44 바라바 페르 라게르크비스트 / 한영환 옮김
★▲	12 주홍글씨 너새니얼 호손 / 조승국 옮김	45 토니오 크뢰거 토마스 만 / 강두식 옮김
▲●▽	13 동물농장 조지 오웰 / 김병익 옮김	46 첫사랑 투르게네프 / 김학수 옮김
★	14 마음 나쓰메 소세키 / 오유리 옮김	47 제3의 사나이 그레엄 그린 / 안흥규 옮김
★	15 아Q정전·광인일기 루쉰 / 정석원 옮김	★▲▽ 48 어둠의 속 조셉 콘래드 / 이덕형 옮김
	16 자기 앞의 생 에밀 아자르 / 지정숙 옮김	49 싯다르타 헤르만 헤세 / 차경아 옮김
★	17 구토 장 폴 사르트르 / 방곤 옮김	50 모파상 단편선 기 드 모파상 / 김동현·김사행 옮김
	18 노인과 바다 어니스트 헤밍웨이 / 이경식 옮김	51 찰스 램 수필선 찰스 램 / 김기철 옮김
	19 좁은문 앙드레 지드 / 오현우 옮김	★▲▽ 52 보바리 부인 귀스타브 플로베르 / 민희식 옮김
★▲	20 변신·시골의사 프란츠 카프카 / 이덕형 옮김	53 페터 카멘친트 헤르만 헤세 / 박종서 옮김
★▲	21 이방인 알베르 카뮈 / 이휘영 옮김	★ 54 몽테뉴 수상록 몽테뉴 / 손우성 옮김
	22 지하생활자의 수기 도스토예프스키 / 이동현 옮김	55 알퐁스 도데 단편선 알퐁스 도데 / 김사행 옮김
★	23 설국 가와바타 야스나리 / 장경룡 옮김	56 베이컨 수필집 프랜시스 베이컨 / 김길중 옮김
★▲	24 이반 데니소비치의 하루 A. 솔제니친 / 이동현 옮김	★▲ 57 인형의 집 헨릭 입센 / 안동민 옮김
	25 더블린 사람들 제임스 조이스 / 김병철 옮김	★ 58 심판 프란츠 카프카 / 김현성 옮김
★	26 여자의 일생 기 드 모파상 / 신인영 옮김	★▲ 59 테스 토마스 하디 / 이종구 옮김
	27 달과 6펜스 서머싯 몸 / 안흥규 옮김	★▲▽ 60 리어왕 셰익스피어 / 이종구 옮김
	28 지옥 앙리 바르뷔스 / 오현우 옮김	61 라쇼몽 아쿠타가와 류노스케 / 김영식 옮김
★▲	29 젊은 예술가의 초상 제임스 조이스 / 여석기 옮김	▲▽ 62 프랑켄슈타인 메리 셸리 / 임종기 옮김
▲	30 검은 고양이 애드거 앨런 포 / 김기철 옮김	▲●▽ 63 등대로 버지니아 울프 / 이숙자 옮김
★	31 도련님 나쓰메 소세키 / 오유리 옮김	64 명상록 마르쿠스 아우렐리우스 / 이덕형 옮김
	32 우리 시대의 아이 외된 폰 호르바트 / 조경수 옮김	65 가든 파티 캐서린 맨스필드 / 이덕형 옮김
	33 잃어버린 지평선 제임스 힐턴 / 이경식 옮김	66 투명인간 H. G. 웰스 / 임종기 옮김
		▲●▽ 67 벨자 실비아 플라스 / 공경희 옮김
		68 피가로의 결혼 보마르셰 / 민희식 옮김

(뒷면 계속)

★ 69 팡세 블레즈 파스칼 / 하동훈 옮김	★ 85 차라투스트라는 이렇게 말했다 니체 / 황문수 옮김
70 한국 단편 소설선 1 김동인 외	★ 86 그리스 로마 신화 에디스 해밀턴 / 장왕록 옮김
71 지킬 박사와 하이드 로버트 L. 스티븐슨 / 김세미 옮김	87 모로 박사의 섬 H. G. 웰스 / 한동훈 옮김
▲72 밤으로의 긴 여로 유진 오닐 / 박윤정 옮김	88 유토피아 토머스 모어 / 김남우 옮김
★▲▽73 허클베리 핀의 모험 마크 트웨인 / 이덕형 옮김	★▲ 89 로빈슨 크루소 대니얼 디포 / 이덕형 옮김
74 이선 프롬 이디스 워튼 / 손영미 옮김	90 자기만의 방 버지니아 울프 / 정윤조 옮김
75 크리스마스 캐럴 찰스 디킨슨 / 김세미 옮김	▲ 91 월든 헨리 D. 소로 / 이덕형 옮김
★▲76 파우스트 요한 볼프강 폰 괴테 / 정경석 옮김	92 나는 고양이로소이다 나쓰메 소세키 / 김영식 옮김
▲77 야성의 부름 잭 런던 / 임종기 옮김	★ 93 폭풍의 언덕 에밀리 브론테 / 이덕형 옮김
★▲78 고도를 기다리며 사뮈엘 베케트 / 홍복유 옮김	★▲94 스완네 집 쪽으로 마르셀 프루스트 / 김인환 옮김
★▲▽79 걸리버 여행기 조너선 스위프트 / 박용수 옮김	★ 95 채털리 부인의 연인 D. H. 로렌스 / 이종구 옮김
80 톰 소여의 모험 마크 트웨인 / 이덕형 옮김	● 96 프랑스 중위의 여자 존 파울즈 / 이덕형 옮김
★▲ 81 오만과 편견 제인 오스틴 / 박용수 옮김	▲ 97 도리언 그레이의 초상 오스카 와일드 / 임종기 옮김
★82 오셀로·템페스트 윌리엄 셰익스피어 / 오화섭 옮김	98 말리나 잉게보르크 바흐만 / 차경아 옮김
★ 83 맥베스 윌리엄 셰익스피어 / 이종구 옮김	★▲99 제인 에어 1 샬럿 브론테 / 이덕형 옮김
▽84 순수의 시대 이디스 워튼 / 이미선 옮김	★▲100 제인 에어 2 샬럿 브론테 / 이덕형 옮김